EDGAR WALLACE

Das geheimnisvolle Haus

Der Safe mit dem Rätselschloß

Die Abenteuerin

Buch

Das geheimnisvolle Haus
»Meuchelmörder!« Der Schrei gellt durch die Londoner Nacht. Schüsse folgen und zwei Männer liegen tot auf dem Boden. Es gibt einen Zeugen, doch was hat der Millionär Gregory Farrington wirklich gesehen?

Der Safe mit dem Rätselschloß
Zwei Millionen Pfund Bargeld hat James Reale hinterlassen, doch bevor seine Erben etwas darüber erfahren, setzt sein Rechtsanwalt William Spedding ein etwas anderes Testament auf. Wäre da nicht der Safe mit dem Rätselschloß …

Die Abenteuerin
Joe Grandman gibt auf seinem Landsitz bei London einen Galaempfang. Geladen ist der Finanz- und Hochadel Englands. Die Detektivin Caroline Smith soll deren Schmuck schützen, doch dann wird sie vergiftet …

Autor

Geboren wurde Edgar Wallace 1875 als unehelicher Sohn eines Schauspielers. Er wuchs in armen Verhältnissen auf, blieb ohne Schulabschluss und hielt sich mit Gelegenheitsjobs wie Milchhändler, Maurergehilfe oder Zeitungsverkäufer über Wasser. Schließlich begann er kleine Artikel für die Zeitung zu schreiben. Mit Erfolg: Er arbeitete sich hoch bis zum Chefredakteur. Später lebte er als freier Schriftsteller und schrieb Sachbücher, Lyrik und Theaterstücke, 1904 schließlich seinen ersten Krimi (»Die vier Gerechten«) – das Debüt einer beispiellosen Karriere. Edgar Wallace verfasste 175 Romane, 24 Theaterstücke, eine große Anzahl von Kurzgeschichten, Essays, Zeitungs- und Zeitschriftenartikeln und Drehbüchern. Die Filme, die nach seinen Vorlagen gedreht wurden, sind kaum zu zählen. Edgar Wallace verstarb hoch verschuldet 1932 in Hollywood.

Von Edgar Wallace außerdem bei Goldmann lieferbar:

Der Hexer. Roman (5292) · Der Zinker. Roman (5372) · Der Frosch mit der Maske/Das Gasthaus an der Themse/Der grüne Bogenschütze. Drei Romane in einem Band (5538/55503) · Der Hexer/Die blaue Hand/Das Geheimnis der gelben Narzissen. Drei Romane in einem Band (55502) · Der schwarze Abt/Die seltsame Gräfin/Die toten Augen von London. Drei Romane in einem Band (55504) · Die gelbe Schlange/Der Engel des Schreckens/Bei den 3 Eichen. Drei Romane in einem Band (55505) · Die Tür mit den sieben Schlössern/Die Bande des Schreckens/Der Doppelgänger. Drei Romane in einem Band (55506) · Der unheimliche Mönch/Die gebogene Kerze/Die drei Gerechten. Drei Romane in einem Band (55508) · Die Gräfin von Ascot/Das Geheimnis der Stecknadel/Der viereckige Smaragd. Drei Romane in einem Band (55509) · Das indische Tuch/Geheimagent Nr. 6/Der Diamantenfluß. Drei Romane in einem Band (55510)

EDGAR WALLACE

DAS GEHEIMNISVOLLE HAUS

DER SAFE MIT DEM RÄTSELSCHLOSS

DIE ABENTEUERIN

Drei Romane in einem Band

PORTOBELLO

Die Originalausgabe von »Das geheimnisvolle Haus« erschien unter dem Titel »The secret House«, die Originalausgabe von »Der Safe mit dem Rätselschloß« erschien unter dem Titel »Angel Esquire« und die Originalausgabe von »Die Abenteuerin« erschien unter dem Titel »Four Square Jane«.

Umwelthinweis:
Alle bedruckten Materialien dieses Taschenbuchs
sind chlorfrei und umweltschonend.

Portobello Taschenbücher erscheinen im Goldmann Verlag,
einem Unternehmen der Verlagsgruppe Random House GmbH.

Einmalige Sonderausgabe Februar 2007

Umschlaggestaltung: Design Team München
Umschlagfoto: Hanka Steidle
Druck: GGP Media GmbH, Pößneck
NG · Herstellung: we
Printed in Germany
ISBN 978-3-442-55507-9
www.portobello-verlag.de

10 9 8 7 6 5 4 3 2 1

EDGAR WALLACE

DAS GEHEIMNISVOLLE HAUS

Roman

Aus dem Englischen
von Ravi Ravendro

1

Unentschlossen stand ein Mann vor dem achtunggebietenden Portal von Cainbury House. In diesem großen Geschäftsgebäude befanden sich zahlreiche kleine Büros, die sich auf etwa dreißig verschiedene Gewerbe verteilten, wie man auf der Tafel lesen konnte. Die abgetragene Kleidung des Besuchers und seine abgetretenen Schuhe verrieten, daß er nicht sehr reich war. Er schien Ausländer zu sein; sein glattrasiertes, scharfgeschnittenes Gesicht sah etwas melancholisch aus, und über seine dunklen Augen zogen sich schwarze gerade Brauen.

Er stieg die wenigen Stufen zu der Eingangshalle empor und stand nun nachdenklich vor der Firmentafel. Aber es dauerte nicht lange, bis er gefunden hatte, was er suchte. Oben auf der Liste der vielen Büros des fünften Stocks war deutlich zu lesen:

Der schlechte Ruf.

Er nahm einen Zeitungsausschnitt aus seiner Westentasche und verglich ihn mit dem Schild, dann trat er kurz entschlossen und fast vergnügt in die Halle, als ob all seine Zweifel geschwunden wären, und wartete auf den Fahrstuhl. Er hatte seinen Mantel bis oben zugeknöpft; sein Kragen war etwas abgenützt, sein Hemd trug er schon fast eine Woche lang, sein steifer Filzhut war ausgebessert, und bei näherer Betrachtung hätte man herausgefunden, daß er zwar Handschuhe in der Hand hielt, daß er sie aber nur zum Schein trug, da es zwei linke waren.

Als er den Lift betrat, sagte er mit leicht fremdartigem Akzent:

»Fünfter Stock!«

Bald war der Fahrstuhl oben, die Tür öffnete sich, und der etwas verbissen dreinschauende Liftboy zeigte ihm das gesuchte Büro. Wieder zögerte er und betrachtete die Tür sorgfältig. Die obere Hälfte war mit Milchglasscheiben versehen und trug nur die einfache Aufschrift:

Der schlechte Ruf. Redaktion.

Anklopfen.

Er klopfte, und die Tür öffnete sich, als ob sie von unsichtbarer Hand aufgetan würde. Er staunte, obwohl im Grunde nichts

Absonderliches an einer Bürotür war, die sich automatisch öffnen und schließen ließ.

Als er eintrat, befand er sich in einem nur spärlich möblierten Raum. Er sah einen Tisch, auf dem ein paar Zeitungen lagen, und einen Stuhl. Eine alte Schulkarte von England und eine Radierung von Landseer hingen an der Wand. Er lenkte seine Schritte zu der Tür am anderen Ende des Zimmers, und nach einem nochmaligen kurzen Zaudern klopfte er wieder.

»Herein«, sagte jemand.

Vorsichtig öffnete der Fremde und trat ein.

Der Raum war größer als der erste und luxuriös ausgestattet. Er bemerkte Stehlampen mit schönen Schirmen zu beiden Seiten eines breiten, reichgeschnitzten eichenen Schreibtisches. An der einen Wand stand ein großer Bücherschrank. Aus der Unordnung, die auf dem Schreibtisch herrschte, war zu entnehmen, daß sich in diesem Zimmer das eigentliche Hauptbüro der Redaktion befand.

Aber das Bemerkenswerteste an dem ganzen Raum war der Mann, der an dem Schreibtisch saß. Er war stark und kräftig gebaut, und nach seiner Stimme zu urteilen, mußte er in den besten Jahren stehen. Der Fremde konnte sein Gesicht nicht sehen, denn es war hinter einem Schleier von feinen, seidenen Spitzen verborgen, die wie ein Beutel über den Kopf gezogen und unter dem Kinn durch eine Schnur zusammengehalten waren.

Der Mann lachte leise, als er das Erstaunen des Besuchers sah.

»Nehmen Sie Platz«, sagte er auf französisch, »und erschrekken Sie nicht.«

»Mein Herr, seien Sie versichert, daß ich nicht im mindesten erschrocken bin. Mich hat noch nichts in der Welt aus der Fassung gebracht als meine eigene Armut und die Aussicht, einmal arm sterben zu müssen.«

Der verschleierte Mann schwieg eine Weile.

»Sie sind auf meine Annonce hin gekommen?« fragte er dann nach einer langen Pause.

Der Fremde verneigte sich leicht.

»Sie brauchen einen Assistenten, der verschwiegen ist, Kenntnisse in fremden Sprachen besitzt und außerdem kein Geld hat.

Ich erfülle alle diese Bedingungen. Hätten Sie noch hinzugefügt, daß der Betreffende ein abenteuerliches Leben hinter sich haben müsse und keine Skrupel kennen dürfe, so würde auch das auf mich gepaßt haben.«

Der Fremde fühlte, daß der Mann am Schreibtisch ihn genau beobachtete, obwohl er seine Augen nicht sehen konnte. Es war eine lange und sorgfältige Prüfung.

»Ich denke, Sie werden meinen Anforderungen genügen.«

»Sicher«, entgegnete der Besucher kühl und gleichmütig. »Und nun ist es an Ihnen, mein Herr, mir Ihre näheren Bedingungen zu sagen, damit ich weiß, ob mir der Posten zusagt. Als Geschäftsmann müssen Sie wissen, daß zum Abschluß eines Geschäftes zwei Parteien gehören. Vor allem sagen Sie mir, welche Pflichten ich zu übernehmen habe.«

Der Mann am Schreibtisch lehnte sich zurück und steckte die Hände in die Taschen.

»Ich bin der Herausgeber einer kleinen Zeitung, die ausschließlich unter den Dienstboten der besseren Leute zirkuliert. Von Zeit zu Zeit erhalte ich interessante Mitteilungen über die Aristokratie und den Landadel, die von hysterischen französischen Zofen oder rachsüchtigen italienischen Kammerdienern eingesandt werden. Ich bin in diesen Sprachen gerade nicht sehr bewandert, glaube aber, daß in den Briefen viel enthalten ist, was mir infolge meiner Unkenntnis der Sprachen entgeht, was ich jedoch unter allen Umständen wissen möchte. Ich brauche deshalb jemanden, der verschwiegen ist, meine Auslandskorrespondenz erledigt, sie ins Englische übersetzt und mir außerdem kurze Inhaltsangaben der Briefe liefert, die von diesen guten Leuten kommen. Sie wissen, daß die Männer nicht vollkommen sind, noch weniger die Frauen, und am wenigsten diejenigen, die sich Dienstboten leisten können. Gewöhnlich haben diese Angestellten irgendwelche Geschichten zu erzählen, die ihrer Herrschaft nicht sehr zum Vorteil gereichen. Verstehen Sie, lieber Freund? Wie heißen Sie übrigens?«

Der Fremde zögerte einen Augenblick.

»Poltavo«, sagte er dann.

»Italiener oder Pole?«

»Pole.«

»Nun, ich sagte schon, daß die Redaktion der Zeitung bemüht ist, Nachrichten über alles zu sammeln, was in der Gesellschaft vorgeht. Besonders interessiert uns das, was sich hinter den Kulissen abspielt. Wenn man die Geschichten drucken kann, so drucken wir sie. Wenn sie dagegen nicht zur Veröffentlichung geeignet sind«, er machte eine längere Pause, »dann drucken wir sie eben nicht. Aber«, er hob warnend seinen Finger, »lassen Sie sich nicht dazu verleiten, solche Nachrichten in den Papierkorb zu werfen, weil sie Details enthalten, die man nicht veröffentlichen kann. Wir nehmen solche Dinge zu den Akten und bewahren sie zu unserem eigenen Vergnügen auf.« Er sagte dies leichthin, aber Poltavo ließ sich nicht täuschen.

Es trat wieder ein längeres Schweigen ein. Der Mann mit dem verschleierten Gesicht schien nachzudenken.

»Wo wohnen Sie?« fragte er schließlich.

»Im vierten Stock eines kleinen Hauses in Bloomsbury.«

»Wann sind Sie nach England gekommen?«

»Vor sechs Monaten.«

»Warum kamen Sie hierher?«

Poltavo zuckte die Schultern.

»Warum kamen Sie hierher?« wiederholte der Herausgeber der Zeitung mit Nachdruck.

»Es gab eine kleine Meinungsverschiedenheit zwischen mir und dem verehrungswürdigen Polizeichef von San Sebastian«, sagte Poltavo ebenso gleichgültig wie vorhin der andere.

»Hätten Sie mir etwas anderes erzählt, so wären Sie nicht engagiert worden.«

»Warum?« fragte Poltavo erstaunt.

»Weil ich weiß, daß Sie die Wahrheit sprechen. Ihr kleines Zerwürfnis mit der Polizei in San Sebastian hatte einen ganz bestimmten Grund. In dem Hotel, in dem Sie wohnten, wurde nämlich eine größere Geldsumme vermißt. Der Raum, in dem der Betrag verschwand, stieß direkt an Ihr Zimmer, er hatte sogar eine Verbindungstür zu diesem. Wenn also jemand schlau genug war, diese Tür mit einem Nachschlüssel zu öffnen, so war die Sache sehr einfach. Ihre Abreise ist auch beschleunigt worden, weil Sie nicht in der Lage waren, die Hotelrechnung zu bezahlen.«

»Sie sind ein tüchtiger Mann!« sagte Poltavo anerkennend, aber er zeigte sich nicht im geringsten bestürzt oder verwirrt.

»Es gehört zu meinem Geschäft, von allen Leuten etwas zu wissen – nebenbei bemerkt, können Sie mich Mr. Brown nennen. Wenn ich manchmal nicht aufmerksam scheine, wenn Sie mich so nennen, so müssen Sie das entschuldigen, denn in Wirklichkeit heiße ich nicht so. Sie sind also der Mann, den ich gebrauchen kann.«

»Es ist merkwürdig, daß Sie mich gefunden haben. Die Annonce« – er zeigte denselben Ausschnitt vor – »wurde mir nämlich von einem unbekannten Freund zugeschickt.«

»Dieser unbekannte Freund war ich selbst. Verstehen Sie jetzt den Zusammenhang?«

»Dann begreife ich allerdings. Aber das wichtigste ist für mich, wieviel Gehalt ich bekomme.«

Mr. Brown nannte eine Summe, die für Poltavo einen großen Betrag bedeutete. Der Herausgeber der Zeitung beobachtete ihn scharf und freute sich, als er erkannte, daß sein neuer Assistent weder erstaunt noch beeindruckt war.

»Sie werden mich selten in diesem Büro sehen. Wenn Sie gut arbeiten und ich Ihnen trauen kann, werde ich Ihr Gehalt verdoppeln. Wenn Sie mich aber enttäuschen sollten, dann können Sie sich in acht nehmen. Ich lasse nicht mit mir spaßen!«

Er erhob sich.

»So, das wäre alles, was ich Ihnen zu sagen habe. Sie werden sich morgen früh selbst die Tür öffnen. Hier ist der Schlüssel, und hier ist ein Schlüssel zu dem Geldschrank, in dem ich alle Korrespondenzen aufbewahre. Sie finden viele Schriftstücke darin, die die vornehmsten Mitglieder der Gesellschaft belasten, aber verflucht wenig, die irgendwie zu meinen Ungunsten sprechen. Ich erwarte, daß Sie Ihrem neuen Posten Ihre ganze Aufmerksamkeit widmen«, sagte er langsam und bedeutungsvoll.

»Sie können sich darauf verlassen –«, begann Poltavo.

»Warten Sie, ich bin noch nicht fertig. Wenn ich sage, daß Sie Ihrer neuen Stellung Ihre ganze Aufmerksamkeit widmen sollen, so meine ich damit, daß Ihnen keine Zeit bleiben darf, irgendwelche Nachforschungen nach meiner Persönlichkeit anzustellen. Durch eine besondere Einrichtung, die ich Ihnen nicht näher zu erklären brauche, bin ich nämlich in der Lage, dieses Haus zu verlassen, ohne daß jemand merkt, daß ich der Herausgeber dieser interessanten Zeitung bin. Wenn Sie mit der Lektüre der fremdsprachigen Korrespondenz fertig sind, so übersetzen Sie die Schreiben, die die wichtigsten Einzelheiten enthalten. Übergeben Sie die Übersetzungen dem Boten, der jeden Abend um fünf Uhr hierherkommen wird. Ihr Gehalt wird regelmäßig bezahlt werden. Um weitere Pflichten der Redaktion brauchen Sie sich nicht zu kümmern, auch haben Sie mit der Herausgabe der Zeitung selbst nichts zu tun. Warten Sie jetzt bitte fünf Minuten in dem äußeren Zimmer, dann können Sie zurückkommen und mit diesem Stoß von Briefen hier beginnen.«

Poltavo verneigte sich leicht und schloß dann die Tür sorgfältig hinter sich. Er hörte das Klappen eines Metallschlosses und wußte, daß dieselbe elektrische Anlage, die die äußere Tür geöffnet hatte, nun die innere schloß. Nach fünf Minuten drückte er auf die Klinke, sie gab nach, und er trat wieder in das innere Büro. Der Raum war leer. Eine Tür führte auf den Korridor hinaus, aber Poltavo war überzeugt, daß sein Chef nicht auf diesem Wege den Raum verlassen hatte. Er sah sich sorgfältig um, es war keine andere Tür zu entdecken. Aber hinter dem Stuhl, auf dem der verschleierte Mann gesessen hatte, stand ein großer Schrank. Er machte ihn auf, ohne jedoch der Lösung des Geheimnisses näherzukommen, wie Mr. Brown verschwunden war. Der Schrank war mit Büchern, Papier und Akten gefüllt. Poltavo begann nun, den ganzen Raum systematisch zu untersuchen. Er probierte alle Schubladen des Schreibtisches und fand sie unverschlossen, worauf sein Interesse an ihrem Inhalt sofort erlosch, denn er wußte genau, daß ein Mann von Mr. Browns großer Erfahrung schwerlich wichtige Schriftstücke in unverschlossenen Fächern zurücklassen würde. Achselzuckend begann er einen vorbereiteten Brief durchzulesen.

*

Sechs Wochen lang hatte Mr. Poltavo mit unermüdlichem Fleiß in seiner neuen Stellung gearbeitet. Jeden Freitagmorgen hatte er auf seinem Schreibtisch einen Briefumschlag gefunden, der an ihn adressiert war und zwei sorgfältig zusammengefaltete Banknoten enthielt. Jeden Abend um fünf Uhr kam ein Bote mit verschlossenen Gesichtszügen und nahm in einem großen Umschlag die Übersetzungen mit sich, die der Pole tagsüber angefertigt hatte.

Poltavo durchforschte alle Nummern der kleinen Zeitung, die er sich jede Woche kaufte. Er stellte fest, daß nur ein geringer Teil seiner Übersetzungen im Druck erschien. Offensichtlich verfolgte Mr. Brown mit der Herausgabe dieses Skandalblattes noch andere Zwecke. Der Schleier dieses Geheimnisses wurde teilweise gelüftet, als eines Nachmittags laut an der äußeren Tür des Büros geklopft wurde. Poltavo drückte auf den Knopf unter der Schreibtischplatte, wodurch sich die Tür öffnete, und gleich darauf wiederholte sich das Klopfen an dem inneren Eingang.

Dann stand eine junge Dame zögernd in der Tür.

»Wollen Sie nicht näher treten?« fragte Poltavo und erhob sich.

»Sind Sie der Herausgeber dieser Zeitung?« fragte sie, als sie eintrat.

Poltavo verneigte sich. Er war immer bereit, irgendwelche Ehren entgegenzunehmen, die man ihm antun wollte. Hätte sie ihn gefragt, ob er Mr. Brown selbst sei, so würde er sich auch verneigt haben. Es kam ihm gar nicht darauf an.

»Ich habe einen Brief von Ihnen bekommen.« Sie trat an die andere Seite des Tisches, legte ihre Hand auf die Kante und sah ihn halb verächtlich, halb furchtsam an, wie ihm schien.

Er verneigte sich wieder. Er hatte zwar außer seinem Chef niemandem geschrieben, aber er hatte ein weites Gewissen.

»Ich schreibe viele Briefe«, erwiderte er gleichgültig, »und ich weiß wirklich nicht, ob ich Ihnen geschrieben habe oder nicht. Vielleicht kann ich den Brief einmal sehen?«

Sie öffnete ihre Handtasche, nahm einen Umschlag heraus, zog das Schreiben hervor und reichte es dem jungen Mann, der es interessiert betrachtete. »Der schlechte Ruf« stand als Briefkopf auf dem Bogen, aber die Adresse war durch einen dicken Federstrich unleserlich gemacht worden. Der Brief lautete:

Sehr geehrte gnädige Frau,
ich habe einige sehr wichtige Nachrichten erhalten, die Ihre Beziehungen zu Captain Brackly betreffen. Ich bin sicher, Sie können nicht dulden, daß Ihr Name mit diesem Mann in irgendeiner Weise verknüpft wird. Als Tochter und Erbin des verstorbenen Sir George Billk könnten Sie natürlich denken, daß Ihr Reichtum und Ihre Stellung in der Gesellschaft Sie von dem Gerede anderer Leute unabhängig machen, aber ich kann Ihnen versichern, daß die Mitteilungen, die mir zugegangen sind, schwerwiegende Folgen haben würden, wenn ich sie Ihrem Gatten unterbreitete.

Damit die Sache keine weiteren Kreise zieht und um Ihre Verleumder zum Schweigen zu bringen, ist unser Nachforschungsdepartement bereit, diese Skandalgeschichte zu unterdrücken. Die Kosten hierfür belaufen sich auf zehntausend Pfund, die in Banknoten an mich bezahlt werden müssen. Wenn Sie meinen Vorschlag annehmen, setzen Sie bitte eine Annonce in die Spalte »Verloren und gefunden« des »Megaphone«. Ich werde dann eine Zusammenkunft arrangieren, bei der Sie mir das Geld zahlen können. Versuchen Sie aber unter keinen Umständen, an mein Büro zu schreiben oder mich persönlich dort sprechen zu wollen.

Hochachtungsvoll
J. Brown

Poltavo las den Brief, und nun war ihm plötzlich die Aufgabe dieser Zeitung klar. Er faltete den Brief wieder zusammen und händigte ihn der jungen Dame aus.

»Vielleicht ist es nicht sehr klug von mir gehandelt«, sagte sie, »aber ich weiß, was Erpressung ist und wie Erpressung bestraft wird.«

Poltavo befand sich in einer gewissen Verlegenheit, aber nur einen Augenblick.

»Ich habe diesen Brief nicht geschrieben«, erwiderte er freundlich, »er wurde ohne mein Wissen abgesandt. Wenn ich vorhin sagte, ich sei der Herausgeber der Zeitung, so wollte ich damit nur andeuten, daß ich der stellvertretende Redakteur bin. Mr. Brown führt seine Geschäfte ganz unabhängig von mir. Ich weiß natürlich alles, was in der Redaktion vorgeht«, fügte er eilig hinzu, denn er war sehr begierig auf weitere Informationen, die ihm die junge Dame sicher nicht verweigerte, wenn sie ihn für einen maßgebenden Redakteur hielt. »Und ich kann Ihnen nachfühlen, daß Sie durch diesen Brief sehr beunruhigt worden sind.«

Ein Lächeln spielte um ihre Lippen. Poltavo war ein scharfer Beobachter von Frauen und wußte sofort, daß sie nicht nachgiebig und furchtsam war, sich auch nicht aus Angst vor Bloßstellung einschüchtern ließ.

»Ich kann diese Sache Captain Brackly und meinem Mann zur Regelung überlassen. Diesen Brief werde ich meinen Rechtsanwälten zeigen und ebenso den beiden Herren, die er angeht.«

Poltavo hatte gesehen, daß der Brief vor vier Tagen geschrieben war, und er sagte sich, daß »die beiden Herren, die er anging«, ihn niemals zu sehen bekommen würden, wenn er ihnen nicht schon in der ersten Erregung und im ersten Ärger gezeigt worden war.

»Ich glaube, Sie sind sehr klug«, erwiderte er beschwichtigend. »Was bedeutet überhaupt eine so kleine Unannehmlichkeit? Wer kümmert sich denn um die Veröffentlichung von ein paar Briefen?«

»Hat er tatsächlich Briefe?« fragte sie schnell mit verändertem Ton.

Poltavo verneigte sich wieder.

»Werden sie bestimmt zurückgegeben, wenn die Summe bezahlt wird?«

Poltavo nickte, und sie biß sich nachdenklich auf die Lippen.

»Ich verstehe.«

Sie schaute wieder auf den Brief, und ohne ein weiteres Wort verließ sie den Raum.

Poltavo begleitete sie bis zur äußeren Tür.

»Das ist die gerissenste Art der Erpressung«, sagte sie, als sie fortging, aber sie sprach ohne Erregung. »Ich habe jetzt nur noch zu überlegen, wobei ich am besten fahre.«

Poltavo ging in das innere Büro zurück. Als er die Tür öffnete, blieb er erstaunt stehen, denn in dem Stuhl, den er eben verlassen hatte, saß der verschleierte Mann.

Er lachte über die Verwunderung, die er in Poltavos Zügen las, aber er schien sich auch noch über einen anderen Gedanken zu amüsieren.

»Das haben Sie gut gemacht, Poltavo. Sie haben sich glänzend aus der Affäre gezogen.«

»Haben Sie denn die Unterredung belauscht?« fragte der Pole, der wirklich sehr überrascht war.

»Jedes Wort. Nun, was halten Sie davon?«

Poltavo zog einen Stuhl heran und setzte sich seinem Chef gegenüber.

»Ich halte die ganze Sache für sehr klug und schlau angelegt«, sagte er bewundernd. »Aber auf der anderen Seite glaube ich, daß ich zuwenig Gehalt bekomme.«

Mr. Brown nickte.

»Ich denke, Sie haben recht«, stimmte er zu. »Ich will sehen, daß Ihr Einkommen erhöht wird. Wie töricht war es doch von der Frau, hierherzukommen!«

»Entweder war sie eine dumme Person oder eine schlechte Schauspielerin!«

»Wie meinen Sie das?« fragte Mr. Brown schnell.

Poltavo zuckte die Schultern.

»Ich zweifle nicht daran, daß alles, was ich eben erlebt habe, eine abgekartete Komödie war. Die Sache hat auch ihren Zweck erfüllt, denn es ist alles erreicht worden, was beabsichtigt wurde.«

»Und was wurde beabsichtigt?« fragte Mr. Brown neugierig.

»Sie wollten mir den wahren Charakter Ihres Geschäfts enthüllen. Ich schließe das aus folgenden Anhaltspunkten.« Er zählte sie der Reihe nach an seinen langen weißen Fingern ab. »Nach der Adresse auf dem Briefumschlag hieß die Dame Lady Cruxbury, aber ihr wirklicher Name begann mit einem W, wie ich deutlich auf dem Silberbeschlag ihrer Handtasche lesen konnte. Denselben Buchstaben habe ich auch auf ihrem Taschentuch gesehen, das sie aus der kleinen Handtasche herauszog. Deshalb konnte sie nicht die Frau sein, an die der Brief gerichtet war, oder wenn sie es war, so war der Brief nur ein Bluff. In einer so wichtigen Angelegenheit wäre Lady Cruxbury in eigener Person gekommen. Ich glaube, daß es überhaupt keine Lady Cruxbury gibt und daß das Schreiben nur erfunden und mir überreicht wurde, um meine Verschwiegenheit zu prüfen. Sie beobachteten mich währenddessen von einem Versteck aus. Außerdem verfolgten Sie noch den Zweck, wie ich Ihnen ja schon sagte, mir die anderen Geschäfte Ihrer kleinen Zeitung klarzumachen.«

Mr. Brown lachte leise vor sich hin.

»Sie sind ein kluger Kopf, Poltavo«, sagte er dann bewundernd, »und sicher verdienen Sie eine Gehaltsaufbesserung. Ich gebe gern zu, daß die ganze Sache nur eine Komödie war. Sie kennen jetzt mein Geschäft. Sind Sie unter diesen Umständen bereit, Ihre Stellung beizubehalten?«

»Unter einer Bedingung.«

»Sagen Sie, was Sie wollen.«

»Ich bin ein armer Abenteurer«, begann Poltavo. »Mein Leben –«

»Hören Sie mit diesem Zeug auf«, unterbrach ihn Mr. Brown schroff. »Es fällt mir gar nicht ein, Ihnen ein Vermögen zu schenken. Ich habe die Absicht, Ihnen alles zu geben, was zum Lebensunterhalt notwendig ist, und außerdem noch so viel, daß Sie sich etwas Komfort und Luxus gestatten können.«

Poltavo ging zum Fenster und starrte hinaus. Plötzlich wandte er sich wieder um.

»Zu meinem Lebensunterhalt gehört aber auch eine Wohnung in der St. James's Street, ein Auto, eine Loge in der Oper –«

»Von alledem werden Sie nichts bekommen. Nehmen Sie doch Vernunft an!«

Poltavo lächelte.

»Ich bin Ihnen ein Vermögen wert, weil ich Phantasie besitze. Zum Beispiel hier.« Er nahm einen Brief aus dem großen Stoß, der auf dem Pult lag, und öffnete ihn. Die Handschrift war südländisch großzügig, zeigte aber ein schlechtes Schriftbild. »Hier ist ein Brief von einem Italiener«, fuhr er fort, »der für die meisten Leute nur unangenehme Geschäftsdetails enthalten würde, aber für einen Mann meiner Art birgt er reiche Möglichkeiten in sich.« Er lehnte sich über den Tisch, und seine Augen glänzten vor Begeisterung. »Es ist möglich, daß man aus diesem Brief ein großes Vermögen schlagen kann. Das ist ein Mann, der mit den großen englischen Zeitungen in Verbindung kommen möchte, um die Identität und Lebensweise eines gewissen Mr. Fallock zu ergründen.«

Mr. Brown stutzte. »Fallock?« wiederholte er.

Poltavo nickte.

»Unser Freund Fallock hat ein ›großes, wunderbares Haus‹ gebaut, um den Brief unseres Korrespondenten zu zitieren, und in diesem Haus ist ein Millionenvermögen verborgen. Regt das Ihre Phantasie nicht an, mein lieber Kollege?«

»Er hat ein großes Haus gebaut?«

»Diese Leute berichten mir – habe ich eigentlich schon gesagt, daß dieser Brief von zwei verschiedenen Männern geschrieben wurde? –, daß sie einen Anhaltspunkt gefunden haben und daß sie sogar die Adresse Mr. Fallocks kennen. Sie sind sicher, daß er Verbrechen begeht. Aber sie brauchen eine Bestätigung ihrer Entdeckung.«

Mr. Brown schwieg und trommelte nervös mit seinen Fingern auf der Schreibtischplatte. Er hatte den Kopf auf die Brust gesenkt, als ob er über ein schwieriges Problem nachdächte.

»Das ist alles Kindergewäsch«, sagte er plötzlich rauh, »all dieses Gerede von verborgenen Schätzen. Ich habe früher auch schon von der Sache gehört. Es sind eben zwei Südländer mit einer lebhaften Phantasie. Wahrscheinlich haben sie angefragt, ob Sie ihnen das Fahrgeld schicken würden?«

»Genau das haben sie gefordert.«

Mr. Brown lachte unangenehm hinter seinen Schleiern und erhob sich.

»Das ist der spanische Gefängnistrick. Sie lassen sich doch durch derartige Skandalgeschichten nicht täuschen?«

Poltavo zuckte die Schultern.

»Ich spreche als ein Mensch, der selbst in einem spanischen Gefängnis geschmachtet hat«, erwiderte er lächelnd. »Auch ich habe früher an wohlhabende Leute in England Briefe geschickt und sie gebeten, mich aus meiner bedrückten Lage zu befreien. Diese Befreiung konnte aber nur durch Zahlung großer Summen bewerkstelligt werden. Ich verstehe durchaus alle Einzelheiten dieses Manövers, aber wir spanischen Räuber, mein lieber Kollege, schreiben nicht in der Landessprache, wir schreiben in gutem oder schlechtem Englisch. Wir schreiben nicht in schlechtem Italienisch, weil wir doch wissen, daß die Empfänger unserer Briefe sich nicht die Mühe geben, diese übersetzen zu lassen. Nein, Mr. Brown, das ist kein spanischer Gefängnistrick. Dieser Brief ist echt, und alles, was darin steht, ist wahr.«

»Kann ich ihn einmal sehen?«

Poltavo reichte ihm das Blatt über den Tisch hinüber. Mr. Brown wandte einen Augenblick seinem Angestellten den Rükken zu, lüftete den Schleier und las den Brief. Dann faltete er ihn wieder zusammen und steckte ihn in die Tasche.

»Ich werde noch auf die Sache zurückkommen«, sagte er dann mit rauher Stimme. »Ich will es mir aber vorher noch überlegen.«

»Ich möchte Sie außer der Gehaltserhöhung noch um eine andere Gunst bitten.«

»Was soll das denn sein?«

Der Pole streckte die Hände mit einer Geste aus, die eine gewisse Selbstverachtung ausdrücken sollte.

»Ich gebe zu, daß es eine Schwäche von mir ist, aber ich möchte zu gern wieder in guten Kreisen verkehren – Sie verstehen, bei feingekleideten Herren und schönen Damen. Ich sehne mich nach einem Leben in der großen Gesellschaft. Ich weiß wohl, es ist töricht, aber ich möchte mit reichen Leuten, die an der Börse spekulieren, mit Finanzleuten, Politikern und Industriemagnaten auf gleichem Fuß verkehren. Auch ich möchte ein großzügiges Leben führen – ich liebe es, schöne Musik zu hören und gute Weine zu trinken.«

»Und was soll ich dabei tun?« fragte Brown argwöhnisch und unangenehm berührt.

»Verschaffen Sie mir Eingang in die große Gesellschaft«, erwiderte Poltavo liebenswürdig. »Besonders gern möchte ich diesen großen Handelsherrn kennenlernen, von dessen Geschäften ich schon so viel in den Zeitungen gelesen habe. Wie ist doch gleich sein Name? Richtig: Farrington.«

Mr. Brown saß eine Minute lang ruhig da. Dann erhob er sich, öffnete den Schrank und faßte mit der Hand hinein. Poltavo hörte ein Klicken, der Schrank mit seinem ganzen Inhalt schwang nach rückwärts, und er konnte einen Raum sehen, der zu einer anderen Reihe von Büros gehörte, die Mr. Brown auch gemietet hatte. Schweigend stand der verschleierte Mann in der Öffnung, den Kopf auf die Brust gesenkt, die Hände auf dem Rücken.

»Sie sind wirklich sehr klug, Poltavo«, sagte er dann und ging in das andere Zimmer. Der Schrank schob sich wieder vor und verdeckte den Zugang.

Poltavo blieb ein wenig überrascht zurück.

2

»Meuchelmörder!«

Dieser Schrei schrillte durch die stille Nacht und weckte auch das Interesse und die Neugier eines Bewohners des Brakely Square, der noch wach war. Es war Mr. Gregory Farrington, der gewöhnlich an Schlaflosigkeit litt. Er hörte den Ruf, legte das Buch, in dem er gelesen hatte, stirnrunzelnd aus der Hand, erhob sich aus seinem Lehnstuhl, zog den Schlafrock dichter um seinen etwas behäbigen Körper und trat an das Fenster. Die Jalousien waren heruntergelassen, aber er steckte die Finger zwischen zwei Brettchen und bog sie so, daß er durchschauen konnte.

Die Fenster waren beschlagen, und die Straßenlaternen waren nur undeutlich und verschwommen zu sehen. Er rieb die Scheiben mit den Fingerspitzen klar.

Zwei Männer standen vor dem Haus, mitten auf dem einsamen Fahrdamm. Sie sprachen erregt miteinander. Mr. Farrington konnte selbst durch das geschlossene Fenster ihre harten Stimmen hören. An ihren heftigen Gesten erkannte er sie als Italiener.

Er sah, daß der eine seine Hand hob, um den anderen zu schlagen, und er sah das Blitzen eines Pistolenlaufes.

»Hm!« sagte Mr. Farrington.

Er war allein in seinem schönen Haus am Brakely Square. Der Hausmeister, die Köchin und ein Stubenmädchen, auch der Chauffeur waren zu einem Dienstbotenball gegangen. Die Stimme auf der Straße wurde lauter.

»Dieb!« hörte er plötzlich in französischer Sprache rufen. »Soll ich mich denn bestehlen lassen –« Den Rest konnte er nicht mehr verstehen.

Auf der anderen Seite des großen Platzes war ein Polizist erschienen. Mr. Farrington rieb die Glasscheibe energischer und schaute ängstlich nach dem Beamten. Dann ging er die Treppe hinunter, öffnete die Metallklappe seines Briefkastens und lauschte. Es war nicht schwer, alles zu verstehen, was sie sagten, obgleich sie jetzt leiser sprachen, denn sie standen am Fuß der Stufen, die zu der Haustür führten.

»Was willst du eigentlich?« fragte der eine auf französisch. »Es ist eine Belohnung ausgesetzt – da könnte man Geld verdienen, gewiß! Aber wenn man ihn selbst packt, kann man genug für zwanzig bekommen! Unglücklicherweise haben wir beide dieselbe Absicht, aber ich schwöre dir, daß ich dich nicht betrügen will –« Dann wurde seine Stimme ganz leise.

Mr. Farrington stand in der dunklen Eingangshalle, kaute an dem Ende seiner Zigarre und versuchte, die einzelnen Bruchstücke dieser Unterhaltung zusammenzusetzen. Die beiden Männer mußten Komplicen oder Helfershelfer von Montague Fallock sein, diesem Erpresser, nach dem die Polizei aller Länder Europas suchte. Und sicher hatten die beiden unabhängig voneinander den Plan gefaßt, ihn zu erpressen – oder ihn zu verraten.

Mr. T. B. Smith bewohnte ebenfalls ein Haus am Brakely Square. Er war ein hoher Beamter im Polizeipräsidium und sehr begierig darauf, Montague Fallock zu fassen. Mr. Farrington, der all dies genau wußte, war sich darüber klar, daß das wohl der Grund der eben gehörten Unterhaltung vor dem Tor seines schönen Hauses war.

»Ich sage dir ja gerade«, erklärte der zweite Mann jetzt ärgerlich, »daß ich alle Vorkehrungen getroffen habe, um Monsieur – aufzusuchen. Das mußt du mir glauben –«

»Dann wollen wir zusammen gehen«, erwiderte der andere bestimmt. »Ich traue niemandem, am allerwenigsten einem unzuverlässigen Neapolitaner –«

Der Polizist Habit hatte nichts von dem Streit gehört, wie aus der späteren Untersuchung hervorging. Er sagte ganz bestimmt aus: »Ich hörte nichts Außergewöhnliches.«

Aber plötzlich waren, kurz nacheinander, zwei Schüsse gefallen.

Sie waren unverkennbar aus einer oder zwei Browningpistolen abgefeuert worden. Dann schrillte eine Polizeipfeife auf, und der Schutzmann P. C. Habit eilte in die Richtung, aus der die Schüsse gekommen waren. Er blies laut auf seiner eigenen Alarmpfeife.

Als er ankam, fand er drei Männer, von denen zwei tot auf dem Boden lagen. Der dritte war Mr. Farrington, der zitternd vor dem Eingang seines Hauses stand. Er hatte eine Alarmpfeife im Mund. Sein grauer Schlafrock flatterte im Wind.

Zehn Minuten später erschien Mr. T. B. Smith auf der Bildfläche. Bei seiner Ankunft hatte sich schon eine große Menschenmenge angesammelt, die Hälfte aller Schlafzimmerfenster am Brakely Square war von neugierigen und sensationslüsternen Menschen besetzt, auch die Rettungswache war schon erschienen.

»Sie sind tot«, berichtete der Polizist.

T. B. Smith schaute auf die beiden Männer, die auf dem Boden lagen. Offensichtlich waren es Ausländer. Einer war sehr gut, fast vornehm gekleidet, der andere trug einen etwas abgenützten Kellnerfrack unter einem langen Ulster, der ihn vom Hals bis zu den Füßen einhüllte.

Die beiden Männer lagen beinahe Kopf an Kopf, der eine auf dem Gesicht, mit dem Rücken nach oben. Der Polizist hatte ihn in dieser Lage gefunden und hatte ihn wieder so hingelegt, nachdem er festgestellt hatte, daß menschliche Hilfe hier vergeblich war. Der andere lag zusammengekauert an seiner Seite.

Die Polizisten hielten die Menschenmenge in der nötigen Entfernung von dem Schauplatz, während der Chef der Geheimpolizei, Mr. T. B. Smith, eine genaue Untersuchung vornahm. Er fand eine Pistole auf dem Boden, eine andere unter dem zusammengekauerten Mann. Während dann die beiden Toten in den Wagen gebracht wurden, wandte er sich an Mr. Farrington.

»Wollen Sie so liebenswürdig sein und mit mir nach oben kommen«, bat der bestürzte Millionär, »ich will Ihnen gern alles erzählen, was ich weiß.«

Mr. T. B. Smith nahm einen besonderen Geruch wahr, als er in den Hausflur kam, sagte jedoch nichts darüber. Sein Geruchssinn war in einer außergewöhnlichen Weise entwickelt, aber er war ein taktvoller und verschwiegener Mann.

Er kannte Farrington – wer kannte ihn nicht! – als seinen Nachbarn und als einen Mann von ungewöhnlichem Reichtum.

»Ihre Tochter –«, begann er.

»Mein Mündel, meinen Sie wohl«, verbesserte ihn Mr. Farrington, als er alle Lichter in seinem Wohnzimmer eingeschaltet hatte. »Sie ist nicht zu Hause; sie bleibt die Nacht über bei meiner Freundin Lady Constance Dex – kennen Sie die Dame?«

Mr. Smith nickte.

»Ich kann Ihnen leider nur wenig Informationen geben«, erklärte Mr. Farrington. Er war bleich und zitterte. Seine Verfassung erschien ganz natürlich für einen guten Bürger, der das Gesetz achtete und Zeuge eines so entsetzlichen Mordes gewesen war. »Ich hörte Stimmen und ging zur Haustür hinunter – ich hatte die Absicht, einen Polizisten zu rufen –, dann hörte ich zwei Schüsse, die fast zu gleicher Zeit fielen; ich öffnete die Tür und sah die beiden Männer dort auf der Straße liegen, wie sie später auch von dem Polizisten gefunden wurden.«

»Worüber sprachen die beiden denn?«

Mr. Farrington zögerte.

»Ich hoffe, daß ich nicht als Zeuge bei der Verhandlung dieses Falles zugezogen werde?« Aber Mr. Smith gab ihm in dieser Hinsicht keine Hoffnung. »Sie sprachen über den allbekannten Montague Fallock – einer drohte, ihn bei der Polizei anzuzeigen.«

»Ja«, sagte Mr. Smith. Man konnte aus diesem »Ja« entnehmen, daß er die Zusammenhänge ahnte und verstand.

»Und wer war der dritte Mann?« fragte er plötzlich.

Auf Mr. Farringtons Gesicht kam und ging die Farbe.

»Der dritte Mann?« stammelte er.

»Ich meine den Mann, der die beiden erschossen hat. Es ist doch klar, daß *sie von einer dritten Person getötet wurden*. Man hat zwar zwei Pistolen gefunden, aber aus keiner von ihnen ist ein Schuß abgegeben worden. Das entnehme ich daraus, daß beide Waffen gesichert waren. Ebenso ist der Laternenpfahl, in dessen Nähe die beiden standen, durch ein Geschoß beschädigt worden, das keiner der Männer abgefeuert haben kann. Deshalb bin ich der Überzeugung, Mr. Farrington, daß noch ein dritter Mann zugegen war. Haben Sie etwas dagegen, wenn ich Ihr Haus durchsuche?«

Ein leichtes Lächeln zeigte sich jetzt auf dem Gesicht des Millionärs.

»Nicht das geringste. Wo wollen Sie mit Ihren Nachforschungen beginnen?«

»Im Erdgeschoß – in der Küche.«

Mr. Farrington führte den Detektiv die Treppe hinunter. Sie benützten die Dienertreppe, die in das Reich der abwesenden Köchin führte. Er drehte das elektrische Licht in dem Raum an, als sie eintraten.

Es war nichts zu entdecken, was darauf hingedeutet hätte, daß jemand hier eingedrungen war.

»Dies ist die Kellertür«, erklärte Mr. Farrington. »Hier ist die Speisekammer, und hier geht es zum Hofflur. Die Tür ist verschlossen.«

Mr. Smith drückte die Klinke nieder, die Tür öffnete sich leicht.

»Aber Sie sehen doch, daß sie nicht verschlossen ist«, sagte er und trat in den dunklen Gang.

»Das kann nur eine Nachlässigkeit des Hausmeisters sein«, erwiderte Mr. Farrington erstaunt. »Ich habe strengsten Befehl gegeben, alle Türen zu schließen. Wenn Sie weiter untersuchen, werden Sie finden, daß die Hoftür verriegelt und mit einer Kette versehen ist.«

Der Detektiv beleuchtete die Tür mit seiner Taschenlampe. »Das scheint mir nicht der Fall zu sein – sie ist nur angelehnt.«

Mr. Farrington war außer sich.

»Nur angelehnt?« wiederholte er.

T. B. Smith trat auf den kleinen Hof hinaus. Man konnte von der Straße aus über eine kleine Treppe dorthin gelangen. Er ließ das Licht seiner Lampe über die Steinfliesen gehen. Plötzlich sah er etwas auf dem Boden glitzern, bückte sich und hob es auf. Es war eine kleine, mit einer Goldkapsel versehene Flasche, die offenbar aus der Handtasche einer Dame gefallen war. Er roch daran.

»Ja, das ist es«, sagte er dann.

»Was meinen Sie?« fragte Mr. Farrington argwöhnisch.

»Ich meine den Geruch, den ich in Ihrer Eingangshalle wahrnahm. Es ist ein besonderer Duft.« Wieder roch er an dem kleinen Fläschchen. »Gehört dieser Gegenstand Ihrem Mündel?«

Farrington schüttelte heftig den Kopf.

»Doris ist noch niemals in ihrem Leben hier gewesen«, sagte er. »Abgesehen davon kann sie Parfüms nicht leiden.«

Mr. Smith ließ das Fläschchen in seine Tasche gleiten.

Alle weiteren Nachforschungen ergaben kein Anzeichen für die Anwesenheit einer dritten Person, und T. B. Smith folgte Mr. Farrington in sein Arbeitszimmer.

»Was halten Sie von der ganzen Sache?« fragte Mr. Farrington.

Mr. Smith antwortete nicht gleich. Er ging erst zum Fenster und schaute hinaus. Die kleine Menschenmenge, die von den Schüssen angelockt worden war, hatte sich allmählich wieder zerstreut. Der Nebel, der schon den ganzen Abend hereinzubrechen drohte, hatte sich nun auch über den Platz verbreitet, und die Straßenlaternen erschienen nur undeutlich als große, gelbe Lichtkugeln in dem dichten Dunst.

»Ich glaube, daß ich nun endlich auf die Spur Montague Fallocks gekommen bin.«

Mr. Farrington schaute ihn mit offenem Munde an.

»Ist das Ihr Ernst?« fragte er ungläubig.

Der Detektiv nickte.

»Was halten Sie denn von der offenen Tür da unten – es muß doch irgendein Fremder hier gewesen sein!« rief Mr. Farrington. »Sie denken doch nicht etwa, daß Montague Fallock heute abend in diesem Hause war?«

Mr. Smith nickte wieder. Es trat ein kurzes Schweigen ein.

»Er hat einen Erpressungsversuch an mir verübt«, meinte Mr. Farrington, »aber ich glaube nicht –«

Der Detektiv klappte seinen Mantelkragen hoch.

»Ich habe noch eine unangenehme Aufgabe vor mir, ich muß diese unglücklichen toten Leute durchsuchen.«

Farrington schauderte. »Das ist schrecklich«, sagte er heiser.

Mr. Smith sah sich in dem schönen Zimmer um. Die silbernen Beschläge leuchteten matt in dem milden Licht abgeblendeter Kronleuchter. Kostbare Rosenholzpaneele bedeckten die Wände, ein kräftiges, wärmendes Feuer brannte in dem vergitterten Kamin. Der Boden war mit prachtvollen persischen Teppichen belegt. Wenige auserlesene Gemälde schmückten die Wände – jedes von ihnen hatte ein Vermögen gekostet.

Auf dem Schreibtisch stand eine große Fotografie in einem einfachen Silberrahmen. Es war das Bild einer schönen Frau in der Blüte ihres Lebens.

»Verzeihen Sie«, begann Mr. Smith und ging zu dem Schreibtisch hinüber. »Ist dies nicht ...?«

»Es ist Lady Constance Dex«, erwiderte Mr. Farrington kurz. »Sie ist mit mir und meinem Mündel eng befreundet.«

»Ist sie augenblicklich in der Stadt?«

»Sie ist in Great Bradley. Ihr Bruder ist dort Pfarrer.«

»Great Bradley?« Mr. Smith runzelte die Stirn, als ob er sich an etwas erinnern wollte. »Liegt in dieser Gegend nicht das ›geheimnisvolle Haus‹?«

»Ich habe auch davon gehört«, entgegnete Mr. Farrington mit einem fast unmerklichen Lächeln.

»C. D.« sagte Mr. Smith halb zu sich selbst, als er zur Tür ging.

»Wie meinen Sie?«

»C.D. – das sind doch die Initialen von Lady Constance Dex.«

»Das stimmt – aber wie kommen Sie darauf?«

»Dieselben Buchstaben sind auch auf dem goldenen Verschluß des Parfümfläschchens eingraviert. Gute Nacht.«

Mr. Farrington blieb bestürzt und erschrocken zurück.

3

Mr. T. B. Smith saß allein in seinem Büro in Scotland Yard. Das Themseufer, der Fluß und auch das große, palastähnliche Parlamentsgebäude waren von dichtem Nebel völlig eingehüllt. Seit zwei Tagen lag London schon unter einer dunklen Dunstschicht, und wenn man den Wetterpropheten Glauben schenken durfte, konnte man sich noch auf zwei weitere Nebeltage gefaßt machen.

Der hübsche Raum mit seiner mattpolierten Eichentäfelung und den vornehmen, eleganten Beleuchtungskörpern bot selbst einem Mann von verwöhntem Geschmack einen angenehmen Aufenthalt. Ein helles Feuer flackerte in dem gekachelten Kamin, und eine silberne Uhr tickte melodisch auf der Marmorplatte darüber. Neben Mr. Smith stand ein mit einer weißen Serviette bedecktes Tablett, auf dem ein zierlicher silberner Teetopf und alle nötigen Gegenstände zur Teebereitung standen.

Mr. Smith schaute auf die Uhr, es war fünfundzwanzig Minuten nach eins.

Er drückte auf einen Klingelknopf, der seitlich am Schreibtisch angebracht war. Gleich darauf klopfte es leise, und ein Polizeibeamter erschien in der Türöffnung.

»Gehen Sie in die Registratur und holen Sie mir« – er machte eine kurze Pause und schaute auf ein Stück Papier, das vor ihm lag – »das Aktenstück Nr. G 7941.«

Der Mann zog sich geräuschlos zurück, und T. B. Smith schenkte sich bedächtig eine halbe Tasse Tee ein.

Nachdenkliche Falten zeigten sich auf seiner Stirn, und ein Ausdruck ungewöhnlicher Sorge lag auf seinen sonst so gleichmäßigen Zügen, die die Sonne Südfrankreichs gebräunt hatte.

Er war von seinem Urlaub plötzlich zurückgekehrt, um sich einer Aufgabe zu widmen, die nur ein Mann von seiner Begabung lösen konnte. Er sollte den größten Schwindler der letzten Zeit, Montague Fallock, aufspüren. Und nun war diese Aufgabe noch dringender geworden, denn Montague Fallock oder seine Anhänger waren für den Tod zweier Männer verantwortlich, die man in der vorigen Nacht am Brakely Square leblos aufgefunden hatte.

Niemand hatte Montague gesehen; es existierte keine Fotografie von ihm, die die vielen Detektive auf seine Spur hätte bringen können. Man hatte zwar Agenten von ihm festgenommen und sie strengen Verhören unterworfen, aber es waren immer nur die Agenten anderer Agenten gewesen. Montague selbst hatte sich unsichtbar gehalten; er stand hinter einem Stahlnetz von Banken, Rechtsanwälten und anonymen Personen – für den Arm der Gerechtigkeit unerreichbar.

Der Polizeibeamte kehrte mit einer kleinen schwarzen Ledermappe zurück, die er vor Mr. Smith niederlegte. Dann verließ er das Zimmer wieder.

Mr. Smith öffnete die Tasche und zog drei kleine Päckchen daraus hervor, die mit einer roten Schnur umwunden waren.

Er machte das eine auf und legte drei Karten vor sich hin. Es waren vergrößerte Fotografien von Fingerabdrücken. Selbst wenn man kein Experte auf diesem Gebiet war, konnte man sofort erkennen, daß sie von demselben Finger herrührten, obwohl sie offensichtlich unter den verschiedensten Umständen aufgenommen waren.

Der Detektiv verglich sie mit einer kleineren Fotografie, die er aus seiner Westentasche hervorgeholt hatte. Es bestand gar kein Zweifel darüber – auch dieser vierte Abdruck stimmte mit den anderen überein. Man hatte ihn durch ein umständliches Verfahren von einem kaum sichtbaren Abdruck auf dem letzten Brief gewonnen, den dieser Erpresser an Lady Constance Dex gerichtet hatte.

Er klingelte wieder, und der Beamte erschien aufs neue in dem Zimmer.

»Ist Mr. Ela in seinem Büro?«

»Jawohl. Er bearbeitet den Fall im Zollamt.«

»Ach ja, ich erinnere mich – zwei Männer wurden überrascht, wie sie dort das Gepäck berauben wollten. Sie entflohen, nachdem sie einen Polizisten in dem Gebäude niedergeschossen hatten.«

»Sie sind zwar beide entkommen, aber der eine ist von einem Beamten durch einen Schuß verwundet worden. Man hat Blutspuren an der Stelle gefunden, wo das Auto wartete.«

Mr. Smith nickte.

»Bitten Sie Mr. Ela, zu mir zu kommen, wenn er mit seiner Arbeit fertig ist.«

Polizeiinspektor Ela hatte seine Nachforschungen anscheinend schon beendet, denn kurz darauf erschien er in dem Büro. Er hatte etwas melancholische Züge.

»Treten Sie näher«, sagte Mr. Smith lächelnd, »und erzählen Sie mir all Ihre Leiden und Ihren Kummer.«

Mr. Ela ließ sich in einem rohrgeflochtenen Stuhl nieder.

»Meine Hauptsorge besteht darin, Augenzeugen zu finden, die nähere Angaben machen können. Bis jetzt fehlt jeder Anhaltspunkt für die Identität der Räuber, die beinahe einen Mord auf dem Gewissen haben. Die Nummer des Wagens war natürlich gefälscht, man hat das Auto nicht über Limehouse hinaus verfolgen können. Ich stehe vor scheinbar unüberwindlichen Schwierigkeiten. Ich weiß nur, daß einer der Vagabunden entweder verwundet oder getötet und von seinem Freund in den Wagen getragen wurde. Es ist möglich, daß seine Leiche irgendwo auftauchen wird – dann könnten wir vielleicht weiterkommen.«

»Wenn das nun zufällig mein Freund Montague Fallock wäre«, meinte Mr. Smith gutgelaunt, »dann könnte ich glücklich sein. Was wollten die beiden denn erbeuten? Suchten sie nach Goldbarren?«

»Das glaube ich kaum – es schienen ganz einfache Diebsgesellen zu sein. Sie haben ein paar Koffer aufgebrochen, einen Teil des Passagiergepäcks vom Dampfer ›Mandavia‹, der am Tag vorher von der Westküste Afrikas eingetroffen war. Es war Gepäck, wie es Passagiere eben ein oder mehrere Tage in der

Zollstation lassen, bis sie weiterreisen. Die aufgebrochenen Koffer gehören dem Sekretär eines Gouverneurs des Kongostaates, der Frau eines höheren Kolonialbeamten, dessen Namen ich vergessen habe – und einem gewissen Dr. Goldworthy, der eben aus dem Kongogebiet zurückgekommen ist, wo er sich der Erforschung der Schlafkrankheit widmete.«

»Das klingt ja gerade nicht sehr erschütternd«, sagte Mr. Smith nachdenklich. »Ich verstehe nicht, warum so hochmoderne, elegante Verbrecher im Auto angefahren kommen, um sich mit solchen Kleinigkeiten abzugeben; warum sie in Masken und mit Pistolen auftreten – sie waren doch maskiert, wenn ich mich recht entsinne?« Ela nickte. »Warum kommen diese Leute wegen solcher Bagatellen?«

»Nun erzählen Sie mir aber auch von Ihrem Fall«, bat der Inspektor.

»Von dem Fall Montague Fallock«, erwiderte Smith mit einem verbissenen Lächeln. »Wieder der edle Montague Fallock! Er war so bescheiden, nur zehntausend Pfund von Lady Constance Dex zu fordern – der Schwester des bekannten und ehrenwerten Pfarrers Jeremiah Bangley in Great Bradley. Wenn sie nicht zahlt, will er sie mit einer alten Liebesaffäre bloßstellen.

Bangley ist ein großer, freundlicher, vornehmer Herr, der ganz unter dem Einfluß seiner Schwester steht. Sie ist eine stattliche und immer noch schöne Frau. Die Angelegenheit hat ihre Bedeutung eigentlich dadurch schon halb verloren, daß der betreffende Mann vor kurzer Zeit in Afrika starb. Das sind alle wesentlichen Details. Ihr Bruder wußte schon von der ganzen Sache, aber Montague wollte sie eben der ganzen Welt bekanntmachen. Er droht, die Dame umzubringen, wenn sie seine Forderung der Polizei mitteilen sollte. Es ist nicht das erstemal, daß er zu derartigen Drohungen greift. Der letzte, den er zu erpressen suchte, war der Millionär Farrington – merkwürdigerweise ein guter Freund von Lady Dex.«

»Es ist wie verhext«, meinte Ela. »Konnten Sie denn keine weiteren Anhaltspunkte finden, als Sie die Leichen der beiden Männer durchsuchten, die gestern nacht ermordet wurden?«

Mr. Smith ging in dem Raum auf und ab, er hatte die Hände in die Hosentaschen gesteckt und schüttelte nachdenklich den Kopf.

»Ferreira de Coasta war der eine, und Henri Sans der andere. Zweifellos standen die beiden im Sold Montagues. Coasta war ein gebildeter Mann, der ihm wahrscheinlich als Vermittler gedient hat. Von Haus aus Architekt, war er wegen dunkler Geldangelegenheiten in Paris in Schwierigkeiten gekommen. Sans war ein untergeordneter Agent, dem man mehr oder weniger Vertrauen entgegenbrachte. Ich habe weder bei dem einen noch bei dem anderen etwas Besonderes gefunden, das mich auf die Spur Montague Fallocks hätte bringen können. Sehen Sie, nur dieses Ding habe ich entdeckt.«

Er zog eine Schublade seines Schreibtisches auf und nahm ein kleines, silbernes Medaillon heraus, das eingravierte Ornamente und ein schon halb verwischtes Monogramm trug.

Mr. Smith drückte auf eine Feder, und das Medaillon sprang auf. Es enthielt nur ein kleines, weißes, kreisrundes Papier.

»Ein gummiertes Etikett«, erklärte Mr. Smith. »Aber die Inschrift ist interessant.«

Ela nahm den kleinen Gegenstand in die Hand, hielt ihn ans Licht und las.

Mor: Cot.
Gott schütz dem Kenig

»Ungeheuer patriotisch, aber eine unglaubliche Orthographie, ich kann nichts damit anfangen.«

Smith steckte das Medaillon wieder in seine Tasche und verschloß dann das Aktenstück in einer Schreibtischschublade.

Ela gähnte.

»Entschuldigen Sie, aber ich bin sehr müde. Übrigens – liegt in diesem Great Bradley, das Sie vorhin erwähnten, nicht irgend so ein romantisches Haus?«

Mr. Smith nickte und zwinkerte mit den Augen.

»Es ist die Stadt, in der das ›geheimnisvolle Haus‹ liegt«, sagte er und erhob sich. »Aber die Extravaganzen eines liebeskranken Amerikaners, der verrückte Häuser baut, gehen schließlich die Polizei nichts an. Sie können bis Chelsea in meinem Wagen mitfahren.« Bei diesen Worten zog er seinen Mantel an und nahm seine Handschuhe. »Möglicherweise haben wir Glück und überfahren Montague im Nebel.«

»Sie scheinen ja heute abend in einer Stimmung zu sein, in der Sie an Wunder glauben«, meinte Ela, als sie zusammen die Treppe hinuntergingen.

»Ich bin in der Stimmung, zu Bett zu gehen«, erwiderte Mr. Smith ehrlich.

Als sie draußen angelangt waren, war der Nebel so dicht, daß sie zögernd stehenblieben. Der Chauffeur, der Mr. Smiths Wagen lenkte, war ein kluger und zäher Polizeibeamter, aber seine lange Erfahrung sagte ihm, daß es ein nutzloses Beginnen war, an diesem Abend nach Chelsea zu fahren.

»Die ganze Straße ist nebelig und unsichtig«, sagte er. »Ich habe eben mit der Westminster-Wache telefoniert und dort die Auskunft bekommen, daß es unmöglich sei, durch den Nebel zu fahren.«

Mr. Smith nickte.

»Dann werde ich hier in der Polizeidirektion schlafen. Sie suchen sich besser hier auch ein Quartier in einer der Wachstuben«, wandte er sich an seinen Chauffeur. »Was wollen Sie tun, Ela?«

»Ich werde ein wenig im Park spazierengehen«, entgegnete Ela ironisch.

Mr. Smith ging zu seinem Büro zurück, und Ela folgte ihm. Oben drehte er das elektrische Licht an, aber er blieb in der Tür stehen. Während ihrer Abwesenheit von höchstens zehn Minuten mußte jemand hiergewesen sein. Zwei Schubladen des Schreibtisches waren gewaltsam geöffnet worden, und der Fußboden war mit Schriftstücken bedeckt, die bei einer hastigen Durchsuchung hinuntergeworfen worden waren.

Mr. Smith war mit einigen großen Schritten am Schreibtisch – das Aktenstück war fort.

Ein Fenster stand offen, und dichte Nebelschwaden drangen in das Zimmer.

»Sehen Sie – hier sind Blutspuren«, rief Ela und zeigte auf das mit Blutflecken bedeckte Löschpapier der Schreibunterlage.

»Er hat sich mit der Hand am Glas geschnitten.« Mr. Smith wies auf die zerbrochene Fensterscheibe. Dann schaute er hinaus.

Eine leichte Hakenleiter, wie sie bei amerikanischen Feuerwehren benützt wird, hing draußen an der Brüstung. Der Nebel war so dicht, daß man unmöglich erkennen konnte, wie lang sie war. Die beiden zogen sie mühelos nach oben. Sie bestand aus leichten Bambusstangen, an denen in gewissen Abständen kurze Eisenklammern angebracht waren.

»Auch hier sind Blutspuren«, bemerkte Ela. Dann wandte er sich schnell an den Beamten, der auf sein Klingelzeichen erschienen war, und gab seine Anordnungen in größter Eile. »Der Inspektor vom Dienst soll sofort mit allen verfügbaren Mannschaften das Polizeipräsidium umstellen – rufen Sie die Wache Cannon Row an, daß alle Leute an der Absperrung teilnehmen sollen. Ein Mann mit einer verletzten Hand soll verhaftet werden – geben Sie den Befehl an alle Reviere durch.«

»Wir haben nur wenig Aussicht, unseren Freund auf diese Weise zu fassen«, sagte Mr. Smith. Er nahm ein Vergrößerungsglas und betrachtete einen der Blutflecken.

»Wer mag das gewesen sein?« fragte Ela.

Mr. Smith zeigte auf den blutigen Fingerabdruck.

»Montague Fallock – und er weiß jetzt gerade das, was er unter keinen Umständen erfahren sollte.«

»Und was ist das?«

Mr. Smith antwortete nicht gleich. Er stand mitten im Zimmer und schaute sich um, ob er nicht irgendwelche Spuren oder Anhaltspunkte finden könnte, die der Einbrecher hinterlassen hatte.

»Er weiß genausoviel wie ich«, sagte er grimmig. »Aber vielleicht bildet er sich ein, daß ich noch mehr weiß – die Dinge werden sich ja entwickeln.«

4

Es war eine böse Nacht für London. Sie war nicht wild oder stürmisch, aber die ganze Stadt war – wie eine Mohammedanerin, die bis zu den Augen verschleiert ist – in Nebel gehüllt. Der weiche, graue Dunst hing über den engen Straßen der Stadt, durch die sich den ganzen Tag über der Verkehr gewälzt hatte, und machte die kleinen Seitenstraßen zu einem wahren Irrgarten. Fast noch schwerer war es, sich auf den großen Plätzen zurechtzufinden. Besonders unten am Boden war der graue Dunst so dicht, daß man nicht einen Meter weit sehen oder etwas erkennen konnte. Die Menschen gingen gespenstisch und abenteuerlich durch eine fremde, unbekannte Welt.

Gelegentlich zerrissen die Nebelschleier, um sich dann nur wieder fest zu schließen. Vor dem Jollity-Theater brannte eine große Anzahl starker Bogenlampen, deren zitterndes Licht den Platz erhellte. Eine ununterbrochene Reihe von Fahrzeugen strömte hierher. Die Wagen sahen wie ungeheuer große, glitzernde Käfer aus, die von irgendwoher auftauchten. Sie verschwanden wieder in dem ungewissen Nebel, nachdem die Fahrgäste ausgestiegen waren. Auch eine lange Prozession von Fußgängern wand sich über diesen erleuchteten Platz.

Inmitten der Menge bewegte sich ein junger Bursche mit scharfgeschnittenen Gesichtszügen, der offenbar Zeitungen verkaufte, aber alle ankommenden Wagen scharf beobachtete. Plötzlich stürzte er an den Rand des Gehsteigs, wo soeben ein Taxi hielt. Ein Herr stieg etwas schwerfällig aus und half dann einer jungen Dame heraus.

Nur einen Augenblick wurde die Aufmerksamkeit des Jungen von der glänzenden Erscheinung dieser Dame abgelenkt. Das in ein weites, elfenbeinfarbenes Cape gehüllte Mädchen hatte einen zarten Teint und war groß und schlank. Ihre Augen, die unter großen, schöngeschwungenen Wimpern hervorschauten, waren ausdrucksvoll und von wunderbar blauer Farbe. Sie lachte.

»Sei vorsichtig, Tante«, sagte sie vergnügt, als noch eine etwas untersetzte ältere Dame mit steifen Bewegungen aus dem Wagen stieg. »Dieser Londoner Nebel ist gefährlich.«

Der Zeitungsjunge war eine Sekunde lang in den Anblick des Mädchens versunken, aber dann erinnerte er sich plötzlich an seinen Auftrag. Seine Keckheit kam wieder zum Durchbruch, und er drängte sich vor.

»Zeitung gefällig, mein Herr?«

Der Angesprochene schien ihn zuerst abweisen zu wollen, aber die Haltung des Jungen ließ ihn seine Absicht ändern.

Während er in seiner Westentasche nach Kleingeld suchte, betrachtete ihn der Zeitungsjunge genau. Unter dem großen Hut war ein Gesicht mit kraftvollen Zügen zu sehen, aber es zeigte eine ungesunde, graublasse Farbe. Die Lippen waren dünn und zusammengekniffen, und tiefe Furchen liefen von den Nasenflügeln zum Kinn. Die Augen standen dicht beisammen und hatten eine trübdunkle Färbung.

Das ist er, sagte der Junge zu sich selbst.

Die junge Dame lachte, als sie sah, daß sich ihr Begleiter in dieser ungemütlichen Umgebung so sehr für Zeitungen interessierte, und wandte sich an einen jungen Mann in Gesellschaftskleidung, der eben aus einem zweiten Auto gestiegen war und auf sie zutrat.

Diesen Augenblick, in dem die anderen abgelenkt wurden, benutzte der kleine Bursche und trat noch etwas näher an den älteren Herrn heran.

»T.B.S.«, sagte er leise, aber klar verständlich.

Der Mann erbleichte plötzlich, und das Geldstück, das in seiner großen, weißbehandschuhten Hand lag, fiel klirrend zu Boden.

Der Zeitungsjunge bückte sich schnell und hob es geschickt auf.

»T.B.S.«, flüsterte er noch einmal und noch eindringlicher.

»Hier?« Die Lippen des alten Herrn zitterten.

»Er beobachtet das Theater – eine Menge Detektive sind hier«, erwiderte der Junge rasch und war froh, daß er seine Botschaft angebracht hatte. Während er das Geldstück zurückgab, schob er ein Stück Papier in die Hand des Mannes.

Dann drehte er sich mit einem vergnügten Blick zu der jungen Dame um, sah sie prahlerisch an, streifte auch ihren Begleiter mit den Augen und verschwand wieder in der Menge.

Der ganze Vorfall hatte kaum länger als eine Minute gedauert. Gleich darauf saß die kleine Gesellschaft in einer Loge, zu der die prickelnden Melodien der Ouvertüre des »Strand Girl« hinaufschallten.

»Ich wünschte, ich wäre ein kleiner Londoner Straßenjunge«, sagte das junge Mädchen nachdenklich und rückte den Veilchenstrauß an ihrem Ausschnitt zurecht. »Denken Sie nicht auch an Abenteuer, Frank?«

Frank Doughton schaute mit einem bedeutungsvollen Lächeln zu ihr hinüber, und sie errötete unter seinem Blick.

»Nein, das tue ich nicht«, erwiderte er liebenswürdig.

Doris lachte ihn an und zuckte dann ihre schönen, zarten Schultern.

»Für einen jungen Journalisten sind Sie viel zu offen und zu vertrauensselig, Frank. Ich möchte fast sagen: zu unerfahren. Sie müßten sich daran gewöhnen, diplomatischer zu sein und mit größerem Scharfsinn zu arbeiten – sehen Sie sich doch einmal unseren gemeinsamen Freund, den Grafen Poltavo, an!«

Ihre Stimme klang mutwillig, und er fühlte sich verletzt. Als der Name des Polen genannt wurde, verfinsterten sich seine Züge.

»Der kommt doch nicht etwa heute abend auch?« fragte er unangenehm berührt.

Doris nickte mit lachenden Augen.

»Ich weiß nicht, was Sie an diesem Mann finden«, sagte er ein wenig vorwurfsvoll. »Ich will jede Wette mit Ihnen eingehen, daß der Kerl ein Spitzbube ist! Er ist aalglatt und gewandt, aber er hat einen schlechten Charakter. Lady Dinsmore«, wandte er sich an die ältere Dame, »gefällt er Ihnen denn auch so gut?«

»Fragen Sie nur Tante Patricia nicht«, entgegnete die junge Dame. »Sie hält ihn für den liebenswürdigsten und faszinierendsten jungen Mann in London – streite es nicht ab, Tante!«

»Das fällt mir gar nicht ein, denn es stimmt. Graf Poltavo –« Lady Dinsmore unterbrach sich, um einige Leute durch ihr Lorgnon zu betrachten, die eben in die gegenüberliegende Loge getreten waren. Sie sah nur den Schimmer eines grauen Kleides und eine Hand, die in einem weißen Handschuh steckte, da die

Loge nicht erleuchtet war. »Graf Poltavo ist der einzige wirklich interessante Mann Londons. Er ist einfach ein Genie.« Sie schloß ihr Lorgnon, das leise einschnappte. »Es macht mir immer großes Vergnügen, mich mit ihm zu unterhalten. Lächelnd erzählt er nette Witze, zitiert in einem Atem Talleyrand und Lucullus, und man hat das Gefühl, daß er sich während der Unterhaltung ganz unabhängig von dem, was gesagt wird, seine Meinung über die Leute bildet und alle Resultate in seinem Gedächtnis registriert. Jeder bekommt sein Fach, auf dem fein säuberlich sein Name notiert wird. Wie Medizinflaschen im Schrank eines Apothekers – so wohlgeordnet stelle ich mir diese Urteile vor.«

Doris nickte nachdenklich.

»Ich möchte einmal einige von ihnen nehmen und öffnen. Vielleicht werde ich es eines Tages noch tun.«

»Nehmen Sie sich in acht«, erwiderte Frank böse. »Wahrscheinlich finden Sie auf jeder dieser Flaschen drei Kreuze und außerdem das Wort ›Gift‹ verzeichnet.« Er sah sie mit wachsendem Unmut an. In der letzten Zeit hatte sich ihr Benehmen gegen ihn vollkommen geändert. Sie war seine gute Freundin gewesen, die ihm vertraut hatte, und nun hatte sie sich vor seinen Augen in eine Fremde verwandelt, die ihm fast feindlich gegenüberstand. Und doch war sie schöner als jemals. Aber sie machte sich jetzt über ihn lustig, spottete über ihn und fand ein grausames Vergnügen daran, ihn zu kränken. Sie verhöhnte seine Jugend, seine Schwerfälligkeit, seinen offenen, arglosen und ehrlichen Charakter. Am schwersten freilich war der feine Spott zu ertragen, mit dem sie seinen schüchternen Versuchen begegnete, sich ihr zu nähern, um ihr seine Zuneigung auszudrücken. Und wie gerne hätte er ihr die Leidenschaft gestanden, die ihn fast gegen seinen Willen für sie ergriffen hatte.

Er verfiel in bittere und trübe Gedanken. Er dachte an den seidenweichen Stutzer, diesen Grafen, der als sein Rivale aufgetaucht war und der durch sein Auftreten, sein gutes Benehmen und durch seine Vorliebe für Kunst und Literatur glänzte. Welche Chancen hatte er, ein einfacher Brite, gegen solche offensichtliche Überlegenheit – wenn sich dieser Mensch nicht, wie er im Innersten hoffte, noch als Verbrecher entpuppte! Er wollte die Meinung ihres Vormunds darüber hören.

»Mr. Farrington«, fragte er laut, »wie denken Sie denn hierüber – hallo!«

Er sprang plötzlich auf und hob den Arm, um den älteren Herrn zu stützen.

Farrington war aufgestanden und schwankte ein wenig. Er war auffallend blaß geworden, und sein Gesicht zuckte, als ob er Schmerzen hätte.

Mit der größten Anstrengung riß er sich zusammen.

»Doris«, fragte er schnell, »wo hast du dich von Lady Constance getrennt?«

Das Mädchen schaute erstaunt auf.

»Ich habe sie heute nicht gesehen. Sie ist gestern abend nach Great Bradley gefahren – das stimmt doch, Tante?«

»Ja, es war recht sonderbar und meiner Meinung nach unhöflich«, erwiderte Lady Dinsmore, »daß sie ihre Gäste im Stich ließ und in ihrem Auto durch den Nebel zu ihrer Wohnung da draußen fuhr. Manchmal kommt mir der Gedanke, daß Constance ein wenig verrückt ist.«

»Ich wünschte, ich könnte auch dieser Ansicht sein«, sagte Farrington grimmig. Dann wandte er sich plötzlich an Doughton. »Kümmern Sie sich, bitte, um Doris. Ich vergaß ganz, daß ich noch eine Verabredung habe.«

Er winkte Frank mit einer kaum wahrnehmbaren Geste, und die beiden verließen die Loge.

»Haben Sie etwas entdeckt?« fragte Farrington, als sie draußen standen.

»In welcher Beziehung?« fragte Frank unschuldig.

Ein beinahe ironisches Lächeln huschte über Mr. Farringtons Züge.

»Für einen jungen Mann, der so wichtige Nachforschungen betreibt, sind Sie ein wenig unachtsam.«

»Ach, Sie meinen die Tollington-Affäre! Nein, bis jetzt habe ich noch nichts herausgebracht; ich glaube allerdings auch nicht, daß es meine Sache ist, den Detektiv zu spielen, Nachforschungen anzustellen und Leute aufzuspüren. Ich kann ganz nette Kurzgeschichten schreiben, aber als Detektiv tauge ich nicht viel. Es ist natürlich äußerst liebenswürdig von Ihnen, daß Sie mir den Auftrag gegeben haben –«

»Reden Sie keinen Unsinn«, unterbrach ihn der alte Herr. »Es ist nicht Liebenswürdigkeit – es ist mein eigenstes Interesse. Irgendwo in diesem Lande befindet sich der Erbe der Tollington-Millionen. Ich bin einer der Treuhänder dieses großen Vermögens und natürlich sehr daran interessiert, den Erben zu finden, damit ich meine Verantwortlichkeit loswerde. Sie wissen, daß ich demjenigen, der ihn entdeckt, gern einige tausend Pfund zahle.« Er sah auf seine Uhr. »Ich möchte aber noch über etwas anderes mit Ihnen sprechen – es betrifft Doris.«

Sie standen in dem kleinen Gang, der hinter der Loge vorbeiführte, und Frank wunderte sich, warum Mr. Farrington gerade diesen Augenblick wählte, um eine so wichtige und intime Angelegenheit mit ihm zu besprechen. Er war dem Millionär äußerst dankbar, daß er ihm den Auftrag erteilt hatte, obgleich die Aufgabe, den unbekannten Erben des Tollington-Vermögens zu finden, ebenso schwierig war wie die, die sprichwörtliche Stecknadel im Heuschober zu entdecken. Aber er hatte den Auftrag dankbar angenommen, weil er dadurch Gelegenheit hatte, Doris Gray häufiger zu sehen.

»Sie kennen meine Ansicht«, fuhr Mr. Farrington fort und sah wieder auf seine Uhr. »Ich möchte, daß Doris Sie heiratet. Sie ist ein gutes Mädchen, der einzige Mensch in der Welt, zu dem ich Zuneigung empfinde.« Seine Stimme zitterte, man konnte nicht an seinen Worten zweifeln. »Irgendwie bin ich beunruhigt – die Schießerei, deren unfreiwilliger Zeuge ich neulich war, hat mich nervös gemacht. Aber jetzt gehen Sie hinein und versuchen Sie, Doris zu erobern.«

Er reichte Frank die Hand. Der junge Journalist nahm sie und erschrak, als er die eiskalten Finger des Millionärs berührte. Farrington nickte noch kurz und sagte im Fortgehen: »Ich werde nicht lange bleiben.« Dann ging er in das Vestibül und verschwand auf die Straße. Ein Pfiff brachte ein Taxi herbei.

»Zum ›Savoy-Hotel‹«, rief Farrington, als er in den Wagen sprang und der Chauffeur mit einem Ruck anfuhr.

Aber gleich darauf öffnete er das Fenster.

»Halten Sie, ich will hier aussteigen.« Er entlohnte den Chauffeur reichlich. »Ich will lieber zu Fuß gehen«, bemerkte er gleichgültig.

»Das ist aber ein wenig ungemütlich in dem Nebel heute abend, mein Herr«, meinte der Mann höflich. »Es wäre doch besser, wenn ich Sie zum Hotel führe.«

Aber Mr. Farrington war bereits im Nebel verschwunden.

Er zog sein Halstuch enger zusammen, rückte den Hut tief in die Stirn und eilte die Straße entlang wie jemand, der ein bestimmtes Ziel hat.

Plötzlich blieb er stehen und hielt ein anderes Taxi an, das langsam an den Gehsteig heranfuhr.

5

Der Nebel war noch ebenso dicht und undurchdringlich wie vorher. Die Straßenlaternen verbreiteten ein geisterhaftes gelbes Licht in dem schweren Dunst. Der kleine Zeitungsjunge, der erst die Hälfte seines Auftrages erledigt hatte, eilte dem Fluß zu. Er befreite sich von seinen Zeitungen, indem er sie einfach in einen großen Abfallkasten warf. Dann sprang er geschickt auf einen vorüberfahrenden Autobus, und nach einer halben Stunde hatte er Southwark erreicht. Er bog in eine der engen Straßen ein, die vom Borough abzweigten. Hier brannten nur wenige trübe Gaslaternen, die Nebenstraßen waren enger und düsterer.

Er ging einen dunklen und holperigen Weg entlang und sah sich von Zeit zu Zeit um, ob er verfolgt würde.

Zwischen den engen Straßenwänden war der Nebel noch dichter, und es herrschte eine warme, stickige Atmosphäre. Die Häuser zu beiden Seiten der Straße waren nicht zu erkennen. Es lag etwas Bedrückendes und Beängstigendes in dieser Enge, doch entsprach das ganz dem Charakter dieses ärmlichen Stadtteils.

Manchmal hörte er dicht neben sich einen Gassenhauer, oder er sah das aufgedunsene, rote Gesicht eines halbbetrunkenen Menschen in dem Dunst auftauchen.

Aber der Junge befand sich hier in heimatlicher Umgebung und ging flink vorwärts. Er pfiff eine Melodie zwischen den Zähnen und eilte mit einer Gewandtheit, die man nur durch lange Übung erreichen kann, an den langen, schmutzigen Rinnsteinen vorbei, bog vor großen, dunklen Pfützen aus und schlug auch vor den schwankenden Gestalten, die man nur undeutlich durch den Nebel sehen konnte, seine Haken.

Während er an der einen Häuserfront entlangging und von Zeit zu Zeit mit der Hand nach einer Mauer tastete, hörte er Schritte hinter sich. Er bog um die Ecke, wandte sich sofort wieder um und stieß dabei mit einem Mann zusammen, der ihn mit großen Händen packte. Ohne zu zögern, beugte sich der Junge vor und biß mit seinen scharfen Zähnen in den haarigen Arm.

Mit einem heiseren Fluch ließ ihn der Mann fahren, und der Junge, der flink auf die andere Straßenseite sprang, konnte noch hören, wie er hinter ihm herstolperte und wütend schimpfte. In dem undurchdringlichen Nebel war eine Verfolgung jedoch unmöglich.

Als der kleine Bursche die Straße entlanglief, öffnete sich plötzlich eine Tür neben ihm. Ein greller, roter Lichtschein fiel nach draußen, und der schmutzbespritzte Anzug des Jungen wurde hell beleuchtet. Er starrte in die Öffnung hinein.

Ein Mann stand in der Tür.

»Komm herein«, sagte er kurz.

Der Junge gehorchte. Heimlich wischte er sich die Stirn und versuchte, seinen schnellen Atem zu unterdrücken. Er trat in ein unansehnliches Zimmer. Der Fußboden war abgetreten und beschmutzt, die Tapeten hingen von den Wänden herunter. Die Luft war verbraucht und stickig. Nur ein Tisch und ein paar alte Stühle standen in der einen Ecke.

Der Junge ließ sich in einen Stuhl fallen und sah seinen Herrn, der ihm schon oft verschwiegene Aufträge gegeben hatte, offenherzig und neugierig an. Aber dann schweiften seine Blicke an dem Mann vorbei zu einer Gestalt, die unter einem schweren, dunklen Mantel auf dem Boden lag. Das Gesicht war der Wand zugekehrt.

»Nun?« sprach ihn der Mann mit einer wohlklingenden, gebildeten Stimme an, die gleichwohl einen etwas fremden Akzent hatte. Der Mann war schlank, hatte dunkles Haar und dunklen Bart und ein feingeschnittenes Gesicht. Aber seine Züge waren undurchsichtig und hart wie die einer Sphinx. Er hatte den Abendmantel und den Zylinder abgelegt und stand nun in Gesellschaftskleidung vor seinem kleinen Agenten. Ein großer, vielleicht etwas zu großer Strauß von Parmaveilchen steckte in seinem Knopfloch und verbreitete einen schwachen Duft.

Der Junge wußte von seinem Herrn nur, daß er Ausländer war, etwas extravagant lebte, in einem großen Haus in der Nähe des Portland Place wohnte und ihn für seine gelegentlichen Dienste sehr gut bezahlte. Daß dieses große Haus ein Hotel war, in dem Poltavo eine recht hohe Rechnung zu begleichen hatte, konnte er nicht ahnen.

Der kleine Bursche erzählte, was er an diesem Abend erlebt hatte, und erwähnte besonders seine letzte Begegnung.

Poltavo hörte ruhig zu, setzte sich dann, stützte die Ellbogen auf den Tisch und brütete vor sich hin, indem er sein Gesicht in den Händen verbarg. Ein funkelnder Rubin, der in den Kopf einer Kobra eingesetzt war, glänzte in dem Ring, den er am kleinen Finger trug. Plötzlich erhob er sich wieder.

»Das ist alles für heute abend, mein Junge«, sagte er ernst. Er zog seine Brieftasche, nahm eine Pfundnote heraus und drückte sie ihm in die Hand.

»Und das«, sagte er leise, indem er ihm eine zweite Pfundnote zeigte und dann in die Hand steckte, »ist für – deine Schweigsamkeit. Hast du mich verstanden?«

Der Junge schaute schnell und fast furchtsam auf die ruhende Gestalt, die neben der Wand lag, versprach leise, nichts auszuplaudern, und verließ dann den Raum wieder. Als er draußen im Nebel stand, atmete er tief auf.

Nachdem sich der Bote entfernt hatte, öffnete sich die Tür zu einem anderen Raum, und Mr. Farrington trat heraus. Er war fünf Minuten vor dem Jungen hier eingetroffen. Mr. Poltavo lehnte sich in seinen Stuhl zurück und lächelte Farrington an, der düster auf ihn niederblickte.

»Endlich kommt die Sache ins Rollen – die Räder fangen an, sich zu drehen«, sagte er freundlich.

Mr. Farrington nickte schwer und schaute in die Ecke, wo die Gestalt auf dem Boden lag.

»Sie müssen sich noch schneller drehen, bevor die Nacht um ist«, erwiderte er bedeutungsvoll. »Ich brauche Ihnen wohl nicht zu sagen, daß wir äußerst vorsichtig zu Werke gehen müssen. Ein einziger Fehltritt, und das ganze Gebäude stürzt zusammen!«

»Da haben Sie zweifellos recht«, entgegnete Poltavo liebenswürdig. Er beugte sich nieder, um den Duft der Veilchen einzuziehen. »Aber Sie vergessen etwas. Das große Gebäude, von dem Sie so geheimnisvoll sprechen«, er unterdrückte ein Lächeln, »kenne ich noch gar nicht. Sie haben es in Ihrer ungeheuer vorsichtigen Weise verstanden, mich über diesen wichtigen Punkt vollkommen in Unkenntnis zu lassen.«

Er machte eine Pause und sah Mr. Farrington erwartungsvoll an. Ein leises, ironisches Lächeln umspielte seinen Mund. Der leichte Akzent, mit dem er sprach, machte seine Stimme angenehm und reizvoll.

»Habe ich nicht recht?« fragte er dann höflich. »Ich stehe, wie Sie neulich sagten, draußen auf der kalten Straße – ich kenne nicht einmal Ihre nächsten Pläne.«

Sein Benehmen war vornehm und ruhig, und nur sein schneller Atem verriet seine Erregung.

Mr. Farrington bewegte sich unruhig auf seinem Stuhl.

»Es handelt sich um gewisse finanzielle Angelegenheiten«, sagte er leichthin.

»Es gibt aber auch noch andere Dinge, die dringend und sofort erledigt werden müssen«, unterbrach ihn Poltavo. »Ich sehe zum Beispiel, daß Ihre rechte Hand in einem Handschuh steckt, der viel größer ist als der linke. Und ich bilde mir ein, daß unter dem weißen Glacéleder ein dünner seidener Verband ist. Für einen Millionär in Ihrer Lage benehmen Sie sich recht sonderbar – ich möchte fast sagen: verdächtig.«

»Pst!« Farrington wandte sich um. In seinem Blick lag Furcht.

Poltavo übersah diese Unterbrechung. Er legte seine Hand

auf Mr. Farringtons Arm und sprach mit seiner wohltönenden, überzeugenden Stimme auf ihn ein.

»Ich möchte Ihnen einen guten Rat geben. Vertrauen Sie sich mir an. Ich spreche hier zu Ihnen, ohne das geringste eigene Interesse daran zu haben. Es wäre wirklich gut, wenn Sie mich ins Vertrauen zögen, denn ich glaube, Sie brauchen jetzt Hilfe, und ich habe Ihnen ja bereits Beweise meiner Fähigkeiten in dieser Beziehung gegeben. Als ich Sie heute nachmittag in Ihrem Hause am Brakely Square aufsuchte, sagte ich Ihnen schon, daß Ihnen ein Mann meiner Art von allergrößtem Nutzen sein könnte. Zuerst waren Sie überrascht, dann wurden Sie argwöhnisch. Als ich Ihnen von meinen Erfahrungen in der Redaktion einer gewissen kleinen Zeitung erzählte, wurden Sie ärgerlich. Ich bin ganz offen zu Ihnen«, sagte er und zuckte die Achseln. »Ich bin ein Abenteurer ohne Geld – kann ich aufrichtiger zu Ihnen sein? Ich nenne mich Graf Poltavo – aber meine Familie hat keinen irgendwie berechtigten Anspruch, einen Adelstitel zu führen. Ich lebe nur von meinem Witz und Verstand und habe mir bis jetzt meinen Lebensunterhalt durch Falschspielen erworben; ich habe fast einen Mord auf dem Gewissen. Ich brauche die wohlwollende Fürsorge eines starken, reichen Mannes – und Sie erfüllen alle Voraussetzungen.« Er neigte sich ein wenig vor und sprach weiter. »Sie sagten mir, ich solle meine Nützlichkeit beweisen – nun gut, ich habe die Herausforderung angenommen. Als Sie heute abend ins Theater gingen, wurde Ihnen von einem Boten gesagt, daß der Detektiv T. B. Smith – wirklich ein bewunderungswürdiger Mann – Sie beobachtet und daß er das ganze Theater mit Geheimpolizisten abgesperrt hatte. Ich wählte einen kleinen Jungen als Boten, der Ihnen schon mehr als einmal gedient hat. Damit habe ich Ihnen doch zu gleicher Zeit bewiesen, daß ich nicht nur vollkommen informiert war, welche Schritte die Behörden Ihnen gegenüber ergriffen hatten, sondern daß ich auch wußte, wohin Sie heute abend gehen würden – und daß ich Ihr Geheimnis kannte.«

Sein Blick haftete jetzt auf der Gestalt, die von dem dicken Mantel bedeckt war.

Er lächelte hintergründig.

»Sie sind ein interessanter Mann«, erwiderte Farrington düster. Er schaute auf die Uhr. »Kommen Sie mit mir ins Jollity-Theater – wir können auf dem Weg dorthin die Sache besprechen. Vielleicht fordern wir Mr. Smith heraus«, sagte er lächelnd, wurde aber gleich wieder ernst. »Ich habe einen sehr guten Freund verloren.« Auch er blickte zu dem schweigend daliegenden Mann. »Sie könnten an seine Stelle treten. Stimmt es, daß Sie etwas von technischen Dingen verstehen, wie Sie mir heute erzählten?«

»Ich habe mein Examen als Ingenieur an der Technischen Hochschule zu Padua bestanden und besitze ein Diplom darüber«, entgegnete Poltavo prompt.

6

Punkt zehn Uhr, als sich der Vorhang nach dem ersten Akt senkte, wandte sich Lady Dinsmore um und streckte ihre Hand aus, um den ersten der beiden Herren zu begrüßen, die in die Loge traten.

»Mein lieber Graf, ich bin sehr böse auf Sie. Ich habe nun schon zu lange auf Sie gewartet und habe diesen jungen Leuten allerhand Gutes über Sie erzählt. Vermutlich waren Sie auch die Veranlassung zu Gregorys plötzlichem Verschwinden?«

»Es tut mir unendlich leid!«

Graf Poltavo konnte sich den Anschein geben, als ob er seine ganze Aufmerksamkeit auf den Menschen richtete, mit dem er sprach, und als ob er ihn bis auf den Grund seiner Seele durchschauen wollte. Er konnte wunderbar zuhören, und diese Eigenschaft, verbunden mit einer gewissen Heiterkeit seines Temperamentes, hatte ihn in kurzer Zeit in der Gesellschaft beliebt gemacht, die ihm nun ihre Tore geöffnet hatte.

»Bevor Sie mich mit Recht verurteilen, Lady Dinsmore, gestatten Sie, daß ich mich wegen der Verspätung tausendmal bei Ihnen entschuldige.«

Lady Dinsmore schüttelte den Kopf und schaute zu Farrington hinüber. Aber der ernste Mann hatte sich auf einem Sessel in der Ecke der Loge niedergelassen und schaute verdrießlich ins Parkett hinunter.

»Sie sind einfach unverbesserlich, Graf. Aber nehmen Sie jetzt Platz und bringen Sie ruhig Ihre Entschuldigungsgründe vor. Sie kennen ja meine Nichte – ich glaube, auch Mr. Doughton. Er ist einer unserer kommenden führenden Geister.«

Der Graf machte eine Verbeugung und setzte sich neben Lady Dinsmore.

Frank, der nur durch ein Nicken kühl auf den Gruß geantwortet hatte, nahm seine Unterhaltung mit Doris sogleich wieder auf. Lady Dinsmore wandte sich an den Grafen.

»Was können Sie nun zu Ihrer Rechtfertigung vorbringen?« fragte sie etwas abrupt. »Ich lasse Sie nicht so leichten Kaufes entwischen. Unpünktlichkeit ist ein böses Vergehen, und zur Strafe sollen Sie sagen, weshalb Sie nicht gekommen sind.«

Poltavo verneigte sich mit einem strahlenden, liebenswürdigen Lächeln.

»Es war eine recht unangenehme geschäftliche Angelegenheit, die meine persönliche Gegenwart erforderte – auch Mr. Farrington mußte zugegen sein.«

Lady Dinsmore machte eine abwehrende Geste.

»Geschäftliche Dinge können mich nicht versöhnen. Mr. Farrington«, fügte sie mit leiser Stimme vertraulich hinzu, »kann von nichts anderem als von Geschäften sprechen. Als er bei mir wohnte, sandte er dauernd Depeschen, kabelte nach Amerika oder entzifferte Codetelegramme. Weder bei Tag noch bei Nacht war Ruhe im Hause. Schließlich wurde es mir zuviel. ›Gregory‹, sagte ich zu ihm, ›ich dulde es nicht, daß du meine Dienstboten mit deinen extravaganten Trinkgeldern verdirbst und mein Haus zu einem Börsenbüro machst. Es ist besser, daß du deine Hausse- und Baissespekulationen im Savoy-Hotel vornimmst und Doris mir allein überläßt.‹ Diesen Rat hat er auch befolgt«, sagte sie mit einer gewissen Genugtuung.

Graf Poltavo schaute sich nach Mr. Farrington um, als hätte er zum erstenmal etwas von dessen merkwürdigem Verhalten gehört.

»Geht es ihm gesundheitlich nicht gut?«

Sie zuckte die Schultern.

»Offen gestanden, ich glaube, daß er ein wenig kränkelt. Er macht es aber schlimmer, um nicht an unserer Unterhaltung teilnehmen zu müssen. Er kann Musik an und für sich nicht recht leiden. Doris ist sehr besorgt um ihn, und seitdem sie gemerkt hat, daß es ihm nicht ganz gut geht, ist sie zerstreut. Sie verehrt ihren Onkel – Sie wissen doch, daß sie seine Nichte ist?«

Graf Poltavo blickte zu Doris hinüber. Sie saß vorn in der Loge und hatte die Hände leicht im Schoß zusammengelegt. Sie beobachtete das Publikum während der Pause mit einer gewissen Gleichgültigkeit, als ob sie an andere Dinge dächte. Ihre gewöhnliche Harmlosigkeit und ihre frohe Heiterkeit schienen sie im Augenblick ganz verlassen zu haben, und sie war schweigsam, was man sonst nicht an ihr gewöhnt war.

»Sie ist wirklich schön«, sagte Poltavo leise vor sich hin.

Ein gewisser Unterton in seiner Stimme machte Lady Dinsmore aufmerksam, und sie sah ihn prüfend an.

Der Graf erwiderte ihren Blick.

»Darf ich eine Frage an Sie richten – ist sie mit Ihrem jungen Freund verlobt?« sagte er leise. »Glauben Sie mir bitte, daß ich nicht nur aus purer Neugierde frage. Ich – ich bin selbst ... interessiert.« Er sprach so ruhig und gesetzt wie immer.

Lady Dinsmore überlegte schnell.

»Ich besitze leider nicht ihr Vertrauen«, antwortete sie schließlich ebenso leise. »Sie ist ein kluges junges Mädchen und fragt niemanden um Rat.« Sie machte eine Pause, fügte dann aber zögernd hinzu: »Sie mag Sie nicht gern, es tut mir leid, wenn ich Ihnen dadurch weh tue, aber das ist ganz offensichtlich.«

Graf Poltavo nickte.

»Das weiß ich. Würden Sie mir einen aufrichtigen Freundschaftsdienst erweisen und mir mitteilen, warum ich ihr unsympathisch bin?«

Lady Dinsmore lächelte.

»Ich will sogar noch mehr als das tun«, erwiderte sie freundlich. »Ich will Ihnen Gelegenheit geben, sie selbst danach zu fragen. Frank!« Sie wandte sich nach vorne und klopfte mit ihrem Fächer auf die Schulter des jungen Mannes. »Würden Sie einmal zu mir kommen und mir sagen, was eigentlich Ihr Chefredakteur damit beabsichtigt, daß er all diese schrecklichen Kriegsgerüchte in die Welt setzt? Darunter leidet doch nur die Saison in den Badeorten.«

Der Graf erhob sich schweigend von seinem Sessel und nahm den leeren Platz an der Seite der jungen Dame ein. Es herrschte zuerst ein peinliches Schweigen, aber Poltavo ließ sich dadurch nicht einschüchtern.

»Miss Gray«, begann er ernst, »Ihre Tante war so liebenswürdig, mir Gelegenheit zu geben, eine Frage an Sie zu richten. Gestatten Sie mir diese Frage?«

Doris zog die Augenbrauen hoch, und ihre Lippen kräuselten sich leicht.

»Eine Frage, auf die Sie und Tante Patricia keine Antwort finden konnten – das muß allerdings etwas Spitzfindiges sein. Wie kann ich hoffen, eine Antwort darauf zu finden?«

Er überhörte den ironischen Ton ihrer Stimme.

»Die Frage betrifft Sie selbst.«

»Ach!« Sie sah ihn mit blitzenden Augen an, und ihre kleinen Füße klopften ungeduldig auf den Boden. Dann lachte sie ein wenig ärgerlich.

»Ich habe nicht viel mit Ihnen im Sinn, Graf, das gebe ich offen zu. Ich habe erfahren, daß Sie niemals sagen, was Sie meinen, oder meinen, was Sie sagen.«

»Verzeihen Sie, Miss Gray, wenn ich Ihnen erkläre, daß sie mich ganz und gar verkennen. Ich meine stets, was ich sage, besonders wenn ich mit Ihnen spreche. Aber alles zu sagen, was ich meine, all meine Hoffnungen und Träume zu offenbaren oder gar offen auszusprechen, was ich zu träumen wage«, er sprach ganz leise, »gewissermaßen mein Innerstes nach außen zu kehren wie eine leere Tasche und den Blicken der Menge preiszugeben – nein, das ist nicht meine Art; es wäre auch töricht.« Er machte eine ausdrucksvolle Geste. »Aber um nun zur Sache zu kommen – unglücklicherweise habe ich Sie irgendwie beleidigt, Miss Gray. Ich habe etwas getan oder unterlassen – oder meine unbedeutende Persönlichkeit findet nicht Ihr Interesse. Ist das nicht wahr?«

Die Aufrichtigkeit, mit der er sprach, war unverkennbar.

Aber das junge Mädchen war mit ihren Gedanken nicht bei der Sache. Ihre blauen Augen blieben kühl, als ob sie etwas anderes beobachtete, und ihr Gesicht hatte in seiner jungen Herbheit eine merkwürdige Ähnlichkeit mit den Zügen ihres Onkels angenommen.

»Ist das die Frage, die Sie an mich richten wollten?«

Der Graf verneigte sich schweigend.

»Dann will ich Ihnen auch eine Antwort geben«, sagte sie leise, aber erregt. »Ich will Vertrauen gegen Vertrauen schenken – ich will diesem unsicheren Zustand ein Ende machen.«

»Das ist mein sehnlichster Wunsch.«

Doris sprach weiter, ohne sich um die Unterbrechung zu kümmern.

»Sie haben recht – es ist wahr, daß ich mich nicht für Sie interessiere. Ich freue mich, daß ich es Ihnen einmal offen sagen kann. Vielleicht sollte ich einen anderen Ausdruck wählen. Ich habe eine ausgesprochene Abneigung gegen Ihr geheimnisvolles Wesen – es verbirgt sich etwas Dunkles in Ihnen, und ich fürchte Ihren Einfluß auf meinen Onkel. Sie sind mir erst vor vierzehn Tagen vorgestellt worden, Mr. Farrington kennt Sie weniger als eine Woche – trotzdem haben Sie es fertiggebracht, mir einen Heiratsantrag zu machen, was ich eigentlich nur als eine Unverschämtheit bezeichnen kann. Heute waren Sie drei Stunden bei meinem Onkel. Ich kann nur vermuten, was Sie mit ihm zu tun hatten.«

»Wahrscheinlich vermuten Sie das Falsche«, erwiderte er kühl.

Farrington sah schnell und argwöhnisch zu ihnen hinüber. Poltavo wandte sich wieder an Doris.

»Ich möchte nur Ihr Freund sein an dem Tage, an dem Sie meine Hilfe brauchen«, sagte er leise. »Und glauben Sie mir, dieser Tag wird bald kommen.«

»Ist das Ihr Ernst?« fragte sie ein wenig bedrückt.

Er nickte zustimmend.

»Wenn ich Ihnen nur glauben könnte! Ja, ich brauche einen Freund. Oh, wenn Sie wüßten, wie ich von Zweifeln hin und her geworfen werde! Wie mich Furcht und schreckliche Vorstellungen bedrängen!« Ihre Stimme zitterte. »Es ist irgend etwas nicht so, wie es sein sollte – ich kann Ihnen nicht alles erklären ... Wenn Sie mir helfen könnten ... Darf ich eine Frage an Sie richten?«

»Tausend, wenn Sie es wünschen.«

»Und werden Sie mir auch antworten – ich meine, aufrichtig und ehrlich?« In ihrem Eifer sah sie wie ein Kind aus.

Er mußte lächeln.

»Wenn ich überhaupt antworten kann, so seien Sie sicher, daß ich die Wahrheit sagen werde.«

»Dann sagen Sie mir, ob Dr. Fall zu Ihren Freunden gehört?«

»Ich kenne ihn recht gut«, erwiderte er schnell. Er hatte nicht die geringste Ahnung, wer Dr. Fall sein konnte, aber die augenblickliche Situation schien diese Lüge zu rechtfertigen – Poltavo fiel das Lügen sehr leicht.

»Oder kennen Sie vielleicht Mr. Gorth?«

Er schüttelte energisch den Kopf, und sie atmete erleichtert auf.

»Und wie stehen Sie zu meinem Onkel? Sind Sie sein Freund?« Sie hatte ganz leise gesprochen, aber sie sah ihn begierig an, als ob von seiner Antwort alles abhinge.

Er zögerte.

»Das ist schwer zu sagen«, gab er schließlich zurück. »Wenn Ihr Onkel nicht unter dem Einfluß Dr. Falls stände, würde er wohl mein Freund sein.« Er griff alles aus der Luft und folgte nur der Anregung, die er durch ihre erste Frage erhalten hatte.

Doris sah ihn plötzlich mit Interesse an.

»Darf ich Sie vielleicht fragen, wie Ihr Onkel die Bekanntschaft dieses Dr. Fall gemacht hat?«

Poltavo stellte diese Frage mit einer Sicherheit, als ob er alles wüßte und bis auf diesen einen Punkt vollständig informiert wäre.

Sie war unentschlossen.

»Das weiß ich nicht genau. Dr. Fall haben wir schon immer gekannt. Er lebt nicht in der Stadt, und wir sehen ihn nur gelegentlich. Er ist –« Sie zögerte wieder, fuhr dann aber schnell fort: »Ich glaube, er hat einen furchtbaren Beruf, er behandelt Geisteskranke.«

Poltavo war aufs äußerste interessiert.

»Bitte erzählen Sie mir noch ein wenig mehr.«

»Ich fürchte, Sie lieben den Klatsch«, sagte sie ein wenig ironisch, wurde aber gleich wieder ernst. »Ich kann ihn nicht ausstehen, aber mein Onkel sagt, das sei ein Vorurteil von mir. Er ist einer dieser ruhigen, bestimmt auftretenden Männer, die sehr wenig sprechen und aus denen man nicht klug wird. Kennen Sie dieses ungewisse Gefühl auch? Es ist so, als ob man gezwungen wäre, einen Tango vor einer Sphinx zu tanzen.«

Poltavo lachte, so daß seine weißen Zähne sichtbar wurden. »Und Mr. Gorth?«

Wieder zuckte sie zögernd die Schultern.

»Das ist ein ziemlich gewöhnlicher Mann, er sieht fast aus wie ein Verbrecher, aber anscheinend hat er meinem Onkel viele Jahre lang treu gedient.«

»In welchen Beziehungen steht Dr. Fall zu Ihrem Onkel?« fragte er. »Ist er ihm gleichgestellt?«

»Aber natürlich! Er ist ein Gentleman und gehört zur Gesellschaft. Ich glaube auch, daß er ziemlich wohlhabend ist.«

»Und wie steht Ihr Onkel zu Gorth?«

Er war aufs äußerste interessiert, da er doch die Stellung des Toten einnehmen sollte, der in dem dumpfen Haus in der nebligen Gasse lag.

»Es ist ziemlich schwer, die Beziehungen zu beschreiben, in denen Mr. Gorth zu meinem Onkel steht«, sagte sie ein wenig verlegen. »Früher verkehrte mein Onkel mit ihm wie mit seinesgleichen, aber manchmal war er sehr ärgerlich über ihn. Er ist wirklich ein schrecklicher Mensch. Kennen Sie eigentlich die obskure Zeitung ›Der schlechte Ruf‹?« fragte sie unvermutet.

Poltavo gab zu, daß er sie kannte und manchmal mit einer gewissen Schadenfreude skandalöse Artikel darin gelesen habe.

»Nun, sehen Sie, das war Mr. Gorths Lieblingslektüre. Mein Onkel wollte die Zeitung niemals in seinem Hause dulden, aber sooft man Mr. Gorth sah – er mußte immer in der Küche auf den Onkel warten –, konnte man diese Zeitung bei ihm finden.

Er lachte sogar über die Gemeinheiten, die in dem Blatt veröffentlicht wurden. Mein Onkel konnte sich sehr darüber ärgern. Mr. Gorth soll etwas mit der Herausgabe dieser Zeitung zu tun gehabt haben, aber als ich einmal mit meinem Onkel darüber sprechen wollte, wurde er sehr böse.«

Poltavo hatte das Gefühl, daß Farrington ihn ständig beobachtete. Er schaute heimlich zu ihm hinüber, ohne den Kopf zu bewegen, und bemerkte, daß Farrington durchaus nicht mit seinem Verhalten einverstanden schien. Er wandte sich ihm zu.

»Ein glänzender Anblick – so ein Londoner Theaterpublikum!«

»Ja, da haben Sie recht«, erwiderte der Millionär trocken.

»Berühmte Leute überall – zum Beispiel Montague Fallock.«

Farrington nickte.

»Und dieser intelligent aussehende junge Mann auf dem letzten Sitz der vierten Reihe – er sitzt jetzt etwas im Schatten, aber Sie werden ihn vielleicht trotzdem sehen können –«

»Mr. Smith«, sagte Farrington kurz. »Ich habe ihn schon gesehen. Ich habe alle Leute erkannt, nur –«

»Nur?«

»Nur nicht die Dame, die drüben in der Königsloge sitzt. Sie hält sich dauernd im Schatten. Sie wird doch nicht etwa auch eine Detektivin sein?« fragte er ironisch und schaute sich um.

Frank Doughton, seine Nichte und Lady Dinsmore unterhielten sich angeregt miteinander.

»Poltavo«, sagte Farrington mit gedämpfter Stimme, »ich muß wissen, wer diese Frau ist – ich habe gute Gründe dafür.«

Das Orchester spielte ein leises Intermezzo, die Lichter gingen aus, die Unterhaltung hörte auf, und der Vorhang hob sich zum Beginn des zweiten Aktes.

Einige Leute rückten mit den Stühlen, um besser sehen zu können, dann war es ganz ruhig, während der Chor auf der Bühne einen felsigen Abhang hinunterstieg.

Aber plötzlich schoß ein weißer Lichtstreifen wie ein Blitz aus der Königsloge, und der scharfe Knall eines Pistolenschusses war zu hören.

»Mein Gott!« rief Mr. Farrington und taumelte.

Aufgeregtes Stimmengewirr erhob sich im Zuschauerraum, aber eine laute Stimme aus dem Parkett übertönte alles:

»Sofort Licht an – schnell!«

Der Vorhang fiel, als das Theater plötzlich wieder erleuchtet war.

Mr. Smith hatte den Schuß aufblitzen sehen und war in den Seitengang gesprungen. Mit großen Sätzen eilte er zu der Tür, die zur Königsloge führte, aber der Raum war leer. Schnell lief er in den Vorsaal; auch dieser war leer. Aber der Privateingang, der auf die Straße führte, war geöffnet, und die Nebelwolken zogen in großen Schwaden herein.

Eilig trat er auf die Straße hinaus und ließ seine Alarmpfeife schrillen. Gleich darauf trat ein Polizist aus dem Nebel, aber er hatte niemand vorbeigehen sehen. Mr. Smith stürzte wieder ins Theater und eilte zu der gegenüberliegenden Loge. Er fand die Menschen hier in völliger Verwirrung.

»Wo ist Mr. Farrington?« fragte er und wandte sich an Poltavo.

»Er ist fortgegangen«, sagte dieser achselzuckend. »Er war noch da, als der Schuß abgefeuert wurde, der zweifellos auf diese Loge gerichtet war. Man kann es noch aus dem Einschlag des Geschosses erkennen.« Er zeigte auf die Rückwand der Loge, die mit hochglänzend poliertem Paneel verkleidet war. »Als das Licht wieder anging, war er verschwunden. Das ist alles, was ich weiß.«

»Er kann gar nicht fortgegangen sein«, erwiderte Mr. Smith kurz. »Das Theater ist völlig umstellt – ich habe Befehl, ihn zu verhaften.«

Doris stieß einen Schrei aus. Sie war bleich geworden und zitterte.

»Sie wollen ihn verhaften?« rief sie atemlos. »Warum denn?«

»Wegen eines Einbruchdiebstahls, den er mit einem gewissen Gorth im Zollamt verübt hat – und wegen versuchten Mordes.«

»Gorth!« schrie Doris wild. »Wenn irgend jemand schuld hat, so ist es Gorth – dieser schreckliche Kerl ...«

»Sprechen Sie nicht so von einem Toten«, sagte Mr. Smith höflich. »Ich glaube, Mr. Gorth wurde bei diesem Abenteuer so schwer verwundet, daß er starb. Vielleicht können Sie mir etwas Genaueres darüber berichten, Mr. Poltavo?«

Aber der Graf rang nur verzweifelt die Hände.

Mr. Smith trat wieder auf den Korridor. Dort befand sich ein Notausgang, der zur Straße führte. Als Smith ihn untersuchte, fand er, daß er verschlossen war. Auf dem Boden lag ein Handschuh, an der Tür zeigte sich der blutige Abdruck einer Hand.

Aber von Farrington selbst war nichts zu sehen.

7

Zwei Tage später sprang Frank Doughton Punkt zehn Uhr aus seinem Auto, das vor dem Redaktionsgebäude der »Evening Times« hielt. Er blieb einen Augenblick stehen und atmete die frische, frühlingshafte Märzluft ein; der Nebel, der die letzten Tage so drückend gemacht hatte, war vollkommen verschwunden. Aus einem nahen Blumenladen drang Fliederduft auf die Straße. Frank eilte die Treppe hinauf.

»Ist der Chef schon im Büro?« fragte er den Nachrichtenredakteur, der erstaunt aufschaute, als Frank hereinstürzte, und dann nach der Uhr sah.

»Nein, noch nicht. Sie haben sich ja selbst übertroffen.«

Frank nickte.

»Ich mußte heute schon früh fortgehen.«

Er warf seinen Hut auf den Schreibtisch, setzte sich und sah die eingegangenen Schriftstücke durch. Aber seine Gedanken waren ausschließlich mit dem Problem beschäftigt, wohin der Millionär verschwunden sein konnte. Er hatte Doris noch nicht wiedergesehen.

Das erste Blatt, das er in die Hand bekam, war die Frühausgabe einer Konkurrenzzeitung. Er schaute schnell auf die Überschriften der ersten Seite und sprang plötzlich mit einem erschrockenen Ausruf auf. Er war bleich, und seine Hand zitterte.

»Großer Gott!«

Der Nachrichtenredakteur wandte sich um.

»Was ist denn mit Ihnen los?«

»Farrington!« sagte Frank heiser. »Denken Sie, er hat Selbstmord begangen!«

»Ja, wir haben auch einen kurzen Artikel darüber gebracht«, bemerkte Jamieson selbstzufrieden. »Das ist eine ganz interessante Geschichte ... Kannten Sie ihn denn?« fragte er plötzlich.

Frank Doughton sah ihn an. Alles Blut war aus seinem Gesicht gewichen.

»Ich – ich war mit ihm im Theater an dem Abend, als er verschwand.«

Jamieson pfiff leise.

Frank Doughton erhob sich rasch und griff nach seinem Hut.

»Ich muß schnell zu ihnen gehen – vielleicht kann ich etwas für Doris tun.« Er brach plötzlich ab. Er war nicht mehr imstande weiterzusprechen. Gleich darauf stand er an der Tür.

Jamieson sah ihn mitfühlend an.

»Ich würde an Ihrer Stelle nach Brakely Square fahren. Vielleicht hat sich die Sache inzwischen aufgeklärt – vielleicht ist es nur ein Irrtum ... Haben Sie auch gelesen, daß man die Leiche noch nicht entdeckt hat?«

Auf der Straße hielt Frank ein vorbeifahrendes Auto an.

Er fuhr zuerst zum Stadtbüro, wo Farrington sich gewöhnlich aufhielt, und hatte eine kurze Unterredung mit dem ersten Sekretär, der ihn über vieles aufklärte. Man hatte einen kurzen Brief Mr. Farringtons gefunden, in dem er erklärte, daß er lebensmüde sei und aus dieser Welt scheiden wolle.

»Aber aus welchem Grunde denn?« fragte der junge Mann bestürzt.

»Mr. Doughton, Sie scheinen die Tragweite dieser Tragödie nicht ganz zu überschauen. Mr. Farrington war ein Multimillionär, ein Fürst in Finanzkreisen. Wenigstens hielt man ihn bis heute morgen dafür. Wir haben seine Privatbücher durchgesehen. Daraus ging hervor, daß er in den letzten Wochen schwere Verluste an der Börse erlitten hat. Er hat nicht nur sein eigenes Vermögen verloren ... Gestern abend hat er nun in einer Anwandlung von Verzweiflung seinem Leben ein Ende gemacht.

Selbst wir hatten von diesen geschäftlichen Transaktionen nicht die geringste Ahnung.«

Frank Doughton schaute ihn verwirrt an.

Sprach dieser Mann wirklich von Farrington, der ihm doch erst in der vorigen Woche erzählt hatte, daß er das Vermögen seines Mündels im letzten Monat um eine ganze Million erhöht habe? Noch vor zwei Tagen hatte er ihm geheimnisvoll etwas von einem großen finanziellen Coup angedeutet, den er bald machen würde. Und nun war dieses große Vermögen verloren, und Farrington selbst lag auf dem Grund der Themse?

»Ich fürchte, ich verliere den Verstand!« sagte er vor sich hin. »Mr. Farrington ist kein Mann, der Selbstmord begeht.«

»Es ist in der Öffentlichkeit noch nicht bekannt, aber ich dachte, ich könnte es Ihnen sagen, da Sie ein Freund Mr. Farringtons waren. Mr. T. B. Smith ist mit der Aufklärung des Falls betraut worden. Er wird wahrscheinlich auch Ihre Adresse wissen wollen. Und wenn Sie zufällig etwas erfahren sollten –«

»Dann werde ich es Sie bestimmt wissen lassen. Smith ist ein sehr fähiger Beamter.«

Doughton gab ihm seine Adresse und ging dann eilig fort. Er war froh, daß der Mann keine weiteren Fragen gestellt hatte.

Als er wieder in seinem Auto saß, warf er sich müde in die Polster. Nun zu Doris!

Aber das junge Mädchen ließ sich nicht sehen. Lady Dinsmore empfing ihn im Morgenrock. Sie sah besorgt aus, und er drückte ihr schweigend die Hand.

»Es ist sehr lieb von Ihnen, mein lieber Freund, daß Sie so schnell gekommen sind. Haben Sie schon alles gehört?«

Er nickte.

»Wie geht es Doris?«

Die Frau sank in einen Stuhl und schüttelte den Kopf.

»Das arme Kind nimmt es sehr schwer. Sie weint nicht, aber ihre Gesichtszüge sind wie versteint. Sie wollte es nicht glauben, bis sie seine eigene Handschrift sah. Dann wurde sie ohnmächtig.«

Lady Dinsmore nahm ihr Spitzentaschentuch und wischte sich die Augen.

»Doris hat nach dem Grafen Poltavo geschickt«, sagte sie dann.

Frank starrte sie an.

»Warum hat sie das getan?«

»Das weiß ich auch nicht«, erwiderte sie seufzend. »Sie spricht sich nicht darüber aus, aber vielleicht fühlt sie, daß der Graf etwas weiß – sie glaubt, daß Gregory irgendwie betrogen worden ist.«

Frank neigte sich vor.

»Das ist auch meine Ansicht«, sagte er ruhig.

Lady Dinsmore sah ihn nachsichtig an.

»Sie kennen Gregory nicht«, sagte sie nach einer Weile.

»Trotzdem kann ich Ihnen nicht beipflichten. Wenn er nicht ermordet wurde, so muß es Selbstmord gewesen sein. Aber warum hätte sich Mr. Farrington denn selbst umbringen sollen?«

»Ich bin sicher, daß er nicht die geringste Absicht hatte, so etwas zu tun«, erwiderte Lady Dinsmore gefaßt.

»Und was nehmen Sie an?«

»Warum glauben Sie denn, daß er wirklich tot ist?« fragte sie leise.

Frank sah sie mit hellem Erstaunen an.

»Wie meinen Sie das?« Hatte der Unglücksfall ihr den Verstand geraubt?

»Ich meine ganz einfach, daß er ebensowenig tot ist wie Sie oder ich«, entgegnete sie kühl. »Welche Beweise haben wir denn? Nur einen Brief, der von ihm persönlich geschrieben wurde und in dem er uns allen Ernstes mitteilt, daß er sich entschlossen habe zu sterben. Klingt das wahrscheinlich? Ich nehme als sicher an, daß dies das letzte ist, was er beabsichtigte. Wann hat Gregory jemals die Wahrheit gesagt, wenn es sich um seinen Aufenthalt handelte? Nein, glauben Sie mir, er ist nicht tot. Aus Gründen, die nur er kennt, gibt er vor, es zu sein; in Wirklichkeit hat er sich nur entschlossen, in der Verborgenheit zu leben.«

»Aber warum denn?« fragte der junge Mann bestürzt. Das war die verrückteste Erklärung, die er sich denken konnte. Sein Kopf wirbelte von den widersprechenden Eindrücken; er schien in ein schreckliches Abenteuer gestürzt worden zu sein, und es verlangte ihn danach, wieder in die nüchterne Alltagswelt zurückzukehren.

Die Tür am anderen Ende des Raumes öffnete sich. Er schaute schnell auf und erwartete schon halb, Farrington selbst auf der Schwelle zu sehen.

Aber es war Doris. Sie blieb einen Augenblick unentschlossen stehen und starrte die beiden wie abwesend an. In ihrem weißen Morgengewand und mit ihrem schwarzen Haar, das durch ein einfaches Stirnband zusammengehalten wurde, wirkte sie fast wie ein Kind. Das kalte Frühlingssonnenlicht, das durch die Fenster hereinströmte, ließ erkennen, daß die Nacht Spuren in ihren Zügen hinterlassen hatte. Schwache violette Schatten waren unter ihren Augen sichtbar, ihr Gesicht war bleich.

Frank trat ihr schnell entgegen. Er sah nur ihr weißes, trauriges Gesicht. Schnell nahm er ihre Hände in die seinen, und sie fühlte seinen warmen Druck.

Sie sah ihn lange forschend an, dann zitterten ihre Lippen, und mit einem herzzerreißenden Schluchzen warf sie sich in seine Arme und barg ihren Kopf an seiner Schulter. Frank hielt sie zart.

»Nicht weinen, Liebling«, flüsterte er.

Er beugte sich nieder und streichelte ihr Haar. Ein liebevoller Ausdruck lag auf seinen Zügen.

»Liebling!« sagte er leise.

Sie hob das blasse Gesicht zu ihm empor.

»Sie – Sie sind so gut zu mir«, hauchte sie. Unter seinem warmen Blick zog eine leichte Röte über ihre Wangen, dann löste sie sich von ihm und setzte sich nieder.

Lady Dinsmore kam zu ihr und legte den Arm um sie.

»Nun, Frank?« begann sie freundlich und zeigte auf einen Stuhl. »Nehmen Sie doch Platz. Wir wollen uns beraten. Vor allem möchte ich« – sie drückte die kalte Hand des Mädchens – »meine feste Überzeugung aussprechen, daß Gregory nicht tot ist. Ein Gefühl sagt mir, daß er sicher und wohlauf ist.«

Doris sah Frank nachdenklich an.

»Haben Sie noch etwas erfahren – ich meine, später?«

»Es war noch nicht genügend Zeit für neue Entwicklungen.

Scotland Yard beschäftigt sich mit der Sache, und Mr. Smith ist mit der Untersuchung beauftragt.«

Sie schauderte und bedeckte ihr Gesicht mit den Händen.

»Smith erklärte doch gestern im Theater, daß er ihn verhaften wollte – wie merkwürdig und schrecklich das alles ist«, sagte sie verängstigt. »Ich – ich muß immer daran denken. Das dunkle Wasser im Strom – mein armer Onkel ... Es ist so, als ob ich ihn dort sehen könnte ...« Sie schluchzte wieder und konnte nicht weitersprechen.

Lady Dinsmore sah hilflos zu Frank hinüber.

In diesem Augenblick brachte ein Diener einen Brief.

Lady Dinsmore zog die Augenbrauen zusammen.

»Von Poltavo«, sagte sie halb zu sich selbst.

Doris stürzte vor und nahm den Brief von dem Tablett. Eilig zog sie den Bogen aus dem Kuvert. Sie schien die Botschaft sofort zu verstehen, denn es entfuhr ihr ein kleiner Freudenschrei. Ihr blasses Gesicht überzog sich plötzlich mit einem lebhaften Rot, und sie beugte sich nieder, um den Brief noch einmal zu lesen. Ihre Lippen öffneten sich, ihre ganze Haltung drückte Hoffnung und Zuversicht aus. Dann faltete sie das Schreiben wieder zusammen und verließ ohne ein weiteres Wort das Zimmer.

Frank starrte entsetzt hinter ihr her. Er war bleich geworden vor Wut und Eifersucht.

Lady Dinsmore erhob sich schnell.

»Entschuldigen Sie mich – warten Sie hier«, sagte sie und folgte ihrer Nichte.

Frank Doughton ging zerstreut auf und ab und erwartete jeden Augenblick ihre Rückkehr. Erst vor wenigen Minuten hatte er die höchste Glückseligkeit erlebt, als Doris ihren Kopf an seiner Schulter barg – nun war er wieder in den Abgrund tiefster Hoffnungslosigkeit gestoßen. Was mochte in dem kurzen Brief gestanden haben, der sie so freudig erregt hatte? Hätte sie ihn so sorgfältig an sich genommen, wenn er nicht eine Liebesbeteuerung enthalten hätte? – Er war unachtsam und wäre beinahe über einen Stuhl gestolpert. Leise fluchte er vor sich hin.

Der Diener, der unbemerkt eingetreten war, machte sich durch ein diskretes Räuspern bemerkbar.

»Lady Dinsmore läßt sich entschuldigen und Ihnen bestellen, daß sie Ihnen später schreiben wird.«

Er begleitete den jungen Mann zur Haustür.

Auf der ersten Stufe blieb Frank steif aufgerichtet stehen, denn er sah sich plötzlich Poltavo gegenüber.

Der Graf grüßte ihn mit ernster Miene.

»Eine traurige Angelegenheit«, sagte er leise. »Haben Sie die Damen schon gesehen? Wie hat Miss Gray alles aufgenommen? Geht es ihr den Verhältnissen entsprechend gut?«

Frank schaute ihn düster an.

»Ihr Schreiben hat ihre Stimmung aufs beste beeinflußt.«

»Mein Schreiben?« fragte Graf Poltavo erstaunt. »Ich habe ihr doch gar nicht geschrieben – Sie sehen doch, daß ich persönlich komme!«

Franks erregte Züge verrieten, daß er Poltavos Worten keinen Glauben schenkte. Er zog wütend den Hut, ging die Treppe hinunter und wäre beinahe mit einem anderen Herrn zusammengestoßen.

»Mr. Smith«, sagte er begierig, »haben Sie neue Nachrichten?«

Der Detektiv sah ihn interessiert an.

»Die Themsepolizei hat die Leiche eines Mannes aufgefischt. In seinen Taschen hat man viele Dinge gefunden, die das Privateigentum Mr. Farringtons sind.«

»Dann ist es also doch wahr, daß ein Selbstmord vorliegt?«

Der Detektiv schaute an ihm vorbei.

»Wenn ein Mann seinen Kopf abschneiden kann, bevor er in den Fluß springt, könnte man an Selbstmord glauben«, erwiderte er vorsichtig. »Ich habe aber noch niemals ein solches Wunder erlebt und bin infolgedessen sehr skeptisch.«

Ein Zug fuhr in den Waterloo-Bahnhof ein. Als er zum Stehen gekommen war, stieg ein großer, schlanker Herr aus. Bei näherer Betrachtung erkannte man, daß er nicht mehr so jung war, wie der erste Eindruck vermuten ließ. An den Schläfen färbten sich seine Haare schon grau, und einige scharfe Linien waren um seine Mundwinkel eingegraben.

Sein Gesicht war gebräunt; er schien erst vor kurzem aus einem heißen Klima nach England zurückgekehrt zu sein.

Er stand jetzt vor dem Bahnhof und überlegte, ob er hier ein Auto nehmen oder unterwegs einen Wagen anrufen sollte, denn die Nacht war naß und kalt, und die Bahnfahrt hatte ihn ermüdet.

Während er noch zögerte, fuhr geräuschlos ein großes Auto heran, und der Chauffeur berührte seine Mütze.

»Ich danke Ihnen«, sagte der Mann lächelnd. »Sie können mich zum Metropol fahren.«

Er öffnete die Tür und wollte eben einsteigen, als sich eine Hand leicht auf seinen Arm legte. Er wandte sich um und sah in humorvolle graue Augen.

»Ich glaube, Sie nehmen besser einen anderen Wagen, Dr. Goldworthy«, sagte der Fremde.

»Es tut mir leid –«, begann der Arzt.

Der Chauffeur wäre abgefahren, nachdem er seinem Passagier einen schnellen Blick zugeworfen hatte, aber ein Mann, der unverkennbar der Geheimpolizei angehörte, sprang an seine Seite.

»Es tut mir auch leid«, erwiderte Mr. T. B. Smith, denn er war es, der den jungen Arzt zurückhielt, »aber ich werde Ihnen alles erklären. Kümmern Sie sich nicht um den Chauffeur, meine Leute werden das in Ordnung bringen. Sie sind mit knapper Not einer Entführung entgangen!«

Er brachte den bestürzten Mann nach Scotland Yard, und nach einer längeren Unterhaltung kannte er die Geschichte George Doughtons, der in den Armen Dr. Goldworthys gestorben war. Und er wußte nun auch von einem Kasten, der Papiere enthielt, die der Doktor Lady Constance Dex auszuhändigen versprochen hatte. Er erfuhr auch, wie diese Frau die Nachricht von dem Tod ihres einstigen Geliebten erhalten hatte.

»Ich danke Ihnen«, sagte Mr. Smith, als Dr. Goldworthy endete. »Ich glaube, ich verstehe die Zusammenhänge jetzt.«

8

Am Morgen nach der Auffindung von Farringtons Leiche saß Mr. T. B. Smith in seinem schönen Arbeitszimmer, von dessen Fenstern aus er Brakely Square überschauen konnte. Er hatte sein einfaches Frühstück beendet. Das Tablett mit dem Geschirr war abgeräumt worden, und er war an seinem Schreibtisch beschäftigt, als der Diener ihm Lady Constance Dex ankündigte.

Mr. T. B. Smith schaute gleichgültig auf die Karte.

»Führen Sie die Dame herein, George.«

Er erhob sich gerade, um seinem Besuch entgegenzugehen, als sich die Tür öffnete und Lady Constance Dex eintrat.

Sein erster Eindruck war, daß er eine sehr schöne Frau vor sich hatte. Trotz einer gewissen Härte, die sich in ihren Zügen ausdrückte, und trotz all ihrer Charaktereigenschaften, von denen er schon gehört hatte, war sie doch zweifellos eine sympathische Erscheinung. Sie hatte eine wunderbar zarte Haut, mandelförmige Augen und ebenmäßige Züge. Seiner Schätzung nach mußte sie ungefähr dreißig Jahre alt sein, und er war damit auch nicht weit von der Wirklichkeit entfernt, denn Lady Constance war siebenundzwanzig.

Sie war vornehm, aber mit unauffälliger Eleganz gekleidet. Er schob einen Stuhl für sie an die Seite seines Schreibtisches.

»Bitte, nehmen Sie Platz.«

Sie lächelte ihn dankbar an und setzte sich.

»Ich fürchte, daß Sie mich für einen lästigen Menschen halten, der Sie bei der Arbeit stören will, besonders zu so früher Morgenstunde. Aber ich wollte Sie wegen der außerordentlichen Ereignisse der letzten Tage einmal sprechen. Ich bin gerade wieder in die Stadt gekommen. Sobald ich die letzten Nachrichten erhielt, fuhr ich von daheim ab.«

»Mr. Farrington ist oder war doch Ihr Freund?«

»Wir sind seit vielen Jahren eng befreundet gewesen«, antwortete sie ruhig. »Er war ein außerordentlicher Mann mit außerordentlichen Fähigkeiten.«

»Nebenbei bemerkt, seine Nichte war doch vor einigen Tagen bei Ihnen zu Besuch, wenn ich nicht irre?«

»Ja, sie war auf einem Ball, den ich gab, und blieb die Nacht bei mir. Ich fuhr nach dem Tanz mit meinem Auto nach Great Bradley zurück, so daß ich sie seitdem nicht mehr gesehen habe. Ich werde noch zu ihr fahren und sehen, ob ich etwas für sie tun kann.« Sie hatte sehr überlegt und ruhig zu sprechen begonnen, aber bei den letzten Worten mußte sie sich zusammennehmen, um die Herrschaft über ihre Stimme nicht zu verlieren.

»Mr. Smith, ich habe erfahren«, sagte sie dann plötzlich, »daß Sie ein kleines Riechfläschchen besitzen, das mir gehört.«

»Man fand es damals auf dem Grundstück Mr. Farringtons, als die beiden Italiener ermordet wurden.«

»Was schließen Sie daraus?«

»Daß Sie in jener Nacht in Mr. Farringtons Haus waren«, erwiderte Mr. Smith offen. »Lady Constance, wir wollen so aufrichtig wie möglich miteinander sprechen. Ich bin der Ansicht, daß Sie in der Nähe waren, als die Schüsse fielen. Als Sie sie hörten, gingen Sie durch die Küche wieder in das Haus und verließen es dann durch einen hinteren Ausgang.«

Er sah, daß sie die Lippen zusammenpreßte, und fuhr in gleichmütigem Ton fort:

»Sie können sich denken, daß ich mich mit den Tatsachen, die ich damals feststellen konnte, nicht zufriedengab. Ich setzte in den frühen Morgenstunden meine Nachforschungen fort, als sich der Nebel ein wenig verteilt hatte. Ich habe dabei Spuren gefunden, aus denen hervorgeht, wie Sie sich entfernt haben. Die Rückseite des Hauses liegt an einer Nebenstraße. Ich fand heraus, daß in den dortigen Garagen vier verschiedene Wagen untergebracht sind. Ich interessierte mich genauer dafür, aber keins der Autos, die dort stationiert sind, besaß die Gummireifen, deren Eindrücke ich feststellen konnte. Die Sache wird sich so zugetragen haben: Sie hörten die Auseinandersetzung vor dem Haus und gingen hinaus, um zu lauschen, nicht, um sich zu entfernen. Als Sie dann wußten, worum es ging, eilten Sie die kleine Straße zurück, bestiegen Ihren Wagen, der dort auf Sie wartete, und fuhren durch den Nebel davon.«

»Sie sind wirklich ein Detektiv«, erwiderte sie ein wenig spöttisch. »Können Sie mir noch mehr erzählen?«

»Ich kann Ihnen nur noch sagen, daß Sie selbst am Steuer gesessen haben.«

Sie lachte.

»Es tut mir leid, daß Sie bis nach Great Bradley gehen mußten, um das zu erfahren. Dort weiß jedes Kind, daß ich meinen Wagen selbst fahre.«

»Aber ich habe mir diese Mühe gar nicht gemacht«, sagte Mr. Smith lächelnd. »Ich bin aber sehr begierig zu hören, Lady Constance, was Sie damals in Farringtons Haus gemacht haben. Mir ist niemals der Verdacht gekommen, daß Sie diese Männer erschossen hätten. Ich habe genug Beweise, daß die Schüsse nicht von dem Grundstück Mr. Farringtons abgefeuert wurden.«

»Wenn ich nun sagte, daß ich in der Nacht eine Gesellschaft gab und mein Haus nicht verließ?«

»Mit dieser Behauptung würden Sie sich selbst widersprechen. Sie haben mir vorhin erzählt, daß Sie Ihr Haus verließen und mitten in der Nacht fortfuhren. Diese Fahrt war von ganz besonderer Bedeutung, soweit ich es beurteilen kann. Übrigens geht das auch aus gewissen Nebenumständen hervor.«

Sie sah an ihm vorbei zum Fenster hinaus. Auf ihrer Stirn lagen Falten, und ihr Gesicht zeigte einen Ausdruck von Entschlossenheit.

»Ich könnte Ihnen viel erzählen, was Sie nicht wissen«, sagte sie dann und wandte sich ihm plötzlich wieder zu. »Meine Rückkehr nach Great Bradley ist sehr einfach erklärt. Einer meiner Freunde – oder genauer, ein Freund meines Freundes«, verbesserte sie sich selbst, »ist vor kurzem aus Westafrika zurückgekehrt. Ich erhielt die Nachricht, daß er nach Great Bradley gekommen sei, um mir eine Botschaft von einem Mann zu überbringen, der mir in früheren Jahren einmal sehr nahestand.«

Mr. Smith hörte, daß ihre Stimme ein wenig zitterte. Er war davon überzeugt, daß sie die Wahrheit gesprochen hatte, eine so gute Schauspielerin sie sonst auch sein mochte.

»Ich mußte diesen Mann unter allen Umständen treffen«, erklärte Lady Constance ruhig, »obwohl ich nicht wünschte, daß die Angelegenheit weiter bekannt wurde.«

»Ich muß Sie wieder unterbrechen. Der Mann, von dem Sie

eben sprachen, war Dr. Thomas Goldworthy, der kürzlich von einer Expedition nach dem Kongo zurückkehrte, die er im Auftrag der Londoner Gesellschaft für Tropenheilkunde unternommen hatte. Aber Ihre Erzählung stimmt nicht ganz überein mit der mir bekannten Tatsache, daß Dr. Goldworthy schon in der Nacht vor Ihrer Gesellschaft nach Great Bradley kam. Sie haben ihn doch schon damals gesprochen. Er brachte einen Holzkasten mit, den er vorher im Zollamt abgeholt hatte. Zwei Männer machten den Versuch, den Inhalt dieses Kastens zu rauben. Ich interessierte mich lebhaft dafür, da einer meiner Freunde diesen etwas geheimnisvollen Einbruchsdiebstahl aufzuklären hatte. Das sind also die Tatsachen, die ich weiß. Dr. Goldworthy brachte den Kasten nach Great Bradley, nachdem er an Sie telegrafiert hatte, daß er kommen würde. Sie sprachen mit ihm. Erst nach dieser Begegnung kehrten Sie nach London zurück, um Ihren Ball zu geben. Wirklich, Lady Constance, Ihr Gedächtnis hat nachgelassen.«

Sie sah ihn plötzlich entschlossen und herausfordernd an.

»Was haben Sie vor? Sie klagen mich nicht wegen des Mordes an den beiden Männern an. Sie können mich nicht einmal bezichtigen, den Anschlag auf Mr. Farrington inszeniert zu haben. Aber Sie wissen so viel von mir und meiner Vergangenheit«, fuhr sie schnell fort, »daß Sie auch noch mehr wissen sollen. Vor Jahren war ich mit einem Mann verlobt, den ich leidenschaftlich liebte. Es war George Doughton.«

»Ja, der Forscher.«

»Plötzlich und unerwartet ging er damals außer Landes und löste unsere Verlobung aus einem mir unbekannten Grunde. All meine Briefe, meine Telegramme und alle Anstrengungen, wieder mit ihm in Fühlung zu kommen, während er in Afrika weilte, blieben erfolglos. Seit vier Jahren hatte ich weder eine Nachricht von ihm noch eine Erklärung für sein merkwürdiges Verhalten. Plötzlich erhielt ich die Mitteilung von seinem Tode. Zuerst nahm man an, daß er infolge eines schweren Fieberanfalls gestorben sei, aber Dr. Goldworthy überzeugte mich, daß George Doughton von einem Menschen vergiftet wurde, der ein Interesse an seinem Tode hatte.«

Ihre Stimme zitterte, aber dann faßte sie sich wieder.

»All diese Jahre hindurch habe ich ihn nicht vergessen, sein Bild stand immer vor mir. Liebe stirbt nur schwer, Mr. Smith, und verletzte und beleidigte Liebe hat in mir alle Leidenschaften geweckt, deren die weibliche Natur überhaupt fähig ist. Jetzt habe ich zum erstenmal erfahren, warum George Doughton fortging und den Tod fand. – Er hatte mir früher immer erzählt, daß man auf der Jagd nach wilden Tieren immer zuerst das Weibchen töten muß, denn wenn es am Leben bleibt, rächt es den Tod des Gefährten. – Es wird noch eine schreckliche Zeit für jemand kommen«, sagte sie dann bedeutsam. – »Für wen?«

»Sie wissen schon zuviel, Mr. Smith. Den Rest müssen Sie mit Ihren unübertrefflichen Methoden selbst herausbringen. Hindern Sie mich nicht daran, meine Rachepläne auszuführen. Das klingt zwar theatralisch, aber es ist mein bitterer Ernst, wie Sie noch sehen werden. Man hat mir George Doughton genommen, man hat ihn ermordet! Und der Mann, der dies tat, war Montague Fallock!«

Sie gab keine weiteren Erklärungen, und Mr. Smith war zu vorsichtig, um im Augenblick weiter in sie zu dringen. Er begleitete sie nach draußen, wo ihr Sportwagen auf sie wartete.

»Ich hoffe, Sie recht bald wiederzusehen, Lady Constance.«

»Ohne Haftbefehl?« fragte sie lächelnd.

»Ich glaube, ja«, entgegnete er ruhig. »Der Haftbefehl könnte höchstens für Ihren Freund Fallock bestimmt sein.«

Er stand in der Eingangsdiele und sah dem Wagen nach, der schnell um die Ecke des Platzes fuhr. Kaum war er außer Sicht, als ein Motorradfahrer aus der kleinen Nebenstraße herauskam, die an der Hinterseite der Häuser vorbeiführte. Er schlug dieselbe Richtung ein wie das Auto.

Mr. Smith nickte befriedigt. Er überließ nichts dem Zufall. Lady Constance würde nun Tag und Nacht beobachtet werden.

»Und dabei hat sie nicht einmal Farrington näher erwähnt«, sagte er zu sich selbst, als er die Treppe hinaufstieg. »Man könnte fast annehmen, daß er noch lebt.«

*

Um neun Uhr desselben Abends fuhr der kleine Zweisitzer, den Lady Constance Dex geschickt lenkte, die breite Straße entlang, die nach Great Bradley führt. Dann schlug sie einen Nebenweg ein und hielt schließlich vor dem großen, unregelmäßig gebauten Pfarrhaus, das sich etwas abseits von der Stadt auf einem schönen Grundstück erhob. Behend sprang sie aus dem Wagen.

Das Geräusch des haltenden Autos hatte einen der Dienstboten herbeigelockt. Sie ging an dem Mann vorbei, ohne ein Wort zu sagen, eilte nach oben in ihr Zimmer und verriegelte und verschloß die Tür hinter sich, bevor sie den Lichtschalter andrehte. Elektrisches Licht zu besitzen war ein ungewöhnlicher Vorzug in einer so kleinen Stadt, aber sie verdankte diese Annehmlichkeit der Freundschaft, die sie mit dem merkwürdigen Manne unterhielt, der das »geheimnisvolle Haus« bewohnte.

Dieses hochaufragende Gebäude, das man vom Pfarrhaus aus nicht sehen konnte, lag drei Meilen entfernt in einem kleinen Tal, das in der Umgegend unter dem Namen »Mördertal« bekannt war. Es war eine hübsche, kleine Schlucht, in der sich vor vielen Jahren einmal ein furchtbares Verbrechen abgespielt hatte, und das Haus paßte ganz zu dem schauerlichen Namen, den die Gegend führte. Niemand sah jemals den Besitzer des »geheimnisvollen Hauses«. Sein Sekretär und seine beiden italienischen Diener kamen häufig nach Great Bradley, um dort ihre Einkäufe zu machen. Ab und zu sah man auch einen geschlossenen Wagen in den Straßen des Ortes. – Die Leute, die gerne erfahren hätten, wer der Eigentümer des Hauses war, konnten nur hoffen, daß eines Tages eine Achse dieses Wagens brechen und so der Insasse gezwungen würde, sich ihnen zu zeigen.

Aber im allgemeinen störte niemand den Sonderling in seiner Abgeschiedenheit. Mochte er unerhörte Dinge tun, wie er es auch wirklich tat – die Bewohner von Great Bradley kümmerten sich nicht darum und dankten Gott, daß sie nicht so waren wie dieser unbekannte Mann.

Der rätselhafte Mann hatte wirklich sonderbare Gewohnheiten. Er hatte eine eigene elektrische Kraftanlage, deren großer Schornstein über Wadleigh Copse hinausragte. In dem Kraftwerk befanden sich Maschinen von gewaltiger Stärke, die den elektrischen Strom erzeugten, der das große Haus erleuchtete und heizte.

In Great Bradley lebten viele ehrbare englische Arbeiter, die böse darüber waren, daß der Besitzer des »geheimnisvollen Hauses« fremde Leute ihnen vorzog. Aber es stand fest, daß nur Ausländer in dem Kraftwerk arbeiteten. Sie hatten ihre eigenen Wohnungen abseits des Ortes, lebten dort friedlich für sich und hatten nicht den Wunsch, mit den anderen Einwohnern der Stadt in nähere Berührung zu kommen. Es waren genügsame Italiener, die gern schwer arbeiten und soviel wie möglich von ihrem Gehalt sparen wollten, um später einmal in ihre geliebte Heimat zurückkehren zu können. Sie wurden für ihre Verschwiegenheit gut bezahlt, und sie hatten sie auch noch nie gebrochen.

Lady Constances Haus wurde von der Kraftstation des »geheimnisvollen Hauses« gleichfalls mit Strom versorgt, und sie gehörte auch zu den wenigen Bevorzugten, die das Haus unaufgefordert betreten durften.

Sie war einige Zeit damit beschäftigt, sich umzuziehen. Dann brachte ihr Mädchen das Abendessen auf einem Tablett, und als sie mit ihrer Mahlzeit fertig war, ging sie in ihr Wohnzimmer, öffnete eine Schublade ihres Schreibtisches und nahm eine zierliche Pistole heraus. Sie betrachtete sie einen Augenblick, prüfte dann sorgfältig die Munitionskammer und steckte einen Patronenrahmen hinein. Nachdem sie die Waffe gesichert hatte, ließ sie dieselbe in die Tasche ihres Mantels gleiten, schloß ihren Schreibtisch wieder ab, verließ ihr Zimmer und ging die Treppe hinunter. Ihr Wagen wartete noch draußen, aber sie wandte sich an den Diener, der ehrerbietig an der Tür stand.

»Bringen Sie das Auto in die Garage – ich will Mrs. Jackson noch besuchen.«

»Jawohl, Mylady.«

9

Mr. Smith kam mit einer bestimmten Absicht nach Great Bradley. Er wußte, daß nicht nur das geheimnisvolle Verschwinden Farringtons, sondern vielleicht auch die Identität des rätselhaften Montague Fallock eher in dieser kleinen Stadt als in der großen Metropole aufgeklärt werden konnte. Es ging jetzt um die Ehre von Scotland Yard. In einem Zeitraum von nur sieben Tagen waren zwei Morde, eine mysteriöse Schießerei und ein Selbstmord vorgekommen, der von so merkwürdigen Nebenumständen begleitet war, daß man auch hier einen Mord vermuten mußte. Und die Polizei war noch nicht in der Lage, der ungeduldig wartenden Öffentlichkeit auch nur die leiseste Erklärung für all diese Ereignisse zu geben. Hierzu kam noch der Einbruch im Zollamt, so daß Scotland Yard in eine Art Verteidigungsstellung getrieben war.

»Es kursieren allerhand dumme Gerüchte über uns«, sagte der Polizeipräsident an dem Morgen, an dem Mr. T. B. Smith nach Great Bradley abfuhr. Er reichte ihm eine Zeitung über den Tisch, und der Detektiv nahm sie mit einem sonderbaren Lächeln. Er las die auffallende Überschrift und den gesperrt gedruckten Artikel, in dem die Leistungsfähigkeit der Polizei in Frage gestellt wurde, und reichte das Blatt seinem Vorgesetzten wieder zurück.

»Ich glaube, wir können all diese Geheimnisse gleichzeitig aufklären. Ich werde mir heute einmal das ›geheimnisvolle Haus‹ näher ansehen – dort ist das Ende der Lösung zu finden.«

Der Polizeipräsident sah ihn interessiert an.

»Es ist merkwürdig, daß Sie gerade darüber sprechen. Ich habe nämlich heute morgen einen Bericht über dieses merkwürdige Haus von dem Wachtmeister des Bezirks erhalten.«

»Was hat er denn gemeldet?«

»Es ist ein ziemlich inhaltsloser Bericht, wie ihn Wachtmeister gewöhnlich abfassen. Der Besitzer ist ein offensichtlich kranker Amerikaner mit exzentrischen Launen. Ja, noch mehr – Sie werden sicherlich überrascht sein –, er ist von kompetenten medizinischen Autoritäten für geisteskrank erklärt worden.«

»Geisteskrank?« Mr. Smith war wirklich erstaunt.

»Jawohl, er ist nicht zurechnungsfähig und genießt auch alle Vorrechte, die das Gesetz solchen Leuten einräumt. Wer hätte das gedacht?«

Mr. Smith schaute nachdenklich vor sich hin.

»Ich hatte die dunkle Vorstellung, daß ich in dem Bewohner des Hauses vielleicht einen Mann kennenlernen würde, der in nahen Beziehungen zu Fallock steht.«

»Dann ist es allerdings eine bittere Enttäuschung für Sie«, meinte der Polizeipräsident. »Aber an diesen Tatsachen besteht kein Zweifel. Ich habe alle Dokumente nachprüfen lassen. Der Mann ist wirklich von zwei hervorragenden Spezialisten untersucht worden. Er befindet sich jetzt in der Behandlung eines Arztes, der dort wohnt und zu gleicher Zeit der Sekretär dieses Mr. Moole ist. Das Rätsel dieses geheimnisvollen Hauses ist damit gelöst – es ist eine Privatirrenanstalt, weiter nichts.«

Mr. Smith schwieg eine Weile.

»Nun, auf jeden Fall ist es kein Unglück, wenn ich diesen zurückgezogenen Mann einmal aufsuche und mir sein Haus genauer ansehe«, sagte er schließlich.

Er kam am frühen Nachmittag in Great Bradley an und ließ sich sofort zu dem »geheimnisvollen Haus« fahren. Der Chauffeur hielt aber schon in einiger Entfernung von dem großen Eingangstor, und Mr. Smith untersuchte zunächst vorsichtig und sorgfältig die ganze Umgebung. Es war wirklich ein sonderbares Haus. Die Fassaden machten keinerlei Anspruch auf architektonische Schönheit. Das massige Gebäude stand etwas abseits von der Straße inmitten eines ungepflegten, großen Grundstücks. Den ganzen Nachmittag über beschäftigte sich der Detektiv damit, Entfernungen abzumessen und alle Ein- und Ausgänge festzustellen. Auch untersuchte er, welche Baumgruppen und Sträucher bei einer Annäherung an das Haus Deckung bieten konnten. Er machte eine Skizze von der Lage des Grundstücks, von den Wegen und Zugängen, ebenso von der großen elektrischen Kraftstation, die ungefähr hundert Meter vom Hause entfernt inmitten eines dichten Gehölzes stand.

Am nächsten Morgen hatte sein Besuch keinen heimlichen

Charakter mehr, und er ließ seinen Wagen diesmal direkt vor dem Eingang halten. Langsam ging er den geschotterten Weg zur Haustür entlang. Sein Blick ruhte auf der Spitze des Schornsteins der Kraftstation, der über den Baumwipfeln zu sehen war. Mr. Smith schüttelte den Kopf. Irgend etwas mußte hier nicht stimmen. Er hatte insgeheim die große Anlage besichtigt, die der exzentrische Eigentümer des »geheimnisvollen Hauses« dort für seine Zwecke erbaut hatte.

Man könnte ein großes Industriewerk damit betreiben, dachte er. Er hatte bei seiner heimlichen Inspektion auch den einäugigen Ingenieur gesehen, einen Mann mit düsteren Gesichtszügen, der eine entstellende Narbe auf der einen Seite des Gesichtes hatte.

Er hätte noch weitere Nachforschungen angestellt, aber plötzlich hatte er gefühlt, daß etwas unter seinen Füßen knackte, als er durch das eine Fenster schauen wollte. Sofort hatte drinnen ein Gong angeschlagen, und eine Rolljalousie hatte sich geräuschlos hinter dem Fenster herabgesenkt, so daß er nichts mehr von dem Innern sehen konnte.

Er war schnell zur Seite getreten und hatte gerade das Tor passiert, als dieses zuschlug. Offenbar war das durch eine Schaltvorrichtung von der Kraftstation aus bewerkstelligt worden.

Mr. Smith machte nun einen offenkundigen Besuch am hellen Tage. Außerdem hatte er zwei Detektive mitgenommen und sie vor dem Haupteingang Aufstellung nehmen lassen, denn er wollte nicht unnötig Gefahr laufen.

Er stieg die vier breiten Marmorstufen der vorderen Treppe zur Haustür empor, strich seine Schuhe auf einer merkwürdigen Metallmatte ab und drückte die Glocke. Die Haustür selbst war durch einen Vorhang halb verborgen, wie man sie in den Hausfluren der Vorstadtwohnungen findet. Sie bestehen gewöhnlich aus bunten Perlenschnüren oder langen Bambusstäbchen. Hier waren auch Schnüre zu sehen, aber es waren Tausende von Stahlkügelchen, auf feinen Drähten aufgezogen, die von einem Stab über der Tür herunterhingen. Man konnte annehmen, die ganze Haustür sei aus Stahl, aber als sie sich öffnete, zog sich der Vorhang ähnlich wie auf der Bühne zurück. Dieser Vorhang schien zwangsläufig mit dem Öffnen der Tür in Verbindung zu stehen.

Im Eingang stand ein schlanker Mann. Sein großes Gesicht war bleich, seine Augen ausdruckslos. Er trug einen gutsitzenden schwarzen Anzug und hatte die achtungsvolle Haltung eines obersten Hausbeamten.

»Mr. Smith von Scotland Yard«, stellte sich der Besucher kurz vor. »Ich möchte Mr. Moole sprechen.«

Der Mann sah ihn argwöhnisch an.

»Wollen Sie bitte näher treten«, sagte er dann und geleitete ihn in ein großes, vornehm eingerichtetes Wohnzimmer. »Ich fürchte, Sie können Mr. Moole nicht sehen. Wie Sie wahrscheinlich wissen, ist er leidend. Aber wenn ich etwas für Sie tun kann –«

»Sie können mich zu Mr. Moole bringen«, wiederholte Mr. Smith lächelnd, »sonst nichts.«

Der Mann zögerte.

»Wenn Sie darauf bestehen –«

Der Detektiv nickte.

»Ich bin sein Sekretär und sein Arzt – Dr. Fall. Ich werde nachher Schwierigkeiten bekommen – vielleicht teilen Sie mir mit, in welcher Angelegenheit Sie kommen?«

»Das werde ich Mr. Moole selbst erklären.«

Der Arzt verbeugte sich.

»Dann kommen Sie bitte mit.« Er führte Mr. Smith durch die große Eingangshalle und öffnete eine einfache Tür, die zu einem kleinen Lift führte. Dann trat er zur Seite, um den Detektiv zuerst eintreten zu lassen.

»Bitte nach Ihnen«, sagte Mr. Smith höflich.

Dr. Fall lächelte und ging voran; Mr. Smith folgte ihm.

Sie fuhren rasch in die Höhe bis zum dritten Stock.

Die innere Einrichtung des Hauses ist ähnlich wie in einem Hotel, dachte Mr. Smith.

Mit dicken Teppichen belegte Gänge führten von dem Fahrstuhl nach rechts und links, und die lange Wand vor ihm war in regelmäßigen Zwischenräumen von Türen unterbrochen. Dr. Fall ging den linken Korridor entlang bis zum Ende und öffnete eine große Tür aus Rosenholz, worauf eine innere Tür sichtbar wurde. Der Arzt öffnete auch diese und trat in ein geräumiges Zimmer. Mr. Smith folgte ihm. Der Raum war nur spärlich möbliert, trotzdem aber kostbar ausgestattet. Die Wände waren mit einer Täfelung von poliertem Myrtenholz überzogen. Auf einem viereckigen tiefblauen, schweren Teppich stand eine silberne Bettstelle in der Mitte des Zimmers. Aber weder die sonderbare Einrichtung noch der reichvergoldete kleine Tisch, der vor dem Bett stand, noch der prachtvolle elektrische Kronleuchter erregten die Aufmerksamkeit von Mr. Smith. Sein Blick wurde sofort von dem Mann gefesselt, der in dem Bett lag.

Er hatte eine merkwürdige gelbe Gesichtsfarbe, und seine Augen blickten so teilnahmslos, daß man ihn für eine Wachsfigur hätte halten können. Nur an den regelmäßigen Atemzügen und an dem krampfhaften Zucken der Lippen war zu erkennen, daß der Mann lebte. Das Gesicht war ausdruckslos und leer, die Augen hart und glanzlos. Der Detektiv schätzte das Alter des Mannes auf etwa siebzig Jahre.

»Dies ist Mr. Moole«, sagte Dr. Fall verbindlich. »Ich fürchte nur, Sie werden nicht viel zu hören bekommen, wenn Sie mit ihm sprechen.«

Mr. Smith trat an die Seite des Bettes und begrüßte den Mann durch ein Kopfnicken, aber dieser reagierte nicht darauf.

»Wie geht es Ihnen, Mr. Moole?« fragte Mr. Smith höflich. »Ich bin von London gekommen, um Sie zu besuchen.«

Aber die eingesunkene Gestalt in den Kissen gab kein Zeichen von sich, daß sie seine Worte verstanden hatte.

»Wie heißen Sie?« fragte Mr. Smith nach einer Weile.

Einen Augenblick belebten sich die Züge des alten Mannes, und es schien ein schwaches Verständnis in ihm aufzudämmern.

»Jim Moole«, sagte er mit heiserer, krächzender Stimme, »der arme, alte Jim Moole. Hab niemand nix getan.«

Er warf einen scheuen, furchtsamen Blick auf Dr. Fall, dann schlossen sich seine blutleeren Lippen wieder, und obgleich Mr. Smith sich die größte Mühe gab, konnte er ihn nicht wieder zum Sprechen bringen.

Schließlich verließ er das Zimmer.

»Sie werden mir recht geben«, meinte der Arzt höflich, »daß Mr. Moole nicht in der Lage ist, eine längere Unterhaltung zu führen.«

»Darin stimme ich mit Ihnen überein«, erwiderte der Detektiv liebenswürdig. »Ein amerikanischer Millionär – das ist Mr. Moole doch wohl?«

Dr. Fall beobachtete Mr. Smith scharf und ließ ihn keinen Augenblick aus den Augen.

»Ja, Mr. Moole ist ein amerikanischer Millionär«, wiederholte er.

»Er spricht nur nicht wie ein Amerikaner. Selbst wenn man seine Geisteskrankheit in Betracht zieht, bleibt diese Tatsache merkwürdig.«

»Von welcher Tatsache sprechen Sie?« fragte Dr. Fall schnell.

»Wir haben hier einen amerikanischen Millionär vor uns, einen Mann, der doch wahrscheinlich einige Bildung und Kultur besitzt, die sich bis zu einem gewissen Grade auch in seiner Sprache äußern müßte. Es ist doch sehr sonderbar, daß er wie ein gewöhnlicher Landarbeiter aus Somerset spricht.«

»Wie meinen Sie das?« fragte der Arzt schroff.

»Genauso, wie ich es sage. Er spricht in dem Dialekt eines Mannes, der in Somerset aufgewachsen ist. Mr. Moole besitzt offenbar nur eine sehr geringe Bildung, und ich habe nicht den Eindruck, daß er ein amerikanischer Millionär ist.«

»Sie sind anscheinend noch nicht oft mit Geisteskranken zusammengekommen, sonst wäre Ihnen sicher bekannt, daß diese unglücklichen Menschen weder in ihrer Sprache noch in ihren Handlungen ihre frühere gesellschaftliche Stellung erkennen lassen.«

Dr. Fall führte den Detektiv wieder zu dem Fahrstuhl, aber Mr. Smith lehnte es ab, hinunterzufahren.

»Ich möchte lieber gehen.«

Er hatte einen guten Grund dafür, denn er wollte dabei das Haus näher kennenlernen und die Lage der einzelnen Räume feststellen. Dr. Fall hatte nichts dagegen einzuwenden und führte ihn die Treppe hinunter, die mit weichen, roten Läufern belegt war.

»Ich weiß sehr wohl über Geisteskranke Bescheid«, sagte Mr. Smith, »besonders über solche, die dem niederen Volk und der Verbrecherklasse angehören.«

»Sie scheinen meinen Worten nicht glauben zu wollen.« Dr. Fall sah seinen Besucher stirnrunzelnd an. »Ich muß nachdrücklich betonen, daß ich nicht nur Mr. Mooles Sekretär, sondern auch Arzt bin.«

»Das ist mir nicht neu«, erwiderte Smith lächelnd. »Sie sind amerikanischer Arzt und haben in Pennsylvanien Ihr Examen gemacht. Sie kamen an Bord der ›Lucania‹ nach England, weil Sie New York sehr schnell verlassen mußten, da Sie in irgendeine Skandalaffäre verwickelt waren. Es ist tatsächlich leichter, Ihren Werdegang seit Ihrer Ankunft in diesem Lande zu verfolgen, als genaue Auskunft über Mr. Moole zu erhalten, der obendrein auch auf der amerikanischen Gesandtschaft nicht bekannt ist.« – Dr. Fall wurde dunkelrot.

»Sie überschreiten Ihre Amtsbefugnisse«, sagte er böse, »wenn Sie auf eine Tragödie anspielen, bei der ich nur das unschuldige Opfer von Verbrechern war.«

»Es ist möglich, daß ich das tue«, gab Mr. Smith zu.

Er verneigte sich leicht vor dem Doktor und stieg die breiten Marmorstufen hinunter zu dem Rasen, der sich vor dem Haus ausdehnte. Am Gartentor traten die beiden Leute zu ihm, mit denen er hergekommen war. Einer von ihnen war Ela.

»Nun, was haben Sie herausgebracht?«

»Ich habe allerhand gesehen, was uns wahrscheinlich in Zukunft nützlich sein wird«, entgegnete Mr. Smith, als er mit seinem Assistenten in den Wagen stieg. Dann wandte er sich an den anderen Beamten.

»Bleiben Sie hier und beobachten Sie, wer ein und aus geht. Ich komme in einigen Stunden zurück.«

Der Mann grüßte, und das Auto fuhr ab.

»Ich muß noch einen Besuch machen«, sagte Mr. Smith, »und es wäre besser, wenn ich dabei allein wäre. Der Chauffeur soll mich in der Nähe des Pfarrhauses absetzen.«

*

Lady Constance Dex war auf den Besuch des Detektivs vorbereitet. Sie hatte aus dem Fenster ihres Zimmers gesehen, daß er am Pfarrhaus vorbeigefahren war und die Richtung auf das »geheimnisvolle Haus« eingeschlagen hatte. Sie erwartete ihn im Empfangssalon, und er kam sofort zur Sache.

»Ich habe eben jemanden besucht, der gut mit Ihnen befreundet ist.«

»Meinen Sie Mr. Moole?«

»Ja«, erwiderte Mr. Smith liebenswürdig.

Lady Constance dachte lange nach, bevor sie wieder sprach. Offenbar überlegte sie, wie weit sie dem Beamten Aufklärung geben sollte.

»Ich vermute, daß Sie die Zusammenhänge bereits kennen«, sagte sie dann. »Wenn Sie Platz nehmen wollen, will ich Ihnen noch einige Informationen in Ergänzung zu meinen früheren Mitteilungen geben.«

Mr. Smith ließ sich in einem Sessel nieder.

»Es ist wahr, ich verkehre in dem ›geheimnisvollen Haus‹.« Sie sah den Detektiv nicht an, sondern schaute in den Garten hinaus. »Ich erzählte Ihnen schon von meiner großen Liebe zu George Doughton. Wahrscheinlich kennen Sie seinen Sohn?«

Mr. Smith nickte.

»Es war eine Liebe auf den ersten Blick. George Doughton war Witwer, er hatte einen liebenswürdigen, heiteren und gutmütigen Charakter, war kühn und tapfer, ein ausgezeichneter Mann. Als Forscher hatte er einen großen Ruf, wie Sie ja wissen. Ich lernte ihn in London kennen. Er machte mich auch mit seinem Freund, dem verstorbenen Mr. Farrington, bekannt. Als dieser in Great Bradley ein Haus für den Sommer mietete, war George Doughton hier sein Gast, und ich lernte ihn besser als irgendeinen anderen Menschen in meinem Leben kennen.«

Sie machte eine Pause.

»Es war eine große und starke Liebe«, fuhr sie dann mutig fort. »Warum sollte ich mich nicht zu einem Erlebnis bekennen, auf das ich stolz bin? Unsere Hochzeit war festgesetzt und sollte an dem Tage stattfinden, an dem er sich nach Westafrika einschiffte. George Doughton war ein Ehrenmann vom Scheitel bis zur Sohle. Alle Skandalaffären waren ihm in tiefster Seele verhaßt. Er konnte sich mit der modernen moralischen Auffassung und der Lockerung der Sitten nicht befreunden, in dieser Beziehung blieb er etwas altmodisch. Er hatte ein besonderes Ideal von der Frau und hielt daran fest. Sein Vorurteil ging so weit, daß Männer und Frauen, die schuldig geschieden waren, für ihn nicht mehr existierten.«

Das Sprechen fiel ihr schwer.

»Ich bin eine geschiedene Frau«, sagte sie stockend, nahm sich aber dann wieder zusammen und fuhr leise fort: »In jugendlicher Unbesonnenheit habe ich mich schuldig gemacht. Es war eine Torheit. Ich hatte einen Mann von kühler Berechnung und wenig angenehmem Charakter geheiratet, als ich nicht viel älter als ein Kind war. Ich lief ihm mit einem Mann davon, der mich aus diesem schrecklichen Leben befreite, den ich aber nicht liebte und der eigentlich mehr wie ein Bruder zu mir stand. Ein ritterlicher, heiter-freundlicher Charakter, dem aber dieses Abenteuer selbst teuer zu stehen kam. Die Indizien für meine Schuld waren erdrückend, und meinem Manne fiel es damals nicht schwer, die Scheidungsklage gegen mich durchzuführen. Diese unangenehme Angelegenheit geriet in Vergessenheit, aber in den Tagen, als ich George Doughton zu lieben begann, fürchtete ich, daß die Erinnerung an die alte Skandalgeschichte wieder aufleben könnte. Meine Sorge war auch nicht unbegründet, wie Sie noch sehen werden. Der Tag der Hochzeit rückte näher, aber zwei Tage vorher verließ mich George Doughton, ohne mir ein Wort der Erklärung zu geben. Die erste Nachricht, die ich erhielt, war die Mitteilung von seiner Abreise nach Afrika. Später habe ich nichts mehr von ihm erfahren.« Ihre Stimme war immer leiser geworden, so daß er sie kaum noch verstehen konnte.

Mr. Smith schwieg mitfühlend. Es war unmöglich, an der Wahrheit ihrer Worte zu zweifeln oder sie jetzt in ihrem Schmerz mit Fragen zu quälen.

»Mr. Farrington war sehr liebenswürdig zu mir«, fuhr sie nach einer Weile fort. »Er machte mich auch mit Dr. Fall bekannt.«

»Aus welchem Grunde?« fragte der Detektiv schnell.

»Die Zusammenhänge sind mir erst später klargeworden. Damals erfuhr ich nur, daß Dr. Fall weitgehende Interessen in Westafrika hatte und daß ich durch ihn mit George Doughton in Verbindung kommen konnte. Ich griff wie eine Ertrinkende nach diesem Strohhalm. So wurde ich ständiger Gast im ›geheimnisvollen Haus‹. Ich bin die einzige Fremde, die seit Menschengedenken ihren Fuß dorthin gesetzt hat. Ich hatte auch einen gewissen Erfolg dadurch, denn ich erfuhr stets den Aufenthalt meines Geliebten und war in der Lage, Briefe an ihn zu senden in der Gewißheit, daß sie ihn erreichen würden. Heute habe ich allerdings Grund zu der Annahme, daß Mr. Farrington von ganz anderen Beweggründen geleitet wurde, als er mich mit Dr. Fall bekannt machte. Er wollte jeden meiner Schritte genau beobachten, damit ich mich nicht unabhängig von ihm mit George Doughton in Verbindung setzen konnte. Das ist meine Geschichte, soweit sie meinen Verkehr im ›geheimnisvollen Haus‹ betrifft. Mr. Moole habe ich nur ein einziges Mal gesehen.«

»Und Mr. Farrington?«

»Ich habe ihn niemals dort getroffen.«

»Oder Montague Fallock?«

Sie hob die Augenbrauen.

»Montague Fallock habe ich niemals gesehen«, sagte sie langsam, »obgleich ich viel von ihm gehört habe. Er wußte auch von der Skandalgeschichte und versuchte in den Tagen meiner Verlobung, mich zu erpressen.«

»Davon haben Sie mir noch gar nichts erzählt.«

»Darüber ist auch nicht viel zu sagen«, erwiderte sie mit einer müden Handbewegung. »Vor diesem geheimnisvollen Erpresser hatte ich die größte Angst, und seinen Verleumdungen schrieb ich es auch zu, daß George Doughton etwas von meiner Vergangenheit erfuhr. Heute weiß ich genau, daß Montague Fallock ihm meine Geschichte erzählte. Er verlangte ungeheure Summen von mir – ich gab ihm, soviel damals in meinen Kräften stand, ich ruinierte mich beinahe, um ihn zum Schweigen zu bringen, aber es hatte doch alles keinen Zweck.«

Sie erhob sich und ging im Zimmer auf und ab.

»Ich habe mit Montague Fallock noch nicht abgerechnet.«

Als sie sich dem Detektiv jetzt zuwandte, sah er, daß ihre bleichen Züge einen harten und entschlossenen Ausdruck angenommen hatten.

»Ich könnte Ihnen sehr viel erzählen, Mr. Smith, wodurch Sie wahrscheinlich in die Lage versetzt würden, diesen gemeinsten Menschen, der jemals lebte, zur Rechenschaft zu ziehen und vor den Richter zu stellen.«

»Darf ich Sie bitten, mir alle Tatsachen mitzuteilen?« sagte Mr. Smith höflich.

Aber sie schüttelte den Kopf.

»Ich habe meine eigenen Pläne, mich an dem Mann zu rächen, der mein Leben vergiftete«, erwiderte sie entschieden. »Wenn Montague Fallock stirbt, soll er von meiner Hand fallen!«

10

Graf Poltavo war in diesen Tagen sehr beschäftigt. Er ging gerade die Treppe des großen Hauses hinauf, in dem er eine bescheidene Wohnung gemietet hatte. Er sah heiter und vergnügt aus und war mit sich und der Welt zufrieden.

Erst vor wenigen Monaten war er als abgerissener Abenteurer nach London gekommen und hatte kein anderes Besitztum gehabt als die Kleider, die er auf dem Leib trug. Er hatte wirklich Ursache, sich zu freuen. Denn plötzlich war er in die feinste Gesellschaft eingeführt worden und hatte einflußreiche Leute kennengelernt, die ihn weiterempfahlen, so daß er einen immer größeren Bekanntenkreis bekam. Er war der Berater einer der schönsten Frauen Londons und der Vertraute von Aristokraten geworden. Die Tatsache, daß ein eifersüchtiger junger Journalist sein unversöhnlicher Feind war und ihn am liebsten umbringen wollte, kümmerte ihn nicht viel. Er hatte das große Glück gehabt, das Geheimnis des verstorbenen Mr. Farrington zu erfahren. Durch Zufall hatte er die wahre finanzielle Lage dieses vermeintlichen Millionärs durchschaut und entdeckt, daß er ein Schwindler war, der wahrscheinlich mit dem mysteriösen Montague Fallock zusammenarbeitete. Die glänzende Stellung, die sich Farrington geschaffen hatte, war in Wirklichkeit ein Kartenhaus. Poltavo mußte nun noch herausbringen, ob sich Farrington durch die Zuneigung zu seiner Nichte davon hatte abhalten lassen, ihr Vermögen anzutasten, obgleich es sonst seine Gewohnheit war, auch seine Freunde und Bekannten bluten zu lassen. Auf alle Fälle war Graf Poltavo davon überzeugt, daß er vollständig Herr der Situation sei, als er oben die Tür zu seiner Wohnung aufschloß. Er hielt alle Trümpfe in der Hand, und daß er im Verlauf des Spiels die entzückende Doris Gray gewinnen konnte, trug nicht wenig zu seiner Befriedigung bei.

Er ging durch das Wohnzimmer in den Schlafraum und stand einige Augenblicke vor dem Spiegel. Es war seine Gewohnheit, sich zu betrachten und sich mit sich selbst zu unterhalten. Wenn man ihn deswegen verspottete und ihn eitel nannte, so gab er diese Eigenschaft eher zu, als daß er sie in Abrede stellte. Er behauptete, daß er sich mit niemand so offen unterhalten könne wie mit seinem Spiegelbild, vor dem er sich sicher fühlen dürfe.

Er war mit Recht vergnügt und fröhlich. Jeden Tag machte er weitere Fortschritte, so daß Doris Gray mehr und mehr unter seinen Einfluß, wenn auch nicht in seine Gewalt kam.

Er lebte allein in seiner Wohnung und hatte keine Dienstboten – außer einer alten Frau, die jeden Morgen kam, um die Zimmer in Ordnung zu bringen.

Während er noch vor dem Spiegel stand, klingelte es draußen. Er ging selbst, um zu öffnen, ohne daran zu denken, daß es ein wichtiger Besuch sein könne. Graf Poltavo hielt sich für nicht zu gut, die Milch selbst an der Tür in Empfang zu nehmen oder mit irgendeinem Händler auf dem Flur beim Einkauf zu feilschen. Es war notwendig, daß er sparsam mit seinem Gelde lebte, bis ihn das Schicksal in den Besitz größerer Mittel brachte.

Als er die Tür öffnete, trat er erschrocken einen Schritt zurück, machte dann aber eine leichte Verbeugung.

»Treten Sie bitte näher, Mr. Doughton.«

Frank ging durch den kleinen Vorraum und wartete, bis der

Graf die Wohnungstür geschlossen und eine andere geöffnet hatte. Dann trat er in das Arbeitszimmer.

»Welcher Umstand verschafft mir die Ehre Ihres Besuches?« fragte Poltavo, als er Frank einen Sessel hinschob.

»Ich möchte Sie in einer Angelegenheit sprechen, die Sie und mich angeht«, erwiderte der junge Mann etwas schroff und sah ihn scharf an.

Graf Poltavo nickte. Er erkannte sofort, daß Frank ihm feindlich gegenüberstand, aber er ließ sich dadurch nicht im mindesten einschüchtern oder verblüffen. Er hatte sich schon aus viel schwierigeren Situationen glänzend herausgezogen.

»Es tut mir leid, daß ich Ihnen nur eine Viertelstunde zur Verfügung stellen kann. Wenn diese Zeit abgelaufen ist, muß ich zum Brakely Square fahren, wo das Testament unseres verstorbenen Freundes eröffnet wird –«

»Das weiß ich«, unterbrach ihn Frank. »Sie sind nicht der einzige, der eine Einladung erhalten hat.«

»Kommen Sie auch?« fragte der Graf etwas erstaunt. Er selbst war als Freund und Berater der verwaisten Doris Gray gebeten worden. Diese Stellung hatte ihm ein Brief verschafft, den Doris erhalten hatte. Die wenigen Zeilen hatten ihr mitgeteilt, daß sie sich auf den Grafen in jeder Weise verlassen könne. Und wegen dieses Briefes war auch Frank Doughton gekommen.

»Graf Poltavo, am Tage nach dem Verschwinden Mr. Farringtons brachte ein Bote Miss Gray einen Brief.«

»Das ist mir bekannt«, erwiderte der Graf liebenswürdig.

»Der Brief betraf Sie. In dem Schreiben wurde Doris mitgeteilt, daß sie Ihnen durchaus vertrauen könne; außerdem wurde darin angedeutet, daß der Tote, den man in der Themse fand, nicht mit Mr. Farrington identisch sei.«

Poltavo runzelte die Stirn.

»Die Behörden haben aber eine andere Ansicht«, sagte er schnell. »Das Gericht hegte nicht den geringsten Zweifel, daß es Mr. Farrington war.«

»Was bei der Leichenschau festgestellt wird und was Scotland Yard darüber denkt, sind zwei ganz verschiedene Dinge«, entgegnete Frank trocken. »Der bewußte Brief hatte zur Folge, daß Miss Gray ihr Vertrauen auf Sie setzte, Graf, und von Tag zu Tag macht sie es mir durch ihre Haltung schwerer, ihre Interessen wahrzunehmen. Ich bin ein offener, ehrlicher Engländer, und ich sage geradeheraus, was ich meine.« Er schlug mit der Hand auf den Tisch. »Doris Grays Gemüt wird vergiftet und gegen mich aufgestachelt, obwohl ich doch keine andere Absicht habe, als ihr treu und ergeben zu dienen.«

Graf Poltavo zuckte lächelnd die Schultern.

»Mein lieber Freund, ich kann nicht annehmen, daß Sie zu mir kommen, um mich zu überreden, als Ihr Fürsprecher bei Miss Gray aufzutreten und sie zu veranlassen, anders über Sie zu urteilen, als sie es tut. Sollte das aber wirklich der Zweck Ihres Besuches sein, so kann ich Ihnen leider nicht helfen. Es gibt ein Sprichwort in der englischen Sprache, das ich für sehr wahr halte: ›In der Liebe und im Krieg ist alles erlaubt.‹«

»In der Liebe?« fragte Frank.

»Ja, in der Liebe. Es ist nicht das Vorrecht irgendeines Mannes, die Liebe der ganzen Welt für sich als Monopol in Anspruch zu nehmen oder zu sagen: Diese Frau liebe ich, und kein anderer darf sie lieben. Alle Eigenschaften, die Sie an Miss Gray so bewundern, erscheinen mir ebenso verehrungswürdig wie Ihnen. Es ist ja schade, und ich möchte gern alles tun, um nicht mit Ihnen in Streit zu geraten, aber die Rivalität zwischen uns besteht nun einmal, und es hat keinen Zweck, das zu leugnen. Ich weiß, daß der verstorbene Mr. Farrington bestimmte Absichten mit seiner Nichte hatte, und ich schmeichle mir, daß diese sehr zu meinen Gunsten sprechen.«

»Wie meinen Sie das?« fragte Frank scharf.

»Ich hatte mit Mr. Farrington hierüber eine Aussprache, und er sagte mir, daß er sich beruhigt fühlen würde, wenn Doris' Zukunft in meinen Händen läge.«

Frank erbleichte.

»Das ist eine gemeine Lüge! Ich habe Mr. Farringtons Ansichten hierüber ebensogut gekannt wie Sie – sogar besser, wenn Sie sie so auslegen wollen!«

»Wollen Sie mir darüber bitte Näheres mitteilen?«

»Ich lehne es ab, über diese Angelegenheit weiter mit Ihnen zu sprechen. Ich möchte Ihnen nur das eine sagen: Wenn ich entdecken sollte, daß Sie gegen mich arbeiten, sei es durch Lügen oder durch Intrigen, so soll es Ihnen leid tun, jemals meine Bekanntschaft gemacht zu haben!«

»Gestatten Sie, daß ich Ihnen die Tür zeige«, sagte Graf Poltavo. »Leute meines Standes und meiner Familie lassen sich nicht gern derartige Drohungen sagen.«

»Ihren Stand kenne ich sehr wohl«, erwiderte Frank kühl. »Ihre Familie ist allerdings weniger bekannt. Wenn Sie mich zwingen, mich näher mit der Sache zu beschäftigen, und wenn ich selbst die Neigung verspüre, mich genauer zu informieren, so weiß ich, an wen ich mich zu wenden habe.«

»Und wer wäre das?« fragte der Graf und öffnete die Tür.

»Der Polizeichef von San Sebastian.«

Der Graf schloß die Tür hinter seinem Besucher und blieb einige Augenblicke nachdenklich stehen.

Die Menschen, die sich eine Stunde später in dem großen Wohnzimmer des Hauses am Brakely Square versammelten, waren niedergeschlagen und deprimiert. Zur Unzufriedenheit des Grafen war auch Frank erschienen. Er saß neben dem traurigen jungen Mädchen, und es war ihm gelungen, sie in eine Unterhaltung zu ziehen. Graf Poltavo hielt es nicht für ratsam, gerade in diesem Augenblick einen Versuch zu machen, die beiden voneinander zu trennen. Er konnte warten.

Auch Mr. Smith war anwesend.

Er hatte sich einfach dadurch eine Einladung verschafft, daß er den Rechtsanwalt, der die Testamentseröffnung vorzunehmen hatte, bat, ihn zuzuziehen. Gleichzeitig hatte er freilich bemerkt, daß er in amtlicher Eigenschaft und nicht als Freund erscheinen würde, wenn man ihm seine Bitte abschlage.

Der Seniorchef der bekannten Rechtsanwaltsfirma Debenham & Tree war bereits erschienen und saß mit seinem Sekretär an einem Tisch, der mit Dokumenten, Papieren und Schreibzeug bedeckt war. Es lag auch ein großes, versiegeltes Schriftstück dort, das der Sekretär sorgsam behütete und nicht aus den Augen ließ.

Für viele Anwesende war die Eröffnung des Testaments ein

wichtiger Augenblick. Farrington hatte keine Privatschulden hinterlassen. In welcher Lage sich auch die Aktionäre der Gesellschaft befanden, die er leitete – er selbst war, soweit sein Privatvermögen in Betracht kam, in jeder Weise zahlungsfähig.

Die Nachforschungen Mr. Smiths hatten zu seinem großen Erstaunen ergeben, daß das Vermögen des jungen Mädchens verhältnismäßig sicher angelegt war. Mr. T. B. Smith kannte auch schon einen großen Teil des Testamentes, durch dessen Eröffnung drei Menschen sehr überrascht werden sollten. Er hatte viele der Angaben des Millionärs bestätigt gefunden.

Als Doris sich erhob und zu dem Rechtsanwalt ging, um ihn etwas zu fragen, kam Mr. Smith quer durch das Zimmer und setzte sich neben Frank Doughton.

»Sie waren doch mit Mr. Farrington befreundet?« fragte er.

Frank nickte.

»Kannten Sie ihn sehr gut?«

»Ich kann gerade nicht behaupten, daß ich eng mit ihm befreundet war, aber er war immer sehr liebenswürdig zu mir.«

»Wie äußerte sich das? Verzeihen Sie, daß ich Sie mit Fragen belästige, aber Sie wissen ja, daß ich allen Grund habe, mich für die Sache zu interessieren.«

Frank lächelte leicht.

»Ich glaube nicht, daß Sie Mr. Farrington sehr wohlgesinnt waren. Ich wundere mich sogar, daß Sie hier erschienen sind, nach jenen Vorgängen im Theater.«

»Sie meinen, weil ich ihn verhaften wollte?« erwiderte Mr. Smith. »Das hätte Sie doch nicht in Erstaunen setzen dürfen. Selbst Millionäre sind manchmal in merkwürdige, gesetzwidrige Angelegenheiten verwickelt. Aber ich möchte wirklich gern wissen, warum Mr. Farrington Ihnen gegenüber besonders liebenswürdig war.«

Frank zögerte. Wenn Mr. Farrington auch Fehler gehabt haben mochte, so wollte er doch nach seinem Tode nichts Nachteiliges über ihn sagen oder den Behörden eine Handhabe gegen ihn geben.

»Er hat mir einen sehr guten Auftrag gegeben, durch den ich viel Geld hätte verdienen können.«

Das Interesse des Detektivs erwachte.

»Welchen Auftrag hat er Ihnen denn gegeben?«

Frank erzählte ihm so kurz wie möglich die Gesichte von den Nachforschungen nach dem Erben der Tollington-Millionen.

»Aber ich war nicht der Mann für diese Aufgabe«, sagte er dann mit einem entschuldigenden Lächeln. »Es wäre viel besser gewesen, wenn er sich an Sie gewandt hätte. Ich fürchte, daß ich keine Veranlagung zum Detektiv habe. Aber er bestand darauf, daß ich die Sache in die Hand nähme.«

Mr. Smith war nachdenklich geworden.

»Mir ist auch etwas von den Tollington-Millionen bekannt. Es handelt sich um den Nachlaß des Holzkönigs der Vereinigten Staaten, der, ohne ein Testament zu hinterlassen, starb. Man nimmt an, daß seine Erben hier in England wohnen. Wir haben auch einige Mitteilungen darüber erhalten.«

Er runzelte die Stirn, als ob er sich an alle Einzelheiten des Falles erinnern wollte.

»Natürlich! Mr. Farrington war ja einer der Treuhänder, er war auch ein persönlicher Freund des verstorbenen Tollington. Aber dieses Geld konnte er nicht angreifen«, sagte er halb zu sich selbst, »denn die anderen Testamentsvollstrecker sind Leute von untadligem Ruf, die in der Finanzwelt Amerikas eine große Rolle spielen. Ich danke Ihnen für Ihre Angaben. Ich werde mich mit dieser Sache auch noch beschäftigen, und wenn ich Ihnen behilflich sein kann, Mr. Farringtons Auftrag auszuführen, so seien Sie sicher, daß ich alles für Sie tun werde.«

Der Rechtsanwalt erhob sich mit einem Räuspern. Er hielt das große Schriftstück in der Hand.

»Meine Damen und Herren«, begann er, als es ruhig geworden war. »Es ist meine Pflicht, das Testament des verstorbenen Mr. Farrington hier zu verlesen, und da es eine große Anzahl der Anwesenden angeht, wäre ich Ihnen zu großem Dank verpflichtet, wenn Sie absolute Ruhe bewahren wollten.«

Dann verlas er die Einleitung. Wie gewöhnlich waren zuerst einige kleine Summen für wohltätige Zwecke ausgesetzt worden.

Der Rechtsanwalt schaute über seine Brille.

»Ich brauche Ihnen wohl kaum mitzuteilen, daß keine Mittel

in der Vermögensmasse vorhanden sind, um die Wünsche des Verstorbenen in diesem Punkte zu erfüllen«, sagte er nachdrücklich. »Dieser Abschnitt des Testaments geht von der Voraussetzung aus, daß bei dem Tode Mr. Farringtons eine gewisse Summe vorhanden sei, was aber, wie ich fürchte, nicht der Fall ist. Das Testament fährt fort:

›Da ich weiß, daß meine liebe Nichte ausreichend versorgt ist, kann ich hier nur noch einmal meine Zuneigung und Liebe zu ihr aussprechen, und es mag als meine letzte Bitte und mein letzter Wunsch angesehen werden, daß sie so bald als möglich den Mann heiratet, den ich ihr als Gatten und Beschützer wünsche.‹«

Zwei Männer in dem Zimmer waren aufs äußerste gespannt, ob ihre Vorahnung bestätigt werden würde.

»›Und dieser Mann‹«, fuhr der Rechtsanwalt feierlich fort, »›ist mein guter Freund Frank Doughton.‹«

Frank holte tief Atem, Doris unterdrückte einen Ausruf. Graf Poltavo wurde rot und weiß, und seine Augen blitzten gefährlich. Mr. Smith, der diese Stelle des Testamentes gekannt hatte, beobachtete die drei Menschen genau. Er sah die Bestürzung des Mädchens, die Wut in Poltavos Augen und das Erstaunen in Franks Gesicht, als der Rechstanwalt weiterlas.

»›Da ich die Ungewißheit der heutigen Kapitalsanlagen kenne und da ich fürchtete, daß das mir anvertraute Vermögen durch irgendeinen Unglücksfall verlorengehen könnte, habe ich das gesamte Vermögen von Doris Gray im Werte von achthunderttausend Pfund in einem Tresor der London-Safe-Deposit-Bank hinterlegt. Kraft der Vollmacht, die mir ihr verstorbener Vater gegeben hat, habe ich meinen Rechtsanwälten den Auftrag gegeben, ihr den Schlüssel einzuhändigen und ihr die Berechtigung zur Öffnung des Safes zu geben – und zwar an dem Tage, an dem sie Frank Doughton heiratet. Sollte sie sich aus irgendeinem Grunde weigern, meinen Wunsch in dieser Beziehung zu erfüllen, so bestimme ich, daß ihr das Vermögen fünf Jahre lang vorenthalten wird, von dem Tage meines Todes an gerechnet!‹«

Ein tiefes Schweigen folgte. Mr. Smith sah, wie sich der Ausdruck in Poltavos Gesicht änderte. Zuerst war der Graf wütend gewesen, dann erstaunt und nun argwöhnisch. Mr. Smith hätte viel darum gegeben, in der Seele dieses Abenteurers lesen zu können.

Wieder erhob sich die Stimme des Rechtsanwalts.

»›Frank Doughton vermache ich die Summe von tausend Pfund, um ihn bei den Nachforschungen nach den Erben des Tollington-Vermögens zu unterstützen. Mr. T. B. Smith, dem bekannten Beamten von Scotland Yard, den ich kennengelernt habe und dessen Fähigkeiten ich aufs höchste schätze, vermache ich ebenfalls die Summe von tausend Pfund als Belohnung für die vielen Dienste, die er der Menschheit und der Zivilisation geleistet hat. Ich bestimme ferner, daß er an dem Tage, an dem er Montague Fallock, den größten und gefährlichsten Feind der menschlichen Gesellschaft, entlarvt, abermals tausend Pfund von den Treuhändern meines Vermögens ausgezahlt erhalten soll.‹«

Der Rechtsanwalt sah von dem Dokument auf.

»Auch die Ausführung dieses Abschnittes hängt von gewissen Voraussetzungen ab, Mr. Smith.«

Der Detektiv lächelte.

»Das verstehe ich vollkommen«, sagte er ruhig. »Obwohl Sie es wahrscheinlich nicht verstehen«, fügte er so leise hinzu, daß es niemand hören konnte.

Diesen Absatz des Testaments hatte er noch nicht gekannt, denn die letzte Fassung des Schriftstücks war erst einige Tage vor dem Unglücksfall, der dem Leben Gregory Farringtons ein Ende gesetzt hatte, ausgefertigt worden.

Es waren noch einige Bestimmungen zu verlesen. Ein paar Schmuckstücke hatte Mr. Farrington seinem lieben Freund, dem Grafen Ernesto Poltavo, vermacht. Damit endete das Testament.

»Ich habe nur noch zu sagen«, bemerkte der Rechtsanwalt, als er sorgsam seine Brille abnahm und in das Futteral steckte, »daß auf der Bank Mr. Farringtons eine große Geldsumme deponiert ist. Es ist aber Sache des Gerichtshofes, zu entscheiden, inwieweit dieses Geld dazu verwendet werden muß, die Schulden zu begleichen, die durch die Amtsführung des Verstorbenen als Leiter einer öffentlichen Gesellschaft entstanden sind. Das heißt, es ist eine Frage der Rechtsprechung, ob das Privatvermögen des verstorbenen Mr. Farrington ganz oder teilweise beschlagnahmt werden wird, um die Gläubiger zu befriedigen.«

Als er geendet hatte, setzten sofort lebhafte Diskussionen ein. Poltavo ging mit schnellen Schritten zu dem Rechtsanwalt, und die beiden sprachen ein paar Augenblicke miteinander. Dann wandte sich Graf Poltavo plötzlich um und verließ das Zimmer. Der Detektiv hatte den Vorgang beobachtet und war ihm gefolgt. Er holte ihn in der Halle ein.

»Kann ich ein paar Worte mit Ihnen sprechen, Graf?« fragte er. Sie gingen zusammen die Treppe hinunter und traten auf die Straße. »Sie sind durch das Testament sehr überrascht worden?«

Graf Poltavo hatte sich wieder vollkommen in der Gewalt. Wenn man jetzt sein lächelndes Gesicht sah und seine ruhigen Worte hörte, hätte man nicht annehmen können, daß ihn die Verlesung des Testamentes irgendwie beeindruckt hätte.

»In gewisser Weise bin ich erstaunt, das muß ich zugeben. Ich verstehe nicht ganz, warum mein Freund Farrington Bestimmungen getroffen hat, die –« Er zögerte.

»Sie meinen: die die Zukunft Miss Grays betreffen?« vollendete Mr. Smith den Satz.

Plötzlich verlor Poltavo seine Selbstbeherrschung wieder und schrie Mr. Smith förmlich an, obwohl sein Zorn sich nicht gegen diesen Beamten richtete.

»Dieser gemeine Hund«, rief er wütend, »mir so etwas anzutun! Aber das kann nicht sein, und das darf nicht sein – ich sage es Ihnen! Diese Frau bedeutet mehr für mich, als Sie sich denken können! Kann ich einmal privat mit Ihnen reden?«

»Ich dachte mir, daß Sie diesen Wunsch vielleicht hätten.«

Mr. Smith hob die Hand und gab ein kaum wahrnehmbares Zeichen. Ein Auto, das ihnen auf der anderen Seite der Straße langsam gefolgt war, fuhr plötzlich quer über die Straße und hielt neben dem Gehsteig.

Mr. Smith öffnete die Tür, und Graf Poltavo stieg ein. Der Detektiv folgte ihm, ohne dem Chauffeur weitere Anweisungen zu geben. Der Wagen fuhr durch West End, bis er schließlich vor Scotland Yard hielt.

Als sie in das Büro von Mr. Smith eintraten, hatte Poltavo

seine Fassung wiedergewonnen. Er ging in dem Zimmer auf und ab, hatte die Hände in die Hosentaschen gesteckt und den Kopf gesenkt.

»Nun, was wollten Sie mir sagen?« begann Mr. Smith, der an seinem Schreibtisch Platz genommen hatte.

»Ich hätte Ihnen sehr viel zu sagen«, erwiderte Poltavo ruhig. »Und ich überlege gerade, was mehr in meinem Interesse liegt: jetzt zu sprechen oder noch länger zu schweigen.«

»Ihr Schweigen würde sich wohl auf die Tatsachen beziehen, die Sie über Mr. Farrington wissen?« fragte Mr. Smith leichthin. »Vielleicht kann ich Ihnen bei dieser schweren Arbeit ein wenig helfen.«

»Ich glaube nicht. Sie können unmöglich so viel über diesen Mann wissen wie ich. Ich beabsichtigte ursprünglich«, sagte er dann frei heraus, »Ihnen viel mitzuteilen, was Sie sehr in Erstaunen gesetzt hätte. Aber ich halte es für ratsam, noch einen oder zwei Tage zu warten, um einigen Leuten, die an dieser Sache interessiert sind, die Möglichkeit zu geben, ihr Unrecht wiedergutzumachen. Ich muß sofort nach Paris fahren.«

Mr. Smith entgegnete nichts. Es hatte keinen Zweck, jetzt auf eine Mitteilung zu drängen. Er war fest überzeugt, daß Poltavo noch sprechen würde, wenn er auch im Augenblick seine Selbstbeherrschung wiedererlangt hatte. Mr. Smith konnte warten und begnügte sich damit, seinen unerwarteten Gast zu unterhalten.

»Ein sonderbarer Platz«, meinte der Graf, als er sich in dem Zimmer umsah. »Dies ist also Scotland Yard! Das Polizeipräsidium, vor dem sich alle Verbrecher fürchten, das selbst die Verbrecherwelt Polens kennt.«

»Ja, es ist wirklich ein eigenartiger Ort. Soll ich Sie einmal zu der interessantesten Stelle führen?«

»Ich wäre Ihnen zu großem Dank verpflichtet.«

Mr. Smith führte ihn den Gang entlang, klingelte nach dem Fahrstuhl und fuhr mit Poltavo in den dritten Stock. Dort befand sich am Ende eines langen Korridors ein großer Saal, in dem Aktenschrank neben Aktenschrank stand.

»Das ist unsere Registratur«, erklärte der Detektiv. »Sie ist besonders für Sie von großem Interesse, Graf.«

»Warum gerade für mich?« fragte Poltavo lächelnd.

»Weil ich annehme, daß Sie sich für die Entdeckung von Verbrechern interessieren«, erwiderte Mr. Smith gleichgültig.

Er ging scheinbar ziellos eine lange Reihe von Schränken entlang, aber plötzlich blieb er stehen.

»Hier finden Sie zum Beispiel die Akten eines merkwürdigen Mannes.« Er zog, ohne lange zu suchen, eine Schublade auf, ließ seine Finger über einen großen Stoß von Mappen gleiten und nahm eine davon heraus. Dann winkte er den Grafen zu sich an einen polierten Tisch, der in der Nähe des Fensters stand, und zog zwei Stühle heran. »Nehmen Sie doch, bitte, Platz. Ich werde Sie mit einem der kleineren Verbrecher bekannt machen.«

Graf Poltavo beugte sich interessiert vor, als Mr. Smith die Mappe öffnete, zwei Aktenstücke herausnahm und sie auf den Tisch legte.

Er schlug das erste auf: die Fotografie eines militärisch aussehenden Mannes in russischer Uniform lag obenauf. Poltavo sah sie und blickte auf. Sein Gesicht zuckte.

»Das war der Militärgouverneur von Polen«, sagte Mr. Smith leichthin. »Er wurde vor Jahren von einem Mann ermordet, der sich als sein Sohn ausgab.«

Der Graf hatte sich erhoben, er zitterte am ganzen Körper.

»Ich habe ihn niemals gesehen«, stammelte er. »Es ist sehr schwül – Sie haben keine Ventilation hier.«

»Warten Sie ein wenig.« Der Detektiv nahm das zweite Aktenstück, zog die Fotografie eines schmucken jungen Mannes heraus und legte sie neben die andere.

»Kennen Sie diesen Herrn?«

Er erhielt keine Antwort.

»Es ist das Bild des Mörders. Unglücklicherweise war dies nicht sein einziges Verbrechen. Sie werden bemerken, daß zwei verschiedene Aktenstücke hier liegen, die die Fortschritte unseres jungen Freundes auf dem Weg zum Galgen zeigen.«

Er suchte eine dritte Fotografie heraus, die ein hübsches Mädchen in russischer Bauerntracht zeigte. Die Aufnahme war offensichtlich auf einem Kostümball gemacht worden, denn das feine Gesicht und die zarte Gestalt paßten wenig zu dem Kleid.

»Das ist Prinzessin Lydia Bontasky – ein Opfer seines Verrats. Hier noch ein anderes.«

Das vierte Bild zeigte ein trauriges, von Sorgen bedrücktes Gesicht.

»Diese Frau wurde von unserem hochgemuten jungen Freund angeschossen und starb an ihren Verletzungen. – Hier sind Einzelheiten über einen Bankraub, der vor fünf Jahren von Leuten organisiert wurde, die sich Anarchisten nannten, in Wirklichkeit aber ganz gewöhnliche Verbrecher waren, die keine Achtung vor dem Menschenleben hatten. Aber ich sehe, das interessiert Sie alles nicht.«

Er schloß das Aktenstück und legte es in die Mappe zurück, bevor er den Grafen anschaute, dessen Gesicht totenbleich war.

»Es ist sehr interessant«, stotterte Poltavo.

Er schwankte durch das Zimmer und hatte sich noch nicht erholt, als sie den Gang wieder betraten.

»Hier ist der Ausgang«, sagte Mr. Smith und zeigte auf die breiten Stufen. »Ich rate Ihnen, vorsichtig zu sein, Graf Poltavo. Es wird meine Pflicht sein, Ihre eigene Polizei davon zu unterrichten, daß Sie augenblicklich in diesem Lande weilen. Ob sie etwas unternimmt oder nicht, ist eine zweifelhafte Angelegenheit. Ihre Landsleute sind ja nicht besonders energisch, wenn es sich um Verbrechen handelt, die fünf Jahre zurückliegen. Aber ich warne Sie.« Er ließ seine Hand schwer auf die Schulter des anderen fallen. »Wenn Sie sich mir in den Weg stellen, werden Sie in Schwierigkeiten kommen, die viel ernstere Folgen für Sie haben.«

Drei Minuten später trat Poltavo wie ein Schlafwandler aus Scotland Yard hinaus. Er rief das erste Taxi an, das vorüberkam, und fuhr nach Hause. Nach zehn Minuten verließ er seine Wohnung wieder mit einem Handkoffer.

Er fuhr zu dem Grand-Marylebone-Hotel.

Inspektor Ela, der jede seiner Bewegungen überwachte, folgte ihm in einem anderen Wagen. Er wartete, bis Poltavo das Hotel betreten hatte, stieg dann in einiger Entfernung von der Tür aus und ging nachlässig zu dem Eingang.

Es war nichts von Poltavo zu sehen.

Ela schlenderte durch den Korridor hinunter in den großen Palmenhof. Von hier führte ein anderer Eingang zur Marylebone Road. Ela eilte durch die große Drehtür zum Vestibül.

Ja, der Portier hatte den Herrn gesehen: Er hatte ein Auto angerufen und war vor einer knappen Minute abgefahren.

Ela verwünschte sich selbst, daß er so töricht gewesen war.

Er berichtete Mr. Smith telefonisch von dem Resultat seiner Verfolgung. Der Detektiv war wenig erfreut.

»Ich glaube trotzdem zu wissen, wo wir ihn fassen können«, sagte er zu Ela. »Erwarten Sie mich am Waterloo-Bahnhof, wir müssen den 6-Uhr-Zug nach Great Bradley erreichen.«

11

»Sie möchten Mr. Moole sprechen?« fragte Dr. Fall.

»Ja«, erwiderte Poltavo, der am Eingang des »geheimnisvollen Hauses« stand.

Nach einem kurzen, prüfenden Blick ließ ihn der Doktor ein und schloß die Tür hinter ihm.

»Sagen Sie mir, was Sie wünschen!« Er hatte die sonderbare Handbewegung Poltavos gesehen – das Paßzeichen, das ihm schon zu vielen sonderbaren Leuten Zugang verschafft hatte.

»Ich möchte Farrington sehen!« erwiderte Poltavo kühl.

»Farrington!« Dr. Fall zog die Augenbrauen hoch.

»Ja – spielen Sie doch keine Komödie, Fall. Ich muß ihn dringend sprechen. Ich bin Poltavo.«

»Das weiß ich«, sagte Dr. Fall ruhig. »Aber warum Sie hierherkommen und glauben, daß der verstorbene Mr. Farrington ein Bewohner dieses Hauses sei, kann ich nicht verstehen. Sie befinden sich hier in einer Irrenanstalt, nicht in einem Totenhaus«, sagte er mit grimmigem Humor.

Aber er führte ihn trotzdem die Treppe hinauf zu dem Wohnzimmer im ersten Stock.

»Um was handelt es sich?« fragte er dort.

Poltavo hielt es für richtiger, sein Erlebnis mit Mr. Smith zu erzählen, als den wahren Grund seines Besuches zu enthüllen.

Fall hörte ihm schweigend zu.

»Ich zweifle sehr daran, daß er Sie sehen will. Er ist in seiner schlechtesten Verfassung. Aber ich will einmal zu ihm gehen und mich nach seinen Wünschen erkundigen.«

Zehn Minuten später kehrte er zurück und winkte Poltavo. Er führte ihn zu dem Zimmer, in dem der bettlägerige Mr. Moole untergebracht war.

Ein Mann wandte sich um, als die beiden eintraten. Es war tatsächlich Farrington – derselbe Farrington, der an jenem Abend aus der Loge im Jollity-Theater verschwunden war.

Der große Mann nickte nur kurz.

»Warum sind Sie hierhergekommen und haben die Hälfte aller Detektive Londons auf meine Spur gehetzt?« fragte er barsch.

»Ich glaube nicht, daß Sie es nötig haben, sich um die Detektive Londons zu kümmern.« Poltavo sah Dr. Fall von der Seite an. »Ich möchte Sie allein sprechen.«

Farrington gab dem Arzt einen Wink, und Dr. Fall verließ den Raum.

Poltavo ging nun mit schnellen Schritten auf Farrington zu.

»Ich möchte wissen – Sie verräterischer Hund –, was Ihr verrücktes Testament bedeuten soll!«

»Sie können sich auch setzen«, erwiderte Farrington kühl. »Es ist Zeit, daß Ihnen klar wird, Poltavo, daß ich nicht der Mann bin, von dem man Rechenschaft verlangt, warum er dies oder jenes getan hat. Ich gestatte keinem Menschen, wer es auch immer sei, so mit mir zu sprechen, wie Sie es tun.«

»Sie wissen, daß Sie in meiner Hand sind«, sagte Poltavo großspurig. »Ist Ihnen bewußt, daß Ihr ganzes Kartenhaus einfällt, wenn ich nur den kleinen Finger hebe?«

»Wenn Sie alles wüßten, was ich weiß, würden Sie Ihre Zunge im Zaum halten. Setzen Sie sich – was wollen Sie denn eigentlich?«

»Warum haben Sie die Bestimmung in Ihr Testament eingefügt, daß Doris diesen niederträchtigen Doughton heiraten soll?«

»Ich hatte guten Grund, das zu tun.«

»Dann klären Sie mich darüber auf«, rief Poltavo wütend.

»Das fällt mir gar nicht ein!« Farrington lachte böse. »Es genügt, wenn ich Ihnen sage, daß ich das Glück des Mädchens im Auge hatte. Haben Sie denn noch nicht verstanden«, fuhr er schnell fort, »daß das einzige in meinem Leben, was unantastbar und gut ist, die Liebe zu meiner Nichte ist? Ich will sie glücklich sehen, und ich weiß, daß sie nur mit Doughton wirklich ganz glücklich werden kann.«

»Sie sind verrückt«, fuhr Poltavo auf. »Sie ist schon halb in mich verliebt.«

»In Sie?« Farrington kniff die Augen zusammen. »Das ist ganz unmöglich.«

»Warum soll das unmöglich sein?« fragte Poltavo laut und heftig und schlug ärgerlich auf den Tisch.

»Aus vielen Gründen. Sie sind nicht einmal würdig, ihr Untergärtner zu sein, viel weniger ihr Mann. Sie sind – verzeihen Sie meine Offenheit – ein Erpresser, ein Dieb, ein Mörder, ein Fälscher und ein Bankräuber, soviel ich weiß.« Er lächelte. »Ja, ich habe Ihrer Erzählung vorhin interessiert zugehört. Ich habe hier alle Einrichtungen, die es möglich machen, unbeobachtet jedes Gespräch zu belauschen. Aber glücklicherweise hatte ich es in Ihrem Fall nicht nötig, mich noch näher zu informieren. Ich habe einen ebenso vollständigen Bericht über Ihre Vergangenheit wie unser Freund Smith. Und ich sage Ihnen, Poltavo, daß ich eher tot sein möchte, als Ihnen Doris ausliefern, obwohl ich Sie als meinen Agenten enorme Summen verdienen lasse, wenn Sie Hand in Hand mit mir arbeiten.«

Ein häßliches Lächeln zeigte sich auf Poltavos Zügen.

»Ist das Ihr letztes Wort?«

»Ja. Wenn Sie einen guten Rat von mir annehmen wollen, so begnügen Sie sich damit. Lassen Sie alles so, wie es ist, Poltavo. Sie sind im Begriff, ein großes Vermögen zu erwerben. Lassen Sie nicht eine vollkommen unangebrachte Liebelei oder einen noch weniger angebrachten Ehrgeiz hineinspielen, wodurch Sie sich Ihre ganze Stellung verderben.«

»Sie würden mir nie gestatten, Doris zu heiraten, was auch immer geschehen könnte?«

»Das war der Sinn meiner Worte.«

»Aber nehmen wir einmal an« – Poltavo strich seinen Schnurrbart und lächelte höhnisch –, »ich könnte Sie dazu zwingen?«

Farringtons Stirn legte sich in Falten.

»Wie wollen Sie denn das machen?« fragte er.

»Nehmen wir einmal an, ich zöge aus der Tatsache Nutzen, daß Doris Gray, ein gefühlvolles junges Mädchen, die sympathischer Verehrung wohl zugänglich ist und sich schon halb in mich verliebt hat – also nehmen wir einmal an, ich würde mir diese Tatsache zunutze machen, und wir würden gegen Ihren Willen heiraten?«

»Das wird Ihnen schlecht bekommen«, entgegnete Farrington böse. »Es wird Ihnen sogar leid tun, daß Sie mir damit gedroht haben.«

»Ich drohe Ihnen nicht nur«, rief Poltavo zornig, »ich werde meine Drohung auch ausführen! Wenn Sie mir in den Weg treten, so tun Sie das auf eigene Gefahr.« Er zeigte die geballte Faust.

Farrington sah ihn mit einem langen, ernsten Blick an, als ob er die wahre Gesinnung des Polen erforschen wollte.

»Ich wünschte, es wäre nicht so gekommen«, sagte er halb zu sich selbst. »Ich hoffte, einen brauchbaren Menschen aus Ihnen zu machen, Poltavo, aber ich sehe, daß ich mich in Ihnen getäuscht habe. Ich hatte mir eingebildet, daß Gefühle nie eine Rolle in unseren Beziehungen spielen würden. Oder wollen Sie Doris des Geldes wegen heiraten – wollen Sie ihr Vermögen haben?« fragte er plötzlich.

Poltavo schüttelte den Kopf.

»Ihr verdammtes Geld!« sagte er hitzig. »Ich will das Mädchen haben! Jeden Tag erscheint sie mir wertvoller und begehrenswerter.«

»Andere Frauen waren Ihnen auch schon teuer«, erwiderte Farrington leise und erregt. »Aber wie lange haben sie sich Ihrer wandelbaren Zuneigung erfreuen dürfen? Solange es Ihnen paßte! Und wenn Sie genug hatten, haben Sie sie im Stich gelassen und fortgeworfen, als ob sie Ihnen nie etwas bedeutet hätten. Ich kenne Ihr Vorleben genau. Ich möchte jetzt nur noch Gewißheit haben, ob Sie im Ernst sprechen, denn wenn das der Fall ist ...« Er machte eine Pause.

»Nun, was geschieht dann?« fragte Poltavo herausfordernd.

»Dann werden Sie dieses Haus nicht lebend verlassen.«

Farrington sagte das in einem so sachlichen Ton, daß die volle Bedeutung seiner Worte dem Polen nicht sofort klar wurde.

Poltavo lächelte, aber plötzlich erstarrten seine Züge. Mit einer unvermutet raschen Bewegung griff er an seine Hüfte, zog eine Pistole aus der Tasche und richtete sie auf Farrington.

»Versuchen Sie keinen Ihrer Tricks«, rief er. Sein Atem ging schnell. »Ich bin auf alles vorbereitet, Farrington! Sie machen einen Fehler, wenn Sie mir drohen wollen.«

»Ich mache nicht solche Fehler wie Sie«, erwiderte Farrington lächelnd. »Schießen Sie doch Ihre Pistole ab, wenn Sie können. Ich habe aber den Eindruck, daß keine Patronen im Magazin sind.«

Ein Blick auf die Waffe genügte Poltavo, um ihn davon zu überzeugen, daß Farrington die Wahrheit gesprochen hatte. Er wurde bleich.

»Nun«, sagte er plötzlich liebenswürdig, »wir wollen diesem unvernünftigen Streit ein Ende machen. Ich bin ja eigentlich hierhergekommen, um zu sehen, was ich für Sie tun könnte.«

»Sie sind hergekommen, um meine Zustimmung zu Ihren Wünschen, Doris betreffend, zu erzwingen! Die Sache hätte besser ausgehen können.« Er klingelte, und Dr. Fall kam nach einigen Augenblicken herein.

»Geben Sie dem Grafen etwas zu essen, bevor er das Haus verläßt. Er geht nach London zurück.«

Der sachliche Ton, in dem Farrington seinen Auftrag gab, brachte Poltavo wieder zu sich; namenlose Furcht hatte ihn befallen. Es lag eine seltsame Drohung in der Stille dieses großen Hauses. Aber allmählich gewann er seine Fassung wieder, und sein Selbstbewußtsein kehrte zurück, als er in der Tür stand.

»Haben Sie sich jetzt wegen Doris entschieden?« fragte er.

»Das sollte Ihnen doch klargeworden sein«, erwiderte Farrington.

»Nun, dann ist es gut.«

Poltavo folgte Dr. Fall den Gang entlang. Der Arzt öffnete eine kleine Tür, die zu einer erleuchteten Fahrstuhlkabine führte. Poltavo ging hinein, und die Tür schloß sich automatisch hinter ihm.

»Wie bringe ich den Fahrstuhl in Gang?« fragte er durch das Eisengitter.

»Das besorge ich von der Außenseite«, entgegnete Dr. Fall liebenswürdig und drückte auf einen elektrischen Knopf.

Der Lift bewegte sich nach unten. Poltavo kam an der Stahltür des ersten Geschosses und an der Stahltür des Parterres vorbei, aber der Fahrstuhl hielt nicht an. Er fuhr immer tiefer und tiefer, langsam und gleichmäßig bewegte er sich nach unten. Schließlich kam er zum Stillstand, und zwar vor einer Tür, die aus einer großen Anzahl dünner horizontaler Stahlstangen bestand. Als er anhielt, öffnete sich die Tür geräuschlos. Alle Sinne Poltavos waren jetzt wach. Er, den noch keiner an Intrigen und Verrat überboten hatte, war nun selbst ein Opfer eines Verrats geworden. Er verließ den Fahrstuhl noch nicht, sondern bereitete sich auf alle Möglichkeiten vor. Schnell zog er einen Bleistift aus der Tasche und kritzelte hastig einige Worte auf die Holzwand der Kabine. Dann trat er in das Halbdunkel hinaus.

Er sah sich in einem großen Raum, in dem ein Bett und Stühle standen. Über einem Tisch brannte ein düsteres Licht. Eine Anzahl elektrischer Schalter an der gegenüberliegenden Wand schien angebracht zu sein, um den Raum noch mehr erhellen zu können. Er überlegte, daß er sich ja wieder durch den Fahrstuhl nach oben retten konnte, wenn es zum Äußersten kommen sollte. Er durchsuchte seine Taschen mit fieberhafter Hast. Gewöhnlich trug er für den Notfall eine oder zwei Patronen lose bei sich, und er fand auch in seiner obersten Westentasche zwei Stück. Eilig lud er die Pistole damit. Die Patronen konnten nur von seiner Aufwartefrau aus seiner Pistole genommen worden sein; wahrscheinlich wurde sie von Farrington bezahlt und hatte die Bewohner des »geheimnisvollen Hauses« auch von seiner Abreise benachrichtigt.

Es war ja nur zu natürlich, daß der mächtige und kluge Farrington nichts dem Zufall überließ. Poltavo war wütend auf sich selbst, daß er sich so leicht in Sicherheit hatte wiegen lassen. Es war hell genug, daß er quer durch den Raum gehen konnte. Er drehte einen Schalter an der Wand an, und drei Lampen flammten an dem anderen Ende auf. Als er auch die übrigen Lichter eingeschaltet hatte, war das Zimmer fast taghell erleuchtet.

Die Wände dieses unterirdischen, künstlerisch ausgestatteten Raumes waren rot gestrichen. In der Ecke stand eine kleine Messingbettstelle; die Luft war frisch und rein. An den Wänden befanden sich in gleichen Abständen Luftschächte und Ventilatoren.

Es war eigentlich kein unangenehmes Gefängnis, dachte Poltavo. Er war noch dabei, den Raum genauer zu untersuchen, als er ein Geräusch hinter sich hörte und sich umdrehte. Die Stahltür des Liftes hatte sich geschlossen. Er kam gerade noch zurecht, um zu sehen, wie der Fußboden der kleinen Kabine nach oben verschwand. Wieder fluchte er über sich selbst, daß er so unvorsichtig und töricht gewesen war. Er hätte einen Stuhl in die Tür stellen können, so daß sie sich nicht schließen konnte – das wäre doch die einfachste Vorsichtsmaßregel gewesen! Aber die Möglichkeiten, die dieses »geheimnisvolle Haus« in sich barg, waren ihm noch nicht voll zum Bewußtsein gekommen.

Vielleicht waren die Stühle auch befestigt. Er versuchte, den einen aufzuheben, und sah, daß sein Verdacht unbegründet war. Nur ein einziger Stuhl war am Boden befestigt – der große Sessel, der am Kopfende des Tisches stand. Er war massiv und schwer gebaut und mit starken Klammern festgehalten.

In einer Ecke entdeckte er eine vergitterte Tür und vermutete, daß sie zu einem kleineren Aufzug gehöre.

Mit dieser Annahme hatte er recht, denn während er die Öffnung noch betrachtete, tat sich eine Fallklappe in der Decke auf, und eine kleine Plattform senkte sich geräuschlos herunter, auf der ein Tablett mit allerhand Gerichten stand. Er nahm es heraus, stellte es auf den Tisch und betrachtete es. Zwischen den Schüsseln lag ein kleiner, mit Bleistift geschriebener Zettel:

»Sie können unbesorgt die Speisen zu sich nehmen, die wir Ihnen hinunterschicken. Dr. Fall verbürgt sich persönlich für ihre

Güte und wird das, wenn notwendig, in Ihrer Gegenwart beweisen. Wenn Sie etwas wünschen, so finden Sie eine kleine Klingel an der Unterseite des Tisches.«

Poltavo schaute auf das Essen. Er war entsetzlich hungrig. Er mußte zwar damit rechnen, daß es vergiftet war, aber die Leute hier hatten ihn ohnehin so vollkommen in ihrer Gewalt, daß er sich deswegen keine Sorgen zu machen brauchte. So stärkte er sich denn an den wohlschmeckenden Gerichten, ohne den geringsten Schaden dabei zu nehmen. Als er fertig war, besann er sich auf die Klingel. Nach kurzem Suchen fand er sie auch an der Ecke des Tisches und drückte sie. Er hatte nicht lange zu warten, dann hörte er ein schwaches Summen und ging quer durch den Raum zu der geschlossenen Tür des Fahrstuhls. Er hatte seine Pistole bereit, seine Blicke waren auf die dunkle viereckige Öffnung gerichtet, durch die er den Raum betreten hatte. Aber plötzlich hörte er, daß jemand seinen Namen rief.

Er wandte sich um. Dr. Fall stand mitten im Zimmer. Es war nicht zu erkennen, wie er dorthin gekommen war.

»Ich hoffe, daß ich Sie nicht zu sehr erschreckt habe«, sagte der Arzt mit einem ruhigen Lächeln. »Ich kam nicht den Weg, den Sie erwarteten. Es gibt drei verschiedene Zugänge zu diesem Raum, und sie sind alle drei gleichmäßig schwer zu finden.«

»Darf ich Sie fragen, was dieser Gewaltakt zu bedeuten hat?«

»Ihr vorwurfsvoller Ton zeugt von Ihrem Selbstbewußtsein.« Dr. Fall setzte sich gelassen an den Tisch, nahm seine Zigarrentasche heraus und hielt sie seinem unfreiwilligen Gast hin.

»Ach, Sie rauchen nicht – das tut mir leid –, möchten Sie lieber Zigaretten haben?«

»Ich danke Ihnen, ich habe genügend Zigaretten bei mir.«

Der Doktor schnitt erst in aller Ruhe die Spitze seiner Zigarre ab und entzündete sie, bevor er sprach.

»Ich bewundere Ihre Kaltblütigkeit. Das Wort ›Gewaltakt‹ hört sich etwas komisch aus Ihrem Munde an, Graf, aber ich führe nur Mr. Farringtons Befehle aus, wenn ich Ihnen Ihre jetzt unglückliche Lage erkläre. Sie haben unseren Freund durch Ihr Verhalten sehr verärgert, und er ist im Augenblick entschlossen, Sie strenge zu behandeln und an Ihnen dasselbe harte

Urteil zu vollziehen, das er an zwei Leuten vollstrecken mußte, die bei dem Bau dieses Hauses beschäftigt waren, einen Erpressungsversuch gegen ihn wagten und drohten, ihn zu verraten.«

»Davon weiß ich nichts.«

»Dann sind Sie einer der wenigen Menschen in London, die keine Kenntnis davon haben«, entgegnete Dr. Fall lächelnd. »Einer der beiden war ein Architekt, der andere einer von den tüchtigen Leuten, wie man sie manchmal auf dem Festland trifft. Er konnte ebensogut in der Rolle eines Elektroinstallateurs als eines Kellners auftreten. Die beiden waren engagiert, um bei der Erbauung des Hauses zu helfen. Sie waren mit einer Anzahl anderer Arbeiter aus Italien hergebracht worden, und man hatte ihnen einen Teil der Arbeiten übertragen. Aber sie waren mit der glänzenden Bezahlung, die sie erhielten, nicht zufrieden und wollten durch Erpressung noch größere Summen an sich bringen. Ihr Vorgehen führte schließlich dazu, daß sie eines Abends am Brakely Square den Tod fanden.«

»Hat Farrington sie getötet?« fragte Poltavo atemlos.

»Das will ich nicht gerade behaupten«, erwiderte Dr. Fall gewandt. »Ich habe nur gesagt, daß sie starben. Es war ihr Unglück, daß sie unabhängig voneinander handelten. Sie stritten heftig miteinander, als sie herausfanden, daß sie beide in derselben Absicht gekommen waren, da sie den geheimnisvollen Bauherrn des Hauses als Gregory Farrington, einen hochachtbaren Millionär, erkannten, bei dem sich eine Erpressung lohnte.«

»Das war also die letzte Ursache dieses Vorfalls«, sagte Poltavo nachdenklich. »Ich war wirklich mit Blindheit geschlagen, daß ich den Zusammenhang nicht gleich erkannte. Sie wurden vor Farringtons Haus erschossen – wer außer ihm sollte denn die Tat begangen haben?«

»Ich habe Ihnen nur gesagt, daß die beiden einen frühzeitigen Tod fanden, weil sie sich Vorteile von Mr. Farrington verschaffen wollten, die er ihnen unter keinen Umständen zubilligen konnte. Und Sie, Graf Poltavo, laufen Gefahr, das Schicksal dieser Leute zu teilen.«

»Ich war schon in schwierigeren Lagen«, meinte Poltavo lächelnd, aber er fühlte sich nicht wohl.

»Prahlen Sie nicht«, erwiderte der Doktor ruhig. »Ich möchte doch stark bezweifeln, ob Sie sich jemals in Ihrem Leben in einer so schlimmen Situation wie dieser befanden. Wir haben eigentlich die Absicht, Sie zu töten. Ich sage Ihnen das ganz frei heraus, denn Mr. Farrington will in dieser Beziehung kein Risiko auf sich nehmen. Er ist aber bereit, Ihnen noch eine Chance zu geben, solange Sie davon überzeugt sind, daß er Macht genug hat, Sie zu bestrafen. Ob Sie noch weiter am Leben bleiben, hängt ganz von Ihnen selbst ab. Es liegt ihm fern, irgendwelche Eide, Versprechungen oder Beteuerungen von Ihnen zu verlangen – er will Sie wieder freilassen und Ihnen die Versicherung geben, daß Sie gut belohnt werden, wenn Sie ihm treu dienen. Wenn Sie das aber nicht tun und ihn enttäuschen, werden Sie auf die schönste Art umgebracht werden. Habe ich mich Ihnen verständlich machen können?«

»Allerdings.« Poltavos Hand, die eine Zigarette zum Mund führte, zitterte ein wenig.

»Ich möchte noch hinzufügen –«, fuhr der Doktor fort, als plötzlich ein schrilles Klingelzeichen in dem unterirdischen Raum ertönte. Dr. Fall erhob sich, ging ruhig zu der Wand und legte sein Ohr an eine bestimmte Stelle. Poltavo konnte nicht sehen, wodurch sie sich von der Umgebung unterschied, aber er vermutete, daß dort ein Geheimtelefon angebracht war.

»Bitte?« Dr. Fall lauschte. »Es ist gut«, sagte er dann.

Er wandte sich an Poltavo und sah ihn erstaunt an.

»Es wird Sie sicher interessieren, daß das ganze Haus umstellt ist. Offensichtlich sind die Polizisten Ihrer Spur gefolgt.«

Freudige Erregung blitzte in den Augen des Polen auf.

»Das ist sehr schlimm für Sie«, sagte er dann lachend.

»Noch schlimmer für Sie, denke ich.« Dr. Fall ging langsam zu dem äußersten Ende des Raumes.

»Halt!« rief Poltavo plötzlich. Der Arzt wandte sich um und sah sich von der Mündung einer Pistole bedroht.

»Ich möchte Ihnen versichern«, sagte der Graf höhnisch, »daß die Pistole jetzt mit zwei Patronen geladen ist, die ich in meiner Westentasche fand. Auf jeden Fall bin ich genügend –«

Er sprach nicht weiter, denn plötzlich war der Raum verdunkelt. Alle Lichter schienen von einer unsichtbaren Hand auf ein Zeichen hin ausgelöscht zu sein. Ein höhnisches Lachen kam aus der Richtung, wo Dr. Fall gestanden hatte.

»Schießen Sie doch!«

Aber die beiden Patronen waren Poltavo zu wertvoll, um sie im Dunkeln aufs Ungewisse zu verschwenden. Er wartete. Nach einiger Zeit hörte er ein Klicken, und das Zimmer lag wieder hellerleuchtet. Aber er befand sich allein darin. Er zuckte die Schultern, es blieb ihm nichts anderes übrig, als zu warten.

Wenn Mr. Smith ihm hierher gefolgt war und das Haus mit Polizei umstellt hatte, so durfte er hoffen, aus seiner unglücklichen Lage befreit zu werden. Und sollte dies nicht der Fall sein, so hatte er das Versprechen Farringtons, ihn unter gewissen Bedingungen freizulassen.

Er hörte das leise Geräusch eines herunterkommenden Fahrstuhls. Diesmal kam es aus dem Schacht, den er selbst benützt hatte. Der Lift hielt in Fußbodenhöhe, und die Stahltür öffnete sich einladend. Die Chance durfte er sich nicht entgehen lassen, denn alles andere war besser als ein weiterer Aufenthalt in diesem unterirdischen Raum.

Er trat hinein und zog die Tür hinter sich zu. Zu seinem Erstaunen funktionierte der Mechanismus, und als das Schloß einschnappte, bewegte sich der Fahrstuhl langsam aufwärts. Zwei elektrische Lampen brannten an der Decke der kleinen Kabine. Sie erschienen gefährlich, da man ihn beobachten konnte. Er hob sich auf die Zehenspitzen und zerschmetterte die beiden Birnen mit dem Griff seiner Pistole, dann kauerte er sich im Dunkeln zusammen, den Finger am Abzug der Pistole, auf alles gefaßt.

Mr. Smith befand sich oben in der Halle, und hinter ihm waren drei entschlossene Beamte aus Scotland Yard zu sehen. Dr. Fall stand vor dem Detektiv, ruhig und höflich wie immer.

»Es steht Ihnen selbstverständlich frei, das ganze Haus zu durchsuchen«, sagte er. »Es steckt keinerlei Geheimnis hinter dem Besuch des Grafen Poltavo. Er gehört zu den vielen Leuten, die von ihrer Neugierde hierhergelockt werden. Im Augenblick betrachtet er die wunderbaren Einrichtungen unseres Hauses.«

Mr. Smith fühlte, daß etwas Wahres in dieser Erklärung lag, obgleich ihm der ironische Ton des Arztes nicht entgangen war.

»Würden Sie die Güte haben, mir Graf Poltavo zu zeigen?«

»Mit Vergnügen!« In diesem Augenblick öffnete sich die Lifttür, und Poltavo trat mit der Pistole in der Hand heraus.

Er sah die Gruppe und erkannte die Zusammenhänge. Er mußte sich jetzt sofort entscheiden, wessen Partei er ergreifen wollte. Aber sein Entschluß war schnell gefaßt. Er wußte, daß er bei der Polizei keine Freunde hatte, nur durch Farrington und seinen Einfluß konnte er gefördert werden.

»Sie haben eine interessante Waffe in der Hand, Graf«, sagte Mr. Smith bedeutungsvoll. »Habe ich recht mit der Vermutung, daß Sie die Kunstschätze dieses Hauses nur in Furcht um Ihr Leben betrachtet haben?«

»Durchaus nicht.« Poltavo ließ die Pistole in seine Tasche gleiten. »Ich war nur kurz vorher damit beschäftigt, mich im Pistolenschießen zu üben. Hier unten befindet sich ein wunderbarer Schießstand. Wirklich eine interessante Sache. Sie sollten ihn sich auch einmal ansehen.«

Dr. Fall wandte keinen Blick von dem Gesicht seines früheren Gefangenen, und Poltavo las eine fast unmerkliche Zustimmung in den dunklen Augen.

»Unter gewöhnlichen Umständen würde ich mir nicht die Mühe machen, Ihren Schießstand anzusehen«, entgegnete Mr. Smith lächelnd, »weil ich weiß, daß Sie nicht die Wahrheit sagen, Graf Poltavo. Ich bin sogar überzeugt, daß Sie äußerst dankbar für unser Kommen sein sollten. Aber jetzt erscheint es mir vielleicht doch ratsam, mich einmal da unten umzusehen. Dieser Teil des Hauses hat sich bis jetzt meiner Beobachtung entzogen.«

Dr. Fall zuckte die Achseln.

»Es ist ja in Wirklichkeit kein Schießstand, aber da die bewohnten Räume so weit entfernt liegen, benützen wir den Platz manchmal zu diesem Zweck. Ich habe nicht das geringste dagegen einzuwenden, wenn Sie ihn einmal besichtigen wollen.«

Mr. Smith trat in den Fahrstuhl, der im Dunkel lag, da Poltavo die beiden elektrischen Lampen zerschlagen hatte.

»Ich werde allein hinunterfahren«, erklärte er.

Dr. Fall schloß die Tür, und der Lift glitt nach unten.

Sie warteten eine Weile oben. Dr. Fall konnte von seinem Platz aus die Tür unten schließen und den Lift wieder heraufbringen. Dies hatte ja Poltavo soeben an sich selbst erfahren. Aber in diesem Fall unterließ es der Arzt, irgend etwas an dem Mechanismus vorzunehmen. Nach einigen Minuten kam der Fahrstuhl wieder nach oben, und Mr. Smith trat heraus.

»Ich danke Ihnen, ich habe alles gesehen«, sagte er mit einem bedeutsamen Blick auf Poltavo. »Dies ist wirklich ein außergewöhnliches Haus, Dr. Fall.«

»Es steht Ihnen jederzeit frei, es zu besichtigen«, erwiderte Dr. Fall mit einem düsteren Lächeln.

Mr. Smith spielte abwesend mit der elektrischen Taschenlampe, die er noch in der Hand hielt, und steckte sie dann in die Tasche. Er grüßte durch ein Kopfnicken und ging quer durch die Eingangshalle. Aber plötzlich drehte er sich um und wandte sich noch einmal an Poltavo.

»Als Sie hier in die Falle gegangen waren und glaubten, daß es Ihnen schwer werden würde, wieder herauszukommen, waren Sie so vorsichtig, eine Botschaft aufzuschreiben, die Ihren Befreiern einen Fingerzeig geben sollte. Diese Botschaft hat nun ihren Zweck erfüllt«, sagte er lächelnd, als er die Bestürzung in Poltavos Gesicht sah. »Sie täten gut, Ihren Freund zu bitten, daß er sie entfernt.«

Er nickte den beiden noch einmal zu und verließ das Haus. Die drei Beamten folgten ihm.

»Was meinte Mr. Smith?« fragte Dr. Fall schnell.

»Ich – ich«, stammelte Poltavo verlegen, »ich schrieb nur ein paar Worte an die Wand der Kabine – nichts Belastendes für Sie, mein lieber Doktor, nur eine Zeile, die besagte, daß ich dort unten gefangengehalten würde.«

Der Arzt eilte fluchend in den Fahrstuhl. Er steckte ein Streichholz an, um die Schrift Poltavos zu lesen. Glücklicherweise war nichts darin enthalten, was das große Geheimnis des Hauses verriet, aber es war gerade genug, um den Argwohn der Polizei, besonders dieses unermüdlichen Detektivs, zu wecken.

»Sie haben uns in böse Verlegenheit gebracht«, sagte er streng zu Poltavo. »Nehmen Sie sich in acht, daß Sie uns nicht weiter kompromittieren. Einmal vergeben wir Ihnen, aber wenn wir uns ein zweites Mal über Sie zu beklagen haben, wird es schlimme Folgen für Sie haben.«

12

Die entfernte Kirchturmuhr von Little Bradley hatte gerade ein Uhr geschlagen, als Mr. Smith aus dem Schatten der Hecke an der Ostseite des »geheimnisvollen Hauses« hinaustrat und langsam auf die Straße zuging. Zwei Männer, die sich dort im Dunkeln niedergeduckt hatten, erhoben sich schweigend und gingen ihm entgegen.

»Ich glaube, ich habe eine Stelle gefunden«, sagte Mr. Smith leise. »Es sind tatsächlich elektrische Alarmsignale oben auf den Mauern angebracht und elektrische Drähte durch alle Hecken gezogen. Aber man kann die Alarmsignale an einer Stelle umgehen.«

Er führte die anderen den Weg zurück zu dem Platz, von dem er soeben gekommen war.

»Sehen Sie, hier ist es«, erklärte er.

Er berührte einen äußerst dünnen Draht mit dem Finger.

Einer seiner beiden Begleiter ließ das Licht seiner elektrischen Lampe darauf fallen.

»Ich kann den Strom an dieser Stelle ablenken«, sagte er dann und zog einen langen Draht aus der Tasche. Zwei Minuten später konnten sie dank seiner schnellen Arbeit sicher die Mauer übersteigen und kamen geräuschlos auf der anderen Seite auf den Boden.

»Wir müssen vorsichtig sein, daß wir dem Wachtposten nicht in die Arme laufen«, flüsterte Mr. Smith. »Er ist auf seinem Rundgang um das Haus. Ich glaube auch, daß über dem Rasen Alarmdrähte gespannt sind.«

Er befestigte einen Aufsatz auf seiner elektrischen Lampe und untersuchte den Boden sorgfältig, als er vorwärtsging. Der Aufsatz war so angebracht, daß das Licht nur auf die Stelle des Bodens fiel, die er jeweils betrachtete.

»Sehen Sie, hier läuft schon ein Draht«, sagte er plötzlich. Die drei stiegen vorsichtig über den fast unsichtbaren Draht, der nur einige Zoll vom Boden entfernt war und in regelmäßigen Abständen durch aufrechtstehende Isolierglocken getragen wurde.

»Jeden Abend nach Sonnenuntergang legen sie diese Drähte. Ich habe sie dabei beobachtet«, erklärte Mr. Smith. »In der Nähe des Hauses befindet sich noch ein zweiter.«

Sie fanden auch diesen und stiegen behutsam darüber.

»Hinlegen!« flüsterte der Detektiv plötzlich.

Die drei Leute legten sich flach zu Boden.

Mr. Ela konnte im ersten Augenblick nicht erkennen, um was es sich handelte, aber plötzlich sah er eine Gestalt, die sich langsam vorwärtsbewegte. Es war der Wachtposten, der zwischen ihnen und dem Hause vorbeischritt. Selbst bei dem schwachen Licht konnte Ela das Gewehr über der Schulter des Mannes sehen. Sie warteten in atemloser Spannung, bis er um die nächste Ecke verschwunden war, dann eilten sie über den Rasen, der sie noch von dem Hause trennte. Mr. Smith trug einen Leinenbeutel bei sich, griff jetzt hinein und zog ein Kaninchen daraus hervor, das heftig zappelte.

»Mein kleiner Freund«, sagte er leise, »du mußt dich opfern.«

Er stieg die Stufen zu der Eingangshalle hinauf. Der Stahlvorhang hing vor der Haustür, er reichte beinahe bis zu der Stahlmatte herunter, auf der man sich die Füße reinigte. Jetzt ließ Smith das Kaninchen frei. Das erschrockene Tier machte erst einen vergeblichen Versuch, nach rückwärts auf den Rasen zu entkommen, hüpfte dann aber langsam, fast zögernd, auf die Tür zu, und als Mr. Smith es durch eine Handbewegung aufscheuchte, berührte es mit dem Kopf den Stahlvorhang, um nach dort zu entfliehen. In diesem Augenblick fuhren blaue elektrische Funken aus den Drähten, und das unglückliche Tier rollte zusammengekrümmt an Mr. Smith vorbei auf den geschotterten Weg. Der Detektiv stieg eilig hinunter und nahm es auf – es war tot. Er bemerkte, daß die Kopfhaare versengt waren.

»Meine Vermutung war richtig«, sagte er leise. »Es ist ein elektrischer Schutzvorhang. Jeder, der ihn bei dem Versuch, in das Haus zu kommen, berührt, büßt es mit dem Tode. Nun kommen Sie dran, Johnson.«

Der dritte Mann legte ein Paar Gummischuhe an, die er aus seiner Tasche nahm, stülpte ein Paar dicke Gummihandschuhe über und stieg die Stufen empor. Er beugte sich vor und versuchte den Vorhang herunterzuzerren, aber das war nicht möglich. Dann nahm er die einzelnen Stahlfäden vorsichtig zusammen. Ihm konnte nichts geschehen, da die Bekleidung seiner Füße und Hände ihn genügend isolierte. Aber er ging äußerst behutsam vor, damit der Vorhang nicht einen anderen Teil seines Körpers berührte. Er zog ihn beiseite und band die Stahldrähte mit starken Gummibändern zusammen. Als ihm das geglückt war, ging Mr. Smith zur Tür. Er hatte in der Zwischenzeit ebenfalls starke Gummigaloschen und Gummihandschuhe angelegt. Bei seinem früheren Besuch hatte er beobachtet, daß das Schloß der Tür von verhältnismäßig einfacher Konstruktion war. Ihr Eindringen konnte nur verhindert werden, wenn die Bewohner des Hauses die Tür verriegelt und mit einer Sicherheitskette versehen hatten. Aber offenbar verließen sie sich auf den Schutz des elektrischen Vorhangs.

Nach kurzer Zeit konnte der Detektiv mit einem Dietrich öffnen. Er trat in die Halle und lauschte. All seine Sinne waren wach und angespannt, ob nicht eine Alarmklingel aufschrillte.

Aber es blieb alles ruhig. Ela und Johnson folgten ihm. »Es ist besser, daß Sie hier bleiben«, sagte er. »Wir müssen uns auf den Glücksfall verlassen, daß der Wachtposten nicht sieht, daß wir den Vorhang aufgebunden haben. Vielleicht dauert es auch noch einige Zeit, bis er wieder zur Haustür kommt.«

Sie untersuchten in größter Eile die Halle, fanden aber keine Anzeichen von elektrischen Kabeln und Drähten, die auf Alarmvorrichtungen hätten schließen lassen. Mr. Smith schlich sich leise nach oben, die beiden anderen blieben als Wachtposten unten. Auf jedem Treppenpodest blieb er stehen und horchte, aber es herrschte tiefste Stille. Ohne Zwischenfall erreichte er den dritten Stock.

Er erkannte den langen Gang wieder – ein Kratzer an der Wand neben der Lifttür, den er sich bei seinem ersten Besuch gemerkt hatte, zeigte ihm, daß er auf dem richtigen Wege war.

Ohne Zögern ging er schnell den Gang entlang, bis er an die große Tür aus Rosenholz kam, die in das Zimmer des kranken Mr. Moole führte. Er drückte die Klinke vorsichtig herunter – sie gab ein wenig nach, und er trat geräuschlos näher. Behutsam öffnete er dann auch die innere Tür. Der Raum war nur mäßig beleuchtet – von einer Nachtlampe, wie Mr. Smith annahm. Er drückte die Tür weiter auf, um das Zimmer besser übersehen zu können, und blieb erstaunt stehen. Dies war nicht der Raum, den er früher gesehen hatte!

Er stand in einem prächtig eingerichteten Arbeitszimmer, dessen Wände mit Rosenholzpaneel bedeckt waren. Ein Mann saß am Schreibtisch und schrieb eifrig bei dem Licht einer abgeblendeten Tischlampe. Den Rücken hatte er der Tür zugekehrt. Als der Detektiv jetzt die Tür aufriß, sprang der Mann plötzlich auf, wandte sich um und trat auf den mitternächtlichen Eindringling zu. Mr. Smith sah, daß er sein Gesicht hinter einer schwarzen Maske verborgen hatte.

Als der Mann den Detektiv in der Tür stehen sah, streckte er die Hand aus, und plötzlich lag der Raum im Dunkeln. Die Tür, die Mr. Smith offenhielt, schloß sich mit einer so unwiderstehlichen Gewalt, daß er nach draußen in den Gang geschoben wurde, der plötzlich hell erleuchtet war. Mr. Smith wandte sich um und schaute in das lächelnde Gesicht Dr. Falls. Der große Mann mit dem blassen, ausdruckslosen Gesicht sah ihn ein wenig spöttisch an. Er war vollständig angekleidet.

Mr. Smith konnte nicht einmal vermuten, woher er gekommen war. Wie durch ein Wunder war er plötzlich aufgetaucht.

»Welchem Umstand verdanke ich die Ehre dieses Besuches, Mr. Smith?« fragte er in seiner trockenen, nüchternen Art.

»Ich war nur neugierig«, erwiderte der Detektiv kühl. »Ich wollte mir gern noch einmal Ihren Mr. Moole aus der Nähe ansehen.«

»Wie sah er denn aus?« fragte der Doktor mit einem schwachen Lächeln.

»Unglücklicherweise habe ich mich im Stockwerk geirrt, und anstatt Ihren Freund zu sehen, habe ich, ohne es zu wollen, einen Herrn gestört, der aus Gründen, die er selbst am besten kennt, sein Gesicht verborgen hält.«

Dr. Fall runzelte die Stirn.

»Ich kann Sie nicht verstehen.«

»Vielleicht gehen wir noch einmal in das Zimmer – dann werden Sie mich besser verstehen.«

Er hörte ein merkwürdiges Geräusch und nahm eine erschütternde Bewegung unter seinen Füßen wahr, als ob ein schwerer Traktor dicht an dem Hause vorbeiführe.

»Was hat das zu bedeuten?«

»Das ist eine der unangenehmen Folgen, die man auf sich nehmen muß, wenn das Haus über einem alten Erzschacht liegt«, erwiderte der Doktor leichthin. »Aber was Ihre merkwürdigen Halluzinationen betrifft«, fuhr er fort, »so würde ich sie doch gern zerstören und Ihnen die Wirklichkeit zeigen.«

Er ging langsam in den Raum zurück, den Mr. Smith soeben verlassen hatte. Die Tür öffnete sich, als er sie berührte, aber das Zimmer war dunkel. Dr. Fall drehte einen Schalter an.

»Treten Sie bitte näher.«

Mr. Smith folgte ihm. Es war derselbe Raum, den er damals betreten hatte. In der Mitte lag wieder der dunkelblaue Teppich, auf dem die silberne Bettstelle stand. Er sah auch den Patienten mit seinem ausdruckslosen, gelben Gesicht. Die Wände waren mit Paneel aus Myrtenholz verkleidet, derselbe elektrische Kronleuchter hing von der Decke herunter.

Mr. Smith war bestürzt und fuhr sich mit der Hand über die Stirn.

»Sie sehen, daß Sie das Opfer Ihrer überreizten Phantasie geworden sind. Sie haben Dinge gesehen, die nicht vorhanden sind. Ich muß annehmen, daß Sie vorhin geträumt haben.«

»Sie mögen annehmen, was Sie wollen«, erwiderte Mr. Smith höflich. »Ich würde mir gern die Räume, die über und unter diesem Zimmer liegen, einmal ansehen.«

»Ich werde sie Ihnen gern zeigen. Oben befindet sich ein Abstellraum. Kommen Sie bitte mit.«

Er führte den Detektiv in das obere Stockwerk, schloß die Tür des Raumes auf, der direkt über dem Zimmer lag, das sie eben verlassen hatten, und ging hinein. Der Raum war nicht möbliert und hatte einen einfachen Holzfußboden und gestrichene Wände. Das hohe Oberlicht zeigte, daß der Arzt die Wahrheit gesagt hatte.

»Sie scheinen das Zimmer nicht zu benützen.«

»Wir halten auf Ordnung und Sauberkeit«, sagte der Doktor lächelnd. »Nun sollen Sie auch noch den unteren Raum sehen.«

Als sie die Treppe hinuntergingen, hörten sie dasselbe merkwürdige Geräusch, das sie schon vorher wahrgenommen hatten. Die Wände zitterten.

»Das ist unheimlich, nicht wahr? Als ich es zum erstenmal hörte, war ich ganz konsterniert. Aber es hat weiter nichts zu bedeuten.«

Im zweiten Stock betraten sie den Raum, der unmittelbar unter dem Zimmer des kranken Mr. Moole lag. Es war ein hübsches Schlafzimmer.

»Das ist unser Reserve-Schlafzimmer«, erklärte Dr. Fall ruhig. »Es wird nur selten gebraucht.«

Mr. Smith konnte nichts Verdächtiges entdecken.

»Ich hoffe, daß Sie nun zufriedengestellt sind und daß Ihre Freunde unten nicht ungeduldig werden«, sagte der Arzt, als er ihn wieder hinausführte.

»Sie haben die beiden gesehen?«

»Natürlich, ich bemerkte sie, kurz nachdem Sie in die Halle getreten waren. Sie sehen, Mr. Smith, daß wir nicht so gewöhnliche Dinge wie Alarmglocken oder dergleichen verwenden. Wenn sich die Eingangstür öffnet, flammt ein rotes Licht über meinem Bett auf. Unglücklicherweise saß ich in dem Augenblick Ihrer Ankunft gerade in meinem Nebenzimmer an der Arbeit. Ich mußte zufällig in mein Schlafzimmer gehen, um ein Schriftstück zu holen, und sah das Licht. Obwohl ich Sie also nicht von Anfang an beobachten konnte, war es Ihnen doch nicht möglich, viel zu unternehmen, was ich nicht gesehen hätte. Ich werde Ihnen das alles zeigen, wenn Sie so liebenswürdig sind, mich in mein Zimmer zu begleiten.«

»Das würde mir sehr interessant sein.«

Mr. Smith war begierig, alles kennenzulernen, was mit dem »geheimnisvollen Haus« und seinen Bewohnern zusammenhing. Dr. Falls Zimmer lag im ersten Geschoß, unmittelbar über der Eingangshalle. Es war ein einfaches Arbeitszimmer. Eine zweite Tür führte zu einem gemütlichen, aber verhältnismäßig luxuriös eingerichteten Schlafzimmer. Neben dem Bett des Doktors stand ein runder Ständer, der wie eines dieser gebräuchlichen, nutzlosen Möbelstücke aussah, die von den Frauen in den Vorstädten benützt werden, um Palmen darauf zu stellen.

»Schauen Sie einmal hinein.«

Der Detektiv beugte sich darüber.

Der Pfeiler war innen hohl, und ein wenig tiefer war eine Fläche zu sehen, die zunächst einem quadratischen Stück Silberpapier glich. Aber bei genauerer Betrachtung schien sie sich zu bewegen. Mr. Smith konnte zwei Gestalten darauf unterscheiden, die er sofort als Ela und Johnson erkannte.

»Es ist eine Erfindung von mir«, erklärte Dr. Fall. »Ich dachte schon einmal daran, sie mir patentieren zu lassen. Eine Anzahl von Spiegeln wirft das Bild nach oben auf einen Schirm, der so lichtempfindlich ist, daß sogar das Bild Ihrer beiden Freunde hier oben erscheint, obwohl sie in der halbdunklen Halle stehen.«

»Ich danke Ihnen«, sagte Mr. Smith.

Es blieb ihm nichts übrig, als einen Mißerfolg so gelassen als möglich hinzunehmen. Er war vollständig aus der Fassung gebracht.

»Es wird Ihnen schwerfallen, die Tür zu öffnen«, meinte Dr. Fall liebenswürdig, als sie nach unten kamen.

»Darin werden Sie sich wohl irren«, entgegnete Mr. Smith lächelnd.

Der Arzt blieb stehen, um das Licht anzudrehen, und die beiden enttäuschten Beamten beobachteten neugierig die Umgebung.

»Wir haben die Tür angelehnt gelassen.«

»Trotzdem wird es schwierig für Sie sein hinauszukommen. Öffnen Sie doch bitte einmal die Tür.«

Ela versuchte es, aber es war ihm unmöglich, die schweren eichenen Flügel zu bewegen.

»Sie ist auf elektrischem Wege festgestellt«, sagte Dr. Fall. »Sie können sie nach keiner Richtung hin bewegen. Dies ist auch eine geniale Idee von mir, für die ich an einem der nächsten Tage um ein Patent nachsuchen werde.«

Er nahm einen Schlüssel aus der Tasche und steckte ihn in eine kaum sichtbare Öffnung des Eichenpaneels in der Halle. Sofort öffnete sich die Tür langsam.

»Ich wünsche Ihnen eine recht gute Nacht«, verabschiedete sich Dr. Fall, als die anderen vor der Haustür standen. »Und ich hoffe, daß wir uns wiedersehen.«

»Darauf können Sie sich verlassen«, erwiderte Mr. Smith grimmig, »wir werden uns wiedersehen.«

13

Doris Gray befand sich in großer Verlegenheit. Sie war in einer geradezu tragischen Lage. Selbst jetzt war sie nicht sicher, daß ihr Vormund wirklich tot war. Aber ob er nun unter den Toten oder unter den Lebenden weilte, er hatte ihr eine Aufgabe gestellt, deren Lösung ihr entsetzlich schien.

Frank Doughton war ihr lieb und angenehm, aber vielleicht war sie noch zu jung, hatte noch zu wenig Lebenserfahrung und kannte sich selbst nicht genug, um ihre Gefühle richtig beurteilen zu können. Außerdem hatte dieser höfliche und weltgewandte Graf Poltavo, der ihr so interessante Geschichten aus den Hauptstädten fremder Länder erzählte, großen Einfluß auf sie gewonnen. Seine faszinierende Unterhaltungsgabe, seine Gewandtheit und Vertrautheit mit allen Lebenslagen hatten tiefen Eindruck auf sie gemacht. Und im Augenblick hätte sie nicht mit Bestimmtheit sagen können, ob sie dem jungen Engländer oder diesem Weltmann den Vorzug gab.

Als sie es sich genau überlegte, schien ihr doch Frank der weniger Begehrenswerte zu sein. Der Befehl, der in dem Testament ausgedrückt war, und das Bewußtsein, unter einem gewissen

Zwang handeln zu müssen, waren die Ursachen, daß sie sich dagegen auflehnte und die Einhaltung der Testamentsbestimmungen als eine Opferung ihrer Freiheit empfand.

In Wirklichkeit wollte sie überhaupt niemanden heiraten. Es war ja nicht so schlimm, wenn ihr das Vermögen noch nicht ausgehändigt wurde. So hatte sie wenigstens fünf Jahre Zeit, sich über ihre Gefühle Frank Doughton gegenüber klarzuwerden. Sie hatte ihn gern. Er war immer ritterlich und höflich zu ihr Sie fühlte sich stark zu ihm hingezogen, aber sie wußte, daß sie ihm nicht die Liebe schenken konnte, die sie dem Mann ihrer eigenen Wahl entgegengebracht hätte.

An einem schönen Aprilmorgen ging sie im Green-Park spazieren. Sie war in einer ausgeglichenen Stimmung, denn die Bäume standen in frischem Grün, und die Blumenbeete schillerten in allen Farben. Als sie aufschaute, sah sie, daß Frank ihr entgegenkam. Er schien sehr begeistert zu sein und kam mit schnellen Schritten auf sie zu.

»Ich habe eine gute Nachricht für Sie«, rief er impulsiv.

»Wir wollen uns ein wenig setzen«, erwiderte sie mit einem freundlichen Lächeln und lud ihn ein, auf einer nahen Bank neben ihr Platz zu nehmen. »Welche guten Nachrichten haben Sie denn für mich?«

»Sie erinnern sich doch daran, daß Mr. Farrington mir den Auftrag gab, den unbekannten Erben der Tollington-Millionen aufzuspüren?«

Sie nickte.

»Nun – ich habe ihn gefunden«, sagte er triumphierend. »Es ist etwas ungewöhnlich, daß es mir geglückt ist, denn ich bin kein Detektiv. Ich habe Mr. Farrington schon vor langer Zeit gesagt, daß ich niemals erwartete, in dieser Sache etwas herauszubekommen, was ihm von Nutzen sein könnte. Mr. Farrington konnte mir auch keine bestimmten Anhaltspunkte geben, mit deren Hilfe ich meine Nachforschungen hätte beginnen können. Der alte Tollington hatte einen Neffen, den Sohn seiner verstorbenen Schwester, und dieser ist der Erbe des großen Vermögens. Tollingtons Schwester war mit einem reichen Bankmann in Chikago verlobt, aber am Tage vor der Hochzeit verschwand sie mit einem Engländer, von dem ihre Familie nur wenig wußte. Sie vermutete, daß er ein Abenteurer war, der in den Vereinigten Staaten seine zerrütteten Geldverhältnisse wieder aufbessern wollte. Aber offensichtlich war er kein gewöhnlicher Mann, denn er lehnte es nicht nur ab, sich mit den Eltern des Mädchens in Verbindung zu setzen, obwohl er wußte, daß sie unheimlich reich waren, sondern er erlaubte auch nicht, ihnen seinen wirklichen Namen mitzuteilen. In Chikago hielt er sich offenbar unter einem angenommenen Namen auf. Von dem Augenblick seines Verschwindens an verloren sie seine Spur. Gerüchtweise hörten sie, daß er nach England zurückgegangen sei und sich dort durch eigene Kraft und Anstrengung eine Stellung geschaffen habe. Diese Nachricht wurde später bestätigt. Tollingtons Schwester schrieb regelmäßig an ihre Eltern, aber sie erwähnte niemals ihren neuen Familiennamen oder ihre Adresse. Die Eltern antworteten ihr durch Annoncen in der Londoner ›Times‹. Sie kannten zwar ihren Wohnsitz, aber alle Bemühungen, wieder mit ihr in Verbindung zu kommen, waren vergeblich. Auch als ihre Eltern starben und ihr Bruder aufs neue die Nachforschungen aufnahm, hatte er keinen besseren Erfolg. Sie sehen«, fuhr Frank etwas naiv fort, »daß es ganz unmöglich ist, jemanden ausfindig zu machen, wenn man nicht einmal seinen Namen kennt.«

»Das verstehe ich vollkommen«, erwiderte Doris lächelnd. »Und haben Sie nun Erfolg gehabt, wo alle anderen versagten?«

»Soweit bin ich leider noch nicht«, sagte er lachend. »Aber ich habe folgendes entdeckt. Der Mann, der vor siebzig Jahren die Vereinigten Staaten mit der Schwester des alten Tollington verließ, lebte einige Jahre in Great Bradley.«

»Ist das nicht der Wohnort von Lady Constance Dex?«

Er nickte.

»Es scheinen alle Leute dort zu wohnen«, sagte er traurig. »Selbst unser Freund«, fügte er zögernd hinzu.

»Wen meinen Sie?«

»Ihr Freund Poltavo weilt jetzt auch dort. Er ist der ständige Gast Dr. Falls. Haben Sie denn noch nichts von dem ›geheimnisvollen Haus‹ gehört? Jedermann in England weiß doch davon.«

»Es tut mir leid, daß es mir noch unbekannt ist. Aber erzählen

Sie nur weiter. Wie haben Sie denn herausgefunden, daß er in Great Bradley lebte?«

»Das war ein reiner Glückszufall. Ich wohnte doch selbst einige Jahre dort, auch Ihren Onkel lernte ich dort kennen – ich war damals noch ein kleiner Junge. Aber nicht meine Bekanntschaft mit Great Bradley hat mir geholfen. Haben Sie nicht neulich in der Zeitung gelesen, daß man beim Abbruch eines alten Postgebäudes eine Anzahl von Briefen fand, die offenbar durch die Ritze im Boden eines alten Briefkastens gefallen waren und infolgedessen nicht bestellt wurden?«

»Ja – die Briefe waren vierzig oder fünfzig Jahre alt, nicht wahr?«

Er nickte.

»Einer dieser Briefe war an Tollington gerichtet und trug die Unterschrift seiner Schwester. Ich habe ihn heute morgen in der Hauptpost gesehen. Mir war nämlich zufällig eine Nachricht in die Hände gefallen, die an die Redaktion meiner Zeitung geschickt wurde. Unser Korrespondent in Great Bradley hatte eine Liste der Adressen erhalten und uns eingesandt. Ich sah also, daß einer der Briefe an George Tollington in Chikago adressiert war, und fuhr daraufhin nach Great Bradley. Das Entgegenkommen eines hohen Beamten machte es mir möglich, den Brief zu kopieren. Er war nur kurz.«

Frank zog ein Blatt Papier heraus und las den Inhalt vor:

Lieber George,
ich wollte Dir nur mitteilen, daß wir alle wohlauf sind und daß es uns gut geht. Ich habe Deine Zeilen in der »Times« gelesen und freute mich sehr, wieder etwas von Dir zu hören. Henry läßt Dich bestens grüßen.

Deine Schwester Annie

»Natürlich ist das keine erschütternde Entdeckung, es ist aber immerhin ein Anhaltspunkt«, meinte er gleichsam entschuldigend, als er den Bogen wieder zusammenfaltete und in die Tasche steckte. »Ich vermute zwar, daß in Great Bradley dauernd viele Frauen gewohnt haben, die den Vornamen Annie trugen, aber auf alle Fälle ist es doch etwas.«

»Da haben Sie recht.«

»Für mich hat – oder vielmehr hatte es sogar eine große Bedeutung. Ich hatte einen Vertrag mit Ihrem Onkel geschlossen, der durch die anderen Treuhänder des Vermögens bestätigt wurde. Wirklich, es hatte für mich eine große Bedeutung«, wiederholte er.

Sie schaute schnell zu ihm auf.

»Meinen Sie Geld?« fragte sie.

»Nein, etwas anderes«, sagte er leise. »Doris, ich hatte bisher noch keine Gelegenheit, Ihnen zu sagen, wie leid es mir tut, daß diese Bestimmung in dem Testament Ihres Onkels steht. Es ist ein entsetzlicher Gedanke für mich, daß Sie durch den Wunsch Ihres Onkels gezwungen werden könnten, etwas zu tun, was Ihnen zuwider ist.«

Sie wurde rot und wandte ihren Blick von ihm ab.

»Ich – ich möchte keinen Vorteil aus dieser Bestimmung ziehen«, fuhr er schüchtern fort, »ich möchte nur, daß Sie glücklich werden. Sie sollen nur zu mir kommen, wenn Sie mich wirklich aufrichtig lieben.«

Sie antwortete ihm nicht, sondern seufzte schwer.

»Ich hatte gehofft, Ihnen eines Tages selber alle materiellen Vorteile bieten zu können, die ein Mann der geliebten Frau zu Füßen legt.«

»Glauben Sie, daß ich mich davon hätte beeinflussen lassen?« fragte sie schnell.

»Sie hätten dann nicht denken können, daß ich Sie Ihres Vermögens wegen liebe. Sie wären dann vielleicht eher davon überzeugt gewesen, daß ich von einer Heirat mit Ihnen nichts anderes erhoffte, als die Liebe der anbetungswürdigsten Frau, die ich auf der Welt kenne.«

In ihren Augen glänzten Tränen.

»Ich bin mir selbst ein Rätsel, Frank, wie ich es Ihnen sein muß. Sie sind mir teuer, aber ich bin nicht sicher, daß meine Zuneigung zu Ihnen so groß ist, wie Sie es wohl wünschen möchten.«

»Gibt es einen anderen Menschen, dem Sie Ihre Liebe schenken würden?« fragte er nach einer Pause.

Sie vermied seinen Blick und spielte mit der Seidenquaste ihres Sonnenschirms.

»Nein, niemanden – ganz bestimmt nicht.«

»Auch nicht vorübergehend?« fragte er hartnäckig.

»Es gibt im Leben stets Menschen, von denen man sich vorübergehend angezogen fühlt. Frank, ich glaube, Sie haben ebensoviel Chancen wie jeder andere.« Sie zuckte die Schultern. »Ich spreche so, als ob ich ein wertvoller Preis wäre, um den man sich bemühen muß, aber ich versichere Ihnen, daß ich nicht so fühle. Ich habe keine große Meinung von mir und meinen Fähigkeiten und bin mir niemals bescheidener vorgekommen als in diesem Augenblick.«

Er ging mit ihr bis zum Ende des Parkes und geleitete sie zu einem Auto. Dann beobachtete er den Wagen noch, bis er in dem lebhaften Verkehr außer Sicht kam.

Doris Gray wurde von ihren Stimmungen hin und her geworfen. Es bedurfte eines starken Eindrucks, um ihr klarzumachen, welchen Weg sie gehen mußte. Poltavo hatte großen Einfluß auf sie gewonnen. Sein Gesicht, seine Stimme, die ganze Atmosphäre, die ihn umgab, waren ihr ständig gegenwärtig.

Sie erreichte ihr Heim am Brakely Square und wollte schnell in ihr Zimmer gehen, aber der Hausmeister hielt sie mit wichtiger Miene an.

»Ich habe einen Brief für Sie, Miss Gray, der sehr dringend ist. Der Überbringer bat darum, daß er Ihnen so bald wie möglich übergeben werden sollte.«

Sie nahm den Umschlag aus seiner Hand – die Adresse war mit Maschine geschrieben. Sie riß das Kuvert auf und fand ein zweites darin, das ebenfalls eine maschinengeschriebene Aufschrift trug.

»Lesen Sie diesen Brief, wenn Sie ganz allein sind. Schließen Sie die Tür ab und vergewissern Sie sich, daß niemand in der Nähe ist.«

Sie zog die Augenbrauen zusammen. Welches Geheimnis mochte er enthalten? Aber sie tat doch, was man von ihr verlangte, ging in ihr Zimmer, öffnete den zweiten Umschlag und nahm ein Schreiben heraus, das nur wenige Zeilen enthielt. Sie atmete schwer und erbleichte, denn sie erkannte die Handschrift sofort. Der Brief, den sie in ihrer zitternden Hand hielt, lautete:

Ich wünsche, daß Du Frank Doughton innerhalb von sieben Tagen heiratest. Mein ganzes Vermögen, ja mein Leben hängt vielleicht hiervon ab.

Gregory Farrington

Unten standen noch ein paar dick unterstrichene Worte:

Verbrenne das Schreiben sofort, wenn Dir etwas an meiner Sicherheit gelegen ist.

Mr. Smith trat entschlossen in das Büro seines Vorgesetzten.

»Gibt es etwas Neues?« fragte Sir George und schaute auf.

»Ich kann Ihnen alles sagen, was ich weiß, und noch viel mehr, was ich nicht weiß, sondern nur vermute.«

»Erzählen Sie mir zuerst die Tatsachen, dann Ihre Vermutungen.«

»Tatsache eins«, begann der Detektiv, nahm einen Stuhl, zog ihn an den Tisch und zählte die einzelnen Punkte an seinen Fingern ab. »Gregory Farrington lebt. Der Mann, dessen Leiche wir in der Themse auffischten, ist zweifellos derjenige, der bei dem Einbruch im Zollamt durch einen Schuß getötet wurde. Ich schließe daraus, daß Gregory Farrington der zweite Mann war, der sich an dem Verbrechen beteiligte. Der Plan, den Koffer von Dr. Goldworthy zu stehlen, war sehr fein ausgeklügelt. Der Koffer enthielt allem Anschein nach ein Tagebuch, das Gregory in die Gewalt einer Frau brachte, die ihn unendlich schädigen konnte.«

»Meinen Sie Lady Constance Dex?« fragte Sir George interessiert.

»Ja, das ist die Dame. Farrington war verantwortlich für den Tod ihres Geliebten, und er ist auch an dem Unglück ihres Lebens schuld. Er erzählte George Doughton von ihrer Vergangenheit. Doughton, der hohe moralische Anforderungen stellte, war aufs tiefste verletzt und ging sofort nach Afrika, ohne sich noch einmal mit ihr in Verbindung zu setzen oder überhaupt festzustellen, wieweit sie schuldig war. Das Tagebuch mußte Lady Dex vollständig über alles aufklären, und Farrington, durch seine Agenten in Afrika aufs beste informiert, hatte allen Grund zu verhüten, daß dieses Dokument in die Hände der Frau kam, die sich erbarmungslos an ihm rächen würde.«

»Kann man das beweisen?« fragte Sir George.

»Durchaus.« Mr. Smith nahm einige Schriftstücke aus seiner Tasche und legte sie auf den Schreibtisch. »Ich habe hier die Kopie des Briefes, den der verstorbene Mr. Doughton an Lady Constance schrieb. Ich brauche wohl nicht zu sagen, wie ich in den Besitz dieses Schriftstücks kam, aber meine Abteilung ist nicht wählerisch in ihren Methoden –«

»Das weiß ich«, sagte Sir George mit einem leichten Lächeln. »In dem Pfarrhaus ist vor zwei Tagen eingebrochen worden, und vermutlich war der neugierige Dieb Ihr eigener Privatsekretär Sikes.«

»Sie haben nicht unrecht«, erwiderte Mr. Smith gutgelaunt. »Tatsache zwei: Gregory Farrington und der internationale Erpresser Montague Fallock sind miteinander identisch.«

»Ist das wirklich Ihre Meinung?«

»Gewiß! Der interessante Abschnitt in dem Testament des verstorbenen Mr. Farrington bestätigt meine Ansicht. Das Testament war besonders zu dem Zweck abgefaßt, mich irrezuführen. Vor kurzem sind erst wieder Briefe aufgetaucht, die die Unterschrift Montague Fallocks tragen und von prominenten Persönlichkeiten in erpresserischer Weise Geld fordern. Dies bestätigt meine Annahme.«

»Wo hält sich Montague Fallock zur Zeit auf?«

»Er wohnt im ›geheimnisvollen Haus‹.«

»Dann scheint es mir aber doch sehr leicht, ihn dingfest zu machen«, meinte Sir George erstaunt. »Haben Sie in dieser Angelegenheit schon etwas unternommen?«

Mr. Smith schüttelte den Kopf.

»Es ist nicht so einfach, wie Sie denken. Das ›geheimnisvolle Haus‹ birgt mehr Rätsel, als wir im Augenblick lösen können. Es wurde von einem geschickten und in technischen Dingen außerordentlich bewanderten Mann eingerichtet, wie es Farrington zweifellos ist. Das Hauptmotiv für die Erbauung war wohl, ihm einmal Gelegenheit zu geben, sich im Notfall der Gefangennahme und Bestrafung zu entziehen. Ich bin mir darüber klar, daß ein Versuch, das Haus zu überfallen, nur dazu führen würde, daß der Vogel ausfliegt. Wir müssen geduldig warten.«

»Ich kann eigentlich nicht recht verstehen«, sagte Sir George nach einer Weile, »warum er unter so dramatischen Umständen verschwunden ist.«

»Das ist noch am ehesten zu erklären. Er fürchtete sich, er wußte, daß ich ihn als den gesuchten Montague Fallock identifiziert hatte; er wußte auch, daß ich ihn stark verdächtigte, die beiden Männer am Brakely Square erschossen zu haben. Sehen Sie denn nicht, wie alles ineinandergreift? Er brachte von den verschiedensten Städten des Festlandes und zu verschiedenen Zeiten Handwerker nach Great Bradley, die das Haus fertigzustellen hatten. Obgleich er den Bau vor dreißig Jahren begann, ist das Haus erst in den letzten Jahren fertig geworden, und die letzten Einbauten waren die wesentlichsten. Ich habe herausgebracht, daß die beiden Leute, die am Brakely Square erschossen wurden, unabhängig voneinander engagiert waren, um bestimmte Änderungen an dem Hause vorzunehmen und gewisse Maschinen darin einzubauen.

Farrington hörte, wie die beiden miteinander stritten, das hat er selbst zu Protokoll gegeben. Er stand in der Nähe der Tür und sah, wie sie ihre Pistolen zogen. Nun hielt er den Augenblick für gekommen, sich dieser drohenden Gefahr zu entledigen. Er erschoß sie vom Hausflur aus, schloß die Haustür hinter sich und legte die Pistole in eine Schublade seines Schreibtisches. Er war zeitig genug wieder unten, um die Polizisten bei ihrer Ankunft zu empfangen und ihnen zu erzählen, wie sehr er erschrocken sei. Ich roch den Pulvergeruch sofort, als ich sein Haus betrat. Der Geruch von Cordit ist nicht zu verkennen, besonders, wenn der Schuß in einem so engen Raum wie einem Hausflur abgefeuert wird. Lady Dex war ebenfalls dort. Sie muß Zeugin der Schießerei gewesen sein.«

»Warum kam sie denn dorthin?«

»Entweder um Farrington seine Verbrechen vorzuhalten oder

um sich zu vergewissern, ob die Geschichte, die George Doughton ihr in seinem Brief berichtet hatte, auf Wahrheit beruhte.«

»Aber warum konnte denn Farrington nicht auf einfacherem Weg verschwinden? Warum mußte er überhaupt verschwinden?« fragte Sir George. »Er hatte doch in der City allgemein Kredit, außerdem verwaltete er das Vermögen seiner Nichte. Er konnte doch Ihren Verdacht entkräften; jedenfalls scheint es mir nicht seine Art gewesen zu sein, sich durch solche Kleinigkeiten aus der Fassung bringen zu lassen.«

»In diesem Punkt bin ich meiner Sache auch nicht ganz sicher. Ich muß zugeben, daß sein Verschwinden mit seinem sonst bekannten Charakter nicht in Einklang zu bringen ist. Er hatte das Verfügungsrecht über das Vermögen seiner Nichte, der er zweifellos sehr zugetan war. Ihre Erbschaft ist übrigens im nächsten Monat fällig. Ich glaube nicht, daß das irgend etwas mit der Angelegenheit zu tun haben könnte. Wenn er sich an ihrem Geld vergriffen haben sollte oder wenn er das ihm anvertraute Vermögen bei Spekulationen verloren hätte, könnte man das verstehen, aber sein Tod würde dann das Geld auch nicht wieder herbeischaffen.«

»Was werden Sie nun unternehmen?«

»Ich halte das ›geheimnisvolle Haus‹ unter dauernder Bewachung und habe alle Vorsichtsmaßregeln ergriffen, damit sich Farrington nicht irgendwie bedroht fühlt. Ich mache sogar den Versuch, ihn wieder herauszulocken. Wenn ich ihn erst einmal außerhalb des Hauses habe, müßte er ungewöhnlich schlau sein, um dann noch zu entkommen.«

»Und Poltavo?«

»Der ist augenblicklich in der Stadt«, erklärte Mr. Smith. »Ich glaube, daß wir verhältnismäßig leicht mit ihm fertig werden. Er ist offenbar ein Agent unseres Freundes Farrington. Und er ist entsetzlich stolz und eingenommen von sich selbst!«

14

Es war so, wie Mr. Smith gesagt hatte. Poltavo war von seinem kurzen Aufenthalt in Great Bradley zurückgekommen, verkehrte wieder in der Gesellschaft und hatte dabei mehr Glück als jemals vorher.

Über seine pekuniäre Lage war man immer im Zweifel gewesen, und vorsichtige Leute hatten gezögert, bevor sie diesen gewandten Mann zu sich einluden. Man wußte auch nicht genau, ob er den Adelstitel mit Recht führte. Im Gothaer Adelskalender waren ungefähr sechs Familien Poltavo aufgeführt, und Graf Ernesto konnte jeder dieser Familien entstammen, denn die polnische Aristokratie war nicht scharf umgrenzt, und es war aus diesem Grunde unmöglich, festzustellen, zu welcher Familie er eigentlich gehörte. Er selbst beantwortete alle Fragen, die in dieser Beziehung an ihn gerichtet wurden, mit einem geheimnisvollen Lächeln, aus dem man alles mögliche entnehmen konnte.

Aber als er jetzt nach kurzer Abwesenheit nach London zurückkehrte, konnte man ihn nicht mehr vom gesellschaftlichen Verkehr ausschließen, weil er nicht das genügende Geld besessen hätte. Am Tage seiner Rückkehr mietete er ein Haus in Burlington Gardens, kaufte zwei Automobile und zahlte eine Extrasumme in bar, damit sie zu einem früheren Termin geliefert würden. Er vergab große Aufträge an viele Geschäfte, um sich selbst und seine Wohnung besser auszustatten. In achtundvierzig Stunden war sein Heim so kostbar eingerichtet, daß man annehmen mußte, der Besitzer hätte stets in dieser Umgebung gelebt.

Poltavo hatte seine Lektion erhalten und viel dabei gelernt. Es war ein unangenehmes Erlebnis gewesen, obwohl er Dr. Fall und Mr. Farrington nicht dafür verantwortlich machen konnte. Aber die Tatsache, daß er dem Tod ins Angesicht geschaut hatte, machte ihn nervös und störte sein Gleichgewicht.

»Sie müssen mir trauen, mein Freund«, sagte er zu sich selbst, als er vor seinem neuen Schreibtisch in seinem neuen Arbeitszimmer saß, in dem es noch nach frischer Farbe roch. »Sie mögen mir trauen, solange ich es für ratsam halte. Aber seien Sie sicher, daß ich niemals wieder zu Ihnen in das ›geheimnisvolle Haus‹ gehen werde.«

Er war mit einer großen Geldsumme zurückgekommen, um die Aufträge und Pläne seines Herrn auszuführen. Über das ganze Land waren ungefähr hundert Agenten verteilt, über die Poltavo nun allerhand Aufschlüsse erhalten hatte. Manche von ihnen wußten nicht, um was es sich handelte, andere waren eingeweiht, einige bekleideten hohe Stellungen, viele waren Dienstboten und Angestellte. Zweifellos war »der schlechte Ruf« eine sehr nützliche Einrichtung.

Farrington hatte aus dem Verkauf der Zeitungen nicht viel Gewinn gezogen. In manchen Jahren hatte er sogar mit Verlust gearbeitet. Aber er zahlte ständig sehr gut für Beiträge, die ihm eingesandt wurden, ja er bot Preise, die das sonst übliche Durchschnittshonorar weit überschritten.

Männer und Frauen, die sich an anderen rächen wollten, sandten ihm Berichte ein, die veröffentlicht wurden, wenn der Betreffende nicht ungeheure Schweigesummen zahlte.

Häufig liefen Artikel und Beiträge ein, die man unmöglich drucken konnte. Trotzdem wurden die Einsender reichlich belohnt. Es handelte sich bei solchen Mitteilungen gewöhnlich um Fehltritte im Leben einer Frau oder eines Mannes.

Meistens warteten die Einsender solcher Angaben, die sie mit viel Mühe zusammengestellt hatten, umsonst auf deren Veröffentlichung. Aber die unglücklichen Opfer dieser Verrätereien erhielten ein oder zwei Tage später von dem geheimnisvollen Mr. Montague Fallock einen Brief, der ihnen zu ihrem Schrecken Sünden vorhielt, die ihrer Meinung nach nur ihnen selbst bekannt waren. Es kam ihnen natürlich nicht in den Sinn, das kleine unbedeutende Blättchen, das manchmal Eingang in die Zimmer der Dienstboten fand, mit den außerordentlich hohen Forderungen dieses Erpresserkönigs in Verbindung zu bringen. In den meisten Fällen zahlten sie denn auch.

Aber nicht nur Dienstboten versorgten Montague Fallock mit Material für seine heimtückische Arbeit. Heruntergekommene Männer und Frauen fanden hier Gelegenheit, sich an begünstigteren Mitmenschen zu rächen, von denen sie einmal direkt oder indirekt beleidigt worden waren. Manchmal kamen auch anonyme Mitteilungen an die Redaktion. Wenn die angegebenen Tatsachen genügend Erfolg versprachen, schickte Fallock einen seiner Spürhunde aus, um nachzuforschen, wieweit sie auf Wahrheit beruhten. Dann folgte ein liebenswürdiger Brief, es wurde eine Verständigung vorgeschlagen, und der Unglückliche mußte zahlen und litt außerdem Schaden an seiner Gesundheit.

Denn dieser völlig skrupellose Mann zerstörte mehr als nur sichtbares Vermögen – er handelte mit menschlichem Lebensglück. Fast ein halbes Dutzend Selbstmorde wurden von Scotland Yard auf Briefe zurückgeführt, die die bedauernswerten Opfer am Morgen erhielten und in ihrer Verzweiflung verbrannten, bevor sie ihrem Leben ein Ende machten.

Das Büro dieser kleinen Zeitung lag im obersten Geschoß eines großen Geschäftshauses in der Fleet Street. Ein Hinterzimmer enthielt die ganze Redaktion, und ein verschlossener Mann bildete das ganze Personal. Er hatte die Pflicht, die Korrespondenz in Empfang zu nehmen und im Gepäckraum eines Londoner Bahnhofs abzugeben. Eine Stunde später wurde sie dort von einem anderen Boten abgeholt und zu einem weiteren Bahnhof gebracht. Dann kam sie in den Besitz des Mannes, der für den Inhalt des Blattes verantwortlich war. Manche der Briefe enthielten Beiträge einwandfreier Art, die von mehr oder weniger bekannten Schriftstellern verfaßt waren. Fallock oder Farrington brauchte diese Artikel, nicht nur um der Zeitung den Anschein der Wohlanständigkeit zu geben, sondern auch um ihre Spalten zu füllen.

Er selbst schrieb stets zwei Seiten klug zusammengestellte Informationen über die große Gesellschaft, die harmlos waren.

In jedem Paket von Briefen fanden sich gewöhnlich ein oder zwei Schreiben, die dem Erpresser die Möglichkeit gaben, die Leute zu schädigen, die von ihren Dienstboten oder Freunden verleumdet wurden. Eine ständige Annonce in der Zeitung versprach allen, die brauchbares Material einsandten, eine Belohnung von fünf Pfund. Und die Tatsache, daß Farrington manchmal fast tausend Pfund in der Woche für solche Informationen zahlte, sprach für die moralischen Qualitäten gewisser Menschen.

Farrington konnte mit seiner Wahl zufrieden sein. Poltavo war ein gelehriger Schüler, er war schlau und gewandt in solchen Dingen. In seinem großen Arbeitszimmer sortierte er hinter verschlossenen Türen die Korrespondenz und hing dabei seinen eigenen Gedanken nach.

Wenn er seine Rolle gut spielte, war seine Zukunft gesichert. Die Folgen seiner jetzigen Beschäftigung, das Elend, das er über viele unschuldige Menschen brachte, machten ihm keine großen Gewissensbisse. Er war mit seiner Stellung äußerst zufrieden. Er hatte einen guten, wenig gefährlichen Beruf gefunden, der noch große Summen abzuwerfen versprach. Während seines kurzen Aufenthaltes in dem »geheimnisvollen Haus« war er von Farrington auf die Notwendigkeit hingewiesen worden, jede Kleinigkeit zu beachten.

»Wenn Sie fünf Schilling aus einem Arbeiter herausholen können, so tun Sie es. Wir können auch nicht die kleinsten Summen auslassen.«

Poltavo schenkte deshalb den schlecht und fehlerhaft geschriebenen Briefen aus Ostlondon dieselbe Aufmerksamkeit, die er den meist ebenso schlecht geschriebenen Verleumdungen der Dienstboten aus dem Westen zuwandte, die von einem Fehltritt ihres Herrn auf einem Familienlandsitz im Norden berichteten. Poltavo arbeitete alle Eingänge systematisch durch und legte einen Brief nach links, einen anderen nach rechts. Der linke Stoß enthielt Stoff, der in der Zeitung veröffentlicht werden konnte, der rechte eignete sich zu weiterer Bearbeitung.

Plötzlich hielt er in seiner Beschäftigung inne und schaute zur Decke empor.

»Also, sie muß Frank Doughton innerhalb einer Woche heiraten«, sagte er zu sich selbst.

Farrington hatte darauf bestanden, seine Pläne durchzuführen, da er wußte, daß er die Macht dazu hatte. Und Poltavo hatte dieses Ultimatum in aller Demut angenommen.

»Ich muß meine Nerven verloren haben. In einer Woche soll sie verheiratet sein! Muß ich dieses graziöse, schöne Mädchen wirklich aufgeben? Mit ihrem Vermögen – oder ohne ihr Vermögen?« Er lächelte hämisch. »Nein, mein Freund, ich glaube,

Sie sind etwas zu weit gegangen. Sie hängen zu sehr von meiner Ergebenheit ab. Ernesto, du mußt einen schnellen Entschluß fassen, was zwischen heute und Montag geschehen soll.«

Das Telefon neben ihm summte. Er nahm den Hörer ab.

»Hallo?« sagte er, dann erkannte er die Stimme.

»Können Sie mich morgen besuchen?« fragte Doris.

»Ich kann sofort kommen, wenn Sie es wünschen.«

Sie zögerte einen Augenblick.

»Wenn Sie jetzt kommen könnten, würde ich sehr froh sein. Ich bin in großer Aufregung.«

»Hoffentlich haben Sie keine Sorgen?« fragte er ängstlich.

»Ich habe einen Brief von gewisser Seite bekommen«, erwiderte sie bedeutungsvoll.

»Ich verstehe. Jemand wünscht, daß Sie etwas tun sollen, was Ihnen widerstrebt.«

»Das kann ich Ihnen nicht sagen«, erklärte sie, aber er hörte Angst aus ihrer Stimme. »Kennen Sie den Inhalt des Briefes?«

»Ja, ich kenne ihn. Ich selbst war der unglückliche Überbringer dieser Mitteilung.«

»Was halten Sie davon?« fragte sie nach einer Pause.

»Sie wissen doch am besten, wie ich darüber denke«, antwortete er leidenschaftlich. »Erwarten Sie denn, daß ich mit dieser Forderung übereinstimmen soll?«

Die Heftigkeit seiner Stimme erschreckte sie, und sie gab sich die größte Mühe, ihn wieder zu beruhigen.

»Kommen Sie morgen«, sagte sie hastig. »Ich würde die Sache gern mit Ihnen besprechen.«

»Ich werde sofort bei Ihnen sein.«

»Es ist vielleicht besser, wenn Sie erst –«, sagte sie zögernd.

»Nein, ich komme sofort.« Er hängte den Hörer wieder an. In diesem Augenblick lehnte er sich gegen die Tyrannei seines Auftraggebers auf und vergaß alle Gefahren, die ihm von dem »geheimnisvollen Hause« drohten. Er erkannte nur mit dem Instinkt eines wilden Tieres, dem die Beute weggenommen wurde, daß dieser Mann ihm einen unerträglichen Verlust zumutete.

*

Kurze Zeit später war er bei Doris Gray. Sie war bleich, verwirrt und aufgeregt. Schwere, dunkle Schatten lagen unter ihren Augen und zeugten von einer schlaflos verbrachten Nacht.

»Ich weiß wirklich nicht, was ich tun soll«, begann sie. »Ich habe Frank gern – ich kann Ihnen gegenüber doch offen sagen, was ich fühle, Graf Poltavo?«

»Sie können mir unbedingt vertrauen«, erwiderte er ernst.

»Und doch ist er mir nicht so lieb, daß ich ihn heiraten könnte.«

»Warum wollen Sie es dann tun?«

»Wie könnte ich dieser Aufforderung nicht nachkommen?« Sie hielt ihm den Brief hin.

Er nahm ihn lächelnd aus ihrer Hand, ging zu dem Kaminfeuer und warf ihn in die glühenden Kohlen.

»Ich fürchte, Sie befolgen die allereinfachsten Vorsichtsmaßregeln und Instruktionen nicht«, meinte er scherzend.

Irgend etwas an seinem Verhalten stieß sie ab. Er dachte also mehr an seine eigene Sicherheit und an seine Verpflichtung Farrington gegenüber als an sie. Es war ein merkwürdig inkonsequenter Gedanke in ihrer augenblicklichen Lage, aber er war ihr nun einmal gekommen, und er hatte Einfluß auf ihre späteren Handlungen.

»Nun hören Sie mir einmal zu«, sagte er mit seinem freundlichen Lächeln. »Sie dürfen sich deswegen keine Sorgen machen. Gehen Sie ruhig Ihren eigenen Weg, und gestatten Sie mir, die Sache mit Farrington in Ordnung zu bringen. Er ist ein starrköpfiger und ehrgeiziger Mann; vielleicht will er Sie aus einem bestimmten Grund mit Doughton verheiraten. Über diesen Punkt werde ich mich noch genauer informieren. In der Zwischenzeit denken Sie nicht mehr daran, überlassen Sie nur alles mir.«

»Ich fürchte, das kann ich nicht. Wenn ich nicht einen zweiten Brief von meinem Vormund erhalte, der den ersten widerruft, muß ich seinem Wunsch nachkommen. Es ist schrecklich, einfach schrecklich, daß ich in eine so entsetzliche Lage gebracht werde!« Sie rang verzweifelt die Hände. »Wie kann ich ihm denn dadurch helfen, daß ich Frank Doughton heirate? Wie kann ich ihn dadurch retten? Können Sie mir das erklären?«

Er schüttelte den Kopf.

»Haben Sie sich schon mit Mr. Doughton in Verbindung gesetzt?«

»Ja, ich habe ihm geschrieben«, erwiderte sie zögernd. »Wollen Sie die Kopie meines Briefes lesen?«

Ein Ausdruck des Unmutes zeigte sich in seinem Gesicht, aber er unterdrückte diese Aufwallung.

»Ich würde sie gern lesen«, sagte er höflich.

Sie reichte ihm ein Blatt Papier.

»Mein lieber Frank«, lautete das Schreiben, »aus einem Grund, den ich Ihnen nicht erklären kann, ist es notwendig, daß die Hochzeit, die mein Onkel so sehr wünscht, im Lauf der nächsten Woche stattfindet. Sie kennen meine Gefühle Ihnen gegenüber, Sie wissen, daß ich Sie nicht liebe und daß ich diese Ehe nicht schließen würde, wenn es nach meinen Wünschen ginge. Aber ich bin nun gezwungen, im Gegensatz zu meinen eigenen Überzeugungen zu handeln. Es fällt mir sehr schwer, Ihnen dies alles zu sagen, aber ich kenne Ihren vornehmen, großzügigen Charakter, Ihre Freundlichkeit und Güte, und ich weiß, daß Sie den Aufruhr der Gefühle verstehen werden, der mich jetzt bestürmt.«

Poltavo legte den Brief auf den Tisch zurück. Er ging im Zimmer auf und ab, ohne ein Wort zu sagen. Dann wandte er sich ihr plötzlich zu.

»Madonna«, sagte er mit weichem, südländischem Akzent (er hatte seine Jugend in Italien verlebt), »wenn ich an Frank Doughtons Stelle wäre, würden Sie dann auch zögern?«

Sie sah ihn bestürzt an, und er erkannte sofort, daß er einen Fehler gemacht hatte. Er hatte ihr Vertrauen und ihre Sympathie mit einem tieferen Gefühl verwechselt, das sie ihm nicht entgegenbrachte. In diesem einen Blick las er mehr, als sie selbst wußte, nämlich, daß sie im Innersten ihres Herzens Frank erwählt hatte. Er hob die Hand, um ihr die Antwort zu ersparen.

»Sie brauchen es mir nicht zu sagen«, meinte er lächelnd. »Vielleicht werden Sie später einmal klar erkennen, daß in der Liebe des Grafen Poltavo die größte Verehrung lag, die Ihnen jemals gezollt wurde, denn Sie sind die große Liebe meines Lebens, die frei ist von Niedrigkeit und anderen Motiven.«

Seine Stimme zitterte, und vielleicht glaubte er im Augenblick selbst an seine Worte. Er hatte ähnlich schon zu anderen Frauen gesprochen, die er längst vergessen hatte.

»Wir müssen nun auf Mr. Doughtons Antwort warten«, sagte er dann kurz.

»Ich habe seine Antwort schon erhalten – er hat mich angerufen.«

Poltavo lächelte.

»Ein typischer Engländer – beinahe ein Amerikaner in seiner Eile. Wann wird denn nun das glückliche Ereignis stattfinden?« fragte er scherzend.

»Bitte, sprechen Sie nicht so« – sie hob ihre Hände und bedeckte ihr Gesicht –, »ich weiß selbst jetzt noch nicht, ob ich die Kraft haben werde, die Wünsche meines Onkels zu erfüllen.«

»Wann?« fragte er noch einmal.

»In drei Tagen – Frank wird eine besondere Genehmigung erhalten. Wir werden –« Sie zögerte. »Wir werden nach Paris gehen«, sagte sie dann und errötete dabei. »Aber Frank wünscht, daß wir –«, sie hielt wieder inne, sprach dann aber beinahe trotzig weiter, »daß wir getrennt leben sollen, obwohl es uns nicht möglich sein wird, diese Tatsache geheimzuhalten.«

»Ich verstehe. In diesem Punkt zeigt Mr. Doughton ein Feingefühl, das ich in hohem Maße anerkennen muß.«

Wieder packte sie ein gewisser Widerwille gegen seine Art. Die väterliche Anmaßung in seinem Ton und seine Einbildung waren durch nichts gerechtfertigt. Daß er Franks Verhalten in dieser selbstherrlichen Weise billigte, empfand sie beinahe als eine Unverschämtheit.

»Haben Sie schon darüber nachgedacht«, fragte er nach einer Weile, »was wohl geschehen würde, wenn Sie Frank Doughton nicht heiraten und den Wunsch Ihres Onkels nicht erfüllen würden? Wissen Sie, welches Unglück ihn dann treffen würde?«

»Ich weiß es nicht«, sagte sie offen. »Ich ahne jetzt dunkel seinen wirklichen Charakter. Ich dachte immer, er sei ein freundlicher und wohlwollender Mann gewesen. Nun weiß ich aber, daß er –« Sie hielt inne, und Poltavo vollendete den Satz, den sie soeben begonnen hatte.

»Sie wissen jetzt, daß er ein Verbrecher ist, ein Mann, der seit Jahren die Furcht und die Leichtgläubigkeit seiner Mitmenschen in der brutalsten Weise ausnützt. Das muß für Sie eine furchtbare Entdeckung gewesen sein, Miss Gray. Aber schließlich werden Sie ihm verzeihen, daß er Ihnen Ihr Vermögen gestohlen hat.«

»Ach, es ist alles so schrecklich – mit jedem Tag wird es mir klarer. Meine Tante, Lady Dinsmore, hatte recht.«

»Lady Dinsmore hat immer recht«, sagte er leichthin. »Das ist ein Vorrecht ihres Alters und ihrer Stellung. Aber inwiefern hatte sie denn recht?«

»Ich glaube nicht, daß es schön von mir ist, Ihnen das zu sagen, aber ich muß es tun. Sie glaubte, daß Mr. Farrington in dunkle Geschäfte verwickelt war. Sie hat mich von Zeit zu Zeit gewarnt.«

»Wirklich eine bewunderungswürdige Frau.« Es lag eine leise Ironie in seinem Ton. »In drei Tagen«, fuhr er dann nachdenklich fort. »Nun, in drei Tagen kann sich noch viel ereignen. Ich muß gestehen, daß ich gerne wissen möchte, was geschieht, wenn diese Heirat nicht stattfindet.«

Er wartete nicht auf ihre Antwort, sondern verließ mit einer kurzen Verbeugung das Zimmer.

»Drei Tage«, wiederholte er, als er nach Hause zurückging. Warum hatte Farrington so große Eile, das Mädchen zu verheiraten, und warum hatte er ausgerechnet diesen armen Journalisten als Gatten für sie ausgewählt?

Dieses Rätsel zu lösen, würde viel Arbeit und Mühe kosten.

Zwei der drei Tage waren Frank Doughton wie im Traum vergangen. Er konnte nicht an die Möglichkeit glauben, daß dieses Glück wirklich auf ihn wartete. In seine Freude mischte sich jedoch die bittere Erkenntnis, daß er eine Frau heiratete, die nicht den Wunsch hatte, mit ihm vereinigt zu sein.

Aber in seinem Optimismus und in dem Überschwang seines starken Gefühls sagte er sich, daß sie es noch lernen werde, ihn zu lieben. Er hatte ein unbegrenztes Zutrauen zu sich selbst und arbeitete hart in diesen Tagen, nicht nur an seinen Zeitungsartikeln, sondern auch an der Verwertung der Tatsachen, die er durch den Brief an den verstorbenen Tollington erfahren hatte. Alle Kirchenbücher hatte er durchgesehen, um die Frauen mit dem Namen Annie zu entdecken, die dort während der fraglichen Zeit eingetragen waren. Seine Nachforschungen wurden sehr erschwert, weil Hunderte solcher Frauen existierten. Dazu kam, daß verheiratete Frauen, die in gedrückten Vermögensverhältnissen lebten, nicht ihren wirklichen Namen angaben. Andererseits gab es Frauen, die in den Listen den Namen Annie führten, in Wirklichkeit aber ganz anders hießen.

Er hatte einen oder zwei Anhaltspunkte, denen er eifrig nachging. Im Augenblick mußte er aber diese Arbeit im Stich lassen und all seine Energie auf die wichtige Tatsache konzentrieren, daß er in Kürze heiraten wollte. Außerdem hatte er eine Serie von Artikeln abzuliefern und mit fieberhaftem Fleiß an ihrer Fertigstellung zu arbeiten.

Zwei Abende vor seiner Hochzeit hatte er den letzten Artikel in die Redaktion am Themseufer gebracht und dem Herausgeber persönlich überreicht.

Dieser gratulierte dem verlegenen jungen Mann lächelnd.

»Ich vermute, daß wir nun lange auf Artikel von Ihnen werden warten müssen?« sagte er beim Abschied.

»Meine Frau wird sehr reich sein«, erwiderte Frank ruhig, »aber das wird keinen Einfluß auf meine Tätigkeit haben. Ich habe nicht die Absicht, einen Pfennig von ihrem Vermögen anzunehmen.«

Der Redakteur klopfte ihm auf die Schulter.

»Da haben Sie recht«, stimmte er ihm zu. »Der Mann, der sich von dem Einkommen seiner Frau ernähren läßt, hat aufgehört zu leben.«

»Das klingt ja fast wie eine Grabschrift«, sagte Frank.

Es war neun Uhr, als er die Treppe des Gebäudes hinunterging. Er hatte noch nicht zu Abend gegessen und wollte in einem Restaurant in Soho noch eine einfache Mahlzeit zu sich nehmen, bevor er sich schlafen legte. Er hatte einen arbeitsreichen Tag hinter sich, und am nächsten Morgen gab es noch mehr für ihn zu tun.

Vor dem Zeitungsgebäude hielt ein hübsches Auto, dessen Lackierung im Licht der elektrischen Lampen glänzte. Frank wollte gerade daran vorbeigehen, als der Chauffeur ihn anrief.

»Entschuldigen Sie, mein Herr«, sagte er und faßte an seine Kappe, »sind Sie Mr. Doughton?«

»Ja, das ist mein Name«, erwiderte Frank erstaunt, da er den Mann nicht kannte.

»Ich habe den Auftrag, Sie abzuholen, mein Herr.«

»Warum denn – und zu wem?« fragte Frank verwundert.

»Zu Sir George Frederick«, sagte der Chauffeur respektvoll. Frank kannte den Namen dieses Parlamentsmitglieds und versuchte, sich zu besinnen, ob er diesen Mann schon persönlich kennengelernt hätte.

»Aber warum soll ich denn zu Sir George kommen?«

»Er möchte Sie fünf Minuten sprechen.«

Es war kein Grund vorhanden, dieser Bitte nicht nachzukommen. Außerdem brachte ihn das Auto ein gutes Stück Weges, den er doch gehen mußte. Frank öffnete also die Tür des Wagens und stieg ein. Als er sie aber geschlossen hatte, fand er, daß er nicht allein war.

»Was hat das –«, begann er, als eine starke Hand ihn an der Kehle packte und auf den gepolsterten Sitz schleuderte.

Der Wagen fuhr langsam an, beschleunigte seine Geschwindigkeit aber immer mehr, als er am Themseufer mit dem Gefangenen entlangfuhr.

15

Lady Constance Dex erhob sich nach einer schlaflosen Nacht, die sie in dem Pfarrhaus von Great Bradley verbracht hatte. Sie ging hinunter und setzte sich zu ihrem Bruder an den Frühstückstisch. Der Reverend Jeremiah Bangley war durch ihr Erscheinen völlig verblüfft. Er war ein untersetzter, wohlwollend aussehender Mann, mit sich und der Welt zufrieden. Er war ebenso häufig in London wie in seiner Pfarrei und gehörte zu den Menschen, die auch außerordentliche Ereignisse als einen

Teil des normalen Lebens betrachten. Ein Erdbeben in Little Bradley, das seine Kirche und den größten Teil seiner Gemeinde verschlungen hätte, würde ihn nicht mehr interessiert haben als das Knospen der Bäume oder die Frühlingsblüte in seinem großen, von starken Mauern umgebenen Garten. Aber jetzt war er doch sehr erstaunt.

»Du kommst zum Frühstück, Constance? Ich habe dich seit vielen Jahren nicht mehr an diesem Tisch gesehen!«

»Ich konnte nicht schlafen«, erwiderte sie, während sie von dem Tablett auf dem Seitentisch ein knuspriges Stückchen Schinken auf ihren Teller legte. »Ich werde mit meiner Mappe nach Moor Cottage gehen.«

Ihr Bruder runzelte die Stirn, als er das hörte.

»Ich hatte schon immer den Gedanken, daß Moor Cottage nicht gerade das beste Geschenk war, das dir der verstorbene Mr. Farrington machte.« Er schwieg eine Weile, damit sie sich dazu äußern sollte, aber sie entgegnete nichts. »Es liegt so verlassen an der Grenze des Moors, ganz entfernt von belebten Plätzen – ich fürchte, meine liebe Constance, daß du dort eines Tages noch von einem bösen Landstreicher oder Verbrecher überfallen wirst.«

Es war viel Wahres in seinen Worten. Moor Cottage war ein kleines, hübsches Wohnhaus, das von dem Eigentümer des »geheimnisvollen Hauses« zur selben Zeit wie das Haus selbst erbaut worden war. Er hatte die Absicht, es als Sommerhaus zu benützen. Und sicher war man dort ungestört, denn der Weg, der dort hinführte, wurde kaum von anderen Leuten benützt, seitdem die Bradley-Minen nicht mehr in Betrieb waren.

Vor vielen Jahren, als man den Boden unter dem Moor nach Zinn und Blei absuchte und ihn nach allen Seiten hin unterminierte, lag Moor Cottage inmitten eines geschäftigen Betriebes. Die baufälligen Überbleibsel der Ansiedlungen der Bergarbeiter waren auf der anderen Seite des Hügels noch zu sehen, ebenso in etwa fünfhundert Meter Entfernung der graue, hohe Schornstein des alten Kraftwerkes.

Aus irgendeinem Grunde hatte der Eigentümer des »geheimnisvollen Hauses« dieses kleine Bauwerk gerade hier errichten lassen, obgleich es fast drei Kilometer von seinem eigentlichen Wohnsitz entfernt lag, und er hatte weder Kosten noch Mühe gescheut, um es im Innern aufs beste einzurichten.

Lady Constance Dex hatte von Mr. Farrington und seinen Freunden manche Geschenke erhalten. Es hatte eine Zeit gegeben, in der er nicht genug für sie tun konnte. Er hatte sie mit Beweisen seiner Achtung und Verehrung geradezu überschüttet. Moor Cottage war vielleicht die kostbarste seiner Gaben gewesen. Hierher konnte sie sich zurückziehen, um sich in den schönen, mit Eichenholz getäfelten Räumen an die glücklichen Tage zu erinnern, die sie in Great Bradley verlebt hatte.

»Es liegt ein wenig einsam«, sagte sie lächelnd zu ihrem Bruder. Sie gab nicht viel auf seine Meinung. Er war etwas phlegmatisch und betrachtete alle Dinge von einem gewissen Durchschnittsstandpunkt aus. »Aber du weißt doch, Jerry, daß ich mir ganz gut helfen kann; außerdem ist Brown in der Nähe, wenn ich jemanden nötig haben sollte.«

Er nickte und widmete sich wieder der Lektüre der »Times«, in der er durch ihr Erscheinen gestört worden war.

»Ich habe nichts dagegen einzuwenden«, sagte er hinter seiner Zeitung. Plötzlich ließ er sie wieder sinken.

»Wer ist eigentlich dieser Mr. Smith?«

Sie horchte interessiert auf.

»Von welchem Mr. Smith sprichst du denn?«

»Soviel ich weiß, ist er Detektiv; er hat Great Bradley in der letzten Zeit häufig mit seinem Besuch beehrt. Vielleicht ist in dem ›geheimnisvollen Haus‹ etwas nicht in Ordnung?«

»Was sollte das sein? In den letzten zehn oder zwanzig Jahren ist dort nichts Außergewöhnliches passiert.«

Er zuckte die breiten Schultern.

»Ich bin mit diesem Haus niemals ganz einverstanden gewesen.«

Sie beendete ihr eiliges Frühstück und erhob sich.

»Du bist noch niemals mit einer Sache einverstanden gewesen, Jerry.« Sie klopfte ihm auf die Schulter, als sie an ihm vorüberging. Dann schaute sie durch das Fenster. Der Wagen, den sie hatte kommen lassen, wartete vor der Tür. Brown, der sich durch nichts aus der Ruhe bringen ließ, saß auf dem Bock.

»Zum Mittagessen bin ich wieder zurück«, verabschiedete sie sich von ihrem Bruder.

Jeremiah Bangley schaute ihr nach und sah, daß sie mit einer Mappe in den Wagen einstieg. Darin lagen die Briefe und Tagebücher, die Dr. Goldworthy ihr vom Kongo mitgebracht hatte, aber davon wußte er nichts.

In der Einsamkeit von Moor Cottage fand Lady Constance die ruhige Umgebung, in der sie die Worte verstand, die sich wie mit Feuerschrift in ihre Seele einbrannten.

In dem Landhaus wohnten keine Dienstboten. Wenn sie dort gewesen war, sandte sie gewöhnlich einen ihrer Leute hin, um alles wieder für einen neuen Besuch in Ordnung zu bringen.

Sie schloß eine kleine Tür auf, die unter einem mit Grün bewachsenen Bogen hindurchführte.

»Sie können das Pferd ausspannen – ich bleibe mindestens zwei Stunden hier«, sagte sie zu dem wartenden Kutscher.

Der Mann berührte grüßend seinen Hut. Er war an die Ausflüge hierher gewöhnt und besaß die ruhige Ausdauer der Leute seines Berufes. Er lenkte den Wagen zur Rückseite des Anwesens, das vollständig von einem Zaun umgeben war. Dort lag ein kleiner Stall, der aber niemals benützt wurde. Er spannte das Pferd aus, schnallte ihm den Hafersack um und setzte sich nieder, um seine Lieblingszeitung zu lesen, ein kleines Blatt, das von den Vergehen und Ausschweifungen der oberen Zehntausend berichtete. Er war kein gerade schneller Leser, und die Lektüre bot genügend Stoff, um ihn drei bis vier Stunden zu beschäftigen.

Nach einer Stunde glaubte er, die Stimme seiner Herrin zu hören, die ihn rief. Er sprang auf, eilte zu der Tür des Hauses und horchte.

Als er aber nichts hören konnte, ging er wieder zu seinem Ruhesitz zurück und las weiter. Schließlich hatte er vier Stunden gewartet und war sehr hungrig geworden. Seine Geduld war erschöpft, was man ja auch verstehen und entschuldigen konnte.

Langsam erhob er sich, schirrte das Pferd wieder an und fuhr mit dem Wagen ostentativ vor das Fenster des kleinen Wohnzimmers, das Lady Constance Dex als Arbeitszimmer benützte. Nachdem eine weitere halbe Stunde vergangen war, ohne daß sich jemand meldete, stieg er von seinem Bock hinunter und klopfte an die Tür.

Es antwortete niemand.

Er klopfte noch einmal heftiger, aber wieder ohne Erfolg. Besorgt trat er an das Fenster und schaute hinein. Der ganze Boden war mit verstreuten Papieren bedeckt, ein Stuhl war umgeworfen, ein Tintenfaß umgestoßen. Aus alledem entnahm sein an Ordnung gewöhnter Sinn, daß hier etwas Ungewöhnliches geschehen sein mußte.

In diesem Augenblick kam ein Auto schnell über den Hügel aus der Richtung des Pfarrhauses gefahren. Mit einem Ruck hielt es vor dem Hause an, und Mr. Smith sprang heraus.

Brown hatte ihn schon im Pfarrhaus gesehen und begrüßte ihn nun wie einen vom Himmel gesandten Rettungsengel.

»Wo ist Lady Constance?« fragte Mr. Smith schnell.

Der Mann zeigte mit zitterndem Finger auf das Haus.

»Sie muß irgendwo da drinnen sein«, sagte er furchtsam. »Aber sie antwortet mir nicht und ... und das Zimmer scheint ganz in Unordnung zu sein.« Er führte den Detektiv zum Fenster.

Mr. Smith schaute hinein – seine schlimmsten Befürchtungen waren bestätigt.

»Treten Sie zurück!«

Er hob seinen Ebenholzstock und schlug das Fenster ein; gleich darauf zog er den Fensterriegel von innen zurück, und ein paar Sekunden später hatte er sich in den Raum geschwungen. Er eilte von Zimmer zu Zimmer, aber es war nichts von Lady Constance zu entdecken. Auf dem Fußboden des Arbeitszimmers lag ein Stück eines Spitzenkragens, das offensichtlich von ihrem Kleid abgerissen war.

»Hallo«, sagte Ela, der Mr. Smith gefolgt war, und zeigte auf den Tisch. Auf einem Blatt Papier war der Abdruck einer blutigen Hand zu sehen.

»Farrington war hier«, erwiderte Mr. Smith kurz. »Aber wie ist er wieder hinausgekommen?«

Er verhörte den Kutscher eingehend, aber Brown blieb fest.

»Nein, mein Herr, es ist ganz unmöglich, daß jemand das Haus verließ, ohne daß ich ihn gesehen hätte. Ich konnte nicht nur das Haus von meinem Sitz aus überblicken, sondern auch die ganze Umgebung bis zur Spitze des Hügels.«

»Gibt es nicht noch irgendeinen anderen Platz, wo sie sich aufhalten könnte?«

»Es ist nur noch das Hintergebäude da«, entgegnete Brown, nachdem er einen Augenblick nachgedacht hatte. »Früher haben wir dort immer den Wagen untergestellt, aber heutzutage tun wir das nicht mehr, besonders nicht bei gutem Wetter.«

Das Hintergebäude bestand aus einer großen Wagenremise und einem kleinen Stall. Es war kein Schloß an den Türen, und Mr. Smith konnte sie ohne weiteres öffnen. In einer Ecke lag ein Strohhaufen, der offensichtlich für den Kutscher bestimmt war, wenn er den Raum einmal benützen sollte.

Mr. Smith ging hinein, beugte sich plötzlich mit einem Ausruf nieder, ergriff eine Gestalt am Kragen und riß sie auf die Füße.

»Wollen Sie mir höflichst erklären, was Sie hier machen?«

Aber dann schwieg er erstaunt, denn sein schläfriger Gefangener war niemand anders als Frank Doughton.

»Es ist eine merkwürdige Geschichte, die Sie mir da erzählen«, meinte Mr. Smith.

»Das gebe ich gern zu«, sagte Frank lächelnd. »Aber ich bin so müde, daß ich nicht weiß, wieviel ich Ihnen schon mitgeteilt habe und was ich noch nicht berichtet habe.«

»Sie haben erzählt, daß man Sie gestern abend entführte, daß Sie zuerst durch London, dann in unbestimmter Richtung aufs Land fuhren und daß Sie in den frühen Morgenstunden entkamen, indem Sie aus dem langsam fahrenden Wagen sprangen.«

»Ja, das stimmt. Ich habe nicht die geringste Ahnung, wo ich bin. Vielleicht können Sie mir das sagen?«

»Sie sind in der Nähe von Great Bradley«, erwiderte Mr. Smith lächelnd. »Ich wundere mich, daß Sie Ihre Heimat nicht wiedererkennen – Sie haben doch, soviel ich weiß, Ihre Jugend in dieser Gegend verlebt?«

Frank schaute sich erstaunt um.

»Warum hat man mich denn hierhergebracht?«

»Das müssen wir erst noch herausbringen. Meine Meinung ist –«

»Glauben Sie, daß man mich in das ›geheimnisvolle Haus‹ bringen wollte?« unterbrach ihn der junge Mann.

Mr. Smith schüttelte den Kopf.

»Das ist wohl unwahrscheinlich. Ich vermute eher, daß unser Freund Poltavo diesen kleinen Schachzug auf eigene Faust unternommen hat. Er ließ Sie wohl hierher entführen, um den Verdacht auf die Bewohner des ›geheimnisvollen Hauses‹ abzuwälzen. Aber sagen Sie mir doch, wie Sie in dieses Stallgebäude kamen.«

»Obwohl ich todmüde war, nahm ich all meine Kraft zusammen, und es gelang mir, meinen Verfolgern zu entkommen. Aber nach diesem harten Lauf fühlte ich mich vollkommen erschöpft. Ich kam zu diesem Haus, das weit und breit die einzige menschliche Wohnung zu sein schien, und nachdem ich vergeblich versucht hatte, die Bewohner zu wecken, ging ich einfach hier herein, legte mich hin und schlief sofort ein.«

Mr. Smith hatte nichts an seiner Erzählung auszusetzen. Die verworrene Lage wurde durch diesen Vorfall noch schwieriger.

»Hörten Sie keinen Ruf, während Sie hier lagen?«

»Nein.«

»Haben Sie auch nichts von einem Streit in dem Haus gehört?« Er erklärte Frank Doughton das merkwürdige Verschwinden der Lady Constance Dex.

»Sie muß noch im Hause sein«, meinte Frank.

Sie gingen zusammen dorthin zurück und nahmen ihre Nachforschungen wieder auf. Im Obergeschoß fanden sie ein Schlafzimmer und einen daran anstoßenden Baderaum; im Erdgeschoß lag außer dem Arbeitszimmer, das sie schon vorher durchsucht hatten, ein kleines, hübsch ausgestattetes Zimmer, in dem ein Klavier stand. Aber all ihre Bemühungen waren ergebnislos – Lady Constance Dex war verschwunden, als ob sich die Erde geöffnet und sie verschlungen hätte. Es war auch keine Falltür in dem ganzen Gebäude zu finden.

Mr. Smith war aufs höchste erstaunt.

»Es ist doch eine Erfahrungstatsache«, sagte er zu Ela, »daß körperliche Dinge Raum einnehmen. Lady Constance muß also irgendwo sein! Sie kann sich doch nicht in Dunst aufgelöst haben! Und ich werde dieses Haus nicht eher verlassen, als bis ich sie gefunden habe.«

Ela dachte tief nach und runzelte die Stirn, als er die Unordnung auf dem Schreibtisch betrachtete.

»Erinnern Sie sich an das kleine Medaillon, das Sie bei dem Ermordeten am Brakely Square fanden?« fragte er plötzlich.

Mr. Smith nickte und zog es aus der Westentasche hervor, denn er hatte es seither immer bei sich getragen.

»Wir wollen uns das Ding noch einmal ganz genau ansehen, besonders die Inschrift«, meinte Ela.

Sie zogen zwei Stühle an den Tisch und prüften das kleine, runde Papierstückchen, das sie im Innern des Medaillons gefunden hatten.

Mor: Cot.
Gott schütz dem Kenig.

Ela schüttelte hilflos den Kopf.

»Ich bin ganz sicher, daß wir ein gutes Stück weiterkommen, wenn wir diese Inschrift verstehen. Aber betrachten Sie doch einmal die erste Zeile. Mor: Cot. – das soll sicher Moor Cottage heißen.«

»Alle Wetter, da haben sie recht! Darauf bin ich noch gar nicht gekommen. Sicher hatte der Mann, dem das Medaillon gehörte, das Geheimnis von Moor Cottage entdeckt und wollte damit unseren Freund erpressen. Aber die patriotische Zeile darunter ist mir unverständlich.«

»Die hat auch etwas zu bedeuten. Es kann auch eine Geheimschrift sein. Sie sehen, daß sie recht vulgär abgefaßt ist. Er schreibt Kenig und macht grammatikalische Fehler.«

Sie warteten vor Moor Cottage, während der Kutscher nach dem Pfarrhaus und von dort zur Stadt fuhr. Jeremiah Bangley traf nach kurzer Zeit ein. Er war sehr ruhig; die Tatsache, daß seine Schwester verschwunden war, schien ihn nicht im mindesten zu überraschen, obwohl er konstatierte, daß es ein außerordentliches Ereignis sei.

»Ich habe Constance stets gewarnt, sich allein hier aufzuhalten, und ich könnte mir es auch niemals verzeihen, wenn Brown nicht in der Nähe gewesen wäre.«

»Wissen Sie irgendeine Erklärung?«

Der Pfarrer schüttelte den Kopf. Er kannte das Haus überhaupt nicht und hatte es noch nie betreten. Er sagte, daß er nicht neugierig sei, und es war ja auch bekannt, daß er sich nicht viel um die Angelegenheiten anderer Leute kümmerte.

Die Beamten der Ortspolizei kamen eine halbe Stunde später unter Führung eines Polizeiinspektors, der gerade auf der Station war, als die Anzeige erstattet wurde.

»Es ist wohl ratsam, daß ich diesen jungen Mann mitnehme«, meinte er und zeigte auf Frank.

»Aber warum denn?« fragte Mr. Smith ruhig. »Was kann es Ihnen nützen, ihn zu verhaften? Es liegt keinerlei Verdachtsmoment gegen Mr. Doughton vor, und ich bin bereit, persönlich dafür zu bürgen, daß er zur Verfügung steht, wenn er verlangt wird. – Sie fahren am besten in die Stadt zurück«, wandte er sich liebenswürdig an Frank. »Sie müssen sich vor allem ausschlafen. Dieses Abenteuer ist gerade keine geeignete Vorbereitung für Ihre Hochzeit. Wenn ich recht unterrichtet bin, soll sie doch morgen stattfinden?«

Frank nickte.

»Ich möchte nur wissen, ob Ihre Entführung etwas damit zu tun hat. Kennen Sie jemand, der ein Interesse daran hat, die Hochzeit zu verhindern?«

Frank zögerte.

»Es fällt mir schwer, einen Menschen zu verdächtigen, aber Poltavo –«

»Poltavo?« wiederholte Mr. Smith schnell.

»Er hatte gewisse Absichten auf Miss Gray.«

Es war ihm peinlich, daß Doris' Name in diesem Zusammenhang erwähnt werden mußte.

»Poltavo hat ja schließlich guten Grund, sich über die bevorstehende Hochzeit zu ärgern«, meinte Mr. Smith humorvoll.

»Erzählen Sie mir aber noch, was sich eigentlich in dem Auto zugetragen hat.«

Frank berichtete in kurzen Worten, welche Umstände zu seiner Gefangennahme geführt hatten.

»Als ich mich in ihren Händen befand«, fuhr er fort, »spielte ich erst eine Weile tot. Der Wagen fuhr mit unglaublicher Geschwindigkeit. Jeder Fluchtversuch hätte nur den Erfolg haben können, daß ich mich schwer verletzte. Sie machten kein Hehl aus ihrer Absicht. Solange wir noch durch Londoner Stadtgebiet fuhren, brannte die Deckenlampe, und die Vorhänge waren heruntergezogen. Die beiden Burschen waren maskiert und offenbar Ausländer. Einer saß mir gegenüber. Während der ganzen Nacht lag ein Revolver auf seinen Knien, und er ließ mir keine Unklarheit darüber, daß er die Waffe sofort gebrauchen würde, wenn ich die geringsten Schwierigkeiten machte.

Ich wußte nicht, in welcher Richtung wir fuhren, aber plötzlich waren wir auf freiem Felde. Sie ließen das eine Fenster herunter, ohne den Vorhang zu lüften. Aber der frische Duft der Felder strömte herein, und ich wußte, daß wir schon weit von London entfernt sein mußten.

Dann muß ich eingenickt sein, denn als ich aufwachte, dämmerte der Tag schon. Ich verhielt mich ganz ruhig und überdachte meine Lage.

Die beiden Männer waren auch eingeschlafen. Ich sah mich vorsichtig um, der Wagen fuhr jetzt ziemlich langsam. Offenbar hatten sie dem Chauffeur Weisung gegeben, während der Nacht die Geschwindigkeit zu vermindern. Ich sah die inneren Handgriffe der Tür und überlegte mir, nach welcher Seite ich fliehen könnte. Ich entschied mich für die Tür an meiner rechten Seite, die mir zunächst lag, nahm all meine Energie und Kraft zusammen, stand plötzlich auf, öffnete die Tür und sprang hinaus. Ich habe genug Erfahrung durch den Verkehr auf Londoner Autobussen und kann auf den Boden springen, ohne gleich auf die Nase zu fallen.

Ich befand mich auf einer Heide, die keine Deckung bot. Aber in etwa achthundert Meter Entfernung sah ich ein kleines Gehölz und eilte darauf zu. Glücklicherweise mußte ich eine Mulde passieren. So kam es, daß ich schon außer Sicht war, bevor die beiden Männer den Chauffeur, der wahrscheinlich gar nichts bemerkt hatte, von meiner Flucht verständigen konnten. Erst als ich auf der anderen Seite der Mulde wieder herauskam, sahen sie mich, und einer von ihnen muß auch nach mir geschossen haben, denn ich hörte eine Kugel an meinen Ohren vorbeischwirren. Das ist alles. Es war noch ein glücklicher Ausgang für ein Abenteuer, das zuerst recht gefährlich aussah.«

Jeremiah Bangley lud Frank ein, mit ihm zum Pfarrhaus zurückzufahren. Der junge Journalist verabschiedete sich von Mr. Smith, der die Nachforschungen nach Lady Constance weiter fortsetzte. Aber auch eine nochmalige eingehende Untersuchung der Räume blieb erfolglos.

»Als einzige Erklärung bleibt nur übrig«, sagte Mr. Smith etwas deprimiert, »daß Lady Constance das Haus verlassen hat, während der Kutscher in seine Zeitung vertieft war. Vielleicht erwartet sie uns im Pfarrhaus und hat nur einen Spaziergang gemacht.«

Aber er wußte genau, daß es nicht so war. Die verschlossenen Tore, vor allem die Spuren des Kampfes, der in dem Arbeitszimmer stattgefunden haben mußte, und der blutige Handabdruck wiesen darauf hin, daß es sich hier um ein Verbrechen handelte.

»Auf jeden Fall befindet sich Lady Constance hier in dieser Gegend in einem Umkreis von nicht mehr als sechs bis acht Kilometern«, sagte er grimmig, »und ich werde sie finden, selbst wenn ich das ›geheimnisvolle Haus‹ Stein für Stein abbrechen müßte.«

16

Doris Grays Hochzeitsmorgen dämmerte herauf. Die Sonne ging strahlend auf, es war ein herrlicher Tag. Doris saß am Fenster und schaute auf die Gärten am Brakely Square hinunter. Sie hatte die Hände um die Knie geschlungen. Ihre Stimmung war nicht die beste, sie war bedrückt und aufgeregt. Glücklicherweise waren so viele andere Dinge mit der Hochzeit verknüpft, daß sie nicht viel Zeit hatte nachzudenken. Von Frank hatte sie am letzten Abend ein Telegramm erhalten, das zu ihrem Erstaunen in Great Bradley aufgegeben war. Aus einem unbestimmten Gefühl heraus war sie ärgerlich darüber, daß er London verlassen hatte. Es kränkte sie, daß er selbst am Vorabend seiner Hochzeit noch in seine Arbeit vertieft war. Sie vermutete, daß ihn seine Nachforschungen nach dem Tollington-Erben wieder nach Great Bradley geführt hatten. Wenigstens den letzten Tag vor der Hochzeit hätte er doch in ihrer Nähe zubringen müssen, damit sie ihn erreichen konnte, wenn sie ihn brauchte oder um Rat fragen wollte. Plötzlich tauchte der unangenehme Gedanke in ihr auf, daß er sich in seiner Stellung als ihr zukünftiger Gatte schon zu sicher fühlte. Poltavo dagegen war ihr sehr behilflich gewesen. Sie hatte mit ihm am Nachmittag des vorigen Tages Tee getrunken. Dezent und zurückhaltend hatte er es vermieden, ihre Hochzeit überhaupt zu erwähnen, ebensowenig hatte er von sich selbst gesprochen. Aber alles, was er nicht mit Worten ausdrückte, sagten seine Blicke. Sie fühlte Mitleid mit ihm, denn sie zweifelte nicht an der Echtheit seiner Gefühle. Poltavo schnitt an diesem Tage sehr gut ab.

Ein Dienstmädchen weckte Doris aus ihren Träumereien und brachte sie zur nüchternen Wirklichkeit zurück.

»Mr. Debenham ist gekommen, gnädiges Fräulein. Ich habe ihn in das Wohnzimmer geführt.«

»Ach, das ist der Rechtsanwalt – ich werde sofort hinunterkommen.«

Mr. Debenham ging nachdenklich in dem Raum auf und ab, als sie eintrat.

»Ich vermute, daß Ihnen bekannt ist, daß ich Ihrer Trauung beiwohnen muß«, sagte er, als er ihr die Hand gab. »Ich muß Ihnen die Schlüssel zu dem Safe Ihres Bankdepots übergeben. Hier ist eine Aufstellung über den genauen Geldbetrag, der sich dort befinden muß.«

Bei diesen Worten legte er eine Abrechnung auf den Tisch.

»Sie können in einer freien Stunde ja einmal hineinsehen, aber rund gerechnet beträgt das Vermögen, das Ihnen Ihr verstorbener Vater hinterließ, achthunderttausend Pfund. Es ist in erstklassigen Wertpapieren angelegt, wahrscheinlich werden Sie auch noch finden, daß eine große Summe von Dividenden auf Ihre Papiere fällig ist. Der verstorbene Mr. Farrington hat diese etwas ungewöhnliche Art der Aufbewahrung gewählt, um Ihr Geld sicherzustellen, obgleich ich ihm einen entgegengesetzten Rat gab. Ich möchte Ihnen noch mitteilen, daß er mich vor ungefähr sechs Jahren darüber um Rat fragte. Ich war damals gegen die Festlegung des Geldes, aber die Ereignisse haben mir unrecht gegeben, denn gleich darauf muß er große Verluste an der Börse gehabt haben, wie seine Bücher ausweisen. Ich möchte bemerken, daß ein Mann mit einer weniger starken Energie als Mr. Farrington unter den damaligen Verhältnissen leicht in Versuchung hätte kommen können.

Ich habe mich jetzt nur noch meiner Verantwortung zu entledigen. Ich bin hierhergekommen, um Sie vorher noch einmal zu sehen und zu fragen, ob Ihr Onkel Ihnen etwas von der großen Tollington-Erbschaft gesagt hat. Er war einer der Treuhänder, obwohl er nicht direkt etwas mit der Verwaltung zu tun hatte.«

Sie sah erstaunt auf.

»Es ist merkwürdig, daß Sie diese Frage an mich stellen. Mr. Doughton bemüht sich, den Erben dieses Vermögens zu finden.

»Das ist mir bekannt. Ich frage nur deshalb, weil ich eine Nachricht von den anderen Treuhändern in Amerika erhalten habe. Es tut mir leid, daß die Nachforschungen Ihres Gatten erfolglos sein werden, wenn er den Erben nicht innerhalb der nächsten achtundvierzig Stunden entdeckt.«

»Warum denn?« fragte sie verwundert.

»Die Bestimmungen des Testaments sind sehr eigenartig«, erklärte Mr. Debenham. »Das Tollington-Vermögen, wie Sie vielleicht wissen –«

»Ich weiß wirklich nichts davon«, unterbrach sie ihn.

»Dann will ich es Ihnen erzählen«, sagte er lächelnd. »Das Vermögen soll zu gleichen Teilen an den Erben und dessen Gattin fallen.«

»Wenn er nun aber nicht mit einer Frau gesegnet ist?« fragte sie belustigt.

»In diesem Fall fällt das Geld automatisch an die Frau, die der Erbe eventuell heiratet. Aber das Testament bestimmt, daß der Erbe zwanzig Jahre nach dem Tode Tollingtons gefunden sein muß. Und dieser Termin läuft morgen ab.«

»Armer Frank!« sagte sie kopfschüttelnd. »Und er gibt sich doch die größte Mühe. Er hatte ja auch schon einige Erfolge. Wenn er also bis morgen diesen geheimnisvollen Erben nicht ausfindig gemacht hat, bekommt er nichts für all seine Anstrengungen?«

»Ich glaube kaum, daß er etwas erhält. Die Belohnung ist für den Mann ausgesetzt, der innerhalb der festgesetzten Zeit den Tollington-Erben ermittelt. Ich bin eigentlich nur gekommen, weil ich wußte, daß Mr. Doughton an der Sache interessiert ist, und weil«, er zögerte einen Augenblick, »weil ich dachte, daß Ihr Onkel Sie vielleicht ins Vertrauen gezogen hat.«

»Sie meinen, daß er mir gesagt hätte, wer der Gesuchte sei? Glauben Sie denn, daß er das wußte und aus irgendeinem Grunde geheimhielt?«

»Bitte, seien Sie mir nicht böse«, erwiderte der Rechtsanwalt schnell. »Ich möchte nichts gegen Mr. Farrington sagen, aber ich weiß, daß er ein sehr kluger und berechnender Mann war. Ich nahm an, daß er Ihnen vielleicht doch verschiedenes anvertraut hätte, so daß Sie in der Lage gewesen wären, Ihren zukünftigen Gatten bei seinen Bemühungen zu unterstützen.«

Aber sie schüttelte wieder den Kopf.

»Ich habe keinerlei Kenntnis von dieser Sache. Mein Onkel hat mir niemals etwas Näheres darüber mitgeteilt. Er war sehr verschlossen, wenn es sich um geschäftliche Dinge handelte. Und doch bin ich davon überzeugt, daß er mich sehr gern gehabt hat.« Ihre Augen füllten sich mit Tränen. Aber sie war nicht traurig, weil sie sich an seine Güte erinnerte, sondern weil er sie zu einer so demütigenden Handlung zwang, bei der ihr eigenes Herz nicht mitsprechen durfte. Sie fühlte sich unaussprechlich erniedrigt und bedrückt.

»Das war alles, was ich Ihnen mitzuteilen hatte«, erklärte Mr. Debenham. »Ich werde Sie später noch auf dem Standesamt wiedersehen?«

Sie nickte.

»Darf ich der Hoffnung Ausdruck geben«, sagte er in seiner umständlichen Weise, »daß Sie sehr glücklich werden und daß sich in Ihrer Ehe alle Hoffnungen erfüllen mögen, die Sie daran knüpfen?«

»Ich weiß kaum, welche Hoffnungen ich haben sollte«, erwiderte sie müde.

Der gute Mr. Debenham schüttelte traurig den Kopf, als er zu seinem Büro zurückging.

Hatte es schon jemals eine so nüchterne und prosaische Trauung gegeben wie die ihre? Doris legte sich diese Frage vor, als sie in den Wagen stieg, der sie zum Standesamt bringen sollte. Wie andere junge Mädchen hatte auch sie sich diesen wunderbaren Tag in den herrlichsten Farben ausgemalt, wenn sie unter den Klängen der Orgel am Arm ihres Vormundes Gregory Farrington die Stufen hinaufschreiten würde. Und sie hatte von einer vollkommen glücklichen und beseligenden Ehe geträumt. Jetzt aber stand sie vor der Wirklichkeit, ihre Träume waren vernichtet. Sie, die Erbin eines großen Vermögens, eines der schönsten Mädchen Londons, fuhr nun in einem Mietauto zu einer stillen Trauung.

Frank wartete vor dem Eingang des düsteren Amtsgebäudes auf sie. Auch Mr. Debenham und einer seiner Angestellten, den er als Trauzeugen mitgebracht hatte, waren schon zugegen. Doris war Mrs. Doughton geworden, bevor sie sich ganz darüber klar wurde, was eigentlich geschah.

»Nun bleibt nur noch eines zu tun«, sagte der Rechtsanwalt, als sie wieder draußen in dem hellen Sonnenlicht der Straße standen. Er schaute auf seine Uhr.

»Wir wollen jetzt gleich zur London-Safe-Deposit-Bank fahren, und wenn Sie mir die Vollmacht geben, so werde ich für Sie in aller Form von dem Vermögen Besitz ergreifen und es meinen Bankiers übergeben. Ich glaube, diese Angelegenheit muß ordnungsgemäß erledigt werden.«

Doris war damit einverstanden.

Frank war während der Fahrt schweigsam, er machte nur ein

paar nebensächliche Bemerkungen über den Verkehr auf den Straßen. Doris fühlte dankbar seine Zurückhaltung. Ihr Gemüt war in wirrem Aufruhr. Sie war jetzt verheiratet – diese eine Tatsache nahm alle ihre Gedanken in Anspruch –, verheiratet mit einem Mann, den sie zwar ganz gern hatte, den sie aber nicht liebte. Sie war mit einem Mann verheiratet, den ein anderer für sie ausgesucht hatte, zum Teil gegen ihren Willen. Sie sah ihn heimlich an. Auch er war in einer gedrückten, freudlosen Stimmung. Das war ein aussichtsreicher Anfang ihrer Ehe! Wie würde alles enden?

Der Wagen hielt vor einer düsteren Granitfassade, und sie stiegen aus. Mr. Debenham bezahlte den Chauffeur, dann stiegen sie zusammen die steinernen Treppen zu den Gewölben der Bank hinunter.

Es gab noch einen kurzen Aufenthalt, als Mr. Debenham erklärte, in wessen Vollmacht er gekommen sei. Während die Beamten in ihren Büchern nachschlugen, erschien auch Poltavo auf der Bildfläche.

Er beugte sich über Doris' Hand und behielt sie etwas länger in der seinen, als es Frank lieb sein konnte. Er flüsterte einige nichtssagende Glückwünsche und begrüßte Mr. Debenham durch ein Kopfnicken.

»Graf Poltavo ist hier auf Wunsch Ihres verstorbenen Onkels anwesend«, sagte der Rechtsanwalt. »Ich erhielt einige Tage vor seinem Verschwinden einen Brief, in dem er mir dies mitteilte.«

Frank nickte unzufrieden, aber er war doch großzügig genug, sich in die Lage dieses Mannes zu versetzen, und gab sich Mühe, freundlich gegen ihn zu sein.

Ein uniformierter Beamter führte sie durch viele lange Korridore zu einem besonderen Gewölbe, das durch eine schwere eiserne Gittertür abgeschlossen war. Der Beamte öffnete, und sie traten in die kleine Steinkammer, die von Deckenlampen erleuchtet war.

Das einzige Möbelstück in diesem Raum war ein kleiner Geldschrank, der in der einen Ecke stand. Der Rechtsanwalt drehte den Schlüssel in dem Schloß fachgerecht um, und die Stahltür tat sich auf. Mr. Debenham versperrte die Öffnung, so daß sie nicht in das Innere des Schrankes sehen konnten. Dann wandte er sich plötzlich aufs höchste erstaunt um.

»Der Schrank ist leer«, sagte er.

»Leer?« rief Doris atemlos.

»Nur dies lag darin.« Er reichte ihr einen kleinen Briefumschlag, den sie mechanisch öffnete. Sie las den Inhalt:

Unglücklicherweise war ich gezwungen, Dein Vermögen für die Durchführung meiner Pläne zu verwenden. Du wirst mich deswegen anklagen, aber verzeihe mir, denn ich habe Dir einen größeren Schatz gegeben als den, den Du verloren hast – einen Gatten –

»Was soll das bedeuten?« fragte sie leise.

Frank nahm den Brief aus ihrer Hand und las ihn zu Ende.

– einen Gatten in der Person Frank Doughtons, und Frank Doughton ist der Erbe der Tollington Millionen, wie es sein Vater vor ihm war. Alle nötigen Schriftstücke, die seine Identität mit dem Erben beweisen, sind in einem versiegelten Kuvert enthalten, das mein Rechtsanwalt verwahrt. Es trägt ein großes C auf der Vorderseite.

Die Unterschrift des Briefes lautete: Gregory Farrington.

Mr. Debenham fand seine Fassung zuerst wieder. Sein praktischer Verstand wandte sich sofort der augenblicklichen Lage zu.

»Ich kann bestätigen, daß ich ein solches Kuvert in Verwahrung habe«, erklärte er. »Mr. Farrington übergab es mir mit der strikten Anweisung, es den Testamentsvollstreckern oder einer anderen Person nicht eher zu übergeben, als bis ich ganz bestimmte Instruktionen von ihm erhalten würde. Ich spreche Ihnen meinen herzlichen Glückwunsch aus, Mr. Doughton.«

Er wandte sich zu dem erstaunten jungen Mann und schüttelte ihm die Hand. Frank hatte wie im Traum zugehört. Er war der Erbe der Tollington-Millionen – er, der Sohn George Doughtons? Und während der ganzen Zeit hatte er nach Mr. Tollingtons Schwester gesucht – nach seiner eigenen Großmutter!

Plötzlich wurde ihm alles klar. Alle Anstrengungen und Nachforschungen hätte er sich vielleicht ersparen können, wenn er den Vornamen der Mutter seines Vaters gewußt hätte!

Er konnte sich nur ganz schwach an diese gutmütige alte

Dame erinnern. Sie starb, als er noch in die Schule ging. Niemals war ihm der Gedanke gekommen, daß diese heitere Frau, die nur wenige Stunden vor ihrem geliebten Mann aus dem Leben schied, in irgendeiner Beziehung zu Tollingtons Schwester stehen könnte, die er so sehr gesucht hatte. Er atmete schwer, als er erkannte, daß sein großes Glück ihn in demselben Augenblick ereilte, in dem seine Frau finanziell ruiniert wurde. Er sah sie an, aber der Schlag war zu schwer für sie, als daß sie seine ganze Tragweite sofort hätte erfassen können.

Liebevoll legte er seinen Arm um ihre Schultern. Poltavo, der nervös an seinem kleinen Schnurrbart drehte, betrachtete die beiden mit gesenkten Augenlidern. Ein häßliches Lächeln spielte um seine Mundwinkel.

»Aber mein Liebling, es ist ja alles gut«, sagte Frank beruhigend. »Dein Vermögen ist sichergestellt – er hat es ja nur zeitweise nötig gehabt.«

»Ach, das ist es nicht«, erwiderte sie mit einem unterdrückten Schluchzen. »Es ist das Bewußtsein, daß mein Onkel dich durch eine List zu dieser Ehe gezwungen hat. Daß er mein Vermögen nahm, kümmert mich nicht. Geld bedeutet mir nicht viel. Aber er hat dich durch einen Trick gefangen und mich als Lockspeise dazu benützt.« Sie bedeckte ihr Gesicht mit den Händen.

Aber in wenigen Augenblicken hatte sie sich wieder gefaßt. Sie sagte nichts mehr und duldete es, daß Frank sie zu dem Wagen führte.

Poltavo sah dem Auto nach, bis es außer Sicht kam. Er lächelte wieder unverschämt und wandte sich an den Rechtsanwalt.

»Wirklich ein schlauer Kopf, dieser Mr. Farrington«, sagte er mit bitterem Ton. Er mußte diesen Mann selbst gegen seinen Willen bewundern.

Mr. Debenham sah ihm fest ins Gesicht.

»Die Gefängnisse dieses Landes sind voll von Leuten, deren Spezialität eine solche Schlauheit ist«, erwiderte er trocken und ließ Poltavo stehen, ohne sich von ihm zu verabschieden.

17

Mr. Smith spielte gerade Golf in Walton Heath, als nach ihm telefoniert wurde.

Er brach sofort auf und traf Ela beim Mittagessen im Ritz-Hotel.

»Jetzt ist alles verständlich«, sagte er. »Das eigenartige Verschwinden Mr. Farringtons ist aufgeklärt.«

»Mir ist aber die endgültige Lösung doch noch ein wenig schleierhaft«, erwiderte Ela unsicher.

»Dann will ich es Ihnen einmal in einfachen Worten erklären«, entgegnete Mr. Smith, als er sich eine Sardine von der Horsd'oeuvre-Platte nahm. »Farrington wußte schon lange, daß George Doughton der gesuchte Tollington-Erbe war. Er kannte dieses Geheimnis seit vielen Jahren. Aus diesem Grund ließ er sich auch in Great Bradley nieder, wo die Doughtons beheimatet waren. Offenbar waren damals die älteren Doughtons schon gestorben, und nur George Doughton, der etwas romantische und unpraktische Wissenschaftler, repräsentierte die Familie.

George hatte sich in die jetzige Lady Constance Dex verliebt, und da Farrington das wußte, tat er alles, um sich bei ihr beliebt zu machen. Er wußte, daß das Vermögen zu gleichen Teilen an Doughton und seine Frau fallen sollte. George Doughton war Witwer und hatte einen Sohn, der damals zur Schule ging. Es ist sehr leicht möglich, daß Farrington den Jungen, der nur in den Ferien nach Great Bradley kam, nicht kannte und keine Ahnung von seiner Existenz hatte.

Die Tatsache, daß dieser Knabe am Leben war, muß seine Absichten geändert haben. Immerhin schien er der Verlobung der beiden nichts in den Weg zu legen, während er einen Plan ausdachte, durch den er einen großen Teil der Tollington-Millionen für sich erwerben konnte. Aber er muß sein Vorhaben noch einmal geändert haben.

Während seines Aufenthalts in Great Bradley wurde ihm die Pflegschaft von Doris Gray anvertraut, und als er sich mehr und mehr für das junge Mädchen interessierte und sie liebgewann, muß er die außerordentlich günstige Chance wahrgenommen haben, die ihm das Schicksal gewissermaßen in die Hände spielte. Diese Liebe zu Doris Gray war einer seiner wenigen schönen Charakterzüge.

Mit teuflischer List und Genialität, mit rücksichtsloser Konsequenz, die an die unheimlichen Taten der Borgias erinnert, plante er zuerst George Doughtons Tod, um dann dessen Sohn mit seinem Mündel zu verheiraten. Er machte die beiden jungen Leute miteinander bekannt, gab ihnen Gelegenheit, sich häufig zu sehen, und hoffte, auf diese Weise das gewünschte Resultat zu erzielen.

Aber die Dinge entwickelten sich nicht schnell genug für ihn. Außerdem muß er, wie kürzlich die anderen Treuhänder, plötzlich erfahren haben, daß das Testament einen bestimmten Termin zur Auffindung des Erben setzte. Infolgedessen versuchte er, seine Nichte zu beeinflussen, aber er fand wenig Gegenliebe bei ihr. Er hat sogar den kühnen Trick versucht, Frank Doughton dazu anzustellen, sich selbst zu entdecken! Hiermit verband er eine doppelte Absicht. Einmal mußte der junge Mann dann dauernd mit ihm in Verbindung bleiben, zweitens wurden die anderen Treuhänder zufriedengestellt, die Farrington den Auftrag gegeben hatten, die nötigen Maßnahmen zur Auffindung des vermißten Erben zu ergreifen.

Aber alle Bemühungen, Doris Gray einer Heirat mit Frank Doughton geneigt zu machen, mißlangen. Der Termin näherte sich immer mehr, an dem er das Vermögen des jungen Mädchens aushändigen mußte. Seine Vormundschaft erlosch zufällig zu demselben Zeitpunkt, an dem auch die Frist zur Auffindung des Erben ablief. Farrington wurde also zu einem verzweifelten Schritt getrieben. Aber es gab natürlich auch noch andere Gründe für seine Handlungsweise.

Ausschlaggebend für ihn war auch die Erkenntnis, daß ich ihn verdächtigte, und die Gewißheit, daß Lady Constance ihn verraten würde, sobald sie entdeckte, daß er für den Tod ihres Geliebten verantwortlich war. Aber der Hauptgrund für sein Verschwinden war das Testament, das nach seinem angeblichen Tod eröffnet und verlesen wurde.

In diesem Testament setzte er unumstößlich fest, daß Doris Frank Doughton unverzüglich heiraten sollte. Vermutlich weiß sie jetzt, daß Farrington noch lebt. Wahrscheinlich enthüllte er ihr seine Pläne, soweit sie seinen angeblichen Tod betrafen, weil er von Schrecken erfaßt wurde, daß sie noch zögerte.«

Mr. Smith schaute durch das Fenster auf den Verkehrsstrom, der Piccadilly entlangflutete. Auf seinem Gesicht drückten sich Sorge und Zweifel aus.

»Ich könnte Farrington morgen fassen, wenn ich wollte«, sagte er nach einer Weile, »aber ich möchte nicht nur ihn, sondern seine ganze Organisation in die Hand bekommen.«

»Was halten Sie denn von dem Verschwinden der Lady Constance Dex?« fragte Ela. »Während wir warten, ist sie doch schließlich in Gefahr?«

Mr. Smith schüttelte den Kopf.

»Wenn sie in diesem Augenblick noch nicht tot ist, wird ihr nichts geschehen. Wenn Farrington sie töten wollte – denn er war es, der sie entführt hat –, hätte er es ebensogut in ihrem Hause tun können. Niemand hätte diesen Mord aufklären können. Lady Constance muß warten. Wir müssen dem Glück so lange trauen, bis ich in der Lage bin, den unterirdischen Raum zu inspizieren, wo sie gefangengehalten wird. Ich will dieser Erpresserbande ein für allemal das Handwerk legen, die direkt unter den Augen der Polizei und allen Gesetzen zum Hohn ihr Unwesen treibt. Bevor mir das nicht gelungen ist, will ich nicht mehr ruhig schlafen!«

»Und Poltavo?«

»Auch Poltavo kann noch ein wenig warten«, meinte Mr. Smith lächelnd.

Er zahlte die Rechnung; sie verließen das Hotel und überquerten die Straße. Ein Mann, der scheinbar die Auslagen in den Schaufenstern betrachtete, beobachtete sie, als sie herüberkamen, und folgte ihnen unauffällig. Ein anderer, der auf der entgegengesetzten Seite der Straße entlangkam und ostentativ in einer Zeitung las, kam dicht hinter ihnen her.

Mr. Smith und sein Begleiter erreichten die Cork Street, die verlassen dalag. Nur ein oder zwei Fußgänger waren zu sehen.

Der erste der beiden Verfolger beschleunigte jetzt seine Schritte, griff nach seiner Hüfttasche und zog einen Gegenstand hervor, der in der Aprilsonne aufglänzte. Aber bevor er die Hand erheben konnte, holte der vierte Mann ihn ein, ließ seine Zeitung fallen, schlang mit außerordentlicher Geschicklichkeit einen Arm um den Hals des Mannes, drückte ihm das Knie in den Rücken und entwand ihm die Pistole.

Mr. Smith wandte sich bei dem Lärm des Kampfes sofort um und eilte dem Detektiv zu Hilfe. Der Gefangene war von kleiner Gestalt, hatte scharfgeschnittene Gesichtszüge und war offenbar Italiener. Ein dünner schwarzer Schnurrbart, buschige, dichte Brauen und lebhafte braune Augen, die jetzt haßerfüllt aufloderten, sprachen für seine südliche Heimat.

Die drei Beamten hatten ihn bald durchsucht und entwaffnet und legten ihm kräftige Handschellen an. Bevor sich die unvermeidliche Menge neugieriger Menschen ansammeln konnte, saßen sie schon in einem Auto und fuhren die Vine Street entlang.

Der Mann wurde sofort verhört. Man stellte die üblichen Fragen an ihn, aber er war verstockt und antwortete nicht. Niemand zweifelte daran, daß er die Absicht hatte, Mr. Smith meuchlings zu ermorden. Denn außer der Pistole, mit der er offensichtlich sein Opfer hatte niederschießen wollen, fand man noch ein langes Dolchmesser in seiner Brusttasche. Aber der wichtigste Fund, den man bei ihm machte und der das größte Interesse von Mr. Smith erregte, war ein Blatt Papier, auf dem drei Zeilen in italienischer Sprache standen. Sie wurden sofort übersetzt, und es war daraus zu ersehen, daß dem Mann genaue Instruktionen gegeben waren, wo sich Mr. Smith aufhielt.

»Führen Sie ihn in eine Zelle – ich glaube, wir werden noch hinter diese Sache kommen. Wenn dieser Mann nicht ein von Poltavo gedungener Meuchelmörder ist, dann habe ich mich sehr geirrt!«

Der Gefangene beantwortete keine Frage. Mr. Smith gab es schließlich verzweifelt auf, ihn durch weiteres Verhör zu einem Geständnis zu bringen.

Am nächsten Morgen weckte man den Mann bei Tagesanbruch und bedeutete ihm, sich schnell anzukleiden. Er wurde von zwei Beamten auf die Straße geführt, wo ein Auto wartete, das ihn gleich darauf in schneller Fahrt nach Dover brachte. Zwei Detektive begleiteten ihn auf einen Dampfer und fuhren mit ihm nach Calais. Dort verabschiedeten sie sich freundlich von ihm, überreichten ihm noch hundert Franc und teilten ihm in seiner eigenen Sprache mit, daß er auf Grund eines Befehls des Innenministeriums des Landes verwiesen sei.

Der Mann war froh, wieder auf freiem Fuß zu sein, und benützte den größten Teil des ihm übergebenen Geldes dazu, ein langes Telegramm an Poltavo zu senden.

Mr. Smith, der bestimmt wußte, daß dieses Telegramm kommen würde, wartete in der Empfangsstation der Londoner Hauptpost schon darauf. Man überreichte ihm eine Kopie der Depesche, und er las sie lächelnd.

»Ich danke Ihnen vielmals«, sagte er zu dem Vorstand und reichte ihm das Formular zurück. »Ich gebe es zur Bestellung frei. Ich weiß jetzt alles, was ich wissen wollte.«

Poltavo erhielt die Botschaft eine Stunde später und fluchte nicht wenig über die Unvorsichtigkeit seines Agenten. Das Telegramm war in offener italienischer Sprache abgefaßt, und jeder, der die Sprache beherrschte, konnte es lesen und auch verstehen, wenn er Kenntnis von den Tatsachen hatte, auf die es sich bezog.

Poltavo wartete den ganzen Tag auf einen Besuch der Polizei, und als Mr. Smith gegen Abend bei ihm vorsprach, war er darauf vorbereitet, alles erklären und entschuldigen zu können. Aber er war sehr erstaunt, als man ihn weder um eine Erklärung noch um eine Entschuldigung bat. Die Frage, die Mr. Smith an ihn stellte, berührte eine ganz andere Angelegenheit. Er erkundigte sich nämlich nach Mrs. Doughton und ihrem verschwundenen Vermögen.

»Ich hatte das Vertrauen Mr. Farringtons«, sagte Poltavo, der froh war, daß der Besuch des Detektivs nichts mit der gefürchteten Sache zu tun hatte. »Aber ich war aufs höchste erstaunt, als ich entdeckte, daß der Schrank vollständig leer war. Es war ein böser Schicksalsschlag für die arme junge Dame. Sie ist jetzt mit ihrem Gatten in Paris.«

Mr. Smith nickte.

»Würden Sie so liebenswürdig sein, mir ihre Adresse zu geben?«

»Mit Vergnügen.« Graf Poltavo nahm sein Notizbuch aus einer Schublade.

»Es ist möglich, daß ich morgen selbst nach Paris fahre«, fuhr Mr. Smith fort. »Ich habe die Absicht, das junge Paar aufzusuchen. Es ist zwar nicht sehr korrekt, Jungvermählte auf der Hochzeitsreise zu stören, aber ein Polizeibeamter besitzt Vorrechte!«

Die beiden lächelten sich verständnisinnig an. Poltavo fühlte sich erleichtert, daß der Besuch des Detektivs sich nicht auf seine eigene Person bezog. Er hatte vor diesem hervorragenden Beamten von Scotland Yard einen gewaltigen Respekt, der allerdings zum größten Teil aus Furcht vor ihm bestand. Er maß Mr. Smith Fähigkeiten bei, die dieser Mann vielleicht gar nicht besaß, aber auf der anderen Seite gestand er ihm gewisse Eigenschaften wie List und Schläue nicht zu, die zu den vortrefflichsten Kampfmitteln des Detektivs gehörten. Wer konnte auch annehmen, daß Mr. Smith Poltavo an diesem Abend nur besuchte, um dessen Argwohn zu zerstreuen und ihn in Sicherheit zu wiegen?

Nachdem die üblichen Höflichkeitsphrasen zum Abschied gewechselt waren, trennten sie sich.

Poltavo machte sich an die Ausarbeitung eines neues Falles, der der interessanteste aller Erpressungsversuche werden sollte, die mit Fallock in Verbindung standen.

Er wartete, bis die Tür sich hinter dem Detektiv geschlossen hatte, und beobachtete dann vom Fenster aus, daß er in sein Auto stieg und davonfuhr. Erst dann schloß er die unterste Schublade seines Schreibtisches auf, drückte auf eine Feder in deren Doppelboden und öffnete ein Geheimfach, dem er ein kleines Paket von Briefen entnahm.

Viele der Bogen, die er auf dem Tisch ausbreitete, trugen das Erdbeerblatt und das Wappen der Herzogs von Ambury. Die Briefe zeigten eine wenig flüssige Handschrift, aber sie waren alle sehr wichtig. Der Herzog hatte sich in jungen Jahren mit einer Dame in Gibraltar verheiratet. Sein Regiment lag damals in der Festung, und seine Erbfolge war zu jener Zeit nur eine entfernte Möglichkeit. Die Frau, mit der er sich, wie die Briefe bewiesen, vermutlich unter dem Namen eines Mr. Wilson verheiratet hatte (eine Abschrift der Heiratsurkunde lag auch bei den Schriftstücken), war eine typische, faszinierend schöne Spanierin, aber sie war nicht von hoher Geburt.

Offenbar bereute der Herzog später diesen übereilten Schritt, denn zwei Jahre, nachdem er den Titel erhalten hatte, vermählte er sich mit der dritten Tochter des Earl von Westchester, ohne – soweit Poltavo es übersehen konnte – sich von seiner ersten Frau scheiden zu lassen.

Hier war eine glänzende Sache, die beste, die jemals diesen Erpressern in die Hände gefallen war. Der Herzog von Ambury war einer der reichsten Leute in England, halb London gehörte ihm, und seine Güter lagen in fast allen Grafschaften des Landes verstreut. Wenn jemand in der Lage war, gut zu zahlen, so war er es.

Die Spanierin war gestorben, aber sie hatte einen Sohn aus ihrer Ehe mit dem jetzigen Herzog. Die ganze Frage der Erbschaft des Titels und der Nachfolge wurde von der Veröffentlichung dieser Dokumente betroffen. Alle Beweise für die Einzelheiten des Falles befanden sich in Poltavos Besitz. Eine merkwürdig steife Handschrift füllte die Seiten der Briefe, die vor ihm auf dem Tisch lagen. Sogar eine Kopie der Todesurkunde hatte der verräterische Diener angefertigt. Die Sache war schon im Fluß, und Poltavo hatte unter den Annoncen in der »Times« bereits Antwort auf den Brief erhalten, den er seinem Opfer geschickt hatte.

Die Erwiderung lautete sehr günstig. Es stand nichts von Rechtsanwälten darin, es war auch nicht angedeutet, daß man die Sache der Polizei anzeigen würde. Der Herzog wollte tatsächlich zahlen, er wollte jedes pekuniäre Opfer bringen, um seine Ehre zu retten.

Es handelte sich jetzt nur noch darum, über die Bedingungen einig zu werden. Poltavo hatte die Höhe der Abstandssumme auf fünfzigtausend Pfund festgesetzt. Mit diesem Betrag konnte er England verlassen und ein Leben führen, wie er es sich wünschte, ohne sich jemals wieder in riskante und gefahrvolle Unternehmungen einlassen zu müssen. Nachdem ihm Doris Gray entgangen war, hatte auch der Verkehr in der Gesellschaft keinen Reiz mehr für ihn, und er sehnte sich nach Abwechslung und neuen Abenteuern. Die fünfzigtausend Pfund schienen ihm sicher zu sein. Er hatte zwar ein Abkommen mit Farrington getroffen, wonach er diesem zwei Drittel der Summe auszuzahlen hatte, aber er dachte überhaupt nicht an eine solche Möglichkeit.

Er redete sich ein, daß er Farrington in Wirklichkeit in seiner Gewalt habe. Ein Mann, der sich nicht in der Öffentlichkeit zeigen durfte, war machtlos und konnte ihm nicht gefährlich werden. Er hatte jetzt alle Trümpfe in der Hand. Seine Tätigkeit in London hatte ihm schon etwa zehntausend Pfund eingebracht. Dr. Fall schrieb energische Briefe an ihn, in denen er ihn ersuchte, den Anteil, der für das »Haus« bestimmt war, sofort zu schicken. Aber Poltavo hatte diese Schreiben mit Verachtung behandelt. Er fühlte sich als Herr der Situation, da er den größten Teil des Geldes, das er in der Hand hatte und das nach dem Abkommen nicht ihm allein gehörte, auf eine Pariser Bank überwiesen hatte. Er war auf alle Möglichkeiten gefaßt – und nun stand ihm hier noch ein großer Erfolg bevor. Wenn er das Schweigegeld des Herzogs von Ambury erhalten hatte, konnte er einen Strich unter sein vergangenes Leben ziehen.

Er klingelte. Ein Italiener mit abstoßenden Gesichtszügen trat ein. Es war einer der Agenten, die Poltavo von Zeit zu Zeit engagierte, um Dinge zu erledigen, die unter seiner Würde lagen oder deren Ausführung ihm zu gefährlich erschien.

»Federigo«, sagte Poltavo auf italienisch. »Antonio ist festgenommen und von der Polizei nach Calais abgeschoben worden.«

»Das ist mir bekannt, mein Herr. Er hatte großes Glück. Ich fürchtete schon, daß sie ihn ins Gefängnis stecken würden.«

Poltavo lächelte.

»Das Vorgehen der englischen Polizei ist manchmal ganz unverständlich. Antonio wollte den ersten Chef des Geheimdienstes ermorden, und sie haben ihn freigelassen! Ist das nicht Wahnsinn? Aber Antonio wird auf keinen Fall wieder zurückkommen. Denn wenn die Leute auch zuweilen verrückt sind, werden sie doch nicht so dumm sein, ihn wieder hier landen zu lassen. Ich habe ihm telegrafiert, nach Paris zu gehen und mich dort zu erwarten. Wenn Sie durch einen unglücklichen Zufall jemals in eine Lage wie unser tüchtiger Antonio kommen sollten, so bitte ich mir aber vor allem aus, daß Sie mir keine Telegramme schicken!«

»Darauf können Sie sich verlassen, mein Herr«, erwiderte der Italiener grinsend. »Ich werde Ihnen keine schicken, denn ich kann nicht schreiben.«

»Ein ausgezeichnetes Manko!«

Poltavo nahm ein Kuvert vom Tisch.

»Sie geben diesen Brief einem Manne, der Sie am Branson Square treffen wird. Die genaue Stelle habe ich Ihnen ja schon erklärt.«

Der Italiener nickte.

»Dieser Mann wird Ihnen dafür einen anderen Brief einhändigen. Sie kommen nicht hierher zurück, sondern gehen zu dem Haus Ihres Bruders in der Great Saffron Street. Dort wird ein Mann vor der Tür stehen, der einen langen Mantel trägt. Sie gehen dicht an ihm vorbei und stecken dieses Kuvert in seine Tasche – haben Sie mich verstanden?«

»Jawohl, ich habe mir alles genau gemerkt.«

»Dann gehen Sie, und Gott möge Sie beschützen«, sagte Poltavo fromm, als er diesen Brief abschickte, der den Herzog von Ambury in Schrecken und Verwirrung setzen würde.

Es war schon spät am Abend, als Federigo Freggetti die Great Saffron Street erreichte. Er eilte durch die verlassene Straße, bis er an das Haus seines Bruders kam. In der Nähe der engen Tür stand ein Mann, der auf jemanden zu warten schien. Federigo ging an ihm vorbei, tat so, als ob er strauchelte, entschuldigte sich und ließ dabei den Brief in die Tasche des anderen gleiten. Mit raschem Blick hatte er den Fremden als den Grafen Poltavo erkannt; auf der Straße war niemand zu sehen, und in dem Halbdunkel hätte selbst das schärfste Auge die Übergabe des Briefes nicht beobachten können. Poltavo ging langsam zum Ende der Straße, sprang in ein Mietauto, das dort auf ihn wartete, und erreichte sein Haus, nachdem er den Wagen noch öfter gewechselt hatte, ohne einem der vielen wachsamen Agenten von Scotland Yard in die Arme zu laufen. In seiner Wohnung öffnete er in höchster Spannung den Brief. Würde der Herzog von Ambury die große Summe zahlen, die er von ihm gefordert hatte? Und wenn dies nicht der Fall war, welchen Betrag würde er als Schweigegeld anbieten? Aber schon bei den ersten Worten, die er las, atmete er auf.

Ich bin bereit, die Summe zu zahlen, die Sie von mir verlangen, obgleich ich der Ansicht bin, daß Sie sich eines schweren Verbrechens schuldig machen. Und da Sie zu fürchten scheinen, daß ich Ihnen irgendeinen Streich spielen könnte, wird Ihnen das Geld durch einen alten Landarbeiter von meinem Gut in Lancashire überbracht werden, der nichts von der Sache weiß, die er vermitteln soll. Er wird Ihnen die Summe gegen Übergabe der Trauungsurkunde aushändigen. Wenn Sie einen Treffpunkt angeben, der all Ihren Anforderungen auf Entlegenheit und Sicherheit entspricht, so werde ich den Mann zu diesem Platz schicken, zu einer Zeit, die Sie bestimmen mögen.

Ein triumphierendes Lächeln zeigte sich auf Poltavos Zügen, als er den Brief zusammenfaltete.

»Nun ist es an der Zeit, daß wir uns trennen, Freund Farrington«, sagte er halblaut vor sich hin. »Ich brauche Sie nicht mehr. Der Wert Ihrer Bekanntschaft hat in dem Maße abgenommen, als mein Wunsch nach Freiheit erwacht ist. Fünfzigtausend Pfund«, wiederholte er mit Bewunderung und Freude. »Ernesto, du hast ein ungeahntes Glück! Ganz Europa steht dir offen, und du kannst dieses traurige England verlassen! Ich gratuliere dir, mein Freund!«

Die Frage, wo er den Boten treffen würde, war sehr wichtig. Obgleich er aus dem Brief ersah, daß sein Opfer unter allen Umständen den öffentlichen Skandal vermeiden wollte, mit dem Poltavo gedroht hatte, traute er dem Herzog doch nicht recht. Daß er einen alten Landarbeiter senden wollte, war eine gute Idee, aber wo konnte er mit ihm zusammenkommen? Als er Frank Doughton entführte, beabsichtigte er, ihn in ein kleines Haus zu bringen, das er im Osten Londons gemietet hatte. Die

Fahrt zu dem »geheimnisvollen Haus« war nur ein Scheinmanöver, um den Verdacht auf Farrington zu leiten und die Polizei von der wirklichen Spur abzulenken. Das Auto sollte nach London zurückkehren, Frank Doughton, unter dem Einfluß eines Betäubungsmittels willenlos gemacht, in das kleine Haus in West-Ham gebracht und dort so lange zurückgehalten werden, bis die Frist abgelaufen war, die Farrington als Termin für die Hochzeit festgesetzt hatte.

Aber die Übergabe einer großen Geldsumme in diesem Haus war eine ganz andere Sache. Es war ja möglich, daß die Polizei das Haus umstellte. Um sicherzugehen, mußte er einen Platz im Freien wählen, eine Stelle, die ihm einen klaren Überblick nach jeder Seite hin ermöglichte.

Sollte er sich nicht noch einmal für Great Bradley entscheiden? Das wäre in doppelter Hinsicht gut. Wieder fiel dann der Verdacht auf das »geheimnisvolle Haus«, und er hatte dessen Hilfsquellen zu seiner Unterstützung, wenn die Sache im letzten Augenblick schiefgehen sollte. Er konnte ja im schlimmsten Falle erklären, daß er das Geld für Farrington kassieren wolle.

Ja, Great Bradley und die öde, abschüssige Gegend im Süden der Stadt wollte er wählen, und er traf alle Vorbereitungen in diesem Sinne.

18

Drei Tage nach dem Austausch der Briefe ging Graf Poltavo in dem groben Anzug eines Landedelmanns langsam über die Hänge im Süden der Stadt bis zum höchsten Punkt, einem großen, sanft ansteigenden Hügel, von dessen Spitze aus man nach jeder Richtung hin einen weiten Überblick hatte.

Der Himmel war bedeckt, und ein kühler Wind wehte. Man konnte sicher sein, daß sich bei diesem Wetter keine Spaziergänger in dieser Gegend aufhielten. Zu seiner Linken, halb verborgen durch die Hügelkette und einen graublauen Dunstschleier, lag Great Bradley mit seinem regen industriellen Leben. Rechts war die massige, häßliche Fassade des »geheimnisvollen Hauses«

zu sehen, die jedoch halb durch die umgebenden Baumgruppen verdeckt war. Daneben ragte ein Schornstein auf, aus dem dünne Rauchwolken zum Himmel aufstiegen. Hinter diesem lag das alte Maschinenhaus des verlassenen Bergwerks und rechts davon das hübsche, kleine Landhaus, aus dem Lady Constance Dex vor einer Woche so rätselhaft verschwunden war. Es war das Ziel vieler Neugieriger geworden.

Lady Constance Dex war nun schon seit neun Tagen verschwunden. Man hatte sich ihre unerwartete Abwesenheit auf verschiedene Weise zu erklären versucht. Die Polizei von Great Bradley hatte systematisch und mit großer Gründlichkeit alles durchsucht. Nur Mr. Smith und die wenigen Leute, die er in sein Vertrauen zog, waren davon überzeugt, daß sie sich nicht weit von Moor Cottage aufhalten konnte.

Graf Poltavo hatte sich mit einem sehr guten Feldstecher versehen und beobachtete nun sorgfältig alle Straßen, die zu seinem Standort führten. Ein Auto, das aus dieser Entfernung unheimlich klein aussah, fuhr die gewundene weiße Chaussee entlang, etwa zwei Meilen entfernt. Er hielt es im Brennpunkt seines Glases, als es einen Hügel in die Höhe fuhr, auf der anderen Seite wieder in das Tal hinunterglitt und schließlich in einer Staubwolke auf der Straße nach London entschwand. Dann entdeckte er plötzlich den Boten. Quer durch das hügelige Gelände kam die gebeugte Gestalt eines Mannes auf ihn zu, der ab und zu anhielt und sich umschaute, als ob er nicht recht wüßte, welche Richtung er einschlagen sollte. Poltavo hatte sich flach auf den Boden gelegt und sein Glas auf ihn gerichtet.

Er sah einen alten Mann mit weißem Bart und grauem Haar. Er trug einen handgewebten Anzug, keinen Kragen und hielt den Hut in der Hand. Sein Hemd war am Halse geöffnet, er hatte aber ein Halstuch umgebunden. Alle diese Einzelheiten konnte Poltavo durch seinen scharfen Feldstecher erkennen. Er war befriedigt.

Das war kein Mann, der ihn überlisten wollte. Poltavo hatte umfangreiche Vorsichtsmaßregeln getroffen. Auf den drei Wegen, die zu diesem Gelände führten, hatte er in gleichmäßiger Entfernung von seinem Standort drei Automobile aufgestellt. Er war auf alle möglichen Entwicklungen der Lage gefaßt. Wenn er fliehen mußte, konnte er ein Auto erreichen, welchen Weg er auch immer einschlagen mußte, und auf diese Weise konnte er einen großen Abstand zwischen sich und seine Verfolger bringen.

Der Mann kam näher. Poltavo prüfte ihn noch einmal hastig aus kurzer Entfernung und war zufrieden. Dann erhob er sich und ging dem Boten entgegen.

»Haben Sie einen Brief für mich?« fragte er.

Der Alte sah ihn argwöhnisch von der Seite an.

»Ihr Name?« fragte er rauh.

»Mein Name ist Poltavo«, sagte der Pole lächelnd.

Langsam faßte der Bote in seine Tasche und holte einen großen Briefumschlag hervor.

»Sie müssen mir aber erst etwas geben«, forderte er Poltavo auf.

Poltavo händigte ihm ein versiegeltes Paket ein und erhielt dafür den Brief.

Wieder blickte er den alten Mann lächelnd an. Abgesehen von dem langen weißen Bart und den grauen Haaren, die unter dem breitkrempigen Hut hervorquollen, hatte der Mann ein verhältnismäßig jugendliches Gesicht.

»Dies ist ein historischer Augenblick«, sagte Poltavo fröhlich. Er war in der glücklichsten Stimmung seines Lebens. Alle Hoffnungen, die sich an den Inhalt des Briefumschlages knüpften, der nun in seiner Tasche steckte, stiegen wieder vor seinem Geiste auf. »Nennen Sie mir doch Ihren Namen, lieber Freund, damit ich ihn behalte und gelegentlich einmal, nicht jetzt, auf Ihre Gesundheit trinken kann.«

»Mein Name ist T. B. Smith«, sagte der alte Mann langsam, »und ich verhafte Sie unter dem Verdacht der Erpressung.«

Poltavo sprang zur Seite. Sein Gesicht war aschgrau geworden. Er fuhr mit der Hand an seine Pistolentasche, aber bevor er seine Absicht ausführen konnte, hatte ihn der Detektiv gepackt. Zwei starke Arme, die hart wie Stahl zu sein schienen, ergriffen ihn, dann fiel er zu Boden, und Mr. Smith kniete auf ihm. Einen Augenblick war er durch den Schrecken wie gelähmt. Schnell nahm er sich wieder zusammen, aber es war schon zu spät, er fühlte etwas Hartes und Kaltes an seinen Handgelenken. Eine Hand packte ihn am Genick und riß ihn vom Boden auf, so daß er wieder auf seinen Füßen stand. Der Detektiv, dessen weißer Bart beim Kampf zerzaust worden war, machte eine komische Figur, aber Poltavo hatte jetzt keinen Sinn mehr für Humor.

»Habe ich Sie doch erwischt, mein Freund?« fragte Mr. Smith vergnügt, während er seine Verkleidung abnahm und die graue Schminke von seinem Gesicht abwischte.

»Es wird Ihnen schwerfallen, mir etwas zu beweisen«, sagte Poltavo herausfordernd. »Wir sind allein, Sie und ich – und mein Wort gilt ebensoviel wie das Ihre. Was nun den Herzog von Ambury betrifft –«

Mr. Smith lachte laut auf.

»Armer Mann«, erwiderte er nachsichtig, »es gibt überhaupt keinen Herzog von Ambury! Ich dachte mir, daß Sie im englischen Adel nicht Bescheid wüßten. Aber ich hätte nicht geglaubt, daß Sie so schnell in die Falle gehen würden. Die Herzogswürde von Ambury existiert seit zweihundert Jahren nicht mehr, der Titel wird nicht mehr verliehen. Die Briefe wurden von Ambury Castle an Sie adressiert – das ist eine kleine Vorstadtvilla in der Umgebung von Bolton, deren Miete etwa vierzig Pfund im Jahr beträgt. Wir Engländer haben doch eine größere Phantasie, als Sie uns zutrauen, mein lieber Graf«, fuhr er fort. »Sie spielt eine bedeutende Rolle bei den Namen, die unsere weniger bemittelten Mitbürger ihren Häusern geben.«

Er führte seinen Gefangenen quer durch das Hügelgelände.

»Was werden Sie mit mir anfangen?« fragte Poltavo.

»Ich bringe Sie zuerst zur Polizeistation in Great Bradley – von dort lasse ich Sie nach London überführen. Ich habe drei Haftbefehle für Sie, darunter zwei, die auf Ersuchen fremder Regierungen ausgestellt sind, aber ich glaube, die Leute müssen noch ein wenig warten, bis sie Sie wegen Ihrer alten Missetaten zur Rechenschaft ziehen können.«

Ihr Weg führte sie an Moor Cottage vorbei. Mr. Smith erwartete hier in einer Viertelstunde mehrere Polizeibeamte, denn er hatte seine Anordnungen genau auf die Minute getroffen.

Er öffnete die Haustür und schob seinen Gefangenen hinein.

»Wir wollen nicht in das Arbeitszimmer gehen«, sagte er lächelnd. »Vielleicht wissen Sie auch, daß unsere gemeinsame Freundin, Lady Constance Dex, unter ungewöhnlichen Umständen aus diesem Raum verschwunden ist. Da ich Sie aber unter allen Umständen in Gefangenschaft behalten möchte, wollen wir lieber das Wohnzimmer als vorübergehende Zelle wählen.«

Er öffnete die Tür zu dem kleinen Raum, in dem das Klavier stand, und wies mit der Hand auf einen der vielen bequemen Sessel.

»Nun, mein Freund, haben wir eine Gelegenheit, uns gegenseitig zu verständigen. Ich will Ihnen nicht verheimlichen, daß Sie einer sehr schweren Bestrafung entgegengehen. Ich weiß, daß Sie nur ein Agent sind und im Auftrag anderer Leute handeln, aber in diesem besonderen Fall gingen Sie auf eigene Faust vor. Sie haben die weitgehendsten Vorbereitungen getroffen, England zu verlassen.«

Poltavo lächelte.

»Da haben Sie recht«, gab er zu.

»Ich habe all Ihre schönen Koffer gesehen – sie sind wunderbar neu und mit feinen Etiketten versehen. Ich habe sie auch durchsucht.«

Poltavo hatte die Ellbogen auf die Knie gestützt und drehte mit den gefesselten Händen an seinem Schnurrbart.

»Gibt es denn keinen Weg, aus dieser ganzen Affäre wieder herauszukommen?«

»Sie können die Sache viel leichter für sich machen«, erwiderte der Detektiv ruhig.

»Auf welche Weise?«

»Wenn Sie mir alles sagen, was Sie von Farrington wissen, und wenn Sie mir alle Informationen über das ›geheimnisvolle Haus‹ geben, die Sie besitzen. Wo ist zum Beispiel Lady Constance Dex?«

Poltavo zuckte die Schultern.

»Sie ist am Leben, das kann ich Ihnen ja sagen. Ich erhielt einen Brief von Dr. Fall, in dem er mir so etwas andeutete. Ich weiß nicht, wie sie gefangengenommen wurde, auch kenne ich den genauen Sachverhalt nicht. Ich kann Ihnen nur sagen, daß sie wohlauf ist und gut versorgt wird. Farrington mußte sie in Sicherheit bringen – sie hat einmal nach ihm geschossen. Deshalb mußte er auch schneller verschwinden, als er ursprünglich beabsichtigte. Er wußte genau, daß sie weitere Gewaltmaßnahmen gegen ihn ergreifen würde. Über die innere Einrichtung des ›geheimnisvollen Hauses‹ weiß ich wenig oder gar nichts. Farrington ist natürlich –«

»Mit Montague Fallock identisch«, vollendete Mr. Smith. »Das wußte ich schon.«

»Was wollen Sie denn sonst noch von mir wissen?« fragte Poltavo erstaunt. »Ich bin selbstverständlich bereit, Ihnen alles zu sagen, wenn Sie mir die Sache leichtmachen wollen. Der Mann, der dort unter dem Namen Mr. Moole lebt, ist ein halbverrückter alter Landarbeiter, den Farrington vor einigen Jahren zu sich nahm, um ihn seinen Zwecken dienstbar zu machen. Er ist der Mann, der, ohne es zu wissen, als angeblicher Millionär in dem Hause wohnt und dessen Vermögen von Farrington zum Schein verwaltet wird. Das alles ist so arrangiert worden, um den Verdacht zu zerstreuen, der natürlich auf ein Haus fällt, das sonst niemand besucht. Die Bewohner genießen dadurch mehr Sicherheit und Schutz.«

»Das ist mir alles klar«, sagte Mr. Smith. »Es ist, wie Sie sagen, eine geniale Idee. Was wissen Sie von Dr. Fall?«

Poltavo zuckte die Schultern.

»Sie wissen ebensoviel von ihm wie ich. Es gibt aber doch vielleicht noch manche Dinge, die Sie nicht kennen«, fuhr er langsam fort. »Besonders eine Tatsache wäre von ungeheurem Wert für Sie. Sie werden Farrington niemals erwischen.«

»Darf ich fragen, warum?« Mr. Smith war sehr interessiert.

»Das ist mein Geheimnis«, erklärte der Pole, »und ich bin bereit, es Ihnen zu verkaufen.«

»Der Preis?« fragte der Detektiv nach einer Pause.

»Meine Freiheit. Ich werde das Geheimnis nur verraten, wenn Sie mich freilassen«, sagte Poltavo kühn. »Ich weiß, daß Sie großen Einfluß bei der Polizei haben und solche Dinge ermöglichen können, besonders, da noch keine Anklage gegen mich erhoben ist. Außerdem können Sie mich höchstens belangen, weil ich durch einen Trick Geld zu bekommen suchte – und auch das dürfte nur sehr schwer zu beweisen sein. Ich weiß wohl, daß Sie das in Abrede stellen, aber bedenken Sie, daß auch ich eine gewisse Kenntnis des Gesetzes und einige Erfahrungen mit englischen Gerichten habe. Ich fürchte mich nicht vor dem englischen Gesetz und nicht vor dem Urteil, das Ihre Richter über mich verhängen werden. Aber mir graut vor der Auslieferung und der Behandlung, die mir dann zuteil werden wird.« Er zitterte. »Nur weil ich die Auslieferung fürchte, mache ich Ihnen dieses Angebot. Bringen Sie alles für mich in Ordnung, und ich will Ihnen nicht nur das Geheimnis von Farringtons Fluchtplan verraten, sondern Ihnen auch eine vollständige Liste seiner Agenten geben, die Sie sonst nirgends finden werden. Während meines Aufenthaltes in dem ›geheimnisvollen Haus‹ war ich vom Morgen bis zum Abend hauptsächlich damit beschäftigt, die Namen und Adressen dieser Leute auswendig zu lernen.«

Mr. Smith sah ihn nachdenklich an.

»Ihr Vorschlag ist nicht ohne weiteres abzulehnen«, meinte er dann. »Aber ich muß einen Augenblick darüber nachdenken.« Er hörte ein Geräusch auf der Straße und zog den Vorhang beiseite. Ein Wagen war draußen vorgefahren, und einige Beamte von Scotland Yard stiegen aus, unter denen er Ela erkannte.

»Ich werde Sie kurze Zeit hier einschließen, während ich mit meinen Freunden berate.«

Mr. Smith ging hinaus, schloß die Tür von außen ab und steckte den Schlüssel in die Tasche. Draußen traf er Ela.

»Haben Sie ihn?«

»Ja, ich habe ihn gefangen – ich hoffe sogar, die ganze Bande jetzt in meiner Hand zu haben.«

»Und das ›geheimnisvolle Haus‹?«

»Auch das. Es hängt jetzt alles davon ab, was wir mit Poltavo machen. Wenn wir es vermeiden können, ihn vor ein Gericht zu stellen, kann ich diese Verbrecherbande, diese ganze große Organisation, mit einemmal vernichten. Ich weiß, es geht gegen das Gesetz, aber schließlich liegt es im Interesse der öffentlichen Ordnung und des Gesetzes selbst. Wieviel Mann haben wir zur Verfügung?«

»Zur Zeit sind etwa hundertfünfzig Leute in Great Bradley. Die Hälfte davon ist dort stationiert, die andere wird von unseren eigenen Beamten gestellt.«

»Senden Sie einen Mann mit dem Befehl hin, daß sie das ›geheimnisvolle Haus‹ umstellen sollen. Niemand darf das Gebäude verlassen. Alle ankommenden oder abfahrenden Wagen und Autos sind anzuhalten. Vor allem darf kein Wagen aus Great Bradley heraus, bevor seine Insassen nicht aufs genaueste durchsucht worden sind. – Was ist denn das?« Er wandte sich schnell um.

Ein unterdrückter Schrei, der aus dem Hause kam, hatte ihre Unterhaltung unterbrochen.

»Rasch!« rief Mr. Smith.

Er eilte hinein, erreichte die Tür des Wohnzimmers, in dem er den Gefangenen zurückgelassen hatte, schloß mit fester Hand auf und riß die Tür auf.

Der Raum war leer!

19

Farrington hatte sich mit Dr. Fall in dem Büro des letzteren eingeschlossen. Es war ein Ereignis eingetreten, das dem Arzt, den kaum etwas aus der Fassung bringen konnte, doch Sorgen bereitete. Düstere Falten lagen auf seiner Stirn. Farringtons Gesicht war vor Wut verzerrt.

»Sind Sie dessen auch ganz sicher?« fragte er.

»Ganz sicher«, erwiderte Dr. Fall kurz. »Er hat alle Vorbereitungen getroffen, um London zu verlassen. Seine Koffer sind gestern abend vom Charing-Cross-Bahnhof nach Paris geschickt worden. Sein Haus ist vermietet – die Miete hat er sich im voraus zahlen lassen. Seine Möbel sind so gut wie verkauft. Es unterliegt keinem Zweifel, daß er uns betrogen hat.«

»Er sollte es wagen!« stieß Farrington atemlos hervor. Die Adern auf seiner Stirn schwollen an, und nur mit größter Anstrengung unterdrückte er seine leidenschaftliche Aufwallung.

»Ich habe diesen Kerl aus dem Rinnstein aufgelesen; ich habe diesem verhungerten Hund erst eine Existenz geschaffen; ich habe ihm noch eine Chance gegeben, als er sein Leben schon verspielt hatte ... Ich kann nicht daran glauben, daß er so kühn war!«

»Diese Art von Verbrechern nimmt sich alles heraus«, sagte Dr. Fall gelassen. »Sie sehen, er ist ein ganz abscheulicher Vertreter seiner Rasse – er besitzt ihre aalglatte Gewandtheit, ihre Hinterlist und ihre rücksichtslose Energie. Er würde Sie verraten, er würde seinen eigenen Bruder preisgeben. Hat er nicht seinen Vater – vielmehr seinen angeblichen Vater – seinerzeit niedergeschossen? Ich bat Sie gleich, ihm nicht zu trauen, Farrington. Wenn es nach mir gegangen wäre, hätte er das Haus überhaupt nicht mehr verlassen.«

»Um Doris' willen habe ich ihn gehen lassen. Ja, ja«, fuhr er fort, als er den überraschten Blick in den Augen Dr. Falls sah. »Ich brauchte jemand, der Angst vor mir hatte und meine Pläne in dieser Richtung förderte. Die Heirat war notwendig.«

»Sie haben ein wenig sentimental gehandelt, wenn ich meine Meinung sagen darf.«

»Ich will Ihre Meinung nicht hören«, fuhr Farrington auf. »Sie werden niemals begreifen, was ich für dieses Kind empfinde. Ich nahm sie nach dem Tod ihres Vaters zu mir, der einer meiner besten Freunde war. Ich gestehe, daß mich in der ersten Zeit der Gedanke reizte, mir ihr Vermögen anzueignen. Aber als die Jahre vergingen, wurde sie mir immer lieber – sie trug einen neuen und schönen Einfluß in mein Leben, Fall. Es war ein Gefühl, das meinem Dasein bis dahin fremd geblieben war. Ich liebte Doris, und ich liebte sie mehr als Geld oder Macht – und das will viel heißen. Ich wollte alles tun, was zu ihrem Vorteil war, und als meine Spekulationen fehlschlugen und ich mir Geld von ihrem Vermögen lieh, zweifelte ich niemals daran, es mit der Zeit zurückzahlen zu können. Als alles Geld verbraucht war« – er sprach ganz leise – »und ich vor der Tatsache stand, daß ich das einzige menschliche Wesen in der Welt, das ich liebte, finanziell ruiniert hatte, entschloß ich mich zu einem Schritt, den ich von allen meinen Verbrechen am meisten bedauert habe. Ich räumte George Doughton aus dem Weg, um Doris mit dem Erben der Tollington-Millionen verheiraten zu können. Denn ich wußte seit langem, daß Doughton der Mann war, den wir suchten. Ich tötete ihn«, sagte er trotzig, »um der Frau seines Sohnes willen. Es ist eine Ironie des Schicksals!«

Er lachte rauh.

»Poltavo ließ ich gehen, weil ich ihn brauchte, um meine Pläne im Hinblick auf Doris zu fördern. Daß er in dieser Beziehung nichts taugte und wir schlechte Erfahrungen mit ihm gemacht haben, tut nichts zur Sache. Doris ist nun glücklich verheiratet«, sagte er mit Befriedigung. »Wenn sie ihren Gatten auch jetzt noch nicht liebt, so wird sie ihn doch später lieben lernen Sie achtet Frank Doughton, und jeder Tag wird ihr Zugehörigkeitsgefühl zu ihm stärken, und daraus wird allmählich ihre Liebe erwachsen. Ich kenne Doris, ihre geheimen Gedanken und Wünsche. Sie wird mich vergessen –« Seine Stimme zitterte. »Gott gebe, daß sie mich wirklich vergißt!« Er änderte das Thema schnell. »Haben Sie heute morgen eine Nachricht von Poltavo bekommen?«

»Nichts Besonderes. Er hat sich mit dem einen oder anderen Agenten in Verbindung gesetzt und die üblichen Briefe geschrieben. Unser Mann, der ihn überwacht, sagt aber, daß er eine große Sache vorhat, von der er uns nicht unterrichtet hat.«

»Wenn er uns wirklich betrügt –«

»Was könnten Sie dann tun?« fragte Dr. Fall ruhig. »Er ist jetzt nicht mehr in unserer Hand.«

Ein leises Summen kam aus der einen Ecke des Raumes.

Der Arzt wandte sich bestürzt an Farrington.

»Vom Signalturm – was mag das sein?«

Hoch über dem Haus erhob sich ein viereckiger einzelner Turm, in dem Tag und Nacht ein Wachtposten stationiert war. Fall ging ans Telefon und nahm den Hörer ab. Er sprach einige Worte und horchte dann. Schließlich hängte er wieder an und berichtete.

»Poltavo ist in Great Bradley. Einer unserer Leute hat ihn gesehen und es hierher signalisiert.«

»In Great Bradley?« Farrington kniff die Augen zusammen. »Was tut er denn hier?«

»Was hatte er neulich in seinem Wagen hier zu schaffen, als er

Frank Doughton entführte?« fragte Dr. Fall. »Er wollte damit doch nur den Verdacht auf uns lenken, das ist ganz klar.«

Wieder summte es leise, und wieder führte Dr. Fall mit gedämpfter Stimme ein Gespräch mit dem Wachtposten auf dem Turm.

»Poltavo befindet sich auf dem Hügelgelände südlich der Stadt«, wandte er sich dann an Farrington. »Er ist offenbar dorthin gekommen, um jemanden zu treffen. Der Posten sagt, daß er ihn vom Turm aus mit seinem Fernglas sehen kann. Er beobachtet auch einen Mann, der auf ihn zukommt.«

»Wir wollen selbst nach oben gehen«, erwiderte Farrington.

Sie verließen das Zimmer, traten in einen anderen Raum und öffneten dort die Tür eines scheinbaren Schrankes, die aber in Wirklichkeit zu einem der unzähligen Fahrstühle führte, mit denen das Haus versehen und zu deren Inbetriebsetzung das große Kraftwerk notwendig war.

Sie gingen in die Kabine und erreichten ein paar Sekunden später das Innere des Turmes, von dessen oberstem Gemach aus man durch zahlreiche Fenster und Teleskope einen vollkommenen Rundblick über die Umgebung des »geheimnisvollen Hauses« hatte. Einer der ausländischen Arbeiter, die Farrington angestellt hatte, beobachtete das entfernt liegende Hügelgelände durch ein großes Fernglas, das auf einem Dreifuß montiert war.

»Sehen Sie, dort ist er«, sagte der Mann.

Farrington schaute selbst durch das Glas. Es war zweifellos Poltavo. Aber wer mochte der alte Mann sein, der gebückt daherkam und dessen weißer, langer Bart vom Winde zerzaust wurde?

Dr. Fall suchte die Gegend mit einem anderen großen Fernglas ab.

»Es wird der Vermittler sein«, meinte Farrington schließlich.

Sie beobachteten die Begegnung und den Austausch der Briefe. Farrington stieß einen Fluch aus. Aber plötzlich sah er, daß der Fremde auf Poltavo zusprang und daß die beiden auf dem Boden miteinander rangen. Als die Handschellen aufblitzten, wandte er sein bleiches Gesicht Dr. Fall zu.

»Mein Gott«, sagte er leise, »er ist in eine Falle gegangen!«

Sie sahen sich ein paar Augenblicke schweigend an.

»Wird er uns verraten?« Farrington sprach den Gedanken des anderen aus.

»Er wird soviel wie möglich verraten. Wir müssen sehen, was sich weiter ereignet. Wenn sie ihn in die Stadt mitnehmen, sind wir verloren.«

»Ist irgend etwas von der Polizei zu sehen?« fragte Farrington.

Sie suchten den Horizont ab, konnten aber nichts entdecken. Sie beobachteten Mr. Smith, der mit seinem Gefangenen langsam über das Hügelgelände kam.

»Sie gehen zu dem kleinen Sommerhaus«, rief Dr. Fall plötzlich.

»Unmöglich!« erwiderte Farrington, aber in seinen Augen blitzte Hoffnung auf.

»Sie gehen tatsächlich nach Moor Cottage«, sagte Dr. Fall. »Wir müssen schnell handeln!«

Im nächsten Augenblick waren die beiden wieder in dem Fahrstuhl und hielten erst an, als sie ganz unten angekommen waren.

»Haben Sie eine Pistole bei sich?« fragte Farrington.

Fall nickte.

Sie verließen die Fahrstuhlkabine und eilten einen gewölbten Gang entlang. In gewissen Abständen brannten Lampen in Nischen. Sie kamen an einer Tür vorbei, die an der linken Seite in die starke Mauer eingelassen war.

»Wir müssen sie hier herausbringen, wenn es notwendig ist«, sagte Farrington leise. »Sie macht uns doch keine Schwierigkeiten?«

»Sie ist eine sehr ruhige Gefangene.«

Am Ende des langen Ganges befand sich eine schwere eiserne Tür. Fall schloß sie auf, und sie traten in einen dunklen Raum. Dr. Fall drehte den Lichtschalter an. Es war ein kleines Zimmer ohne Fenster, das indirekt beleuchtet wurde. In einer Ecke war eine graugestrichene, eiserne Schiebetür zu sehen. Dr. Fall schob sie geräuschlos beiseite, und ein anderer Fahrstuhl wurde sichtbar. Die beiden gingen hinein, und der Fahrstuhl sank und sank, als ob er niemals auf Grund kommen würde. Aber schließlich hielt er doch an, und die Männer traten in einen aus dem Felsen gehauenen Gang.

Es war leicht zu erkennen, daß es einer der alten Stollen des Bergwerks war, das nicht mehr benutzt wurde und über dem das Haus errichtet war. Fall tastete nach dem Schalter, und gleich darauf strahlte helles Licht auf.

Auf den Schienen, die den Gang entlangliefen bis zu einer Stelle, die sie von ihrem Standpunkt aus nicht sehen konnten, stand ein kleiner Wagen, der durch elektrischen Antrieb bewegt werden konnte. Eine dritte Schiene führte den Strom zu.

Farrington stieg ein, und Dr. Fall folgte ihm. Bläuliche Funken knisterten auf der mittleren Schiene, als der kleine Wagen in Bewegung gesetzt wurde. Bald war er in voller Fahrt.

In den Kurven verlangsamten sie die Geschwindigkeit – wenn sie lange Strecken vor sich hatten, fuhren sie schneller. Nach fünf Minuten stellte Farrington den Strom ab und zog die Bremsen an. Sie stiegen in einem großen Raume aus, der ähnlich dem war, von dem sie abgefahren waren. Auch hier war wieder ein Fahrstuhl eingebaut, der sie in die Höhe brachte.

»Wir wollen langsam fahren«, flüsterte Dr. Fall Farrington ins Ohr. »Es hat keinen Zweck, Geräusche zu verursachen und Verdacht zu erregen. Wir dürfen nicht vergessen, daß wir es jetzt mit Mr. Smith zu tun haben.«

Farrington nickte, und plötzlich stand der Fahrstuhl von selbst still. Sie machten keinen Versuch, die Tür zu öffnen. Sie konnten Stimmen hören: Mr. Smith und Poltavo unterhielten sich miteinander. In diesem Augenblick sprach der Pole.

Er erbot sich, alles zu verraten. Die beiden waren im Dunkeln Zeugen seiner Hinterlist. Sie hörten auch, daß das Auto ankam und daß sich der Detektiv entfernte. Eine Tür schlug zu, und ein Schlüssel drehte sich im Schloß. Dr. Fall trat einen Schritt vorwärts, drückte eine Feder in dem Holzwerk, vor dem er stand, und eins der Paneele glitt lautlos zur Seite.

Poltavo sah die beiden nicht, bis sie vor ihm standen. Als er dann in ihre haßerfüllten Gesichter blickte, wußte er, welches Schicksal ihn erwartete.

»Was wollen Sie?« flüsterte er kaum vernehmlich.

»Seien Sie ruhig«, sagte Farrington leise, »oder Sie sind ein toter Mann.« Er hielt ihm die Spitze eines Messers an die Kehle.

»Wohin bringen Sie mich?« fragte Poltavo, der totenbleich geworden war und von Kopf bis Fuß zitterte.

»Dahin, wo Sie möglichst wenig Gelegenheit haben, uns zu verraten«, erwiderte Dr. Fall.

Ein höhnisches Lächeln zeigte sich auf seinen Zügen. Poltavo, der ahnte, was ihm jenseits des Tunnels bevorstand, vergaß das Messer an seiner Kehle und schrie.

Starke Hände packten ihn und unterdrückten den Schrei. Poltavo fühlte einen Schlag hinter dem Ohr und verlor das Bewußtsein. Als er wieder zu sich kam, befand er sich auf dem kleinen elektrischen Wagen, der den alten Bergwerksstollen entlangfuhr. Er lag halb auf dem Boden, halb stützte er sich gegen Dr. Falls Knie. Er machte keinen Versuch, sich zu bewegen. Es wurde kein Wort gesprochen, als sie ihn aus dem Wagen zerrten, in einen anderen Fahrstuhl brachten und nach oben fuhren. Schließlich standen sie wieder in dem kleinen Zimmer am Ende des Ganges, der unter dem »geheimnisvollen Haus« entlanglief.

Eine Tür wurde geöffnet, und Poltavo wurde hineingestoßen. Er hörte, daß sich die Stahltür hinter ihm schloß. Als der Raum erhellt worden war, erkannte er, daß er sich in seinem früheren Gefängnis befand.

Dort standen der Tisch und der schwere Stuhl, in der Ecke war der verschlossene Eingang zu dem anderen Fahrstuhl. Immerhin war er jetzt nicht mehr in den Händen der Polizei, das war sein erster Gedanke, der ihn in gewisser Weise beruhigte. Er war hier allerdings auch nur so lange sicher, als es Farrington und seinem Freund gut dünkte. Was würden sie mit ihm beginnen? Wie konnte er sich entschuldigen? Sie hatten seine Unterhaltung mit dem Detektiv angehört, dessen war er sicher. Er ärgerte sich über seine Torheit. Er hätte nicht nach Moor Cottage gehen sollen. Es lag etwas Unheimliches über diesem Platz. Aber Mr. Smith hätte das doch besser wissen sollen als er. Warum hatte er ihn allein gelassen?

Diese und tausend andere Fragen schossen ihm durch den

Kopf, als er unruhig in dem gewölbten Raum auf und ab ging. Diesmal hatten sie keine Eile, ihn mit Nahrung zu versorgen. Er hatte fast vergessen, welche Zeit es war. In diesem unterirdischen Gewölbe, in das kein Sonnenstrahl drang, war es ja auch gleich, ob es Tag oder Nacht war. Sie hatten ihm nicht einmal die Handschellen abgenommen. Würden sie nun kommen und ihn davon befreien? Was hatten sie mit ihm vor? Er fühlte sorgfältig an seinen Taschen entlang. Mr. Smith hatte ihm die einzige Waffe genommen, die er mit sich führte. Zum erstenmal seit vielen Jahren war Poltavo unbewaffnet.

Sein Herz schlug zum Zerspringen, und er atmete schwer. Eine entsetzliche Angst packte ihn. Er wandte sich nach der Wand und wollte die Tür suchen, durch die er hereingekommen war, aber zu seinem größten Erstaunen war sie nicht zu finden. So weit er sehen konnte, lief die Steinwand ohne Unterbrechung von einem Ende des Raumes zum anderen. Entfliehen konnte er nicht, er mußte geduldig warten, bis er ihre Pläne entdeckte. Er zweifelte nicht daran, daß es ihm schlechtgehen würde, denn er hatte jedes Recht auf ihr Vertrauen verwirkt. Aber wenn das die einzige Folge seines Verhaltens gewesen wäre, hätte ihn das wenig gekümmert. Er hatte sich Dr. Fall gegenüber gerühmt, daß er schon in sehr schwierigen Lagen gewesen war und dem Tod in manchen merkwürdigen und schrecklichen Situationen ins Auge gesehen hatte, aber die Überzeugung, daß er einem unvermeidlichen Schicksal nicht entgehen konnte, war noch nie so stark in ihm aufgetaucht wie diesmal. Denn er lag im Keller des »geheimnisvollen Hauses«, von hundert geheimen Kräften bewacht.

Es blieb ihm nur die schwache Hoffnung, daß Mr. Smith entdecken würde, auf welche Weise er aus dem Raum in Moor Cottage entführt worden war, und ihm bis hierher folgen würde.

Offenbar befürchteten die Bewohner des »geheimnisvollen Hauses« dasselbe, denn selbst hier in der Stille des unterirdischen Gefängnisses konnte Poltavo sonderbare Geräusche hören. Es polterte und knirschte, als ob die Konstruktion des ganzen Hauses von Grund auf geändert würde.

Er brauchte nicht lange zu warten. Der Fahrstuhl in der Ecke des Raumes kam schnell herunter, und Dr. Fall trat ein.

»Mr. Smith ist im Haus«, sagte er. »Er nimmt eine Durchsuchung vor. In einigen Augenblicken wird er hier unten sein. Unter diesen Umständen muß ich Ihnen allerdings eins der Geheimnisse dieses Hauses verraten.« Er packte ihn heftig am Arm und führte ihn halb, halb zerrte er ihn in eine Ecke des Zimmers. Da Poltavo gefesselt war, konnte er keinen Widerstand leisten. Scheinbar berührte Dr. Fall nur einen Teil der Wand, aber er mußte entweder mit der Hand oder mit dem Fuß auf eine starke Feder gedrückt haben, denn ein Teil der Steinwand schwang nach rückwärts und enthüllte eine dunkle Öffnung.

»Gehen Sie hier hinein«, sagte Dr. Fall und stieß ihn ins Dunkle.

Wenige Augenblicke später betrat Mr. Smith in Begleitung dreier Detektive den Raum, den Poltavo eben verlassen hatte, aber er konnte keine Spur von dem Gefangenen finden, der hier geweilt hatte.

Poltavo mußte im Dunkeln warten. Er befand sich in einem kleinen, zellenartigen Raum, der offenbar nur den einen Eingang hatte, durch den er gekommen war.

Er konnte allerdings unbehindert atmen, denn das Entlüftungssystem in den Kellerräumen war großartig und genial angelegt.

Die zwanzig Minuten, die er allein blieb, erschienen ihm wie Stunden. Endlich öffnete sich die Tür wieder, und er wurde herausgerufen.

Farrington war jetzt in dem Raum. Er war von Dr. Fall, seinem treuen Assistenten, und dem einäugigen Italiener begleitet. Poltavo erinnerte sich, daß er diesen Mann im Kraftwerk gesehen hatte, als man ihm eines Tages erlaubte, die Anlage zu besichtigen.

Der Raum sah etwas verändert aus. Poltavo war so nervös, daß er das sofort wahrnahm. Der Tisch war zurückgezogen, so daß der auf dem Boden befestigte Stuhl frei stand.

Er hatte sich schon das erstemal über die schweren Schrauben gewundert, die ihn festhielten. Dr. Fall und der Italiener packten ihn derb, führten ihn quer durch den Raum und stießen ihn auf den Stuhl.

»Was haben Sie vor?« fragte Poltavo totenbleich.

»Das werden Sie gleich sehen.«

Sie nahmen ihm die Handfesseln ab und schnallten ihn geschickt an den Stuhl. Seine Handgelenke und Ellenbogen wurden an den Armlehnen, seine Schenkel an den Beinen des massiven Möbels befestigt.

Poltavo sah Farrington vor sich stehen. Das Gesicht des großen Mannes war erstarrt wie eine Maske. Kein Muskel bewegte sich darin, die Augen waren fest auf den Verräter gerichtet. Dr. Fall kniete nieder, und Poltavo hörte, wie Tuch zerrissen wurde.

Er hatte jedes seiner beiden Hosenbeine aufgerissen.

»Soll das Ganze ein Scherz sein?« fragte Poltavo mit einer verzweifelten Anstrengung, seine Furcht zu überwinden.

Aber er erhielt keine Antwort.

Er beobachtete seine Kerkermeister mit wachsendem Entsetzen. Was war der Sinn all dieser Vorbereitungen? Die beiden Männer, die sich an dem Stuhl zu schaffen machten, hoben merkwürdig aussehende Gegenstände vom Boden auf und befestigten sie an jedem seiner Handgelenke. Er fühlte die kalte Oberfläche einer Metallplatte, die sich gegen seine Haut drückte. Noch war er sich nicht über die Gefahr klar, in der er schwebte, noch ahnte er nichts von dem grausamen Entschluß der beiden Männer, deren Geheimnis er hatte verraten wollen.

»Mr. Farrington«, wandte er sich bittend an den großen Mann, »wir wollen uns doch verständigen. Ich habe verloren.«

»Das stimmt«, erwiderte Farrington. Es waren seine ersten Worte.

»Geben Sie mir genug Geld, daß ich das Land verlassen kann, nur das Geld, das ich in der Tasche habe, und ich verspreche Ihnen, daß ich Ihnen nie wieder Schwierigkeiten bereiten werde.«

»Mein Freund, ich habe Ihnen nur zu lange getraut. Sie haben sich mir aufgedrängt, als ich Sie nicht wünschte, Sie haben meine Pläne bei allen möglichen Gelegenheiten durchkreuzt, Sie haben mich betrogen, wann es Ihnen nur möglich war oder wann sich Ihnen ein Vorteil dadurch bot. Ich bin fest entschlossen, Ihnen jede Möglichkeit zu nehmen, mir noch einmal zu schaden.«

»Was soll denn dieses Theater bedeuten?« fragte Poltavo. Blinde Furcht und Wut kämpften in ihm.

Jetzt erst entdeckte er, daß die sonderbaren Klammern an seinen Handgelenken durch dicke, grüne Schnüre mit einem Kontakt in der Wand verbunden waren. Er stieß einen entsetzten Schrei aus, als er das sah, und nun wurde ihm der schreckliche Ernst seiner Lage plötzlich klar.

»Mein Gott!« schrie er. »Sie wollen mich doch nicht umbringen?!«

Farrington nickte langsam.

»Ja, wir werden Sie schmerzlos töten, Poltavo. Wenn wir weiterleben wollen, müssen Sie sterben. Wir werden Ihnen keine unnötigen Qualen bereiten, aber das Abenteuer Ihres Lebens ist nun zu Ende, mein Freund.«

»Sie werden mich doch nicht durch elektrischen Strom töten?« stöhnte der Mann in dem Stuhl. Seine Stimme war heiser und krächzend geworden. »Sagen Sie doch, daß es nicht wahr ist – sagen Sie, daß Sie mich nicht hinrichten wollen, Farrington! Geben Sie mir doch die Möglichkeit, zu leben – machen Sie mit mir, was Sie wollen, übergeben Sie mich der Polizei! Alles andere, nur das nicht, Farrington, nur das nicht!«

Farrington gab einen kleinen Wink, Dr. Fall ging zur Wand und legte seine Hand auf einen großen, schwarzen Schalter.

»Ich verrate Sie nicht ...« Poltavos Stimme klang hohl. »Geben Sie mir doch die Möglichkeit ... Ich werde ihnen nicht sagen – daß Sie –«

Dann verstummte er plötzlich, denn der schwarze Schalter hatte sich umgedreht, und der Tod kam mit blitzartiger Schnelligkeit über Poltavo.

Die drei Männer beobachteten die Gestalt. Man sah noch ein leises Zittern in den Händen, dann nickte Farrington, und der Arzt drehte den Schalter wieder ab.

Schnell lösten sie alle Fesseln, und der bewegungslose Körper glitt von dem Stuhl herunter.

So starb Ernesto Poltavo, ein Abenteurer und ein Schurke, in der Blüte seines Lebens.

Farrington schaute mit düsteren Blicken auf die Leiche. Er

wollte eben etwas sagen, als plötzlich eine scharfe Stimme hinter ihm erklang.

»Hände hoch!«

Die steinerne Tür, durch die Poltavo vom Korridor zu seiner Richtstätte gebracht worden war, stand weit offen, und im Eingang stand Mr. Smith, dicht hinter ihm tauchte Ela auf. Eine Pistole blitzte in der Hand des Detektivs auf.

20

Die Durchsuchung des »geheimnisvollen Hauses« hatte Mr. Smith nicht zufriedengestellt. Er hatte allerdings auch nicht erwartet, brauchbare Anhaltspunkte zu finden. Er war sich völlig darüber klar, daß diese kühnen Männer alle Spuren ihrer Verbrechen verwischt hatten.

»Was wollen wir nun machen?« fragte Ela, als sie das Haus wieder verließen.

»Sofort zurück nach Moor Cottage«, entgegnete Mr. Smith, als er in das Auto stieg. »Ich bin sicher, daß wir eine große Entdeckung machen werden. Sicher führt von dort irgendein unterirdischer Gang hierher. Auf diesem Weg sind Lady Constance und Poltavo fortgebracht worden. Wenn es notwendig ist, werde ich alle Holztäfelungen in den beiden Zimmern des Erdgeschosses zertrümmern! Ich muß den geheimen Gang zu Mr. Farringtons Haus finden.«

Eine halbe Stunde lang durchforschten sie den Raum, aus dem Poltavo verschwunden war. Sie bohrten die hölzernen Täfelungen an und untersuchten jedes einzelne Paneel.

Dabei machten sie die Entdeckung, daß die eichenen Paneele mit Stahlplatten festgeschraubt waren.

»Es ist ein hoffnungsloses Unternehmen. Wir müssen Handwerker haben, die die Platten entfernen können«, sagte Mr. Smith.

In Gedanken hatte er das kleine Medaillon wieder aus der Tasche genommen und geöffnet.

»Es ist doch zu absurd.« Er lachte hilflos. »In diesen einfachen

Worten liegt nun die Lösung, und doch können wir klugen Leute von Scotland Yard sie nicht finden . . .«

»Gott schütz dem Kenig!« sagte Ela traurig. »Ich möchte nur wissen, wie uns das helfen sollte.«

Plötzlich zeigte Mr. Smith auf das Klavier. Er eilte zu dem Instrument, hob den Deckel auf und schlug einen Akkord an. Der Ton klang etwas dürftig, das Klavier schien seit langer Zeit nicht mehr gestimmt worden zu sein.

»Ich werde einmal ›Gott schütze den König‹ spielen!« rief Mr. Smith mit glänzenden Augen. »Ich glaube, dann wird sich etwas ereignen.«

Langsam spielte er die bekannte Weise von Anfang bis zu Ende und schaute dann auf.

»Versuchen Sie es noch einmal in einer anderen Tonart«, riet Ela. Wieder spielte Mr. Smith die Nationalhymne. Als er fast zu Ende war, knackte plötzlich die Wand. Er sprang auf. Eins der langen Paneele hatte sich geöffnet. Einen Augenblick sahen sich die beiden Männer an. Sie waren allein in dem Haus, obwohl eine Polizeiwache in Rufweite stand. Die anderen Polizeitruppen waren in der Nähe des »geheimnisvollen Hauses« zusammengezogen.

Mr. Smith drehte seine unentbehrliche Taschenlampe an und drang in die dunkle Öffnung vor.

»Ich werde einmal allein hineingehen und sehen, was geschieht.«

»Ich glaube, es ist besser, wir gehen zusammen«, erwiderte Ela grimmig.

»Hier ist ein elektrischer Schalter.«

Mr. Smith drehte daran, und eine elektrische Lampe leuchtete im Innern einer kleinen Liftkabine auf.

»Hier befinden sich wahrscheinlich die notwendigen Knöpfe – wir wollen einmal diesen versuchen.«

Er drückte auf einen Knopf, und der Fahrstuhl begann sich zu senken. Nach einer Weile hielt er an, und die beiden traten hinaus.

»Dies ist ein Teil des alten Bergwerks«, erklärte Smith. »Wirklich eine geniale Idee.«

Er leuchtete mit seiner Lampe die Wände des Stollens ab, um die elektrischen Schalter zu finden. Er fand sie auch, und im nächsten Augenblick war der Stollen hell erleuchtet.

»Teufel noch einmal! Sogar eine unterirdische Trambahn haben sie sich eingerichtet! Sehen Sie doch einmal her!« rief er mit Bewunderung.

Auf der kleinen Endstation befanden sich zwei Geleise mit einer Weiche, und ein Wagen schien auf sie zu warten. Ein paar Minuten später hatten Mr. Smith und sein Assistent das andere Ende des unterirdischen Ganges erreicht. Sie fanden auch den zweiten Fahrstuhl.

»Das hätten wir geschafft. Sie haben alles elektrisch eingerichtet. Ich dachte mir schon, daß das große Kraftwerk Farringtons einem ganz besonderen Zweck dienen müsse. Nun sehe ich, wieviel Strom sie brauchen. Treten Sie vorsichtig in den Fahrstuhl, und merken Sie sich genau, welchen Weg wir machen. Ich nehme an, daß wir uns jetzt etwas mehr als dreißig Meter unter der Erdoberfläche befinden. Schätzen Sie es einmal oberflächlich, wenn wir nach oben fahren.«

Er drückte auf einen Knopf, und der Fahrstuhl glitt aufwärts. Oben traten sie in dem kleinen Zimmer hinaus und fanden die Tür zu dem langen Gang.

»Das sieht so aus, als ob hier ein Zimmer oder ein größerer Raum dahinter läge«, meinte Mr. Smith, als er vor einer mit roter Farbe gestrichenen Tür stand, die in eine der dicken Wände eingelassen war. Er lehnte sich dagegen, aber sie bewegte sich nicht. Sie untersuchten die ganze Umgebung, konnten aber kein Schlüsselloch finden.

»Die Tür scheint durch irgendeine geheimnisvolle Feder oder einen Schalter in Bewegung gesetzt zu werden, oder sie bewegt sich überhaupt nicht«, flüsterte er Ela zu.

»Wenn sie durch eine Feder bewegt wird, werde ich sie schon herausfinden.« Elas Hand tastete über die Oberfläche der Tür, und plötzlich hielt er an.

»Hier ist eine Öffnung, die etwas größer ist als ein Nadelöhr.« Er nahm ein Universalmesser mit vielen Klingen aus der Tasche und bog eine Stahlnadel heraus. »Pfeifenreiniger sind manchmal auch zu anderen Dingen nütze«, sagte er und drückte den langen, dünnen Stab in die Öffnung. Plötzlich öffnete sich die Tür geräuschlos.

Mr. Smith war der erste, der mit dem Revolver in der Hand in den Raum trat. Er befand sich in einem Zimmer, das keineswegs das Aussehen eines Gefängnisses hatte, selbst wenn es diesem Zweck dienen sollte. Die Wände waren mit kostbaren Brokatstoffen bespannt, der Teppich war dick und weich, und die Möbel zeugten von künstlerischem Geschmack.

»Lady Constance«, rief Mr. Smith überrascht.

Eine Frau, die neben einer Leselampe saß, erhob sich schnell und sah den Detektiv verwirrt an.

»Mr. Smith!« Sie eilte auf ihn zu. »Gott sein Dank, daß Sie gekommen sind!«

Sie ergriff seine beiden Hände und weinte fast vor Freude. Sie sprach unzusammenhängende Worte, erzählte von ihrer Gefangennahme, ihrer Furcht, ihrer Dankbarkeit für ihre Rettung.

»Setzen Sie sich, Lady Constance«, sagte Mr. Smith freundlich. »Versuchen Sie Ihre Gedanken zu ordnen – haben Sie Poltavo gesehen?«

»Poltavo?« fragte sie verwundert. »Nein, ist er denn hier?«

»Er muß sich irgendwo hier aufhalten. Ich bin gerade auf der Suche nach ihm. Wollen Sie hierbleiben oder wollen Sie mit uns kommen?«

»Ich möchte Sie begleiten«, sagte sie schaudernd.

Sie gingen zusammen hinaus.

»Führen alle diese Türen hier zu Räumen, die ähnlich sind wie dieser?« fragte der Detektiv.

»Ich glaube, daß eine Anzahl von unterirdischen Zellen hier liegt«, antwortete sie flüsternd. »Aber die größte von ihnen ist ganz in der Nähe.«

Sie zeigte auf eine rot angestrichene Tür, die etwa zwanzig Schritt entfernt lag. Ela untersuchte sie genau.

Offenbar öffneten sie sich alle nach demselben Stecksystem, das im Mittelalter sehr beliebt war. Die Italiener hatten dieses Geheimnis wahrscheinlich aus ihrem Vaterland mitgebracht, in dem einst die Borgias, die Medicis und die Viscontis lebten.

»Bleiben Sie hier stehen«, sagte Mr. Smith leise, und Lady Constance lehnte sich an die Wand.

Ela preßte seinen Pfeifenreiniger wieder in die Öffnung, die Tür tat sich langsam auf, und Mr. Smith trat hinein.

Einen Augenblick stand er still und versuchte die Bedeutung dieses schrecklichen Anblicks zu verstehen: Ein toter Körper lag auf dem Boden, zwei erbarmungslose Männer mit harten Gesichtern standen daneben, Farrington hatte die Arme verschränkt und schaute düster auf den Toten nieder, Dr. Fall war noch an dem Schaltbrett beschäftigt.

Mr. Smith hob langsam seinen Revolver.

»Hände hoch!« rief er.

Kaum hatte er diese Worte ausgestoßen, als der Raum schon vollständig verdunkelt war. Sein Begleiter wurde heftig zurückgeschleudert, denn die elektrische Schließvorrichtung war eingeschaltet worden und die Tür schlug Ela ins Gesicht. Er wollte sich dagegenstemmen, um sie offenzuhalten, aber alle seine Bemühungen waren umsonst. Auch mit dem Pfeifenreiniger hatte er keinen Erfolg.

Er wurde bleich. »Mein Gott! Sie haben Smith gefangen!« Einen Augenblick stand er unentschieden da. Er hatte eben die Szene in dem Zimmer gesehen und wußte, welches Schicksal seinem Vorgesetzten drohte.

»Schnell zurück in den Gang!« rief er und führte Lady Constance Dex mit sich. Er fand ohne Schwierigkeit den Weg zum Fahrstuhl, er drückte den Knopf . . . Jetzt fuhren sie mit größter Schnelligkeit auf dem elektrischen Wagen die Schienen entlang . . . Jetzt trug sie der andere Fahrstuhl in die Höhe, und sie traten in das Zimmer in Moor Cottage ein. Das Auto von Mr. Smith wartete noch vor dem Haus.

»Sie kommen am besten mit mir«, sagte Ela schnell, und Lady Constance sprang nach ihm in den Wagen.

»Zu dem ›geheimnisvollen Haus‹ – schnell!« schrie Ela dem Chauffeur zu.

»Später bringe ich Sie zu Ihren Freunden – ich darf es jetzt nicht wagen, auch nur eine Sekunde zu verlieren . . .«

»Was werden sie tun?«

»Ich weiß, was sie vorhaben«, erwiderte er grimmig. »Farrington spielt seinen letzten Trumpf aus, und Mr. Smith soll sein Opfer sein!«

In der Dunkelheit des unterirdischen Raumes stand Smith seinen Feinden gegenüber. Er hatte den Finger am Abzug seiner Pistole, und seine Augen versuchten, die Finsternis zu durchdringen.

»Rühren Sie sich nicht!« sagte er ruhig. »Ich schieße sofort!«

»Es ist gar nicht nötig, daß Sie schießen«, erwiderte Dr. Fall höflich. »Das Licht ging zufällig aus. Ich versichere Ihnen, daß Sie und Ihre Freunde nichts zu fürchten haben!«

Mr. Smith tastete sich mit vorgestrecktem Revolver an der Wand entlang. In der Dunkelheit fühlte er die große Gestalt des Arztes mehr, als er sie sah, und er streckte vorsichtig die Hand aus.

Plötzlich berührte etwas seine Handfläche, das sich unter gewöhnlichen Umständen wie die Spitzen eines Bastbesens angefühlt haben würde. Mr. Smith wurde heftig rückwärts gestoßen.

»Schnell in den Stuhl mit ihm«, rief Farrington. »Das war eine gute Idee von Ihnen, Doktor.«

»Es war der Sprühapparat«, sagte Dr. Fall zufrieden. »Davon bekommt man einen kräftigen elektrischen Schlag. Sie haben sich wirklich einen mächtigen Bundesgenossen erwählt, als Sie die elektrische Kraft zu Hilfe nahmen, Farrington.«

Nun brannten die Lichter wieder, und Smith wurde an den Stuhl geschnallt. Er hatte sich von dem Schlag erholt, aber es war zu spät. Während er bewußtlos gewesen war, hatte man Poltavos Leiche entfernt. Sie behandelten den Detektiv jetzt genauso wie vorher den Polen; er fühlte die elektrischen Kontakte auf der bloßen Haut seiner Handgelenke und biß die Zähne zusammen.

»Mr. Smith«, begann Farrington höflich, »ich fürchte, Sie haben sich selbst in eine böse Situation gebracht – wo ist der andere Mann?« fragte er schnell und sah Dr. Fall an.

»Ich habe ihn vergessen«, erwiderte der langsam. »Er muß draußen im Gang sein.«

Er ging zu der unsichtbaren Tür im Hintergrund und öffnete sie durch eine Berührung. Ein paar Minuten später kam er zurück, sein Gesicht sah plötzlich alt und eingefallen aus.

»Er ist fort – auch die Frau ist verschwunden.«

Farrington nickte.

»Kommt es noch darauf an?« fragte er rauh. »Die beiden können nicht viel wissen! Stellen Sie die elektrische Sicherung für die Tür ein.«

Fall drehte an einem Schalter, dann wandte sich Farrington erneut Smith zu.

»Sie wissen, in welcher Lage Sie sich befinden – ich werde Ihnen jetzt mitteilen, wie Sie sich daraus befreien können.«

»Ich bin begierig, das zu erfahren«, entgegnete der Detektiv kühl. »Aber ich warne Sie davor, mir zu sagen, meine Rettung hänge davon ab, daß ich Sie entfliehen lasse. Ich fürchte, daß ich in diesem Fall zum Tode verurteilt bin.«

»Sie haben richtig vermutet. Ich stelle die Bedingung, mich und meine Freunde frei und unversehrt aus England zu bringen. Ich weiß, daß Sie mir erwidern wollen, Sie hätten nicht die Macht dazu, aber ich kenne die außerordentlichen Vorrechte Ihrer Abteilung in Scotland Yard genau. Ich weiß, daß ich mit Ihrer Hilfe das ›geheimnisvolle Haus‹ verlassen und morgen früh in Calais landen kann ... Niemand in ganz England könnte Sie daran hindern, mir zu helfen. Ich biete Ihnen Ihr Leben an, wenn Sie meine Bedingungen annehmen. Sonst –«

»Sonst?«

»Werde ich Sie töten«, antwortete Farrington kurz, »wie ich auch Poltavo getötet habe. Sie sind mein schlimmster Feind, mein gefährlichster Gegner. Sie waren für mich schon immer ein Mensch, dem man möglichst aus dem Wege gehen mußte. Und ich werde Sie mit weniger Gewissensbissen töten, weil nur Sie daran schuld sind, daß ich in den letzten Monaten dieses Hundeleben führen mußte. Es wird Sie interessieren, Mr. Smith, daß Sie mich einmal beinahe gefangen hätten. Der ganze Flügel des Hauses, in dem Mr. Moole liegt, ist verschiebbar und beweglich nach dem Prinzip eines riesigen Aufzugs. Das Geheimnis des ›geheimnisvollen Hauses‹ liegt in Wirklichkeit in systematisch und vorzüglich angeordneten Aufzügen und Fahrstühlen. Das heißt praktisch, daß ich mein Arbeitszimmer in den ersten Stock placieren, es aber auch zum vierten Stock hinaufheben kann. Und das kostet mich nicht einmal so viel Mühe, als nötig ist, um einen Stuhl von einem Zimmer in ein anderes zu tragen.«

»Das habe ich schon vermutet. Sie hätten als Elektroingenieur ein Vermögen verdienen können.«

»Das bezweifle ich stark«, erwiderte Farrington kühl. »Aber die Vergangenheit und verpaßte Gelegenheiten interessieren mich jetzt weniger als meine und Ihre Zukunft. Wozu haben Sie sich entschlossen?«

Smith lächelte.

»Ich werde Ihre Bedingung nicht annehmen«, sagte er liebenswürdig. »Ich bin auf meinen Tod vollständig vorbereitet. Nichts in der Welt, keine Drohung gegen mich oder meine nächsten Angehörigen oder Freunde könnte mich dazu bewegen, so gefährliche Verbrecher wie Sie und Ihre Komplicen entkommen zu lassen. Ihre Zeit ist um, Farrington. Ob ich ein wenig früher oder später sterben muß, ändert nichts daran, daß Sie in einem Monat selbst tot sind, ob Sie mich nun umbringen oder laufen lassen.«

»Sie sind sehr kühn, mir das ins Gesicht zu sagen«, zischte Farrington ihn an.

Smith sah an den wütenden Blicken und den verbissenen Gesichtern, daß seine Worte getroffen hatten.

»Wenn Sie sich einbilden, noch entkommen zu können«, fuhr er unbekümmert fort, »dann verschwenden Sie nur Zeit, die Sie besser anwenden könnten, denn jeder Augenblick Verzögerung bringt Sie beide dem Galgen näher.«

»Mein Freund, Sie beschleunigen nur Ihren eigenen Tod«, sagte Dr. Fall.

»Was das anbetrifft«, entgegnete Smith achselzuckend, »habe ich nicht die Absicht, Ihnen etwas zu prophezeien, denn ich kann ebensowenig in die Zukunft sehen wie Sie. Und wenn es der Wille der Vorsehung ist, daß ich in Ausübung meiner Pflicht sterben soll, so bin ich mit meinem Los zufrieden wie jeder Soldat, der auf dem Feld der Ehre stirbt. Denn es scheint mir«, sagte er halb zu sich selbst, »daß die geschworenen Feinde der Gesellschaft schrecklicher, entsetzlicher und gefährlicher sind als die anstürmenden Feinde, denen ein Soldat gegenübertreten muß. Sie sind nur Feinde, solange der Wahnsinn des Krieges dauert, aber Sie sind Ihr ganzes Leben lang Feinde der Gesellschaft.«

Dr. Fall wechselte einen Blick mit seinem Vorgesetzten. Farrington nickte.

Der Doktor beugte sich nieder, nahm den Lederhelm auf und setzte ihn mit derselben Behutsamkeit auf den Kopf des Detektivs, die er das erste Mal angewandt hatte.

»Ich gebe Ihnen noch drei Minuten Bedenkzeit.«

»Sie verschwenden drei Minuten!« Die Stimme des Mannes in dem Stuhl wurde durch den Lederhelm gedämpft.

Trotzdem zog Farrington seine Uhr aus der Tasche und hielt sie in der Hand. Kein Muskel in seinem Gesicht bewegte sich. Stark, groß und entschlossen stand er vor seinem Opfer. Während der hundertachzig Sekunden herrschte lautlose Stille in dem Raum, so daß man das Ticken der Uhr hören konnte.

Als die Zeit um war, ließ er sie wieder in seine Tasche gleiten.

»Wollen Sie tun, was ich von Ihnen verlangt habe?«

»Nein«, war die entschiedene Antwort.

»Schalten Sie ein!« rief Farrington wild.

Dr. Fall legte seine Hand auf den elektrischen Schalter. In diesem Augenblick flackerten die Lichter, und ihre Leuchtkraft verminderte sich langsam.

»Schnell!« rief Farrington.

Gerade als das Licht ausging, drehte der Doktor den Schalter an. Smith fühlte ein scharfes, brennendes Zucken, das seinen ganzen Körper blitzartig durchdrang, und verlor dann das Bewußtsein.

21

Eine Gruppe von Polizisten und Detektiven stand vor dem Tor des »geheimnisvollen Hauses«, als das Auto, in dem Ela und Lady Dex saßen, in schärfstem Tempo heranfuhr.

Ela sprang aus dem Wagen, als er noch nicht zum Stillstand gekommen war.

»Sie haben Smith gefangen!« rief er dem Inspektor zu, der den Befehl über die anwesende Truppe hatte. »Schließen Sie die Kette um das Haus! Alle bewaffneten Beamten folgen mir!«

Er eilte den Gartenpfad entlang, aber er wandte sich nicht nach dem Haus, sondern bog zum Kraftwerk ab.

Ein Mann mit grimmigem Gesicht stand im Eingang und maß die Beamten mit bösen Blicken.

Er versuchte, die Schiebetür zu schließen, aber Ela packte ihn am Kragen und schleuderte ihn nach innen.

Im nächsten Augenblick stand er in der Station und war von wütenden Arbeitern umringt. Ein großer, gutaussehender Mann mittleren Alters, der die Oberaufsicht hatte, kam auf Ela zu. Er trug einen großen Schraubenschlüssel in der Hand, um die Eindringlinge abzuwehren.

Aber Elas Pistole sprach von seinen Absichten.

»Treten Sie sofort zurück!« rief er. »Führen Sie hier die Aufsicht?«

Er sprach fließend italienisch.

»Was soll das alles bedeuten, mein Herr?« fragte der Mann.

»Ich gebe Ihnen eine Minute Zeit, die große Dynamomaschine zum Stehen zu bringen.«

»Aber das ist unmöglich! Das darf ich nicht tun – das ist gegen jegliche Vorschrift und Ordnung.«

»Wollen Sie meinem Befehl nachkommen?« stieß Ela zwischen den Zähnen hervor. »Wenn Sie mir nicht gehorchen, sind Sie ein toter Mann.«

Der Italiener zögerte und ging dann zu dem großen Schaltbrett, auf dem eine ganze Reihe von Lampen brannte.

»Ich will es nicht tun«, sagte er düster. »Dort ist der Hebel – legen Sie ihn selbst um.«

Plötzlich leuchtete eine rote Lampe auf dem Schaltbrett auf.

»Was ist das?« fragte Ela.

»Das Signal kommt aus den Kellerräumen«, erwiderte der Italiener. »Sie wollen mehr Strom haben.«

Ela wandte sich wütend zu dem Mann um und hob seine Pistole. Eine wilde Entschlossenheit lag in seinen Augen.

»Gnade!« brüllte der Mann, streckte die Hand aus, ergriff den großen Hebel, über dem »Gefahr« stand, und legte ihn um.

Plötzlich wurden alle Lichter in dem Raum düster, die großen Schwungräder verlangsamten ihren Lauf und kamen zum Stillstand. Nur das Tageslicht erleuchtete die Kraftstation jetzt. Ela stand auf der erhöhten Plattform vor der großen Schalttafel und wischte sich den Schweiß vom Gesicht. Er zitterte am ganzen Körper, als ob er vom Fieber geschüttelt würde.

»Hoffentlich bin ich noch rechtzeitig gekommen!« sagte er leise zu sich selbst.

Die große Maschinenhalle war von vielen Polizisten gefüllt.

»Nehmen Sie diese Leute gefangen«, befahl Ela. »Sehen Sie vor allen Dingen zu, daß niemand einen Schalter berührt. Verhaften Sie die Heizer, und trennen Sie sie von den anderen. Nun zu Ihnen«, wandte er sich wieder in Italienisch an den Aufseher. »Ich gebe Ihnen jetzt eine Chance. Sie gehen nicht nur frei aus, sondern ich verspreche Ihnen auch eine große Belohnung, wenn Sie mir gehorchen. Ich bin Polizeibeamter und bin hierhergekommen, um dieses Haus zu durchsuchen. Sie sprachen eben von den Kellerräumen – wissen Sie den Weg dorthin?«

Der Mann zögerte.

»Der Fahrstuhl geht nicht mehr, mein Herr«, erwiderte er.

»Gibt es keinen anderen Weg?«

Wieder zauderte der Aufseher.

»Es ist auch eine Treppe da«, stammelte er nach einer Weile und fuhr dann schnell fort: »Wenn hier ein Verbrechen vorliegt und Signor Moole Anarchist ist, so weiß ich nichts davon, das schwöre ich Ihnen. Ich bin ein ehrlicher Mann aus Padua.«

»Ich will Ihnen das glauben«, sagte Ela ruhiger. »Sie machen ein großes Unrecht wieder gut, wenn Sie mir den Weg zu den unterirdischen Räumen zeigen.«

»Ich werde Ihnen gehorchen und alles tun, was Sie wünschen«, erwiderte der Mann hilflos. »Ich rufe hier alle zu Zeugen an, daß ich mein Bestes getan habe, um die Befehle meines Herrn auszuführen.« Er ging mit Ela durch den Privatgarten hinter dem Haupthaus und führte ihn zu einem offenen Gang, der am Kellergeschoß entlanglief.

An dessen äußerstem Ende befand sich eine Tür. Der Mann öffnete sie mit einem Schlüssel, den er von einem Bund aus seiner Tasche nahm. Sie mußten noch zwei weitere Türen passieren, bevor sie zu der Wendeltreppe kamen, die in die Tiefe des »geheimnisvollen Hauses« führte. Zu Elas Erstaunen waren die Gänge beleuchtet, und er fürchtete schon, daß gegen seinen Befehl die Lichtmaschine wieder in Gang gebracht worden war. Aber der Italiener beruhigte ihn.

»Die Lampen werden von Reservebatterien gespeist«, erklärte er. »Von dort kann man genügend Strom entnehmen, um das ganze Haus zu beleuchten. Aber sie genügen nicht, um Kraftstrom zu liefern.«

Sie stiegen hinunter. Die Stufen schienen kein Ende zu nehmen. Ela zählte siebenundachtzig, als sie schließlich zu einem Treppenabsatz kamen, von dem aus sich eine Tür öffnete. Der Detektiv beobachtete, daß der Italiener sich auf dieselbe Methode Eingang verschaffte, die er selbst vorher angewandt hatte. Der Mann steckte einen eisernen Dorn in ein kaum sichtbares Loch, und die Tür tat sich auf.

Ela eilte mit den anderen Beamten den Gang entlang, bis sie zu der roten Tür kamen, die sich ebenfalls wieder öffnen ließ.

Zwei Lichter brannten düster in dem Raum. Ela sah die Gestalt in dem Stuhl, und sein Mut sank. Er stürzte vorwärts – Farrington hörte ihn zuerst.

Der große Mann wandte sich um. Drei Schüsse fielen kurz nacheinander. Ela stand aufrecht und unverletzt, aber Farrington schwankte und fiel zu Tode getroffen nieder.

»Verhaften Sie diesen Mann!« rief Ela. Im nächsten Augenblick war Dr. Fall gefesselt.

*

In seinem Büro in Scotland Yard lehnte sich T. B. Smith in seinem Stuhl zurück und beendete schmunzelnd den Bericht, den er Frank Doughton und dessen Gattin, die ihm gegenübersaßen, gegeben hatte:

»Mein Freund Ela hatte gerade in dem Moment den Strom abschalten lassen, in dem Dr. Fall auf Farringtons Zuruf hin den Schalter drehte. Mich erreichte nur noch ein schwacher Stromstoß, der mich zwar kurze Zeit ohnmächtig werden ließ, von dem ich mich aber, wie Sie ja sehen, wieder glänzend erholt habe.« Mr. Smith lächelte dem jungen Paar, das eben von seiner unter so unglücklichen Umständen begonnenen Hochzeitsreise zurückgekehrt war, zu und erkundigte sich nach dem Befinden von Mrs. Doris. Aber ein Blick in ihr Gesicht, das strahlend ihrem Mann zugekehrt war, belehrte ihn, daß diese Frage ganz unnötig war.

In einem wenigstens hatte Farrington recht behalten: Frank und Doris waren doch noch ein glückliches Paar geworden.

EDGAR WALLACE

DER SAFE MIT DEM RÄTSELSCHLOSS

Roman

Aus dem Englischen
von Eva Schumann

1

Herr William Spedding von der Anwaltsfirma Spedding, Mortimer & Larach hatte das Grundstück in der Lombard Street auf ganz einfache Art und Weise erworben. Nach dem Tod einer alten Dame, die in Market Harborough wohnte und mit dieser Geschichte nichts weiter zu tun hat, war das Besitztum auf den Markt gekommen und in der üblichen Weise versteigert worden.

Herr William Spedding hatte das Grundstück für 106 000 Pfund erstanden. Diese Summe war hoch genug, um das Interesse aller Abendzeitungen und auch vieler Morgenblätter zu erregen.

Die Pläne zur Errichtung eines Gebäudes recht absonderlicher Art wurden durch die Baubehörde geprüft und gebilligt. Der Bauinspektor war zwar einigermaßen verblüfft über die innere Einrichtung des neuen Hauses, aber da es allen baupolizeilichen Vorschriften der Stadt London entsprach, hatte er schließlich die Pläne mit einem Achselzucken genehmigt. Die geschickt entworfene Fassade zeigte kein auffälliges Merkmal, und für Entlüftungs- und Beleuchtungsanlagen hatte der Architekt denkbar gut gesorgt.

»Ich verstehe nicht, Herr Spedding«, sagte der Bauinspektor und zeigte auf die Blaupause, »wie Ihr Klient sich Ruhe und Abgeschlossenheit verschaffen will. Er hat ein Vestibül und eine einzige große Halle. Wo sind die Privatkontore, und was bedeutet dieser riesige Safe mitten in der Halle, und wo sollen die Angestellten sitzen? Denn er wird doch Angestellte beschäftigen? Er wird ja keine Minute Ruhe haben!«

Herr Spedding lächelte grimmig.

»Er wird Ruhe haben, soviel er will«, sagte er.

»Und die Stahlkammern – man sollte denken, daß die vor allem hier nötig wären.« Er tippte auf die Ecke des Bogens, wo in klarer Schrift »Plan zur Errichtung eines neuen Safe-Depots« stand.

»Da ist der Safe«, sagte Herr Spedding und lächelte wieder.

William Spedding war ein stattlicher Mann mit stets glattrasiertem Gesicht und verbindlichen Manieren. Er rauchte gute Zigarren, war immer heiter und schien zufrieden zu sein.

An die bekannten Firmen erging ein Rundschreiben wegen Vergebung der Bauarbeiten. Darin war ausdrücklich vermerkt, daß nicht unumgänglich das billigste Angebot den Zuschlag erhalten würde. Später wurde auch tatsächlich der Kostenvoranschlag von Pocham & Holloway angenommen, die die höchsten Preise gefordert hatten.

»Mein Auftraggeber verlangt die allerbeste Ausführung; das Gebäude muß Erschütterungen aushalten können.« Herr Spedding warf einen raschen Blick auf den Baumeister, der ihm gegenüber am Schreibtisch saß. »Es muß ein Bau werden, den selbst eine kleine Dynamitexplosion nicht gleich in alle Winde bläst.«

Der Baumeister nickte.

»Sie haben die einzelnen Bedingungen gelesen«, fuhr der Rechtsanwalt fort – er steckte sich eine frische Zigarre an –, »und in bezug auf das Postament ... Ja – ist Ihnen alles klar ...?«

»Es scheint alles ganz klar und deutlich«, sagte der Baumeister. Er nahm einen Stoß Papiere aus einer offenen Mappe neben sich und las: »Das Fundament bis zu einer Tiefe von sechs Metern muß aus Beton hergestellt sein ... Der Unterbau für den Safe aus abwechselnden Lagen von Granitplatten und Stahl ... In der Mitte eine stahlgepanzerte Nische, vierundzwanzig auf zwölf Zentimeter, von der halben Tiefe des Postaments.«

Der Rechtsanwalt nickte bedächtig.

»Dieses Postament wird das Wichtigste am ganzen Bau sein. Die stahlgepanzerte Vertiefung – ich kenne die technischen Ausdrücke nicht –, welche Ihre Leute darin einsetzen müssen, ist das Nächstwichtigste. Der Safe, der 15 Meter über dem Boden des Gebäudes stehen soll, ist bereits beschafft.«

Ein Heer von Arbeitern kam nun nach Lombard Street und riß die alten Gebäude nieder. Sie arbeiteten mit Brechstangen und Hebeeisen, und Lombard Street wurde grau von Staub. Das Innere seltsamer alter Stuben mit verschmutzter Holztäfelung wurde den Blicken der Passanten rücksichtslos preisgegeben.

Lastautos versperrten die Straße, und bei Nacht warfen Scheinwerfer grelles Licht über die Trümmerstätte.

Nacktarmige Männer schwitzten und gruben bei Tag und Nacht. Eines Morgens – ein feiner Sprühregen ging nieder – erschien Herr Spedding unter einem seidenen Regenschirm und drückte im Namen seines Klienten seine Zufriedenheit mit dem Fortgang der Arbeiten aus. Er stand auf einem schlüpfrigen Brett, das einen Steg für Schubkarren bildete, und die Arbeiter, angespornt durch die Anwesenheit des Baumeisters, liefen in fieberhafter Eile hin und her.

»Sie lassen sich durch den Regen nicht abhalten«, sagte der Rechtsanwalt und deutete in Richtung der schuftenden Männer.

Der Meister schüttelte den Kopf.

»Extralohn«, sagte er kurz. »Das hatten wir bei unserem Angebot schon vorgesehen«, fügte er eilig hinzu, um diese Verschwendung zu rechtfertigen.

So entstand bei Regen und Sonnenschein, in ununterbrochener Arbeit, das neue Safe-Depot.

Einmal hielt mitten in der Nacht eine schwere Limousine in der verlassenen Straße, und mit Hilfe eines Dieners stieg aus dem dunklen Wagen ein zitternder alter Mann mit weißem, müdem Gesicht. Er zeigte dem Wächter einen Ausweis und wurde durch das rohe Holztor auf den Bauplatz gelassen.

Vorsichtig ging er zwischen den Trümmerhaufen umher. Er stellte keine Fragen und gab keine Antworten auf die Erklärungen des verdutzten Wächters, der sich vergeblich fragte, was wohl an einem Bau so Besonderes sein könnte, daß es einen alten Mann an einem kalten Frühlingsmorgen um drei Uhr früh aus seinem Bett lockte.

Nur einmal sprach der Alte.

»Wo kommt denn das Ding, das Postament, hin?« fragte er mit heiserer, gebrochener Stimme im Londoner Dialekt, und als der Wächter auf die Stelle zeigte, wo die Arbeiter das Fundament aufgefüllt hatten, verzerrten sich die Lippen des Alten zu einem häßlichen Lächeln und entblößten eine Reihe Zähne, die für einen Mann seines Alters zu weiß und regelmäßig waren, um echt zu sein. Er sagte weiter nichts, zog aber den Kragen seines Pelzes dichter um den mageren Hals und ging mit schleppenden Schritten zu seinem Wagen zurück.

Der Bau sah den Klienten Mr. Speddings nicht wieder, denn dieser alte Mann war tatsächlich der Bauherr. Er gab sich nicht einmal die Mühe, die Lombard Street noch einmal zu besuchen, als die letzte Glasscheibe in die hohe, vergoldete Kuppel eingesetzt und die letzte Marmorplatte an den Wänden der Halle befestigt wurde.

Aber Mr. Spedding kam und begutachtete das prachtvolle Innere des Gebäudes. Voll Bewunderung stand er vor dem Granitsockel, der sich inmitten eines Gerüstes von schlanken Stahlträgern erhob. Diese stützten eine Wendeltreppe, die nach oben zu dem riesigen Safe führte.

Auch auf den Inhaber der Baufirma, der den Rechtsanwalt begleitet hatte, machten die gigantischen Maße der Halle tiefen Eindruck.

»Nun ist der Bau vollendet«, sagte er, und das Echo seiner Stimme hallte durch den weiten Raum.

Mr. Spedding antwortete nicht.

»Ihr Klient kann morgen schon hier sein Geschäft eröffnen, wenn er das wünscht.«

Der Rechtsanwalt trat von dem Postament weg.

»Er ist noch nicht soweit«, sagte er leise, als fürchte er das Echo.

Dann ging er zu den großen, weit offenen Stahltüren zu der Halle; der Baumeister folgte ihm.

Im Vestibül zog er zwei Schlüssel aus der Tasche. Die schweren Türen fielen hinter dem Eingang geräuschlos zu, und Herr Spedding verschloß sie. Durch das Vestibül schritten die beiden Männer auf die belebte Straße hinaus, und der Anwalt schloß auch die äußeren Türen hinter sich.

»Mein Klient bittet mich, Ihnen seinen besten Dank für die prompte Ausführung zu übermitteln«, sagte er.

»Sie haben zwei Tage weniger gebraucht, als wir erwarteten«, fuhr Herr Spedding fort.

Wenn es nicht um seine Arbeit ging, war der Baumeister ein Mann von wenig Gedanken. Noch einmal sagte er:

»Ja, Ihr Klient kann morgen sein Geschäft eröffnen.«

Der Rechtsanwalt lächelte.

»Mein Klient, Herr Potham, wird sein Geschäft vermutlich nicht vor zehn Jahren – hm – eröffnen«, meinte er. »Nämlich nicht – nun, nicht vor seinem Tode, Herr Potham.«

2

Ein Mann bog von der Seymour Street in den Terrington Square ein. Er sah etwas fremdländisch aus, trug einen Spitzbart und war in Abendkleidung. Der Mann ging über die Straße und verschwand hinter der Ecke der umgitterten Anlagen, welche die Mitte des Platzes einnahmen. Ein Auto fuhr in schnellem Tempo vorüber, ein verfrühter Zeitungskarren auf dem Weg nach Paddington folgte; dann lag der Platz öde und verlassen in tiefer Stille.

Der Mann schlenderte ruhig weiter, bis er zu Nr. 43 kam. Hier blieb er einen Augenblick stehen, warf einen raschen Blick die Straße hinauf und hinab und stieg dann die drei Stufen zum Haus empor. Er suchte eine Weile nach dem Schlüsselloch, drehte den Schlüssel um und trat ein. Drinnen stand er einen Augenblick still, zog dann eine kleine elektrische Lampe aus der Tasche und knipste sie an.

Er gab sich keine Mühe, das große Vestibül zu überblicken, sondern ließ den winzigen Lichtstrahl auf die Innenseite der Tür fallen. Zwei dünne Drähte und eine kleine Spule waren am Querbalken des Türrahmens befestigt. Einer der Drähte war durch das Öffnen der Tür gerissen.

»Natürlich Einbrecheralarm«, murmelte er beifällig. »Die Fenster sind ebenso gesichert, und der Himmel mag wissen, was für Fallen sonst noch auf einen voreiligen Mann warten.«

Er leuchtete in die Halle. Ein schwerer Perserteppich am Fuß der Treppe erregte seine Aufmerksamkeit. Er nahm einen zusammenschiebbaren Stock aus der Tasche und zog ihn auseinander. Dann schritt er behutsam auf den Teppich zu. Mit dem

Stock hob er eine Ecke hoch, und was er sah, befriedigte ihn offenbar, denn er ging zur Tür zurück, wo in einer Nische eine Marmorfigur stand. Es bedurfte all seiner Kraft, um sie aufzuheben und sie bis an den Rand des Teppichs zu schleppen. Mit einem raschen Stoß schob er sie mitten darauf. Eine Sekunde lang stand sie aufrecht, schwankend – dann verschwand sie wie der Blitz, und wo der Teppich gelegen hatte, gähnte ein schwarzes Loch. Der Mann wartete. Aus der Tiefe tönte ein lauter Krach, und langsam kam der Teppich wieder nach oben und füllte die Leere. Der unerschütterliche Besucher nickte, als billigte er die Vorsicht des Hausbesitzers.

»Hat aber kaum dazugelernt«, murmelte er bedauernd. »Er wird recht alt.«

Dann untersuchte er die Wände. Sie waren mit Bildern und Stichen bedeckt. Er nahm einen kleinen Anlauf, sprang über den Teppich und ruhte sich eine Weile auf der untersten Stufe aus. Eine Rüstung auf dem ersten Treppenabsatz fesselte einen Augenblick seine Aufmerksamkeit. »Harnisch aus der Zeit der Königin Elisabeth und spanische Streitaxt«, sagte er bedauernd. »Das ist kein Sammlermeisterstück.« Er ließ das Licht der Lampe wieder und wieder über die schweigsame Gestalt gleiten, die in drohender Haltung mit geschwungener Streitaxt dastand. »Dieses Beil gefällt mir nicht«, murmelte er und maß die Entfernung.

Da entdeckte er den feinen Draht, der sich über den Treppenabsatz spannte. Sorgfältig stieg er darüber weg und stellte sich neben den eisernen Ritter. Erst legte er den Mantel ab, dann streckte er den Arm aus und packte die Gestalt am Handgelenk, mit einer raschen Fußbewegung; er zerriß dabei den Draht.

Er war auf das mechanische Niederfallen des Beiles vorbereitet gewesen; aber im selben Augenblick, als der Draht zerriß, wandte sich die Gestalt nach rechts, und das Beil kam in halbkreisförmigem Schwung herabgesaust. Er wollte den Arm im Niedergehen festhalten, aber ebensogut hätte er versuchen können, die Kolbenstange einer Maschine festzuhalten. Seine Hand wurde gewaltsam beiseite gedrückt, und die rasiermesserscharf geschliffene Schneide des Beils hätte um ein Haar seinen

Kopf getroffen. Mit einem schwirrenden Geräusch nahm der Arm seine ursprüngliche Lage wieder ein und blieb steif in der Luft stehen.

Der Besucher biß sich auf die Lippen und seufzte.

»Das ist allerdings etwas ganz Neues«, sagte er kaum hörbar. Bewunderung lag offenkundig in seinem Ton. Er hob seinen Mantel auf, warf ihn über den Arm und stieg ein paar Stufen bis zum nächsten Absatz hinauf. Die Untersuchung des chinesischen Schränkchens verlief zufriedenstellend.

Der weiße Strahl seiner Lampe blitzte in Ecken und Spalten, enthüllte aber nichts. Er schüttelte den Vorhang eines Fensters und lauschte mit angehaltenem Atem.

»Hier ist nichts«, murmelte er entschieden. »Das Spiel würde der Alte hier nicht versuchen. Schlangen, in einem Haus mitten in London losgelassen, müßte man am nächsten Morgen sehr mühsam wieder einfangen.«

Er sah sich um; von dem Treppenabsatz aus führten Türen in drei verschiedene Zimmer. Der Raum, dessen Fenster seiner Meinung nach auf die Straße gehen mußten, kam für ihn nicht in Betracht. Die zweite, mit einer schweren Gardine verhängte Tür sah er eine Weile nachdenklich an. Auf die dritte Tür ging er zu; sorgfältig umwickelte er die Klinke mit seinem seidenen Halstuch und drückte sie nieder. Die Tür gab nach. Er zögerte noch einen Augenblick, dann stieß er sie weit auf und sprang zurück.

Nur eine Sekunde lang lag der Raum im Dunkeln, bis auf einen flackernden Lichtschein, der ein offenes Kaminfeuer verriet. Dann hörte der Besucher ein knackendes Geräusch, und das Zimmer war von Licht überflutet. Draußen auf dem dunklen Treppenabsatz wartete er; dann sagte eine Stimme, eine zerbrochene alte Stimme:

»Herein.«

Noch immer wartete der Mann vor der Tür.

»So komm doch herein, Jimmy – ich kenne dich doch.«

Vorsichtig ging der Mann über die Schwelle und trat vor den Alten hin, der, mit einem wattierten Schlafrock bekleidet, in einem Lehnstuhl am Feuer saß. Es war ein alter Mann mit weißem Gesicht und höhnischem Lächeln. Auf seinen Knien lag eine Menge Papiere.

Der Besucher nickte ihm einen freundlichen Gruß zu. »So-viel ich weiß«, sagte er bestimmt, »befinden wir uns gerade über deinem Speisezimmer, und wenn du mich durch eine deiner famosen Fallen stürzen läßt, Reale, würde ich mitten in deiner kostbaren Porzellansammlung landen.«

Ein Schatten der Beunruhigung war bei Erwähnung des Porzellans über das Gesicht des alten Mannes geglitten. Aber sonst blieb er unerschütterlich und ließ die Augen nicht vom Gesicht seines Gastes. Aufs neue erschien sein höhnisches Lächeln, und er winkte dem Besucher, auf der anderen Seite des Kamins Platz zu nehmen.

Mit der Spitze seines Stockes drehte Jimmy das Kissen um, bevor er sich niederließ.

»Mißtrauisch?« fragte der Alte höhnisch. »Mißtrauisch gegen deinen alten Freund, Jimmy?«

Jimmy antwortete nicht gleich, dann sagte er:

»Du bist ein wahres Wunder, alter Herr ... Bei Gott, du bist ein wahres Wunder. Die Rüstung – deine Idee?«

Der Alte schüttelte bedauernd den Kopf.

»Nicht meine Idee allein, Jimmy. Siehst du, es ist Elektrizität dabei im Spiel, und von Elektrizität verstehe ich nicht viel. Niemals hab' ich, außer –«

»Außer?« fragte Jimmy.

»Ach, der Roulette-Tisch – das war meine eigene Idee. Aber das war Magnetismus, und das ist meiner Ansicht nach was anderes als Elektrizität.«

Jimmy nickte.

»Bist du an der Falle glücklich vorbeigekommen?« Im Auge des Alten schimmerte flüchtig Bewunderung auf.

»Ja, drüber weggesprungen.«

Der Alte nickte beifällig.

»Warst immer ein fixer Junge, wenn's was auszuknobeln galt. Ich hab' massenhaft Kerle gekannt, die nie drauf gekommen wären, drüber wegzuspringen. Connor und das Schwein, der Massey, wären drauf reingefallen. Du hast doch nichts ruiniert?«

fragte er plötzlich aufgeregt. »Ich hab' was krachen hören und hoffte nur, du wärst es selber.«

Jimmy dachte an die Marmorstatue, und es fiel ihm ein, daß sie recht kostbar ausgesehen hatte.

»Nicht das geringste«, log er, und die gespannte Aufmerksamkeit des Alten ließ nach.

Die beiden saßen am Kamin einander gegenüber. Eine Weile sprach keiner ein Wort. Dann beugte sich Jimmy vor.

»Reale«, sagte er ruhig, »wieviel bist du wert?«

In keiner Weise beunruhigt über diese vielsagende Frage, im Gegenteil – offensichtlich voll lebhafter Befriedigung, erwiderte der andere ohne Zögern:

»Zwei Millionen und was darüber, Jimmy. Ich hab' die Zahlen im Kopf. Die Möbel und die Sachen hier im Haus mit ihrem richtigen Wert gerechnet, zwei Millionen siebenundvierzigtausend und dreiundvierzig Pfund – mit Ausständen und allem, das drum und dran hängt, Jimmy. In nacktem Bargeld, so daß du nur die Hand in die Tasche zu stecken brauchst, um es auszugeben – genau eine und drei viertel Million.«

Mit einem triumphierenden Blick lehnte er sich in seinem Stuhl zurück und beobachtete sein Gegenüber.

Jimmy hatte eine Zigarette aus der Tasche gezogen und zündete sie an; nachdenklich blickte er auf das langsam verglimmende Streichholz.

»Eine und drei viertel Million«, wiederholte er ruhig, »ist 'ne Masse Geld.«

»Und alles hast du dem vertrauensseligen Publikum abgeknöpft, mit meiner Hilfe – mit Connors und Masseys Hilfe –«

»Massey ist ein Schwein!« unterbrach ihn der Alte wütend.

»Alles törichten Leuten abgelistet, die zum Tiger Vertrauen hatten und hohe Spiele machten in Reales unvergleichlichem Glückstempel zu Kairo in Ägypten – mit Filialen in Alexandrien, Port Said und Suez.«

Die Gestalt im wattierten Schlafrock wand sich förmlich vor stiller Heiterkeit.

»Wie viele hast du ruiniert, Reale?« fragte Jimmy.

»Das mag der Himmel wissen!« erwiderte der Alte lustig.

»Weiß nur von dreien – zwei von ihnen sind tot, der dritte liegt im Sterben. Die beiden, die gestorben sind, haben weder Kind noch Kegel hinterlassen, der Sterbende hat eine Tochter.«

Jimmy musterte den alten Mann durch halbgeschlossene Augenlider.

»Warum sorgst du dich plötzlich um die Verwandten dieser Leute? Du willst doch nicht . . .«

Der alte Mann nickte eifrig, und sein Grinsen wurde geradezu teuflisch.

»Daß du's doch immer mit den großartigen Worten hast, Jimmy! So bist du stets gewesen. Auf die Art hast du deine vornehmen Freundchen dazu gekriegt, ihr Glück bei mir zu versuchen. Meinst du, daß ich mich um sie sorge? Jawohl, das tu ich, ich sorg' mich um sie. Und ich werde sie entschädigen.«

»Auf welche Art denn?«

»Sei bloß nicht neugierig!« fuhr ihn der Alte wütend an. »Ich hab' mich auch nicht erkundigt, warum du mitten in der Nacht in mein Haus einbrichst, obgleich ich weiß, daß du neulich schon da warst und den Elektrizitätszähler kontrolliert hast. Ich hab' dich gesehen und seitdem warte ich auf dich.«

»Das wußte ich«, sagte Jimmy ruhig und schnippte die Asche seiner Zigarette mit dem kleinen Finger fort, »und ich dachte, du würdest –«

Plötzlich hielt er inne und lauschte.

»Wer ist außer uns noch im Haus?« fragte er rasch; aber das Gesicht des Alten beruhigte ihn.

»Niemand«, sagte Reale ungeduldig. »Ich hab' ein besonderes Haus für die Dienstboten, und sie kommen erst morgens, nachdem ich meinen – Diebesalarm abgestellt hab'.« Er grinste, aber dann kam ein unruhiger Blick in seine Augen.

»Die Alarmglocken!« flüsterte er. »Du hast beim Hereinkommen den Draht zerrissen, Jimmy. Ich hörte das Signal. Wenn jemand im Haus wäre, würden wir es jetzt nicht erfahren.«

Sie lauschten. Unten in der Halle knackte etwas, dann klang ein dumpfer Ton herauf.

»Er hat den Teppich übersprungen«, flüsterte Jimmy und drehte das Licht aus.

Die beiden Männer hörten gedämpfte Tritte auf der Treppe und warteten. Durch die Türritze zuckte ein Lichtschein, ein Mensch atmete schwer.

Dann, als die Klinke niedergedrückt und die Tür aufgestoßen wurde, drehte Jimmy das Licht wieder an.

Der Eintretende war ein kleiner untersetzter Mensch mit breitem, rotem Gesicht. Er trug einen sehr auffallend karierten Anzug und einen steifen Hut, dessen schmale Krempe die Breite seines Gesichts noch zu betonen schien. Ein zufälliger Beobachter hätte ihn für einen derben, gutmütigen Menschen halten können, von rauher, aber herzlicher Wesensart. Ein guter Menschenkenner jedoch hätte in ihm sofort den grausamen, gefährlichen Typ erkannt, dem Mitleid und Erbarmen fremd sind.

Er fuhr blinzelnd zurück, als das Licht aufflammte, aber er hielt einen Revolver auf die beiden gerichtet.

»Hände hoch!« rief er. »Hände hoch!«

Keiner von beiden gehorchte. Jimmy war nur belustigt und verbarg das keineswegs. Mit seinen weißen, spitz zulaufenden Fingern strich er sich über den Bart. Der Alte zitterte vor Wut.

Er war es auch, der sich ächzend an Jimmy wandte:

»Was hab' ich dir gesagt, Jimmy? Was hab' ich dir immer gesagt, Jimmy? Massey ist ein Schwein, und er benimmt sich auch wie ein Schwein!«

»Hände hoch!« zischte der Mann mit dem Revolver noch einmal. »Hände hoch, oder ich mache euch kalt!«

»Wenn er doch zuerst gekommen wäre, Jimmy!« Der Alte rang die Hände vor Kummer. »Mag er auch über den Teppich gesprungen sein – jeder armselige Dieb hätte das fertiggebracht –, aber glaubst du, daß er den Trick mit der Rüstung entdeckt hätte? Wenn du mir nur die Rüstung wieder in Ordnung gebracht hättest!«

»Leg den Revolver hin, Massey«, sagte Jimmy kaltblütig, »wenn du nicht gerade was zum Spielen brauchst. Der alte Reale ist zu krank für Turnübungen, wie du sie im Sinne hast, und ich hab' auch keine Lust, dir gefällig zu sein.«

»Verdammt, wenn ihr eure dreckigen Tricks mit mir versucht, dann sollt ihr beide –«

»Ach, ich bin hier nur Besuch wie du auch«, sagte Jimmy mit einer leichten Handbewegung, »und was dreckige Tricks angeht, so hätten wir dich ja erschießen können, eh' du ins Zimmer kamst.«

Massey machte ein finsteres Gesicht und spielte mit seinem Revolver.

»Links am Lauf ist 'ne Sicherung«, fuhr Jimmy fort und zeigte auf den Revolver. »Schieb sie nach oben – du kannst sie ja immer wieder mit dem Daumen nach unten drücken, wenn es ernst wird. Für mich bist du nicht gerade das Ideal eines Einbrechers. Du atmest zu geräuschvoll und bist auch sonst zu ungeschickt. Ich hab' dich ja sogar die Haustür öffnen hören!«

Die stille Verachtung im Ton dieser Worte ließ das rote Gesicht des Mannes noch dunkler werden.

»Du bist freilich ein ganz Gescheiter, das wissen wir schon lange ...!« begann er, da hatte der Alte seine Fassung wiedergewonnen und winkte ihm, sich zu setzen.

»Nehmen Sie Platz, Herr Massey«, sagte er bissig; »setz dich, du feiner Kunde, und erzähl uns, was es Neues gibt. Jimmy und ich haben gerade von dir gesprochen, ich und Jimmy. Wir sagten gerade, was du für ein feiner Gent wärst« – seine Stimme wurde schrill –, »was für ein Schwein, was für ein ...«

Erschöpft sank er in seinen Stuhl zurück.

»Paß mal auf, alter Herr«, begann Massey von neuem – er hatte seinen Revolver neben sich auf einen Tisch gelegt und gestikulierte mit seiner großen roten Hand, um seinen Worten Nachdruck zu verleihen – »wir wollen dir ja keine Unannehmlichkeiten machen. Ich bin dir ein treuer Freund gewesen und Jimmy auch. Jahrelang haben wir die schmutzige Arbeit für dich gemacht, ich und Jimmy, und Jimmy weiß das ganz gut« – er wandte sich mit einschmeichelndem Lächeln zu dem anderen –, »und nun wollen wir 'nen Brocken von dem, was uns zusteht, denn darauf läuft's hinaus: Es steht uns zu.«

Der alte Reale blickte unter seinen buschigen Augenbrauen hervor nach der Stelle, wo Jimmy saß und grübelnd ins Feuer starrte.

»Also ein Kniff ist das Ganze, was? Beide steckt ihr dahinter! Jimmy kommt zuerst, weil er der Gescheite ist, und macht dem anderen Kerl die Sache recht schön bequem.«

»Stimmt nicht«, schüttelte Jimmy den Kopf. Er drehte sich um, betrachtete Massey prüfend von oben bis unten. Die amüsierte, stillvergnügte Verachtung seines Blickes war allzu offensichtlich.

»Sieh ihn dir an!« sagte er endlich. »Unser lieber Massey! Sieht er aus wie einer, dem ich Vertrauen schenke?«

Kalte Leidenschaft schien ihn plötzlich zu packen.

»Ein Zufall hat uns zusammengebracht.«

Er stand auf, trat zu Massey hin und starrte auf ihn nieder. In seinem Blick lag etwas, das Massey zum Revolver greifen ließ.

»Massey, du Hund!« fing er an, aber dann hielt er lachend inne und ging in eine Ecke des Zimmers, wo ein Likörschränkchen und ein Sodasiphon standen; er schenkte sich eine ordentliche Portion ein und ließ das Sodawasser zischend ins Glas sprudeln. Dann hob er es gegen das Licht und sah den Alten an. Auf dessen Gesicht lag ein Ausdruck, den Jimmy schon früher gesehen zu haben glaubte. Er trank seinen Whisky und sagte, was der alte Reale dachte:

»Es nützt nichts, Reale, du mußt die Sache mit Massey in Ordnung bringen. Aber nicht auf die Art, wie du denkst. Wir könnten ihn beiseite bringen, aber da müßten wir uns auch selber beiseite bringen.« Er machte eine Pause. »Und ich bin ja auch noch da«, fügte er hinzu.

»Und Connor«, grunzte Massey, »und der ist ärger als ich. Ich bin vernünftig, Reale; ich wäre mit einem anständigen Anteil zufrieden –«

»Ach, wirklich?«

»Na, dein Anteil beträgt genau eine und drei viertel Million in bar, und 'ne Kleinigkeit über zwei Millionen alles in allem.«

Er machte eine Pause, um die Wirkung seiner Worte zu beobachten.

Jimmys Ruhe ärgerte ihn; Masseys Gleichgültigkeit war empörend.

»Und da ist auch Jimmys Anteil und Connors Anteil und Fräulein Kents Anteil.«

Diesmal war die Wirkung besser. Auf Jimmys ausdrucksvollem Gesicht zeigte sich ein Schimmer von Interesse.

»Kent?« fragte er rasch. »Hieß so nicht der Mann . . .«

Der alte Reale kicherte.

»Jawohl, so hieß er, Jimmy – der Mann, der 'nen Zehner zu verlieren gedachte und zehntausend verlor. Der am nächsten Abend wiederkam, um die zehntausend zurückzugewinnen, und sein ganzes Geld bei uns ließ. Jawohl, das ist er!«

Er rieb sich die mageren Hände, als ob ihm die Erinnerung an jenen Vorfall Freude bereite.

»Mach den Schrank dort auf, Jimmy.« Er zeigte auf ein altmodisches Nußbaumvertiko, das neben der Tür stand. »Siehst du das Ding, das wie 'ne Windmühle aussieht?«

Jimmy brachte ein Pappgebilde zum Vorschein, das offenbar ein kleines Modell war; sorgfältig stellte er es auf den Tisch neben dem Alten. Mit einer nachlässigen Handbewegung setzte Reale ein Schwungrad in Bewegung: Ein winziges Pappgestänge bewegte sich hin und her, und kleine hölzerne Räder begannen sich zu drehen.

»Das hab' ich mit seinem Geld gemacht – 'ne neue Maschine erfunden, die von selber geht –, ein Perpetuum mobile. Du kannst ruhig grinsen, Massey, ich hab' es doch damit gemacht. Fünf Jahre Arbeit und 'ne viertel Million – soviel bedeutet das kleine Modell. Nie bin ich hinter das Geheimnis gekommen. Stets hab' ich Maschinen bauen können, die stundenlang gingen, wenn man ihnen 'nen kleinen Stoß gab – aber der Stoß war immer notwendig. Mein Lebtag hab' ich mich mit Erfindungen und Geduldspielen und Rätseln abgegeben. Besinnt ihr euch auf den Tisch in Suez?«

Er warf den beiden einen verschmitzten Blick zu.

Massey wurde bei all diesen Erinnerungen immer ungeduldiger. Er war heute nacht mit einer bestimmten Absicht gekommen; ein großes Risiko hatte er auf sich genommen, das vergaß er keine Minute. Nun brach er los:

»Was gehen mich deine verdammten Erfindungen und Rätsel an, Reale. Jetzt komme ich an die Reihe – Jimmy kann uns ja egal sein. Was soll all das dumme Geschwätz über zwei Millionen für jeden von uns und für dieses Mädel? Als du damals dein Etablissement in Ägypten aufgegeben hast, hieß es, wir sollten auf unsere Kosten kommen, wenn es soweit wäre. Na, jetzt ist es soweit!«

»Noch nicht ganz!« kicherte Reale mit seinem Totenkopfgrinsen. »Es ist beinahe soweit. Ihr hättet euch nicht herzubemühen brauchen. Mein Anwalt hat eure Adressen. Ich hab's bald überstanden«, fuhr er vergnügt fort. »In einem halben Jahr bin ich tot – todsicher. Dann kriegt ihr Kerle das Geld« – er sprach langsam, um seinen Worten Nachdruck zu geben –, »du, Jimmy oder Massey oder Connor oder die junge Dame. Du sagst, du könntest Rätsel nicht leiden, Massey. Na, da sieht's für dich nicht gut aus. Jimmy ist der Gescheite, wahrscheinlich wird's der kriegen. Connor ist ein verschlagener Hund, der könnt' es vielleicht Jimmy abluchsen; aber die junge Dame hat die besten Aussichten, denn Frauen verstehen sich aufs Rätselraten.«

»Was soll das, zum Teufel!« schrie Massey und sprang auf.

»Setz dich!« Das hatte Jimmy gesagt, und Massey gehorchte.

»An diesen zwei Millionen hängt ein Rätsel«, fuhr Reale fort; seine heisere Stimme mit dem harten Londoner Akzent krächzte förmlich vor Vergnügen über Masseys Verblüffung und Jimmys finsteres Gesicht. »Und wer das Rätsel löst, kriegt das Geld.«

Wäre er nicht so versunken in seine Heiterkeit gewesen, so hätte er in Masseys brutalem Gesicht eine Veränderung bemerkt, die ihn gewarnt hätte.

»Es steht in meinem Testament«, fuhr er fort. »Ich will die Betrüger gegen die Betrogenen ausspielen. Die Lockvögel der Spielhölle – das seid ihr beide – gegen die Tauben. Zwei von den fettesten Tauben sind tot, und eine dritte liegt im Sterben. Na, er hat 'ne Tochter; wollen sehen, was die zuwege bringt. Wenn ich tot bin . . .«

»Nämlich jetzt!« brüllte Massey, beugte sich vor und traf den Alten mit einem schweren Hieb.

Jimmy war aufgesprungen: Er sah den Blutstrahl und das Messer in Masseys Hand, und er griff in seine Tasche.

Massey hielt den Revolver auf ihn gerichtet.

»Hände hoch! Verdammt, ich schieß' dich sonst nieder!«

Jimmys Hände gingen in die Höhe.

»Er hat das Geld hier irgendwo im Haus versteckt«, flüsterte Massey.

»Du bist verrückt«, sagte der andere verächtlich. »Warum hast du ihn erstochen?«

»Er hat dagesessen und sich über mich lustig gemacht.« Der Mörder warf einen haßerfüllten Blick auf die reglose Gestalt am Boden. »Ich will was andres als ein Rätselgeschwätz. Er ist selber dran schuld.«

Rückwärts gehend trat er zu dem Tisch, auf dem die Karaffe stand, und trank ein halbes Wasserglas voll unverdünnten Whisky.

»In die Sache hier sind wir beide verwickelt, Jimmy«, sagte er, noch immer mit hocherhobenem Revolver. »Du kannst deine Hände runter tun; keine dreckigen Tricks mehr. Gib mir deinen Revolver.«

Jimmy zog die Waffe aus der Tasche und reichte sie, den Griff nach vorne, dem anderen hin. Dann beugte sich Massey über den Mann am Boden und durchsuchte seine Taschen.

»Da sind die Schlüssel. Du bleibst hier.« Massey ging hinaus und schloß die Tür hinter sich.

Jimmy hörte, wie sich der Schlüssel im Schloß drehte, und wußte, daß er gefangen war. Er beugte sich über den alten Mann, der reglos dalag. Jimmy griff nach seinem Puls und fühlte ihn ganz schwach schlagen. Durch die zusammengebissenen Zähne flößte er Reale ein wenig Whisky ein, und nach einer Minute schlug der Alte die Augen auf.

»Jimmy!« flüsterte er; dann fiel ihm alles ein. »Wo ist Massey?« wollte er wissen.

Er brauchte nicht zu fragen, wo Massey war. Seine schweren Fußtritte klangen aus dem darüberliegenden Zimmer.

»Sucht er nach Geld?« keuchte der Alte, und über sein Gesicht flog es wie ein Lächeln. »Der Geldschrank steht dort oben«, wisperte er und lächelte wieder. »Hat er die Schlüssel?«

Jimmy nickte.

»Siehst du den Hebel Nr. 7?« flüsterte er und zeigte auf eine Schalttafel mit numerierten Knöpfen und Hebeln.

Jimmy nickte noch einmal.

»Zieh ihn herunter, Jimmychen.« Seine Stimme wurde schwächer. »Das ist etwas Neues – ich hab' es in einem Buch gelesen.«

»Warum?«

»Tu, was ich dir sage«, hauchten die Lippen; Jimmy ging durchs Zimmer und zog den freistehenden Hebel nach unten.

Im selben Augenblick hörten sie einen dumpfen, schweren Fall über sich, der den ganzen Raum erschütterte; dann Stille.

»Was war das?« fragte Jimmy scharf.

Der Sterbende lächelte.

»Das war Massey!« flüsterten die Lippen.

Eine halbe Stunde später verließ Jimmy das Haus; in der Westentasche trug er ein schmutziges Stück Papier, auf dem die kostbarsten Knüttelverse standen, die es je gegeben hat.

Und am nächsten Morgen brachte die Auffindung der beiden Leichen den Londoner Abendblättern die größte Sensation des Jahres.

3

Eigentlich wußte niemand recht, wie Mr. Angel zu seiner Stellung in Scotland Yard gekommen war. Bei seiner Ernennung schrieb ein langjähriger Beamter in der »Polizeilichen Rundschau«, daß die ganze Sache eine Schiebung wäre. Vielleicht stimmte das auch.

Mr. Angel hatte sich während seiner kurzen, aber nutzbringenden Karriere mit den verschiedensten Dingen beschäftigt, aber er war niemals Polizeibeamter gewesen. Er hatte in Afrika Löwen und Elefanten geschossen, er war Spezialberichterstatter großer Zeitungen und Friedensrichter in Rhodesia gewesen. Als Mitglied der Tuli-Kommission hatte er M'Linchwe und sechs von dessen schwarzen Spießgesellen gehenkt. In allen Gesellschaftskreisen besaß er Bekannte, sogar in den Vorstädten Londons, und gerade dort hörten die Leute gern zu, wenn er von seinen schaurigen Erlebnissen erzählte und die Hinrichtung der sieben berüchtigten Spitzbuben mit allen Einzelheiten schilderte.

In der vornehmen Londoner Gesellschaft war er vor allem als erfolgreicher Vermittler bei allerhand Schwierigkeiten bekannt.

Wenn Sie den Portier in Scotland Yard nach Mr. Christopher Angel fragen, so führt Sie der Beamte, nachdem Sie sich genügend ausgewiesen haben, eine Treppe hinauf. Dort übergibt er Sie einem Kollegen, der Sie durch Drehtüren und Korridore bringt, bis er endlich vor einer Tür mit der Nummer 647 stehenbleibt. Drinnen finden Sie dann Mr. Angel, der mit Hilfe einer Zeitschrift für Rennsport die Zeit totschlägt.

Einmal trat der Kommissar in höchsteigner Person unangemeldet ins Zimmer. Angel war von offenen Büchern und mit dichten Zahlenreihen bedeckten Bogen umgeben und so sehr in eine verwickelte Rechnung vertieft, daß er seinen Vorgesetzten gar nicht kommen hörte.

»Na, was macht Ihnen denn soviel zu schaffen?« fragte der Kommissar.

Mit dem unschuldigsten Lächeln sah Angel auf und erhob sich, als er seinen Besucher erkannte.

»Ein böser Reinfall«, erwiderte er ernst. »Da hat ›Mimosa‹ ein Handikap von vierundzwanzig Kilo gekriegt, während ich berechnet hatte, daß sie ein Kilo an das Feld abgeben und die ganze Bande schlagen würde.«

Der Vorgesetzte sah ihn verblüfft an.

»Mein lieber Junge«, entgegnete er dann mit leisem Vorwurf, »ich dachte, Sie bearbeiten die Affäre mit der Lagos-Bank.«

Ein abwesender Blick lag in Angels Augen, als er antwortete:

»Ach das ist erledigt! Der alte Carby ist vergiftet worden von einem gewissen ... Ich hab' den Namen jetzt vergessen, aber es war ein Mann aus Monrovia. Ich habe an die Polizei in Lagos telegrafiert, und wir haben den Kerl heute früh in Liverpool erwischt – holten ihn von einem afrikanischen Bananenschiff herunter.«

Der Kommissar strahlte.

»Herzlichen Glückwunsch, Angel. Ich hatte schon gedacht, wir würden den Leuten in Afrika nicht helfen können. Ist ein Weißer in die Sache verwickelt?«

»Das wissen wir noch nicht«, sagte Angel geistesabwesend;

sein Blick glitt fortwährend an einer Zahlenreihe auf und ab, die auf dem vor ihm liegenden Papier stand. »Ich möchte es beinahe annehmen – ein gewisser Connor, der beim alten Reale Croupier oder so was Ähnliches war.«

Finster blickte er auf das Papier nieder; dann nahm er einen Bleistift vom Schreibtisch und machte blitzschnell eine kleine Berechnung.

»Fünfundzwanzig Kilo«, murmelte er.

Der Kommissar klopfte ungeduldig auf den Tisch. Er hatte sich in einem Sessel Angel gegenüber niedergelassen. »Mein Lieber, wer ist der alte Reale? Sie vergessen, daß Sie unser Auslandsspezialist sind. Mensch, Angel, wenn Sie nur die Hälfte der schrecklichen Geschichten kennen würden, die über Ihre Anstellung erzählt werden – Sie würden sterben vor Scham!«

Mit einem kurzen Lachen schob Angel die Papiere beiseite.

»Schämen tu ich mich schon lange nicht mehr«, sagte er leichtsinnig; »und außerdem kenne ich die Geschichten. Sie fragten eben nach Reale. Reale ist ein Charakter. Zwanzig Jahre lang Eigentümer einer der herrlichsten Spielhöllen in Ägypten, Rom – Gott weiß wo. Bildung: keine. Liebhaberei: Erfindungen. Das ist sein Steckenpferd – erfinden. Halt, noch etwas liebt er: Vexierbilder und Rätsel. Schweine im Klee, fehlende Worte, all die Preisfragen, wie billige kleine Zeitungen sie ausschreiben – an denen beteiligt er sich stets. Wohnt Terrington Square 43.«

»Wo?« Der Kommissar runzelte die Stirn. »Reale? Terrington Square 43? Ja, natürlich.« Er warf Angel einen sonderbaren Blick zu. »Sie wissen alles über Reale?«

Angel zuckte die Achseln. »Ich weiß soviel wie jeder andere«, sagte er.

Der Kommissar nickte.

»Na gut, nehmen Sie einen Wagen und fahren Sie sofort nach Terrington Square 43. Ihr alter Reale ist vorige Nacht ermordet worden.«

Es war eine Eigentümlichkeit von Angel, daß nichts ihn überraschte. Die ungeheuerlichsten Nachrichten nahm er mit höflichem Interesse entgegen, und auch jetzt sagte er weiter nichts als: »Du meine Güte!«

Vor Nr. 43 am Terrington Square stand ein Häuflein sensationslüsterner Neugieriger in düsterer Erwartung irgendeiner schauerlichen Begebenheit. Ein Polizist ließ ihn ein, und der Bezirksinspektor unterbrach das Verhör eines schreckensbleichen Dieners, um ihm kurz guten Morgen zu wünschen.

Angels vorläufige Untersuchung nahm nicht viel Zeit in Anspruch. Er sah sich die Leichen an, die man noch nicht fortgebracht hatte, durchsuchte die Taschen beider Männer und überflog die Papiere, die in dem Zimmer, wo die Tragödie stattgefunden hatte, am Boden verstreut lagen. Dann ging er in den großen Salon zurück und sprach mit dem Inspektor, der am Tisch seinen Bericht schrieb.

»Der Kerl im obersten Stock ist natürlich der Mörder«, sagte Angel.

»Das weiß ich«, erwiderte der Inspektor barsch.

»Und wurde durch einen elektrischen Schlag getötet, den er durch den Griff des Geldschrankes erhielt.«

»Das habe ich mir auch gesagt«, entgegnete der Inspektor wie vorher und schrieb weiter.

»Der Mörder heißt Massey«, fuhr Angel geduldig fort – »George Charles Massey.«

Mit einem spöttischen Lächeln drehte sich der Inspektor auf seinem Stuhl um.

»Auch ich«, sagte er spitz, »habe die Kuverts gesehen, die diese Anschrift trugen und in seiner Tasche gefunden wurden.«

Angels Gesicht war außergewöhnlich feierlich, als er fortfuhr: »Über den Dritten bin ich mir noch nicht ganz im klaren.«

Argwöhnisch blickte der Inspektor auf.

»Der Dritte – welcher Dritte?«

Ein hervorragender Schauspieler hätte nicht besser Erstaunen heucheln können als Mr. Angel.

»Es war noch einer dabei. Wußten Sie denn das nicht, Herr Inspektor?«

»Ich habe keine Anhaltspunkte für die Anwesenheit eines Dritten gefunden«, sagte der Beamte steif; »aber ich habe meine Untersuchungen noch nicht abgeschlossen.«

»Gut!« sagte Angel munter. »Wenn Sie soweit sind, werden

Sie drei Zigarettenstummel finden – zwei in dem Zimmer, wo der Alte ermordet wurde, und einen in dem Raum mit dem Geldschrank. Sie tragen die Marke ›Al Kam‹ – eine ziemlich teure ägyptische Zigarette. Massey rauchte Zigarren; der alte Reale rauchte überhaupt nicht. Die Frage ist« – er sprach laut zu sich selbst und beachtete den verblüfften Polizeibeamten weiter nicht mehr –, »war es Connor oder war es Jimmy?«

Der Inspektor bekämpfte den Wunsch, seine Neugier auf Kosten seiner Würde zu befriedigen, aber er beschloß, die Haltung überlegener Ungläubigkeit einzunehmen. Er machte sich wieder über seine Arbeit.

»Es dürfte ziemlich schwierig sein, diese beiden zu belangen«, wandte sich Angel nachdenklich an den Rücken des Inspektors. »Sie würden fünfzig tadellose Alibis beibringen und außerdem wegen unberechtigter Verhaftung klagen«, fügte er listig hinzu.

»Das können sie nicht«, sagte der Inspektor mürrisch.

»So?« sagte Angel unschuldig. »Na, auf jeden Fall ist's nicht ratsam, sie zu verhaften. Jimmy wurde –«

Inspektor Boyden drehte sich heftig auf seinem Stuhl herum.

»Ich weiß nicht, ob Sie mich zum besten haben, Mr. Angel. Sie wissen vielleicht nicht Bescheid über das in London übliche Vorgehen bei Kriminalfällen; ich muß Ihnen mitteilen, daß augenblicklich ich mit der Sache beauftragt bin, und ich muß Sie bitten, wenn Sie irgendwelche Aufklärungen über dieses Verbrechen geben können, dies sofort zu tun.«

»Mit dem allergrößten Vergnügen«, sagte Angel herzlich. »Zunächst mal ist Jimmy –«

»Den vollständigen Namen, bitte.« Der Inspektor tauchte die Feder ein.

»Hab' keine blasse Ahnung«, sagte der andere achtlos. »Alle Welt kennt Jimmy. Er war die erfolgreichste Lockente des alten Reale. Hatte auch das Benehmen und das Gefieder dazu und sah so lebendig aus, daß die andern kleinen Enten alle angeflogen kamen und sich um ihn scharten; erst viel später entdeckten sie dann, daß der schöne Vogel, der sie angelockt hatte, nur aus bemaltem Holz und Federn war. Peng! Peng! ging die Flinte des alten Reale los, und es gab viele Tage lang Entenbraten.«

Knurrend warf Inspektor Boyden die Feder hin.

»Ich fürchte«, sagte er verzweifelt, »Ihr Geheimnis wird sich in meinen Bericht nicht einfügen lassen. Wenn Sie irgendeine bestimmte Auskunft zu geben haben, werde ich sie gern entgegennehmen.«

Etwas später, in Scotland Yard, unterhielt sich Angel mit dem Kommissar.

»Wie läßt sich denn mit Boyden arbeiten?« erkundigte sich der Vorgesetzte.

»Ausgezeichnet – ein gutmütiger, entgegenkommender Mensch, und von einem Eifer wie nur die allerwenigsten«, sagte Angel in seiner trockenen Art.

»Ich werde ihm die Bearbeitung des Falles überlassen«, bemerkte der Chef.

»Sie könnten keinen besseren finden«, erwiderte Angel.

Dann ging er nach Hause in seine Wohnung auf der Jermyn Street, um sich zum Essen umzuziehen.

In tadelloser Abendkleidung betrat Mr. Angel den wunderbaren Speisesaal des Restaurants Heinz und wählte einen Tisch mit dem Ausblick auf Piccadilly.

Der andere Herr am Tisch blickte auf und nickte.

»Hallo, Angel!« sagte er leichthin.

»Hallo, Jimmy!« grüßte der Detektiv zurück.

Er griff nach der Karte und wählte mit umständlicher Sorgfalt seine Speisen. Eine halbe Flasche Beaujolais vervollständigte die Bestellung.

»Lächerlich, daß man hier sieben und einen halben Schilling für 'ne kleine Flasche Wein zahlen muß, die einem jedes anständige Geschäft für weniger als einen Shilling verkauft.«

»Man muß hier eben die luxuriöse Ausstattung mitbezahlen«, sagte der andere stillvergnügt. Und dann, nach einer ganz kurzen Pause: »Was wollen Sie?«

»Nicht Sie, Jimmy«, erwiderte der liebenswürdige Angel, »obwohl mein junger Freund Boyden, Polizeiinspektor und ausstudierter Jurist obendrein, Sie demnächst suchen wird.«

Bedächtig nahm sich Jimmy einen Zahnstocher und befreite ihn von seiner Seidenpapierhülse.

»Natürlich«, sagte er ruhig; »ich habe aber nichts damit zu tun – mit dem Mord, meine ich. Ich war im Hause.«

»Das weiß ich alles«, sagte Angel; »ich hab' Ihre albernen Zigaretten gesehen. Ich dachte mir schon, daß Sie bei dem Mord nicht die Hand im Spiel hatten. Sie sind ein Eigentumsverbrecher, kein Personenverbrecher.«

»Womit Sie vermutlich die nette Unterscheidung zwischen Verbrechen gegen das Eigentum und Verbrechen gegen die Person machen wollen«, sagte der andere.

»Ganz recht.«

»Nun?« fragte Jimmy.

»Eigentlich wollte ich Sie wegen des Verses sprechen«, sagte Angel und rührte in seiner Suppe.

Jimmy lachte laut.

»Sie sind ein ganz gescheiter Teufel, Angel«, sagte er bewundernd; »und nicht mal so'n ganz kleiner.«

Er versank in Schweigen, und seine gefurchte Stirn sprach Bände.

»Denken Sie nur recht scharf nach«, neckte Angel.

»Ich denke schon nach«, sagte Jimmy langsam. »Ich habe mit Bleistift geschrieben, weil kein Löschblatt da war. Machte aber nur eine Niederschrift, genau nach dem Diktat des Alten, und ...«

»Sie haben einen Block benutzt«, sagte Angel zuvorkommend, »und nur das oberste Blatt abgerissen. Und Sie drückten beim Schreiben ziemlich stark auf, so daß alles auf dem nächsten Blatt lesbar eingeprägt war.«

Jimmy sah ärgerlich aus.

»Ich bin doch ein rechter Esel!« meinte er, und dann war er wieder still.

»Und der Vers?« fragte Angel. »Sind Sie daraus klug geworden?«

»Nein« – Jimmy schüttelte den Kopf –, »Sie?«

»Nicht die Bohne«, gestand Angel offenherzig.

Während die nächsten drei Gänge serviert wurden, sprach keiner ein Wort. Als der Kaffee auf dem Tisch stand, brach Jimmy das Schweigen.

»Sie brauchen sich um den Vers keine Sorge zu machen. Ich habe nur einen Vorsprung von ein paar Tagen gestohlen. Dann bekommt ihn Connor; und irgendein Mädchen kriegt ihn auch. Massey hätte ihn auch bekommen.«

Er lächelte grimmig.

»Um was dreht es sich denn eigentlich?«

Jimmy blickte dem Frager argwöhnisch ins Gesicht.

»Wissen Sie das denn nicht?« erkundigte er sich.

»Nicht die leiseste Ahnung. Deswegen habe ich Sie ja gerade aufgesucht.«

»Sonderbar!« meinte Jimmy. »Ich dachte daran, aus ganz demselben Grunde Sie aufzusuchen. In ein, zwei Tagen werden wir's erfahren«, fuhr er fort und winkte dem Kellner. »Der Alte hat gesagt, es stünde alles im Testament. Er hat mir den Vers gerade noch vor seinem Tode gesagt. Sein Steckenpferd, müssen Sie wissen. ›Lern es auswendig, Jimmy‹,- krächzte er, ›'s sind zwei Millionen für dich, wenn du's rätst‹ – und so ist er gestorben. Zahlen, Kellner. In welcher Richtung gehen Sie?« fragte er, als sie in Piccadilly standen.

»Auf ein Stündchen ins ›Plait‹«, sagte Angel.

»Geschäftlich?«

»Halb und halb; ich suche jemanden, der vielleicht dort ist.«

Sie überquerten Piccadilly und bogen in eine Seitenstraße ein. Die zweite Straße links und dann die erste rechts führte sie vor ein hellerleuchtetes Hotel. Gedämpfte Musik drang heraus! An den kleinen Tischen in der geräumigen Bar saßen lachende junge Frauen und junge Männer im Abendanzug. Eine Wolke von Zigarettendunst lagerte in der Luft, und Musik übertönte das Stimmengewirr und Gelächter. Sie fanden eine freie Ecke und setzten sich.

»Sie scheinen hier ja ziemlich bekannt«, sagte Jimmy.

»Ja«, erwiderte Angel wehmütig, »ein munteres, nur allzu bekanntes Bild. Sie sind ja auch nicht ganz fremd hier, Jimmy«.

»Nein«, sagte der andere ein wenig bitter; »aber wir sitzen auf entgegengesetzten Seiten im Parlament, Angel. Sie sind in der Regierung, und ich gehöre zur ewigen Opposition.«

»Machen Sie sich nichts vor, Jimmy, sonst lege ich los und appelliere an Ihre bessere Natur. Sie sind ein Dieb, wie ein anderer Briefmarkensammler oder Jäger ist. Das ist nun mal Ihre Stärke. He, Charles, haben Sie eigentlich die Absicht, uns heute noch zu bedienen?«

»Jawohl, Herr; sofort, Herr.«

Charles kam eifrig herbeigestürzt.

»Was darf es sein, meine Herren? Guten Abend, Mr. Angel!«

»Ich möchte ein ›Fäßchen Obscönth‹, wie mein Freund Dooley sagt; und Sie?«

Jimmys Gesicht mühte sich, ernst zu bleiben.

»Limonade«, sagte er würdevoll.

Der Kellner brachte ihm einen Whisky.

Wenn man das ›Plait‹ nicht kennt, kennt man London nicht. Es ist eine jener sonderbaren Gaststätten, die in einer Stadt auf dem Kontinent dafür bekannt wären, daß es sich für »junge Mädchen« nicht schickt, hinzugehen. Aber in London erwähnt weder Baedeker noch irgendein anderer unfehlbarer Führer durch die Hauptstadt auch nur seinen Namen.

»Dort ist Raff Walker«, sagte Angel lässig. »Raff wird gerade nicht gesucht – wenigstens hier in England nicht. Da drüben ist ›Frisco Kate‹ – wird nächstens lebenslänglich verurteilt werden. Kennen Sie den Burschen da in dem hellbraunen Anzug, Jimmy?«

Jimmy sah sich den jungen Mann an. »Nein; der ist neu.«

»Doch nicht so ganz«, behauptete Angel. »Budapest während der Rennsaison, Jerusalem während der Reisezeit; ein reicher ungarischer Aristokrat, der aus Gesundheitsrücksichten immerfort herumreist –«

»Zweideutig, aber einleuchtend«, murmelte Jimmy.

»Ich suche ihn übrigens!« Angel war plötzlich lebhaft geworden.

»Wenn sie hier 'ne Szene anfangen, mach' ich mich davon«, sagte Jimmy und leerte sein Glas.

Angel packte ihn am Arm. Ein Mann war eingetreten und sah sich um, als suche er jemanden. Er fing Jimmys Blick auf und fuhr zusammen. Dann bahnte er sich einen Weg durch den überfüllten Raum.

»Hallo, Jim –« Er verstummte jäh, als er Jimmys Gefährten erkannte, und seine Hand fuhr in die Tasche.

»Hallo, Connor!« – Angels Lächeln war ganz besonders entwaffnend –, »ausgerechnet Sie wollte ich sprechen.«

»Um was geht's?« knurrte der andere, ein großer, schwerfälliger Mann mit hängendem Schnurrbart.

»Ach, nichts weiter«, lächelte Angel. »Ich brauche Sie wegen der Sache in Lagos, aber es liegt noch nicht genug Material vor, um Sie zu überführen. Machen Sie sich keine Sorge.«

Der Mann erbleichte unter seiner braunen Haut; er tastete nach der Tischkante.

»Lagos!« stammelte er. »Was – was –«

»Ach, das hat nichts zu sagen.« Mit einer leichten Handbewegung schob Angel die Sache beiseite. »Nehmen Sie doch Platz.«

Der Mann zögerte einen Augenblick, dann gehorchte er und ließ sich auf einem Stuhl zwischen den beiden andern nieder. Angel sah sich um. Die Gefahr, belauscht zu werden, war hier nicht größer als mitten in der Wüste.

»Jimmy«, – Angel hielt seinen Arm fest –, »Sie sagten eben, Sie hätten einen Vorsprung, als Sie zugaben, den Vexiervers des alten Reale gesehen zu haben. Aber es war gar kein Vorsprung, wie Sie dachten, denn ich hatte das Testament gesehen – und Connor hier auch.«

Er sah dem schwerfälligen Menschen gerade in die Augen.

»Es gibt noch jemanden außer euch beiden, der in dem Testament bedacht ist. Ein junges Mädchen.« Er ließ Connor nicht aus den Augen. »Ich war sehr begierig, die junge Dame kennenzulernen«, fuhr Angel fort, »und so bin ich heute nachmittag nach Streatham gefahren, um sie zu interviewen.«

Wieder machte er eine Pause.

»Ich wollte sie interviewen und fand, daß sie heute nachmittag auf geheimnisvolle Weise verschwunden ist. Ein Herr war dagewesen mit einer Botschaft von – wem glauben Sie wohl, Connor?«

Der leichte, oberflächliche Ton war plötzlich verschwunden; als Connor aufblickte, begegnete er dem starren Blick zweier kalter blauer Augen; ihn schauderte.

»Nun«, fuhr Angel langsam fort, »es war eine Botschaft von Inspektor Angel – was eine verfluchte Unverschämtheit ist, Connor, denn ich bin nicht Inspektor –, und die junge Dame fuhr nach Scotland Yard. Und nun, Connor, möchte ich Sie fragen: Was haben Sie mit der Erbin des alten Reale angefangen?«

Connor feuchtete die Lippen mit der Zunge an und schwieg.

Mr. Angel winkte dem Kellner und zahlte, dann stand er auf.

»Sie werden jetzt sofort weggehen und Fräulein Kathleen Kent in ihre Wohnung zurückbringen. Ich werde sie morgen besuchen, und wenn auch nur ein Haar auf ihrem Kopf gekrümmt ist, Connor . . .«

»Na?« fragte Connor herausfordernd.

»Dann laß ich's auf Ihre Alibis ankommen und hole Sie mir wegen der Sache in Lagos.« Mit einem kurzen Kopfnicken zu Jimmy hinüber verließ Angel das Lokal.

In heller Wut wandte sich Connor an den Mann neben sich. »Hast du ihn gehört, Jimmy? Hast du den Hund gehört –«

Der andere unterbrach ihn. »Mein Rat ist: Tu, was Angel dir sagt.«

»Glaubst du etwa, ich habe Angst vor –«

»Ach nein«, kam ruhig die Antwort, »du hast keine Angst vor Angel. Was der tut, ist gleichgültig. Aber was ich tue, darauf kommt es an.«

4

Kathleen Kent hatte sich Scotland Yard ganz anders vorgestellt. Es war allerdings eine Art Hof, denn die schmierige kleine Straße, zu beiden Seiten von niedrigen, nichtssagenden Häuserfronten begrenzt, endete jäh an einer hohen Mauer, die von grauen Schiffsrümpfen und dicken, rotgestrichenen Dampferschornsteinen überragt wurde.

Der Chauffeur hatte vor einem der Häuser neben der Mauer gehalten, und eine Tür war aufgegangen. Ihr Begleiter, der bis dahin mürrisch schweigend neben ihr gesessen und auf Fragen nur einsilbig geantwortet hatte, packte ihren Arm und zog sie eilig ins Haus. Die Tür schlug hinter ihnen zu, und sie erkannte plötzlich die Gefahr. Ein Vorgefühl, eine instinktive Warnung hatte ihr gesagt, daß die Sache nicht ganz in Ordnung sei, als das Auto die breite Straße verließ, die nach Scotland Yard führte, und kreuz und quer durch zahllose enge Gäßchen in schneller Fahrt nach Osten fuhr.

Der Mann packte ihren Arm fester und flüsterte ihr heiser zu, daß er sie umbringen würde, wenn sie versuchen sollte, zu schreien. Sie wußte, daß es keinen Zweck hatte, zu schreien oder sich zu wehren, und folgte ihm ruhig. Auf einem wackligen Treppenabsatz blieb er einen Augenblick stehen, dann stieß er eine Tür auf.

Vor dem Fenster, das unter normalen Umständen das Tageslicht eingelassen hätte, hing ein schwerer grüner Vorhang; dahinter waren vorsichtigerweise noch drei wollene Armeedecken befestigt, die höchst wirksam jeden Sonnenstrahl abhielten und ebenso wirksam das Licht einer Hängelampe für einen draußenstehenden Beobachter verhüllten.

Kathleen Kent stand bleich, aber entschlossen vor den Männern, die sich im Zimmer aufhielten. Sie war etwas mehr als hübsch und etwas weniger als schön. Sie hatte das ovale Gesicht, die grauen Augen, die gerade Nase und die schmale Oberlippe einer Aristokratin.

Sie blickte von einem Gesicht zum andern und verriet, abgesehen von ihrer Blässe, mit keinem Zeichen ihre Furcht.

Obwohl sie es nicht wissen konnte, hatte sie eine außerordentliche Bevorzugung erfahren: Durch einen reinen Zufall war sie vor die ›Stadtbande‹ gelangt. Dies ist kein sehr großartiger Name für eine organisierte Verbrecherbande, aber organisierte Verbrecher legen sich nicht immer charakteristische oder hochtrabende Namen bei. Auch die Polizei bezeichnete die hier Versammelten meistens als ›Stadtbande‹.

Als Kathleen von ihrem Begleiter ins Zimmer gestoßen wurde, verstummte sofort ein gedämpftes Stimmengewirr, und sie wurde zum Brennpunkt von neun kalten Augenpaaren, die sie ungerührt betrachteten.

Als sie die Stimmen gehört hatte, als sie den ersten raschen

Blick durchs Zimmer warf und den Typus der sie anstarrenden Gesichter erkannte, hatte sie sich auf einen Ausbruch roher Späße gefaßt gemacht. Sie fürchtete – sie wußte nicht, was sie fürchtete. Sonderbar genug: Die Totenstille, die sie empfing, machte ihr Mut, das kalte Anstarren der Männer gab ihr Kraft. Nur einer verlor die Fassung: Mit einem halblaut gemurmelten Fluch war ein großer schwerer Mensch aufgesprungen, der in der einen Ecke gesessen und mit gesenktem Kopf aufmerksam einem kleinen Mann zugehört hatte.

»Hinauf!« brüllte er und sagte dann so heftig ein paar Worte in einer fremden Sprache, daß der Mann, der das Mädchen am Arm hielt, schreckensbleich nach rückwärts taumelte.

»Ich – ich«, stammelte er flehend, »ich hatte es nicht richtig verstanden.«

Mit wutverzerrtem Gesicht zeigte der Große auf die Tür, und diese hastig aufreißend, zog ihr Begleiter das bestürzte Mädchen ins Dunkel des Treppenhauses hinaus.

»Hier hinauf!« murmelte er; sie konnte das Zittern seiner Hand fühlen, als er eine zweite Treppe hinaufstolperte, ohne auch nur einen Augenblick ihren Arm loszulassen. »Mucken Sie sich nicht, sonst ergeht's Ihnen übel. Sie sehen ja, wie's mir ergangen ist, weil ich Sie ins falsche Zimmer geführt habe. Oh, ein Teufel ist der Connor – der Smith, wollte ich sagen. Smith heißt er, verstehen Sie mich?« Er schüttelte sie grob. Offensichtlich war der Mann ganz außer sich vor Angst. Was der Große Entsetzliches gesagt hatte, konnte Kathleen nicht beurteilen. Sie war selber halbtot vor Schrecken. Die unheimlichen Gesichter dieser Männer, die geheimnisvolle Versammlung in dem dichtgeschlossenen Haus, ihre Entführung – das alles war fast zuviel für sie.

Ihr Führer schloß eine Tür auf und stieß sie in ein Zimmer. Auf dem gedeckten Tisch stand Essen bereit.

Die Tür fiel hinter ihr zu, und ein Riegel wurde vorgeschoben. Wie im unteren Zimmer war auch hier alles Tageslicht durch einen Vorhang ferngehalten. Ihr erster Gedanke war Flucht. Sie wartete, bis die Fußtritte auf der wackeligen Treppe verklungen waren, dann ging sie rasch durch das Zimmer. Der

Sprung aus dem Fenster konnte nicht sehr hoch sein; sie wollte ihn wagen. Sie zog den Vorhang beiseite. An der Stelle des Fensters befand sich eine Stahlplatte, die dem Fensterrahmen aufgeschraubt war. Irgend jemand hatte ihren Entschluß, durchs Fenster zu fliehen, vorausgesehen. Von ungeübter Hand war mit Kreide folgende Botschaft aufgeschrieben:

Es geschieht Sie nix, wenn Sie fernünftig sin. Wir möchten ferschiedenes wissen, dann lassen wir Ihnen gehn. Machen Sie kein Krach, sonst gehts Ihnen schlecht.

Ferhalten Sie sich still und sagen Sie uns, was wir wissen wollen, dann lassen wir Ihnen frei.

Was hatten die Männer zu fragen, oder was konnte sie antworten? Sie hatte keine Ahnung, was sie von ihr wissen wollten. Wer waren diese Männer, die sie gefangenhielten? Immer und immer wieder stellte sie sich diese Fragen während der nächsten Stunden. Beinahe ohnmächtig wurde sie vor Hunger und Durst, aber die Speisen auf dem Tisch rührte sie nicht an. Das Geheimnisvolle ihrer Entführung bestürzte sie. Welchen Wert konnte sie für diese Männer haben? Das Stimmengemurmel in dem unteren Zimmer hörte nicht auf. Ein paarmal übertönte eine laute, ärgerliche Stimme die übrigen. Einmal schlug eine Tür zu, und Kathleen hörte, wie jemand lärmend die Treppe hinunterging. Es mußte ein Portier vorhanden sein, denn sie hörte ihn mit dem Hinausgehenden reden.

Sie wußte freilich nicht, daß die gleiche Frage, die sie so verwirrte, an diesem Abend auch anderen im Haus Kopfzerbrechen machte.

Die berüchtigten Verbrecher, die Kathleen gesehen hatte, wußten selber nicht, was sie denken sollten.

Bat Sands, ein Mann von ungesundem Aussehen – er machte den Eindruck, als habe er eben eine lange Krankheit hinter sich –, war neugierig. Vinnis – kein Mensch wußte seinen Vornamen – war ebenfalls neugierig; und die Fragen dieser beiden Leute ließen sich nicht einfach überhören.

Vinnis richtete seine stumpfen Fischaugen auf Connor und sprach mit großem Nachdruck.

»Connor, was ist das für'ne Sache mit dem Mädel? Kommen wir da auch ran?«

Connor kannte seine Leute zu gut, um zu zögern.

»Ihr kommt ran, wenn's überhaupt was wird«, sagte er langsam.

Bats kurzgeschorener roter Kopf beugte sich vor.

»Is da Geld zu holen?« fragte er.

Connor nickte.

»Viel?«

Connor holte tief Atem. Es lag keineswegs in seiner Absicht, der »Bande« Anteil an seiner Beute zu geben. Wäre sein Helfershelfer nicht so ein Tolpatsch gewesen, so hätten sie von der Anwesenheit des Mädchens gar nichts erfahren. Aber auch nur der Verdacht der Treulosigkeit war gefährlich. Er kannte seine Leute, und sie kannten ihn. Keiner hätte bei der geringsten Andeutung von Verrat auch nur einen Augenblick gezögert, ihn unschädlich zu machen. Aufrichtigkeit war immer noch das Beste und Sicherste.

»'s ist ziemlich schwer, euch 'nen Begriff davon zu geben, warum ich das Mädel hier habe, aber es ist 'ne Million da zu holen«, begann er.

Er wußte, daß sie ihm glaubten. Er erwartete nicht, daß ihm mißtraut würde. Verbrecher vom Schlage dieser Männer besitzen auch eine gewisse Großzügigkeit. Sie gehörten nicht zum großen Haufen der »kleinen Diebe«, die sich gegenseitig belügen und betrügen.

Nur der aufmerksame, gespannte Ausdruck der Gesichter ließ darauf schließen, wie die Nachricht aufgenommen worden war.

»'s ist das Geld vom alten Reale«, fuhr Connor fort; »den ganzen Batzen hat er vieren von uns vermacht. Massey ist tot, also bleiben drei.«

Es bedurfte keiner Erklärung, wer Reale oder Massey war. Noch vor einer Woche hatte Massey in diesem Zimmer gesessen und mit Connor über den geheimnisvollen Vers geredet, der im Testament des alten Mannes eine so seltsame Rolle spielte. Er war sozusagen Ehrenmitglied der ›Stadtbande‹ gewesen.

Connor erzählte weiter. Er sprach langsam, denn er hoffte auf eine gute Eingebung. Eine geschickte Lüge konnte die Situation retten. Aber es kam ihm keine Erleuchtung, und so mußte er die Wahrheit sagen.

»Das Geld ist in einem Safe aufbewahrt. Du brauchst kein solches Gesicht zu machen, Tony, ebensogut wie den Kasten könntest du die Bank von England aufknacken. Jawohl, er hat jeden Pfennig von einer und drei viertel Million in festes, solides Bargeld umgewechselt – Banknoten und Gold. Das hat er in den verfluchten Safe getan und zugeschlossen. Und er hat in seinen testamentarischen Bestimmungen einen Schlüssel hinterlassen.«

Connor war ein Mann, dem das Sprechen nicht leichtfiel. Jedes Wort kam langsam und zögernd heraus, als ob der Erzähler sich nur sehr ungern von der Geschichte trennte.

»Hier ist der Schlüssel«, sagte er langsam.

Durchs Zimmer ging eine Bewegung gespanntester Erwartung, als er mit der Hand in die Westentasche fuhr; aber als er seine Finger wieder herauszog, hielten sie weiter nichts, als ein sorgsam gefaltetes Stückchen Papier.

»Das Schloß am Safe ist so 'ne Erfindung vom alten Reale; es läßt sich mit keinem anderen Schlüssel öffnen als mit dem da.« Er schwenkte das Papier vor ihren Augen, und dann schwieg er.

»Na«, ließ sich Bat ungeduldig vernehmen, »warum öffnest du denn da den Safe nicht? Und was hat das Mädel damit zu tun?«

»Sie hat auch einen Schlüssel oder kriegt morgen einen. Und Jimmy –«

Ein Lachen unterbrach ihn. Curt Goyle hatte aufmerksam zugehört, bis Jimmys Name fiel, dann zerschnitt sein rauhes, häßliches Lachen das gespannte Schweigen.

»Soso, der Lord James hat auch damit zu tun? Wenn's nach mir geht, bleibt Jimmy aus dem Spiel.« Er stand auf und reckte sich, den Blick fest auf Connor gerichtet. »Und wenn ihr wissen wollt, warum, sollt ihr's hören. Jimmy ist für meinen Geschmack 'n bißchen zu wählerisch und gibt sich zu gern mit der Polente ab für meinen Geschmack. Wenn wir hier mitmachen, hat Jimmy da nichts zu suchen.« Die anderen murmelten beifällig.

Connors Gedanken arbeiteten fieberhaft. Er konnte ohne Jimmy fertig werden, aber die Hilfe der »Bande« ließ sich keinesfalls entbehren. Er hatte ein ganz klein wenig Angst vor Jimmy. Der Mann war ein Verbrechertyp, den er nicht begriff. Wenn er Mitanwärter auf Reales Millionen war, würde die »Bande« ihn »abtun« – um so besser. Masseys Abgang hatte die Erben auf drei reduziert. War auch Jimmy aus dem Wege geräumt, so verringerte sich die Chance, das Geld zu verlieren, noch mehr; und der andere Erbe befand sich in dem Zimmer oben. Goyles Erklärung hatte die Zungen der Männer gelöst; aber keine Stimme ließ sich für Jimmy vernehmen. Und dann riefen ein halbes Dutzend Stimmen nach dem Schluß der Geschichte. Bei Totenstille erzählte Connor von dem Testament und dem Vexierrätsel, dessen Lösung für jeden von ihnen ein Vermögen bedeutete.

»Und das Mädel hat sich eben mit ihrem Schicksal abzufinden. Sie ist zu gefährlich, als daß wir sie loslassen könnten. Zwei Millionen stehen auf dem Spiel, und ich will nichts riskieren. Sie muß hierbleiben, bis das Wort gefunden ist. Wir wollen nicht zusehen, wie sie uns das Geld vor der Nase wegschnappt.«

»Und Jimmy?« fragte Goyle.

Connor fingerte nervös an seinem Rockaufschlag herum. Er kannte die Antwort, welche die »Bande« auf Goyles Frage bereits beschlossen hatte. Er wußte, daß man ihm jetzt die Zustimmung zu dem schwärzesten Schurkenstreich abverlangen würde, der sein schlimmes Leben je befleckt hatte; aber er wußte auch, daß Jimmy gehaßt wurde von den Männern, die diese seltsame Bruderschaft bildeten. Jimmy arbeitete allein; er teilte weder Gefahr noch Gewinn. Sein kalter Zynismus ging über ihren Verstand. Auch sie hatten Angst vor ihm. Connor räusperte sich.

»Vielleicht können wir ihm zureden –«

Goyle und Bat wechselten einen raschen Blick.

»Fordre ihn doch auf, herzukommen, damit wir heute abend darüber sprechen können«, sagte Goyle leichthin.

»Connor bleibt lange.« Sands wandte bei diesen Worten den Versammelten sein ungesundes Gesicht zu.

Drei Stunden waren vergangen, seit Connor die »Bande« verlassen hatte, um Jimmy aufzusuchen.

»Er wird schon bald wiederkommen«, sagte Goyle zuversichtlich. Er warf einen Blick auf die Versammlung. »Wenn einer von euch bei der Sache nicht mitmachen will, kann er gehen.« Dann fügte er bedeutsam hinzu: »Wir werden mit Jimmy abrechnen.«

Keiner rührte sich; keiner schauderte bei dem schrecklichen Vorschlag, den diese Worte enthielten.

»Ein und drei viertel Million – dafür lohnt sich der Galgen!« sagte Goyle hart. Er ging zu einem hohen schmalen Schrank neben dem Kamin und machte die Tür auf. Drinnen war Platz genug, daß ein Mensch aufrecht stehen konnte.

»Da drin hat ein gewisser Jemand gestanden« – er sah vielsagend zu Bat Sands hinüber –, »als er Ike Steen abtat. Ike, der das Geld von der Polizei schon in der Tasche hatte und bereit war, die ganze Gesellschaft zu verkaufen.«

»Wer ist im Nebenhaus?« fragte plötzlich eine Stimme. Goyle lachte. Nach außen hin war er der Hausherr, denn er hatte das Haus gemietet. Er machte die Schranktür wieder zu.

»Wenn man den alten George nicht rechnet, ist es leer«, sagte er. »Horcht mal!« In dem tiefen Schweigen drang das dumpfe Gemurmel einer Stimme durch die dünnen Wände.

»Schwatzt mit sich selbst«, sagte Goyle grinsend; »er is nich ganz richtig im Kopf, aber er ersetzt 'nen Aufpasser, denn er verscheucht uns die Kinder und Frauen, die sonst ums Haus herumspionieren würden. Er –«

Sie hörten die Haustür zufallen und die Stimmen zweier Männer im Hausflur unten.

Goyle sprang auf, einen bösen Ausdruck im Gesicht.

»Das ist Jimmy!« flüsterte er hastig.

Als Schritte die Treppe heraufkamen, ging er zu der Wand, wo sein Mantel hing, und nahm etwas aus der Tasche; dann, beinah im selben Augenblick, als die Ankömmlinge das Zimmer betraten, schlüpfte er in den Schrank und zog die Tür hinter sich zu.

Jimmy, der hinter Connor ins Zimmer trat, merkte sofort die

Kühle des Empfangs. Er verspürte auch ein unbestimmtes Gefühl von Gefahr. Es herrschte verhängnisvolle Stille. Bat Sands war höflich, sogar unterwürfig. Jimmy bemerkte es: Jeder Nerv in ihm spannte sich. Bat schob ihm einen Stuhl hin mit der Lehne gegen den Schrank.

»Setz dich, Jimmy«, sagte er mit erzwungener Herzlichkeit. »Wir haben was mit dir zu reden.«

Jimmy setzte sich.

»Ich hab' auch was mit euch zu reden«, sagte er ruhig. »Es befindet sich eine junge Dame hier im Haus, die gegen ihren Willen hergebracht worden ist. Ihr müßt sie freilassen.«

Der ärgerliche Protest, den er erwartet hatte, blieb aus: seine Worte wurden vielmehr mit tiefem Schweigen aufgenommen. Das war ein schlimmes Zeichen, und er sah sich nach der Gefahr um. Da vermißte er ein Gesicht.

»Wo ist denn unser Freund Goyle, unser lieber Wirt?« fragte er mit leiser Ironie.

»Er ist heute gar nicht dagewesen«, beeilte sich Bat zu antworten. Jimmy sah Connor an, der neben der Tür stand und an seinen Nägeln kaute; Connor wich seinem Blick aus.

»So!« Jimmys Gleichgültigkeit war eine vollkommene schauspielerische Leistung.

»Jimmy will, daß wir das Mädel freilassen.« Connor sprach hastig. »Er denkt, es wird Klamauk geben, und sein Freund, der Detektiv, denkt auch, es wird Klamauk geben.«

Jimmy hörte die lustig formulierte Beschuldigung an, ohne sich zu rühren. Wieder bemerkte er einigermaßen betroffen, daß Connors Worte, die doch gleichbedeutend waren mit der Beschuldigung des Verrats, ohne Widerrede hingenommen wurden.

»Nicht andere denken es, sondern ich denke es, Connor«, sagte er trocken.

»Das Mädchen muß freigelassen werden. Ich möchte Reales Geld genauso gern wie du, aber ich hab' es mir in den Kopf gesetzt, daß es dabei ehrlich zugehen soll.«

»Soso, das hast du dir in den Kopf gesetzt!« höhnte Connor. Er hatte gesehen, daß die Schranktür hinter Jimmy sich ein klein wenig bewegt hatte.

Jimmy saß mit übergeschlagenen Beinen auf dem Stuhl, den sie ihm hingesetzt hatten. Der helle Überzieher, den er über seinem Abendanzug getragen hatte, lag auf seinen Knien. Connor wußte, daß der Augenblick gekommen war, und bemühte sich angestrengt, die Aufmerksamkeit seines einstigen Kameraden abzulenken; er hatte erraten, was Goyles Abwesenheit und die sich bewegende Schranktür bedeuteten. In seiner gegenwärtigen Lage war Jimmy gänzlich hilflos.

Connors Stimme erhob sich zu schneidender Höhe.

»Du bist zu gescheit, Jimmy«, sagte er, »und es gefällt uns nicht, daß du soviel von ›müssen‹ redest. Wir sagen, das Mädel hat zu bleiben, und beim Henker, es ist uns Ernst damit!«

Jimmys Gedanken arbeiteten fieberhaft. Die Gefahr war ganz nahe, das fühlte er. Er mußte seine Taktik ändern; zu sehr hatte er sich auf Connors Angst vor ihm verlassen und nicht mit der »Stadtbande« gerechnet. Von welchem der Männer drohte Gefahr? Mit einem einzigen Blick umfaßte er ihre Gesichter. Er kannte sie – im Schlafe konnte er ihre schwarzen Geschichten aufsagen. Da bemerkte er einen Mantel, der am anderen Ende des Zimmers hing. Augenblicklich erkannte er das Kleidungsstück: Es gehörte Goyle. Wo war der Eigentümer? Er mußte Zeit gewinnen.

»Ich habe nicht die geringste Absicht, irgend jemandes Pläne umzustoßen«, sagte er gleichgültig und fing langsam an, einen seiner weißen Glacéhandschuhe anzuziehen, als ob er aufbrechen wollte. »Ich bin gern bereit, eure Ansichten zu hören, aber ich möchte darauf aufmerksam machen, Connor, daß ich ebenfalls an der jungen Dame Interesse habe.«

Er blickte nachdenklich in den Handteller seiner behandschuhten Hand, als bewundere er den guten Sitz. Es war etwas so Eigentümliches an dieser anscheinend harmlosen Bewegung, daß Connor mit einem Fluch auffuhr.

»Schnell, Goyle!« brüllte er; aber Jimmy war schon aufgesprungen und lehnte sich mit dem Rücken an den Schrank; in der einen noch unbehandschuhten Hand hielt er einen Revolver.

Mit einer Handbewegung wehrte er die Männer ab.

»Ich will euch alle sehen«, befahl er; »verkriecht euch gefälligst nicht einer hinter den andern. Ich will wissen, was ihr vorhabt. Mach, daß du da von deinem Mantel fortkommst, Bat, oder ich schieß dir 'ne Kugel durch den Bauch.«

Er stemmte sich gegen die Schranktür, um dem Gegendruck des Mannes zuvorzukommen, aber es schien, als hätte sich der Gefangene da drinnen mit der Lage der Dinge abgefunden, denn er rührte sich nicht.

»Da wundert ihr euch nun alle, wie ich das mit dem Schrank erfahren habe«, spottete er. Er hielt die behandschuhte Hand in die Höhe; irgend etwas im Handteller warf blitzend das Licht der Lampe zurück.

Connor begriff. Der in den Handschuh eingenähte winzige Spiegel war ein bekanntes Ausstattungsstück von Hochstaplern und Gaunern.

»Und jetzt, meine Herren«, sagte Jimmy mit spöttischem Lachen, »muß ich auf meinem Willen bestehen. Connor, willst du bitte die Dame hierher bringen, die du heute nachmittag entführt hast.«

Connor zögerte unschlüssig; dann fing er einen Blick von Bat Sands auf und verließ das Zimmer mit finsterem Gesicht.

Jimmy sprach kein Wort, bis Connor mit dem leichenblassen Mädchen zurückkam. Er sah, daß sie sich kaum aufrecht halten konnte, und winkte einem der Männer, ihr einen Stuhl zu bringen. Sie bemerkte jetzt in der fürchterlichen Gruppe einen jungen Mann mit einem kleinen Spitzbart, der sie mit ernsten, nachdenklichen Blicken betrachtete. Er war ein Gentleman, soviel konnte sie sehen, und ihr Herz tat einen Freudensprung, als ihr klar wurde, daß die Anwesenheit dieses Mannes mit dem modern geschnittenen Anzug und dem vielsagenden Revolver für sie gleichbedeutend war mit der Befreiung.

»Fräulein Kent«, sagte er freundlich.

Sie nickte, denn sie traute ihrer Stimme noch nicht.

Jimmy sah, daß das junge Mädchen nahe daran war, zusammenzubrechen.

»Ich werde Sie nach Hause bringen«, sagte er, und aufgeräumt fügte er hinzu: »Ich kann den Eindruck nicht loswerden, daß Sie Ihre Gesellschaft nicht zu schätzen wissen. Nicht oft werden Sie eine so prachtvolle Auswahl unserer Branche beisammensehn. Sie gestatten«, er machte eine vorstellende Handbewegung: »Bat Sands, Fräulein Kent – einer der gemeinsten Diebe, wenn nicht Schlimmeres. George Collroy, Falschmünzer und abgefeimter Schurke. Vinnis, der die niedrigste Art unehrlichen Gelderwerbs betreibt – Erpressung. Und hier«, fuhr Jimmy fort und trat von dem Schrank zurück, »hier haben wir das schönste Juwel der Sammlung. Ich will Ihnen unsern Freund zeigen, der sich so schüchtern versteckt hat.« Er wandte sich an den Insassen des Schrankes.

»Komm raus, Goyle«, rief er scharf.

Keine Antwort.

Jimmy winkte einem der wüsten Kerle.

»Mach die Tür da auf«, befahl er.

Der Mann kam herbeigeschlichen und riß die Tür auf.

»Komm raus, Goyle«, knurrte er; dann trat er bestürzt und erstaunt zurück. »Aber – aber«, stammelte er, »da ist ja niemand drin!«

Mit einem Schrei sprang Jimmy vorwärts. Ein einziger Blick überzeugte ihn, daß der Mann die Wahrheit sprach, und dann ...

Es waren scharfe Köpfe unter diesen Leuten – Männer, die an schnelle Entscheidungen und rasches Handeln gewöhnt waren. Bat Sands sah Jimmys Aufmerksamkeit einen Augenblick abgelenkt, Jimmys Hand mit dem Revolver eine Sekunde gesenkt. Denken und Handeln war bei Bat Sands eines. Als Jimmy sich wieder umdrehte, sah er den Totschläger niedersausen und sprang zur Seite; kaum hatte er sich wieder gefaßt, da zertrümmerte jemand die Lampe, und es war dunkel im Zimmer.

Jimmy streckte die Hand aus und faßte das junge Mädchen am Arm. »In den Schrank«, flüsterte er, und schob sie in den Schlupfwinkel, aus dem Goyle auf so geheimnisvolle Weise verschwunden war. Die eine Hand an der Schrankkante, tastete er mit dem Revolver nach seinen Angreifern. Er hörte sie atmen, und am Knarren der Dielenbretter merkte er, daß sie auf ihn zukamen. Nun duckte er sich neben der Tür auf den Boden, denn er vermutete, der Hieb würde in die Höhe seines Kopfes zielen.

Nach einer Weile hörte er das Sausen des niederfahrenden Stocks, und »krach!« prallte der Totschläger gerade über ihm gegen die Wand.

Er sah sich einer Schwierigkeit gegenüber: Schießen würde nur Unannehmlichkeiten hervorrufen. Aus vielen Gründen hatte er durchaus nicht den Wunsch, die Aufmerksamkeit der Polizei herauszufordern. Solange das Leben des Mädchens nicht gefährdet war, wollte er die Waffe nicht gebrauchen; als deshalb Ike Josephs sich vorsichtig mit einem Stock herantastete und über Jimmy stolperte, stürzte er plötzlich lautlos zu Boden, weil ihn ein böser Hieb in den Unterleib getroffen hatte.

Gleich darauf hörte Jimmy hinter sich einen überraschten, leisen Schrei des Mädchens, und dann eine Stimme, die sein Herz höher schlagen ließ.

»Schon gut! Schon gut! Schon gut!«

Nur einen gab es, der sich dieses Stichwortes bediente; Jimmy ging das Herz auf, und er segnete seinen Namen in Dankbarkeit.

»Hierher, Fräulein Kent«, sagte die Stimme, »achten Sie auf die kleine Stufe. Haben Sie keine Angst vor dem Herrn am Boden, er ist gefesselt und geknebelt und vollkommen harmlos.«

Jimmy lachte leise. Das geheimnisvolle Wissen Mr. Angels um die Pläne der »Bande«, um Connors Schachzüge und Coyles Verschwinden – alles war jetzt erklärt. Er wußte nicht mit Bestimmtheit, ob der Bewohner des »leeren« Hauses nebenan höchst sinnreich die dünne Scheidewand zwischen den beiden Häusern durchbrochen und hinter dem Schrank eine »Rückwand« angebracht hatte, die in Wirklichkeit eine Tür war, aber er vermutete es.

Dann schoß ein blendender Lichtstrahl in das Zimmer, wo die »Stadtbande« noch immer nach Jimmy herumtastete, und eine sanfte Stimme sagte:

»Meine Herren, Sie können wählen, welchen Weg Sie gehen wollen – durch die vordere Tür, wo mein Freund Inspektor Collyer, mit einer recht ansehnlichen Zahl seiner Leute Sie erwartet, oder durch die Hintertür, wo Wachtmeister Murtle und genau sieben Mann in Zivil ungeduldig Ihrer harren.«

Bat erkannte die Stimme. »Mr. Angel!« rief er bestürzt.

Aus der Dunkelheit hinter der funkelnden elektrischen Lampe, die eine schmale Lichtbahn ins Zimmer warf, tönte ein belustigtes Lachen.

»Was ist das nun«, fragte Angel heiter, »ist das ein Fang?«

»'s ist ein guter Fang«, sagte Bat wahrheitsgemäß.

5

Herr Spedding sah nach der Uhr. Er stand auf dem Marmorfußboden in dem großen Depot. Hoch über seinem Kopf flammten Hunderte von Lichtern an einem prunkvollen Kronleuchter aus der herrlichen Kuppel herab. Er schritt vor dem großen Postament auf und ab, das in der Mitte des Gebäudes aufragte; über den Fußboden lief kreuz und quer das Schattengewirr des luftigen Eisenwerks, welches das Postament umschloß. Ein Dutzend Stühle standen in einem Halbkreis vor dem großen Granitsockel, sonst war die weite Halle kahl und leer.

Herr Spedding ging auf und ab; dumpf tönten seine Schritte; als er sprach, wurde seine Stimme von dem riesigen Raum eingefangen und als dröhnendes Echo zurückgeworfen.

»Wir erwarten nur noch die junge Dame«, sagte er und sah noch einmal nach der Uhr.

Er sprach zu den zwei Männern, die an den beiden äußersten Enden der Stuhlreihe saßen. Der eine war Jimmy, sinnend und gedankenverloren; der andere Connor, kleinlaut und niedergeschlagen. Hinter den Stühlen standen in einiger Entfernung zwei Männer, ihrer Kleidung nach Handwerker. Zu ihren Füßen lag ein Sack mit Werkzeugen, und auf einem Brett ein Haufen Sand. An der Tür wartete ein nachdenklich vor sich hinsehender Schutzmann.

Schritte ertönten im Vestibül, das Rascheln eines Frauenkleides, und Kathleen Kent trat ein, dicht hinter ihr Mr. Angel. Fragend blickte der Jurist ihn an, als er dem Mädchen zur Begrüßung entgegenschritt.

»Mr. Angel war so freundlich, mir seinen Beistand anzubieten«, sagte sie schüchtern – als sie Connor erkannte, wurde ihr Gesicht dunkelrot –, »und, wenn nötig seinen Schutz.«

Herr Spedding verbeugte sich.

»Ich hoffe, Sie werden diesen Teil der Zeremonie nicht weiter anstrengend finden«, erwiderte er mit leiser Stimme und führte das junge Mädchen zu einem Stuhl. Dann gab er dem Schutzmann ein Zeichen.

»Was soll denn eigentlich vor sich gehen?« flüsterte Kathleen ihrem Begleiter zu; aber Angel schüttelte den Kopf.

»Ich habe nur meine Vermutungen«, meinte er im gleichen leisen Tonfall.

Er blickte zu dem großen Safe auf, in dem, wie er wußte, der Reichtum des toten Spielers aufgespeichert lag, und staunte über den wunderlichen Scharfsinn, der diese seltsame Szene erdacht und vorausgesehen hatte. Das Geräusch von Schritten an der Tür ließ ihn den Kopf wenden. Er erblickte eine weißgekleidete Gestalt und dahinter einen Mann im schwarzen Rock, der auf einem Kissen ein goldenes Kästchen bereithielt. Dann hörte Angel die ehrwürdigen, vertrauten Worte:

»Ich bin die Auferstehung und das Leben, spricht der Herr: Wer an mich glaubet, der wird leben, ob er gleich stürbe, und wer da lebt und glaubet an mich, der wird nimmermehr sterben.«

Die feierliche Stimme des Geistlichen hallte durch das Gebäude, und der Detektiv begriff, daß die Asche des toten Reale an ihre letzte Ruhestätte gebracht wurde. Der feierliche Zug bewegte sich auf die schweigende Gesellschaft zu. Langsam näherte er sich der Säule. Als die Tritte des Geistlichen von der eisernen Wendeltreppe herabklangen, stimmte er den Psalm an, der besser als jeder andere für den Heimgang des alten Reale geeignet war:

»Gott, sei mir gnädig nach deiner Güte, und tilge meine Sünden nach deiner großen Barmherzigkeit ... Wasche mich wohl von meiner Missetat, und reinige mich von meiner Sünde ... Siehe, ich bin in sündlichem Wesen geboren ... Errette mich von den Blutschulden, Gott ...«

In halber Höhe der Säule gähnte eine kleine Öffnung in der

sonst ungebrochenen granitenen Fläche, dorthinein wurde das goldene Kästchen gestellt. Dann hob der Arbeiter, der sich der kleinen Gesellschaft angeschlossen hatte, einen glattbehauenen, polierten Granitwürfel empor.

»Es hat Gott dem Allmächtigen in seiner großen Gnade gefallen, die Seele unseres lieben verstorbenen Bruders zu sich zu nehmen ...«

Die Kelle des Maurers kratzte an den Rändern der Höhlung entlang, der Steinblock wurde hineingezwängt, bis er in einer Ebene mit der Fläche des Postaments lag. Auf dem Stein waren vier Worte eingemeißelt:

Pulvis cinis
et nihil.

Erst als die Arbeiter gegangen waren, während der Anwalt an der Tür den Priester nach Erfüllung seiner seltsamen Pflicht verabschiedete, ging Angel zu Jimmys Stuhl hinüber.

Er fing Jimmys grimmiges Lächeln auf und hob den Blick zu der Stelle, wo nun Reales Überreste ruhten.

»Latein?« fragte Angel.

»Überraschend, nicht wahr?« meinte der andere ruhig. »Reale hatte mancherlei gesehen, müssen Sie wissen. Ein Mann, der viel reist, sammelt Kenntnisse.« Er nickte nach dem Epitaph hinauf. »Auf den Gedanken da ist er in Toledo gekommen, im Dom dort; kennen Sie ihn? Ich habe es ihm übersetzen müssen. Der Satz gefiel ihm. Während ich so hier saß und diesem sonderbaren Leichenbegängnis zusah, fragte ich mich, ob wohl ›pulvis cinis et nihil‹ – Staub, Asche und nichts – auftauchen würde.«

Spedding kam geräuschvoll zurück. Die Arbeiter waren verschwunden, die äußere Tür war geschlossen, und der Schutzmann hatte sich in sein Zimmer zurückgezogen, das vom Vestibül aus zugänglich war. Spedding hielt einen Stoß Papiere in der Hand. Er setzte sich auf einen Stuhl, mit dem Rücken gegen das granitene Postament, und verlor keine Zeit mit nutzlosen Vorbereitungen.

»Ich habe hier das Testament des verstorbenen James Ryan Reale«, begann er. »Der Inhalt dieses Testaments ist allen Anwesenden bekannt, mit Ausnahme von Fräulein Kent.« Er verfügte über einen eigentümlichen trockenen Humor, dieser Rechtsanwalt, wie seine nächsten Worte bewiesen. »Vor einer Woche wurde ein sehr geschickter Einbruch in mein Büro verübt: Der Geldschrank wurde aufgebrochen, ein Fach gewaltsam geöffnet und meine Akten durchsucht. Ich muß meinem Besucher Gerechtigkeit widerfahren lassen« – er machte eine leichte Verbeugung erst in Richtung nach Connor, dann nach Jimmy hin –, »und sagen, daß nichts genommen und kaum etwas in Unordnung gebracht wurde. Es waren genügend Beweise vorhanden, daß der Zweck des Einbruchs ganz allein darin bestand, dieses Testament zu Gesicht zu bekommen.«

Jimmy zeigte sich keineswegs beunruhigt über die kaum verschleierte Anspielung und bewegte sich nur, um in seinem Stuhl eine bequemere Lage einzunehmen. Nicht einmal die entsetzten Augen des jungen Mädchens, die ihn flehend anschauten, bereiteten ihm irgendein sichtliches Unbehagen.

»Fahren Sie fort«, sagte er, denn der Anwalt hatte eine Pause gemacht, als warte er auf ein Zugeständnis. Jimmy war stillvergnügt; er wußte jetzt ganz genau, wer dieser rücksichtsvolle Einbrecher war.

»Durch Abschreiben des Testaments hat sich der – oder die – Einbrecher einen ungerechten Vorteil vor dem – oder den – anderen Erben zu verschaffen gewußt.«

Das steife Papier knisterte laut, als der Anwalt das Dokument entfaltete.

»Ich werde Ihnen zunächst das Testament formell vorlesen und danach einige Erklärungen geben für diejenigen unter Ihnen, die solche Erklärungen nötig haben«, fuhr Spedding fort.

Das Mädchen horchte auf, als der Anwalt zu lesen begann. Trotz der juristischen Fachausdrücke, der endlosen Wiederholungen und des verworrenen Wortschwalls wurde ihr bald klar, daß dieser Letzte Wille des alten Reale etwas ganz Ungewöhnliches darstellte. Es war die Rede von Häusern und Gütern, von Grundstücken und Obligationen. »... und meinen übrigen Besitztümern ohne jede Ausnahme«, die irgend jemandem zufallen sollten. Wem eigentlich, das konnte sie nicht herausfinden. Einmal glaubte sie, sie selbst sei gemeint, denn es hieß »an Herrn

Francis Corydon Kent oder seine Erben«; ein andermal klang es, als solle der Erbe des riesigen Vermögens »James Cavendish Fairfax Stannard, Baronet des Vereinigten Königreichs Großbritannien« sein. Sie fragte sich, ob das wohl Jimmy wäre, und erinnerte sich dunkel, gehört zu haben, daß der neunte Baronet dieses Namens eine Persönlichkeit fragwürdigen Charakters sei. Dann wieder schien es ihr, als ob »Patrick George Connor« der Erbe sein solle. Von einem Knüttelvers war in dem Testament die Rede, den der Anwalt rasch herunterleierte, und von einem großen Safe; dann kam der Jurist zum Schluß. In den üblichen Zeugenerklärungen stak ein Stachel, der dunkle Röte in Connors Wangen trieb und aufs neue Jimmys grimmiges Lächeln hervorlockte.

Der Anwalt las:

»Unterzeichnet von oben genanntem James Ryan Reale, als sein Testament und Letzter Wille (das Wort ›Dieb‹ nach ›James Cavendish Fairfax Stannard, Baronet des Vereinigten Königreichs Großbritannien‹ und das Wort ›Dieb‹ nach ›Patrick George Connor‹ in der zwanzigsten bzw. zweiundzwanzigsten Zeile von oben sind gestrichen), in Gegenwart der Zeugen . . .«

Der Anwalt faltete das Testament zusammen und steckte es ein; dann nahm er vier kleine Zettel aus einem Umschlag.

»Ihnen, meine Herren, ist alles klar.« Er wartete keine Erwiderung ab, sondern wandte sich an das bestürzte Mädchen.

»Ihnen, Fräulein Kent, ist das Testament, fürchte ich, nicht so klar. Ich will es Ihnen mit ein paar Worten erklären. Mein verstorbener Klient war Besitzer verschiedener Spielclubs. Er hat ein Riesenvermögen angesammelt und seinen Nachlaß, wenn ich so sagen darf, als Preis bei einem großen Preisausschreiben ausgesetzt. Sie, meine Herrschaften, sind die Teilnehmer an diesem Preisausschreiben. Offen gesagt, handelt es sich um einen Wettbewerb zwischen den Opfern oder den Erben der Opfer, die von meinem verstorbenen Klienten gerupft worden sind, und den Männern, die ihm beim Rupfen behilflich waren.«

Der Anwalt sprach ohne jede Erregung, als erläutere er irgendeine gleichgültige Annahme; aber es klang in seinen Worten ein Ton, der Connor zusammenzucken ließ.

»Ihr Vater, meine liebe junge Dame, war eines der Opfer – es ist schon lange her, Sie müssen damals noch zur Schule gegangen sein. Er ist plötzlich zum armen Mann geworden.«

Des Mädchens Gesicht wurde hart.

»So ist das also zugegangen«, sagte sie langsam.

»So ist es zugegangen«, wiederholte der Anwalt ernst. »Ihres Vaters Vermögen war eines der drei großen Vermögen, die in den Geldschränken meines verstorbenen Klienten verschwunden sind.« Die formelle Bezeichnung des alten Reale umgab ihn mit einem Schimmer von Anständigkeit. »Die zwei anderen Opfer sind schon lange tot, ohne Nachkommen hinterlassen zu haben. Sie sind die einzige Vertreterin der Opfer. Die Herren hier sind – nun, sagen wir: die Gegenpartei. In diesem Safe«, er zeigte auf die große Stahlkammer, welche die Granitsäule krönte, »ist das Vermögen enthalten. Der Safe selbst ist eine Erfindung meines verstorbenen Klienten. Wo eigentlich das Schloß sein sollte, befinden sich sechs Drehscheiben, deren jede die Buchstaben des Alphabets trägt. Die Scheiben sind so angeordnet, daß immer eine innerhalb der anderen liegt; auf der einen Seite befindet sich ein stählerner Zeiger. Ein Wort mit sechs Buchstaben öffnet den Safe. Indem man nun die Scheiben so dreht, daß die Buchstaben gegenüber dem Zeiger zu stehen kommen und dieses Wort bilden, läßt sich der Safe öffnen.«

Er hielt inne, um sich den Schweiß von der Stirn zu wischen, denn bei seiner energischen Erklärung war ihm heiß geworden. Dann fuhr er fort:

»An Ihnen ist es nun, dieses Wort zu finden. Mein verstorbener Klient hatte eine große Vorliebe für Akrostichen, Rätsel und Erfindungen aller Art; er hat einen Knüttelvers hinterlassen, der nach seiner ernsthaften Versicherung die Lösung enthält.«

Er reichte erst dem Mädchen, dann den anderen je einen Zettel.

Einen Augenblick drehte sich der Raum vor Kathleens Augen. Alles, was an diesem kleinen Vers hing, kam ihr zum Bewußtsein.

Sorgfältig jedes Wort prüfend, als fürchte sie, seine Bedeutung könne ihr entgehen, las sie:

Dieses Rätsel, schlau gestellt,
Lös es auf und nimm mein Geld.
Einen Riegel hol herfür,
Mach ihn fest an einer Tür,
Dann an eines Flusses Mund
Bringe schnell das Ganze, und
Pflücke Blätter, leg sie fein
In den Wasser-Napf hinein.
Dies Rätsel stammt aus einem Buch,
Das uns gebracht des Heils genug.

Sie las es wieder und immer wieder, während die anderen sie beobachteten. Jedes neue Durchlesen schien sie von der Lösung des Geheimnisses weiter abzubringen, und ganz verzweifelt wandte sie sich an Angel. »Ich kann nichts herausbekommen«, sagte sie hilflos, »nichts, nichts, nichts.«

»Es ist, mit allem gebührenden Respekt vor meinem verstorbenen Klienten, ein richtiges Kauderwelsch«, gab der Anwalt offen zu »und doch hängt davon die Erbschaft seines ganzen Vermögens ab.«

Er hatte bemerkt, daß weder Connor noch Jimmy die ihnen ausgehändigten Zettel gelesen hatten.

»Die Zettel, die ich Ihnen übergeben habe, sind Fotokopien des Originals, das jederzeit in meinem Büro eingesehen werden kann.«

In größter Bestürzung sprach das Mädchen den Vers vor sich hin. »Nie und nimmer krieg ich das heraus«, sagte sie.

Behutsam nahm ihr Angel den Zettel aus der Hand.

»Versuchen Sie es jetzt nicht«, sagte er freundlich. »Sie haben reichlich Zeit. Ich glaube nicht, daß Ihre Mitbewerber etwas gewonnen haben durch den Vorsprung, den sie sich zu verschaffen wußten. Auch ich besitze seit acht Tagen eine Abschrift des Verses.«

Die Augen des Mädchens weiteten sich vor Staunen. »Sie?«

Angels Erklärung wurde durch eine sonderbare Begebenheit abgeschnitten.

Connor saß an dem einen Ende der Stuhlreihe, mißmutig auf

seinen Zettel blickend; Jimmy am anderen Ende strich sich nachdenklich den Bart; plötzlich stand er auf und ging zu seinem grübelnden Genossen. Der wich zurück, als der andere näher kam, aber Jimmy setzte sich neben ihn und flüsterte ihm leise etwas ins Ohr. Er sprach rasch, und Angel, der sie scharf beobachtete, sah, wie ein Ausdruck ungläubiger Überraschung auf Connors Gesicht erschien; dann mischte sich Wut in die Ungläubigkeit, und Connor sprang auf; mit der Faust hieb er auf die Stuhllehne.

»Was?« brüllte er. »Die Aussicht auf ein Vermögen aufgeben? Da möchte ich doch sehen –«

Jimmys Stimme wurde nicht lauter, aber er packte Connor am Arm und zog ihn auf seinen Stuhl zurück.

»Fällt mir nicht ein! Fällt mir nicht ein! Bildest du dir ein, ich schmeiße ein Vermögen weg –«

Jimmy ließ den Mann los und stand achselzuckend auf.

Er ging hinüber zu Kathleen.

»Fräulein Kent«, sagte er zögernd, »es fällt mir nicht leicht zu sagen, was ich zu sagen habe; aber ich möchte Ihnen mitteilen, daß, soviel an mir liegt, das Geld Ihnen gehört. Ich erhebe keinen Anspruch darauf und werde Ihnen in jeder Weise helfen, soweit es in meiner Macht liegt, das versteckte Wort aus dem Vers herauszufinden.«

Das Mädchen erwiderte nichts. Ihre Lippen waren fest aufeinandergepreßt, und es kam wieder jener harte Blick in ihre Augen, den Angel bemerkt hatte, als der Anwalt ihren Vater erwähnte.

Jimmy wartete einen Augenblick auf ihre Antwort, aber sie rührte sich nicht, und mit einer leichten Verbeugung ging er zur Tür.

»Bleiben Sie!«

Es war Kathleen, die gesprochen hatte; Jimmy drehte sich um und wartete.

»Wenn ich dieses Testament richtig verstehe«, sagte sie langsam, »so sind Sie einer der Männer, denen mein Vater seinen Ruin verdankt.«

Fest begegnete sein Blick dem ihren. »Ja«, sagte er einfach.

»Einer der Männer, dem ich für jahrelanges Elend und Leid zu danken habe«, fuhr sie fort. »Als ich sah, wie es mit meinem Vater langsam bergab ging, wie er, ein gebrochener Mann, von dem Bewußtsein gequält wurde, daß seine Torheit Frau und Kind in Armut gebracht hatte; als ich meinen Vater sterben sah, an Leib und Seele gebrochen durch sein Unglück, da dachte ich niemals, daß ich dem Manne je begegnen würde, der seinen Ruin verursachte.«

Noch immer wandte Jimmy seine Augen nicht ab. Unerschüttert in seiner Ruhe, gleichmütig und unbewegt, lauschte er der bitteren Anklage.

»In diesem Testament steht, daß Sie ein Mann aus den Kreisen meines Vaters waren, einer, der alle Tricks kennt, durch die ein vornehmer, einfacher Mensch mit einem kindlichen Glauben an Männer wie Sie sich in Versuchung führen läßt.«

Jimmy erwiderte nichts, und das Mädchen fuhr mit beißendem Hohn fort:

»Vor ein paar Tagen halfen Sie mir, aus den Händen von Männern zu entfliehen, die Sie mir mit hochmütiger Überlegenheit als Diebe und Erpresser vorstellten. Daß Sie es waren, der mir diesen Dienst erwies, werde ich bis an mein Lebensende bedauern. Sie! Sie! Sie . . .!«

Das Mädchen machte eine verächtliche Handbewegung. »Wenn die anderen Diebe waren, was sind dann Sie? Der Spitzel eines Spielhöllenbesitzers, sein Lockvogel? Ein Lump, der die Schwächen seiner unglücklichen Mitmenschen ausbeutet?«

Sie wandte sich an Connor.

»Hätte mir dieser Mann seine Hilfe angeboten – ich hätte sie vielleicht angenommen. Hätte er mir angeboten, seinen Anspruch auf das Geld aufzugeben –, sein Edelmut hätte mir vielleicht Eindruck gemacht. Von Ihnen, dem Gott Vorrechte der Geburt und der Erziehung gegeben hat und der sie benützte, um Männer wie meinen Vater in Not und Elend zu stürzen, von Ihnen ist dieses Angebot ein Beleidigung!«

Jimmys Gesicht war totenblaß, aber er rührte sich nicht, nur seine Augen brannten, und die Hand, die über den Bart strich, zuckte nervös.

Müde wandte sich das Mädchen an Angel. Dieser Ausbruch, die Spannung des ganzen Abends, hatten sie erschöpft.

»Würden Sie mich nach Hause bringen, Herr Angel?«

Sie reichte dem Anwalt die Hand, der die Szene interessiert beobachtet hatte, und ohne die zwei Männer zu beachten, wandte sie sich zum Gehen.

Da sprach Jimmy.

»Ich will nicht versuchen, mich zu entschuldigen, Fräulein Kent«, sagte er ruhig; »für mein Leben und meine Handlungen bin ich keinem Mann und keiner Frau verantwortlich. Ihr Verdammungsurteil macht es mir weder leichter noch schwerer, mein Leben zu leben. Ihre Güte hätte vielleicht einen Unterschied gemacht.« Mit einer Handbewegung suchte er sie zurückzuhalten, denn Kathleen schritt bereits zur Tür.

»Ich habe Ihre Frage wohl überlegt. Ich bin einer der Männer, denen Ihr Vater seinen Ruin verdankte, insofern ich zu Reales Helfershelfern gehörte. Ich bin nicht einer dieser Männer, insofern ich mich aufs äußerste bemüht habe, Ihren Vater von dem gefährlichen Spiel, das er spielte, abzubringen.«

Eine bestimmte Erinnerung schien ihn zu erheitern, denn ein grimmiges Lächeln zeigte sich auf seinem Gesicht.

»Sie sagen, ich hätte Ihren Vater verraten«, fuhr er in demselben gelassenen Ton fort. »Tatsächlich habe ich Reale verraten. Ich nahm mir die Mühe, Ihrem Vater das Geheimnis von Reales elektrischem Roulette-Tisch zu erklären; ich machte ihm klar, wie sinnlos es sei, auch nur noch einen einzigen Pfennig zu riskieren.« Er lachte. »Ich habe gesagt, ich wollte mich nicht entschuldigen, und nun verteidige ich mich wie ein kleiner Junge: Bitte schön, ich bin es nicht gewesen«, sagte er ein wenig ungeduldig. Und dann fügte er unvermittelt hinzu: »Ich will Sie nicht länger aufhalten«, und trat zurück.

Er hatte das bestimmte Gefühl, daß sie einen Augenblick zögerte und nach einer Antwort suchte, dann hörte er das Rascheln ihres Kleides und wußte, daß sie gegangen war. Er blickte hinauf zu dem gemeißelten Stein, der Reales Asche deckte, bis ihre Schritte verklungen waren und die Stimme des Anwalts das Schweigen brach.

»Nun, Sir James«, begann dieser, aber mit einem Fluch fuhr Jimmy herum, das Gesicht weiß vor Erregung.

»Jimmy«, sagte er heiser, »Jimmy ist mein Name, und ich wünsche keinen anderen zu hören, bitte.«

Obgleich Herr Spedding die seltsamen Launen der Menschen kannte, war er ein wenig bestürzt über die Wirkung seiner Worte und beeilte sich, seinen Fehler wieder gutzumachen.

»Ich – ich bitte um Verzeihung«, sagte er rasch. »Ich wollte nur sagen –«

Jimmy wartete nicht ab, was er sagen wollte, sondern wandte sich an Connor.

»Mit dir habe ich noch ein paar Worte zu reden«, sagte er. Seine Stimme hatte ihr Gleichgewicht wiedergewonnen, aber es klang etwas Drohendes in ihrer Ruhe.

»Als ich Angel zuredete, dich an dem Abend, als die ›Stadtbande‹ verhaftet wurde, entwischen zu lassen, da hoffte ich, ich könnte dich dazu bestimmen, das Geld Fräulein Kent zu überlassen – wenn das Wort sich gefunden hätte. In meinem innersten Herzen wußte ich, daß es eine vergebliche Hoffnung war«, fuhr er fort, »daß deine Natur kein Körnchen Gold enthält. Du bist ein Schuft durch und durch.«

Ein paar Minuten ging er in der Halle auf und ab, dann blieb er stehen.

»Connor«, sagte er plötzlich, »neulich abends wolltest du mir ans Leben. Ich hätte Lust, dir Gleiches mit Gleichem zu vergelten. Mühe dich ruhig ab, das Wort herauszuknobeln, das den Safe öffnet. Krieg es heraus mit allen Mitteln, stiehl es, kaufe es, tu, was du willst. Aber an dem Tag, an dem du den Schlüssel zu Reales Schätzen entdeckst, schlage ich dich tot.«

Er sprach wie ein Mann, der ein ganz einfaches Geschäft vorschlägt, und der Jurist, der in seiner frühen Jugend einen gewichtigen kleinen Aufsatz »Der geborene Verbrecher« geschrieben hatte, riß – wenn auch höchst anständig – vor Staunen Mund, Augen und Ohren auf.

Jimmy nahm Hut und Mantel vom Stuhl und ging langsam aus der Halle.

Im Vestibül, wo der eine Schutzmann sich aufgehalten hatte,

standen jetzt sechs. Es waren lauter Wachtmeister, die, wie aus ihren Medaillen ersichtlich war, den Krieg mitgemacht hatten. Jimmy bemerkte, daß jeder einen Gürtel um den Leib trug, von dem das Revolverfutteral schwer herabhing.

»Nachtwache, Herr Hauptwachtmeister?« fragte er einen, dessen eingestickte Krone auf dem Ärmel seinen Rang bezeichnete.

»Tag- und Nachtwache, Herr«, erwiderte der Beamte ruhig.

»Gut«, sagte Jimmy und trat auf die Straße hinaus.

Jetzt waren nur noch der Anwalt und Connor zurückgeblieben; als Jimmy gegangen war, rüsteten auch sie zum Aufbruch.

Der Jurist empfand ein gelindes Interesse für den großen schwerfälligen Verbrecher an seiner Seite; er gehörte zu dem nicht seltenen Typ des stiernackigen Desperados.

»Kann ich Ihnen noch irgend etwas erklären?« fragte Spedding, als sie nebeneinander im Vestibül standen.

Connors Blick fiel auf die Wache; er runzelte die Stirn.

»Sie haben nicht viel Vertrauen zu uns«, sagte er.

»Überhaupt keines«, antwortete der Anwalt.

6

Herr Spedding, der treffliche Anwalt, wohnte in Clapham, wo er eine prachtvolle Villa besaß, »High Holly Lodge«.

Er war unverheiratet, fand Gefallen an Bridge und trank gern Madeira. Neugierige Nachbarn wären sehr erstaunt gewesen, hätten sie gewußt, daß Herrn Speddings Rechnung über Hausreparaturen in den ersten zwei Jahren seines Claphamer Aufenthaltes über dreitausend Pfund betrug. Bekannt war nur, daß Herr Spedding unglaublich lange Zeit die Handwerker im Hause hatte, daß es Männer waren, die eine in Clapham gänzlich unbekannte Sprache redeten, und daß sie während der Bauzeit in einer kleinen Wellblechbaracke untergebracht waren, die eigens für diesen Zweck auf dem Grundstück errichtet worden war.

Ein Nachbar, der ab und zu einmal vorsprach, drückte sein Befremden darüber aus, daß er nach all der Arbeit keinen wesentlichen Unterschied in der Anlage des Hauses erkennen könne. Seiner Meinung nach machte das Haus nach der Abreise der ausländischen Bauleute genau denselben Eindruck wie vor ihrer Ankunft. Herr Spedding begegnete jedoch allen beiläufig gestellten Fragen über das Ausmaß der baulichen Veränderungen mit äußerster Zurückhaltung. Er sprach unklar von neuen Durchlüftungssystemen und Zentralheizung.

Der Vorstadt-Spießer liebt es, die selbsterdachten Verschönerungen seines Besitzes vorzuführen, aber Herr Spedding begegnete allen verschleiert angedeuteten Wünschen nach einer Besichtigung seines Werks mit jenem gemütlichen Lächeln, das ihm in seinem Geschäft so sehr zustatten kam.

Ein paar Tage nach den Ereignissen in dem Haus in der Lombard Street saß Herr Spedding einsam und allein vor seinem bescheidenen Abendessen in Clapham.

Neben ihm lag eine Abendzeitung, die er dann und wann aufgriff, um noch einmal die Notiz über die Freilassung der ›Stadtbande‹ zu lesen. Es hieß da:

»Die in Verbindung mit der Spielhöllenrazzia in Poplar verhafteten Leute wurden heute entlassen; wie verlautet, weil die Polizei nicht genügend Beweise hatte, um eine Anklage zu rechtfertigen.«

Zweifelnd schüttelte der Anwalt den Kopf.

»Nicht übel ausgedrückt von Mr. Angel«, sagte er mit einem spöttischen Lächeln. »Eine gute Methode, das Gesicht der Polizei zu wahren; aber ich wünschte, wir wären die ›Stadtbande‹ los.«

Später sollte er Gelegenheit haben, seine Meinung zu ändern.

Es klopfte, und herein trat ein würdevoller Diener. Der Anwalt sah die Karte auf dem Präsentierteller an, zögerte einen Augenblick und sagte: »Ich lasse bitten.«

Jimmy kam ins Zimmer und verbeugte sich leicht vor dem Älteren, der sich bei seinem Eintritt erhoben hatte. Schweigend warteten sie, bis der Diener die Tür hinter sich geschlossen hatte.

»Womit kann ich Ihnen dienen?« fragte der Anwalt und winkte seinem Besuch, Platz zu nehmen.

»Gestatten Sie, daß ich rauche?« fragte Jimmy. Herr Spedding nickte.

»Ich komme in der Angelegenheit von Reales Millionen«, sagte Jimmy und folgte mit dem Blick dem Rauchwölkchen seiner Zigarette.

»Ich glaubte deutlich gemacht zu haben, daß dieser Gegenstand nur in meinem Büro zu den üblichen Geschäftsstunden zur Erörterung steht«, sagte der Anwalt scharf.

Jimmy nickte.

»Sie werden zugeben, Herr Spedding«, erwiderte er leichthin, »daß das Realesche Testament ungewöhnlich genug ist, um ein Abweichen vom Hergebrachten seitens der glücklichen oder unglücklichen Erben zu rechtfertigen.«

Herr Spedding machte eine ungeduldige Handbewegung.

»Ich will mich nicht in Ihre Geschäfte mischen«, fuhr Jimmy liebenswürdig fort, »und ich bin auch keineswegs neugierig, zu erfahren, auf welch sonderbare Weise Sie die Bekanntschaft Ihres verstorbenen Klienten gemacht haben, oder welche Vergütungen sie für solch einen außerordentlichen Auftrag empfangen haben; doch ich bin überzeugt, daß Sie für solche kleinen Unannehmlichkeiten, wie – sagen wir einen abendlichen Besuch meiner Person – reichlich entschädigt sind.«

Jimmy hatte eine besondere Art, die Worte zu wählen und stockend nach dem rechten Ausdruck zu suchen, der am besten jede Schattierung seiner Gedanken wiedergab. Der Jurist erkannte, worauf die Sache hinauslief, und begnügte sich mit einem Achselzucken als Erwiderung.

»Ich frage nicht nach Ihren Beweggründen«, begann Jimmy von neuem, »ich will gern glauben, daß sie vollkommen uneigennützig sind, daß Ihr Verhalten der idealen Beziehung zwischen Auftraggeber und Auftragnehmer voll entspricht.«

Diesmal machte er eine längere Pause, und der Anwalt ließ sich zu einem ungeduldigen »Nun?« verleiten.

»Nun«, sagte Jimmy langsam, »da ich dies alles annehme, kann ich mir nicht erklären, warum Sie uns beim Verlesen des Testaments nichts davon mitgeteilt haben, daß ein Schlüssel zu dem geheimnisvollen Verschen existiert ...«

»Es existiert kein Schlüssel«, sagte der Anwalt rasch, und dann fügte er hinzu: »soviel ich weiß.«

». . . daß Sie uns«, fuhr Jimmy fort, als habe er die Unterbrechung nicht gehört, »von dem großen roten Kuvert nichts gesagt haben.«

Totenbleich sprang Spedding auf.

»Das Kuvert –«, stotterte er ärgerlich, »was wissen denn Sie . . . Was für ein Kuvert?«

Jimmy winkte ihm, sich wieder zu setzen.

»Aber ich bitte Sie, lieber Herr Spedding – keine Aufregung, keine verletzten Ehrgefühle! Ich will durchaus nicht sagen, daß Sie uns aus irgendwelchen dunklen Beweggründen die Auskunft über die ›große Überraschung‹, wie mein Freund Angel sagen würde, vorenthalten haben.«

»Ich weiß nichts von einem roten Kuvert«, sagte der Anwalt.

»Ich hatte mir schon gedacht, daß Sie das sagen würden«, meinte Jimmy, und es lag leise Bewunderung in seinem Ton. »Sie gehören nicht zu der Art Füchse, die gleich das erstemal, wenn der Hund sie stellt, sich winden und heulen – wenn Sie den Vergleich gestatten. Ja, Sie hätten mich eigentlich enttäuscht, wenn Sie sich so aufgeführt hätten.«

Der Anwalt schritt durch das Zimmer.

»Sehen Sie mal an«, sagte er, vor der lässig hingestreckten Gestalt stehenbleibend, die sich hinter einer Wolke von Zigarettenqualm im Armstuhl zurücklehnte, »da haben Sie nun eine Masse Zeit damit zugebracht, mir zu sagen, wer ich bin, meine zweifelhaften Eigenschaften zu beschreiben und mehr oder minder offen anzudeuten, daß ich ein recht ansehnlicher Schurke sei. Darf ich fragen, welchen Zweck Sie damit verfolgen? Vielleicht Erpressung?« erkundigte er sich heiser.

»Nein«, sagte Jimmy, durch die Brutalität der Frage keineswegs außer Fassung gebracht.

»Wollen Sie betteln oder borgen oder –«

»Stehlen?« murmelte Jimmy träge.

»Alles, was ich Ihnen zu sagen habe, ist dies: Kommen Sie zum Schluß, und entfernen Sie sich dann. Überdies steht es Ihnen frei, morgen früh zu mir zu kommen, mein Büro zu durchsuchen und meine Schreiber auszufragen. Ich werde Sie auf meine Banken begleiten und in die Stahlkammer, die ich gemietet habe.

Suchen Sie nach dem roten Kuvert, von dem Sie reden, und wenn Sie es finden, so steht es Ihnen frei, die schlimmsten Schlüsse zu ziehen.«

Jimmy zog ruhig an seiner Zigarette, den nachdenklichen Blick zur Decke gewandt.

»Sprechen Sie Spanisch?« fragte er.

»Nein«, sagte der andere ungeduldig.

»Schade«, meinte Jimmy im Ton echten Bedauerns. »Spanisch ist eine sehr nützliche Sprache, vor allem in Argentinien, für welches schöne Land, wie ich höre, ungetreue Rechtsanwälte eine besondere Vorliebe haben. Mein Spanisch bedarf ein wenig der Aufpolierung, und erst kürzlich habe ich mich darin geübt mit einem Mann, der, wenn ich nicht irre, Murello hieß. Kennen Sie ihn?«

»Wenn Sie zu Ende sind, werde ich dem Diener läuten«, entgegnete der Anwalt.

»Er erzählte mir – der Spanier, meine ich – eine sonderbare Geschichte. Er stammte aus Barcelona, und als Maurer oder so etwas Ähnliches war er mit einigen seiner Landsleute nach England gekommen, um ein paar merkwürdige bauliche Veränderungen am Haus eines Señors in – ausgerechnet Clapham, vorzunehmen.«

Rasch und stoßweise ging der Atem des Anwalts.

»Soviel ich verstehen konnte«, fuhr Jimmy lässig fort, »mein Spanisch ist nämlich mehr andalusisch als katalonisch, deshalb entging mir manches seiner interessanten Ausführungen – soviel ich verstehen konnte, handelte es sich bei diesen Veränderungen um geschickt versteckte Stahlkammern, um Stahltüren, die kunstvoll mit billigen Holzschnitzereien bedeckt wurden, um schlau konstruierte Gewölbe unter harmlosen Küchen im Souterrain, um kleine Treppen in anscheinend solidem Mauerwerk und dergleichen mehr.«

Der leichte Ton war aus Jimmys Stimme verschwunden, und er hatte sich in seinem Stuhl aufgerichtet.

»Ich habe nicht den Wunsch, Ihr Büro zu durchsuchen«, sagte er ruhig, »oder vielleicht sollte ich sagen: nicht mehr den Wunsch, denn ich habe bereits jedes Loch und jede Spalte systematisch durchsucht. – Nein«, nahm er Spedding die Worte vom Munde, »nein, das war nicht ich, der den von Ihnen erwähnten ungeschickten Einbruch beging. Von mir haben Sie bestimmt keine Spuren gefunden, das schwöre ich Ihnen. Sie können die Schlüssel zu Ihrer Stahlkammer behalten, und ich werde Ihre Bankiers nicht bemühen.«

»Was wollen Sie?« fragte der Rechtsanwalt kurz.

»Ich will sehen, wie es bei Ihnen im Souterrain aussieht«, war die Erwiderung, und es bestand kein Zweifel, daß er im Ernst sprach, »vor allem anderen aber möchte ich das rote Kuvert sehen.«

Der Anwalt senkte die Stirn in tiefen Gedanken; seine Augen waren dabei unentwegt auf die Jimmys gerichtet.

»Vorausgesetzt«, sagte er langsam, »vorausgesetzt, daß solch ein Kuvert existiert, vorausgesetzt – nur um der Diskussion willen –, daß es diese mysteriösen Gewölbe und geheimen Kammern wirklich gäbe, wie kommen Sie vor allen anderen Erben dazu, eine Privatuntersuchung zu verlangen? Warum sollte ich Ihnen einen ungerechten Vorteil gegenüber den anderen verschaffen?«

Jimmy stand auf und reckte sich zu seiner vollen Höhe, bevor er erwiderte.

»Es gibt nur einen Erben, den ich anerkenne«, sagte er kurz, »nämlich Fräulein Kent. Das Geld gehört ihr. Ich will keinen Heller davon haben. Aber ebenso fest bin ich entschlossen, daß niemand anders auch nur einen Pfennig davon anrühren soll, weder mein junger Freund Connor« – er hielt inne, um den nächsten zwei Worten besonderen Nachdruck zu verleihen –, »noch Sie.«

»Herr!« rief der empörte Spedding.

»Noch Sie, Herr Spedding«, wiederholte Jimmy voll tiefster Überzeugung. »Wir wollen einander völlig verstehen. Sie sind meiner Meinung nach ein ziemlich anständiger Bürger. Ich würde Ihnen zehn- oder hunderttausend Pfund ohne die geringste Sorge anvertrauen. Ich würde Ihnen zwei Millionen in Bargeld nicht anvertrauen – aber die würde ich überhaupt niemandem anvertrauen. Die Höhe der Summe ist geeignet, Ihr sittliches

Empfinden zu überwältigen. Je eher das rote Kuvert in Meister Angels Händen ist, um so besser für uns alle.«

Mit gebeugtem Kopf stand Spedding da, er überlegte.

»Ein fixer Kopf«, dachte Jimmy; »wenn ich nicht auf der Hut bin, wird's hier Unannehmlichkeiten geben.«

Er beobachtete den Anwalt und sah, wie die harten Linien plötzlich aus dessen gespanntem Gesicht verschwanden und dem gelassenen Lächeln wieder Platz machten.

»Versöhnung und teilweise Eingeständnis«, urteilte Jimmy, und seine Diagnose erwies sich als richtig.

»Na, Herr Jimmy«, sagte Spedding mit einer gewissen Herzlichkeit, »da Sie schon so viel wissen, kann ich Ihnen ja auch noch etwas mehr erzählen. Mein Haus ist tatsächlich, wie Sie so klug herausgefunden haben, in großem Ausmaß eine Stahlkammer. Ich habe so viele wertvolle Dokumente, die ich nicht ruhigen Herzens in meinem Büro aufbewahren könnte. Hier, sozusagen unter meinen Augen, sind sie sicherer. Die Papiere des verstorbenen Herrn Reale befinden sich, das gestehe ich, in diesem Hause; aber – achten Sie jetzt genau auf meine Worte – ob das von Ihnen erwähnte rote Kuvert darunter ist, weiß ich nicht. Ich habe eine große Menge auf diesen Fall bezüglicher Dokumente, die ich noch nicht durchsehen konnte. Es ist zwar schon spät, aber ...«

Unentschlossen hielt er inne.

»... wenn Sie Lust hätten, die Geheimnisse des Souterrains zu besichtigen« – er lächelte liebenswürdig und war wieder ganz er selbst –, »so würde ich mich glücklich schätzen, wenn Sie mir bei einer flüchtigen Durchsuchung behilflich sein wollten.«

Mit gespanntester Aufmerksamkeit war Jimmy bei der Sache.

»Gehen Sie voran«, sagte er kurz; nach einem leichten Zögern öffnete Spedding die Tür, und Jimmy folgte ihm ins Vestibül.

Entgegen seiner Erwartung führte ihn der Anwalt die Treppe hinauf und durch ein einfach möbliertes Schlafzimmer in ein anschließendes kleines Ankleidezimmer. An der Wand stand ein ganz gewöhnlicher Schrank, den Spedding öffnete; an Bügeln und Streckern hingen etwa ein Dutzend Anzüge, unter denen der Anwalt einen Augenblick herumtastete. Ein leises knackendes Geräusch – und die Rückwand des Schrankes tat sich auf.

Mit einem spöttischen Lächeln wandte sich Spedding zu seinem Begleiter um.

»Die Methode Ihres Freundes Angel, sich Zugang zum Nest der ›Stadtbande‹ zu verschaffen, war keineswegs originell. Kommen Sie.«

Behutsam schritt Jimmy in das Dunkel hinein. Er hörte einen Knopf einschnappen: Ein milder Lichtschein erhellte einen winzigen Raum, in dem zwei Männer bequem aufrecht stehen konnten. Die Rückwand des Kleiderschrankes fiel zu, und sie waren allein in einem kleinen Gemach von der Größe eines gewöhnlichen Schrankes.

An der einen Seite befand sich ein Stahlhebel, den der Anwalt vorsichtig anzog. Jimmy hatte das Gefühl des Hinabgleitens und hörte gleichzeitig das schwache, weit entfernte Surren einer Maschine.

»Ein elektrischer Aufzug vermutlich«, sagte er ruhig.

»Ein elektrischer Aufzug«, wiederholte der Anwalt.

Immer tiefer und tiefer ging es hinunter, bis sie nach Jimmys Berechnung mindestens sechs Meter unter dem Straßenniveau sein mußten. Dann fuhr der Lift langsamer und blieb schließlich vor einer Tür stehen. Diese öffnete Spedding mit einem Schlüssel, den er aus der Tasche zog, und sie traten in feuchtkalte, muffige Finsternis hinaus.

»Ich werde Licht machen«, sagte der Anwalt.

Sie befanden sich in einem großen, gewölbten Raum, der sein Licht von der Decke empfing. Ihnen gegenüber war eine Stahltür, und an den Wänden stand auf eisernen Regalen eine Anzahl schwarzlackierter Kästen.

Jimmy las die Inschriften und war ein wenig überrascht von der Ausdehnung und Bedeutsamkeit der Speddingschen Praxis. Der Anwalt mußte seine Gedanken gelesen haben, denn er drehte sich lächelnd um.

»Sieht nicht gerade nach einem ungetreuen Rechtsanwalt aus«, sagte er spöttisch.

»Zwei Millionen Pfund«, erwiderte Jimmy rasch, »das ist

meine Antwort, Herr Spedding. Ein ungeheures Vermögen so im Handumdrehen. Ich würde auch anderen nicht trauen.«

Spedding war vielleicht etwas verärgert, als er auf die Tür zuschritt und sie aufschloß, aber er verstand es jedenfalls, seinen Ärger gut zu verbergen.

Als die Tür aufging, bemerkte Jimmy ein kleines Gemach, vier Fuß breit und sechs Fuß lang und so hoch, daß er nicht mit der Hand an die Decke reichen konnte. Es wehte ein frischer Luftzug, aber woher der kam, konnte er nicht feststellen. Die einzigen Möbel in der kleinen Zelle waren ein Schreibtisch und ein drehbarer Stuhl davor, der genau unter der Deckenbeleuchtung stand.

Spedding zog eine Schreibtischlade auf.

»Ich lasse meinen Schreibtisch hier unverschlossen«, sagte er scherzend.

Es war charakteristisch für ihn, daß er sich nicht in Vorreden und Entschuldigungen erging, sondern ohne die geringste Verlegenheit in die Lade griff, ein umfangreiches rotes Kuvert herausnahm und es auf den Schreibtisch warf.

Jimmy sah ihn neugierig an, und der Anwalt gab seinen Blick zurück.

»Eine neue Idee?« fragte er.

»Ach nein«, sagte Jimmy vergnügt. »Ich kannte mal in Argentinien einen Mann wie Sie – er endete schließlich am Galgen.«

»Sonderbar«, meinte der Anwalt, »ich dachte oft, daß ich vielleicht mal an den Galgen käme, aber ich konnte nie recht einsehen, warum.« Beinahe hätte er noch etwas hinzugefügt, besann sich aber und hielt inne. Jimmy hatte das rote Kuvert in der Hand und prüfte es sorgfältig. Es war mit dem Siegel des Anwalts vielfach versiegelt und trug in Reales unleserlicher ungeübter Hand die Aufschrift »Entwürfe für Rätsel«. Jimmy wog und befühlte es sorgsam; es enthielt ein kleines festes Päckchen.

»Ich werde dieses Kuvert öffnen«, sagte Jimmy bestimmt. »Sie haben es natürlich schon untersucht.«

Der Anwalt erwiderte nichts.

Jimmy brach die Siegel auf. Zur Hälfte beschäftigten ihn die Vermutungen über den Inhalt, zur anderen Hälfte die Absichten des Anwalts. Jimmy war viel zu erfahren, um sich durch das Entgegenkommen des aalglatten Herrn Spedding täuschen zu lassen. Er beobachtete jede seiner Bewegungen. Während er anscheinend mit einer eingehenden Prüfung des Päckchens beschäftigt war, ließ er den anderen nicht aus den Augen. Daß Spedding sich nicht rührte, war für Jimmy ein weiterer Beweis dafür, daß der große Coup bald folgen würde.

»Wir könnten uns ja das Kuvert ebensogut oben ansehen«, sagte der Anwalt. Der andere nickte, und sie verließen die Zelle. Spedding machte die Tür zu und verschloß sie fest.

»Haben Sie bemerkt«, sagte er mit sichtlicher Befriedigung, »wie geschickt dieses Zimmer konstruiert ist?« Er zeigte auf das Gewölbe, die eisernen Regale und die glänzenden schwarzen Kästen.

Jimmy war jetzt ganz auf dem Posten. Die Heiterkeit des Anwalts war allzu grundlos, seine Bemerkungen um eine Kleinigkeit zu gesucht. Sie klangen wie die lahme Einleitung zu einer Geschichte, die der Erzähler um jeden Preis vom Stapel lassen möchte.

»Hier zum Beispiel«, sagte der Anwalt und tippte an einen der Kästen, »haben wir anscheinend weiter nichts als einen gewöhnlichen Dokumentenkasten. Tatsächlich handelt es sich um eine geistreiche Erfindung zum Fangen von Einbrechern, wenn einmal zufällig welche in das Gewölbe eindringen sollten. Der Kasten läßt sich nicht mit einem gewöhnlichen Schlüssel öffnen, sondern durch Druck auf einen Knopf entweder von meinem Zimmer oder von hier aus.«

Er schlenderte zum anderen Ende des Gewölbes, und Jimmy folgte ihm.

Für einen Mann von seinem Körperbau war Spedding außerordentlich beweglich. Jimmy hatte seine Flinkheit unterschätzt.

Das wurde ihm klar, als plötzlich das Licht ausging. Jimmy sprang auf den Anwalt los und prallte an die rauhe Steinmauer des Gewölbes. Rasch tastete er nach rechts und links, aber er griff nur ins Leere.

»Stillgehalten«, befahl Speddings ruhige Stimme vom anderen Ende des Zimmers her, »und keine Aufregung. Ich werde Ihnen gleich meine Diebesfalle vorführen.«

Jimmys Finger tasteten an der Wand nach dem Lichtschalter. Als wäre seine Absicht erraten worden, sagte die Stimme des Anwalts:

»Das Licht ist abgestellt, Jimmy, und ich bin so ziemlich aus Ihrer Reichweite.«

»Das werden wir sehen«, war Jimmys Antwort.

»Und wenn Sie zu schießen anfangen, werden Sie nur die Luft im Zimmer noch etwas stickiger machen, als sie ohnehin ist«, fuhr Spedding fort.

Jimmy lächelte in der Dunkelheit, und der Anwalt hörte das knackende Geräusch vom Durchladen einer Pistole.

»Haben Sie den kleinen Ventilator bemerkt?« fragte des Anwalts Stimme aufs neue. »Hinter dem stehe ich nämlich. Zwischen meinem unwürdigen Leib und Ihren Kugeln befindet sich eine zwei Fuß starke solide Mauer.«

Jimmy erwiderte nichts; die Pistole glitt wieder an ihren Platz. Er hatte eine elektrische Lampe in der Tasche, aber vorsichtigerweise ließ er sie dort.

»Ehe wir weitergehen«, sagte er langsam, »haben Sie vielleicht die Güte, mich über Ihre Absichten aufzuklären?«

Er brauchte drei Minuten Zeit – er brauchte sie sehr notwendig; vielleicht genügten zwei Minuten. Die ganze Zeit über, während der Anwalt sprach, war er eifrigst beschäftigt. Er hatte seine Schuhe abgestreift, als das Licht ausgegangen war; nun schlich er sich durch das Zimmer und glitt mit seinen Händen rasch über die rauhen Steinmauern.

»Was meine Absichten betrifft«, sprach unterdessen der Anwalt, »so dürfte es Ihnen doch ziemlich klar sein, daß ich Sie nicht der Polizei auszuliefern gedenke. Ich habe vielmehr vor, mein junger Freund, Sie ›abzutun‹, wie es in der üblichen Sprache der Verbrecherwelt heißt. Womit gemeint ist, wenn Sie mir die förmliche Ausdrucksweise verzeihen, daß ich Ihnen zu einer anderen und, wie ich trotz meines Pessimismus hoffe, besseren Welt verhelfen will.«

Er hörte Jimmys unverschämtes Lachen in der schwarzen Finsternis.

»Sie sind ein Mann nach meinem Herz, Jimmy«, fuhr er bedauernd fort. »Ich möchte fast wünschen, daß mir diese schmerzliche Pflicht erspart bliebe; aber es ist eine Pflicht – eine Pflicht, die ich der Gesellschaft und mir selbst schuldig bin.«

»Sie sind ein amüsanter Kerl«, sagte Jimmys Stimme.

»Es freut mich, daß Sie das finden. Jimmy, mein junger Freund, ich fürchte, unsere Unterhaltung muß nun ein Ende haben. Verstehen Sie etwas von Chemie?«

»Ein wenig.«

»Dann werden Sie meine Diebesfalle zu schätzen wissen«, sagte Spedding mit unheimlicher Genugtuung. »Sie haben vielleicht den lackierten Kasten mit dem durchlöcherten Deckel bemerkt? Wirklich? Ausgezeichnet! Er enthält zwei Abteilungen, und darin getrennt zwei chemische Substanzen in bestimmten Mengenverhältnissen. In diesem Augenblick hält meine Hand den Hebel, der die beiden zusammenfließen läßt. Wenn Zyankali mit Schwefelsäure zusammentrifft, wissen Sie, welches Gas sich dann bildet?«

Jimmy gab keine Antwort. Er hatte gefunden, was er suchte; sein Gespräch mit dem spanischen Maurer war also nicht zwecklos gewesen. Es war ein kleiner steinerner Vorsprung an der Mauer. Er drückte ihn nach unten und empfand ein Gefühl von Kälte. Er streckte die Hand aus, und wo feste Mauer gewesen war, griff er ins Leere.

»Hören Sie mich?« fragte die Stimme des Anwalts.

»Jawohl, ich höre«, erwiderte Jimmy und tastete nach der Kante der geheimen Tür. Seine Finger fuhren an der glatten Randfläche hinab und fanden die beiden Schnapper.

»Blausäure«, sagte des Anwalts aalglatte Stimme, und Jimmy hörte das Einschnappen des Drückers.

»Leben Sie wohl«, sprach wieder die Stimme des Anwalts, und taumelnd stürzte Jimmy durch die offene Tür, die er hinter sich zuschlug. Ein schwerer Duft wie von Mandeln umhüllte ihn.

7

»Mein lieber Angel«, schrieb Jimmy, »ich empfehle Ihnen einen gewissen Herrn Spedding, einen sehr begabten Mann. Sollten Sie ihn zufällig einmal besuchen wollen, so tun Sie das in seinen Geschäftsstunden. Sollten Sie seine geheimsten Besitztümer untersuchen wollen, so verschaffen Sie sich Zutritt zu einem düsteren Haus an der Ecke von Cleys Road, einen Steinwurf entfernt von ›High Holly Lodge‹. In großen Buchstaben steht daran ›Zu vermieten‹. Im Souterrain befindet sich ein Kohlenkeller. Wenn Sie diesen Kohlenkeller sorgfältig absuchen, werden Sie eine steinerne Treppe entdecken, die zu einem unterirdischen Gang führt; dieser Gang setzt sich unter der Erde fort, bis er auf Freund Speddings Privatgewölbe stößt. Wenn sich dies alles wie eine Seite von Dumas oder dem lieben Harrison Ainsworth liest, so ist das nicht meine Schuld. Ich habe unsern juristischen Berater gestern besucht und einen recht aufregenden Abend verbracht. Wenn ich heute morgen noch am Leben bin, so verdanke ich das nur meiner Vorsicht und vorausschauenden Weisheit. Das Ergebnis meines Besuches: Der Schlüssel zu dem ›Safe-Wort‹ ist in meinen Händen. Sie brauchen ihn nur abzuholen.«

Diese Botschaft erhielt Angel, als er am nächsten Morgen nach Scotland Yard kam. Auch er hatte schlaflose Stunden verbracht in dem Versuch, das Geheimnis des Knüttelverses zu enträtseln.

Ein Telegramm rief Kathleen Kent in die Stadt. Angel traf sich mit ihr in einem stillen Restaurant in der Rupert Street; er war ganz überrascht von der zarten Schönheit dieses schlanken Mädchens mit den ruhigen grauen Augen.

Sie begrüßte ihn mit einem traurigen, schwachen Lächeln. »Ich fürchtete schon, Sie würden mich gar nicht mehr sehen wollen nach meiner Explosion neulich abend«, sagte sie. »Dieser – dieser – Mensch ist ein Freund von Ihnen?«

»Jimmy?« fragte der Detektiv aufgeräumt. »O ja, Jimmy ist so 'ne Art Freund von mir; aber er verdient alles, was Sie sagten, und er weiß es, Fräulein Kent.«

Des Mädchens Gesicht verdüsterte sich einen Augenblick bei dem Gedanken an Jimmy.

»Ich werde nie begreifen«, sagte sie langsam, »wie ein Mann von seinen Gaben dahin kommen konnte, ein –«

»Aber er hat Ihnen doch gesagt, daß er beim Anlocken Ihres Vaters nicht beteiligt war«, protestierte der Detektiv. Ganz erstaunt drehte sich das junge Mädchen um.

»Sie erwarten doch gewiß nicht von mir, daß ich diesen Ausreden glaube!« rief sie.

Mr. Angel machte ein ernstes Gesicht.

»Gerade das würde ich Sie bitten zu glauben«, sagte er ruhig. »Jimmy macht keine Ausreden, und bestimmt würde er niemals lügen, um seine Fehler zu entschuldigen.«

»Aber ... Aber«, meinte Kathleen ganz verwirrt, »er ist ein Dieb, ohne es auch nur zu verbergen – ein schlechter Mensch.«

»Ein Dieb schon«, sagte Angel ernst, »aber kein schlechter Mensch. Jimmy ist für die meisten ein Rätsel. Mir ist er vollkommen verständlich; vielleicht, weil ich selbst zuviel vom Verbrecher in mir habe.«

»Ich wünschte, o ich wünschte, ich hätte Ihren Glauben an ihn! Dann könnte ich ihn von dem Verdacht lossprechen, daß er dazu beitrug, meinen Vater zu ruinieren.«

»Ich meine wirklich, das können Sie tun«, sagte der Detektiv beinahe eifrig. »Glauben Sie mir, an Jimmy darf man nicht den hergebrachten Maßstab anlegen. Wenn ich ihn beschreiben soll, so würde ich sagen: Er ist ein Genie, das in einem exzentrischen Kreis wirkt, der den strengen Kreis des Gesetzes manchmal überschneidet, manchmal nicht erreicht. Wenn ich sein erbittertster Feind wäre und Sie fragten mich als Polizeibeamten, was man mit Jimmy tun könnte, so müßte ich sagen: ›Nichts!‹ Ich weiß kein Verbrechen, dessen man ihn anklagen könnte, außer dem zeitweiligen Umgang mit zweifelhaften Charakteren. Aber das kann man mir ebensogut vorwerfen. Ich will Ihnen mal was erzählen, Fräulein Kent. Der erste große internationale Fall, bei dem ich eine Rolle gespielt habe, war ein Riesendiebstahl bei der Ägyptischen Bank. Es handelte sich um etwa vierhunderttausend Pfund. Für den außenstehenden Beurteiler kam Jimmy gar nicht in Frage, aber wir, die wir den Fall bearbeiteten, hatten ihn im Verdacht, und zwar ziemlich stark. Die Eigentümer der Bank waren reiche Ägypter, und an der Spitze des Ganzen stand irgendein Pascha, einer der größten Schurken auf Gottes Erdboden. Es ist unmöglich, einer Dame genau zu erzählen, wie weit seine Schurkereien gingen, aber Sie können sich's ungefähr denken. Nun also, der Pascha wußte, daß Jimmy die Sache gemacht hatte, und wir wußten es auch, aber wir wagten es nicht zu sagen. Jimmys Verhaftung hätte automatisch den Ruin des Bankiers herbeigeführt. Damals ist mir klargeworden, mit welchem Typus Mann ich es zu tun hatte, und ich bin immer darauf gefaßt, wenn Jimmys Name in Verbindung mit einem schweren Verbrechen genannt wird, daß das Opfer sein Schicksal – und mehr – reichlich verdient hat.«

»Das klingt schrecklich. Könnte denn nicht ein solcher Mensch seine Talente nützlicher verwenden?«

Zweifelnd zuckte Angel die Achseln.

»Ich habe es aufgegeben, über schlecht angewandte Talente nachzugrübeln; es ist ein Thema, das mich selber zu nahe angeht«, sagte er. »Aber was Jimmy betrifft, so bin ich eigentlich ganz froh, daß Sie von ihm sprachen, denn ich wollte Sie fragen, ob Sie ihn heute treffen können.«

»Aber das geht doch nicht«, meinte sie.

»Sie denken an die Geschichte neulich abend, als das Testament verlesen wurde? Nun, das müssen Sie vergessen. Jimmy hat den Schlüssel zu dem Vers, und es ist unbedingt notwendig, daß Sie heute nachmittag zugegen sind.«

Nach einigem Bedenken willigte sie ein.

In Jimmys Wohnung saßen die drei im Wohnzimmer um einen runden Tisch, der mit Zetteln und Papieren aller Art bedeckt war.

Das junge Mädchen war bei dieser Begegnung zunächst etwas ängstlich, aber Jimmys zurückhaltende Verbeugung trug mehr zu ihrer Beruhigung bei, als wenn er den Wunsch gezeigt hätte, sich in ihren Augen zu rehabilitieren.

Ohne weitere Einleitung zeigte ihnen Jimmy den Inhalt des Kuverts. Er sagte Kathleen nicht, auf welche Weise er in seinen Besitz gekommen war.

»Von all diesen Papieren«, begann Jimmy, »ist nur ein einziges von Nutzen, und selbst das macht die Verwirrung nur größer. Reale hat offenbar dieses verwünschte Kryptogramm lange Zeit mit sich herumgetragen. Er hat viele Entwürfe gemacht und sie dann wieder verworfen. Hier haben wir einen.«

Er schob eine Karte über den Tisch, auf der ein paar Worte in Reales charakteristischer Schrift standen.

Angel las:

»Das Wort mit fünf Buchstaben, das ich benutzen will, nämlich:

1. Weiß alle 24 Sek.
2. Unveränd. weiß und rot.
3. Weiße Gruppe zwei alle 30 Sek.
4. Gruppe weiß abgebl. rot. Sekt. alle 30 Sek.
5. Unveränd. weiß und rot.«

Drunter stand: »Geht nicht; zu leicht.«

Ratlos neigte der Detektiv den Kopf.

»Der Teufel soll mich holen, wenn ich rauskriegen kann, wieso das leicht sein soll«, sagte er. »Mir scheint es genauso unsinnig und genauso schwer wie das andere.«

Mit einem stillen Lächeln der Befriedigung bemerkte Jimmy die Verwirrung des Detektivs. Er blickte das junge Mädchen nicht direkt an, aber von der Seite konnte er ihr eifriges junges Gesicht sehen, wie es sich über die Karte beugte, und die hübsche Stirn, die sich in tiefe Falten legte bei dem verzweifelten Versuch, das seltsame Dokument zu entziffern.

»Dennoch war es leicht«, sagte er, »und wenn Reale bei dem Wort geblieben wäre, so hätten wir den Safe jetzt schon auf.«

Angel brütete über dem geheimnisvollen Schlüssel.

»Das Wort heißt, soviel ich sehen kann, ›Smock‹«, sagte Jimmy, »aber vielleicht –«

»Wie in aller Welt –«

»Ach, es ist ganz leicht«, sagte Jimmy munter, »und es überrascht mich, daß ein alter Reisender wie Sie nicht darauf gekommen ist.«

»Gruppe Weiß abgebl. rote Sekt. alle 30 Sek.«, las Angel.

Jimmy lachte.

Zum erstenmal sah das junge Mädchen diesen seltsamen Menschen seine gewöhnliche Zurückhaltung beiseite schieben, und sie bemerkte mit einer unerklärlichen Befriedigung, daß er hübsch war, wenn er so fröhlich lachte.

»Ich will es Ihnen übersetzen«, sagte Jimmy. »Ich werde es mal ausführlicher lesen: ›Gruppe Weiß abgeblendet durch rote Sektoren alle dreißig Sekunden‹. Jetzt verstehen Sie es doch?«

Angel schüttelte den Kopf.

»Sie mögen mich für schrecklich dumm halten«, sagte er freimütig, »aber selbst nach Ihrer lichtvollen Erklärung tappe ich noch im dunkeln.«

Jimmy lachte leise.

»Nehmen wir mal an, Sie führen heute abend nach Dover und setzten sich ans Ende des Piers. Es ist eine schöne Nacht, die Sterne stehen am Himmel, Sie blicken nach Frankreich hinüber, und Sie sehen –«

»Nichts«, sagte Angel langsam; »höchstens ein paar Lichter auf den Schiffen und vielleicht das Blinkfeuer des Leuchtturms von Calais –«

»Das abgeblendete Blinkfeuer?« warf Jimmy ein.

»Das abgebl . . .! Bei Gott!«

»Freut mich, daß Sie dahinterkommen«, sagte Jimmy lebhaft. »Der alte Reale hat einfach die Namen von fünf berühmten Leuchttürmen genommen – jeder Schiffskalender sagt es Ihnen:

Sanda.
Milford Haven.
Orknays.
Caldy Island.
Kinnaird Hed.

Sie bilden ein Akrostichon, und die Anfangsbuchstaben ergeben das Wort ›Smock‹; aber es war zu leicht – und zu schwer, denn es gibt ein paar Leuchttürme, besonders die mit unveränderlichem Licht, die einander ganz gleich sind; deshalb hat er wohl diese Idee aufgegeben.«

Angel seufzte bewundernd.

»Jimmy, Sie sind ein Teufelskerl«, sagte er einfach.

»Jetzt kommen wir zu dem wichtigeren Schlüssel«, sagte Jimmy und glättete ein zerknittertes Papier auf dem Tisch. »Dies hat, glaube ich, direkten Bezug auf unseren Vers.«

Die drei Köpfe beugten sich über das bekritzelte Papier.

»Die Abbildung einer Ente, die T bedeutet«, buchstabierte Angel, »aber das ist ausgestrichen; eine Schlange, die T bedeutet –«

Jimmy nickte.

»In Reales Vers«, sagte er nachdenklich, »kommen sechs Wörter vor; abgesehen von diesen sechs Wörtern hat der Vers meiner Meinung nach keinen Sinn. Sechs aneinandergereihte Wörter, jedes durch besondere Schrift hervorgehoben. Hören Sie.«

Er nahm aus seinem Notizbuch den bekannten Zettel, auf dem der Vers geschrieben stand:

Dieses Rätsel, schlau gestellt,
Lös es auf und nimm mein Geld.
Einen Riegel hol herfür,
Mach ihn fest an einer Tür,
Dann an eines Flusses Mund
bringe schnell das Ganze, und
Pflücke Blätter, leg sie fein
In den Wasser-Napf hinein.
Dies Rätsel stammt aus einem Buch,
Das uns gebracht des Heils genug.

»Wir haben da sechs Wörter«, sagte Jimmy und schrieb sie untereinander, während er sprach:

»Riegel.
Tür.
Mund.
Blatt (oder Blätter).
Wasser.
Napf.

Jedes steht da für einen Buchstaben – aber für welchen?«

»Die Sache ist ziemlich hoffnungslos, wenn der alte Mann nach allen möglichen fernliegenden Gegenständen herumgesucht hat, die dann irgendeinen Buchstaben des Alphabets bedeuten sollen«, meinte Angel.

Das junge Mädchen murmelte etwas vor sich hin und begegnete Jimmys fragendem Blick.

»Ich sagte nur«, sprach sie zögernd, »daß mir in dem allen eine gewisse Methode zu liegen scheint.«

»Ausgenommen in dem da«, sagte Jimmy und zeigte auf die ausgestrichene Ente. »Danach würde es scheinen, als hätte Reale seine Symbole auf gut Glück gewählt, und weil ihm die Ente nicht gefiel, hat er lieber die Schlange genommen.«

»Aber«, wandte sich Kathleen an Angel, »ist es nicht verwunderlich, daß ein ungebildeter Mann wie Herr Reale auch nur solche flüchtige Skizzen gemacht haben sollte, ohne von einem Vorbild abzuzeichnen?«

»Fräulein Kent hat recht«, sagte Jimmy rasch.

»Und ist da nicht etwas an diesen Zeichnungen«, fuhr sie fort, immer sicherer bei jedem Wort, »das sie an irgend etwas erinnert?«

»An was?« fragte Angel.

»Das kann ich nicht sagen«, erwiderte sie kopfschüttelnd. »Und doch erinnern sie mich an etwas und lassen mich nicht los, genauso, wie eine Notenfolge mich nicht losläßt, wenn ich sie nicht spielen kann. Ich habe das bestimmte Gefühl, daß ich solche Zeichnungen auch sonst schon gesehen habe, daß sie zu irgendeinem System gehören –« Sie hielt plötzlich inne.

»Jetzt weiß ich es«, fuhr sie leiser fort; »sie stehen in meinen Gedanken mit – der Bibel in Verbindung.«

Voller Verblüffung starrten die beiden Männer sie an. Plötzlich sprang Jimmy auf, brennend vor Erregung.

»Ja, ja«, rief er. »Angel, sehen Sie's denn nicht? Die beiden letzten Zeilen von Reales Knüttelvers –

Dies Rätsel stammt aus einem Buch,
Das uns gebracht des Heils genug.«

»Weiter, weiter, Fräulein Kent«, rief Angel eifrig, »Sie sind auf der rechten Spur. Denken Sie nur weiter –«

Kathleen zögerte, dann wandte sie sich an Jimmy; es war das erstemal an diesem Tage, daß sie ihn direkt anredete.

»Sie haben wohl keine . . .?«

Jimmys Lächeln war ein wenig gezwungen.

»Es tut mir leid, Sie enttäuschen zu müssen, Fräulein Kent, aber ich habe ein Exemplar«, sagte er mit einem Anflug von Bitterkeit. Er ging zum Bücherschrank am anderen Ende des Zimmers, nahm den Band heraus – es war ein vielgelesenes Buch – und legte es vor sie hin. Der Tadel in seiner Stimme war verdient, das fühlte sie. Rasch blätterte sie durch die Seiten, aber ihre Erleuchtung schien erloschen, denn nichts in dem heiligen Buch vermochte Ordnung in ihre wirren Gedanken zu bringen.

»Ist es ein Spruch?« fragte Angel.

Sie schüttelte den Kopf.

»Es ist – irgendwas«, sagte sie. »Das klingt sehr unbestimmt, nicht wahr? Ich dachte, wenn ich das Buch in der Hand hielte, würde mir alles wieder einfallen.«

Angel studierte das Bilderrätsel mit gespanntester Aufmerksamkeit.

»Hier haben wir wenigstens einen Buchstaben. Hatten Sie das schon, Jimmy?«

»Die Tür?« fragte Jimmy. »Ja, das ist so ziemlich klar. Wie das Wort auch heißen mag, der zweite Buchstabe ist P. Sehen Sie nur Reales verschmierte Notizen! ›Die alle taugen nichts, die anderen Buchstaben sind besser –‹ das muß es wohl heißen; also können wir T, O und K ausschalten.«

»Den besten Aufschluß«, fuhr er fort, »geben die Notizen über den ›Professor‹. Lesen Sie:«

NB.: Das neue Buch des Professors besorgen.

NB.: Tun, was der Professor für richtig hält.

NB.: Dem Professor schreiben wegen –

»Jetzt ist die Frage: Wer ist der Professor, was ist das für ein Buch, und wozu hat er geraten? Reale hat in Briefwechsel mit ihm gestanden, soviel ist sicher; in seinem Bestreben nach absoluter Genauigkeit hat er ihn um Rat gebeten. Es findet sich unter all diesen Papieren auch nicht die Spur eines Briefes, und wenn irgendein Buch existiert, so ist es noch in Sped – ist es noch an dem Ort, woher dieses rote Kuvert stammt.«

Die beiden Männer wechselten einen raschen Blick.

»Jawohl«, sagte Angel, als antwortete er auf die unausgesprochenen Gedanken des anderen, »das ließe sich machen.«

Zweifelnd blickte Kathleen von einem zum andern.

»Bedeutet das eine besondere Gefahr?« fragte sie ruhig. »Ich habe Sie nicht gefragt, wie dieses rote Kuvert in Ihren Besitz gekommen ist, aber ich habe ein Gefühl, als wäre es nicht ohne Gefahr beschafft worden.«

Angel übersah Jimmys warnendes Stirnrunzeln. Er war fest entschlossen, dem jungen Mädchen die Lichtseiten im Charakter seines seltsamen Freundes deutlich zu machen.

»Jimmy hat dem Tod ins Auge gesehen, um das Kuvert zu erlangen, Fräulein Kent«, sagte er.

»Dann verbiete ich jedes weitere Risiko«, sagte sie lebhaft. »Ich glaube deutlich genug ausgedrückt zu haben, daß ich von Ihrem Freund keinerlei Gefälligkeiten anzunehmen wünsche, am wenigsten soll er sein Leben für mich aufs Spiel setzen.«

Jimmy hörte das alles, ohne mit der Wimper zu zucken. Er hatte eine scharfe Zunge, wenn es ihm beliebte, und in diesem Augenblick beliebte es ihm.

»Sie können Fräulein Kent nicht eindringlich genug die Tatsache vor Augen halten, daß ich in dieser Sache interessierte Partei bin«, sagte er eisig. »Da sie mein Anerbieten abgelehnt hat, auf meinen Anteil an dem Geld zu verzichten, so dürfte sie sich erinnern, daß mein Interesse an der Erbschaft mindestens so groß ist wie das ihrige. Was ich riskiere, riskiere ich nicht aus den höchst romantischen Motiven heraus, die sie mir zweifellos zugute hält, sondern aus dem sehr natürlichen Wunsche heraus, mir selbst zu helfen.«

Sie zuckte ein wenig zusammen bei dieser unumwundenen Rede; als sie dann erkannte, daß sie im Unrecht war, ärgerte sie sich über ihre Unbesonnenheit.

»Wenn das Buch – an dem Ort ist, wo diese Papiere waren, dann läßt es sich beschaffen«, fuhr Jimmy fort, der allmählich seine gute Laune zurückgewann. »Wenn der Professor noch am Leben ist, mache ich ihn ausfindig, und morgen hab ich eine Liste von allen Büchern, die überhaupt je von irgendeinem Professor geschrieben worden sind.«

Ein Gedanke schien ihn zu belustigen, und er lachte zum zweitenmal an diesem Nachmittag.

»Das wird ein großartiger Lesekursus für uns alle«, sagte er vergnügt. »Gott weiß, in welche geheimnisvollen Regionen der gelehrte Professor uns entführen wird. Ich kenne einen, der hat eine Abhandlung über Soziologie geschrieben, die auf zehn Bände angewachsen ist, und einen anderen, der sich über induktive Logik auf zwölfhundert enggedruckten Seiten ausgesprochen hat. Vor mir schwebt ein Bild, wie drei Menschen in einem wüsten Durcheinander gedankenreicher Druckwerke sitzen und in dickleibigen Büchern nach dunklen Anspielungen auf Riegel, Türen, Blätter und so weiter herumsuchen.«

Dieses Phantasiegebilde war zuviel für die Ernsthaftigkeit des Mädchens; mit einem fröhlichen Gelächter über seinen lustigen Einfall begann ihre Freundschaft mit dem Manne, der eingestandenermaßen ein Dieb und wahrscheinlich noch Schlimmeres war.

Jimmy suchte die Papiere zusammen und steckte sie wieder in das rote Kuvert, welches er Angel aushändigte.

»Legen Sie das in die Archive«, sagte er obenhin.

»Warum wollen Sie es nicht hier behalten?« fragte Angel überrascht.

Jimmy ging zu einer der drei hohen Glastüren, die auf einen schmalen Balkon hinausführten. Mit einem raschen Blick überschaute er die Straße, dann winkte er den Detektiv heran.

»Sehen Sie den Mann da?« Er zeigte auf einen Müßiggänger, der auf dem gegenüberliegenden Bürgersteig herumschlenderte.

»Jawohl.«

Jimmy trat ins Zimmer zurück.

»Deshalb«, sagte er einfach. »Heute oder morgen nacht wird's hier einen Einbruch geben. Man läßt sich nicht ein Vermögen durch die Finger schlüpfen ohne etliche Anstrengungen, es zu retten.«

»Wer ist ›man‹?« fragte das junge Mädchen. »Meinen Sie die schrecklichen Leute, die mich entführt haben?«

»Wohl möglich«, sagte Jimmy, »obgleich ich eben an jemand anders dachte.«

Das junge Mädchen hatte den Mantel angezogen und stand unschlüssig an der Tür; Angel wartete.

»Leben Sie wohl«, sagte sie zögernd. »Ich – ich fürchte, ich habe Ihnen unrecht getan, und – und ich möchte Ihnen danken für alles, was Sie für mich getan haben. Ich weiß – ich fühle, daß ich unfreundlich gewesen bin, und –«

»Sie haben mir kein Unrecht getan«, sagte Jimmy leise. »Ich bin all das, wofür Sie mich hielten – und Schlimmeres.«

Sie reichte ihm die Hand, und er zog sie an seine Lippen, was gar nicht Jimmys Art war.

8

In jenem Teil Nord-Kensingtons, der in der Nähe von Ladbroke Grove liegt, hatte sich ein Fremder durch irgendein Mißgeschick verirrt. Er wanderte durch viele schmucke Straßen und stille Plätze, die den behäbigen Reichtum des oberen Mittelstandes förmlich ausstrahlten, durch breite Alleen, wo blankgeputzte Limousinen an der Auffahrt vor den Häusern warteten und Chauffeure die Wagentüren vor ihren Herrschaften aufrissen. Vielleicht hatte er es nicht besonders eilig, seinen Bestimmungsort zu erreichen. Er kam nach Kensington Park Road, einer breiten Straße mit großen Gärten und kleineren ummauerten Vorgärten; dann bog er in eine Nebenstraße ein, ging noch etwa zwanzig Schritt weiter und befand sich mitten in einem schmutzigen Armenviertel.

Es war kein gewöhnliches Armenviertel, dieses kleine Stückchen London zwischen Westbourne Grove und Kensington Park Road. Es gibt da keine verfallenen Hütten und stinkigen Gäßchen, sondern straßenlange Häuserreihen mit breiten Treppenstufen vor vornehmen Haustüren, mit tiefgelegenen Wirtschaftsräumen, in denen einstmals längst verstorbene Dienstboten dem Mittelstand einer vergangenen Zeit dienten. Die Korridore dieser Häuser haben weder Teppiche noch Läufer, und in manchen teilen sich acht oder neun Familien in die Wohnungen.

Schlampige Frauen, die Arme in die schmutzigen Schürzen gewickelt, verbringen in diesen Straßen ihr Leben vor der Haustür.

In die armselige Cawdor-Street, in der das Spitzeln als größtes Verbrechen galt, kam ein Mann und mietete das alleinstehende Haus Nr. 49. Zur Überraschung des Vermittlers vereinbarte er für die Miete monatliche Vorauszahlung, und zur Überraschung der Nachbarn nahm er keine Untermieter auf. Die Möbel kamen bei Nacht, und vergeblich wartete man darauf, die Dame des Hauses zu sehen. Schließlich erfuhren die Leute, daß der »Neue« Junggeselle war.

Vor vielen Jahren war Nr. 49 die Wohnstätte eines Bauunternehmers gewesen; daher das kleine Hoftor an der einen Seite. Mit Befriedigung entdeckten die Bewohner von Cawdor Street, daß der neue Mieter den alten Glanz des Hauses zu erneuern gedachte. Jedenfalls wurde eine in die Augen fallende Tafel angebracht mit der Inschrift:

J. Jones, Baumeister,

und der neugierige Herr Lane (aus Nr. 76), dem es gelang, einen Blick in den Hof zu werfen, entdeckte auf einer Seitentür in großen Buchstaben das Wort »Büro«.

Zu bestimmten Stunden, meistens am Abend, sprachen im »Büro« grobgekleidete Männer vor, blieben eine Weile und gingen wieder. Zwei wackelige Leitern erschienen auf dem Hof und reckten ihre abgenutzten Sprossen über das Tor.

»Ich wollte heute einen alten Handwagen und einen Schubkarren kaufen«, sagte ›Herr Jones‹ zu einem der Arbeiter. »Wahrscheinlich werde ich sie morgen zu dem Preis kriegen, den ich mir gesetzt habe; und es wäre kein schlechter Gedanke, noch ein paar Säcke Kalk und ein paar Wagenladungen Sand und Ziegel kommen zu lassen, dazu einige Hacken und Hebeeisen, um der Sache den letzten Schliff zu geben.«

»Hast die Geschichte hier zur rechten Zeit eingerichtet, Connor«, sagte er.

Herr Connor – denn er und kein anderer war »J. Jones, Baumeister« – nickte und stocherte nachdenklich mit einem Streichhölzchen in den Zähnen herum.

»Ich habe es schon lange kommen sehen, daß das andere Haus nicht mehr zu brauchen ist«, sagte er mit einem Fluch. »Verwünschtes Pech, daß Angel uns vorige Woche dort entdeckt hat. Ich hab' das Haus hier vor ein paar Monaten hergerichtet. 's ist 'ne nette Gegend, wo niemand groß herumschnüffelt, und die Jungens können sich hier treffen, ohne daß es jemand zu wissen kriegt.«

»Und der alte George?«

»Den bringen wir heute abend unter«, sagte der andere mit finsterem Gesicht. »Bat holt ihn her, und ich will hören, wie es zugegangen ist, daß er Angel an uns 'rangelassen hat.«

Der alte George war immer eine schwierige Frage für die »Stadtbande« gewesen. Er nahm eine Vertrauensstellung ein, die nach Meinung vieler einem geistesschwachen Mann nicht zugebilligt werden durfte. War es richtig, ihm das Silberzeug anzuvertrauen, das man mit soviel Mühe aus Roebury House beschafft hatte, und die Juwelen der Lady Ivy Task-Hender, für deren Entwendung ein gewisser Hog Stander eben jetzt seine sieben Jahre brummte? War es weise, ihn als Hüter eines leeren Hauses in Blackwall anzustellen, durch das Meister Angel Zugang zum Treffpunkt der ›Stadtbande‹ erhielt? Manche bejahten diese Fragen, und zu ihnen gehörte die mächtige Partei, die Bat Sands, Curt Goyle und Connor zu den ihren zählte. Sie behauptete, daß nie und nimmer auf diesen halbverrückten alten Herrn Verdacht fallen würde, mit seinen ausgestopften Vögeln, seinen Goldfischen und seinen Käfigen voller Kaninchen und Mäuse. Diese Ansicht wurde durch die Tatsache gestützt, daß Lady Ivys unschätzbare Diamanten monatelang in dem doppelten Boden des Ställchens lagen, welches in der seltsamen Menagerie des alten George die Meerschweinchen beherbergte, während zur gleichen Zeit die Polizei auf der Suche nach den Edelsteinen ganz London von innen nach außen kehrte.

Aber jetzt hatte sich eine Wolke über dem alten George zusammengezogen. Wenn man ihn auch unter seinem lebendigen Inventar gefunden hatte, fest an einen Stuhl gebunden und ein Taschentuch im Munde, so blieb doch ein gewisser Verdacht an ihm hängen. Wie hatte Angel ohne Wissen des Alten im oberen

Zimmer eindringen können? Eine Erklärung wäre Angel nicht schwergefallen. Tatsächlich hätte er die ›Stadtbande‹ hinsichtlich des alten George weitgehend beruhigen können, denn als er sich mit ihrer Höhle befaßte, hatte er sich vollkommen über die Rolle des alten Mannes getäuscht, der als »Verwalter« des »leeren« Hauses auftrat.

In einem Taxi lauschte der alte George den Ermahnungen des Herrn Bat Sands; er lächelte töricht und fuhr sich ab und zu mit der Hand über den zitternden Mund.

»Connor will die ganze Geschichte von A bis Z wissen«, sagte Bat drohend; »und wenn du dumme Streiche gemacht hast, Alter, dann helf dir Gott.«

»Dann helfe mir Gott«, lächelte der alte George zufrieden.

Er fuhr sich mit den schmutzigen Fingern durch sein spärliches weißes Haar; das Lächeln schwand aus seinem Gesicht, und ein welker Mund verzog sich mitleiderregend.

»Herr Sands«, sagte er, hielt aber sofort inne; dann wiederholte er den Namen zehn-, zwölfmal vor sich hin und fuhr sich mit der Hand wieder über den Kopf.

Bat hatte sich vorgebeugt, damit ihm kein Wort des möglichen Geständnisses verlorenginge; und nun fiel er leise fluchend wieder in seinen Sitz zurück.

Im Hause von »J. Jones, Baumeister« waren alle die, die zur ›Stadtbande‹ gehörten, vollzählig versammelt.

»Wenn er uns nicht reingesenkt hat«, fragte Goyle, »was sollen wir da mit ihm machen?«

Es konnte über die Stimmung der Anwesenden wenig Zweifel bestehen; ein tiefes tierisches Knurren, erschreckend in seiner Wildheit, ging durch die Versammlung.

»Wenn er uns reingesenkt hat« – sprach Vinnis, die stumpfen Fischaugen fest auf Connor gerichtet –, »müssen wir ihn natürlich ›abtun‹.«

»Du redest wie ein Narr«, sagte Connor verächtlich.

»Wenn er uns reingesenkt hat, kannst du sicher sein, daß im selben Augenblick, wo er das Haus betritt, das ganze Grundstück von der Polente umstellt ist. Weiß Angel erst mal, daß der alte George zu uns gehört, so läßt er ihn Tag und Nacht beobachten, und hinter der Taxi, in der er herkommt, fährt 'ne andre, in der Angel sitzt. Nein, ich wette meinen Kopf für den Alten. Aber ich möchte wissen, wie der verfluchte Angel ins Nebenhaus gelangt ist.«

Sie brauchten nicht lange zu warten, denn kaum hatte Connor zu Ende gesprochen, so ertönte Bats Klopfen an der Tür.

Da stand nun der alte George, halb geführt, halb hereingeschleppt, drehte den Hut zwischen den Händen und lächelte hilflos all die finsteren Gesichter an. Ganz leise murmelte er irgend etwas vor sich hin.

»Was sagst du da?« fragte Connor scharf.

»Ich sagte eben, ein Herr –« begann der Alte und verstummte.

»Was für 'n Herr?« fragte Connor grob.

»Ich spreche von mir selbst«, sagte der alte Mann, und ein Ausdruck seltsamer Würde belebte seine Züge. »Ich sage und ich behaupte, daß ein wirklicher Herr ein Herr bleibt, mit was für Leuten er sich auch zusammentun mag. In meinem alten College hab' ich mal einen Studenten scharf getadelt.« Er sprach mit stolzer, beinahe hochfahrender Entschiedenheit. »›Es gibt einen Grundsatz‹, sagte ich ihm, ›auf den ich Sie hinweisen möchte: De gustibus non est disputandum, und – und –‹«

Seine zittrigen Finger hoben sich zu dem geschwätzigen Mund, und das leere Lächeln trat wieder auf seine Züge.

»Paß mal auf«, sagte Connor und schüttelte ihn derb am Arm, »dein verfluchtes College interessiert uns gar nicht; wir wollen wissen, wie Angel in unsre Höhle gelangt ist.«

Der Alte sah ganz verblüfft aus.

»Ja, ja«, murmelte er; »selbstverständlich, Herr Connor, Sie sind immer sehr freundlich gewesen. Die Höhle ganz recht, der junge Mann, der das Zimmer im ersten Stock mieten wollte.«

»Ja, ja«, sagte Connor eifrig.

»Ein ganz vortrefflicher junger Mann«, schwatzte der Alte weiter, »nur sehr neugierig. Ich erinnere mich, als ich einmal zu einer großen Versammlung junger Männer in Cheltenham sprach – oder es können auch junge Damen gewesen sein –«

»Zum Teufel mit dem Kerl!« schrie Goyle in heller Wut. »Bring ihn dazu, klar zu antworten, oder stopf ihm das Maul.«

»Laß ihn nur auf seine Art erzählen«, sagte er.

»Dieser treffliche Mann«, fuhr der Alte fort, der glücklich sein Thema wiedergefunden hatte, »verlangte Auskünfte von mir, die ich nicht zu geben gewillt war, Herr Connor, denn ich dachte an Ihre vielen Gefälligkeiten, besonders hinsichtlich eines gewissen Herrn Vinnis.«

»Ja, nur weiter«, drängte Connor; Vinnis' Gesicht war äußerst gespannt.

»Ich fürchte, daß mein sonst so lebhafter Geist zuzeiten einer gewissen Trägheit verfällt, die meinem Charakter – meinem eigentlichen Charakter – sonst fremd ist; ein fremder unaufmerksamer Beobachter könnte sich dadurch verleiten lassen, mich als quantité négligeable zu betrachten. Als eine solche behandelte mich der treffliche junge Mann insofern, als er zu meinem Begleiter bemerkte, es sei ein Strick – jawohl, ganz eindeutig ein Strick – bereit für den besagten Herrn Vinnis.«

Vinnis' Gesicht war leichenblaß.

»Und wie ging's weiter?« fragte Connor. »Es waren ihrer zwei, nicht wahr?«

Der alte Mann nickte ernsthaft; er nickte ein paarmal hintereinander, als gefiele ihm diese Bewegung.

»Als der andere junge Mann – nicht der treffliche, sondern der andere – herausgefunden hatte, daß ich die Zimmer nicht vermieten konnte – und das durfte ich doch wirklich nicht ohne Ihre Erlaubnis tun, Herr Connor –, da verwickelte er mich in eine Unterhaltung. Sehr laut redete er dabei über den relativen Wert von Kohl und Möhren als Futter für pflanzenfressende Säugetiere. Wo sich der liebenswürdige Herr unterdessen aufhielt, kann ich nicht sagen –«

»Ich kann's mir denken«, meinte Connor.

»Ich besinne mich sehr gut auf die ganze Sache«, fuhr der Alte fort, »weil mich in der Nacht seltsame Geräusche aus den leeren Zimmern oben erschreckt und beunruhigt hatten – Geräusche, die entsprechend einer ganz natürlichen Schlußfolgerung verursacht wurden.«

Er hielt inne, sah sich furchtsam im Zimmer um und sprach mit leiser Stimme weiter.

»Durch gewisse Geister«, flüsterte es geheimnisvoll und deutete blinzelnd bald auf den einen, bald auf den anderen der Anwesenden.

Es lag etwas Unheimliches im Betragen dieses merkwürdigen Alten mit dem seltsam ausdrucksvollen Gesicht, und mehr als einen der hartgesottenen Verbrecher überlief es kalt.

Connor brach das Schweigen.

»Also so ist die Geschichte zugegangen, was? Einer hat sich mit dir unterhalten, und unterdessen ist der andere hinauf und hat sich oben versteckt? Na, Jungens, nun habt ihr gehört, was der Alte erzählt hat. Was sagt ihr nun?«

Vinnis rückte unruhig auf seinem Stuhl hin und her und drehte sein großes ausdrucksloses Gesicht nach dem alten Mann hin, der noch immer seinen Hut zwischen den Händen drehte und leise vor sich hinmurmelte. In irgendeiner fernen Gegend, wohin ihn sein armer irrer Geist entführt hatte, unterhielt er sich mit einer eingebildeten Persönlichkeit. Connor sah, wie seine Stirn arbeitete; er fing auch ein paar abgerissene Sätze auf, bald in einer fremden toten Sprache, bald in einem gespreizten Schulmeisterenglisch.

Es war Vinnis, der schließlich für die Versammelten das Wort ergriff.

»Der Alte weiß verflucht viel, zuviel«, sagte er in seinem gleichmütigen Ton. »Ich bin dafür –«

Er konnte seinen Satz nicht mehr beenden.

»Wenn hier einer ist«, sagte er langsam, »den es danach gelüstet, früh um sieben aufzuwachen und einen Herrn bei sich zu finden, der ihm die Hände auf den Rücken schnallt, und dann einen Kerl, der über ihn betet. Wenn hier einer ist, den es nach einem kurzen Spaziergang gelüstet, gleich nach dem Frühstück zwischen zwei Reihen von Wärtern hindurch bis zu einem kleinen Schuppen, wo'n funkelnagelneuer Strick vom Dach runterhängt – wenn so einer hier ist, der kann mit dem alten George machen, was er will, aber nicht in diesem Hause.«

Er sah Vinnis an.

»Und wenn einer hier ist«, fuhr er fort, »der schon im Schatten des Galgens steht, so daß es auf ein paar Morde mehr oder weniger nicht mehr ankommt, so kann er tun, was er will – aber nicht hier im Hause.«

Vinnis wich zurück.

»'s liegt nichts gegen mich vor«, knurrte er.

»Der Strick«, murmelte der Alte, »Vinnis für den Strick«, kicherte er in sich hinein. »Ich fürchte, Sie haben doch zu sehr damit gerechnet, daß ich nicht immer ganz beieinander bin – Vinnis –«

Der Mann, von dem er sprach, sprang mit einem fauchenden Laut wie ein gefangenes wildes Tier auf.

»Setz dich – du.«

Bat Sands mit dem kurzgeschorenen roten Haar schob seinen Stuhl zu dem wutschnaubenden Vinnis hin.

»Connor hat recht – wir wollen den Alten nicht umbringen und auch uns selber nicht. Wenn wir schon hängen, dann soll es sich wenigstens verlohnt haben. Und der Alte, der is'n bissel verrückt, weiter läßt sich da nichts sagen. Er muß hinter Schloß und Riegel bleiben –« Ein Klopfen an der Tür unterbrach ihn.

»Wer ist da?« fragte er.

Auf den Zehenspitzen schlich Connor zu der verschlossenen Tür.

»Wer ist da?« fragte er.

Eine wohlbekannte Stimme beruhigte ihn; er öffnete die Tür und sprach leise mit jemandem, der draußen stand.

»'s ist jemand da, der mich sprechen will«, sagte er als Erklärung. »Schließ die Tür hinter mir zu, Bat«, und er ging eilends hinaus.

Kein Wort wurde gesprochen, aber jeder zog seine eigenen Schlüsse aus Connors hastigem Verschwinden.

»'ne Vollversammlung«, krächzte eine Stimme aus dem Hintergrund des Zimmers. »Connor hat uns alle eingeladen. Is es 'ne abgekartete Sache?«

Dasselbe hatte Bat gedacht.

»Nein«, sagte er, »'s liegt ja nichts gegen uns vor. Angel hat uns ja erst vorige Woche wegen Mangel an Beweisen freigelassen, und auf Connor ist Verlaß.«

»Ich trau ihm nicht, bei Gott!« meinte Vinnis.

»Ich trau niemandem«, sagte Bat dickköpfig, »aber auf Connor ist Verlaß –«

Es klopfte an der Tür.

»Wer ist da?«

»Gut Freund!« ließ sich eine gedämpfte Stimme vernehmen.

Bat schloß die Tür auf und Connor trat ein. Was er gesehen oder gehört hatte, mußte eine wunderbare Veränderung seines ganzen Wesens bewirkt haben: Seine Wangen waren dunkelrot, und seine Augen blitzten triumphierend. »Jungens«, sagte er, und die ansteckende Erregung in seiner Stimme entging keinem, »Jungens, ich hab' die wunderbarste Sache für euch – 'ne Million Pfund, zu gleichen Teilen für uns alle.«

Die Aufregung, die seinen Worten folgte, fühlte er mehr, als er sie hörte. Er hatte sich gegen die halb offene Tür gelehnt.

»Ich möchte 'nen neuen Kameraden einführen«, plapperte er atemlos weiter. »Ich sag' für ihn gut.«

»Wer ist es?« fragte Bat. »Kennen wir ihn?«

»Nein«, erwiderte Connor, »kein Mensch erwartet, daß ihr ihn kennt. Aber er verschafft das Geld, und das genügt dir wohl, Bat – hundert Pfund Vorschuß pro Mann, und noch heute abend wird ausgezahlt.«

Bat spuckte in die Hände.

»Bring ihn rein. Das ist uns Sicherheit genug«, beifälliges Gemurmel ließ sich hören.

Connor verschwand einen Augenblick und kehrte mit einem gutgekleideten Fremden zurück, der den fragenden Blicken der Versammlung mit einem ruhigen Lächeln begegnete. Rasch glitten seine Augen über jedes einzelne Gesicht. Sie hafteten einen Augenblick auf Vinnis, sie ruhten zweifelnd auf dem alten George, der mit übergeschlagenen Beinen und tiefgesenktem Kopf auf einem Stuhl saß und mit größter Schnelligkeit unverständliche Worte vor sich hinmurmelte.

»Meine Herren«, sagte der Fremde, »ich bin gekommen, um mir Ihre Hilfe zu sichern. Herr Connor hat mir gesagt, daß er Ihnen von den Realeschen Millionen bereits Mitteilung gemacht hat. Um es kurz zu machen: Ich habe mich entschlossen, anderen zuvorzukommen und das Geld mir selber zu sichern. Ich biete

Ihnen die Hälfte des Geldes, pro Kopf den gleichen Anteil, und um Ihnen zu beweisen, wie ernst es mir ist, zahle ich jedem, der mir helfen will, bare hundert Pfund sofort aus.«

Er zog aus der einen Tasche ein dickes Bündel Banknoten und aus zwei anderen Taschen weitere Bündel. Diese reichte er Connor; die hungrigen Augen der ›Stadtbande‹ starrten gebannt auf das knisternde Papier.

»Was ich von Ihnen verlange«, fuhr der Fremde fort, »werde ich Ihnen später sagen –«

»Einen Augenblick«, unterbrach ihn Bat. »Wer ist sonst noch dabei?«

»Weiter niemand«, erwiderte der Mann.

»Ist Jimmy dabei?«

»Nein.«

»Ist Angel dabei?«

»Nein.«

»Weiter«, sagte Bat befriedigt.

»Das Geld befindet sich in einem Safe, der nur durch ein bestimmtes Wort geöffnet werden kann. Dieses Wort kennt niemand – bis jetzt. Der Schlüssel zu dem Wort ist dem Anwalt, der den Fall bearbeitet, vor ein paar Nächten gestohlen worden – von Jimmy.«

Er hielt inne, um die Wirkung seiner Worte zu beobachten.

»Jimmy hat den Schlüssel nach Scotland Yard weitergegeben, und wir haben keine Hoffnung, ihn wiederzukriegen.«

»Nun?« fragte Bat.

»Es bleibt uns nichts weiter übrig«, fuhr der andere fort, »als den Safe mit etwas Wirksamerem als einem Wort zu öffnen.«

»Aber die Wache!« wandte Bat ein. »Der Anwalt hält 'ne bewaffnete Wache dort.«

»Mit der Wache läßt sich das schon einrichten«, sagte der andere.

»Könnten wir nicht an den Anwalt ran?« Dieser Vorschlag kam von Curt Goyle.

Der Fremde runzelte die Stirn.

»An den Anwalt kann man nicht ran«, sagte er kurz. »Nun, macht ihr mit?«

Er brauchte nicht zu fragen. Connor ordnete die Noten in kleine Bündel, und einer nach dem andern kam heran, nahm sein Geld in Empfang und verabschiedete sich nach ein paar Worten zu Connor mit einer linkischen Verbeugung vor dem Fremden.

Bat war der letzte.

»Morgen abend – hier«, murmelte Connor.

Er blieb allein mit dem Fremden; nur noch der alte Mann war da; er hatte seine Haltung nicht verändert und befand sich noch immer mitten in irgendeiner eingebildeten Unterhaltung.

»Wer ist das?« fragte der Fremde.

»Ein ganz verrücktes altes Huhn. Ein Gentleman und ein Gelehrter dazu; spricht 'ne Menge verstiegner Sprachen – Lateinisch und Griechisch und Gott weiß was. Ist wohl früher Schulmeister gewesen. Was ihn so runtergebracht hat – Trinken oder Koksen oder bloß so gewöhnliche Verrücktheit – das weiß ich nicht.«

Voller Interesse blickte der Fremde auf den geistesabwesenden Alten, und als ob ihm plötzlich zum Bewußsein käme, daß er beobachtet wurde, fuhr der alte George jäh empor und glotzte den anderen blinzelnd an. Dann stand er mühsam auf und stierte dem Fremden scharf ins Gesicht, ohne sein Brummeln zu lassen.

»Ah«, sagte er, und man verstand jetzt, was er sprach, »ein Gentleman! Sehr erfreut, Sie kennenzulernen, mein Herr, sehr erfreut, Sie kennenzulernen. Tempora mutantur, et nos mutamur in illis, aber Sie haben sich nicht verändert.«

Und er verfiel wieder in sein Brummeln.

»Ich habe ihn nie in meinem Leben gesehen«, sagte der Fremde, zu Connor gewandt.

»Ach, der alte George bildet sich immer ein, daß er alle Leute kennt«, meinte Connor grinsend.

»Ein Gentleman«, murmelte der Alte, »jeder Zoll ein Gentleman, und ein freigebiger Gönner dazu. Er hat sich ein Exemplar meines Buches gekauft – haben Sie es gelesen? Es heißt – mein Gott, jetzt habe ich vergessen, wie es heißt. Und er hat mich um Rat gefragt bei seinem – ach! – Anagramm ...«

»Was?« Das Gesicht des Fremden war leichenfahl; er packte

Connor am Arm. »Hören Sie, hören Sie!« flüsterte er in wilder Erregung.

Der Alte warf den Kopf zurück und starrte dem Fremden freundlich ins Gesicht.

»Ein Gentleman vom Scheitel bis zur Sohle«, sagte er mit rührender Unverfrorenheit. »Stets hat er mich ›Herr Professor‹ angeredet, was äußerst zartfühlend und gentlemanlike von ihm war.«

Triumphierend zeigte er auf den Fremden.

»Ich kenne Sie!« rief er mit schriller Stimme, und sein zerbrochenes Lachen hallte durchs Zimmer. »Spedding, so heißen Sie! Und Rechtsanwalt sind Sie. Ich hab' Sie mit meinem Gönner im Wagen fahren sehen.«

»Das Buch, das Buch!« keuchte Spedding. »Wie hieß Ihr Buch?«

Die Stimme des alten George hatte ihren normalen Tonfall wieder, als er mit übertriebener Höflichkeit antwortete:

»Gerade darauf, werter Herr, gerade darauf kann ich mich niemals besinnen.«

9

Es gibt oberflächliche Kritiker, die über Scotland Yard lästern. Das sind natürlich ganz inoffizielle Kritiker, Verfasser von Geschichten, in denen Amateur-Detektive von unerhörtem Scharfsinn vorkommen, die mit größter Leichtigkeit die schwierigsten Geheimnisse enträtseln, welche der Polizei jahrelang zu schaffen gemacht haben. Tatsächlich ist Scotland Yard noch immer die großartigste Polizeiorganisation der Welt. Wer leichthin von »Polizei-Irrtümern« spricht, sollte eine merkwürdige Tatsache nicht vergessen: In den letzten Jahrzehnten konnte nur ein einziger, der unter der Anklage eines Kapitalverbrechens vor den Schranken von Old Bailey stand, dem gefürchteten Spruch des Gesetzes entwischen. Scotland Yard ist beharrlich in seiner Langsamkeit und furchtbar in seiner Treffsicherheit.

Mr. Angel erhielt einen Brief in einer unordentlichen, ungebildeten Handschrift; unzusammenhängend, tränenbefleckt, jedes Wort von Anfang bis zu Ende unterstrichen. Er las den Brief, sah nach dem Datum des Poststempels und läutete.

Der herbeieilende Bote fand ihn über einen Plan von London gebeugt. »Holen Sie aus dem Archiv E. B. 93«, sagte er, und nach fünf Minuten kam der Bote mit einer dicken Mappe zurück.

Da gab es Zeitungsausschnitte und Stadtpläne und schreckliche Fotografien, wie sie die Welt draußen nie zu Gesicht bekommt, und da war auch ein kleiner, etikettierter Schlüssel. Angel ging die Mappe sorgfältig durch, dann las er noch einmal den Brief der Frau . . .

Vinnis, der Mann mit dem totenbleichen Gesicht, hatte sein spätes Frühstück beendet und schlenderte nun, in der Tasche das vergnügliche Knistern neuer Banknoten, durch die Commercial Road im Osten Londons. An einer Kneipe lehnte ein Bekannter und begrüßte ihn mit einem kurzen Kopfnicken; ein schmutziges Mädchen, das Frühstück für ihren Liebhaber in der Schürze, drückte sich eng an die Mauer, da sie Vinnis zu ihrem Leidwesen kannte; ein strolchender Köter kroch zu ihm hin, als er einen Augenblick am Straßenrande stehenblieb, und bekam zum Lohn einen Fußtritt.

Vinnis war durchaus nicht sentimental, aber obwohl das Geld in seiner Tasche vieles aufwog, beunruhigte ihn der Gedanke an den alten George und dessen törichtes Geschwätz.

Jemand auf der anderen Seite der Straße erregte seine Aufmerksamkeit. Es war eine Frau, und er kannte sie sehr gut, deshalb übersah er ihr Winken. Zwei Tage zuvor hatte er sich über sie geärgert, und er hatte diese Gelegenheit benutzt, um kurzerhand das schwache Band zu lösen, das die beiden fünf Jahre hindurch verbunden hatte. Deshalb rührte er sich nicht, als die Frau mit dem verschwollenen Gesicht ihn anrief, sondern drehte sich abrupt um und ging in der Richtung nach Aldgate von dannen.

Er sah sich nicht um, aber nach einer Weile hörte er eilige Schritte hinter sich, und einmal wurde mit heiserer Stimme sein

Name gerufen. Er bog in eine Seitenstraße ein, innerlich schäumend vor Wut; und als es menschenleer um ihn geworden war, stellte er sie.

Sie sah die Wut in seinen Augen und versuchte zu sprechen. Jetzt kam sie als reuige Sünderin, in ihrer Erregung zu jedem Bekenntnis bereit, doch die drohende Haltung des Mannes verschlug ihr die Sprache.

»So«, sagte er mit verkniffenen dünnen Lippen, »also nach allem, was ich gesagt und getan habe, läufst du mir auch noch nach. Machst mich lächerlich vor den Leuten, du!«

Er rückte näher an sie heran, seine Hand ballte sich zur Faust; und die Frau, wie gebannt von dem boshaften Blick seiner stumpfen Augen, stand wie angewurzelt. Wutknurrend schlug er auf sie los – einmal, zweimal – bis sie, ein haltloses stöhnendes Bündel, auf dem Pflaster zusammenbrach.

Man darf in der Commercial Road, wenn einmal die Laternen angezündet sind, gewisse Dinge tun, die bei hellem Tageslicht nicht gestattet sind, es sei denn an Samstagen. So sahen auch die wenigen Leute, welche die Hoffnung auf eine Keilerei angezogen hatte, entrüstet aber untätig zu. Anders ein ruhiger Mann mittleren Alters, der Vinnis den Weg vertrat, als er weitergehen wollte.

»Das war eine ganz besonders rohe Tat«, sagte der Mann. Vinnis maß ihn prüfend und erkannte, daß dieser Mensch nicht mit sich spielen ließ.

»Ich brauche Ihnen keine Rechenschaft zu geben«, erwiderte er grob und versuchte vorbeizukommen, aber ein eiserner Griff hielt seinen Arm gepackt.

»Wart ein bißchen, mein Freund«, sagte der andere gelassen, »nicht so eilig. So ein roher Überfall auf offener Straße darf nicht ohne Bestrafung hingehen. Ich muß Sie ersuchen, mich zur Wache zu begleiten.«

»Und wenn ich nicht mitgehe?«

»Dann führe ich Sie ab. Ich bin Detektiv-Wachtmeister Jarris von Scotland Yard.«

Vinnis überlegte blitzschnell. Entwischen war kaum möglich. Die Straße, in der sie sich befanden, war eine Sackgasse, und an dem freien Ende waren zwei Polizisten aufgetaucht. Schließlich war Mißhandlung einer Frau keine ernste Sache, und das Frauenzimmer – na, die würde schwören, es sei ein Zufall gewesen. Er beschloß, ruhig mitzugehen, schlimmstenfalls würde es einen Monat geben. Achselzuckend begleitete er den Beamten.

In der kleinen Zelle stand er in bloßen Strümpfen, während ein Gefängniswärter ihn mit geübter Hand durchsuchte. Mit einem unterdrückten Fluch dachte er an das Geld, das er bei sich hatte. Es waren nur zehn Pfund, denn das andere hatte er eingeschlossen, aber zehn Pfund ist eine Menge Geld, wenn es bei einem Mann seines Schlages gefunden wird, und führt meist zu peinlichen Fragen. Zu seiner Verwunderung schien der Wärter, der ihm die Noten abnahm, keineswegs überrascht, und auch der Inspektor an seinem Schreibtisch nahm die Entdeckung als etwas Selbstverständliches hin. Vinnis bemerkte die überraschende Anzahl von Polizisten, die im Untersuchungszimmer Dienst taten.

»Wie lautet die Anklage?« fragte der Inspektor.

»Vorsätzlicher Mord!« sagte eine Stimme, und Mr. Angel trat aus dem Büro des Inspektors ins Zimmer herein. »Ich klage diesen Menschen an, in der Nacht zum 18. Februar ...«

Stumm vor Wut und Schrecken lauschte Vinnis der hellen Stimme des Detektivs, der alle Einzelheiten eines fast schon vergessenen Verbrechens aufzählte. Es handelte sich um den Einbruch in ein Landhaus: Ein Diener hatte den Dieb überrascht – ein Kampf im Finstern – ein Schuß – und ein Toter lag in dem großen Salon. Es war eine der üblichen kleinen Tragödien, vergessen von aller Welt, nur nicht von Scotland Yard. Jahr für Jahr hatten unbekannte Männer die Fetzchen des erreichbaren Beweismaterials zusammengesetzt; Faden für Faden war der Strick gedreht worden, an dem ein kaltblütiger Mörder hängen sollte. Zuletzt kam noch der zusammenhanglose Brief einer eifersüchtigen Frau – Scotland Yard wartet immer auf eine eifersüchtige Frau –, und das Beweismaterial war vollständig.

»Stecken Sie ihn in Nr. 14«, sagte der Inspektor. Da wachte Vinnis auf, und die sechs diensttuenden Polizisten im Untersuchungszimmer hatten alle Hände voll zu tun.

*

Vinnis war, wie Mr. Angel es ausdrückte, im üblichen Geschäftsverlauf verhaftet worden. Hunderte kleiner Ereignisse geschehen täglich in Scotland Yard »im üblichen Geschäftsverlauf«, die anscheinend keinen Zusammenhang haben und doch auf irgendwelche eigentümliche Art miteinander in Verbindung stehen.

Vinnis' Verhaftung stand in keinerlei Zusammenhang mit Angels Untersuchung wegen der geheimnisvollen Realeschen Millionen. Er kannte ihn nur als einen von der ›Stadtbande‹, brachte ihn aber nicht mit der Suche nach dem Safe-Wort in Verbindung.

Nichtsdestoweniger gibt es gewisse Formalitäten, die bei der Verhaftung aller Schwerverbrecher eingehalten werden. Mr. Angel übergab ein paar weniger wichtige Angelegenheiten seinen Untergebenen, und zwei Tage später trat einer von ihnen in sein Büro.

Die Banknoten sind Herrn Spedding am Montagmorgen aus seinem Privatkonto ausbezahlt worden«, sagte der Mann. »Herr Spedding ist ein Rechtsanwalt von der Firma Spedding, Mortimer & Larrach.«

»Haben Sie Herrn Spedding aufgesucht?«

»Jawohl. Herr Spedding erinnerte sich, das Geld abgehoben und einem Herrn angezahlt zu haben, der eben im Begriff stand, nach Amerika zu fahren.«

»Ein Klient?«

»Soviel ich erfahren konnte«, fuhr der Beamte fort, »wurde das Geld im Auftrag eines Klienten für geleistete Dienste ausgezahlt. Weitere Einzelheiten wollte Herr Spedding nicht angeben.«

»Rechtsanwälte tun doch manchmal sonderbare Dinge«, sagte er trocken. »Hat Herr Spedding irgendwelche Vermutungen, wie das Geld in den Besitz des Mannes gekommen ist?«

»Nein, Mr. Angel. Er denkt, er hat es vielleicht auf ganz ehrliche Weise erworben. Nach seinen Andeutungen war der Empfänger des Geldes ein vorteilhafter Kunde.«

»Das kann ich mir denken«, meinte Mr. Angel.

Allein geblieben, zeichnete er in tiefen Gedanken allerlei Gesichter auf sein Löschblatt.

Dann läutete er.

»Schicken Sie mir Herrn Carter«, gebot er, und ein paar Minuten später erschien ein fröhlich dreinblickender Jüngling mit den ersten Anzeichen eines Schnurrbarts, um Angels Befehle entgegenzunehmen.

»Carter«, fühlte der vorsichtig vor, »es muß doch in der Abteilung für Daumenabdrücke 'n recht langweiliges Arbeiten sein.«

»Wie man's nimmt, Herr Angel«, erwiderte der andere, »wir haben –«

»Carter«, sagte Angel noch vorsichtiger, »hätten Sie Lust auf eine kesse Sache?«

»Und ob, Herr Angel!«

»Ich brauche ein Dutzend Männer von der Art, die sich nicht mit Reportern einläßt und gänzlich ›inoffiziell‹ bleibt, solange es mir beliebt«, sagte Angel und entwickelte seinen Plan.

Als der junge Mann gegangen war, malte Angel ein Dreieck auf sein Löschpapier.

»Spedding hält's mit der ›Stadtbande‹«, er machte ein Kreuz an die eine Ecke. »Spedding weiß, daß ich es weiß«, er machte ein Kreuz an die Spitze. »Ich weiß, daß Spedding weiß, daß ich es weiß«, er bezeichnete die dritte Ecke. »Spedding ist am Zug, und er wird verdammt schnell spielen.«

In diesem Augenblick trat der Unterkommissar ins Zimmer.

»Hallo, Angel!« sagte er mit einem Blick auf die Figuren. »Was ist denn das da? Ein neues Spiel?«

»Es ist ein sehr altes Spiel«, sagte Angel wahrheitsgemäß, »nur auf eine ganz neue Art gespielt.«

Angel war nicht weit von der Wahrheit entfernt, als er vermutete, Speddings nächster Zug werde unmittelbar erfolgen; und obwohl der Detektiv mit einem ihm unbekannten Faktor, der Person des alten George, nicht gerechnet hatte, trugen doch mehrere Umstände dazu bei, das von Angel vorausgesehene Unternehmen zu beschleunigen.

Auch Vinnis' Verhaftung trug dazu bei.

Nach seiner Unterhaltung mit dem alten George hatte sich Spedding zu einer abwartenden Politik entschlossen. Der alte Mann war in das Haus nach Clapham gebracht worden. Spedding war darauf gefaßt, geduldig zu warten, bis irgendein wunderlicher Einfall dem Alten die Art des angeratenen Kryptogramms wieder ins Gedächtnis zurückrief. Ein dutzendmal am Tage fragte er ihn:

»Wie heißen Sie?«

»Der alte George, weiter nichts, nur der alte George«, war die unvermeidliche Antwort, begleitet von vielem Grinsen und Nikken.

»Aber Ihr wirklicher Name, wie Sie hießen, als Sie – noch Professor waren!«

Daraufhin jedoch verlor sich der alte Mann stets nur in weitschweifigen Worten über seinen »freigebigen Gönner«.

Connor kam heimlich nach Clapham, um sich Anweisungen zu holen. Es war die Nacht nach Vinnis' Verhaftung.

»Wir müssen sofort losschlagen, Herr Connor«, sagte der Anwalt. Connor saß in dem Stuhl, der ein paar Tage vorher Jimmy beherbergt hatte. »Es hat keinen Sinn zu warten, bis der Alte redet; der erste Plan war der beste.«

»Ist irgend etwas geschehen?« fragte Connor. Seine einstige Scheu vor dem Rechtsanwalt war der Vertraulichkeit unter Mitverschworenen gewichen.

»Heute war ein Detektiv in meinem Büro, um sich nach einigen Banknoten zu erkundigen, die sie bei Vinnis gefunden hatten. Mr. Angel wird seine Schlüsse ziehen, und wir haben keine Zeit zu verlieren.«

»Wir sind soweit«, sagte Connor.

»Dann wollen wirs morgen nacht machen. Ich werde die Polizeiwache am Safe abberufen. Später kann ich mich leicht rechtfertigen.«

Connor hatte eine Idee.

»Könnten wir nicht andere Leute zur Ablösung schicken? Ich kann'n paar von den Jungens so herrichten, daß sie wie Polizisten aussehn.«

Spedding kniff die Augen zusammen.

»Ja«, sagte er langsam, »das ließe sich machen – ein ausgezeichneter Gedanke.«

Mit langen Schritten ging er im Zimmer auf und ab.

»Es wird zweimal abgelöst«, sagte er, »einmal morgens und einmal abends. Ich könnte dem Wachtmeister der Morgenablösung ein paar Zeilen schreiben, daß infolge einer anderen Vereinbarung eine Anzahl neuer Leute geschickt werden sollte – ich habe sie schon zweimal auswechseln lassen, denn man kann nie vorsichtig genug sein. Ihnen könnte ich die nötige Vollmacht geben, die Ablösung vorzunehmen.«

»Besser wär's«, sagte Connor, »Sie weisen sie bloß an, sich zurückzuziehen und das Haus unbewacht zu lassen, dann wird unsere Ankunft gar nicht bemerkt. Lombard Street muß ja an das Kommen und Gehen der Polizisten gewöhnt sein.«

»Ein guter Gedanke«, sagte Spedding und setzte sich hin, um den Brief zu schreiben. –

Die Nacht, welche für den großen Coup ausersehen war, erwies sich als elend naß und regnerisch.

»Um so besser«, murmelte Connor, der die Welt aus seiner Kensingtoner Vornehmheit heraus betrachtete. Das Zimmer, welches der Herr des Hauses bewohnte, war sehr einfach eingerichtet; auf den blanken Holztisch hatte Connor seinen Whisky gestellt, und nun starrte er durch die regennassen Scheiben auf die triefende Straße hinaus.

»England für die Arbeit und Ägypten fürs Vergnügen«, murmelte er; »wenn ich erst meinen Anteil von dem Geld habe – und ein größerer Anteil wird das sein, als mein Freund Spedding sich denkt – dann kriegt dieses verwünschte Land von Herrn Patrick Connor nicht mehr viel zu sehen.«

Er goß seinen Whisky auf einmal hinunter, wischte den Dunst von den Scheiben und blickte auf die öde Straße hinab. Zwei Männer kamen auf das Haus zu. Der eine, wohlverwahrt in einem schweren Gummimantel, ging mit langen Schritten; neben ihm wackelte der andere in einem neuen Überzieher daher, ängstlich bemüht, mit seinem energischen Gefährten Schritt zu halten.

»Spedding und der alte George«, sagte Connor. »Warum er ihn nur hierher bringen mag?«

Er lief hinunter, um sie einzulassen.

»Nun?« fragte Spedding und warf seinen nassen Mantel ab.

»Alles bereit«, erwiderte Connor. »Warum haben Sie den Alten mitgebracht?«

»Ach, nur so zur Gesellschaft«, antwortete der Anwalt.

In Wirklichkeit hoffte Spedding immer noch, der Alte würde sich besinnen. An diesem Tag war er ganz besonders geschwätzig gewesen, und manchmal hatte er beinah lichtvolle Augenblicke gehabt. Herr Spedding klammerte sich an die schwache Hoffnung, die Enthüllungen des Alten würden die Hilfe der ›Stadtbande‹ und, was weit wichtiger war, ihre Beteiligung an der Beute überflüssig machen.

Was diesen letzten Teil des Programms betraf, so hatte Herr Spedding gewisse Absichten, die Connor sehr erstaunt haben würden, hätte er sie nur gekannt.

Aber die Geschwätzigkeit des alten George versagte stets an dem einzig wichtigen Punkt, nämlich wenn es sich darum handelte, dem Anwalt über das Kryptogramm Auskunft zu geben. Spedding hatte ihn in der Hoffnung mitgebracht, daß er noch in letzter Stunde sagen würde, wer er eigentlich sei.

Ohne etwas von der Verantwortlichkeit zu ahnen, die seinem armen törichten Kopf beigemessen wurde, saß der alte Mann im oberen Zimmer und schwatzte vor sich hin.

»Wir wollen ihn hierlassen«, sagte der Anwalt, »da ist er sicher.«

»Ganz sicher; ich kenn ihn ja schon ewig. Stundenlang bleibt er so sitzen und amüsiert sich.«

»Und wie steht's mit den andern?« fragte der Anwalt. »Wo treffen wir uns mit ihnen?«

»An der Ecke von Lombard Street, und dann folgen sie mir zum Safe-Depot.«

»Ah!«

Rasch drehten sie sich nach dem Alten um, der sie mit hochgerecktem Kopf und pfiffigem Gesicht betrachtete. »Safe-Depot, Lombard Street«, murmelte er. »Wirklich ein ganz ausgezeichneter Plan – ein ganz ausgezeichneter Plan.«

Die beiden Männer hielten den Atem an.

»Und ein äußerst geistreicher Einfall, verehrter Herr. Sagten Sie nicht Lombard Street – ein Safe?« murmelte er. »Ein Safe mit einem Wort? Aber wie das Wort verborgen werden soll, das ist die Frage. Ich bin ein Ehrenmann, Sie können sich auf mich verlassen.« Er machte eine tiefe Verbeugung vor irgendeinem unsichtbaren Anwesenden. »Könnten Sie Ihr Wort nicht auf diese Art verbergen?«

Mit seinem schmutzigen Zeigefinger tippte sich der Alte in die Hand.

»Ginge das nicht? Haben Sie mein Buch gelesen? Es ist nur ein kleines Buch, verehrter Herr, aber aufschlußreich, äußerst aufschlußreich. Ein hervorragender Herr am britischen Museum ist mir bei den Vorarbeiten behilflich gewesen. Es heißt – es heißt –« Müde strich er sich über die Stirn und sank wieder in seinen Stuhl zurück, ein kläglicher alter Mann, der dummes Zeug durcheinanderschwatzte.

Spedding wischte sich den Schweiß von der Stirn.

»Beinah, beinah!« sagte er heiser. »Großer Gott, beinah hätte er's uns gesagt.«

Connor sah ihn argwöhnisch an.

»Was bedeutet das ganze Gerede über das Buch?« fragte er. »'s ist nun schon das zweitemal, daß der alte George so daherschwatzt. Es hat mit dem alten Reale zu tun, nicht wahr?«

Spedding nickte.

»Kommen Sie«, sagte Connor nach einem Blick auf seine Uhr, »'s ist Zeit zum Gehen. Der Alte mag das Haus hüten. Heda, George.«

Der alte George sah auf.

»Du bleibst jetzt hier und gehst nicht fort, bis wir wieder da sind. Verstanden?«

»Jawohl, ich verstehe schon, Herr Connor«, sagte der Alte mit seiner sonderbaren Würde, »und da ich es verstanden habe, gehorche ich.«

Als die beiden Männer in die Nacht hinaustraten, goß es in Strömen, und ein stürmischer Nordost blies ihnen ins Gesicht.

»Den alten George«, sagte Connor in Erwiderung einer Frage, »den haben wir schon lange. Einer der Jungens hat ihn mal halbnackt in der Gegend von Limehouse herumirrend gefunden, und da hat er ihn mitgebracht. Das war schon, eh' ich die ›Stadtbande‹

kannte, aber jetzt benutzen wir ihn als Strohmann. Er ist sein Futter wert.«

Spedding ließ den andern warten, während er vom Postamt Westbourne Grove ein langes Telegramm absandte. Es war an den Kapitän der »Polecat« gerichtet, die in Cardiff vor Anker lag, und blieb dem Beamten gänzlich unverständlich.

An der Ecke von Queens Road nahmen sie ein Taxi und fuhren bis zur Bank. Dort stiegen sie aus und gingen zur Börse hinüber. Einige Männer in Uniformmänteln, die zufällig herumzustehen schienen, tauschten Blicke mit Connor, und als die beiden Führer auf Umwegen nach Lombard Street zurückgingen, folgten sie ihnen in einiger Entfernung.

»Die Wache ist um vier Uhr weggegangen«, sagte Spedding, als er die schwere äußere Tür aufschloß. Er wartete ein paar Minuten in der pechschwarzen Finsternis des Vestibüls, bis Connor die sechs Uniformierten eingelassen hatte, die ihnen gefolgt waren.

»Sind wir alle da?« fragte Connor leise. »Bat?« – »Hier!« »Goyle?« – »Hier!« »Lamby?« – »Hier!«

Einen nach dem andern rief er auf, und sie antworteten.

»Wir können ebensogut Licht machen«, sagte Spedding und tastete nach dem Schalter.

Der Glanz der elektrischen Lampen enthüllte Spedding die gediegenste Auslese von Schurken, welche je die Uniform einer tapferen Polizeitruppe verunglimpft hat.

»Sind die notwendigen Werkzeuge alle da?« fragte Spedding gleichmütig.

Bats Grinsen gab ihm Antwort.

»Wenn wir Anschluß an den elektrischen Strom kriegen, dann brennen wir das Schloß am Safe in einer halben –« Spedding war an die innere Tür getreten, die zur großen Halle führte, und probierte den Schlüssel. Plötzlich fuhr er zurück.

»Horcht!« flüsterte er. »Ich habe einen Schritt in der Halle gehört.«

Connor lauschte.

»Ich höre nichts«, begann er, als plötzlich die innere Tür aufflog und ein Polizist mit erhobenem Revolver auf ihn zutrat.

»Hände hoch!« rief er. Doch als er Spedding erkannte, ließ er den Revolver sinken.

Weiß vor Wut stand Spedding unter seiner schlecht assortierten Leibwache. Im grellen Licht der elektrischen Lampen ließ sich ihr wahrer Charakter nicht verkennen. Spedding sah, wie der Polizist sie befremdet musterte.

»Ich dachte, die Wache sei zurückgezogen worden«, sagte Spedding langsam.

»Nein, Herr«, erwiderte der Mann, und die Gruppe uniformierter Polizisten an der Tür der inneren Halle bestätigte es ebenfalls.

»Ich habe heute nachmittag die Anweisung geschickt«, sagte Spedding zwischen den Zähnen.

»Wir haben keine Anweisung erhalten, Herr.« Der Anwalt sah den prüfenden Blick des martialischen Wachtmeisters über seine Gefährten gleiten.

»Ist das die Ablösung?« fragte der Polizist, ohne die Verachtung in seinem Ton zu verbergen.

»Jawohl«, entgegnete der Anwalt.

Nachdem der Posten salutiert hatte und in der Halle verschwunden war, zog Spedding Connor beiseite.

»Das ist das Ende«, sagte er hastig. »Der Safe muß noch heute nacht ausgeräumt werden. Morgen bin ich nicht mehr in London.«

Der Posten erschien wieder an der Tür und winkte ihnen einzutreten. Sie schoben sich in die große Halle, wo im Halbdunkel der Safe auf seinem steinernen Postament hoch aufragte, geheimnisvoll und unheimlich. Spedding bemerkte, wie Bat Sands sich in dem hohen, düstern Raum unbehaglich umsah, und ein Gefühl von Furcht überkam ihn.

Ein Mann mit den Abzeichen eines Oberwachtmeisters trat auf ihn zu.

»Sollen wir gehen, Herr?« fragte er.

»Ja«, antwortete Spedding kurz.

»Würden Sie uns eine schriftliche Anweisung geben?« fragte der Mann.

Spedding zögerte; dann zog er ein Notizbuch heraus, schrieb

ein paar hastige Worte auf ein Blatt, riß es ab und reichte es dem Mann.

Der Oberwachtmeister betrachtete es sorgfältig.

»Es steht weder Unterschrift noch Datum darauf«, sagte er respektvoll und gab es wieder zurück.

Spedding verwünschte ihn zwischen den Zähnen und holte das Versäumte nach.

»Jetzt können Sie gehen.«

Im Halbdunkel – denn nur ein einziger elektrischer Kronleuchter erhellte den riesigen Raum – glaubte er den Polizisten lächeln zu sehen. Es konnte auch das Spiel der Schatten sein, denn sein Gesicht ließ sich nicht deutlich erkennen.

»Und soll ich Sie allein lassen?« fragte der Oberwachtmeister.

»Jawohl.«

»Ist es auch sicher?« fragte der Polizist ruhig.

»Zum Teufel, was meinen Sie denn?« schrie der Anwalt.

»Nun«, sagte der andere leichthin, »ich sehe, Sie haben da Connor bei sich, einen notorischen Dieb und Erpresser.«

Der Anwalt stand stumm.

»Und Bat Sands. Wie geht's, Bat? Wie haben sie dich denn in Borstal behandelt – oder war es diesmal Parkhurst?« fragte der Polizist gemächlich. »Und da haben wir den sanften Lamby – wie er sich anstrengt, militärisch auszusehen in einem Mantel, der ihm viel zu groß ist. Das ist nicht die Uniform, an die du sonst gewöhnt bist, was Lamby?«

Aus der Gruppe der Polizisten an der Tür erklang herzlich belustigtes Lachen.

»Einer von euch bewacht die äußere Tür«, sagte der Oberwachtmeister, und dann wieder zu Speddings Leuten gewandt: »Hier haben wir unseren verehrten Freund Curt Goyle.«

Er bückte sich und hob einen Sack auf, den Bat behutsam auf den Boden gestellt hatte.

»Was für reizende Sächelchen«, gurrte der Polizist, »Diamantbohrer und Dynamitpatronen! Was ist denn das da für'n niedliches Ding, Bat – 'ne wahre Arche Noah von einem Koffer! Wahrhaftig, ich gratuliere dir zu dem Kramladen.«

Spedding hatte sich wieder gefaßt und trat vor.

»Sie werden für diese Unverschämtheit bestraft werden«, tobte er.

»Durchaus nicht«, sagte der unerschütterliche Polizist. Jemand an der Tür sprach:

»Hier ist noch einer, Herr Oberwachtmeister«, und schob eine seltsame alte Gestalt in die Halle, eine Gestalt, die von einem zum andern blinzelte und glotzte.

Er erspähte Spedding und lief beinahe unterwürfig auf ihn zu.

»Das Safe-Depot – Lombard Street«, gackerte er erfreut. »Ich habe mich daran erinnert, wie Sie sehen, lieber Freund; und ich bin gekommen, um Ihnen das mit dem Buch zu erzählen – mein Buch, Sie wissen schon. Mein freigebiger Gönner hat auf der Suche nach einem Vexierwort –«

Der Oberwachtmeister sprang vor.

»Mein Gott!« rief er, »der Professor!«

»Ja, ja«, kicherte der Alte, »so hat er mich immer genannt. Er hat ein Exemplar meines Buches gekauft – kostete zwei Goldstücke, und vier hat er mir gegeben. Das Buch – wie hieß es doch?«

Der alte Mann stockte und griff mit beiden Händen an den Kopf.

»Studie – Studie«, sagte er mühsam, »über den Ursprung des – des Alphabets. Ah!«

Einer der Polizisten war herangetreten, als der alte Mann zu sprechen begann, und zu ihm wandte sich der Oberwachtmeister.

»Schreiben Sie das auf, Jimmy«, sagte der Oberwachtmeister.

Spedding wankte, als hätte er einen Schlag bekommen. »Angel!« keuchte er.

»In eigener Person«, lautete die Antwort.

Zerschmettert, geschlagen, eingeschüchtert und ohnmächtig erwartete Spedding sein Schicksal. Welche Form es annehmen würde, ahnte er nicht, aber daß es seinen unwiderruflichen Ruin bedeuten würde, dessen war er gewiß. Der angesehene Anwalt hatte sich selbst gerichtet. Seine Gefährten ließen sich durch nichts wegerklären, und über den Zweck ihrer Anwesenheit konnte kein Irrtum bestehen.

»Schicken Sie Ihre Leute fort«, sagte Angel.

Wilde Hoffnung stieg in Spedding auf. Die Leute wurden nicht verhaftet – er hatte noch eine Chance.

Die ›Stadtbande‹ ließ sich den Befehl nicht zweimal sagen. Die Männer verschwanden durch die Tür, begierig, ins Freie zu kommen, ehe Angel seinen Sinn geändert hatte.

»Sie können gehen«, sagte Angel zu Connor, der noch unschlüssig herumstand.

»Wenn der Safe geöffnet wird, bleibe ich da«, war die mürrische Antwort.

»Sie können gehen«, wiederholte Angel; »der Safe wird heute nacht nicht geöffnet werden.«

»Ich –«

»Gehen Sie!« donnerte der Detektiv, und Connor schlich davon.

Angel winkte dem Polizisten, der Spedding zuerst ausgefragt hatte.

»Nehmen Sie den Sack da, Carter. Da ist alles mögliche drin, was wir mitnehmen wollen.« Dann wandte er sich an den Anwalt.

»Herr Spedding, es ist sehr viel, was ich Ihnen zu sagen habe, aber es ist wohl besser, wenn wir unsere Unterhaltung noch etwas aufschieben; die richtige Wache wird in ein paar Minuten wieder dasein. Ich habe ihnen gesagt, sie sollte um zehn wiederkommen.«

»Kraft welcher Autorität?« fragte Spedding großmäulig.

»Sst, sst!« sagte Angel müde. »Über dieses Stadium sind wir jetzt doch gewiß hinaus. Ihre Anweisung, die Wache zurückzuziehen, kam mir nicht unerwartet. Ich hielt für den Oberwachtmeister schon einen anderen Befehl bereit.«

»Einen gefälschten Befehl, nehme ich an«, sagte Spedding, der allmählich sein Gleichgewicht wiedergewann. »Jetzt wird mir klar, warum Sie meine Leute gehen ließen. Ich habe Ihren Edelmut überschätzt.«

»Der Befehl«, sagte Angel gemessen, »war unterzeichnet vom Staatssekretär des Innern Seiner Majestät des Königs.« Er klopfte dem erstaunten Anwalt auf die Schulter. »Und wenn Sie es interessiert: Ich habe eine Vollmacht zur Verhaftung Ihrer ganzen Sippschaft in der Tasche. Daß ich sie jetzt nicht benutze, ist nur eine Frage der Taktik.« Verblüfft betrachtete der Anwalt das ruhige Gesicht des Detektivs.

»Was wünschen Sie von mir?« fragte er endlich.

»Ihre Anwesenheit in Jimmys Wohnung morgen früh um zehn Uhr«, erwiderte Angel.

»Ich werde pünktlich dasein.«

»Noch eins, Herr Spedding«, rief ihm Jimmy nach, als jener schon an der Tür war, »was das Schiff betrifft, das Sie in Cardiff gechartert haben, so brauchen Sie sich in der Sache nicht weiter zu bemühen. Einer meiner Leute interviewt in diesem Augenblick den Kapitän und macht ihm klar, welch hohe Strafe darauf steht, flüchtige Verbrecher nach südamerikanischen Häfen zu befördern.«

»Zur Hölle mit Ihnen!« fluchte Spedding und schlug die Tür hinter sich zu.

Jimmy nahm die Polizeimütze ab und grinste.

»Eines schönen Tages, Angel, werden Sie Ihr Amt verlieren, wenn Sie den Herrn Staatssekretär des Innern weiter so ins Spiel ziehen. Puuh!«

»Diesmal mußte es sein!« sagte Angel traurig. »Es tut mir förmlich weh zu lügen, allein ich konnte doch Spedding nicht gut sagen, daß der Oberwachtmeister auch einer von meinen Leuten war, nicht?«

10

Zufälligerweise geriet in der Nacht des großen Coups der neugierige Herr Lane aus Cawdor Street 76 über den erschöpften Zustand seiner bescheidenen Schatzkammer in beträchtliche Aufregung. Für Herrn Lane war der Unterschied zwischen Reichtum und Armut eine Frage von Shillingen. Sein Geschäftsbetrieb war bescheiden. Bleirohre und Telefondrähte, gelegentlich ein Fußabstreifer, der draußen lag, während das Dienstmädchen die Halle scheuerte – derlei Gegenstände bezeichneten Umfang und Ausdehnung seiner Beute. Den Höhepunkt seiner Laufbahn erreichte er vielleicht, als er einen Überzieher von einem Kleiderständer entfernte, während ihm eine alte Dame in der Küche unten dicke Butterbrote strich.

Herr Lane war kürzlich von einem kleinen Aufenthalt im Wormwood Scrubbs Gefängnis zurückgekehrt. Es war nur eine unbedeutende Affäre – etwas Roßhaar, aus einem Eisenbahnpolster entwendet –, die Herrn Lane auf zwei Monate zum Privatisieren gezwungen hatte. Und dieselbe Geschichte brachte ihm auch Unheil in der Nacht jenes großen Coups.

Denn der Ruhm des Eisenbahndiebstahls hatte ihn zu ehrgeizigeren Versuchen angestachelt. Vorwärts getrieben durch seine erschöpfte Börse und gestützt von dem Prestige seiner neuerlichen Heldentaten, entschied er sich für einen Einbruch. Das war eine kühne und leichtsinnige Abweichung von seiner eigentlichen Linie, aber er nahm sich nicht die Zeit, lange über die mangelnden Fähigkeiten nachzugrübeln, die sich bei einem Berufswechsel herausstellen, und ebenso unterließ er es, die ungünstigen Bedingungen eines bereits überfüllten Arbeitsmarktes in Betracht zu ziehen. Man hat wohl recht mit der Annahme, daß Herr Lane der nötigen logischen und abwägenden Begabung entbehrte, um eine Frage bis in ihre letzten Konsequenzen durchzudenken. Denn er war in intellektueller Beziehung das Gegenteil von genial und deshalb schlecht ausgerüstet für die nähere Prüfung der Umstände, die seine Entscheidungen herbeiführten. In seinen Selbstgesprächen legte der neugierige Herr Lane kurz und bündig den Fall folgendermaßen dar:

»Mit Bleiröhren is nix zu machen, wenn einer nich einen Kumpan hat, der wo hilft. Telefondrähte sind so in Holz eingepackt, daß es ekliger als die schlimmste Arbeit is, auch nur für zwei Groschen loszumachen. Werde mal bei Jonesens mein Heil versuchen.«

So beobachtete er denn »Jonesens« im strömenden Regen von einem günstig gelegenen Torweg aus. Er bemerkte mit Befriedigung, wie die »Arbeiter« einer nach dem andern weggingen; er sah mit Freuden, daß »Jones« selbst sich entfernte; und als ein paar Minuten später der sonderbare alte Mann, den er für eine Art Hausbesorger hielt, herausgewatschelt kam, das Tor hinter sich zuschlug, sich überall umschaute und schließlich in halblautem Selbstgespräch durch den Regen davonstapfte, da erkannte der Beobachter in der Beseitigung dieser letzten Schwierigkeit eine besondere Gunst der Vorsehung.

Er wartete noch eine halbe Stunde, weil aus irgendeinem Grunde die sonst so menschenleere Straße ärgerlich belebt war. Erst kam ein verspäteter Kohlenwagen und ein jämmerlich durchnäßter Kohlenmann, der kläglich seine Ware ausrief. Dann erschien ein kleiner Junge, dem Gehege des elterlichen Hauses entronnen, der mit Begeisterung und Ausdauer durch die große Pfütze watete, die sich auf der unebenen Straße gebildet hatte. Nemesis in Gestalt einer schrillstimmigen Mutter erwischte den Bengel und führte den erwartungsvoll Heulenden unter ihre schwere Hand zurück. Nun die Bahn frei war, verlor Herr Lane keinen Augenblick. Die Methode, mit der sich Herr Lane Zugang zum Hauptquartier der ›Stadtbande‹ verschaffte, entbehrte jeder Verfeinerung. Er kletterte auf gut Glück über das Hoftor, in der stillen Hoffnung, daß niemand ihn beobachtete. Wäre er ein ausgebildeter Einbrecher mit einiger Erfahrung gewesen, so hätte er zunächst gründlich nach geeigneten Fenstern gesucht. Nie und nimmer hätte er die Tür zum »Büro« gewählt. Doch als blutiger Anfänger und überdies im Bewußtsein, daß er seine größten Taten achtlos offengelassenen Türen verdankte, probierte er es auch mit dieser Tür, und zu seinem Entzücken gab sie nach.

Wieder hätte der gelernte Handwerker irgendeine Falle vermutet und sich zurückgezogen; aber Herr Lane erkannte in der Tatsache, daß der Alte die Tür abzuschließen vergessen hatte, nur einen weiteren Beweis jener gütigen Vorsehung, die sich für Glückskinder besonders anstrengt, und hielt verwegen seinen Einzug. Er entzündete einen Kerzenstumpf und sah sich um.

Die Merkmale jenes Reichtums, durch den ein »Unternehmer« sich auszuzeichnen hat, waren hier nicht bemerkbar. Nicht einmal ein Läufer lag im Gang, und an den Wänden hingen weder Bilder noch sonstiger Schmuck. Auch das Büro, ein kleines Zimmer neben dem Gang, erwies sich nicht als ertragreicher. Das unverrückbare Inventar, soweit überhaupt vorhanden, hatte offenbar der vorhergehende Mieter zurückgelassen; jedenfalls war es dick mit Staub bedeckt.

»Bah!« sagte der neugierige Herr Lane empört, und seine Worte weckten ein hohles Echo in dem leeren Haus.

Herr Lanes Lebensgeister sanken, nun er die mageren Möglichkeiten seines Beutezuges vor Augen hatte.

Er gehörte zu jenen bereits erwähnten Leuten, die in heiliger Scheu zur ›Stadtbande‹ aufblickten, in dem gleichen Geiste, wie etwa ein junger Vikar zu einem Konsistorium von Bischöfen emporschaut. Beim Bier pflegte er sich zu rühmen, daß seine Verbindungen mit der ›Stadtbande‹ sowohl eng als intim seien. Einem Gerücht zufolge war der Rechtsverdreher, der ihn am Schluß der unbefriedigenden Roßhaarepisode verteidigt hatte, von der ›Stadtbande‹ bezahlt worden, und Lane versuchte keineswegs, diesem Gerücht entgegenzutreten.

Hätte er einen von ihnen gekannt, auch nur vom Sehen, er würde schwerlich in diesem Augenblick einen Einbruch in ihr Grundstück versucht haben.

Zimmer nach Zimmer durchstöberte er. Er kam in Connors schlechtmöblierte Schlafstube und in den Raum, wo der alte George auf einer schmierigen Matratze schlief. Er fand auch das große Zimmer, wo die Bande ihre zwanglosen Zusammenkünfte abhielt, aber nichts, was sich hätte mitnehmen lassen. Nichts, was man unter den Mantel stecken und unverfroren zur Haustür hinaustragen konnte. Keinen kleinen Juwelenartikel, den die Frau ins Leihhaus bringen könnte mit langem Gesicht und einer noch längeren Geschichte von der bitteren Not, die sie dazu zwänge, sich vom letzten Geschenk der geliebten Mutter zu trennen. Nichts von alledem, bemerkte Herr Lane voll Bitterkeit, und mit jeder neuen Enttäuschung ging sein Atem schwerer. Denn abgesehen von der pekuniären Seite dieses seines Einbruchs war da noch die kränkende Demütigung des Mißerfolges. Als phantasievoller Mann hatte er sich bereits die Geschichte ausgedacht, die er ein paar auserwählten Diebskumpanen erzählen wollte. Im Geiste hatte er schon eine Szene geprobt, wo er mit gleichgültiger Miene eine Handvoll Goldfische aus der Tasche zog und eine Runde bestellte. Und während sie respektvoll grinsend seinen Schnaps tranken, hätte er ihnen anvertraut, daß er mit allen gebührenden Ehren als vollwertiges Mitglied der ›Stadtbande‹ aufgenommen worden wäre. Die Ironie der Situation durchschaute er nicht. Ein qualifizierter Einbrecher hätte in zehn Minuten eine systematische Untersuchung des Grundstücks vollendet, aber Herr Lane war keineswegs qualifiziert. Folglich trödelte er von Zimmer zu Zimmer, kam in diesen Raum zurück, um ganz sicher zu sein, und ging noch einmal in jenen, um sich zu vergewissern, daß er nichts übersehen hatte. Nicht eingedenk der vergangenen Zeit, stand er unentschlossen im obersten Zimmer des Hause als das eigentliche Abenteuer des Tages begann. Er hörte das Einschnappen eines Schlosses – in kluger Voraussicht hatte er die Bürotür hinter sich zugemacht – und eine Stimme. Das Herz fiel ihm in die Hosen. Er hörte eine Stimme, eine Stimme heiser vor Wut, und noch eine, und immer noch eine.

Die stampfenden Fußtritte auf der Treppe klärten Herrn Lane darüber auf, daß etwa ein halbes Dutzend Männer das Haus betreten hatten; und aus dem Tonfall ihrer Reden entnahm er, daß sie verärgert waren.

Dann hörte er etwas, das ihm eine Gänsehaut über den Körper jagte.

Es hatte mit einem heiseren, undeutlichen Gemurmel begonnen und endete in einem Satz, der sein Ohr traf.

»... er hat uns verkauft, sag ich euch! Spitzel auf uns gehetzt! Hat uns in die Falle gelockt, der verfluchte Hund ...«

Dann sprach eine andere, leisere Stimme.

»Was sind wir denn wert? Du bist ein Esel! Wie hoch taxierst du uns denn? Sind wir nicht die ›Stadtbande‹? Er weiß genug, um mehr als einen von uns an den Galgen zu bringen ... 's ist Connor und sein Freund, der Rechtsanwalt ...«

Die ›Stadtbande!‹

Diese lähmende Einsicht überkam Herrn Lane, und er mußte sich am Kamin festhalten. Spitzel! Wenn sie ihn nun entdeckten und für einen Spitzel hielten!

Vielleicht gab es noch eine Möglichkeit zu fliehen. Der Lärm unten dauerte an. Bruchstücke gereizter Gespräche drangen zu ihm herauf.

Herr Lane sah aus dem Fenster. Der Sprung auf die Straße war zu riskant, und von einem Strick fand sich keine Spur.

Vorsichtig öffnete er die Tür. Die Männer waren in dem Zimmer, das direkt unter dem seinen lag. Die Treppe nach der Straße hätte ihn an ihrer Tür vorbeigeführt.

Herr Lane war sehr darauf aus, das Haus zu verlassen. Ohne es zu ahnen, war er in ein Wespennest getreten, und nun hätte er sich gern davongemacht, ohne die Bewohner zu stören ... Jetzt war der günstige Augenblick – jetzt oder nie. Solange die erregte Auseinandersetzung andauerte, würde eine knarrende Treppenstufe oder dergleichen wohl keine Aufmerksamkeit verursachen. Aber er hatte nicht mit den außerordentlichen Gaben dieser Männer gerechnet – Gaben des Gesichts und des Gehörs. Mitten in seinem Worterguß bemerkte Bat Sands plötzlich den aufgereckten Zeigefinger und den zurückgeworfenen Kopf Curt Goyles. Ohne die Flut seiner Schimpfreden zu unterbrechen, schlich er zur Tür. Er blieb einen Augenblick stehen, riß die Tür auf, packte den entsetzten Herrn Lane an der Kehle und schleppte ihn ins Zimmer; dann warf er ihn zu Boden und setzte ihm die Knie auf die Brust.

»Was hast du hier zu suchen?« zischte er wütend.

Herr Lane sah mit vorquellenden Augen die erbarmungslosen Gesichter ringsumher, sah Goyle einen Totschläger vom Tisch nehmen und sich halb umdrehen, um besser zuschlagen zu können, und fiel in Ohnmacht.

»Laß das!« knurrte Bat, die Hand abwehrend ausgestreckt. »Das kleine Schwein ist ohnmächtig geworden. Wer ist das? Kennt ihn einer von euch?«

Es war der Mann mit dem verrunzelten Gesicht, den Angel als Lamby angeredet hatte, der antwortete:

»'n kleiner Galgenstrick – gewisser Lane.«

»Wo wohnt er denn?«

»Ach, irgendwo hier in der Gegend. War zu meiner Zeit in Scrubb«, berichtete Lamby.

Verblüfft betrachteten sie den bewußtlosen Einbrecher.

»Durchsucht ihm die Taschen«, riet Goyle.

Es hatte sich begeben – und für Herrn Lane war diese Begebenheit mehr als alle anderen einer gütigen Vorsehung zu danken –, daß er sich bei seinem Entschluß, die Laufbahn eines erstklassigen Verbrechers einzuschlagen, vorsorglich mit einigen selbstgefertigten Werkzeugen versehen hatte. Es waren ein kleiner Feuerhaken mit abgeplatteter Spitze, der als Brechstange dienen sollte, und der Zentrumbohrer in der Tasche, die aller Wahrscheinlichkeit nach Herrn Lane das Leben retteten.

Lombroso und andere große Kriminologen behaupten, der echte Verbrecher hätte keinen Sinn für Humor, aber wenigstens auf zweien dieser Gesichter lag ein breites Grinsen, als der Besuchszweck des kleinen Mannes ans Licht kam.

»Er wollte bei Connor einbrechen«, sagte Bat voller Bewunderung. »Gebt mal einer den Whisky her!«

Er goß dem Mann ein wenig davon in die Kehle. Herr Lane blinzelte, dann öffnete er, erschreckt um sich starrend, die Augen.

»Steh auf«, befahl Bat, »und sag, was du zu sagen hast. Was denkst du dir eigentlich dabei, hier einzubrechen –«

»Laß das doch«, unterbrach Goyle ihn wütend. »Was hat der Kerl gehört, als er draußen 'rumgeschlichen ist?«

»Gar nichts, meine Herren!« keuchte der unglückliche Herr Lane, »auf mein Wort, meine Herren! Ich habe Unannehmlichkeiten gehabt, wie Sie auch, und –«

Es wurde ihm klar, daß er sich verplappert hatte. –

»So«, sagte Goyle mit unheilverkündender Ruhe, »du hast Unannehmlichkeiten gehabt wie wir, nicht wahr?«

»Ich meinte –«

»Ich weiß, was du meinst«, zischte der andere, »du meinst, daß du gehört hast, was wir geredet haben, du kleines Stinktier, und daß du dem ersten besten Messingknopf petzen willst.«

Es wäre Herrn Lane wohl schlimm ergangen, wäre nicht im rechten Augenblick ein Bote gekommen. Bat ging hinunter, um aufzumachen, und die übrigen lauschten schweigend. Sie erwarteten Connor, und als seine Stimme nicht auf der Treppe erklang, sahen sie einander fragend an. Bat trat ins Zimmer, ein gelbes Kuvert in der Hand. Er reichte es Goyle: Lesen gehörte nicht zu seinen Fertigkeiten. Goyle las mit Schwierigkeit:

»Helft euch, so gut ihr könnt. Ich mache mich dünn.«

»Was soll das heißen?« knurrte Goyle. Er hielt die Botschaft in der Hand und blickte zu Bat hinüber. »Versteckt hat er sich – und wir sollen uns helfen, so gut wir können?«

Bat langte nach seinem Überzieher. Er sprach kein Wort, während er sich mühsam hineinzwängte. Erst als er ihn sorgfältig zugeknöpft hatte, sagte er kurz:

»Es heißt – futsch. Es heißt laufen, oder sonst heißt's sitzen, und Schlimmeres als sitzen.«

Er wandte sich zur Tür.

Aber er blieb noch einmal stehen. »Connor versteckt sich«, sagte er, »und wenn Connor erst mal mit Verstecken anfängt, dann wird der Boden heiß. Gegen mich liegt nichts vor, soviel ich weiß, außer –«

Sein Blick fiel auf die unglückliche Gestalt des Herrn Lane. Er hatte sich auf dem Fußboden aufgesetzt und bot mit seinem wirren Haar und den lang ausgestreckten Beinen ein Bild der Verzweiflung.

Goyle hatte den Blick aufgefangen.

»Was machen wir mit dem da?« fragte er.

»Laßt ihn hier«, erwiderte Bat. »Wir haben keine Zeit, uns mit ihm 'rumzuärgern.«

Ein Auto kam durch die Cawdor Street gesaust – etwas ganz Ungewöhnliches. Sie hörten das Knirschen der Bremse vor der Tür, und das war an sich schon aufregend genug. Bat löschte das Licht und öffnete vorsichtig einen Fensterladen. Mit einem Fluch fuhr er zurück.

»Was ist los?« flüsterte Goyle.

Bat erwiderte nichts, aber sie hörten, wie er eine Streichholzschachtel aufmachte.

»Was willst du denn?« flüsterte Goyle wütend.

»Licht machen«, sagte der andere.

Er brannte eine Kerze an.

»A-U-S heißt ›aus‹, und aus ist das Spiel«, sagte er ruhig. Er suchte bei diesen Worten in seinen Taschen.

»Ich brauche Licht, weil ich 'n paar Sächelchen in der Tasche hab', die ich verbrennen muß – rasch!«

Nach einigem Suchen fand er einen Zettel. Eilig überflog er ihn, dann hielt er das Blatt über die Flamme und brannte sorgfältig die eine Ecke an.

»'s ist 'n großartiger Fang«, fuhr er fort. »Die Straße ist voller Polizei, und diesmal wird Angel nicht ›Spielhöllen-Razzia‹ vortäuschen.«

Ein lautes Klopfen an der Tür – aber keiner rührte sich. Goyle war totenfahl geworden. Er wußte besser als alle anderen, daß Flucht unmöglich war. Es war immer ein Nachteil des Hauses gewesen, daß es sich so leicht umstellen ließ. Er hatte Connor schon früher darauf aufmerksam gemacht.

Wieder das Klopfen.

»Mögen sie nur aufmachen«, sagte Bat grimmig. Und als hätten die Leute draußen auf der Straße die Aufforderung gehört, krachte die Tür, und es erklang ein Gepolter von Männerfüßen, die rasch die Treppe herauf liefen.

Als erster betrat Angel das Zimmer. Kaltblütig nickte er Bat zu, dann trat er zur Seite, um die Polizisten hereinzulassen.

»Ich suche euch«, sagte er kurz.

»Weshalb?« fragte Sands.

»Wegen Einbruch und Amtsanmaßung«, erwiderte der Detektiv. »Hände her!«

Bat gehorchte. Als die steigbügelförmigen, stählernen Fesseln über seinen Handgelenken zusammenschnappten, fragte er:

»Habt ihr Connor?«

Angel lächelte.

»Connor wird noch etwas aufgespart«, sagte er ruhig.

Die ihn begleitenden Polizisten waren mit den anderen Insassen des Zimmers beschäftigt.

»Anstrengender Dienst heute für Sie, Herr Angel«, sagte scherzend Lamby mit dem abgezehrten Gesicht. »Dachte, Sie ließen uns laufen?«

»Voreilige Schlüsse zu ziehen ist eine beklagenswerte Angewohnheit«, sagte Angel kurz und bündig. Dann fiel sein Blick auf den schreckensbleichen Herrn Lane.

»Hallo, wer ist denn das?« fragte er.

In diesem Augenblick kam Herrn Lane die größte Erleuchtung seines Lebens. Da er durch allerlei Zufälligkeiten in diese Geschichte verwickelt war, und da es so oder so wenig ausmachen konnte, was er sagte, griff er nach dem Ruhm, der in seiner Reichweite lag.

»Ich bin einer von der ›Stadtbande‹«, sagte er, als er gefesselt abgeführt wurde, stolz in dem Bewußtsein, einen unbestreitbaren Anspruch auf Anerkennung als gefährlicher Verbrecher erworben zu haben.

Herr Spedding war ein Mann von schnellen Entschlüssen. Ideen und Pläne waren für ihn, was wertloses Gestein und Diamanten für den Mann am Sortiertisch sind, und er besaß wie dieser die Fähigkeit, rasch zu entscheiden. Er sah das englische Polizeisystem, wie nur die Polizei selber es sah, und er hatte ein scharfes Auge auf Angels Vorgehen. Es lag im Bereich der Möglichkeit, daß Angel mit allen Vollmachten ausgestattet war; aber ebensogut war es möglich, daß der Detektiv nur bluffte.

Zwei Auswege lagen vor Herrn Spedding: Beide waren verzweifelt. Aber er mußte sicher sein, inwieweit seine augenblickliche Freiheit von der Grille eines stellvertretenden Polizeiassistenten abhängig war.

Angel hatte eine oberste Behörde genannt. Es war charakteristisch für Spedding, daß er ins Bergwerk ging, um zu sehen, wie weit die Lunte heruntergebrannt war. In anderen Worten: Er rief das erste beste Taxi an und fuhr zum Unterhaus.

Der hochwohlgeborene Herr George Chandler Middleborough, Staatssekretär des Innern seiner Majestät des Königs, ist ein berüchtigt unnahbarer Mann. Aber er macht Ausnahmen, und eine solche Ausnahme machte er zu Speddings Gunsten. Denn hervorragende Rechtsanwälte kommen nicht um zehn Uhr abends ins Unterhaus, um müßige Neugier zu befriedigen oder um sich das Parlamentsgebäude zeigen zu lassen oder um Protektion und Interesse zu erbetteln. Und wenn auf einer Visitenkarte »sehr dringend« steht und wenn diese Karte einem bedeutenden Vertreter eines wichtigen Standes gehört, so wird die Bitte um ein Interview nicht so leicht abgeschlagen.

Spedding wurde in das Zimmer des Ministers geführt, und der Staatssekretär erhob sich mit einem Lächeln. Er kannte Herrn Spedding vom Sehen und hatte ihn einmal bei einem Dinner getroffen.

»Hm –«, begann er mit einem Blick auf die Karte in seiner Hand, »womit kann ich Ihnen dienen – zu dieser späten Stunde«, er lächelte noch einmal.

»Ich habe Sie in Sachen des verstorbenen Herrn Reale aufgesucht.« Er beobachtete das Gesicht des Ministers. Der Staatssekretär sah ein wenig erstaunt aus, rührte sich sonst aber nicht.

»Gut!« dachte Spedding und atmete freier.

»Ich fürchte –«, sagte der Minister. Er kam nicht weiter, denn Spedding war plötzlich nur noch unterwürfige Ehrfurcht und verlegene Entschuldigung.

Was! Der Herr Staatssekretär hatte seinen Brief nicht erhalten? Einen Brief über das Realesche Vermögen? Man kann sich den Schmerz und den Verdruß auf Herrn Speddings Gesicht vorstellen, wie er von der verbrecherischen Achtlosigkeit seines Sekretärs sprach. Man kann sich seine hilflose Haltung denken, sein Eingeständnis der absoluten Unmöglichkeit, über die Sache zu verhandeln, ehe der Herr Staatssekretär im Besitz des Briefes sei, und den Rückzug von einem ihm wohlgesinnten Staatsminister, der erfreut – nein, entzückt gewesen wäre, dem verehrten Herrn Spedding einen Dienst zu erweisen, hätte er den Brief nur rechtzeitig genug erhalten, um von seinem Inhalt Kenntnis zu nehmen.

Als er wieder auf der Straße stand, sprang er in ein Taxi, das ihn in seinen Klub brachte.

Angel hat geblufft, überlegte er, innerlich lächelnd. Mein Freund, du riskierst dein nettes kleines Amt.

Noch einmal lächelte er, denn es kam ihm in den Sinn, daß sein Risiko noch größer war.

»Zwei Millionen!« murmelte er. »Das ist die Sache wert; mit zwei Millionen läßt sich allerhand anfangen.«

An seinem Klub stieg er aus und bezahlte.

11

Um die Stunde, da Piccadilly Circus die von den Theatern ausgespienen Menschenmassen mit seinem Lichtermeer überflutet, schob sich ein Auto vorsichtig durch das Gedränge, fuhr die Regent Street hinunter, glitt Pall Mall entlang und schlug einen südlichen Kurs über Westminster Bridge ein.

Der Regen hatte aufgehört, aber die Straßen waren durchweicht, und der Schmutz bespritzte die Insassen des offenen Wagens.

Als der Wagen, der Straßenbahn folgend, ungehindert durch die Old Kent Road fuhr, drehte sich der Chauffeur am Steuer um und stellte eine Frage, worauf einer der beiden Männer im Fond des Wagens den andern um Rat fragte.

»Wir fahren zuerst zu Cramer«, sagte der Mann.

Old Kent Road war eine flüchtige Vision von geschlossenen Läden und kleinen Menschengruppen, die auf des Hausknechts schrille Anweisung hin die Wirtshäuser verließen. Lewisham High Road lag in züchtigem Schlaf, wie es dieser höchst anständigen Straße geziemt. Lea, wo die Hecken beginnen, war still und ruhig, und Chisleburst war friedlich wie ein Kirchhof.

In der Nähe des Marktplatzes hielt das Auto vor einem großen düsteren Hause. Die beiden Insassen stiegen aus, schritten durch ein Tor einen Kiesweg entlang und blieben vor dem breit überdachten Vorbau stehen.

»Ich weiß nicht, was der alte Mauder sagen wird«, meinte Angel, während er nach der Klingel suchte; »er ist ein pedantischer alter Bursche.«

In der Stille konnten sie das Schrillen der elektrischen Glocke hören. Sie warteten ein paar Minuten und läuteten noch einmal. Dann hörten sie ein Fenster aufgehen und eine verschlafene Stimme fragen:

»Wer ist da?«

Angel trat von dem Vorbau weg und blickte hinauf.

»Hallo, Mauder! Ich brauche Sie. Hier ist Angel.«

»Zum Teufel!« ließ sich eine überraschte Stimme vernehmen. »Warten Sie ein bißchen. In einem Augenblick bin ich unten.«

Der alte Herr mit dem freundlichen Gesicht, der ihnen in Schlafrock und Pyjama die Tür aufmachte und sie in ein behagliches Arbeitszimmer führte, war Herr Ernest Mauder in eigener Person. Er winkte den beiden Männern, Platz zu nehmen, dabei nickte er Jimmy wie einem alten Bekannten zu.

»Es tut mir schrecklich leid, Sie zu dieser unmöglichen Stunde stören zu müssen«, begann Angel, aber der andere unterbrach seine Entschuldigungen mit einer Handbewegung.

»Ihr Detektive überfallt uns unintelligente Laien so gern mit Überraschungen«, sagte er mit einem leisen Augenzwinkern, »daß ich mich beinah versucht fühle, Sie zu verblüffen.«

»Es gehört ziemlich viel dazu, mich zu verblüffen«, meinte Angel gelassen.

»Sie haben es sich selber zuzuschreiben«, warnte der Verleger, dem lächelnden Angel leicht mit dem Zeigefinger drohend. »Ich will Ihnen jetzt erzählen, warum Sie in dieser scheußlichen Nacht in einer recht aussichtlosen Sache von London hierhergeeilt sind.«

»Eh?« Das Lächeln erstarb in Angels Zügen.

»Habe mir schon gedacht, daß Sie das verblüffen würde! Sie kommen wegen eines Buches?«

»Ja«, sagte Jimmy erstaunt.

»Ein Buch, das unser Verlag vor neun Jahren herausgebracht hat?«

»Ja«, das Staunen auf den Gesichtern der beiden Männer wuchs.

»Der Titel«, sagte der Verleger mit Nachdruck, »lautet: ›Kurze Studie über den Ursprung des Alphabets‹, und der Verfasser ist ein halbverrückter alter Professor, den sie in Oxford wegen Trunksucht hinausgeschmissen haben.«

»Mauder«, sagte Jimmy und blickte seinen Gastgeber starr vor Staunen ab. »Sie haben's getroffen – aber –«

»Dacht ich mir's doch«, meinte der Verleger triumphierend. »Nun, Ihr Suchen ist umsonst. Wir haben damals nur fünfhundert Exemplare gedruckt; das Buch war ein glatter Mißerfolg – bessere Bücher hatten dasselbe Gebiet weit wirksamer behandelt. Vor ein paar Jahren habe ich mal ein verstaubtes altes

Exemplar gefunden und meiner Sekretärin geschenkt. Soviel ich weiß, ist es das einzige Exemplar, das jetzt noch existiert.«

»Aber Ihre Sekretärin?« fragte Angel begierig. »Wie heißt sie? Wo wohnt sie?«

»Hätten Sie mich das früher am Abend gefragt, so wäre ich nicht imstande gewesen, Ihnen zu antworten«, sagte Mauder, dem die selbstgeschaffene, geheimnisvolle Situation offensichtlich Freude machte, »aber seitdem ist mein Gedächtnis aufgefrischt worden. Die Dame – übrigens ein ganz reizendes junges Mädchen – war zwei Jahre lang meine Sekretärin. Ich weiß nicht, was sie veranlaßt hat, einen Beruf zu ergreifen, aber ich glaube, sie unterstützte ihren leidenden Vater.«

»Wie heißt sie?« fragte Angel ungeduldig.

»Kathleen Kent«, erwiderte der Verleger, »und sie wohnt –«

»Kathleen Kent!« wiederholte Jimmy in hellem Staunen. »Alle guten Geister stehen uns bei!«

»Kathleen Kent!« wiederholte Angel, und der Atem blieb ihm weg. »Nein, das ist die Höhe! Aber«, fügte er rasch hinzu, »wie kommt es, daß Sie von unserer Absicht wußten?«

»Tja«, sagte der alte Mann langsam und kuschelte sich behaglich in seinen Schlafrock, »eigentlich war's nur eine Vermutung. Wissen Sie, Angel, wenn man schon einmal mitten aus dem Schlaf geholt worden ist, um geheimnisvolle Fragen nach einem alten Schmöker zu beantworten ...«

»Was«, schrie Jimmy aufspringend, »es ist schon jemand dagewesen?«

» ... so ist es ganz natürlich«, fuhr der Verleger fort, »diese Angelegenheit mit der des zweiten mitternächtlichen Besuches in Verbindung zu bringen.«

»Wer ist hier gewesen? Um Gottes willen, machen Sie keine Scherze; es geht um eine ernste Sache.«

»Niemand ist hier gewesen«, sagte Mauder, »aber vor einer Stunde hat mich jemand telefonisch angerufen –«

Jimmy sah Angel an, und Angel sah Jimmy an.

»Jimmy«, sagte Angel reuevoll, »betrachten Sie mich als einen Schafskopf. Telefon! Gott im Himmel, ich wußte doch nicht, daß Sie Telefon haben!«

»Hatte ich auch nicht bis vorige Woche«, sagte der Verleger, »und werde es ab morgen auch nicht mehr haben. Schlaf ist eine zu kostbare Sache, um verschwendet zu werden –«

»Wer war der Jemand?« fragte Angel.

»Ich konnte den Namen nicht richtig verstehen. Er bat tausendmal um Entschuldigung. Soviel ich entnehmen konnte, war es ein Zeitungsmensch, der besondere Einzelheiten zu erfahren wünschte, weil der Verfasser des Buches gestorben sei.«

»Der Verfasser ist ganz vergnügt am Leben«, sagte Angel grimmig. »Wie klang die Stimme –'n bißchen wichtigtuerisch und vor jedem Satz so'n Räuspern?«

Der andere nickte.

»Spedding!« sagte Angel, sich erhebend. »Wir haben keine Minute zu verlieren, Jimmy.«

Mauder begleitete sie ins Vestibül.

»Eine Frage noch«, sagte Jimmy, während er den Kragen seines Ledermantels zuknöpfte. »Können Sie uns irgendeine Angabe über den Inhalt des Buches machen?«

»Nein«, kam die Antwort. »Ich habe die dunkle Erinnerung, daß es zum größten Teil rein wissenschaftlich geschrieben war und ein paar Zeichnungen und Abbildungen von frühen Formen des Alphabets enthielt – das Zeug, wie man's im Konversationslexikon und hinten in alten Lehrerbibeln findet.«

Nachdem die beiden Männer ihre Plätze im Auto eingenommen hatten, wendete es und richtete seine hellen Scheinwerfer wieder auf die Straße nach London.

»Dies Rätsel stammt aus einem Buch,
Das uns gebracht des Heils genug«,

flüsterte Angel seinem Gefährten ins Ohr, und Jimmy nickte. Mit keinem Gedanken kümmerte ihn in diesem Augenblick das Vermögen, das in dem großen Safe in der Lombard Street auf ihn und seinen Freund wartete. Er war erfüllt von Angst um das Mädchen, das, ohne es zu ahnen, im Besitz des Wortes war, das es morgen zur reichen Erbin machen konnte. Spedding hatte rasch gehandelt, und – daran zweifelte er nicht – Connor würde ihm helfen. War das Buch noch im Besitz des Mädchens, so hatte Spedding es jetzt in Händen und würde sofort sein Glück versuchen.

Dunkle Ahnungen bedrückten ihn, und obwohl das Auto mit höchster Geschwindigkeit durch die Nacht sauste, obwohl der wieder einsetzende Regen gegen die Windschutzscheibe peitschte und die Stöße des großen Wagens ihn hin und her warfen, ging ihm alles noch viel zu langsam.

Ein kleines Ereignis unterbrach die Eintönigkeit der Fahrt. Als der Wagen auf einem besonders engen Wege um die Ecke flog, wäre er beinahe in ein anderes Auto hineingesaust, das mit halsbrecherischer Geschwindigkeit aus der entgegengesetzten Richtung kam. Ein hastiger Austausch von Flüchen zwischen den beiden Chauffeuren, und die Wagen rasten weiter.

Sie fuhren zunächst zu Kathleens Wohnung. Streatham war öde und menschenleer. Als sie um die Ecke der stillen Straße bogen, wo das junge Mädchen wohnte, ließ Angel den Wagen halten und stieg aus. Mit einer Taschenlampe leuchtete er den Boden ab.

»Vor weniger als einer halben Stunde stand hier ein Auto«, sagte er und zeigte auf nicht zu verkennende Ölspuren.

Er klingelte, und beinah sofort erschien eine ältliche Dame in einem lose umgeworfenen Schlafrock, die ihn bat, einzutreten.

Heute nacht scheint kein Mensch überrascht, uns zu sehen, dachte Angel mit bitterem Humor.

»Detektiv Angel von Scotland Yard«, stellte er sich vor.

»Kathleen ist nicht da«, teilte sie ihm fröhlich mit.

Jimmy wurde es bei ihren Worten schwer ums Herz.

»Ja«, sagte die alte Dame, »Herr Spedding, der berühmte Rechtsanwalt, hat sie vor einer Stunde abgeholt und« – sie wurde zutraulich –, »da ich das Interesse der Herren für den Fall kenne, kann ich Ihnen ja mitteilen, daß alle Hoffnung besteht, meine Nichte noch heute in den Besitz ihres Vermögens zu bringen.«

Jimmy stöhnte. »Bitte erzählen Sie weiter«, sagte Angel.

»Dies stellte sich heraus, als von einem Buch die Rede war, das meine Nichte vor Jahren geschenkt erhielt und das ohne meine Sorglichkeit bestimmt verlorengegangen wäre.«

Jimmy verwünschte leise ihre Sorglichkeit.

»Als wir nach dem Tode von Kathleens armem Vater hierhergezogen sind, mußte ich eine Menge Sachen unterbringen, darunter Massen von Büchern, die Kathleen verkaufen wollte, aber ich dachte –«

»Wo sind die Bücher?« fragte Angel rasch.

»Auf einem alten Grundstück von uns – dem einzigen, das meinem armen Bruder noch blieb«, erwiderte sie traurig, »und auch nur, weil es zu sehr heruntergewirtschaftet war, um Käufer anzulocken.«

»Wo? Wo?« Angel war sich bewußt, wie unhöflich seine Ungeduld war. »Verzeihen Sie mir, gnädige Frau«, sagte er, »aber es ist unbedingt erforderlich, daß ich Ihrer Nichte sofort nachfahre.«

»Es liegt an der Straße nach Tonbridge«, antwortete sie steif. »Soviel ich mich erinnere, ist es irgendwo zwischen Crawley und Tonbridge, aber genau weiß ich es nicht. Kathleen kennt sich dort gut aus; deshalb ist sie mitgefahren.«

»Irgendwo an der Straße nach Tonbridge!« wiederholte Angel hilflos.

»Wir können den Spuren des Autos folgen«, meinte Jimmy.

Angel schüttelte den Kopf.

»Wenn es überall so regnet wie hier, sind sie verwischt«, erwiderte er.

So standen sie eine Weile, Jimmy an einem feuchten Handschuhfinger kauend, Angel ins Leere starrend. Dann fragte Jimmy unvermittelt:

»Haben Sie eine Bibel?«

Die alte Dame ließ sich ihre Verwunderung über diese Frage deutlich anmerken.

»Ich habe mehrere.«

»Eine Lehrerbibel, mit Anmerkungen?« fragte er dann ungeduldig.

Sie dachte nach.

»Ja, wir haben so eine im Haus. Wollen Sie einen Augenblick warten?«

Sie verließ das Zimmer.

»Wir hätten dem Mädchen die Sache mit Spedding sagen sollen – wir hätten es ihr sagen sollen«, rief Angel ganz verzweifelt.

»Was geschehen ist, läßt sich nicht ändern«, sagte Jimmy ruhig. »Jetzt ist die Hauptsache, Spedding zuvorzukommen und das Mädchen zu retten.«

»Wird er es wagen –?«

»Er wird es wagen. O ja, er wird es wagen«, sagte Jimmy. »Er ist schlimmer, als Sie denken, Angel.«

»Aber er ist doch schon ein ruinierter Mann.«

»Ein Grund mehr, noch einen Schritt weiterzugehen. Seit Monaten steht er am Rande des Abgrunds, das habe ich herausgekriegt. Ich habe neulich mal Nachforschungen angestellt und dabei entdeckt, daß er ganz arg in der Klemme sitzt. Er ist Treuhänder oder so was Ähnliches von einer Handelsgesellschaft, die ihn schon lange dringend um Geld ersucht. Spedding wagt alles« – er hielt inne –, »aber wenn er es wagt, dem Mädchen was zuleide zu tun, ist er 'ne Leiche.«

In diesem Augenblick kam die alte Dame mit dem Buch. Hastig durchblätterte Jimmy die Seiten.

Ganz hinten am Schluß stieß er auf irgend etwas, das sein Auge aufleuchten ließ.

Er griff in die Tasche und zog ein Notizbuch heraus. Nicht einmal die Zeit nahm er sich, einen Stuhl heranzuziehen, sondern begann stehend hastig zu schreiben, immer wieder den Text mit den Zeichnungen im Buche vergleichend.

Angel hatte sich über ihn gebeugt und folgte atemlos seinem Tun.

»Da – und da – und da!« rief Angel frohlockend. »Was sind wir doch für Schafsköpfe gewesen, Jimmy, was sind wir doch für Schafsköpfe gewesen!«

Jimmy wandte sich zu der alten Dame.

»Würden Sie mir dies Buch leihen?« fragte er. »Ich werde es Ihnen später zurückgeben. Danke sehr. Na, Angel«, er sah nach der Uhr und machte einen Schritt auf die Tür zu, »wir haben zwei Stunden. Bei Morgengrauen werden wir die Tonbridger Straße hinausfahren.«

Nur noch einen einzigen Menschen störten sie in dieser ereignisvollen Nacht, und das war ein Friedensrichter, ein hitziger alter Marineoffizier, wohnhaft in Blackbeath.

Dort, vor dem alten Offizier, der eilig in seine Kleider gefahren war, erklärte Angel bei Tagesanbruch, was er vorhatte. Dann schrieb er in fieberhafter Eile und unterzeichnete die schriftlichen Erklärungen mit einer eidesstattlichen Versicherung. Worauf ihm der Friedensrichter eine Vollmacht ausstellte zur Verhaftung von Joseph James Spedding, Rechtsanwalt, unter Anklage wegen Kapitalverbrechens.

12

Kathleen betrachtete ganz natürlicherweise den Rechtsanwalt als einen uneigennützigen Freund. Es lag kein Grund vor, warum sie das nicht hätte tun sollen. Und wäre noch irgend etwas nötig gewesen, um ein freundliches Gefühl für ihren zurückhaltenden Rechtsbeistand zu wecken – diese seine letzte Handlung hätte es getan. Denn wie er ihr erzählte, hatte er durch einen bloßen Zufall den Schlüssel zu dem verborgenen Wort kaum entdeckt, als er auch schon fortgestürzt war, um ihr mitzuteilen, was er erfahren hatte. Natürlich riet er ihr zu einem sofortigen Vorgehen, und als sie Bedenken äußerte, zu so später Stunde die Jagd nach dem Buch zu beginnen, machte er dunkle Anspielungen auf allerhand Schwierigkeiten, die sich durch ihr Zögern ergeben würden. Sie wollte Angel benachrichtigen und auch Jimmy, aber davon wollte der Anwalt absolut nichts wissen. Sie erklärte sich schließlich seine hartnäckige Ablehnung mit der argwöhnischen Vorsicht des Juristen.

Dann lockte sie die Aufregung des mitternächtlichen Abenteuers – die rasche Autofahrt durch die dunkle Nacht, und die wunderbaren Möglichkeiten des Suchens und Findens am Ende der Fahrt.

So fuhr sie also mit, und ihre Abenteuerlust wurde fast schon befriedigt durch den knapp vermiedenen Zusammenstoß mit einem anderen Auto, das mit größter Geschwindigkeit in der entgegengesetzten Richtung fuhr. Sie hatte die Insassen des anderen Wagens nicht gesehen, aber sie hoffte, sie hätten sich ebenso erschreckt wie sie.

Tatsächlich verschwendete keiner der beiden Männer in dem anderen Auto nur einen weiteren Gedanken an das vermiedene Unglück. Der Sinn des einen war ganz und gar erfüllt von ihrem Bild, und der andere grübelte über die Einrichtung des Telefons nach.

Kathleen hatte keine Zeit, der nächtlichen Aufregungen müde zu werden. Über aufgeweichte Heideflächen ging die Fahrt und durch ausgestorbene Dörfer, deren kleine Häuschen einen Augenblick im hellen Licht der Scheinwerfer auftauchten und dann wieder im Dunkel versanken. Nur zu bald kam sie in eine wohlbekannte Gegend, und das Auto verlangsamte seine Geschwindigkeit, um nicht an dem kleinen Grasweg vorüberzufahren, der zur Flairby-Mühle hinführte. Schließlich fanden sie den Weg, und das Auto schuckerte vorsichtig über tiefausgefahrene Wagengeleise, über herumliegende Steine und durch langes regennasses Gras, bis im Dunkel der Nacht die gedrungenen Umrisse der Flairby-Mühle sichtbar wurden.

Es gab einst eine Zeit, ehe die billigen Maschinen kamen, da die Flairby-Mühle in der ganzen Gegend berühmt war und das Rumpeln und Poltern ihrer schweren Mühlsteine Tag und Nacht erklang. Aber schon lange lag das Rad zerbrochen im Bett des kleinen Baches, der ihm so treu gedient hatte. Die Maschinen waren verrostetes altes Eisen, und nur das benachbarte winzige Wohnhaus hatte noch einigen Wert. Ein paar kaum nennenswerte Reparaturen genügten, um das Haus wasserdicht und wetterfest zu erhalten, und hier hatte Kathleen allen überflüssigen Kram aus ihres Vaters Haushalt aufgespeichert. Die Sättel, Schilde, Speere und andere Kuriositäten, die er auf seinen Reisen gesammelt, und die bescheidene Bibliothek, die ihn in den bitteren Jahren seines Sterbens getröstet hatte, all das war hier aufbewahrt. Wertlos in dem Sinn, wie die Welt Werte schätzt, aber in den Augen des jungen Mädchens kostbare Dinge, Erinnerungen an den toten Vater.

Die Tränen stiegen ihr in die Augen, als ihr Spedding den Schlüssel aus der Hand nahm und ihn ins Schloß der altmodischen Haustür steckte, aber sie wischte sie verstohlen weg.

Spedding benutzte eine Taschenlampe, um sich im Haus zurechtzufinden. »Sie müssen mich führen, Fräulein Kent«, sagte er, und Kathleen zeigte ihm den Weg. Die eichene, staubbedeckte Treppe hinauf gingen die beiden, und ihre Tritte hallten hohl durch das verlassene Haus. Am Ende der Treppe befand sich eine schwere Tür, die der Anwalt auf Geheiß des Mädchens öffnete.

Sie traten in ein riesiges scheunenartiges Zimmer mit schräggeneigter Balkendecke. Es hatte drei jetzt durch Läden verschlossene Fenster und am anderen Ende eine zweite Tür, die in ein kleineres Zimmer führte.

»Dies war die Wohnstube des Müllers«, sagte Kathleen traurig. Sie konnte sich noch auf die Zeit besinnen, als ein Müller auf dem Hofe lebte und sie mit ihrem Vater vor die Mühle geritten kam. Dann hatte der Müller, weiß und freundlich, sie vom Pferd gehoben und durch einen geheimnisvollen Raum geführt, wo große Steine polternd sich emsig drehten und die Luft von feinem weißen Staub erfüllt war.

Spedding ließ seinen Blick suchend durchs ganze Zimmer schweifen. Die Bücher waren nicht schwer zu entdecken: Man hatte sie ausgepackt und in drei unordentlichen Reihen auf flüchtig zusammengebauten Regalen aufgestellt. Der Anwalt hielt die Lampe so, daß der volle Lichtschein auf die Bücher fiel. Dann prüfte er sie sorgfältig, Reihe für Reihe. Aufmerksam kontrollierte er jedes Exemplar, und von jedem Band, der ihm in die Hand kam, murmelte er halblaut Titel und Namen. Da gab es Schulbücher, Reisebeschreibungen und ab und zu ein dickes wissenschaftliches Werk, denn Kathleens Vater hatte sich besonders eingehend mit Naturwissenschaften beschäftigt. Die eine Hand auf den Tisch gestützt, sah das junge Mädchen zu und bewunderte die Geduld, welche der freundliche, gewissenhafte Mann auf seine Arbeit verwandte. Allerdings fragte sie sich heimlich etwas erstaunt, welche Notwendigkeit für diese mitternächtliche Untersuchung bestehe. Sie hatte dem Anwalt nichts von dem roten Kuvert erzählt, aber instinktiv fühlte sie, daß er von alledem wußte.

»Anabais, Xenophon«, murmelte er; »Josephus Leben und Werke; Elias Essays; Essays Emerson; Essays, De Quincey. Was ist das?«

Zwischen zwei umfangreichen Bänden zog er ein dünnes kleines Buch in einem verschossenen Einband hervor. Sorgfältig reinigte er es vom Staub, warf einen Blick auf den Titel, schlug es auf und las die Titelseite. Dann trat er zum Tisch, setzte sich und begann im Schein der Taschenlampe das Buch zu lesen.

Das junge Mädchen wußte nicht recht, wie es kam, aber es lag in diesem Augenblick etwas in seiner Haltung, das ihr leichtes Unbehagen verursachte und ein Gefühl von Gefahr in ihr weckte. Vielleicht, weil er bis dahin ausgesucht höflich, ja beinahe untertänig gegen sie gewesen war, und nun er das Buch gefunden hatte, beachtete er sie überhaupt nicht mehr. Er brachte es ihr nicht, bat sie auch nicht, es mit ihm anzusehen. Sie fühlte, daß sie »erledigt« war, und des Anwalts Interesse für ihre Sache im Augenblick der Entdeckung des Buches vollkommen erloschen war.

Sorgfältig blätterte er die Seiten um, aufmerksam las er die Einleitung. Ihre Blicke wanderten von dem Buch zu seinem Gesicht. Nie zuvor hatte sie ihn mit kritischer Aufmerksamkeit betrachtet. Im Halbdunkel sah sie jetzt seine Unvollkommenheiten – die brutale Kraft seiner Kinnbacken, die skrupellose Dünnheit seiner Lippen, die schweren Augenlider und die merkwürdige Glätte seines bleichen Gesichts. Es schauderte sie ein wenig, denn sie hatte zuviel in seinen Zügen gelesen.

Der Anwalt war sich ihrer prüfenden Blicke nicht bewußt. Das Buch nahm ihn ganz in Anspruch, eine Seite nach der anderen las er.

»Glauben Sie nicht, daß es besser wäre, wir gingen nun?« fragte Kathleen schüchtern.

Spedding sah auf, und sein starrer Blick entsprach seinen Worten.

»Wenn ich fertig bin, gehen wir«, sagte er grob und fuhr fort zu lesen.

Kathleen mußte vor Staunen ein wenig Luft holen, denn trotz all ihres Argwohns war sie doch nicht darauf gefaßt, daß er seine liebenswürdige Maske so schnell und so vollkommen fallenlassen würde. Dunkel begann sie die Gefahr zu ahnen, aber es konnte ja nichts geschehen: Draußen wartete der Chauffeur. Es war ihr eine Beruhigung und verlieh ihr ein Gefühl der Sicherheit. Sie machte einen zweiten Versuch.

»Ich muß darauf bestehen, Herr Spedding, daß Sie dies Buch anderswo zu Ende lesen. Ich weiß nicht, ob Sie sich der Tatsache bewußt sind, daß Sie auf dem einzigen Stuhl in diesem Zimmer sitzen«, fügte sie aufgebracht hinzu.

»Ich bin mir der Tatsache sehr wohl bewußt«, erwiderte ruhig der Anwalt, ohne die Augen zu heben.

»Herr Spedding!«

Müde blickte er auf.

»Darf ich Sie ersuchen, sich ruhig zu verhalten, bis ich zu Ende bin«, sagte er in einem nicht zu verkennenden Ton. »Und sollten Sie noch irgendeinen Zweifel hegen, daß ich nicht in Ihrem, sondern in meinem eigenen Interesse nach dem Wort suche, so darf ich Ihnen vielleicht mitteilen: Wenn Sie mich durch Heulerei oder irgendeine Szene aufbringen und ärgern, so habe ich etwas bei mir, das Sie zur Ruhe bringen wird«, und damit las er weiter.

Kalkweiß und schweigend stand das Mädchen da, wild klopfte ihr Herz, und Fluchtpläne gingen ihr durch den Kopf.

Nach einer Weile sah der Anwalt auf und klopfte mit dem Zeigefinger auf das Buch.

»Ihr kostbares Geheimnis ist kein Geheimnis mehr«, sagte er mit einem harten Lachen. Kathleen antwortete nichts.

»Wäre ich kein solcher Narr gewesen, so hätte ich es schon längst durchschaut«, fügte er hinzu und sah das Mädchen nachdenklich an.

»Ich habe zwei Vorschläge zu machen«, fuhr er fort, »und ich brauche Ihre Hilfe.«

»Erwarten Sie keine Hilfe von mir, Herr Spedding«, erwiderte sie kalt. »Morgen wird man eine Erklärung für Ihr sonderbares Betragen von Ihnen fordern.«

Er lachte.

»Morgen, und wer? Angel vielleicht oder der vornehme junge Gauner, der halb in Sie verliebt ist?«

Er lachte noch einmal, als er sah, wie dem jungen Mädchen die Röte in die Wangen stieg.

»Aha! Ich hab's getroffen!«

Sie nahm seine Worte mit verächtlichem Schweigen auf.

»Morgen bin ich weg – weit weg, hoffe ich, aus der Reichweite der beiden erwähnten Herren. Das Morgen interessiert mich lange nicht so wie das Heute.« Es fiel ihr ein, daß es nur noch eine Stunde bis Tagesanbruch war.

»Heute ist ein schicksalsschwerer Tag für mich – und für Sie.« Er betonte die letzten Worte.

Sie verharrte in eisigem Schweigen.

»Wenn ich meinen Fall in ein paar Worten erklären soll«, fuhr er mit all der früheren Liebenswürdigkeit fort, »so darf ich wohl sagen, daß es für mich eine Notwendigkeit ist, das Geld in jenem lächerlichen Safe zu beschaffen.« Sie unterdrückte einen Ausruf. »Ah! Sie begreifen? Ich will mich näher erklären. Wenn ich sage: das Geld zu beschaffen, so meine ich: es für mich zu beschaffen, bis auf den letzten Pfennig, und es für meinen Privatgebrauch zu verwenden. Sie können sich nicht vorstellen«, fuhr er fort, »wie wohltuend es ist, endlich die unausgesprochenen Gedanken eines ganzen Jahres frei herauszusagen, einem menschlichen Wesen die geheimsten Dinge mitzuteilen, die solange hier verborgen waren.« Er schlug sich an die Brust. »Als mir der Auftrag des alten Reale anvertraut wurde, glaubte ich, die Erben seien ganz gewöhnliche Alltagsnarren, die mir Tag für Tag die Ergebnisse ihrer Nachforschungen zu meinem Vorteil mitteilen würden. Auf Sie hatte ich dabei nicht sehr gezählt, denn Frauen sind von Natur verschwiegen und mißtrauisch, aber ich hatte mich auf die beiden Verbrecher verlassen. Meine Erfahrungen mit der Verbrecherwelt – recht ausgedehnte Erfahrungen – verleiteten mich zu der Annahme, daß ich mit diesen Herren keine Schwierigkeiten haben würde.« Er spitzte den Mund. »Ich hatte nicht mit meinem Jimmy gerechnet«, sagte er kurz. Er sah die Augen des Mädchens aufleuchten. »Ja«, fuhr er fort, »Jimmy ist kein gewöhnlicher Mensch, und Angel ist ein leuchtendes Beispiel für unpassende Namen. Einmal hab' ich Jimmy beinah schon gehabt. Hat er Ihnen erzählt, wie er zu dem roten Kuvert gekommen ist? Ich seh' schon, er hat's nicht erzählt. Na, jedenfalls hatte ich ihn beinahe. Am nächsten Morgen suchte ich nach seiner Leiche und fand nichts. Später am Tag erhielt ich eine Ansichtskarte von ihm, die ganz besonders frivol und gemein war.« Er hielt inne, als erwartete er eine Äußerung von ihr.

»Ihre Bekenntnisse haben wenig Interesse für mich«, sagte das junge Mädchen ruhig. »Mein einziges Bestreben ist es, mich von Ihrer Gegenwart zu befreien.«

»Dazu komme ich gleich«, erwiderte der Anwalt. »Ich bin vorhin sehr unhöflich gegen Sie gewesen, aber ich war sehr beschäftigt, und außerdem wollte ich Ihnen eine zarte Einführung in die veränderte Lage der Dinge geben. Weit davon entfernt, unhöflich zu sein, möchte ich mich jetzt vielmehr als ganz besonders nett erweisen.«

Trotz ihrer äußerlichen Ruhe zitterte sie bei dem aalglatten Ton, den der Rechtsanwalt jetzt anschlug.

»Ich bin in folgender Lage«, fuhr er fort; »wir haben da eine enorme Summe, die von Rechts wegen Ihnen gehört. Das Gesetz und die Neigung Ihres Mitbewerbers – Connor wollen wir aus dem Spiel lassen, denn er zählt nicht – sprechen Ihnen das Geld zu. Es trifft sich sehr unglücklich, daß auch ich, der ich nicht den geringsten Anspruch darauf habe, dieses Geld begehre, und die endgültige Frage spitzt sich nun darauf zu: Soll es Spedding sein oder Kathleen Kent? Ich sage: Spedding. Und die Umstände sind für mich, denn ich habe Sie hier – entschuldigen Sie die Wendung ins Tragische – so ziemlich in meiner Gewalt. Ob ich die zwei Millionen, Ihre zwei Millionen, ohne Störung an mich nehmen werde, hängt ganz von Ihnen ab.«

Wieder hielt er inne, um die Wirkung seiner Worte zu beobachten. Das junge Mädchen gab keine Antwort, aber er konnte das Entsetzen in ihren Augen sehen.

»Hätte ich auf Ihre Dienste verzichten können oder hätte ich Grips genug gehabt, um von selber auf die einfache Lösung dieses verwünschten Rätsels zu kommen, so würde ich Sie nicht im geringsten behelligt haben; aber wie die Dinge nun liegen – muß ich Sie zum Schweigen bringen.«

Er hatte seine Worte mit äußerster Kälte vorgebracht, und Kathleen überkam ein Schwindel, als ihr klar wurde, was hinter diesen Worten steckte.

»Ich kann Sie zum Schweigen bringen, indem ich Sie töte«, sagte er einfach, »oder indem ich Sie heirate. Wüßte ich einen wirksamen Weg, der es mir ermöglichte, Sie auf zwei Tage absolut verschwinden zu lassen – ich würde ihn gern einschlagen. Aber Sie sind eine Frau, und das hieße, zu viel erwarten. Nun, was ziehen Sie vor?«

Sie wich bis an das verschlossene Fenster zurück, die Augen fest auf den Mann gerichtet.

»Sie denken zweifellos an den Chauffeur«, sagte er liebenswürdig, »aber auf den können Sie nicht rechnen. Währen Ihre Ohren scharf, so hätten Sie das Auto vor einer halben Stunde zurückfahren hören – der Chauffeur erwartet unsere Rückkehr eine halbe Meile von hier. Wenn ich allein komme, wird er zweifellos überrascht sein, aber wissen wird er nichts. Können Sie sich das Bild nicht vorstellen: Er fährt mich weg, und ich, neben ihm, drehe mich um und winke lächelnd, abschiednehmend einer nicht vorhandenen Frau zu, die für den Chauffeur unsichtbar wäre. Stellen Sie sich vor, wie sein unbehagliches Gefühl bei diesem feinen Zug schwinden würde. Zwei Tage später befände er sich mit mir auf hoher See, ohne die leiseste Ahnung von dem Mord; und auf hoher See geschehen seltsame Dinge. Sag, Kathleen, soll es Heirat sein –?«

»Tod!« rief sie heiser, und als seine rasche Hand sie an der Kehle packte, schrie sie auf.

Sein Gesicht blickte in ihres nieder, ohne auch nur einen Muskel zu verziehen. Sie sah, wie die Pupillen seiner erbarmungslosen Augen starr, reglos, ganz erfüllt von seinem schrecklichen Vorsatz, sich langsam verengten. Dann plötzlich ließ er sie los: Sie taumelte gegen die Wand.

Sie hörte seinen raschen Atem gehen und wartete mit geschlossenen Augen.

Nach einer Weile blickte sie langsam auf. Sie sah einen Revolver in seiner Hand, und trotz ihrer halben Betäubung wurde ihr klar, daß dieser Revolver nicht auf sie gerichtet war.

»Hände hoch!« Sie hörte Speddings rauhen Schrei. »Hände hoch, ihr beiden!«

Dann klang ein unverschämtes Lachen in ihren Ohren.

Nur zwei Männer gab es auf der ganzen Welt, die im Angesicht des Todes so lachen würden, und beide standen sie in der Tür: Angel, den Ledermantel aufknöpfend, und Jimmy, langsam die Handschuhe abstreifend.

Dann blickte sie zu Spedding hinüber.

Die Hand, die den Revolver hielt, zitterte nicht. Er war ebenso gefaßt, wie er es vor ein paar Minuten gewesen war.

»Wenn sich einer von euch rührt, erschieße ich das Mädel, bei Gott!« zischte Spedding zwischen den Zähnen.

Sie standen in der Tür, und Jimmy sprach. Er sprach nicht laut, aber sie hörte die Leidenschaft durch seine ruhigen Sätze zittern.

»Spedding, Spedding, mein Freund, Sie erschrecken mir das Kind; legen Sie Ihre Flinte hin und lassen Sie uns reden. Hören Sie? Jetzt beherrsche ich mich, Spedding, aber wenn Sie dem Mädel was zuleide tun, falle ich wie ein Teufel über Sie her. Hören Sie? Wenn Sie ihr was antun, packe ich Sie mit meinen bloßen Händen und komme Ihnen indianisch, Spedding, mein Freund, binde Sie, pfähle Sie und schmore Sie langsam bei lebendigem Leibe. Ja, und bei Gott, wenn sich jemand einmengt, und sei es selbst Angel, ich bring' ihn um. Hören Sie das?«

Er atmete schwer vor Anstrengung, sich zu beherrschen, und Spedding, dem die wilde Wut im ganzen Auftreten des Mannes ein Grausen einjagte, senkte seinen Revolver.

»Also reden wir«, sagte er heiser.

»So ist's recht«, meinte Angel, »und lassen Sie mich zuerst reden. Ich ersuche Sie . . .«

»Nehmen Sie mich«, unterbrach ihn Spedding.

»Das Risiko ist mir zu groß«, gestand Angel offen ein, »außerdem kann ich's mir leisten zu warten.«

»Nun?« fragte der Anwalt herausfordernd nach einer langen

Pause. Er hielt die Waffe in die Nähe des Mädchens gerichtet. Angel wechselte ein halblautes Wort mit seinem Gefährten, dann sagte er:

»Sie können gehen«, und trat zur Seite.

Spedding winkte ihm, weiter zurückzutreten. Dann schob er sich langsam bis zur Tür. Einen Augenblick blieb er stehen, als wollte er noch etwas sagen, dann hob er blitzschnell den Revolver und feuerte zweimal hintereinander.

Angel spürte das Pfeifen der Kugeln im Gesicht und sprang los, gerade als Jimmys Arm vorschnellte.

Peng, peng, peng! Drei Schüsse aus Jimmys Revolver, so schnell hintereinander, daß fast nur ein einziger Knall zu hören war, jagten hinter dem Anwalt her – aber zu spät. Die schwere Tür fiel Angel vor der Nase zu, und das Einschnappen des Schlosses sagte ihnen, daß sie Gefangene waren.

Mit einem Satz war Angel am Fenster, aber das Fenster war mit Läden verschlossen, vernagelt und ganz unbeweglich.

Er blickte Jimmy an und brach in schallendes Gelächter aus. »In der Falle, bei Gott!« sagte er.

Jimmy kniete neben dem Mädchen. Sie war nicht ohnmächtig geworden, aber mit einem Male war ihr die schreckliche Gefahr zum Bewußtsein gekommen, und die Erregung und Übermüdung durch das nächtliche Abenteuer hatten sie zitternd in die Knie sinken lassen. Jimmy stützte sie vorsichtig, und erschöpft legte sie den Kopf an seine Schulter.

Angel war eifrig damit beschäftigt, die Fenster zu untersuchen, als ein lauter Knall vor dem Haus seine Aufmerksamkeit fesselte.

»Was war das?« fragte Kathleen mit schwacher Stimme.

»Entweder Herrn Speddings sehr angebrachter Selbstmord, was, fürchte ich, zuviel erwartet wäre«, bemerkte Angel höchst philosophisch, »oder es ist derselbe Herr Spedding, der den Motor unseres Autos zerstört. Ich fürchte, es ist das letztere.«

Er schritt im Zimmer auf und ab, untersuchte den kleineren Raum am anderen Ende und schnupperte unruhig.

»Fräulein Kent«, sagte er eifrig, »fühlen Sie sich wohl genug, um mir eine Auskunft zu geben?«

Sie fuhr errötend zusammen und machte sich aus Jimmys Armen los; dann erhob sie sich ein wenig unsicher.

»Ja«, erwiderte sie mit einem schwachen Lächeln, »ich glaube, ich bin wieder ganz in Ordnung.«

»Was ist hier drunter?« fragte Angel und zeigte auf den Boden.

»Eine alte Werkstatt, eine Art Lagerraum«, erwiderte sie überrascht.

»Was ist drin?« Der Ernst in Angels Stimme ließ sich nicht verkennen.

»Alte Möbel.«

»Matratzen?«

»Ja, ich glaube auch Matratzen und Farbtöpfe und allerlei Gerümpel. Warum fragen Sie?«

»Jimmy«, sagte Angel rasch, »riechen Sie nichts?«

Jimmy schnupperte.

»Ja«, sagte er hastig. »Schnell, die Fenster!«

Eilig durchsuchten sie das Zimmer. Aus einer Ecke zog Jimmy einen verrosteten Kavalleriesäbel hervor.

»Das ist das Wahre«, meinte Angel und machte sich daran, die soliden Fensterläden aufzubrechen, aber das Holz gab nicht nach, und als sie den Säbel als Hebel ansetzten, zerbrach die Klinge.

»Im Schrank liegt eine alte Axt«, rief das Mädchen, die verborgene Gefahr ahnend.

Mit einem Freudenschrei zerrte Angel eine altertümliche Streitaxt hervor und ging von neuem auf die Fensterläden los. Bei jedem Hieb flog das Holz in großen Splittern, aber so schnell er auch arbeitete – etwas anderes war noch schneller. Angel hatte sich über den Benzingeruch nicht getäuscht, und jetzt drang Rauch in einer kleinen Wolke unter der Tür hervor und in winzigen Spiralen durch die Dielenritzen. Erschöpft hielt Angel inne. Jimmy nahm die Axt und schlug mit aller Kraft drauflos; nach einem gewaltigen Hieb auf den Fensterladen zeigte sich ein schmaler Streifen Tageslicht. Das Zimmer war jetzt unerträglich heiß, nun ergriff Angel die Axt von neuem und hackte auf das eichene Hindernis ein, das sie vom Leben trennte.

»Wird es uns gelingen?« fragte das Mädchen ruhig.

»Ja, ich glaube«, sagte Jimmy fest.

»Ich werde die heutige Nacht nicht bedauern«, stammelte sie.

»Ich auch nicht«, erwiderte Jimmy mit leiser Stimme, »wie es auch ausgehen mag. Es ist sehr gut, ein einziges Mal im Leben zu lieben. Und sei es auch am Rande des Grabes.«

Ihre Lippen zitterten, und sie versuchte zu sprechen.

Angel hatte harte Arbeit mit dem Fenster, er wandte ihnen den Rücken zu. Jimmy beugte sich nieder und küßte das Mädchen auf die Lippen.

Das Fenster war frei! Angel drehte sich um, glänzend vor Schweiß und Triumph. »Jetzt 'raus, schnell wie der Teufel!« rief er.

Angel hatte bei seinen Nachforschungen in dem kleineren Zimmer vorher einen Strick gefunden, den er jetzt dem Mädchen um die Taille schlang. »Wenn Sie unten sind, laufen Sie, was Sie können, aus dem Rauch«, wies er sie an. Eine Minute später fühlte sie sich frei in der Luft schweben in einer wirbelnden Rauchwolke, die sie blendete und fast erstickte. Als sie Boden unter den Füßen fühlte, knüpfte sie nur rasch den Strick los, dann lief sie davon und fiel erschöpft auf einer Grasböschung nieder. In ein paar Minuten waren die beiden Männer neben ihr. Schweigend betrachteten sie alle drei die Feuersbrunst – da fiel Kathleen plötzlich etwas ein.

»Das Buch, das Buch!« rief sie.

»Es ist unter meinem Hemd«, sagte der schamlose Angel.

13

Scotland Yard hat einen Grundsatz: Hütet euch vor Zuschauern! Deswegen hat die Polizei auch eine peinliche Vorliebe für mitternächtliche Verhaftungen. Wenn man es nicht gerade austrompetet oder wenn der Fall nicht wichtig genug für die Abendblätter ist, so ruft ein plötzliches Verschwinden aus der Gesellschaft weiter keine großen Erklärungen hervor, und die Ausrede, man sei ins Ausland gereist, wird meist ruhig hingenommen.

Im Gespräch mit seinem weisen Chef empfing Angel einige ausgezeichnete Ratschläge.

»Wenn Sie ihn verhaften müssen, tun Sie es in aller Stille. Wenn er, wie Sie vermuten, sich in seinem Hause verbarrikadiert oder in seinem großartigen Gewölbe Zuflucht sucht, lassen Sie ihn in Ruhe. Wir wollen kein Aufsehen und wir wollen keine Zeitungssensationen. Wenn Sie die Realesche Sache ins Lot bringen können, ohne Spedding gleich zu verhaften, tun Sie es unter allen Umständen. Wir werden ihn schon kriegen im – hm – wie sagen Sie doch immer, Angel? – Ach ja, im üblichen Geschäftsverlauf.«

»Sehr wohl, Herr Kommissar«, sagte Angel, durchaus nicht abgeneigt, den Plan auszuführen.

»Wie ich diesen Menschenschlag kenne«, fuhr der Polizeikommissar fort und strich dabei über seinen grauen Bart, »wird er gar nichts tun. Er wird sein tägliches Leben weiterführen, als wäre nichts geschehen. Sie werden ihn heute morgen in seinem Büro finden, und wenn Sie ihn verhaften wollten, würden Sie totgeschossen werden. Nein, wenn Sie meinem Rat folgen, lassen Sie ihn jetzt unbedingt in Ruhe. Er wird nicht davonlaufen.«

Angel dankte also seinem Chef und verabschiedete sich. Den ganzen Morgen über verfolgte ihn der Wunsch, den Anwalt aufzusuchen. Bis Mittag war dieser Wunsch so übermächtig geworden, daß er seinen Hut aufsetzte und nach Lincolns Inn Fields hinunterschlenderte.

»Ja, Herr Spedding ist da«, sagte ein würdiger Angestellter, und – nachdem er seinen Arbeitgeber gefragt hatte – »Herr Spedding will den Herrn empfangen.«

Der Anwalt saß hinter einem großen, mit Aktenbündeln bedeckten Schreibtisch. Er begrüßte Angel mit einem Lächeln und wies auf einen Stuhl auf der anderen Seite des Tisches.

»Ich bin fast den ganzen Vormittag auf dem Gericht gewesen«, sagte er liebenswürdig, »aber jetzt habe ich eine halbe Stunde frei. Womit kann ich Ihnen dienen?«

Angel blickte ihn mit unverhohlener Bewunderung an.

»Sie sind ein prachtvoller Kerl«, sagte er kopfschüttelnd.

»Sie bewundern mich etwa so«, entgegnete der Anwalt, mit einem Papiermesser spielend, »wie ein begeisterter Naturforscher die Zeichnung einer Giftschlange bewundert.«

»Das ist sehr nett ausgedrückt«, erwiderte Angel wahrheitsgemäß.

Der Anwalt hatte seinen Blick auf dem Schreibtisch ruhen lassen; jetzt sah er auf.

»Was soll es sein?« fragte er.

»Waffenstillstand«, erwiderte Angel.

»Ich dachte mir, daß Sie das sagen würden«, sagte Spedding gemütlich, »weil Sie vermutlich wissen ...«

»Jawohl«, sagte Angel voll nachlässigen Behagens, »ich weiß, daß Ihre rechte Hand, die so achtlos auf Ihrem Knie liegt, eine Waffe von außerordentlicher Treffsicherheit hält.«

»Sie sind gut orientiert«, bestätigte der Anwalt mit einer leichten Verbeugung.

»Selbstverständlich habe ich eine Vollmacht, Sie zu verhaften«, entgegnete Angel.

»Selbstverständlich«, stimmte Spedding höflich bei.

»Ich habe sie mir für alle Fälle verschafft«, fuhr Angel in seinem liebenswürdigsten Ton fort.

»Natürlich«, meinte der Anwalt, »und jetzt ...«

»Ach, jetzt«, sagte Angel, »wollte ich Sie nur formell davon in Kenntnis setzen, daß wir den Safe zugunsten von Fräulein Kent morgen zu öffnen beabsichtigen.«

»Ich werde dasein«, erwiderte der Anwalt und läutete.

»Und«, fügte Angel mit leiser Stimme hinzu, »gehen Sie Jimmy aus dem Weg.«

Speddings Lippen zuckten – das einzige Zeichen von Nervosität, das er während der Besprechung verraten hatte –, aber er erwiderte nichts. Als der Schreiber wartend an der offenen Tür stand, sagte Spedding mit seinem bezauberndsten Lächeln:

»Hm – und sind Sie heute früh gut nach Hause gekommen?«

»Recht gut, danke«, antwortete Angel, in keiner Weise durch die Kühnheit des Mannes aus der Fassung gebracht.

»Fanden Sie Ihr ländliches Quartier – hm – behaglich?«

»Durchaus«, zeigte sich Angel der Situation gewachsen, »aber die Veranstaltung war nicht recht gelungen.«

»Die Veranstaltung?« Der Anwalt schnappte nach dem Köder, den Angel ihm hingeworfen hatte.

»Ja«, antwortete der Detektiv, die Hand auf der Türklinke, »die Zentralheizung – Sie wissen schon.«

Angel lachte den ganzen Weg nach Scotland Yard still vor sich hin. Sein grimmiger kleiner Scherz gefiel ihm so gut, daß er ihn unbedingt seinem Chef erzählen mußte, und das Lächeln des Chefs war sehr schmeichelhaft.

»Sie sind ein heller Junge«, sagte er, »aber wenn der Tag für Sie kommt, diesen Herrn Rechtsanwalt zu verhaften, dann werden Sie hoffentlich in weiser Voraussicht Ihre Seele von allem Leichtsinn reinigen und sich für eine bessere Welt vorbereiten.«

»Wenn sie mich umbringen und ich gewinne der Sache keinen Humor ab, dann ist mein Lebensende verfehlt«, sagte Angel.

»Scheren Sie sich hinaus«, gebot der Kommissar, und Angel scherte sich.

Im Laufe des Nachmittags kam ihm zum Bewußtsein, daß er sehr müde war. So ergatterte er sich einige Stunden Schlaf, ehe er die Verabredung einhielt, die er ein paar Stunden zuvor mit Jimmy getroffen hatte. Während er sich umzog, kam Jimmy herein – sehr bleich, einen Verband um den Kopf und einen durchdringenden Jodoformgeruch ausströmend.

»Hallo«, sagte Angel erstaunt, »was in aller Welt haben Sie denn angerichtet?«

Jimmy sah sich erst nach dem bequemsten Stuhl im Zimmer um, ehe er antwortete.

»Ah«, sagte er mit einem Seufzer der Befriedigung, als er sich niederließ, »so ist's besser.«

Angel zeigte auf den Verband.

»Wann ist das geschehen?«

»Etwa vor einer Stunde«, erwiderte Jimmy. »Spedding ist ein höchst tatkräftiger Mann.«

Angel pfiff durch die Zähne.

»Auf die herkömmliche Art?« fragte er.

»Auf künstlerische Art«, antwortete Jimmy, mit dem verbundenen Kopf nickend. »Ein zu spät gebremstes Auto in mein Auto – prachtvoll gemacht. Der Wagen ist hin, und der Chauffeur hat eine Gehirnerschütterung, aber ich merkte die Bescherung und sprang hinaus.«

»Den Chauffeur erwischt?« fragte Angel eifrig.

»Ja; es war in der City. Sie kennen doch die Citypolizei? Na, die hatten ihn in drei Sekunden. Er versuchte durchzubrennen, aber das ist in der City ein törichtes Unterfangen.«

»War es Speddings Chauffeur?«

Jimmy lächelte mitleidig.

»Natürlich nicht. Darin liegt ja eben das Künstlerische.«

Angel sah eine Minute lang ernst aus.

»Ich glaube, wir sollten unsern Freund ›ausheben‹«, bemerkte er.

»Spedding?«

»Ja.«

»Ich bin nicht Ihrer Meinung«, sagte Jimmy. »Es wäre ja sehr viel bequemer für Sie und für mich, aber es ist besser, wenn wir die Realesche Geschichte erst in Ordnung bringen.«

»Große Geister . . .!« murmelte Angel in Gedanken an den Rat seines Chefs. »Ich vermute, Herr Spedding wird mir heute abend auflauern.«

»Darauf können Sie Ihren Kopf wetten«, erwiderte Jimmy.

Noch während er sprach, kam ein Diener mit einem Brief. Als der Mann gegangen war, öffnete Angel das Schreiben und las es durch. Sein Grinsen wurde beim Lesen immer breiter.

»Hören Sie!« sagte er. »Es ist von Fräulein Kent.«

Jimmy war voller Spannung.

»Lieber Mr. Angel,

Spedding hat mich wieder in eine Falle gelockt. Als ich heute nachmittag Besorgungen machte, kamen zwei Männer auf mich zu und baten mich, sie zu begleiten. Sie behaupteten, Polizisten zu sein, und wünschten mich in Verbindung mit der Geschichte gestern nacht zu verhören. Ich war so verängstigt, daß ich mit ihnen ging. Sie haben mich in ein sonderbares Haus in Kensington gebracht . . . Um Gottes willen, kommen Sie zu mir . . .!«

Jimmys Gesicht war so weiß, daß Angel glaubte, er würde ohnmächtig werden.

»Die Hunde!« schrie er. »Angel, wir müssen –«

»Sie müssen sich hinsetzen«, sagte der Inspektor, »sonst kriegen Sie einen Anfall.« Noch einmal prüfte er den Brief. »Sehr schön gemacht«, meinte er. »Mit Bleistift auf eine zerrissene Rechnung gekritzelt – es könnte ganz gut ihre Handschrift sein.«

Er legte die Botschaft sorgfältig in eine Schublade seines Schreibtisches, die er verschloß.

»Zum Schaden des Herrn Spedding lasse ich Fräulein Kents Haus Tag und Nacht durch vier Leute bewachen, und da wir telefonische Verbindung haben, weiß ich zufällig, daß die junge Dame den ganzen Tag über ihre Wohnung nicht verlassen hat.«

Er blickte zu dem totenblassen, zitternden Jimmy hinüber.

»Kopf hoch, Jimmy!« sagte er liebevoll. »Der Hieb über Ihren Schädel hat Sie mehr aus der Fassung gebracht, als Sie selber wissen.«

»Aber der Brief?« fragte Jimmy.

»Ein kleiner Schwindel«, meinte Angel leichthin. »Herrn Speddings ›ballon d'essai‹, so närrisch einfach, daß ich fast glaube, dem Anwalt gehen die Nerven durch. Ich möchte wetten, daß jetzt mein Haus auf die Wirkung des Briefes hin beobachtet wird. Jetzt fragt sich nur: Was für'n nettes kleines Programm haben sie heute abend für mich in petto?«

Jimmy war nachdenklich.

»Ich weiß nicht recht«, sagte er langsam, »ich glaube, es wäre klüger von Ihnen, daheim zu bleiben. Sie könnten mir in Ihrem Wohnzimmer ein Bett zurechtmachen, und wenn was Unangenehmes kommt, können wir uns drein teilen.«

»Und pfeifen, um mir Mut zu machen?« höhnte Angel. »Mit dem größten Vergnügen will ich Ihnen ein Bett zurechtmachen; aber ich geh aus, Jimmy, und ich nehme Sie mit, wenn Sie nichts dagegen haben, und wenn sich jemand finden läßt, der Ihnen diese auffällige Bandage durch etwas weniger Schauriges ersetzt.«

Sie hatten einen gemeinsamen Freund am Devonshire Place,

einen Chirurgen, und dieser verband Jimmys Kopf geschickt, ohne viel Fragen zu stellen. Er kannte sie beide, hatte mit dem einen in Oxford studiert und erlaubte sich einige zynische Bemerkungen über ihren gefährlichen Lebenswandel und die vermutliche Art ihres Todes.

»Wenn du nur nicht soviel schwatzen wolltest«, sagte Angel, »würde ich dich regelmäßig beschäftigen. Aber wie die Dinge liegen, bezweifle ich sehr, ob ich dir je wieder einen Fall bringen werde.«

»Wofür ich dir sehr verbunden wäre«, sprach Sir William Farrant, während er die losen Enden des Verbandes abschnitt. »Patienten wie dich, Mr. Angel, sehe ich gern einmal im Jahr – so um die Weihnachtszeit, wenn ich mit Menschenliebe überfüttert bin und ein gesundes moralisches Gegenmittel brauche, um das glänzende Bild auf sein normales Grau abzutönen. Das ist die Zeit, da du willkommen bist – Angel.«

»Großartig!« sagte Angel begeistert. »Den Satz möchte ich gedruckt und illustriert in einem Buch sehen.«

Der Arzt lächelte gutmütig. Er legte die letzte Hand an den Verband.

»Fertig«, sagte er.

»Danke schön, Bill«, erwiderte Jimmy. »Du fängst an, dick zu werden.«

»Nichts zu danken«, lehnte der Arzt empört ab.

Angel schlug einen ernsteren Ton an, als er den Arzt beim Abschied halblaut fragte:

»Wo bist du heute abend?«

Der Arzt schaute in seinem Notizbuch nach.

»Ich esse mit ein paar Bekannten um acht im Ritz. Hinterher gehen wir ins Gaiety-Theater, und um zwölf bin ich wieder zu Hause. Warum?«

»Da gibt's so 'nen Gentleman«, vertraute ihm Angel an, »der heute abend einen kühnen Versuch unternehmen wird, einen von uns, oder auch uns beide, umzubringen, und es könnte ihm ja nur teilweise danebengehen; da wäre es ganz gut, zu wissen, wo du bist, wenn man dich braucht. Wohlgemerkt«, fügte Angel grinsend hinzu, »man könnte dich auch für ihn brauchen.«

»Du bist ein verdrehter Kauz«, sagte der Arzt, »und Jimmy ist noch verdrehter. Na, fort mit euch, ihr beiden Burschen. Ihr werdet mein Haus noch in schlechten Ruf bringen.«

Auf der Straße fuhren die beiden Undankbaren fort, über Korpulenz als Begleiterscheinung des Erfolges zu diskutieren.

Gemächlich schlenderten sie nach Piccadilly Circus. Es ist eine interessante und bemerkenswerte Tatsache, daß sie ohne ersichtlichen Grund in Nebenstraßen einbogen, unerwartete Abstecher nach benachbarten Plätzen unternahmen, unnötige Abkürzungen durch Hintergäßchen machten und schließlich an der Kreuzung von Oxford Street und Charing Cross Road ein Taxi anriefen, um in schneller Fahrt nach Osten zu sausen. Angel schrie seine Anweisungen ununterbrochen dem Chauffeur zu.

»Ich hätte nicht übel Lust, die beiden Herren, die uns da nachsteigen, tüchtig in Trab zu setzen«, meinte er. Er hob den kleinen Vorhang am Rückfenster des Taxis hoch, blickte durch das Fenster und seufzte tief. Dann gab er dem Chauffeur neue Anweisungen.

»Fahren Sie zum ›Troc‹«, rief er, und zu Jimmy gewandt fügte er hinzu, »wenn wir schon sterben müssen, wollen wir wenigstens gut gefüttert sterben.«

Im übervollen Grillroom des hellerleuchteten Restaurants fanden die beiden einen Tisch, der den Blick über den ganzen Raum freigab. Sie setzten sich, und während Jimmy das Essen bestellte, beobachtete Angel den eindringenden Menschenstrom.

Er sah einen adretten kleinen Mann mit dunklem Gesicht und kohlschwarzen Augen, Augenbrauen und Schnurrbart durch die Glastür kommen. Einen Augenblick blieb dieser an der Tür stehen; seine blanken Augen blitzten von Gesicht zu Gesicht. Dann fing er Angels festen Blick auf, und seine Augen ruhten ein wenig länger auf den beiden Freunden. Da winkte ihm Angel. Er zögerte eine Sekunde, dann ging er langsam auf sie zu.

Jimmy zog einen Stuhl heran, und wieder zögerte jener unentschlossen. Langsam ließ er sich nieder, argwöhnisch von einem zum andern blickend.

»Monsieur Callvet – nicht wahr?« fragte Angel.

»So heiße ich«, antwortete der andere auf französisch.

»Gestatten Sie, daß ich mich vorstelle.«

»Ich kenne Sie«, sagte der Mann kurz. »Sie sind Detektiv.«

»Ich habe den Vorzug«, bestätigte Angel, die Bitterkeit des anderen nicht beachtend.

»Sie wünschen mich zu sprechen?«

»Jawohl«, erwiderte Angel. »Erstens möchte ich Sie fragen, warum Sie uns die letzten zwei Stunden nachgefahren sind?«

Der Mann zuckte die Achseln.

»Monsieur irrt sich.«

Jimmy war den ganzen Abend sehr ruhig gewesen. Jetzt wandte er sich an den Franzosen.

»Callvet«, sagte er kurz, »wissen Sie, wer ich bin?«

»Ja, Sie sind auch ein Detektiv.«

Jimmy blickte ihm gerade in die Augen.

»Ich bin kein Detektiv, Callvet, wie Sie sehr wohl wissen. Ich bin« – er verspürte einen ungewohnten Widerwillen beim Gebrauch der nächsten Worte –, »ich bin Jimmy von Kairo. Kennen Sie mich?«

»Ich habe von Ihnen gehört«, sagte der Mann dickköpfig.

»Was Sie – jetzt sind, weiß ich nicht«, fuhr Jimmy verächtlich fort. »Ich habe Sie als alles mögliche gekannt – als ein Zierstück der Jung-Ägyptischen Partei, als einen Schlepper für Reale, als einen Händler in Niedertracht.«

Die Unterhaltung wurde in schlechtem Französisch geführt, und Jimmy gebrauchte einen Ausdruck, bei dem selbst dem ausgepichtesten Schurken das Haar zu Berge gestanden hätte. Aber dieser Mensch zuckte nur die Achseln und erhob sich, um zu gehen. Jimmy erwischte ihn am Ärmel und hielt ihn zurück.

»Callvet«, sagte er, »trollen Sie sich heim zu Herrn Spedding, Ihrem Auftraggeber, und sagen Sie ihm, die Sache sei zu gefährlich. Sagen Sie ihm, daß wenigstens einer von den Männern genug über Sie weiß, um Sie nach Neu-Kaledonien zu bringen, oder sonst –«

»Oder sonst?« fragte der Mann trotzig.

»Oder sonst«, meinte Jimmy in seiner verhaltenen Art, »würde ich den französischen Gesandten benachrichtigen, daß ›Monsieur Plessy‹ in London ist.«

Das Gesicht des Mannes wurde fahlgrün.

»Monsieur – wollen Sie das wirklich?« stammelte er.

»Und wer ist Plessy?« fragte Angel, als der Mann gegangen war.

»Ein Mörder, den die französische Polizei schon lange sucht«, antwortete Jimmy. »Spedding hat sein Werkzeug gut gewählt. Angel, es wird allerhand geben, noch ehe der Abend vorüber ist.«

Sie saßen schweigend und blieben lange beim Kaffee sitzen. Der Franzose hatte an einem Tisch auf der anderen Seite des Raumes Platz genommen. Einmal, als Angel hinausging, machte er ebenfalls Anstalten zum Gehen, aber als er bemerkte, daß Jimmy sich nicht rührte, gab er seine Absicht auf.

Angel brauchte eine endlose Zeit für den Mokka. Jimmy, der am liebsten schon gegangen wäre, seufzte schwer, als sein wankelmütiger Gefährte sich noch einen weiteren Schnaps bestellte.

»Verflucht heimtückisches Zeug«, murrte Jimmy.

»Unelegant, aber wahr gesprochen«, meinte der Detektiv. Er amüsierte sich über den Spitzel am anderen Tisch, der offensichtlich ebenfalls bemüht war, die Zeit totzuschlagen.

Plötzlich stand Angel auf, ließ sein Glas unberührt stehen und griff nach dem Hut. »Gehen wir«, sagte er aufgeräumt.

»Das kommt ja sehr plötzlich«, bemerkte der ungeduldige Jimmy.

Sie gingen zur Kasse und beglichen ihre Rechnung. Zur Seite schielend, konnte Angel sehen, daß der saubere kleine Franzose ihnen folgte.

In der Shaftesbury Avenue schritten sie tüchtig aus. Nach einer Weile blieb Jimmy stehen und suchte irgend etwas in seiner Tasche. Dabei drehte er sich nach der Richtung um, aus der sie gekommen waren. Der kleine Franzose kam auf sie zugeschlendert. Hinter ihm waren jetzt zwei einfach gekleidete Männer aufgetaucht. Da bemerkte Jimmy, wie die beiden Männer ihre Schritte beschleunigten. Als sie Callvet eingeholt hatten, nahm jeder liebevoll einen Arm, und zu dritt bogen sie in die Rupert Street ein. Angel und Jimmy folgten ihnen.

Jimmy sah, wie die drei eine dichte Gruppe bildeten, und

hörte das Einschnappen von Handschellen. Angel pfiff einem vorüberfahrenden Taxi. Da begann der Gefangene zu rufen. »Steckt ihm ein Taschentuch in den Mund«, befahl Angel, und einer der Männer gehorchte. Die beiden sahen dem Taxi nach, bis es um die Ecke gebogen war.

»Es hat keinen Sinn, unnötig Gefahr zu laufen«, meinte der Detektiv heiter. »Man kann ja ein Narr sein, aber man braucht noch kein dummer Narr zu sein. Nun wollen wir sehen, was sonst noch geschieht.« Im Weitergehen erklärte er:

»Ich suche Callvet schon seit ziemlich langer Zeit – er steht sozusagen auf der Liste. Vor einem Jahr habe ich ihn aus den Augen verloren. Wie Spedding auf ihn verfallen sein mag, ist mir ein Rätsel. Geradeheraus gesagt, er steht mit der guten Hälfte aller Londoner Spitzbuben auf gutem Fuß... Hatte 'ne große Kriminalpraxis, ehe er sich auf die lukrative Seite des Gesetzes schlug.«

Eine große Menschenmenge hatte sich an der Ecke von Haymarket angesammelt, und ganz von selbst wichen sie ihr aus.

»Neugier«, schwatzte Angel weiter, »hat schon manche arme Seele zugrunde gerichtet. Geh der Menge aus dem Weg, Jimmy...«

Schließlich gelangten sie zu Angels Wohnung in der Jermyn Street.

»Spedding wird seine Ränke und Pläne, uns heute nacht zu fangen, verdoppeln und verdreifachen«, sagte Jimmy. Der enge Hausflur, in dem bei Tag und Nacht Licht brannte, war dunkel.

»So haben wir nicht gewettet«, sagte Angel und trat auf die Straße zurück, »o nein, so nicht!«

Schon im Gehen hatte Jimmy bemerkt, daß ihnen jemand folgte. Dieser Argwohn bestätigte sich, als Angel pfiff und zwei Männer quer über die Straße auf sie zukamen.

»Leihen Sie mir Ihre Lampe, Johnson«, sagte Angel; er ergriff die helleuchtende elektrische Taschenlampe und trat in den Hausflur, gefolgt von den anderen. Sie erreichten den Fuß der Treppe; wortlos streckte Angel die Hand nach hinten, und einer der beiden Männer gab ihm einen Stock. Behutsam kletterte die kleine Gesellschaft die Treppe zu Angels Wohnung hinauf.

»Hier ist jemand gewesen«, sagte Angel und zeigte auf einen Schmutzfleck auf dem Teppich. Die Tür war nur angelehnt, und Jimmy stieß sie mit dem Fuß ganz auf. Darauf streckte Angel vorsichtig den Arm ins Zimmer und drehte das Licht an. Und im Dunkel des Flurs warteten sie, was kommen würde.

Nichts rührte sich, und sie traten ein. Es bedurfte keines besonderen Scharfsinns, um zu erkennen, daß jemand das Zimmer durchstöbert hatte. Halboffene Schubladen, deren Inhalt auf dem Boden verstreut lag, und alle Anzeichen einer eiligen Durchsuchung boten sich ihren Augen.

Aus dem kleinen Wohnzimmer gingen sie ins Schlafzimmer. Auch hier hatten die Besucher Spuren ihrer Nachforschungen hinterlassen.

»Hallo!« Jimmy bückte sich und hob einen weichen Filzhut auf. Er sah hinein: das abgenutzte Futter trug den Namen eines ägyptischen Hutgeschäftes.

»Connors Hut?« rief er.

»Ah!« sagte Angel leise, »also Connor mischt sich ein?«

Einer der Detektive, der ihnen nachgegangen war, packte Angel am Arm.

»Sehen Sie, da!« wisperte er.

Halb versteckt durch die schweren Fenstervorhänge hockte ein Mann im Schatten.

»Kommen Sie 'raus da!« rief Angel.

Etwas in der Haltung des Mannes ließ ihn verstummen. Rasch trat er hinzu und zog den Vorhang zurück.

»Connor!« rief er.

Connor war es in der Tat – starr und tot, ein Schußloch mitten auf der Stirn.

14

Schweigend standen die vier Männer vor der Leiche. Jimmy beugte sich nieder und berührte die Hand.

»Tot!« sagte er.

Angel erwiderte nichts, sondern schaltete nur alle Lichter im Zimmer an. Dann durchsuchte er rasch die Taschen des Toten.

Die Gegenstände, welche zutage kamen, gab er einem Detektiv, der sie auf den Tisch legte.

»Ein Meißel, eine Brechstange, ein Zentrumsbohrer, Taschenlampe, Revolver«, zählte Angel auf. »Es ist nicht schwer zu erraten, mit welcher Absicht Connor hierhergekommen ist. Aber wer hat ihn erschossen?«

Er untersuchte den ganzen Raum sehr sorgfältig. Die Fenster waren geschlossen und unversehrt, kein Zeichen deutete auf einen Kampf. Im Wohnzimmer waren schmutzige Fußspuren, die von Connor oder seinem Mörder herrühren mochten. Mitten im Zimmer stand ein kleiner Tisch. Während Angels häufiger Abwesenheit von seiner Wohnung pflegte er die beiden Zimmer vor den Dienstboten zu verschließen; nur unter seinen Augen durfte das Reinemachen vorgenommen werden. Infolgedessen war die polierte Platte des kleinen Tisches mit einer feinen Staubschicht bedeckt, abgesehen von einer einzigen Stelle, wo ein merkwürdiger kreisförmiger Fleck von etwa fünfundzwanzig Zentimeter Durchmesser frei von Staub war. Diese Stelle untersuchte Angel aufs allergenaueste, indem er den Tisch sorgfältig ins hellste Licht rückte. Der kleine kreisförmige Fleck, von dem der Staub verschwunden war, interessierte ihn bedeutend mehr als alles andere im Zimmer.

»Achten Sie darauf, daß hier nichts angerührt wird«, sagte er zu dem einen der Männer; und zu dem anderen: »Gehen Sie rasch mal nach Vine Street hinüber und berichten Sie über den Fall – nein, warten Sie, ich will lieber selbst gehen.«

Als Jimmy und er auf dem Weg nach der bekannten Polizeiwache kräftig ausschritten, faßte Angel seinen Eindruck kurz zusammen:

»Connor hat den Einbruch auf eigene Faust verübt. Er ist von einem Dritten überrascht worden, der in der Annahme, Connor sei ich, ihn erschossen hat.«

»So fasse ich es auch auf«, bemerkte Jimmy. »Aber was hat Connor gewollt?«

»Auf Connor habe ich schon gewartet«, sagte Angel ruhig. »Er war keiner von denen, die sich aus Angst vor einer Verhaftung einschüchtern lassen. Er hatte sich's in den Kopf gesetzt, daß ich das Geheimnis des Safes hätte, und er wollte sich's holen.«

Auf der Wache grüßte ihn der diensttuende Inspektor.

»Wir haben einen Ihrer Leute drinnen«, sagte er scherzend. Er meinte den Franzosen, dann bemerkte er die ernsten Gesichter der beiden und fragte: »Ist irgend etwas nicht in Ordnung, Herr Angel?«

Ganz kurz erzählte ihm der Detektiv, was sich in Jermyn Street zugetragen hatte, dann gab er noch seine Anweisungen bezüglich des Tisches und verließ die Wache, gerade als der Inspektor den Polizeiarzt kommen ließ.

»Ich bin neugierig, wo wir Spedding aufstöbern werden.«

»Ich bin neugierig, wo Spedding uns aufstöbern wird«, fügte Jimmy grimmig hinzu.

Überrascht sah ihn Angel an.

»Nervös geworden? fragte er derb.

»Nein«, antwortete langsam der kaltblütige junge Mann an seiner Seite. »Aber irgendwie scheint mir das Leben jetzt wertvoller als vor einer Woche.«

»Dummes Zeug!« meinte Angel. »Sie sind verliebt.«

»Vielleicht wirklich«, gab Jimmy überrascht zu, als wäre ihm dieser Gedanke noch gar nicht gekommen.

Angel sah nach der Uhr.

»Zehn Uhr«, sagte er, »Schlafenszeit für alle guten Menschen. Aber da ich lasterhaft veranlagt bin und mir außerdem den tragischen Geschmack aus dem Munde spülen möchte, schlage ich vor, daß wir schön ruhig noch irgendwohin gehen und uns ein bißchen erholen.«

»Angel«, meinte Jimmy, »ich werde den Argwohn nicht los, daß Sie sich gerne reden hören.«

»Schrecklich gern«, gestand Angel freimütig.

In einer kleinen unterirdischen Bar am Leicester Square saßen sie und hörten zu, wie ein kleines Streichorchester sich durch die Lohengrin-Ouvertüre quälte.

Der überfüllte Raum entsprach ihrer Stimmung. Jimmy, dessen Gedanken ganz woanders waren, empfand den Lärm, das vielsprachige Stimmengewirr und das Wehklagen des armseligen Orchesters als eine Beruhigung nach den aufregenden Erlebnissen der letzten Stunden. Für Angel bedeutete das Unbefangene in dem dichten Gewühl eine Entspannung. Die Männer mit ihren lauten Stimmen und blitzenden Manschettenknöpfen, die zu stark geschminkten Frauen mit ihrem stereotypen Lächeln, hier und da das scharfgeschnittene Gesicht eines ihm wohlbekannten Gauners – das alles war ein Teil vom Schauspiel des Lebens. Vom Leben, wie Angel es sah.

Ruhig saßen sie da und tranken ihren Wein, bis ein Mann hereinkam, sich achtlos suchend im Raum umsah und Angel ein kaum bemerkbares Zeichen machte, darauf verließ er das Restaurant, als ob er den Mann, den er suchte, nicht gefunden habe.

Angel und sein Gefährte folgten ihm.

»Nun?« fragte Angel.

»Spedding geht heute nacht zum Safe«, erwiderte der Fremde.

»Gut«, meinte Angel.

»Die Wache am Safe ist auf Speddings Befehl für dauernd entfernt worden.«

»Das weiß ich«, sagte Angel. »Sie ist in derselben Nacht entfernt worden, als die ›Stadtbande‹ anrückte. – In wessen Auftrag geht Spedding vor?«

»In Connors Namen, der, wenn ich recht verstanden habe, einer der Erben ist.«

Angel pfiff durch die Zähne.

»Hui! Jimmy, das wird das große Finale!«

Einen Augenblick lang schien er in tiefe Gedanken versunken.

»Es wird nötig sein, Fräulein Kent zuzuziehen«, sagte er.

Aus einer Telefonzelle in der Nähe telefonierte er ein Taxi herbei, und eine halbe Stunde später läuteten sie an Kathleens bescheidenem kleinen Haus.

Das junge Mädchen erhob sich bei ihrem Eintritt, um sie zu begrüßen. Die Anstrengung der Nacht war verschwunden.

»Ja«, erwiderte sie auf Jimmys diesbezügliche Bemerkung, »ich habe fast den ganzen Tag über geschlafen.«

Angel bemerkte, daß sie es geflissentlich vermied, Jimmy anzusehn, und daß der junge Mann auffallendes Interesse für ein großes Seebild zeigte, das über dem Kamin hing.

»Heute ist es nun das letzte Mal, daß wir Sie zu so später Stunde belästigen«, sagte Angel, »aber ich fürchte, wir müssen Sie bitten, uns heute nacht zu begleiten.«

»Ich werde alles tun, was Sie wünschen«, antwortete sie schlicht. »Sie sind beide sehr freundlich gegen mich gewesen.«

Sie warf einen schnellen Blick zu Jimmy hinüber und sah erst jetzt den Verband um seinen Kopf.

»Sie – Sie sind doch nicht verletzt?« rief sie erschrocken.

»Kein bißchen«, sagte Jimmy laut, »ich versichere Ihnen, es ist weiter gar nichts.«

Er war ungewöhnlich aufgeregt und wünschte, er wäre nicht mitgekommen.

»Er ist bei mir über einen Teppich gestolpert und hat sich an dem marmornen Kaminsims gestoßen«, log Angel umständlich. »Dieser marmorne Sims war seit Jahrhunderten im Besitz meiner Familie und ist nun schwer beschädigt – ich fürchte, kaum wieder auszubessern.«

Jimmy lächelte, und sein Lächeln war ansteckend.

»Eine arge Verleumdung, Fräulein Kent«, behauptete er, langsam die Fassung wiedergewinnend. »Tatsächlich –«

»Tatsächlich«, unterbrach ihn Angel nachdrücklich, »ist Jimmy im Schlaf gewandelt –«

»Seien Sie doch ernsthaft, Mr. Angel«, flehte das junge Mädchen, die sich wirklich beunruhigte, als sie den sachgemäßen Verband um den Kopf und die dunklen Schatten unter Jimmys Augen bemerkte. »War es Spedding?«

»Jawohl«, antwortete Angel prompt. »Ein kleiner Versuch, der sich als Fehlschlag erwies.«

Jimmy sah die teilnehmende Unruhe in den Augen des Mädchens, und wie Männer nun einmal sind, machte ihm dies Freude und Mut.

»Es ist kaum der Rede wert«, sagte er hastig, »und ich finde wirklich, wir sollten unsern Aufbruch um keine Sekunde verschieben.«

»Ich werde Sie nicht unnütz aufhalten«, erwiderte Kathleen und verließ das Zimmer, um sich für die Fahrt anzukleiden.

»Jimmy«, sagte Angel, kaum daß sie draußen war, »ein Silberstück in meine Hand, schöner Herr, und ich wahrsage Ihnen die Zukunft.«

»Hören Sie auf mit dem Blech«, erwiderte Jimmy.

»Ich sehe eine lachende Zukunft, eine dunkle Dame mit großen grauen Augen, die –«

»Um des Himmels willen, halten Sie endlich den Mund!« grollte Jimmy, sehr rot im Gesicht. »Da kommt sie.«

Sie erreichten das Safe-Gebäude, als die Glocken der Stadt halb zwölf schlugen.

»Wollen wir hineingehen?« fragte Jimmy.

»Lieber nicht«, riet Angel. »Wenn Spedding erfährt, daß wir einen Schlüssel haben, könnte die ganze Sache schiefgehen.«

So fuhr das Auto langsam die schmale Lombard Street hinab, verfolgt vom berufsmäßigen Interesse der fünf oder sechs Polizisten in Zivil, die hier ihren Dienst versahen. Sie mußten über drei Viertelstunden warten, denn schon lange hatte Mitternacht von den Türmen geläutet, als endlich ein großes Automobil von Westen her in die Straße einbog. Mit einem Ruck hielt es vor dem Safe-Depot, und eine Gestalt im Zylinder entstieg ihm. Im gleichen Augenblick fuhr Angels Auto ebenfalls vor, und die drei stiegen aus.

Spedding, feierlich angetan mit Gehrock und Zylinder, stand mit einem Fuß auf der Stufe zur Haustür und hatte eben den Schlüssel ins Schloß gesteckt.

Er zeigte keinerlei Überraschung, als er Angel erblickte, und machte eine leichte Verbeugung vor dem jungen Mädchen. Dann öffnete er die Tür und trat ein. Angel und seine Begleiter folgten ihm, Spedding beleuchtete das Vestibül, öffnete die innere Tür und schritt in die dunkle Halle.

Wieder hörte man das Knipsen der Schalter, und die riesige Halle erstrahlte im vollen Licht.

Ein leichter Schauder überlief das junge Mädchen, als sie zu dem hohen, düstern Safe aufblickte, diesem Denkmal des Ruins, dieser Verkörperung der toten Reue Tausender toter Spieler. Einsam, fremdartig und grotesk ragte er auf, so anders als das prunkvolle Gebäude, in dem er stand. Der alte Reale hatte einen guten Blick für Gegensätze gehabt und richtig vorausgesehen, wie stark die umgebende Pracht der herrlichen Halle die nackte Nüchternheit des Postaments hervorheben würde.

Spedding schloß die Tür hinter ihnen und musterte die Anwesenden mit einem triumphierenden Lächeln.

»Ich fürchte«, sprach er in seinem geschmeidigsten Ton, »Sie sind zu spät gekommen.«

»Das fürchte ich auch«, stimmte Angel ihm bei, worauf der Anwalt ihn argwöhnisch anblickte.

»Ich habe Ihnen einen Brief geschrieben«, sagte er.

»Ich bin seit heute nachmittag nicht zu Hause gewesen«, erwiderte Angel. Er hörte, wie der Anwalt einen erleichterten Seufzer ausstieß.

»Es tut mir leid«, fuhr Spedding fort, »daß ich Sie alle enttäuschen muß, aber wie Ihnen bekannt ist, muß nach den testamentarischen Bestimmungen der glückliche Entdecker des Safe-Wortes mich benachrichtigen und bei mir sein Recht geltend machen, das Wort am Vexierschloß zu erproben.«

»So ist es«, sagte Angel.

»Ich habe von einem der Erben eine solche Benachrichtigung erhalten – von Herrn Connor«, fuhr der Anwalt fort und zog einen Zettel aus der Tasche, »und ich bin im Besitz seiner schriftlichen Vollmacht, den Safe in seinem Namen zu öffnen.« Er gab den Zettel an Angel, der ihn durchlas und wieder zurückreichte.

»Das ist heute unterzeichnet worden«, war alles, was er sagte.

»Heute nachmittag um zwei«, bestätigte der Anwalt. »Jetzt möchte ich –«

»Bevor Sie weitergehen, Herr Spedding«, unterbrach ihn Angel, »darf ich Sie vielleicht daran erinnern, daß eine Dame anwesend ist und Sie noch immer ihren Hut aufhaben.«

»Ich bitte tausendmal um Entschuldigung«, sagte der Anwalt mit sarkastischem Lächeln und nahm den Hut ab. Angel streckte die Hand danach aus, und ganz mechanisch überließ ihm der Anwalt seinen Zylinder.

Angel besah sich den Hutkopf; die seidigen Härchen standen gegen den Strich und waren mit feinem Staub bedeckt.

»Wenn Sie meinen Kammerdiener spielen wollen«, sagte der Anwalt, »so habe ich nichts dagegen einzuwenden.«

Angel erwiderte nichts, sondern stellte den Hut sorgfältig auf den Mosaikfußboden der Halle.

»Sollten Sie vor der Öffnung des Safes den Wunsch haben«, sprach der Anwalt, »noch irgendeine Frage zu stellen oder irgendeinen berechtigten Einwand zu erheben, so werde ich Sie mit dem größten Vergnügen anhören.«

»Ich habe nichts zu sagen«, erwiderte Angel.

»Oder Sie?« zu Jimmy gewandt.

»Nichts«, lautete die lakonische Antwort.

»Oder vielleicht Fräulein Kent . . .?«

Kathleen sah ihm gerade in die Augen und antwortete kühl: »Ich möchte mich dem Vorgehen meiner Freunde anschließen.«

»So bleibt mir nur noch übrig«, sagte der Anwalt nach einer kaum wahrnehmbaren Pause, »die Anweisung des Herrn Connor auszuführen.«

Er ging auf die eiserne Treppe zu und begann hinaufzusteigen. In halber Höhe blieb er stehen, um Atem zu schöpfen. Er befand sich auf einem kleinen Absatz, gerade vor dem polierten Granitblock, der anzeigte, wo die Asche des alten Reale ruhte.

Pulvis cinis
et nihil

lautete die Inschrift. »Staub, Asche und nichts«, murmelte der Anwalt. »Ein angemessener Nachruf für einen Menschen, der den Schatten der Eitelkeit nachstrebt.«

Sie sahen ihn hinaufklettern, bis er die breite Plattform vor der Safe-Tür erreicht hatte. Dann beobachteten sie, wie er einen Zettel aus der Tasche zog und ihn durchlas. Aufmerksam blickte er darauf nieder, dann drehte er vorsichtig die Scheiben, bis einer nach dem anderen der gewünschten Buchstaben dem Zeiger gegenüberstand. Dann drehte er an dem schweren Griff des Geldschrankes. Er drehte und zog, aber die stählerne Tür rührte sich nicht. Er bückte sich und drehte die Scheiben noch einmal, und wieder packte er den Griff mit demselben Ergebnis. Ein dutzendmal wiederholte er dasselbe Verfahren und ein dutzendmal widerstand die Tür hartnäckig seinen Anstrengungen. Dann kam er polternd die Treppe herunter und beinah taumelnd auf die kleine Gruppe in der Halle zu. Seine Augen brannten in einem unnatürlichen Glanz, sein Gesicht war totenbleich, und in dikken Tropfen stand ihm der Schweiß auf der Stirn.

»Das Wort!« keuchte er. »S' ist das falsche Wort.«

Angel erwiderte nichts.

»Ich habe es ein dutzendmal versucht«, schrie der Anwalt ganz außer sich, »und es ist nicht gelungen.«

»Soll ich's mal versuchen?« fragte Angel.

»Nein, nein!« zischte der Mann. »Bei Gott nein! Ich will es noch einmal versuchen. Einer der Buchstaben muß falsch sein. Einige der Symbole haben verschiedene Bedeutung.«

Er drehte sich um und stieg von neuem die Treppe hinauf.

»Der Mann leidet«, sagte Jimmy mit leiser Stimme.

»Laßt ihn leiden«, erwiderte Angel, einen harten Blick in den Augen. »Er wird noch mehr leiden müssen, ehe er seine Schurkerei gebüßt hat. Seht, er ist wieder oben. Lassen Sie die Leute herein, Jimmy, denn diesmal wird er das Wort finden – und bringen Sie Fräulein Kent weg, sobald die Geschichte losgeht.«

Das junge Mädchen sah die plötzliche Maske von Härte, die sich über Angels Gesicht gelegt hatte, sie sah, wie er seinen Mantel abwarf, und hörte knarrende Fußtritte im Vestibül draußen. Der liebenswürdige, etwas frivole Weltmann war verschwunden, und an seiner Stelle stand der Polizeibeamte, unerbittlich wie das Schicksal. Einen neuen Mr. Angel sah sie vor sich, und sie hielt sich näher zu Jimmy.

Ein triumphierendes Jauchzen des Mannes oben am Safe ließ sie den Blick erheben. Herzklopfend sah sie, wie die schwere Stahltür sich langsam auftat.

Da kam ein Schrei, wie das Wutgeheul eines wilden Tieres.

»Leer!« brüllte er.

Betäubt und stumm stand er da; dann stürzte er sich in die große Stahlkammer, und sie hörten seine Stimme dumpf widerhallen. Bald trat er wieder auf die Plattform, in der Hand ein weißes Kuvert. Blindlings stolperte er die Treppen hinauf, keuchend hörten sie seinen Atem gehen.

»Leer!« Seine knarrende Stimme wurde zu einem schrillen Kreischen. »Nichts weiter als dies!« Er hielt das Kuvert in die Höhe, dann riß er es auf. Es enthielt nur wenige Worte:

Im Namen von Fräulein Kathleen Kent den Inhalt dieses Safes empfangen zu haben, bescheinigen

James Cavendish Stannard, Baronet
Christopher Angel

Bestürzt und verwirrt las der Anwalt den Zettel und blickte von einem zum andern.

»Also Sie waren es«, sagte er.

Angel nickte kurz.

»Sie!« sagte Spedding noch einmal.

»Jawohl.«

»Sie haben den Safe ausgeraubt – Sie – ein Polizeibeamter.«

»Jawohl«, wiederholte Angel, ohne die Augen von dem Mann zu lassen. Er winkte Jimmy, und mit ein paar leisen Worten führte dieser das junge Mädchen zur Tür. Als er wieder zu Angel trat, folgten ihm sechs Polizisten in Zivil.

»Sie bilden sich also ein, Sie hätten mich?« flüsterte Spedding.

»Ich bilde es mir nicht ein, sondern ich weiß es.«

»Wenn Sie soviel wissen, wissen Sie dann vielleicht auch, wie nahe Sie dem Tode sind?«

»Das weiß ich sehr wohl«, sagte Angels gelassene Stimme. »Ich bin mir meiner Gefahr um so stärker bewußt, seit ich Ihren Zylinder gesehen habe.« Der Anwalt sagte nichts.

»Ich meine«, fuhr Angel ruhig fort, »seit ich den Zylinder gesehen habe, den Sie auf meinen staubigen Tisch in meiner Wohnung stellten – als sie Connor ermordeten.«

»So haben Sie ihn also gefunden – ich war schon neugierig«, sagte Spedding ohne jede Erregung. Da hörte er ein leichtes metallisches Knacken und sprang zurück, die Hand in der Tasche. Aber Jimmys Pistole hielt ihn in Schach.

Einen Augenblick stand er unentschlossen, dann stürzten sich sechs Mann auf ihn, und er fiel in verzweifelter Gegenwehr zu Boden. An beiden Händen gefesselt, erhob er sich, ganz der alte, gleichmütig-überlegen trotz seiner Niederlage, deren ganzes Ausmaß nun offenbar war. Wieder war er der liebenswürdige aalglatte Mann von früher. Er lachte sogar, als er Angel ins Gesicht blickte.

»Ein gutes Ende«, sagte er. »Sie sind doch viel fixer, als ich dachte. Wie lautet die Anklage?«

»Mord«, sagte Angel kurz.

»Es wird Ihnen schwerfallen, das zu beweisen«, erwiderte Spedding kaltblütig, »und da es Brauch ist, daß zu diesem Zeitpunkt des Verfahrens der Angeklagte die üblichen Erklärungen abgibt, so behaupte ich formell, Connor seit zwei Tagen nicht gesehen zu haben.«

Scharf bewacht schritt er zur Tür. Im Vestibül kam er an Kathleen vorbei, die zur Seite wich, das schien ihn zu belustigen. Er kletterte in das Auto, das ihn hergebracht hatte, gefolgt von den Polizisten, und summte eine Melodie vor sich hin.

Dann beugte er sich aus dem Fenster, um Angel ein letztes Wort zu sagen.

»Sie finden meine Heiterkeit unziemlich«, bemerkte er, »aber ich fühle mich des törichten Treibens überdrüssig und habe die Gewißheit, daß ein köstlicher Schlaf vor mir liegt, der Vergessenheit schenkt.«

Als das Auto schon im Wegfahren war, sprach er noch einmal:

»Natürlich habe ich Connor erschossen – es war unvermeidlich.«

Und dann entführte ihn das Auto.

Angel schloß die Tür des Depots und übergab Kathleen den Schlüssel.

»Ich werde Jimmy bitten, Sie nach Hause zu bringen«, sagte er.

»Was halten Sie von ihm?« fragte Jimmy.

»Spedding? Ach, er hat genauso gehandelt, wie ich es erwartet habe. Er verkörpert den schlimmsten Verbrechertyp, den es überhaupt gibt. Einen solchen Menschen kann man weder verdammen noch erklären. Sie bilden eine Klasse für sich – Perversitäten der Natur. Spedding hat eine Seite, die ganz besonders spaßhaft ist.«

Er begleitete die beiden zum Auto und wanderte dann langsam zur City-Polizeiwache. Der diensthabende Inspektor nickte ihm zu, als er eintrat.

»Wir haben ihn in eine besondere Zelle gebracht«, sagte er.

»Ist er gründlich durchsucht worden?«

»Jawohl, Mr. Angel. Das übliche Handwerkszeug und ein in fünf Kammern geladener Revolver.«

»Zeigen Sie den mal her«, sagte Angel.

Er hielt den Revolver unter das Licht. Die eine Kammer enthielt eine leere Hülse, und der Lauf war von Pulver verschmiert. »Das bringt ihn auch ohne Geständnis an den Galgen«, murmelte er.

»Er hat um Bleistift und Papier gebeten«, berichtete der Inspektor, »aber er erwartet doch gewiß nicht, gegen Bürgschaft freigelassen zu werden.«

Angel schüttelte den Kopf.

»Nein, aber ich könnte mir denken, daß er mir schreiben wollte.«

Die Tür wurde aufgestoßen, und ein Gefängniswärter kam barhäuptig hereingestürzt.

»In Nr. 4 ist irgendwas nicht in Ordnung«, rief er.

Angel folgte dem davoneilenden Inspektor durch den engen Korridor mit seinen eisernen Türen auf beiden Seiten.

Der Inspektor warf einen Blick durch das Guckloch.

»Schließen Sie die Tür auf!« sagte er hastig.

Riegel klirrten und rasselten, und die Tür tat sich auf. Spedding lag auf dem Rücken, um die Lippen ein schwaches Lächeln. Seine Augen waren geschlossen, und als Angel dem Mann die Hand auf die Brust legte, fühlte er das Herz nicht mehr klopfen.

»Laufen Sie schnell nach dem Arzt!« befahl der Inspektor.

»Nützt nichts mehr«, sagte Angel ruhig. »Der Mann ist tot.«

Auf dem groben Bett lag ein Stück Papier. Es war in der kühn geschwungenen Schrift des Anwaltes an Mr. Angel adressiert. Der Detektiv hob es auf und las:

Mein vortrefflicher Angel! Die Stunde ist gekommen, da ich die vielumstrittene Frage der Unsterblichkeit selber beantworten muß. Ich möchte zum Ausdruck bringen, daß ich keinen Groll gegen Sie hege – ebensowenig gegen Ihren Gefährten oder das reizende Fräulein Kent. Ich würde Sie natürlich alle zusammen oder auch jeden einzeln getötet haben, aber glücklicherweise deckten sich meine Absichten nicht mit den entsprechenden Gelegenheiten. Schon seit einiger Zeit habe ich die möglichen Folgen meiner gegenwärtigen Handlungsweise vorausgesehen und an jedem Anzug einen Knopf getragen, der in Farbe und Form den anderen glich, aber in Wahrheit eine geschickt geformte Zyankali-Tablette war. Leben Sie wohl.

Angel blickte auf den Toten zu seinen Füßen nieder. Der oberste, mit Stoff überzogene Knopf an der rechten Jackettseite war abgerissen.

15

Wenn man sich vorstellt, daß alle die eben berichteten außerordentlichen Ereignisse sich ohne das Wissen der Presse abspielten, daß bedeutende Journalisten Tag für Tag ahnungslos ihrem Geschäft nachgingen, daß gierige Sensationsjäger die Spalten der Provinzpresse eifrig nach Neuigkeiten absuchten, während die geheimnisvolle Safe-Geschichte sich direkt vor ihrer Nase zutrug, und daß die Reporter in ganz London ihre Zeit an elende kleine Autobusunfälle und Gasexplosionen verschwendeten, dann wird man um so besser die Explosion der Presse begreifen, die der zweifachen Untersuchung in Sachen Spedding und seines Opfers folgte.

Es liegt außerhalb des Bereichs dieser Erzählung, den Leser mit allzu vielen technischen Einzelheiten bekanntzumachen, aber beiläufig soll berichtet werden, daß nicht weniger als zwölf Reporter, drei Redakteure, zwei Kriminalspezialisten und ein Herausgeber in Verbindung mit der »Safe-Geschichte« kurz und bündig von ihren verschiedenen Zeitungen entlassen wurden. Allein das »Megaphon« verlor fünf Mann, aber das »Megaphon« entläßt seine Angestellten eher als irgendeine andere Zeitung, weil es seinen Ruf aufrechterhalten muß. Schreiende Inhaltsangaben, fette schwarze Überschriften und Spalte auf Spalte enggedruckter Text erzählten die Geschichte von Reales Millionen, dem schurkischen Rechtsanwalt, dem merkwürdigen Vers und der ›Stadtbande‹. Da gab es Bilder von Angel, Bilder von Jimmy, Bilder von Kathleen, Pläne vom Haus des Anwalts und Zeichnungen vom Safe-Depot.

Drei Tage, solange die Totenschaukommission tagte, schwelgte London und vor allem die Londoner Presse in der Geschichte von dem sonderbaren Testament des alten Croupiers und seinen tragischen Folgen. Die Staatsanwälte gingen sehr taktvoll über Jimmys abenteuerliche Vergangenheit weg und verhörten Kathleen nur ganz kurz. Dagegen dauerte Angels Vernehmung beinahe fünf Stunden, denn ihm fiel es zu, die Geschichte mit allen Einzelheiten zu berichten.

Man muß gestehen, daß Angels Zeugenaussage ein höchst erfolgreiches Bemühen war, alles zu rechtfertigen, was Scotland Yard getan hatte. Gewisse Unregelmäßigkeiten waren zu erläutern, gewisse Themen zu vermeiden – zum Beispiel, warum nicht offiziell eingegriffen worden war, sobald man erkannt hatte, daß Spedding ein schweres Verbrechen plante. Höchst wirkungsvoll wurde an jenem Tage von Angel die Bürokratie verteidigt, und als er aus dem Zeugenstand schritt, hinterließ er den Eindruck, daß Scotland Yard allweise und allvoraussehend sei und wiederum einen neuen Fall auf seiner Ruhmesliste verzeichnen könne.

Die Aufregung der Zeitungen dauerte genau vier Tage. Am vierten Tag hielt der berühmte Arzt, Sir William Farrant, auf der Jahresversammlung der »Britischen Vereinigung« eine aufschlußreiche Rede über »Die ersten Ursachen der Krankheit« und verkündete als seine feste Überzeugung, daß alle Übel in erster Linie vom Stiefeltragen kommen. – Die ungeheure Erregung, als auf einer der belebtesten Straßen Londons ein bekehrter Lord Mayor mit bloßen Füßen auftauchte, wird in der Geschichte des englischen Zeitungswesens lange unvergessen bleiben. Jedenfalls genügte sie, um die Erinnerung an den Fall Reale zu tilgen.

»Bill ist ein famoser Kerl«, schrieb Angel an Jimmy. »Ich hatte ihm nahegelegt, irgendeine sensationelle Behauptung über Bakterien aufzustellen, aber er meinte, die ›Medizinische Wochenschrift‹ hätte Wanzen schon zum Überdruß gebracht, und so bot er mir statt dessen die Parole ›Keine Stiefel mehr‹ an.«

Es war vierzehn Tage nach der Verhandlung, als Jimmy nach Streatham hinausfuhr, um sein Versprechen einzulösen und Kathleen die Lösung des Kryptogramms zu erklären.

Dies sollte sein letzter Besuch bei ihr sein, dazu war er fest entschlossen. Seine Ablehnung ihres Anerbietens, das Vermögen des alten Reale mit ihr zu teilen, ließ ihm nur einen Weg offen, und diesen wollte er gehen.

Sie erwartete ihn. Er fand sie vor einem behaglichen Kaminfeuer, müßig in einem Buch blätternd.

Einen Augenblick schwieg Jimmy verlegen. Es war das erstemal, daß er mit ihr allein war, abgesehen von jenem Abend, als er sie im Auto nach Streatham begleitet hatte, und er wußte nicht recht, wie er die Unterhaltung beginnen sollte.

Ganz konventionell fing er schließlich vom Wetter an, und um sich an Banalität nicht übertreffen zu lassen, bestellte sie Tee.

»Und nun, Fräulein Kent«, sagte er, »muß ich Ihnen noch die Lösung des Realeschen Kryptogramms erklären.«

Er zog ein Stück Papier aus der Tasche und bedeckte es mit Hieroglyphen.

»Die Idee zu dem Kryptogramm hatte der alte Reale natürlich aus Ägypten. Er hatte lange genug dort gelebt, um sich einige Kenntnisse von den Bildbuchstaben dieses Landes anzueignen, und wir waren rechte Schafsköpfe, nicht gleich auf diese Lösung zu verfallen. Ich meine natürlich nicht Sie«, fügte er hastig hinzu. »Ich meine Angel und mich und Connor und alle, die damit zu tun gehabt hatten.«

Das junge Mädchen blickte auf den Zettel nieder und lächelte leise über seinen »Verstoß«.

»Wie er mit dem ›Professor‹ in Berührung gekommen ist –«

»Was ist denn aus dem armen alten Mann geworden?« fragte sie.

»Angel hat ihn in irgendeiner Anstalt untergebracht«, erwiderte Jimmy. »Er gehört zu einem nicht ganz seltenen Typus verschrobener alter Herren. Einen ›Bummler durch die Wissenschaften‹ nennt ihn Angel, und das dürfte ungefähr zutreffen. Er ist so 'n Mensch, der das Marineministerium mit Entwürfen für nicht versenkbare Kriegsschiffe bestürmt, ein ›Minusgenie‹

– das wieder ein Ausdruck Angels –, der, mit seinen akademischen Kenntnissen und einem guten Gedächtnis bewaffnet, ein ganz gescheites kleines Buch verfaßt hat, wie es fünfhundert Schulmeister genausogut hätten schreiben können. Auf welche Weise der Professor in Reales Leben getreten ist, werden wir nie erfahren. Wahrscheinlich hat Reale das Buch in die Hände bekommen und den Verfasser entdeckt, und im Vertrauen auf seine Verrücktheit hat er ihn dann zu seinem Mitwisser gemacht. Besinnen Sie sich noch«, fuhr Jimmy fort, »wie Sie sagten, die Figuren erinnerten Sie an die Bibel? Nun, Sie hatten recht. Fast jede Lehrerbibel enthält eine Tafel, die zeigt, wie das Alphabet entstanden ist.«

Er wies bei seinen Worten auf den Zettel.

»Hier haben Sie die ägyptische Hieroglyphe. Da haben Sie eine Hand, die D bedeutet, und hier ist der seltsame kleine hieratische Schnörkel, der dasselbe bedeutet. Sie sehen, daß der phönizische Buchstabe nur sehr wenig von der Hieroglyphe abweicht, das griechische Delta ist ein Dreieck geworden und schließlich unser bekanntes D.« Er skizzierte flüchtig.

»Das ist alles schrecklich gelehrt«, fuhr er fort, »und hat mit der Lösung nichts zu tun. Aber der alte Reale hat sich all die merkwürdigen Vögel, Tiere und Sachen angesehen, bis er sechs Buchstaben gefunden hat, SRRING, und die sollten das Wort bilden, mit dem der Safe sich öffnen ließ.«

»Das ist sehr interessant«, meinte sie ein wenig verwirrt.

»In jener Nacht, in der Sie entführt wurden«, sagte Jimmy, »haben wir das Wort gefunden und den Safe auf alle Fälle ausgeräumt. Unser Vorgehen war einigermaßen riskant, weil wir keine Ermächtigung von Ihnen hatten.«

»Sie taten recht daran«, sagte sie. Wohl fühlte sie, daß es eine schwache Erwiderung war, aber es fiel ihr nichts Besseres ein.

»Und das wäre alles«, schloß er unvermittelt und sah nach der Uhr.

»Sie müssen noch eine Tasse Tee trinken, ehe Sie gehen«, sagte sie hastig.

Da ertönte draußen der geisterhaft schrille Ton einer Autohupe, und Jimmy lächelte.

»Das ist Angels neueste Entdeckung«, bemerkte er und wußte nicht recht, ob er seinen energischen Freund wegen der Unterbrechung des Tête-à-tête segnen oder verfluchen sollte.

»Oh!« sagte das junge Mädchen, ein wenig bestürzt, wie ihm schien.

»Angel experimentiert fortwährend mit neuen lärmenden Geräuschen«, erklärte Jimmy, »und irgend jemand hat ihm die Bekanntschaft einer Autosirene vermittelt, die eine beinahe menschliche Stimme haben soll.«

Es klingelte, und Angel wurde ins Zimmer geführt.

»Ich komme nur auf ein paar Minuten«, sagte er fröhlich. »Ich wollte Jimmy doch noch mal sehen vor seiner großen Fahrt, und da ich unerwartet verreisen muß –«

»Vor seiner großen Fahrt?« wiederholte Kathleen langsam. »Gehen Sie denn weg?«

»Freilich geht er weg«, sagte Angel, Jimmys finstere Blicke übersehend. »Ich dachte, er hätte es Ihnen schon erzählt.«

»Ich –« begann Jimmy.

»Er geht in den Französischen Kongo, um Elefanten zu schießen«, schwatzte Angel weiter, »obwohl ich erst noch entdecken muß, was ihm die armen Elefanten getan haben.«

»Aber das kommt doch so plötzlich!«

Sie war mit dem Teezeug beschäftigt und drehte ihnen den Rücken zu, so daß Jimmy nicht sehen konnte, wie ihre Hand zitterte.

»Sie verschütten die Milch«, sagte der naseweise Angel. »Kann ich Ihnen behilflich sein?«

»Nein, danke«, erwiderte sie gereizt.

»Der Tee ist köstlich«, fuhr der keineswegs eingeschüchterte Angel fort, als er seine Tasse erhalten hatte. Er war gekommen, um eine Pflicht zu erfüllen, und das führte er auch durch. »Am Sangarfluß werden Sie keinen Tee bekommen, Jimmy. Ich muß es wissen, denn ich bin dort gewesen, aber hinkriegen würde mich keiner wieder – und wenn sie mich zum Gouverneur der ganzen Provinz machen würden.«

»Warum?« fragte Kathleen in dem vergeblichen Bemühen, gleichgültig zu scheinen.

»Achten Sie bitte nicht auf Angel, Fräulein Kent«, flehte Jimmy, und boshaft fügte er hinzu: »Angel ist nämlich Großwildjäger und möchte Ihnen mit seinen weiten und gefahrvollen Reisen imponieren.«

»Jawohl«, stimmte Angel höchst befriedigt bei, »aber trotz alledem, Fräulein Kent, muß ich bei meinen Aussagen über den Französischen Kongo bleiben. Es ist ein todbringendes Land, voll von Fieber. Ich habe Leute gekannt, die um vier über Kopfschmerzen klagten und um zehn tot waren. Jimmy weiß das.«

»Sie sind heute nicht sehr amüsant«, meinte das junge Mädchen. Sie fühlte sich unerklärlich schwach und versuchte sich einzureden, es seien noch die Wirkungen der kürzlich überstandenen aufregenden Erlebnisse.

»Ich war mal mit 'ner kleinen Gesellschaft auf dem Sangarfluß«, erzählte Angel, nachdenklich zur Decke aufblickend. »Wir waren noch dazu auf Elefanten aus – 'ne schrecklich gefährliche Sache. Ich weiß von einem Elefantenbullen, der den Jäger gestellt hat –«

»Angel!« tobte Jimmy, »wollen Sie gefälligst Ihre Erinnerungen für eine spätere Gelegenheit aufsparen?«

Angel erhob sich und stellte traurig seine Teetasse hin.

»Ach ja!« seufzte er kummervoll, »schließlich ist das Leben eine Last, und man kann ja ebensogut im Französischen Kongo sterben – obwohl das 'ne besonders einsame Gegend zum Sterben ist – als sonst irgendwo. Leben Sie wohl, Jimmy.« Er hielt ihm traurig die Hand hin.

»Seien Sie doch nicht so albern!« bat Jimmy. »Ich werde Sie von Zeit zu Zeit benachrichtigen, wie es mir geht. Sie können Ihre Briefe über Sierra Leone schicken.«

»Das Grab des weißen Mannes!« murmelte Angel hörbar.

»Und ich lasse Sie rechtzeitig wissen, wann ich wiederkomme.«

»Wenn!« sagte Angel bedeutungsvoll. Er schüttelte Jimmy schlaff die Hand, wie einer, der auf ewig Lebewohl sagt. Dann verließ er das Zimmer, und sie hörten das unheimliche Klagen seiner Patentsirene schwächer und schwächer werden.

»Verwünschter Kerl!« sagte Jimmy. »Mit seinem verdrießlichen Gesicht und seiner übertriebenen Schwarzseherei kann er –«

»Warum haben Sie mir nicht gesagt, daß Sie weggehen?« fragte Kathleen ihn ruhig. Sie stand am Kamin, den Fuß auf dem niedrigen Gitter, den Kopf ein wenig gesenkt.

»Ich war hergekommen, um es Ihnen zu sagen«, antwortete Jimmy.

»Warum gehen Sie weg?«

Jimmy räusperte sich.

»Weil ich Veränderung brauche«, sagte er beinahe ungezogen.

»Sind Sie – Ihrer Freunde müde?« fragte sie, ohne aufzublicken.

»Ich habe so wenige Freunde«, antwortete Jimmy bitter. »Leute hier, die sich zu kennen verlohnen würde, kennen mich zu genau.«

»Was kennen sie?« fragte sie und sah ihn dabei nachdenklich an.

»Sie kennen mein Leben«, erwiderte er dickköpfig, »von dem Tage an, da ich in Oxford weggeschickt wurde, bis zu dem Tage, da ich Titel und Besitztümer meines Onkels erbte. Sie wissen, daß ich mich auf der ganzen Welt herumgetrieben und zweifelhafte Bekanntschaften gemacht habe. Sie wissen, daß ich einer von der« – zögernd suchte er nach einem Wort – »Bande war, die Rahbat Paschas Bank beraubt hat, daß ich mit einem großen Anteil in Reales Unternehmungen verwickelt war – einem Anteil, den er mir gestohlen hat –, aber das spielt hier keine Rolle, und daß ich mein ganzes Leben damit zugebracht habe, dem Gesetz zu entwischen.«

»Zu wessen Vorteil?« fragte sie.

»Das weiß Gott allein«, sagte er müde. »Nicht zu meinem eigenen. Ich habe nie Mangel an Geld gehabt – dafür hatte mein Onkel gesorgt. Nie wieder hätte ich Reale aufgesucht, wäre nicht der Wunsch nach Gerechtigkeit in mir lebendig gewesen. Wenn Sie glauben, ich hätte aus Gewinnsucht gestohlen, so irren Sie sich. Ich habe aus Lust am Spiel gestohlen, um der Aufregung willen, wegen des beständigen geistigen Kampfes mit Männern, die ebenso scharfsinnig waren wie ich. Männer wie Angel haben mich zum Dieb gemacht.«

»Und nun –?« fragte sie.

»Und nun«, erwiderte er und richtete sich hoch auf, »nun bin ich mit dem alten Leben fertig. Es ekelt mich an und bedrückt mich – es ist aus.«

»Und ist diese Reise nach Afrika ein Teil Ihrer Buße?« fragte sie. »Oder gehen Sie fort, um zu vergessen ...?« Ihre Stimme war fast zu einem Flüstern herabgesunken, und ihre Augen blickten ins Feuer.

»Was?« fragte er heiser.

»... um – mich zu vergessen«, hauchte sie.

»Ja, ja«, sagte er, »das möchte ich vor allem vergessen.«

»Warum?« fragte sie, ohne ihn anzusehen.

»Weil – oh, weil ich Sie zu sehr liebe, als daß ich es wünschen könnte, Liebste, Sie zu mir herabzuziehen. Ich liebe Sie mehr, als ich es für möglich hielt, eine Frau zu lieben. – So sehr, daß ich mit tausend Freuden den innigsten Wunsch meines Herzens opfere, weil ich glaube, Ihnen durch mein Fortgehen am besten zu dienen.«

Er nahm ihre Hand und hielt sie zwischen seinen beiden starken Händen.

»Finden Sie nicht«, flüsterte sie, so leise, daß er sich näher zu ihr beugen mußte, um sie zu verstehen, »finden Sie nicht, daß ich – daß ich da um Rat gefragt werden müßte?«

»Sie – Sie«, rief er voller Staunen, »Sie würden ...«

Sie blickte ihn lächelnd an, und ihre Augen strahlten vor unausgesprochener Glückseligkeit.

»Ich will dich, Jimmy«, sagte sie. Es war das erstemal, daß sie ihn beim Vornamen nannte. »Ich will dich, Liebster.«

Er schloß sie in die Arme und küßte sie.

Sie hörten nicht einmal das Klingeln der Hausglocke, sondern erschraken erst bei dem Klopfen an der Tür. Kathleen schlüpfte aus seinen Armen und setzte die Teetassen zusammen, als Angel hereinspazierte.

Er sah Jimmy an, der geistesabwesend mit seiner Uhrkette spielte, und er sah das Mädchen an.

»Tut mir schrecklich leid, daß ich schon wieder störe«, sagte er, »aber ich habe eben ein Telegramm erhalten, daß ich den Fall in Newcastle nicht zu übernehmen brauche. Da bin ich lieber noch mal zurückgekommen, um Ihnen zu sagen, Jimmy, daß ich heute abend gerne noch einen Kirchhofs-Trunk, wie man's nennen könnte, mit Ihnen einnehmen möchte.«

»Ich fahre nicht«, sagte Jimmy, der allmählich seine Fassung wiedergewann.

»Fahren nicht?« fragte der erstaunte Angel.

»Nein«, erwiderte das junge Mädchen über seine Schultern hinweg, »ich habe ihn überredet, zu bleiben.«

»Aha, ich sehe schon!« sagte Angel und bückte sich nach einer Haarspange, die auf dem Kaminteppich lag.

ENDE

EDGAR WALLACE

DIE ABENTEUERIN

Roman

Aus dem Englischen
von Ravi Ravendro

DIE ABENTEUERIN

1

Mr. Joe Grandman ging zu einem der langen Fenster des überreich ausgestatteten Wohnzimmers und starrte über den smaragdgrünen Rasen hinweg in den Park hinaus. In dem dunstigen Regenwetter waren die Teppichbeete von Geranien und Lobelien kaum noch zu sehen. Auch der hintere Teil des wohlgepflegten Rasens verschwand bereits mehr und mehr. Der Park war der Stolz Mr. Grandmans; er verwandte große Summen auf die gärtnerischen Anlagen und beschäftigte viele Leute.

»Ausgerechnet heute muß es so furchtbar gießen«, sagte er bitter.

Seine große, etwas korpulente Frau drehte sich langsam in dem bequemen Ledersessel zu ihm um.

»Aber Joe, es hat doch keinen Zweck, daß du deiner schlechten Laune nachgibst. Du hast die Leute doch nicht zu einer Gartenparty, sondern zu einem Ball, zu einem großen Dinner eingeladen. Wer bleiben will, kann ja morgen, wenn das Wetter besser ist, auf die Jagd gehen oder sich sonst in dem großen Park amüsieren.«

»Ach, sei doch ruhig, Ethel«, erwiderte Grandman gereizt. »Was sie hier erwarten, ist mir gleichgültig; vor allem kommt es darauf an, daß wir mit dem Erfolg der Einladung zufrieden sind. Du weißt genau, daß man nicht von selbst in die Höhe kommt. Denk doch nur daran, wie glanzvoll ich Karriere gemacht habe. Das kam doch alles nicht von ungefähr. Man muß sich anstrengen und wissen, wie man es anzufangen hat.«

Mr. Grandman erwähnte gern die Tatsache, daß er sich in unglaublich kurzer Zeit in die Höhe gearbeitet hatte und nun nicht nur eine führende Stellung in der Finanzwelt einnahm, sondern auch in den besten Gesellschaftskreisen verkehrte. Und um ihm gerecht zu werden: Die Unternehmen, die er gegründet hatte, verwaltete er nach den Grundsätzen von Ehrlichkeit und Ordnung.

»Hauptsächlich kommt es darauf an, daß man die richtigen Leute kennt«, fuhr er fort, »und sie zu nehmen versteht. Selbstverständlich ist es leichter, die zweite Million zu verdienen als die erste. Und verlaß dich darauf, Ethel, ich werde auch noch mehr schaffen. Ein paar tausend Pfund für gesellschaftliche Verpflichtungen dürfen da keine Rolle spielen.«

Mrs. Grandman hatte nicht den Überblick ihres Mannes; sie war etwas kleinlich und ängstlich, wenn er von größeren Summen sprach, ja sie fürchtete, daß die gesellschaftlichen Veranstaltungen der nächsten Tage einige Tausende kosten würden, aber sie sagte nichts.

»Ich wette, daß die Leute noch nie einen so glänzenden Ball erlebt haben wie den unseren heute abend«, erklärte Mr. Grandman selbstbewußt und befriedigt, als er vom Fenster zurücktrat und langsam auf seine Frau zuging. »Und die Gesellschaft, die wir geladen haben, ist erstklassig; fast alle Leute, die eine bedeutende Stellung in der City einnehmen, werden kommen, und die Juwelen, die die Damen hier tragen, stellen ein so großes Vermögen dar, daß ich sie nicht einmal mit all meinem Kredit kaufen könnte.«

Seine Frau legte die Zeitung mit einer ungeduldigen Bewegung auf den Tisch, der neben ihr stand.

»Es ist gut, daß du das erwähnst. Hoffentlich weißt du, was du tust, und bist dir darüber klar, daß du dadurch eine große Verantwortung auf dich lädst.«

»Was redest du immer von Verantwortung?«

»Wenn so viel Werte hier im Hause sind, ist es doch gefährlich. Hast du die Zeitungen denn nicht gelesen? Oder haben es dir deine Freunde nicht gesagt?«

Mr. Grandman lachte herzlich.

»Ach, ich weiß, was du für Kopfschmerzen hast«, entgegnete er, nachdem er sich wieder beruhigt hatte. »Du hast Angst vor der ›Quadrat-Jane‹!«

»Ja. Ist es nicht unglaublich, daß so ein Frauenzimmer nicht von der Polizei gefaßt wird? Aber ich würde ihr schon die Hölle heiß machen, wenn sie hier ins Haus käme!« sagte Mrs. Grandman aufgebracht.

»Sie ist aber keine gewöhnliche Einbrecherin.« Mr. Grandman schüttelte den Kopf. Ob er die ›Quadrat-Jane‹ bewunderte oder ob er seine Frau tadeln wollte, war schwer zu sagen. »Mein Freund Lord Belchester – er ist wirklich mein Freund – sagte mir, es sei ihm ein absolutes Rätsel, auf welche Weise seine Frau die kostbaren Smaragde verloren habe. Er war sehr entrüstet, denn die Steine haben ihn die Hälfte des Geldes gekostet, das er bei der letzten Hausse an der Börse verdient hat. Und ausgerechnet einen Monat nach dem Tag, an dem er diesen Schmuck erworben hat, werden seiner Frau die Steine gestohlen. Er hat den Eindruck, daß einer seiner Gäste den Diebstahl ausgeführt haben muß.«

»Warum nennt man diese Verbrecherin eigentlich ›Quadrat-Jane‹?« fragte Mrs. Grandman neugierig.

Er zuckte die Schultern. »Sie läßt immer ein Kennzeichen zurück: einen kleinen Zettel mit einem Stempel, der vier Quadrate und in der Mitte ein J zeigt. Die Kriminalbeamten haben sie ›Jane‹ getauft, und so ist der Name entstanden; die Zeitungsschreiber haben ihn aufgegriffen, und nun kennt alle Welt sie unter diesem Namen.«

Seine Frau nahm die Zeitung auf und legte sie nervös wieder hin, während sie ins Kaminfeuer starrte.

»Du hast all die Leute eingeladen, auch die Nacht in unserem Hause zu verbringen, und dann rühmst du dich obendrein noch der vielen Juwelen, die im Hause sind. Ich muß sagen, du hast Nerven!«

Mr. Grandman lachte. »Ich habe aber auch die nötigen Vorkehrungen getroffen. Das Detektivinstitut Ross ist eins der größten in London, und ich habe die Leute gebeten, mir ihre beste Angestellte zu schicken.«

»Aber um Himmels willen«, rief sie entsetzt, »du wirst doch nicht etwa eine Frau hier ins Haus holen?«

»Selbstverständlich. Ich habe es dir doch eben gesagt. Sie ist eine vollendete Dame. Der Inhaber der Firma versicherte mir, daß sie eine der tüchtigsten Detektivinnen Englands sei. Er selbst hat mir sogar ausdrücklich geraten, eine Dame zu nehmen und nicht einen Herrn; bei einer gesellschaftlichen Veranstaltung fällt eine Detektivin ja nicht so leicht auf wie ein Detektiv. Ich habe sie für sieben Uhr bestellt.«

Zweifellos war die gesellschaftliche Veranstaltung Mr. Grandmans eins der größten Ereignisse der Grafschaft. Die Gäste sollten in einem Sonderzug von London kommen. Mr. Grandman hatte eine ganze Kolonne von Autos gemietet, um die Gäste vom Bahnhof abzuholen, und es hatte eine Menge Geld gekostet, so viele elegante Wagen bereitzustellen.

Sein eigener Rolls-Royce wartete vor der Tür, um ihn zum Bahnhof zu bringen, wo er den Sonderzug empfangen wollte.

Grandman war gerade im Begriff, sich anzuziehen, als einer der Diener ihm eine Karte brachte.

›Miss Caroline Smith‹, las er. In der Ecke stand: ›Detektivinstitut Ross, London‹.

»Führen Sie die junge Dame in die Bibliothek.«

Als er kurz darauf hinging, stellte er fest, daß Miss Smith eine wirklich schöne, repräsentable Erscheinung war. Außerdem sah man ihren klugen Augen sofort an, daß sie auch die nötige Begabung für ihren Beruf hatte. Bei seinem Eintritt erhob sie sich und lächelte ihn an.

Mr. Grandman war angenehm überrascht.

»Also Sie sind die Meisterdetektivin«, scherzte er. »Sie sehen allerdings für Ihren Beruf noch ziemlich jung aus.«

»Ja, man sieht eben manchmal nicht nach dem aus, was man ist. Selbst drüben, über dem großen Teich, hat man mein jugendliches Aussehen zuerst ungünstig vermerkt, aber nachher habe ich die Leute davon überzeugen können, daß nur die Leistungen maßgebend sind.«

»Ach, Sie kommen aus den Vereinigten Staaten?« fragte Mr. Grandman interessiert.

Sie nickte. »Dies ist der erste Auftrag, den ich in England zu erledigen habe, und ich bin daher ein wenig nervös.«

Ihre Stimme klang angenehm und liebenswürdig. Mr. Grandman, der selbst mehrere Jahre in den USA zugebracht hatte, nahm an, daß Miss Smith aus einem der Südstaaten stammte.

»Nun, ich glaube, daß Sie Ihren Beruf genügend beherrschen, um die ›Quadrat-Jane‹ zu fassen oder ihre Bemühungen doch wenigstens zu vereiteln.«

Sie nickte. »Es wird aber eine ziemlich schwere Aufgabe sein. Jedenfalls ist es gut, daß wir vorher darüber sprechen. Wenn ich Ihnen helfen und Ihre Gäste schützen soll, bitte ich Sie vor allem um Ihre Genehmigung, überall im Hause frei umhergehen zu dürfen. Ich möchte ungestört tun können, was mir zweckmäßig erscheint. Wenn ich Erfolg haben soll, kommt es hauptsächlich darauf an, daß ich die nötige Bewegungs- und Handlungsfreiheit habe.«

»Selbstverständlich. Wollen Sie an dem Galadinner teilnehmen?«

»Nein, das würde mich zu sehr behindern. Ich muß doch vor allem aufpassen, und wenn ich bei Tisch säße, würde ein großer Teil meiner Aufmerksamkeit von der Unterhaltung mit meinem Tischherrn in Anspruch genommen werden. Sie werden also verstehen, daß ich mich frei im Haus bewegen muß. Sie können mich ja als Ihre junge Nichte vorstellen. Nennen Sie mich bitte Miranda. Ich komme direkt aus den Rocky Mountains. – Wie steht es eigentlich mit Ihrer Dienerschaft?«

»Auf die kann ich mich verlassen. Den Leuten könnte ich selbst mein Leben anvertrauen«, erwiderte Mr. Grandman etwas prahlerisch.

Sie sah ihn lächelnd an und zwinkerte mit den Augen.

»Können Sie mir nun vielleicht noch etwas über diese Verbrecherin sagen?«

»Ich weiß nur so viel von ihr, daß sie eine junge Dame ist, die sich glänzend in Gesellschaft bewegen kann. Hauptsächlich hat sie es auf Feste abgesehen, wie ich zum Beispiel heute abend eines gebe. Wir werden eine große Anzahl von Damen der Hocharistokratie hier haben. Das macht es ja gerade so schwierig, denn diese Jane versteht es ausgezeichnet, aufzutreten. Vielleicht kommt sie in dem Sonderzug mit meinen anderen Gästen an.«

»Kennen Sie Ihre Gäste eigentlich alle persönlich?« fragte Miss Smith und lächelte verschmitzt, als er den Kopf schüttelte.

»Nun, ich glaube, ich werde die ›Quadrat-Jane‹ schon herausfinden.« Sie hob abwehrend die Hand, als er erfreut aufblickte. »Damit ist noch nicht gesagt, daß sie tatsächlich heute abend hierherkommt.«

»Ich hoffe auch, daß sie fernbleibt«, entgegnete Joe Grandman mit Nachdruck.

»Wenn sie aber kommt, werde ich sie wohl bestimmt erkennen. Vielleicht könnten Sie mir noch einige Einzelheiten über sie erzählen?«

Er schüttelte den Kopf. »Höchstens noch, daß sie immer eine Art Visitenkarte zurückläßt, wenn ihr ein Diebstahl gelungen ist.«

»Das habe ich schon gehört. Wahrscheinlich tut sie das, damit die Dienerschaft nicht unnötig in Verdacht gerät.«

Miss Smith dachte einen Augenblick nach.

»Was ich auch unternehmen werde, Mr. Grandman, Sie dürfen sich nicht darum kümmern oder erstaunt sein. Ich habe mir fest vorgenommen, die ›Quadrat-Jane‹ zu fangen. Es hängt für mich sehr viel davon ab, denn wenn ich meine Tätigkeit in England mit einem so großen Erfolg beginnen kann, ist das für mich eine glänzende Reklame.«

Sie lächelte so bestrickend, daß Mrs. Grandman, die gerade in der Tür erschien, die Stirn runzelte.

»Joe, es ist Zeit, daß du zur Bahn fährst«, sagte sie ernst und warf der jungen Dame einen mißbilligenden Blick zu. »Was soll ich inzwischen mit diesem Mädchen anfangen?«

»Einer der Diener soll sie auf ihr Zimmer führen«, sagte Mr. Grandman, der sich nicht recht wohl fühlte. Er hatte ein schlechtes Gewissen, weil er so viel Zeit versäumt hatte, und eilte nun zu seinem Wagen.

Mrs. Grandman klingelte. Sie interessierte sich nicht für Detektive, besonders, wenn es sich bei ihnen um hübsche junge Damen im Alter von dreiundzwanzig Jahren handelte.

Das Hauptgebäude des Landsitzes war sehr groß, aber trotz der vielen Zimmer war kaum noch Platz; alle Räume waren bis zum letzten zur Unterbringung der vielen Gäste ausgenützt.

Die Zweifel und Bedenken, die Mrs. Grandman ihrem Mann

gegenüber geäußert hatte, waren in gewisser Weise nicht unberechtigt. Andererseits verstand er es wirklich, seine gesellschaftlichen Beziehungen aufs beste zu verwerten. Er war nicht nur der Generaldirektor von vier großen Unternehmen, sondern auch noch an vielen anderen Unternehmen beteiligt. Seine Interessen erstreckten sich von Colorado bis nach Kalkutta.

Eine glänzende Gesellschaft versammelte sich am Abend in dem prunkvollen Bankettsaal, und Mr. Grandman hatte allen Grund, stolz zu sein. Zu seiner Rechten saß Lady Ovingham, eine schlanke, hagere Dame mit mädchenhaft verträumten dunklen Augen und einem interessanten, etwas blassen Gesicht. Ihre Erscheinung paßte eigentlich wenig zu ihrem Charakter, denn sie war eine der tüchtigsten Geschäftsfrauen der City. Schon manche Transaktion hatte sie gemeinsam mit Mr. Grandman durchgeführt, und es hatte eine gewisse Berechtigung, daß er sie zu Tisch führte. Sie trug an diesem Abend außergewöhnlich reichen Schmuck. Ihre Arme waren mit breiten Brillantarmbändern geziert, die ein Vermögen gekostet hatten und von dem Erfolg ihrer finanziellen Unternehmungen zeugten. Sie legte prinzipiell einen großen Teil ihres Geldes in wertvollen Steinen an; sie hielt Investierungen in Juwelen für verhältnismäßig sicher, da diese ihren Wert nicht so plötzlich verlieren konnten.

Überall unterhielten sich die Gäste heiter und angeregt. Mr. Grandman war ein ausgezeichneter Gastgeber; er hatte seine Gäste bunt durcheinandergesetzt, und da auch die Cocktails gut gemixt waren, versprach der Abend ein großer Erfolg zu werden.

Gegen Ende des Essens gab es für Mr. Grandman jedoch eine unangenehme Störung.

Der Butler trat unauffällig hinter seinen Stuhl, neigte sich vor, um ihm ein Glas Wein einzuschenken, und flüsterte ihm dabei ins Ohr: »Die junge Dame, die heute abend hergekommen ist, fühlt sich nicht wohl. Sie ist plötzlich krank geworden.«

»Wieso?« fragte Mr. Grandman erstaunt. »Was ist denn geschehen?«

»Sie klagt über böse Kopfschmerzen, hat Schüttelfrost und

zittert am ganzen Körper. Sie war so schwach, daß ich sie auf ihr Zimmer bringen mußte.«

»Schicken Sie sofort ins Dorf und lassen Sie den Arzt holen.«

»Das habe ich schon getan. Der Arzt ist aber nach London gefahren, wo er bei einer Operation helfen muß.«

Mr. Grandman runzelte die Stirn, aber dann atmete er erleichtert auf. Hatte ihm die Detektivin nicht ausdrücklich gesagt, er solle sich über nichts beunruhigen, was geschehen werde? Sicher war diese plötzliche Erkrankung nur eine List, die helfen sollte, die ›Quadrat-Jane‹ zu fangen. Allerdings hätte sie ihm das vorher gleichfalls sagen können. Es war doch beunruhigend, wenn eine so schöne junge Dame ganz plötzlich krank wurde.

»Also gut, dann warten Sie, bis das Essen vorüber ist«, sagte er.

Als sich die Gäste erhoben hatten und den Mokka in der großen Halle einnahmen, ging er zu dem kleinen Zimmer im dritten Stock hinauf, das seine Frau der Detektivin zugestanden hatte. Mrs. Grandman hatte nicht gerade großen Respekt vor Damen, die sich ihr Geld in einem derartigen Beruf verdienen mußten.

Er klopfte an die Tür.

»Herein!« hörte er eine schwache Stimme sagen.

Miss Smith lag in dem Bett unter einer Daunendecke, zitterte aber trotzdem heftig.

»Seien Sie vorsichtig und rühren Sie mich nicht an«, sagte sie. »Ich weiß nicht, was mit mir los ist.«

»Um Himmels willen, Sie sind doch nicht etwa ernstlich krank?«

»Anscheinend doch. Ich weiß nicht, was mit mir geschehen ist, aber ich glaube, daß diese Erkrankung kein Zufall sein kann. Ich fühlte mich vollkommen wohl, bis ich eine Tasse Tee trank. Dann mußte ich mich auf mein Zimmer bringen lassen. Gleich darauf setzte das furchtbare Zittern und Frösteln ein. Können Sie nicht schnell einen Arzt rufen lassen?«

»Ich will alles tun, was in meinen Kräften steht«, erwiderte Mr. Grandman, der sehr gutmütig und menschenfreundlich war.

Nun ging er doch etwas besorgt nach unten. Wenn man der

hübschen jungen Dame, wie sie annahm, tatsächlich etwas eingegeben hatte, dann mußte die ›Quadrat-Jane‹ oder einer ihrer Helfershelfer im Hause sein.

Als er in die Halle zurückkam, wartete der Butler auf ihn.

»Entschuldigen Sie, Sir . . . Wir haben bis zu einem gewissen Grad Glück. Ein Autofahrer, dem der Betriebsstoff ausgegangen ist, kam soeben zum Haus und bat um ein paar Liter Benzin –«

»Ja, und worum handelt es sich?«

»Es trifft sich gut, daß er Arzt ist. Ich sagte ihm gleich, daß Sie ihn sprechen möchten.«

»Großartig«, erwiderte Grandman begeistert. »Bringen Sie ihn bitte gleich in die Bibliothek.«

Der große junge Mann machte einen sympathischen Eindruck. Er entschuldigte sich sofort bei Mr. Grandman, daß er ausgerechnet ein Fest habe stören müssen.

»Es ist unendlich liebenswürdig von Ihnen, daß Sie mir helfen wollen. Mein blödsinniger Chauffeur hat mir tatsächlich zwei leere Kanister ins Auto gestellt. Es ist unglaublich, was sich die Angestellten heutzutage leisten!«

»Ich freue mich sehr, daß ich Ihnen helfen kann, Doktor«, erklärte Mr. Grandman in bester Stimmung. »Aber vielleicht können Sie mir auch einen Dienst erweisen.«

Der junge Mann sah ihn argwöhnisch an.

»Ist etwa jemand hier im Hause krank?« fragte er. »Ich habe meinem Partner nämlich versprochen, in den nächsten drei Monaten keinen Patienten zu behandeln. Das klingt zwar etwas unliebenswürdig, aber Sie müssen verstehen, daß ich mich in letzter Zeit schwer überarbeitet habe und mich augenblicklich auf Erholungsurlaub befinde.«

»Sie würden uns aber einen sehr großen Gefallen tun, wenn Sie sich der jungen Dame annähmen«, entgegnete Grandman ernst. »Ich bin vollkommen ratlos, denn ich weiß nicht, wie ich ihren Zustand beurteilen soll. Zu allem Unglück ist der Dorfarzt gerade nicht anwesend.«

»Setheridge ist mein Name«, stellte sich der Arzt vor. »Nun

gut, dann ist es selbstverständlich. Ich werde die Patientin sofort untersuchen. Es war unhöflich von mir, nicht gleich auf Ihre Bitte einzugehen. Wo ist die Dame denn jetzt? Sicherlich handelt es sich um einen Ihrer Gäste.«

»Nein, das gerade nicht«, entgegnete Mr. Grandman zögernd. Sie ist hier . . . zu Besuch.«

Er führte ihn zu dem Zimmer der Kranken. Der Arzt trat ein und betrachtete die immer noch zitternde Patientin mit dem selbstbewußten Lächeln, das alte, erfahrene Ärzte in solchen Situationen zeigen.

»Nun, wie geht es Ihnen?« fragte er verbindlich.

Er fühlte ihren Puls und sah auf die Uhr. Mr. Grandman stand in der offenen Tür und bemerkte, daß Dr. Setheridge die Stirn runzelte und ein ernstes Gesicht machte. Dann beugte sich der Arzt über die Kranke, sah ihr in die Augen, streifte ihren Ärmel zurück und schüttelte den Kopf.

»Ist es ernst?« fragte sie ängstlich.

»Das gerade nicht, wenn Sie bald sachgemäße Pflege bekommen. Aber wahrscheinlich werden Sie einen Teil Ihres schönen Haares verlieren«, sagte er und schaute lächelnd auf das braune Haar, das ihren Kopf auf dem Kissen umrahmte.

»Welche Krankheit habe ich denn?«

»Scharlach, meine Dame.«

»Scharlach!« wiederholte Mr. Grandman entsetzt. »Aber das ist doch nicht möglich!«

Der Arzt ging aus dem Zimmer und nahm den Hausherrn beiseite, nachdem er die Tür geschlossen hatte.

»Daran ist leider nichts zu ändern – die junge Dame hat tatsächlich Scharlach. Haben Sie eine Ahnung, wo sie sich angesteckt haben könnte?«

»Das ist ja entsetzlich, daß wir Scharlach hier haben!« stöhnte Mr. Grandman. »Ich habe das ganze Haus voll vornehmer Gäste.«

»Nun, ich brauche Ihnen wohl nicht den Rat zu geben, Ihren Gästen nichts davon mitzuteilen. Das wichtigste ist, daß wir die junge Dame aus dem Haus schaffen.«

»Aber wie soll ich denn das machen?«

Der Doktor fuhr sich mit der Hand über die Stirn. »Natürlich möchte ich es nicht gern selbst tun«, sagte er langsam, »aber ich kann eine Schwerkranke nicht ohne weiteres hier liegenlassen; würden Sie gestatten, daß ich Ihr Telefon benütze?«

»Gewiß, telefonieren Sie, soviel Sie wollen, aber sorgen Sie um Himmels willen dafür, daß sie fortkommt!«

Mr. Grandman brachte den Arzt zur Bibliothek, wo der junge Mann telefonisch seine Instruktionen gab. Allem Anschein nach verlief die Unterhaltung zur Zufriedenheit, denn er kam bald in die Halle zurück, wo Mr. Grandman nervös auf ihn wartete und aufgeregt mit den Fingern auf der Tischplatte trommelte.

»Ich habe einen Krankenwagen bestellt, aber er kann erst um drei Uhr kommen. Auf jeden Fall paßt das vorzüglich, denn dann sind Ihre Gäste bereits im Bett und schlafen, und die meisten Angestellten vermutlich auch. Wir können sie dann aus dem Haus bringen, ohne daß jemand es merkt.«

»Ich bin Ihnen zu größtem Dank verpflichtet«, erwiderte Mr. Grandman erleichtert. »Wenn Sie mir Ihr Honorar nennen wollen, zahle ich es Ihnen sofort.«

Mr. Grandman kam ein Gedanke. »Wäre es möglich, daß die junge Dame irgendein Mittel beigebracht bekommen hat, das die Erkrankung verursachte?«

»Wie kommen Sie denn darauf?« fragte Setheridge schnell.

»Sie fühlte sich sehr wohl, bis sie eine Tasse Tee trank. – Ich will Sie lieber gleich ins Vertrauen ziehen«, sagte der Hausherr leise. »Die Dame ist Detektivin. Ich habe sie hierherkommen lassen, damit sie das Eigentum meiner Gäste schützt. In der letzten Zeit sind mehrere Diebstähle vorgekommen, die alle von einer Frau ausgeführt wurden. Sie haben wahrscheinlich auch schon von der berüchtigten ›Quadrat-Jane‹ gehört. Ich wollte verhindern, daß das Fest in meinem Hause gestört wird, und habe sie deshalb hergebeten. Sie sollte darauf achten, daß nichts von den Schmuckstücken meiner Gäste gestohlen wird. Als ich sie bei ihrer Ankunft vor dem Essen begrüßte, war sie gesund und wohlauf. Später trank sie dann eine Tasse Tee, und kurz darauf zeigten sich Schüttelfrostanfälle und Fieber.«

Der Doktor nickte nachdenklich. »Es ist merkwürdig, was Sie

mir da erzählen. Obgleich alle Symptome von Scharlach bei ihr vorhanden sind, habe ich auch noch andere Anzeichen beobachtet, die nicht zu dem Krankheitsbild passen. Meinen Sie, daß diese gefürchtete Diebin, die ›Quadrat-Jane‹, tatsächlich bereits hier in Ihrem Hause ist?«

»Ja, sie muß hier sein – oder wenigstens einer ihrer Helfershelfer. Es ist ja in den Zeitungen genügend darüber geschrieben worden. Stets arbeitet sie mit mehreren Leuten zusammen.«

»Glauben Sie, daß sie der jungen Dame oben im Zimmer ein Mittel beigebracht hat, um sie für eine gewisse Zeit unschädlich zu machen?«

»Der Gedanke liegt doch sehr nahe.«

»Da haben Sie recht. Der Plan wäre gut ausgedacht. Auf jeden Fall sind aber heute abend so viele Leute hier im Haus, die aufpassen, daß Sie nichts für Ihre Gäste zu befürchten brauchen.«

Miss Smith war in dem Flügel des Schlosses untergebracht, in dem die Dienerschaft wohnte, aber glücklicherweise lag ihr Zimmer abseits, so daß sie mit den anderen nicht in Berührung kam.

Mr. Grandman ging im Lauf des Abends noch mehrmals zu ihr hinauf, sah zur Tür hinein, die nur angelehnt war, stellte jedesmal fest, daß der Arzt an ihrem Bett saß, und war damit zufrieden.

Gegen ein Uhr begannen die Gäste allmählich, sich auf ihre Zimmer zurückzuziehen. Mrs. Grandman war reichlich aufgeregt, als sie die Nachricht von der Katastrophe erhielt, aber es gelang ihrem Mann, sie so weit zu beruhigen, daß sie sich zur Ruhe legte.

Um halb zwei ging er zum vierten Male zum Krankenzimmer. Da er sich vor Ansteckung fürchtete, begnügte er sich wieder damit, durch den Türspalt zu schauen. Der Arzt hielt noch immer neben dem Bett Wache und las in einem Buch.

Vorsichtig ging Grandman wieder die Treppe hinunter, und zwar so leise, daß er beinahe mit einer schlanken jungen Dame zusammengestoßen wäre. Sie begegnete ihm in dem dunklen Flur, an dem die Zimmer der vornehmsten Gäste lagen.

Sie drückte sich in eine Nische, und da sie ein ganz dunkles

Kleid trug, ging er an ihr vorüber – so nahe, daß sie ihn mit der Hand hätte berühren können. Sie wartete, bis er verschwunden war, glitt an der Wand entlang, bis sie zu einer der Türen kam, und fühlte vorsichtig nach dem Schlüsselloch.

Der Gast, der das Zimmer bewohnte, hatte den Fehler gemacht, die Tür zu verschließen und den Schlüssel abzuziehen. Im nächsten Augenblick steckte sie einen Nachschlüssel ins Schloß, drehte ihn vorsichtig herum und schlich auf Zehenspitzen in den Raum.

Sie blieb stehen und lauschte. Erst als sie leises, gleichmäßiges Atmen hörte, ging sie zu dem Toilettentisch und tastete dort alles ab. Sie hatte bald gefunden, was sie suchte, und schüttelte den glatten Lederkasten leicht. Kaum eine Minute nach ihrem Eintritt verließ sie das Zimmer wieder.

Die nächste Tür hatte sie schon halb geöffnet, als sie Licht in dem Zimmer bemerkte. Regungslos blieb sie stehen. Auf der anderen Seite des Zimmers brannte die kleine Nachttischlampe. Das war zwar in gewisser Weise sehr angenehm, aber das junge Mädchen wollte sich zunächst vergewissern, ob die Dame, die zwischen all den aufgehäuften Kissen lag, wirklich fest schlief. Sie wartete fünf Minuten lang. All ihre Sinne waren aufs äußerste angespannt; erst als sie auch hier regelmäßiges Atmen feststellen konnte, war sie beruhigt und ging zu dem Toilettentisch. Hier war ihre Aufgabe leicht; nicht weniger als ein Dutzend kleiner Samt- und Lederetuis lagen auf der Glasplatte. Geräuschlos öffnete sie eins nach dem andern und ließ den funkelnden Inhalt in ihre Tasche gleiten.

Als sie das letzte Schmuckstück eingesteckt hatte, kam ihr ein Gedanke. Sie sah sich die Schläferin genauer an; es war eine etwas hagere Frau: Lady Ovingham. Geräuschlos verließ sie das Zimmer.

In dem nächsten Raum, der nicht verschlossen war, schlief Mrs. Grandman. Aber ihr Schlaf war nicht ruhig. Sie hatte die Tür für ihren Mann aufgelassen, der ihr versprochen hatte, sie noch aufzusuchen, um die Anordnungen für den nächsten Tag mit ihr zu besprechen. Das hatte er aber anscheinend in seiner Aufregung vollkommen vergessen.

Ein kleiner Safe war in die Wand eingelassen; der Schlüssel steckte. Mr. Grandman hatte es sich zur Gewohnheit gemacht, seine und seiner Frau Wertsachen jeden Abend in den Safe einzuschließen.

Sie öffnete die Tür und tastete das Innere ab. Bald hatte sie auch gefunden, was sie suchte. Im selben Augenblick aber hörte Mrs. Grandman plötzlich auf, ruhig zu atmen. Sie stöhnte und drehte sich von einer Seite auf die andere. Die Einbrecherin stand wie versteinert, aber schließlich begann das ruhige Atmen von neuem, und sie stahl sich auf den Gang hinaus.

Sooft sie eine Tür schloß, blieb sie einen Augenblick stehen und drückte ein Papiersiegel darauf.

Unten in der Bibliothek hörte Mr. Grandman das leise Brummen eines Motors, und er erhob sich erleichtert. Nur der Butler war ins Vertrauen gezogen worden; der stattliche alte Mann saß in der Halle in einem Sessel. Er war ebenso erleichtert wie sein Herr; rasch ging er zur Haustür und öffnete.

Draußen stand ein Krankenauto, aus dem zwei Wärter stiegen. Sie holten eine Trage und mehrere Decken aus dem Wageninnern und brachten sie in die Halle.

»Ich werde Ihnen den Weg zeigen«, sagte Grandman. »Aber seien Sie bitte so leise wie möglich.«

Er führte sie die mit schweren Läufern belegten Treppen hinauf, bis sie schließlich zu dem Krankenzimmer kamen.

»Ach, da sind Sie endlich«, sagte der Arzt und gähnte. »Setzen Sie die Trage dicht neben das Bett. Mr. Grandman, ich würde Ihnen raten, nicht zu nahe heranzukommen. Die Ansteckungsgefahr ist doch ziemlich groß.«

Gleich darauf trugen die beiden Krankenwärter die Trage hinaus; eine fest in Decken gewickelte Gestalt lag darauf. Das Gesicht der Patientin war kaum zu sehen, aber als sie an Mr. Grandman vorübergetragen wurde, spielte ein schwaches Lächeln um ihren Mund.

Die Krankenwärter verstanden ihre Sache ausgezeichnet. Ohne das geringste Geräusch trugen sie die Kranke die Treppe hinab und schoben die Trage in den Wagen.

»Das wäre also in Ordnung«, meinte der Arzt. »An Ihrer Stelle würde ich das Zimmer, in dem die junge Dame lag, abschließen und morgen gründlich desinfizieren lassen.«

»Ich bin Ihnen wirklich zu größtem Dank verpflichtet, Doktor. Wenn Sie mir Ihre Adresse geben wollen, werde ich Ihnen morgen sofort einen Scheck schicken, um mich erkenntlich zu zeigen.«

»Tun Sie das lieber nicht«, erwiderte der andere heiter. »Es ist mir ein Vergnügen gewesen, Ihnen behilflich zu sein. Ich fahre jetzt mit meinem Wagen zur Stadt zurück.«

»Wohin bringen Sie die junge Dame?« fragte Mr. Grandman.

»In die Isolierstation des Bezirkskrankenhauses«, entgegnete der Arzt. »Das ist doch wohl Vorschrift?« fragte er einen der Krankenwärter.

»Jawohl«, entgegnete der Mann.

Mr. Grandman blieb auf den Stufen der Treppe stehen, bis die roten Schlußlichter des Wagens verschwunden waren, dann ging er, in dem stolzen Gefühl, eine schwierige Aufgabe gut gelöst zu haben, ins Haus zurück.

»So, nun ist alles in Ordnung«, sagte er zu dem Butler. »Ich danke Ihnen, daß Sie so lange gewartet haben.«

Befriedigt lächelnd ging er den Korridor zu seinem eigenen Zimmer entlang. Als er an der Tür seiner Frau vorbeikam, stolperte er über einen Gegenstand. Er bückte sich und hob einen Lederkasten auf. Da er in der Dunkelheit nichts sehen konnte, drehte er das Licht an.

»Donnerwetter!« entfuhr es ihm, denn das Lederetui, das er in der Hand hielt, war der Schmuckkasten seiner Frau.

Er eilte zu ihrer Tür und wollte gerade die Klinke herunterdrücken, als er das Papiersiegel auf der Türfüllung sah. Entsetzt starrte er auf die vier Quadrate, in deren Mitte sich ein J befand – das Zeichen der ›Quadrat-Jane‹!

An der nächsten Straßenkreuzung, wo ein großes Auto wartete, hielt der Krankenwagen. Die Patientin, die sich schon lange vorher aus den Decken gewickelt hatte, stieg aus; sie trug einen großen, schweren Lederbeutel. Einer der beiden Wärter nahm ihn ihr ab und legte ihn in das andere Auto, an dessen Steuer der junge Arzt saß.

Dieser sagte zu dem Wärter: »Also bis morgen früh, Jack!«

»Jawohl, Doktor«, entgegnete der Mann.

Er nickte ›Quadrat-Jane‹ zu und ging zu dem Krankenauto zurück, an dem er das hintere Nummernschild entfernte, bevor er in der entgegengesetzten Richtung nach London fuhr.

»Nun, sind Sie fertig?« fragte der Arzt seine ›Patientin‹.

»Alles in bester Ordnung«, entgegnete sie und setzte sich neben ihn. »Sie sind aber reichlich spät gekommen, Jim. Ich hätte beinahe einen Ohnmachtsanfall bekommen, als ich hörte, daß die Leute im Schloß nach dem Dorfarzt geschickt hatten.«

»Sie hätten sich keine Sorge zu machen brauchen«, sagte der Mann am Steuer und ließ den Motor an. »Ich hatte den Dorfarzt durch einen Freund nach London rufen lassen. Nun, wie ist es – haben Sie genügend gefunden?«

»Reichlich«, entgegnete ›Quadrat-Jane‹ kurz. »Morgen früh werden Grandmans Gäste lange Gesichter machen.«

Er lächelte. »Was haben Sie übrigens mit der Detektivin, die Ross geschickt hatte, angestellt?«

»Die habe ich ja ganz vergessen! Ich habe sie gleich am Bahnhof in Empfang genommen und in eine Garage eingeschlossen. Aber lassen Sie die nur ruhig dort drin. Ich kann Detektivinnen nicht leiden. Das ist auch kein richtiger Beruf für eine Dame.«

2

Der Direktor der Boxley-Frauenklinik nahm seinen Sitz am Kopfende des langen Tisches ein und nickte seinen Kollegen zu, die sich versammelt hatten. Dann machte er eine respektvolle Verbeugung vor Sir John Denham, dem berühmten Chirurgen, der auf eine besondere Einladung hin an der Sitzung teilnahm.

Dr. Parsons, der Direktor, schob ein kleines Päckchen zur Seite, das vor ihm lag, sah einen Augenblick auf die Adresse und stellte fest, daß es an ihn selbst gerichtet war. Allem Anschein nach war es die neue Serumsendung, die er bestellt hatte. Er ließ seine Blicke zur Rechten und zur Linken schweifen und lächelte bitter, als er die düsteren Gesichter seiner Kollegen sah. »Nun, Gentlemen«, begann er, »es sieht fast so aus, als ob wir die Boxley-Klinik schließen müßten.«

»Steht es so schlecht?« fragte einer der Ärzte bestürzt.

Dr. Parsons nickte, dann fragte er: »Sie hatten wohl auch kein Glück, Sir John?«

Der Chirurg schüttelte den Kopf. »Ich habe alle möglichen Leute in London aufgesucht, die in der Lage wären, uns zu helfen. Es ist furchtbar, daß diese Klinik geschlossen werden muß, aber ich glaube, es gibt keinen anderen Ausweg.«

Der Doktor nickte traurig. »Zwei von den vier Häusern habe ich bereits schließen müssen. Wir Ärzte sind schon vierzehn Tage ohne Gehalt, aber das schlimmste ist, daß eine Menge Aufnahmegesuche vorliegen. Vierundachtzig Patientinnen, deren Namen vornotiert sind, konnten wir nicht aufnehmen.«

Sir John nickte bedrückt. »Es ist eine sehr ernste Lage, in der wir uns befinden. – Kennen Sie eigentlich Mr. Grandman?«

»Ja, oberflächlich. Er ist mir so weit bekannt, daß ich ihn um Hilfe angehen konnte, aber ich hatte keinen Erfolg. Mr. Grandman wollte nichts davon hören, daß er uns mit einer größeren Summe helfen sollte. Dabei hat er früher tatsächlich einmal eine Stiftung gemacht. Aber ich muß soeben an Lord Claythorpe denken; er ist ein guter Freund von Grandman. Er hat für seine Nichte eine Perlenkette im Wert von fünfzigtausend Pfund als Hochzeitsgeschenk gekauft. Es stand in allen Morgenzeitungen.«

»Ich habe es gelesen«, erklärte Sir John.

»Manchmal fühlte ich mich wirklich versucht, Einbrecher zu werden«, erklärte der Direktor müde. »Man möchte sich fast der ›Quadrat-Jane‹ anschließen. Die hat doch das kostbare venezianische Armband gestohlen, das der Eigentümer jetzt durch Zeitungsinserate zurückzubekommen trachtet. Sie ist als Detektivin zu Grandman gegangen und hat dort alles ausgeräumt. Sämtliche Schmuckstücke der Gäste scheinen ihr in die Hände gefallen zu sein; dann hat sie sich während der Nacht davongemacht. Unter ihrer Beute befand sich auch dieses kostbare Armband, das früher einmal einem venezianischen Dogen gehört haben soll. Das Stück allein ist schon ein Vermögen wert.

Auf jeden Fall versucht der Eigentümer, es wieder in seinen Besitz zu bringen. Er schreckt vor keinen Kosten zurück.«

»Wer ist es denn?«

»Lord Claythorpe. Seine Frau hat dieses prachtvolle Stück getragen. Sie war so eitel, es auf der Gesellschaft bei Grandman zeigen zu müssen. Claythorpe selbst ist ein erfahrener Sammler und soll ganz außer sich gewesen sein, als seine Frau ihm den Verlust mitteilte.«

In diesem Augenblick klingelte das Telefon. Dr. Parsons zog den Apparat näher heran und runzelte die Stirn.

»Ich habe den Leuten im Büro doch gesagt, daß ich während der Sitzung für niemanden zu sprechen bin.« Er nahm den Hörer ab. »Wer ist denn da?« fragte er ärgerlich.

»Ist dort Doktor Parsons?« erwiderte eine Frauenstimme.

»Ja, ich bin selbst am Apparat.«

»Ich wollte Ihnen nur sagen, daß ich heute morgen Ihren Aufruf gelesen habe.«

Dr. Parsons' Züge hellten sich sofort auf. Die Klinik war sein Lebenswerk, und jede Aussicht, daß man ihr helfen wollte, wenn auch in noch so geringem Maße, beglückte ihn.

»Ich freue mich, daß der Aufruf Eindruck auf Sie gemacht hat«, sagte er halb im Scherz und halb im Ernst, »und ich hoffe, daß es nicht nur bei Worten bleiben wird. Habe ich recht mit der Annahme, daß Sie mir eventuell helfen wollen?«

Er hörte ein fröhliches Lachen am anderen Ende der Leitung.

»Sie fordern das Publikum auf, achttausend Pfund zu zeichnen, um damit die Klinik weitere sechs Monate zu unterhalten.«

»Ja, das stimmt.«

»Ich habe Ihnen zehntausend geschickt!«

Dr. Parsons hielt den Atem an.

»Was, Sie haben mir zehntausend Pfund geschickt?« erwiderte er dann verblüfft. »Sie machen sicher nur einen Scherz!«

»Nun, ich habe Ihnen nicht direkt zehntausend Pfund in barem Geld geschickt, sondern etwas, das soviel wert ist. Gestern abend habe ich ein Päckchen an Sie aufgegeben. Haben Sie es erhalten?«

Parsons sah sich um.

»Ja, hier ist ein Päckchen, das in Clapham zur Post gegeben wurde. Stammt das von Ihnen?«

»Ja, das ist von mir. Ich bin froh, daß es Sie erreicht hat.«

»Was ist denn darin?« fragte der Doktor neugierig.

»Ein sehr wertvolles Armband, das eigentlich Lord Claythorpe gehört.«

»Wie bitte?« fragte Parsons bestürzt.

»Es ist das Armband, das ich dem Lord gestohlen habe«, erklärte die junge Dame offen. »Er hat für seine Wiederbeschaffung eine Belohnung von zehntausend Pfund ausgesetzt. Geben Sie ihm das Armband zurück, und verwenden Sie die zehntausend Pfund Belohnung für die Weiterführung Ihrer Klinik.«

»Mit wem spreche ich denn?«

»Mit der jungen Dame, die die Zeitungen ›Quadrat-Jane‹ getauft haben.«

Nach diesen Worten wurde am anderen Ende aufgelegt.

Mit zitternden Fingern riß Dr. Parsons die Schnur auf, die das Päckchen zusammenhielt.

Als die Wellpappe entfernt war, zeigte sich ein kleiner Holzkasten mit einem Schiebedeckel. Parsons öffnete ihn, und auf einem Polster von Watte sah er das berühmte venezianische Armband.

Die Sache erregte großes Aufsehen. Die Presse, die schon seit Wochen über nichts Aufregendes mehr zu berichten gehabt hatte, stürzte sich mit Begeisterung auf diese Sensation. Es gab keine Zeitung, die die Geschichte nicht in großer Aufmachung gebracht hätte.

Aber die Belohnung war nicht so einfach zu erhalten, wie sich die Presse und Dr. Parsons das gedacht hatten. Lord Claythorpe hatte durch einen Telefonanruf von der Sache gehört; Dr. Parsons selbst brachte das kostbare Stück in das vornehme Stadthaus des Lords am Belgrave Square.

Der Lord war ein verhältnismäßig kleiner, hagerer Mann mit kahlem Kopf und gelbem Gesicht, der sich leicht ärgerte. Er empfing den Arzt in seiner prachtvollen Bibliothek. Die eine Wand war, wie der Besucher sah, mit den Türen kleiner Safes bedeckt, die dort eingelassen waren. Der Lord sammelte kostbare Steine und hatte sich, um sie vor Einbrechern zu schützen, ein besonderes System ausgedacht.

Er hielt es nicht für sicher, seine kostbare Sammlung in einem einzelnen Safe aufzubewahren; er hatte sie in mehreren Stahlschränken untergebracht.

»Jaja«, sagte der Lord und runzelte die Stirn, »das ist das wertvolle Schmuckstück. Es hätte mir furchtbar leid getan, wenn es wirklich verloren gewesen wäre. Hätte mein dummes – äh, meine Frau es nicht auf die Gesellschaft mitgenommen, dann hätte ich nachher nicht derartige Umstände gehabt. Es ist eine der größten Kostbarkeiten in ganz England.«

Dann hielt er Dr. Parsons einen Vortrag über den künstlerischen und historischen Wert dieses Stückes, während der Arzt ungeduldig von einem Fuß auf den anderen trat. Der Lord schien nichts von der Belohnung wissen zu wollen. Schließlich verlor der Arzt die Geduld und machte eine diesbezügliche Andeutung.

»Eine Belohnung?« erwiderte Claythorpe ungemütlich. »Ich weiß wohl, daß ich etwas Ähnliches gesagt habe, aber Sie wollen doch sicher nicht, daß Ihre Klinik auf Kosten eines Bürgers weiterbesteht, der von Verbrechern geschädigt wurde? Sie können doch schon aus moralischen Gründen nicht aus der Hand einer Einbrecherin einen Beitrag zu Ihrem Unterstützungsfonds annehmen!«

»Ich interessiere mich durchaus nicht für den moralischen Wert einer Person, die meiner Klinik eine Schenkung zukommen läßt«, erklärte Parsons kühn. »Das einzige, was mir große Sorge macht, ist der empfindliche Geldmangel, unter dem das Krankenhaus leidet.«

»Vielleicht könnte ich Ihnen eine jährliche Unterstützung von ...«

Der Doktor wartete.

»... sagen wir einmal ... zehn Pfund geben.«

»Das ändert aber nichts an der Tatsache, daß Sie eine Belohnung von zehntausend Pfund ausgesetzt haben«, entgegnete Parsons ärgerlich. »Entweder zahlen Sie diese Summe, oder Sie zahlen sie nicht. Wenn Sie sich weigern, Ihr Versprechen zu halten, werde ich mich an die Presse wenden.«

»Lieber Freund, die Belohnung war ausgesetzt, damit der Dieb bestraft werden sollte«, parierte der Lord triumphierend. »Das können Sie doch nicht abstreiten. Sie haben mir den Dieb aber nicht gebracht, und Sie haben auch keinerlei Angaben gemacht, die zu seiner Ergreifung führen könnten.«

»In der Zeitung stand, daß derjenige die Belohnung erhalten solle, dessen Angaben zur Wiedererlangung des Schmuckstücks führten«, erklärte der Arzt aufgebracht. »Und ich habe Ihnen nicht nur Nachrichten gebracht, die zur Wiederbeschaffung führten, sondern ich habe Ihnen das kostbare Armband selbst gebracht! Es war wohl noch ein Satz hinzugefügt, in dem etwas von der möglichen Bestrafung des Verbrechers gesagt wurde, aber das war nicht ausschlaggebend. Ich habe mich bereits von verschiedenen Rechtsanwälten über diesen Punkt aufklären lassen.«

Sie verhandelten eine ganze Stunde miteinander. Dr. Parsons war vollkommen verzweifelt, denn er wußte, daß es nicht anging, den Lord zu verklagen. Nach langem Hin und Her nahm er schließlich viertausend Pfund an, die Lord Claythorpe widerwillig zahlte.

Am Abend gab der Lord ein großes Essen zu Ehren seiner Nichte, deren Hochzeit in zwei Tagen stattfinden sollte. Es wurde bei Tisch nur eine Rede gehalten, und zwar von Lord Claythorpe selbst. Er erzählte seinen Gästen nicht nur, wie sehr er sich gefreut habe, das kostbare Armband wiederzuerhalten, sondern er berichtete auch von der etwas dramatischen Szene, die sich bei der Übergabe abgespielt hatte.

»Der Arzt wollte zehntausend Pfund haben. Ich halte das für eine grobe Unverschämtheit. Ich weiß sehr gut, daß die Belohnung, die ich ausgesetzt hatte, viel zu hoch war. Das habe ich auch der Polizei gesagt. Das Armband hat allerdings mindestens den dreifachen Wert, aber das tut ja an und für sich nichts zur Sache. Schließlich gelang es mir, den Arzt herunterzuhandeln!«

»Das habe ich schon gelesen«, bemerkte Mr. Grandman.

»So? Das setzt mich in Erstaunen«, entgegnete der Lord argwöhnisch. »Wo haben Sie das gelesen? Ich dachte, es wäre außer mir und Parsons niemandem bekannt. Hat denn dieser verdammte Doktor etwas ausgeplaudert?«

»Das wird wohl der Fall sein. Ich habe in verschiedenen Zeitungen davon gelesen. Einige haben recht interessante Artikel daraus gemacht. Ich glaube nicht, daß Ihnen das sehr dienlich ist, Claythorpe. Wenn die ›Quadrat-Jane‹ davon hören sollte –«

»Zum Teufel, glauben Sie denn, daß ich mich um dieses Weibsstück kümmere?«

Grandman nickte und lächelte seiner Frau zu. »Ich habe auch so ähnlich gesprochen, bis mich diese Jane selber eines anderen belehrt hat«, erwiderte er mit philosophischer Ruhe. »Als ich ihr Papiersiegel an den Türen meiner Gäste sah, wußte ich, was es geschlagen hatte. Claythorpe, ich warne Sie! Diese junge Dame ist keine gewöhnliche Einbrecherin. Sie hat Ihnen das Armband zurückgeschickt, weil sie der Klinik eine Unterstützung von zehntausend Pfund zukommen lassen wollte. Wenn Sie die Summe nicht freiwillig gezahlt haben, werden Sie schon noch sehen, was Sie erleben.«

»Die soll es nur einmal bei mir versuchen«, entgegnete Lord Claythorpe ärgerlich und schnippte mit den Fingern. »Die berüchtigtsten Geldschrankknacker Europas haben es schon probiert, bei mir einzubrechen, und drei von ihnen sind auch tatsächlich so weit gekommen, daß sie die Safes selbst zu öffnen versuchen konnten. Aber Sie kennen doch mein System: Ich habe zehn Safes, und sieben davon sind immer leer. Unter diesen Umständen ist es natürlich recht schwer, bei mir einzubrechen. Lew Smith ist nach der Meinung von Scotland Yard der gerissenste Spezialist auf diesem Gebiet. Der Mann hat die halbe Nacht bei mir ›gearbeitet‹ und glücklich zwei leere Safes erwischt, die er öffnete.«

»Weiß denn außer Ihnen niemand, welche Safes Sie zur Aufbewahrung Ihrer Kostbarkeiten benützen?«

»Niemand«, entgegnete der Lord prompt. »Es ist nach menschlicher Voraussicht ziemlich ausgeschlossen, daß ein Einbruch bei mir Erfolg haben könnte.«

»Wie machen Sie denn das?« fragte Grandman interessiert. »Wechseln Sie die Safes jeden Abend?«

Lord Claythorpe nickte grinsend. »Tagsüber verwahre ich die meisten meiner Kostbarkeiten in dem großen Safe, der in der Ecke meines Arbeitszimmers steht. Dorthin bringe ich auch regelmäßig das venezianische Armband. Aber abends, bevor sich die Diener zurückziehen, lasse ich alle meine Kostbarkeiten aus dem großen Safe auf den Tisch in der Bibliothek schaffen. Mein Butler und mein Diener stehen draußen vor der Tür der Bibliothek. Dann drehe ich das Licht aus, öffne die Wandsafes in der Dunkelheit, lege die Etuis und Kästen mit den Schmuckstücken hin in, schließe die Safes und stecke die Schlüssel in die Tasche.«

Grandman brummte etwas, aber die anderen Gäste sprachen sich sehr anerkennend über die geniale Art und Weise aus, wie der Lord sein Eigentum schützte.

»Ich halte die Sache für etwas übertrieben«, meinte Grandman, der sehr nüchtern und praktisch dachte und keinen Sinn für theatralische Maßnahmen besaß, »aber schließlich ist das ja Ihre Sache und geht mich nichts an.«

»Der Ansicht bin ich auch«, bemerkte Claythorpe ein wenig unhöflich. Er war nicht gewohnt, daß jemand die Klugheit seiner Anordnungen in Frage stellte.

»Ich kann Sie allerdings nur warnen«, sagte Grandman wieder. »Die ›Quadrat-Jane‹ ist sehr gerissen. Vor der sind Sie nicht sicher, auch wenn Sie fünfzig verschiedene Safes haben und einen Polizisten zum Schutz davor postieren.«

»Ach, sprechen Sie doch nicht immer wieder von dieser ›Quadrat-Jane‹«, erwiderte der Lord unangenehm berührt. »Machen Sie sich wegen der keine Sorgen. Ich habe einen Detektiv in meinem Haus –«

Mr. Grandman lachte bitter. »Haben Sie vielleicht auch – wie ich – eine junge Dame engagiert, wenn ich fragen darf?«

»Nein, die Dummheit habe ich nicht begangen. Ich habe den besten Beamten von Scotland Yard.«

»Haben Sie Verdacht auf irgendeine Dame hier im Hause?« fragte Grandman leise.

»Wie meinen Sie das?«

»Kennen Sie alle Damen, die bei Ihnen zu Gast sind, persönlich? Wie ich sehe, sind über ein Dutzend hier.«

»Selbstverständlich kenne ich sie alle persönlich. Ich würde zu dieser Zeit keine Fremden in meinem Haus dulden. Bedenken Sie doch, daß die Hochzeitsgeschenke für meine Nichte –«

»Daran denke ich ja gerade«, entgegnete Mr. Grandman. »Würden Sie etwas dagegen haben, wenn ich mich einmal selbst hier umsähe?«

»Ach, wollen Sie Detektiv werden?« erkundigte sich der Lord etwas ironisch.

»Ich habe meine Erfahrungen gemacht und bitter für meine Nachlässigkeit bezahlt. Und wenn man selbst einen großen Verlust erlitten hat, weiß man, wie das ist.«

So erhielt denn Mr. Grandman die Erlaubnis, alle Räume des großen Hauses am Belgrave Square zu betreten, und er machte auch einige interessante Entdeckungen.

Zunächst konnte er feststellen, daß ›der beste Beamte von Scotland Yard‹ ein Privatdetektiv war, allerdings ein tüchtiger Mann in seinem Fach, den der Lord schon öfter engagiert hatte.

»Es ist keine große Sache«, erklärte ihm der Detektiv. »Ich muß die ganze Nacht vor der Bibliothekstür sitzen und mich mit dem Rücken gegen sie lehnen. Der Lord ist merkwürdig; er will nicht haben, daß jemand in die Bibliothek geht. – Was war denn das?« fragte er plötzlich.

Sie standen ein paar Schritte von der Tür zur Bibliothek entfernt, und der Detektiv hatte ein Geräusch wahrgenommen.

»Ich habe nichts gehört«, erklärte Grandman.

»Ich möchte aber einen Eid darauf leisten, daß sich in dem Zimmer etwas gerührt hat. Würden Sie so liebenswürdig sein und hierbleiben, während ich den Lord rufe?«

»Warum gehen Sie denn nicht einfach hinein?«

»Weil der Lord die Schlüssel zur Bibliothek in der Tasche trägt«, sagte der Detektiv lächelnd. »Ich bin bald wieder hier; Sie brauchen nicht lange zu warten.«

Der Detektiv fand Lord Claythorpe am Bridgetisch, und als er meldete, was sich eben zugetragen hatte, folgte ihm der Hausherr aufgeregt zur Bibliothek. Mit zitternden Händen öffnete er die schwere Tür.

»Gehen Sie voran«, sagte er nervös zu dem Detektiv. »Den Lichtschalter finden Sie gleich neben der Tür.«

Der Raum war hell erleuchtet, aber vollkommen leer. Auf der einen Seite befand sich ein langes, vergittertes Fenster. Der Vorhang war geschlossen, und der Detektiv zog ihn auf. Aber er entdeckte nur, daß das Fenster zu und allem Anschein nach nicht geöffnet worden war.

»Das ist allerdings seltsam. Ich habe bestimmt etwas am Fenster gehört.«

»Aber das kann doch auch der Wind gewesen sein«, meinte Grandman.

»Nein, der Wind war es bestimmt nicht; alle Fenster im Hause sind fest geschlossen.«

»Aber es ist doch ganz unmöglich, daß jemand durch das Fenster ins Haus kommen kann. Der müßte sich ja zwischen den Eisenstangen durchzwängen«, sagte der Lord.

Der Detektiv schüttelte den Kopf. »Ein ausgewachsener Mann kann das natürlich nicht, aber ein junges Mädchen kann vielleicht ebenso glatt durch die Gitter hindurchschlüpfen wie durch die Tür.«

»Das bilden Sie sich nur ein! Sie werden nervös«, entgegnete der Lord von oben herab. »Sehen Sie sich erst einmal gründlich in dem Raum um.«

Schränke befanden sich nicht in dem Zimmer, und auch sonst gab es keinen Platz, wo sich jemand hätte verstecken können. Die Durchsuchung des Raumes war daher sehr bald durchgeführt.

»Nun, haben Sie sich jetzt überzeugt, daß nichts geschehen ist?«

»Jawohl«, sagte der Detektiv.

Darauf gingen alle wieder hinaus, und Lord Claythorpe schloß die Tür sorgfältig ab.

*

Um halb zwölf waren alle Gäste mit Ausnahme von Grandman gegangen, der gern miterleben wollte, wie Claythorpe die Juwelen in den Wandsafes unterbrachte. Aber in diesem Punkt wurde er enttäuscht, denn der Lord ging allein in die Bibliothek, schloß die Tür hinter sich ab und drehte das Licht aus, damit niemand sehen konnte, in welche Safes er die Schmuckkästen legte. Es dauerte eine geraume Weile, bis der Lord wieder herauskam.

»Die Sache wäre erledigt«, erklärte er befriedigt, während er die Safeschlüssel in die Tasche steckte. »Kommen Sie noch mit ins Rauchzimmer und trinken Sie einen Whisky-Soda mit mir, bevor Sie nach Hause gehen. – Sie treten jetzt Ihre Nachtwache an, Johnson«, wandte er sich an den Detektiv.

»Jawohl, Mylord.«

Als sie auf dem Wege zum Rauchzimmer waren, wo der Butler die Getränke bereitgestellt hatte, erzählte Lord Claythorpe, daß er sich nicht allein auf den Detektiv verlasse, sondern zur Vorsicht auch Scotland Yard benachrichtigt habe.

»Das Haus wird bis einen Tag nach der Hochzeit von allen Seiten dauernd bewacht«, sagte er.

»Das ist eine ganz vernünftige Maßnahme«, bestätigte Mr. Grandman.

Er trank einen starken Whisky-Soda und ging dann, begleitet von seinem Gastgeber, in die Halle, wo ihm ein Diener beim Anziehen seines Mantels half. Er wollte gerade gute Nacht sagen, als an der Haustür plötzlich laut geklopft wurde. Der Butler eilte durch die Halle, und als er geöffnet hatte, sah man draußen zwei Männer, die eine schlanke, jugendliche Person festhielten.

»Es ist alles in Ordnung«, sagte der eine triumphierend. »Wir haben sie gefaßt. Können wir sie hereinbringen?«

»Was? Sie haben sie schon gefangen?« fragte der Lord atemlos. »Wer ist es denn?«

Das junge Mädchen, das die beiden festhielten, war von Kopf bis Fuß in Schwarz gekleidet. Ein dichter, dunkler Schleier, der an ihrem kleinen Filzhut befestigt war, bedeckte ihr Gesicht.

»Wir haben sie unter dem Fenster Ihrer Bibliothek überrascht«, sagte der eine der beiden selbstbewußt und befriedigt.

Johnson brummte ärgerlich etwas vor sich hin.

»Wer sind Sie denn?« fragte der Lord.

»Sergeant Felton von Scotland Yard. Ich vermute, daß Sie der Hausherr selbst sind?«

»Jawohl.«

»Wir hatten den Auftrag, das Haus zu bewachen, und wir sahen diese junge Dame, als sie vom Bibliotheksfenster aus den Weg nach den Ställen entlanglaufen wollte. – Also, mein schönes Kind, nun wollen wir uns einmal Ihr Gesicht ansehen.«

»Nein, nein, nein!« rief sie verzweifelt. »Das ist ausgeschlossen! Aus wichtigen Gründen geht das nicht. Der Chef von Scotland Yard weiß davon.«

Der Kriminalbeamte zögerte und sah auf seinen Kollegen.

»Ich glaube, es ist besser, wir verständigen zunächst den Inspektor von Scotland Yard, der den Fall bearbeitet, und unternehmen im Augenblick nichts weiter, Mylord.«

Er zog ein paar Handschellen aus der Tasche.

»Strecken Sie die Hände aus«, sagte er barsch und ließ dann die glänzenden Stahlringe um ihre Handgelenke einschnappen.

»Haben Sie einen sicheren Raum, Mylord, wo wir sie einschließen können, bis der Inspektor kommt, um sie persönlich zu verhören?«

»Ja, meine Bibliothek.«

»Ist die Tür auch stark genug?«

Lord Claythorpe lächelte, ging selbst voraus und schloß die Tür auf. Dann drehte er das Licht an, und das junge Mädchen in Schwarz wurde hineingeführt und auf einen Stuhl gesetzt.

Der Beamte nahm einen Riemen aus der Tasche und band ihre Fußgelenke zusammen.

»Man kann nicht vorsichtig genug sein«, sagte er zu ihr. »Ich weiß zwar nicht, wer Sie sind, aber das werden wir ja bald erfahren. – So, und jetzt möchte ich telefonieren. Würden Sie gestatten, daß ich Ihren Apparat benütze?«

»Selbstverständlich. Sie können von der Halle aus sprechen.«

Der Sergeant sah nachdenklich auf die Gefangene, dann fuhr er sich mit der Hand über die Stirn.

»Es ist gefährlich, sie allein zu lassen, Robinson«, wandte er sich an seinen Kollegen. »Sie bleiben besser bei ihr und bewachen sie. Lassen Sie sie keinen Augenblick aus den Augen!«

Mit Ausnahme von Robinson gingen alle hinaus, und der Lord verschloß die Tür sorgfältig, während der Sergeant zum Telefon ging.

»Übrigens – können Sie Robinson hören, wenn er rufen sollte?« fragte er noch.

»Nein, das ist ausgeschlossen«, entgegnete Claythorpe prompt. »Die Tür ist so dick und massiv, daß man draußen nichts hört. Aber ein Beamter von Scotland Yard wird doch wohl imstande sein, mit einem gefesselten Mädchen fertig zu werden!«

Grandman hatte alles mit angesehen und bisher geschwiegen; jetzt aber lächelte er, denn er gab sich keinen Täuschungen über die Fähigkeiten der jungen Dame hin. Zu gern wollte er das Ende dieses Abenteuers miterleben.

Inzwischen hielt die Gefangene in der Bibliothek Robinson ihre Handgelenke hin, und im nächsten Augenblick hatte er die Handschellen aufgeschlossen. Sie bückte sich dann und band den Lederriemen auf, der ihre Füße zusammenhielt. Darauf ging sie sofort zu der Wand, in die die zehn Safes eingelassen waren.

Schnell prüfte sie die Stahltüren der einzelnen Tresore.

»Dies sind die drei, Jimmy«, sagte sie.

»Ich möchte nur wissen, woher Sie das erfahren haben.«

»Die Sache war sehr leicht. Sobald ich hereinkam, klebte ich dünne schwarze Seidenfäden über die einzelnen Türen. Diese drei sind zerrissen; daraus geht klar hervor, daß sie geöffnet worden sind. – Zuerst wollen wir einmal diesen hier versuchen. Geben Sie mir die Schlüssel.«

Der ›Kriminalbeamte‹ öffnete ein kleines Lederetui, das er aus der Tasche geholt hatte, und zog einige merkwürdig geformte Instrumente heraus. Dreimal versuchte sie zu öffnen, aber jedesmal zog sie das Werkzeug wieder aus dem Schlüsselloch, um die Spitze ein wenig zu verändern. Beim viertenmal schnappte das Schloß auf, und die schwere Stahltür öffnete sich.

»Da haben wir ja Glück, daß wir es gleich richtig gemacht haben«, sagte sie triumphierend.

Sie nahm ein großes Etui aus dem Innern des Safes, öffnete es und warf einen Blick auf den Inhalt, dann schob sie es in eine lange Seitentasche ihres Kleides. Dann nickte sie ihrem Begleiter zu.

»Öffnen Sie schnell das Fenster, aber machen Sie vorher das Licht aus. Es wird etwas schwierig für Sie sein, durch die engen Eisengitter zu kommen, Jimmy, aber Sie werden es schon schaffen. Mir hat es nicht die geringste Mühe gemacht.«

Draußen in der Halle hatte der Sergeant Mühe mit dem Telefon. Schließlich legte er den Hörer wieder auf und wandte sich verzweifelt an den Lord.

»Ich kann den Inspektor nicht erreichen. Wenn Sie nichts dagegen haben, fahre ich schnell selbst nach Scotland Yard; ich habe ein Motorrad draußen. Vielleicht gehen Sie so lange in die Bibliothek und leisten meinem Kollegen Gesellschaft.«

»Das werde ich nicht tun«, erwiderte der Lord entrüstet. »Ein Beamter von Scotland Yard kann doch wohl allein mit einem solchen Auftrag fertig werden. Ich bin es nicht gewohnt –« Er mußte Luft holen.

»Sehr wohl, Mylord«, entgegnete der Sergeant respektvoll.

Kurz darauf hörte man ihn auf seinem Motorrad davonfahren.

»Wir wollen doch lieber einmal nachsehen und den Rat des Sergeanten befolgen«, meinte Grandman. »Schaden kann das doch auf keinen Fall.«

»Aber mein lieber Freund«, fuhr der Lord ärgerlich auf, »ein Polizeibeamter wird doch wohl noch so ein schwaches Mädchen bewachen können. – Meinen Sie nicht auch, Johnson?«

Der Privatdetektiv antwortete nicht sofort.

»Gewiß, Mylord. Aber ich möchte doch auch sagen, daß ich mich unbehaglich fühle, wenn diese ›Quadrat-Jane‹ sich in dem gleichen Raum aufhält, in dem sich auch die Juwelen befinden.«

»Donnerwetter!« rief der Mylord atemlos. »Daran habe ich gar nicht gedacht. Aber es ist ja ein Polizeibeamter bei ihr. Sie kennen den Mann doch, Johnson?«

»Nein, ich kenne ihn nicht«, erklärte der Privatdetektiv. »Ich komme nicht oft mit den Beamten von Scotland Yard zusammen. Es sind so viele, und sie wechseln häufig von einer Abteilung in die andere. Es ist daher schwierig, die einzelnen Beamten im Auge zu behalten.«

Der Lord dachte einige Zeit nach, dann packte ihn eine entsetzliche Angst.

»Vielleicht haben Sie doch recht, Grandman«, sagte er schließlich. »Wir wollen in die Bibliothek gehen und nachsehen.«

Er steckte den Schlüssel in das Schloß der schweren Tür und drehte ihn um. Als er öffnete, war das Zimmer dunkel.

»Sind Sie hier?« schrie der Lord so bestürzt und ängstlich, daß Grandman sich das Lachen verbeißen mußte.

Johnson war inzwischen ins Zimmer getreten und hatte das Licht eingeschaltet. Nun zeigte sich, daß der Raum vollkommen leer war.

Lord Claythorpe sah sofort nach der Wand mit den zehn Safes hinüber. Neun waren geschlossen, aber auf einem, dessen Tür offenstand, klebte ein viereckiges Stück Papier. Grandman war der erste, der es entdeckte, und er wußte auch gleich, was das zu bedeuten hatte.

»Was ist das?« fragte der Lord mit zitternder Stimme und zeigte auf das Papiersiegel.

»Die Visitenkarte der ›Quadrat-Jane‹!«

3

Chefinspektor Dawes von Scotland Yard war ein verhältnismäßig junger Mann für den hohen Posten, den er bekleidete. Obwohl er sich durch Bescheidenheit auszeichnete und wenig von seinen Erfolgen sprach, wußte man doch in ganz Scotland Yard, daß er sich durch nichts von einer Spur abbringen ließ.

Er hatte ein jugendliches, glattrasiertes Gesicht; an den Schläfen waren die Haare leicht ergraut. Im übrigen hatte er eine ruhige Art, betrachtete Verbrechen und Verbrecher vom philosophischen Standpunkt aus und hatte persönlich nichts gegen die Leute, die sich gegen das Gesetz vergingen. Wenn er überhaupt eine Leidenschaft besaß, so war es höchstens die Aufklärung von Verbrechen, die besonders schwierig zu klären waren.

Alle Verbrechen, die sich vom üblichen Muster unterschieden, reizten ihn; alles Außerordentliche faszinierte ihn, und er bedauerte unendlich, daß es ihm noch niemals vergönnt gewesen war, einen der Fälle zu bearbeiten, in denen die ›Quadrat-Jane‹ eine Rolle spielte.

Nach dem Einbruch bei Lord Claythorpe wurde jedoch Peter Dawes beauftragt, diese Diebin zu fangen, und er freute sich, daß er nun endlich die Möglichkeit hatte, eine so interessante Angelegenheit zu verfolgen.

Lord Claythorpe hatte sofort Scotland Yard angerufen und mit weinerlicher, ängstlicher Stimme berichtet, was vorgefallen war. Was der Lord sonst noch sagte, kümmerte Peter wenig. Seiner Meinung nach war es wichtig, sich nicht durch Vorurteile leiten zu lassen und bloßen Mutmaßungen anderer gegenüber die gebührende Reserve zu bewahren.

Er begab sich sofort zu dem Haus des Lords und suchte durch Fragen den genauen Tatbestand aus dem erregten kleinen Mann herauszuholen. Selbstverständlich befand sich Claythorpe in furchtbarer Aufregung.

»Es ist entsetzlich«, klagte er. »Wozu haben wir denn eine Polizei in London? Dauernd gehen Diebe ohne Strafe aus! Es ist schrecklich, daß fortgesetzt solche Verbrechen begangen werden können.«

Peter Dawes, der häufig Gelegenheit hatte, derartige Zornesausbrüche bestohlener Leute zu hören, ließ den Lord ruhig aussprechen.

»Wie ich höre, wurde das junge Mädchen von zwei Leuten hergebracht, die behaupteten, sie draußen im Garten gefangen zu haben?«

»Ja, es waren zwei Kriminalbeamte«, stöhnte der Lord.

»Wenn die Leute behaupteten, Beamte von Scotland Yard zu sein, so braucht das durchaus noch nicht den Tatsachen zu entsprechen. Auf jeden Fall haben Sie sich durch die beiden täuschen lassen«, erwiderte Peter lächelnd. »Dann haben die zwei es also fertiggebracht, die Gefangene und einen Mann in die Bibliothek einschließen zu lassen, wo sie zehn Minuten mit den Juwelen allein blieben. Waren Ihre Gäste bereits gegangen, als das Verbrechen verübt wurde?«

Der Lord nickte traurig. »Ja. Mit Ausnahme meines Freundes Grandman waren alle fort.«

Peter durchsuchte die Bibliothek sehr genau und interessierte sich besonders für das merkwürdige Papiersiegel, das an dem Safe angebracht war. Er prüfte auch den Fußboden und das Fenstergitter; dabei achtete er besonders darauf, ob die Dielen irgendwie beweglich waren oder sonst eine Möglichkeit bestand, durch den Fußboden zu entkommen.

»Zu so früher Stunde kann ich nicht viel unternehmen«, sagte er dann zu Lord Claythorpe. »Sobald es Tag geworden ist, komme ich zurück und setze die Nachforschungen fort. Bitte achten Sie darauf, daß niemand in diesem Zimmer Staub wischt oder ausfegt.«

Um neun Uhr kehrte er zurück, und zu seinem größten Erstaunen fand er den Lord in der Bibliothek. Er hatte erwartet, daß Claythorpe nach einer so aufregenden Nacht schlafen würde, aber der kleine Herr saß, nur mit Pyjama und Hausmantel bekleidet, in einem Ledersessel.

»Sehen Sie sich einmal dies an«, rief er und schwenkte einen Brief.

Dawes nahm das Schreiben und las:

Sie sind ein alter Geizkragen! Als Sie das venezianische Armband verloren, setzten Sie eine Belohnung von zehntausend Pfund aus. Ich schickte das Schmuckstück an ein Krankenhaus, das keine Mittel mehr besaß. Dr. Parsons, der Ihnen das Armband zurückbrachte, war berechtigt, für seine Klinik die volle Summe zu kassieren, die Sie in der Zeitung versprochen hatten. Ich habe nun Ihre Perlen genommen, weil Sie die Klinik um sechstausend Pfund betrogen haben. Aber diesmal werden Sie Ihr Eigentum nicht zurückerhalten.

Statt einer Unterschrift war ein J zu sehen, umrahmt von vier Quadraten.

Peter betrachtete das Schreiben aufmerksam.

»Ganz gewöhnliches Papier, wie man es für wenig Geld aus jedem Automaten auf der Post bekommen kann. Wie wurde der Brief zugestellt?«

»Durch einen Boten. Was halten Sie von dem Schreiben? Rechnen Sie mit der Möglichkeit, daß ich meine Perlen wiederbekomme?«

»Ja, eine Möglichkeit besteht schon, aber sie ist nicht gerade sehr groß.«

Peter Dawes fuhr nach Scotland Yard zurück und erstattete seinem Chef eingehend Bericht.

»Soweit ich herausgebracht habe, hat die Tätigkeit dieser ›Quadrat-Jane‹ vor zwölf Monaten begonnen. Aber sie hat nie einfache Leute bestohlen, sondern immer nur ausnehmend reiche Männer, die ihr Vermögen durchweg auf nicht ganz einwandfreie Weise erworben haben, soweit sich das feststellen läßt.«

»Was macht sie mit dem Geld?« fragte Peters Chef neugierig.

»Das ist ja gerade das Sonderbare an der Sache. Ich weiß, daß sie große Summen karitativen Anstalten zukommen läßt. Zum Beispiel hat ein Fürsorgeheim im Osten Londons von einem anonymen Wohltäter viertausend Pfund erhalten, nachdem es Jane gelungen war, Grandman zu berauben. Gleichzeitig erhielt ein Hospital im Westend die gleiche Summe. Nach dem Einbruch bei Talbot hat ein Waisenhaus im Westend eine Zuwendung von dreitausend Pfund erhalten; diese Summe entsprach ungefähr der Beute, die sie bei der Gelegenheit machte. Mir kommt es so vor, als handelte es sich um jemand, der mit Krankenhäusern zu tun hat. Vielleicht ist es eine Krankenschwester. Jedenfalls hat sie sich in den Kopf gesetzt, den Armen und Bedrängten auf Kosten der übermäßig Reichen zu helfen.«

»Klingt alles recht schön«, sagte der Chef trocken, »aber unglücklicherweise können wir uns für ihre romantischen Neigungen nicht interessieren. Für uns ist sie eine ganz gewöhnliche Diebin.«

»Sie ist aber doch mehr als das«, erwiderte Peter ruhig. »Sie ist die raffinierteste Verbrecherin, der ich während meiner Tätigkeit in Scotland Yard begegnet bin. Sie ist, was ich gefürchtet und auf der anderen Seite mir gewünscht habe: eine Verbrecherin mit klarem, scharfem Verstand.«

»Hat eigentlich schon jemand diese Frau gesehen?« fragte der Chef interessiert.

»Mit Ausnahme Grandmans ist sie nur von Leuten gesehen worden, die sie nicht wiedererkennen können. Lord Claythorpe hat sie zum Beispiel nur verschleiert gesehen und sah nichts von ihren Gesichtszügen. Die Schwierigkeit besteht jetzt darin, herauszubringen, was sie vorhat. Selbst wenn sie sich ihre Opfer nur unter den außergewöhnlich reichen Leuten aussucht, gibt es in England doch vierzigtausend, unter denen sie ihre Wahl treffen kann. Es ist klar, daß wir nicht all diese Leute schützen können, aber immerhin muß man doch den Versuch machen. Ich habe . . .« Er zögerte weiterzusprechen.

»Ja, was wollten Sie sagen?«

»Die genaue Untersuchung ihrer Methoden hat mir in dieser Beziehung ein wenig geholfen. Ich habe mir von ihrem Standpunkt aus klarzumachen versucht, wer wohl das nächste Opfer sein könnte. Es muß jemand sein, der sehr reich ist und sich mit seinem Vermögen brüstet. Dabei bin ich auf vier Leute gestoßen; das heißt, es sind von allen, die in Betracht kommen, nach vorsichtiger Eliminierung vier übriggeblieben, und zwar Gregory Smith, Charles Switzer, Thomas Scott und John Tresser. Und unter diesen hat sie es wahrscheinlich auf Tresser abgesehen. Wir wissen ja, daß er in verhältnismäßig kurzer Zeit ein großes Vermögen zusammengebracht hat und bei seinen Geschäften nicht immer einen geraden Weg gegangen ist. Und zu alledem spricht er noch gern über seinen Reichtum. Er hat doch das große Haus des Herzogs von Haslemere gekauft; außerdem ist seine Gemäldesammlung berühmt. In den Zeitungen ist ja schon genügend darüber geschrieben worden.«

Der Chef nickte. »Er hat doch diesen berühmten Romney – oder täusche ich mich?«

»Sie haben vollkommen recht; Tresser hat dieses prachtvolle Gemälde erworben. Er ist kein Kunstkenner und weiß daher nur, daß es ein wundervolles Kunstwerk ist, weil andere Leute es ihm gesagt haben. Vor allem war es aber unklug und taktlos von ihm, Zeitungsreportern gegenüber so rücksichtslos seine Meinung über das Prinzip der Wohltätigkeit zu äußern. Er scheute sich nicht, festzustellen, daß er noch niemals einen Shilling für die öffentliche Wohlfahrt geopfert habe. Bei der Gelegenheit setzte er auch seine egoistischen Ansichten auseinander und sagte, daß er nur dann Geld ausgebe, wenn er persönlich einen Vorteil habe.«

»Es sind also alle Voraussetzungen gegeben, daß sich die ›Quadrat-Jane‹ für ihn interessiert. Er hat ja überall den hohen Kaufpreis des Romney bekanntgegeben. Ich glaube, daß das ein gefundenes Fressen für unsere Spezialistin ist.«

Es war nicht leicht, Mr. Tresser zu treffen; er hatte so viele Interessen in der City, daß er von morgens früh bis abends spät beschäftigt war. Als es Peter schließlich gelang, ihn in einem Privatsalon des ›Ritz-Carlton‹ zu sprechen, war er erstaunt über das gewöhnliche Aussehen dieses reichen Mannes. Der Multimillionär war dick und untersetzt und hatte rote Haare. Sein fleischiges Gesicht war glatt rasiert; das einzig Bemerkenswerte an ihm waren die lebhaften Augen von blaugrauer Farbe.

Die Visitenkarte des Chefinspektors verschaffte ihm sofort Zutritt zu dem bekannten Mann.

»Nehmen Sie bitte Platz«, sagte Mr. Tresser eilig. »Was haben Sie denn für Sorgen?«

Peter erklärte, warum er gekommen war, und der Millionär hörte ihm so interessiert zu, als ob es sich um ein lukratives Geschäft handelte.

»Ja, ich habe schon von dieser ›Quadrat-Jane‹ gehört«, sagte er belustigt, »aber von mir wird sie nichts bekommen, darauf gebe ich Ihnen mein Wort. Und was den Romney betrifft – deshalb brauchen Sie sich keine Kopfschmerzen zu machen.«

»Aber soviel ich gehört habe, gestatten Sie dem Publikum den Zutritt zu Ihrer Gemäldesammlung?«

»Das stimmt, aber jeder, der die Gemäldegalerie besucht, muß sich in ein Buch eintragen. Außerdem werden die Gemälde scharf bewacht.«

»Wo hängt denn der kostbare Romney über Nacht? Doch nicht etwa in der Galerie?«

Mr. Tresser lachte laut auf. »Glauben Sie wirklich, daß ich so töricht wäre? Nein, nachts kommt er in meine Stahlkammer. Und Sie können sicher sein, daß sich der Herzog von Haslemere ein erstklassiges Panzergewölbe hat einbauen lassen, das nicht so leicht zu öffnen ist!«

Peter Dawes war nicht so zuversichtlich wie Tresser und traute verschlossenen und verriegelten Türen wenig. Er wußte nur zu gut, daß die ›Quadrat-Jane‹ in ihrem Fach geradezu eine Künstlerin war und ihre Unternehmungen sehr genau plante. Es war natürlich zweifelhaft, ob sie sich wirklich mit Bildern abgeben würde, und ein großes Gemälde war ja auch nicht ohne weiteres aus dem Haus zu schaffen – höchstens dann, wenn sie nachts einen Einbruch versuchte. Aber das kam in diesem Fall ja kaum in Frage, da die Stahlkammer ein allzu großes Hindernis bot.

Er ging also zum Haslemere House, das in der Nähe des Berkeley Square lag. An das große, repräsentative Gebäude war eine moderne Gemäldegalerie angebaut. Nachdem er Einlaß gefunden hatte, trug er seinen Namen in das Besucherbuch ein. Unter den Angestellten erkannte sein scharfes Auge sofort einen Privatdetektiv. Er trat auf ihn zu, zeigte ihm seinen Ausweis und wurde sofort in die Galerie eingelassen. Gleich im ersten Saal hing der große Romney – ein prachtvolles Bild, eines der besten, das der berühmte Meister gemalt hatte.

Peter war der einzige Besucher. Er sah sich aber nicht nur die Kunstschätze an. Vor allem untersuchte er den Raum, in dem das berühmte Gemälde hing, denn er hatte ja daran zu denken, daß sich hier etwas Unangenehmes ereignen könnte. Der Saal war lang und verhältnismäßig schmal und besaß nur eine einzige Tür, durch die Peter hereingekommen war. Die hohen Fenster waren nicht nur mit Eisengittern versehen, sondern auch noch mit Drahtnetzen gesichert. Auf diesem Weg konnte man also das Gemälde nicht aus dem Saal schaffen. Da keine schweren Vorhänge angebracht waren, sondern nur Rollos, war der Raum sehr übersichtlich. Es konnte sich niemand darin verstecken.

Nachdem Peter diese Feststellungen gemacht hatte, ging er wieder hinaus. Er war vollkommen überzeugt, daß die ›Quadrat-Jane‹ nicht so leicht davonkommen würde, wenn sie die Gemäldegalerie Tressers berauben wollte.

Peter kehrte nach Scotland Yard zurück und arbeitete bis zur Mittagszeit in seinem Büro. Dann ging er zu Tisch. Kurz nach seiner Rückkehr wurde er vom Chef angerufen.

»Würden Sie sofort in mein Büro kommen, Dawes? Ich habe eine wichtige Sache für Sie.«

Peter ging sofort hin.

»Es ist wie verhext, Dawes. Wir haben auf den nächsten Gaunerstreich der ›Quadrat-Jane‹ wirklich nicht lange zu warten brauchen.«

»Was hat sie denn jetzt schon wieder gemacht?«

»Den wertvollen Romney gestohlen!«

Peter starrte seinen Vorgesetzten verblüfft an. »Wann ist denn das geschehen?«

»Vor einer halben Stunde. Fahren Sie sofort zum Haslemere House und stellen Sie die nötigen Nachforschungen an.«

Zwei Minuten später saß Peter schon in seinem Wagen und suchte sich seinen Weg durch den dichten Londoner Verkehr, und nach zehn Minuten stand er bereits in der Halle des großen Hauses und ließ die aufgeregten Angestellten berichten. Die Tatsachen, die er erfuhr, waren verhältnismäßig nichtssagend.

Um Viertel nach zwei war ein alter Mann in einem langen Mantel erschienen. Er wollte die Galerie besichtigen und trug sich als ›Thomas Smith‹ in das Besucherbuch ein.

Der Mann schien eine Autorität auf dem Gebiet der Kunstgeschichte zu sein und hatte sich allem Anschein nach auf Romney spezialisiert. Er duldete keinen Widerspruch, und die Unterhaltung mit ihm war nicht gerade angenehm, da er alles besser wußte. Er sprach mit sämtlichen Angestellten, prahlte mit seinen großen Kenntnissen und seiner reichen Erfahrung, nannte sich einen der besten Kunstkritiker und machte sich so unbeliebt wie nur möglich bei den Leuten, so daß niemand mehr etwas mit ihm zu tun haben wollte. Alle waren froh, als er endlich in die Galerie ging.

»War er denn allein in dem Saal, wo der Romney hing?« fragte Peter.

»Jawohl.«

»Niemand hat ihn begleitet?«

»Nein.«

Peter nickte. »Es ist natürlich nicht angenehm, mit einem so rechthaberischen Menschen zusammen zu sein, aber der Mann verhielt sich vielleicht nur so, um die anderen Leute zu verscheuchen. Erzählen Sie ruhig weiter.«

»Er ging in den Saal, und als einer der Diener etwas dort holte, sah er, daß der Fremde wie verzückt in dem Sessel vor dem Bild saß. Der Diener sagt, er könne darauf schwören, daß zu der Zeit das Bild noch im Rahmen war. Es hing nicht allzu hoch; die obere Kante des Rahmens befand sich etwa zwei Meter über dem Fußboden.

Kurz darauf kam der alte Mann aus dem Saal und sprach mit sich selbst über die Schönheit und die Farbenpracht des Bildes. Im selben Augenblick trat ein junges Mädchen in die Halle und bat ebenfalls um die Erlaubnis, die Gemälde besichtigen zu dürfen. Sie trug sich als ›Ellen Cole‹ ein.«

»Wie sah sie denn aus?«

»Ach, sie war nur ein Kind, ein hochaufgeschossenes junges Ding, das höchstens vierzehn oder fünfzehn Jahre alt sein mochte«, erklärte der Befragte.

Peter stellte dann fest, daß dieses junge Mädchen die Galerie betrat, als der alte Mann herauskam. Der wandte sich nach ihr um und sah ihr nach. Dann ging er langsam durch die Halle, und als er zur Tür kam, zog er sein Taschentuch heraus. Dabei rollten etwa zehn, zwölf Geldstücke nach allen Seiten auf den Marmorfußboden. Ein Diener half ihm, die Geldstücke wieder aufzuheben. Er dankte ihm, schien sich aber in Gedanken noch dauernd mit dem Bild zu beschäftigen, denn er war zerstreut und sprach mit sich selbst. Schließlich verließ er das Haus.

Kaum war er auf der Straße angelangt, als das junge Mädchen wieder in der Halle erschien und fragte: ›Welches von den vielen Bildern ist denn der berühmte Romney?‹

›Er hängt in der Mitte der großen Wand gegenüber den Fenstern.‹

›Aber ich kann ihn nicht finden. Dort hängt doch nur ein leerer Rahmen‹, war ihre Antwort.

Die Angestellten eilten in den Raum und konnten nur noch feststellen, daß das Gemälde verschwunden war.

Auf dem Rahmen war das übliche Zeichen der ›Quadrat-Jane‹ angebracht.

Die Angestellten verloren nicht den Kopf. Einer rief sofort die nächste Polizeistation an, ein zweiter eilte dem Alten nach. Aber der war wie vom Erdboden verschwunden. Der Polizist, der an der Straßenecke stand, hatte beobachtet, wie der Mann in ein Taxi stieg und fortfuhr.

»Und was ist aus dem jungen Mädchen geworden?«

»Sie blieb noch einige Zeit, besah sich die anderen Bilder und ging dann fort. Sie hat übrigens in dem Buch unter ihrem Namen ihre Adresse notiert. – Aber sie hatte nicht die geringste Möglichkeit, ein Bild fortzuschleppen«, erklärte der Mann überzeugt. »Sie trug ein verhältnismäßig kurzes Kleid, und es ist ganz ausgeschlossen, daß sie das große Gemälde darunter hätte verstecken können.«

Peter ging in den Saal und betrachtete den leeren Rahmen. Das Gemälde war mit einem scharfen Messer glatt herausgeschnitten. Alle Winkel durchsuchte er, aber er konnte nichts entdecken. Nur eine lange Stecknadel fand er direkt vor dem Bild; sie war besonders stark, aber sonst war nichts Außergewöhnliches an dem Fund. Andere Anhaltspunkte konnte er nicht gewinnen, obwohl er sich die größte Mühe gab.

Mr. Tresser nahm seinen Verlust gefaßt hin. Erst als in den Zeitungen Artikel darüber erschienen und alle Berichterstatter den großen Wert des Gemäldes hervorhoben, wurde er unruhig, und schließlich setzte er eine Belohnung für die Wiederbeschaffung aus, worüber die Zeitungen gleichfalls berichteten.

Der Diebstahl des berühmten Gemäldes wurde in allen Clubs, in allen Gesellschaftskreisen lebhaft erörtert. Man zerbrach sich den Kopf, wie das Bild überhaupt hatte entwendet werden können, und die jungen Leute, die sich für Amateurdetektive hielten, stürzten sich mit Eifer auf die Aufdeckung dieses sensationellen Verbrechens.

Peter Dawes, der sich die beiden Adressen aus dem Besucherbuch notiert hatte, ging noch am Nachmittag in die Stadt und stellte weitere Nachforschungen an. Aber er entdeckte natürlich, daß weder der alte Kunstkenner noch das junge Mädchen dort wohnten, wo sie angegeben hatten.

Peter berichtete seinem Vorgesetzten, was er erfahren hatte. Er hatte sich auch schon eine ganz bestimmte Theorie darüber gebildet, wie der Diebstahl ausgeführt worden war.

»Der alte Mann kommt natürlich als Täter nicht in Frage. Er war nur ein Helfershelfer und wurde in die Galerie geschickt, um den Argwohn und Verdacht der Angestellten zu erregen, so daß sich die ganze Aufmerksamkeit auf ihn konzentrierte. Mit voller Absicht ärgerte er die Leute mit seinen langen Erklärungen und Erzählungen, damit sie ihn allein ließen. Dann ging er in die Galerie. Er wußte, daß sein langer Mantel den Leuten von vornherein verdächtig erscheinen und daß sie genau auf ihn achten würden. Die beiden hatten einen vorzüglichen Zeitplan ausgearbeitet – gerade, als das Mädchen hereinkam, verließ der Alte den Saal. Besser hätte es überhaupt nicht gemacht werden können.

Das Geld ließ er fallen, um die Aufmerksamkeit auf sich zu ziehen. Wahrscheinlich wurde im selben Augenblick das Bild aus dem Rahmen geschnitten und versteckt. Wie das Mädchen dies allerdings angefangen und wie sie es aus dem Haus gebracht hat, ist ein Rätsel. Alle Angestellten, die ich fragte, sind sich darüber einig, daß sie das große Gemälde unmöglich auf ihrem Körper verbergen konnte. Ich habe Versuche in dieser Hinsicht angestellt und ein Stück Malerleinwand von der betreffenden Größe mit Ölfarbe bestreichen lassen, so daß es dieselbe Schwere und Steife hatte wie das Original. Es ist ganz ausgeschlossen, daß das junge Mädchen das Bild mitgenommen hat.«

»Wer war denn das Mädchen?«

»Niemand anders als die ›Quadrat-Jane‹ selbst!«

»Das ist doch unmöglich!«

Peter lächelte. »Es ist furchtbar leicht für eine junge Dame, sich noch etwas jünger zu machen. Sie braucht sich nur entsprechend anzuziehen und ihre Frisur zu ändern, dann ist das Schulmädchen schon fertig.«

»Einen Augenblick!« sagte der Chef. »Konnte sie nicht das Bild durchs Fenster nach draußen werfen, so daß jemand es auffing, der vor dem Haus wartete?«

Peter schüttelte den Kopf. »Daran hatte ich zuerst auch gedacht, aber die Fenster waren verschlossen, und die Drahtnetze machen derartige Manipulationen vollkommen unmöglich. Nein, sie hat das Bild tatsächlich unter den Augen der Angestellten gestohlen. Dann kam sie heraus und erklärte unschuldig, daß sie den Romney nicht finden könne. Selbstverständlich waren die Leute bestürzt und eilten Hals über Kopf in den Saal. In den nächsten Minuten hat sich dann natürlich niemand um das ›Kind‹ gekümmert.«

»Meinen Sie nicht, daß einer der Angestellten in die Sache verwickelt war?«

»Das wäre nicht ganz von der Hand zu weisen. Aber ich habe mich genau nach dem Vorleben der Angestellten erkundigt; sie haben alle sehr gute Zeugnisse und sind schon lange im Dienst. Es sind durchweg verheiratete, ältere Leute, und gegen keinen liegt etwas vor.«

»Was will sie denn mit dem Gemälde anfangen? Sie kann doch ein so bekanntes Kunstwerk nicht verkaufen?«

»Die Absicht hat sie auch gar nicht. Sie ist natürlich nur auf die Belohnung aus, die Mr. Tresser ausgesetzt hat«, entgegnete Peter lächelnd. »Ich muß mich schwer anstrengen, um diese kluge und scharfsinnige Frau zu fassen. Vorläufig sieht es noch nicht so aus, als ob wir sie in der nächsten Zeit verhaften könnten. Aber ich glaube doch, daß ich sie schließlich fange, wenn ich mich noch länger mit dem Fall beschäftige.«

»Sie meinen, sie ist hinter der Belohnung her? Das ist ja großartig! Dann können wir sie doch verhaften, wenn sie das Bild zurückbringt.«

»Nein, in dieser Beziehung dürfen wir uns keine Hoffnung machen«, entgegnete Peter. Er nahm ein Telegramm aus der

Tasche und legte es vor seinen Vorgesetzten auf den Schreibtisch. Es lautete:

Das Gemälde von Romney wird unter der Bedingung zurückgegeben, daß sich Mr. Tresser verpflichtet, fünftausend Pfund an die Kinderklinik in der Great Penton Street zu zahlen. Sobald er eine Erklärung unterzeichnet hat, in der er sich verpflichtet, diese Summe zu zahlen, wird er das Bild zurückerhalten.

Jane

»Was hat denn Mr. Tresser dazu gesagt?«

»Der ist einverstanden und hat sich bereits mit dem Sekretariat der Klinik in Verbindung gesetzt. Wir haben in allen Zeitungen eine Notiz veröffentlicht – zusammen mit einem Foto des Gemäldes.«

Um drei Uhr nachmittags kam ein anderes Telegramm, das an Peter Dawes persönlich adressiert war. Er war etwas betreten, weil die ›Quadrat-Jane‹ so genau darüber unterrichtet war, daß er ihren Fall bearbeitete.

Der Text war verhältnismäßig kurz:

Ich werde das Bild heute abend acht Uhr zurückgeben. Seien Sie in der Gemäldegalerie. Treffen Sie alle Vorsichtsmaßregeln und lassen Sie mich diesmal nicht entwischen. Jane

Das Telegramm war auf der Hauptpost aufgegeben worden.

Peter Dawes unterließ nichts, was dazu beitragen konnte, die Diebin zu fangen. Er hatte zwar nicht die leiseste Hoffnung, daß er Jane verhaften werde, aber andererseits wollte er auch nichts unterlassen, was zu einem Erfolg führen konnte.

Eine ganze Anzahl Personen versammelten sich in der düsteren Halle von Mr. Tressers Haus.

Außer Dawes und zwei weiteren Beamten von Scotland Yard war Mr. Tresser mit seinen Leuten erschienen. Er rauchte eine schwere Zigarre und schien sich im Augenblick wenig um die Sache zu kümmern. Außerdem war auch noch ein Vertreter der Kinderklinik in der Great Penton Street erschienen.

»Glauben Sie, daß sie selber kommen wird?« fragte Tresser.

»Ich würde sie gern einmal sehen. Sie hat mich zwar zum besten gehabt, aber deshalb bin ich ihr nicht böse. Ich habe ausgesuchte Polizisten in Reserve, und auch die Straßenzugänge werden bewacht. Aber ich fürchte, es wird nicht zu einer Verhaftung kommen; sie ist zu behende und zu schlau für uns.«

»Schon möglich. Aber wenn wir auch nicht sie selbst erwischen, so könnten wir doch den Boten fassen.«

Peter schüttelte den Kopf. »Der ist wahrscheinlich von irgendeiner Firma gemietet. Ich habe allerdings auch in dieser Beziehung Vorsichtsmaßregeln getroffen: Alle Botenfirmen sind von Scotland Yard instruiert für den Fall, daß jemand dort ein Paket mit Ihrer Adresse abgeben sollte.«

Acht Uhr schlug es von den Kirchtürmen in der Nähe, aber die ›Quadrat-Jane‹ erschien nicht. Fünf Minuten später klingelte es an der Haustür, und Peter Dawes öffnete selbst.

Draußen wartete ein Telegrammbote.

Peter nahm den Umschlag und riß ihn auf. Er las das Telegramm sorgfältig, dann lachte er und schüttelte den Kopf.

»Sie hat es tatsächlich fertiggebracht!«

»Was hat sie denn telegrafiert?« fragte Tresser.

»Kommen Sie alle mit«, sagte Peter, der immer noch lachte.

Er ging in die Gemäldegalerie, wo der leere Rahmen noch an der Wand hing.

Peter ging quer durch den Saal auf eins der Fenster zu.

»Das Gemälde ist hier im Zimmer – es ist überhaupt nicht fortgekommen!«

Er zog das Rollo herunter.

Alle sahen erstaunt auf die dunkelgraue Leinwand, denn dort war das Bild aufgesteckt, und alle konnten deutlich erkennen, daß es der vermißte Romney war.

»Das hätte ich eigentlich vermuten sollen, als ich die Stecknadel sah«, erklärte Peter seinem Chef. »Sie muß sehr schnell gearbeitet haben, um das Kunststück auszuführen. Aber immerhin war es möglich, wie sie durch den Erfolg bewiesen hat. Sie hat das Bild glatt aus dem Rahmen herausgeschnitten, das Rollo heruntergezogen und das Bild einfach daraufgesteckt. Und niemandem ist es eingefallen, das Rollo herunterzuziehen und das Bild dort zu suchen.«

»Es bleibt aber immer noch die Frage offen, wer diese ›Quadrat-Jane‹ eigentlich ist«, warf der Chef ein.

»Die Aufgabe werde ich noch lösen.«

4

Mrs. Gordon Wilberforce, eine Dame in mittleren Jahren, war eine stattliche Erscheinung. Sie hatte aristokratische Gesichtszüge und schneeweißes Haar. Eigentlich war sie für das letztere noch nicht alt genug, und böse Leute erzählten auch eine Geschichte darüber, die nicht gerade sehr zu Mrs. Wilberforces Gunsten sprach.

Man sprach davon, daß sie sehr eitel war und den Schönheitssalon eines berühmten Kosmetikers aufsuchte, wo sie sich ihr Haar wieder goldblond färben lassen wollte. Aber es mußte wohl ein Fehler vorgekommen sein, denn es wurde scheckig und zeigte große grünliche und rötliche Flecken an einzelnen Stellen. Nach dieser katastrophalen Erfahrung ließ Mrs. Wilberforce sich das Haar einfach weiß bleichen.

Als sie zu ihrer Familie zurückkehrte, erklärte sie, daß ihr Haar in einer einzigen Nacht weiß geworden sei, und zwar aus Sorge um ihre Tochter Joyce. Diese junge Dame machte ihrer Mutter auch wirklich viel Kummer. Mrs. Wilberforce verstand den Charakter ihrer Tochter nämlich durchaus nicht, aber Joyce durchschaute ihre Mutter sehr gut.

Eines Morgens saßen sie in ihrem kleinen Wohnzimmer beim Frühstück. Mrs. Wilberforce schaute nachdenklich in den Hyde Park hinaus.

»Joyce«, sagte sie nach einiger Zeit, »hör gut zu, was ich dir zu sagen habe, und denk nicht wieder an andere Dinge.«

»Ja, Mutter«, erwiderte das junge Mädchen gehorsam.

»Erinnerst du dich an unser früheres Mädchen, das ich entlassen habe? Sie hieß Jane Briglow.«

»Ja, ich kann mich sehr gut auf sie besinnen. Du warst mit ihrem Auftreten außerordentlich unzufrieden.«

»Sie war zu hochmütig und glaubte wunders, wer sie sei«, entgegnete die Mutter verärgert.

Joyce unterdrückte ein Lächeln. Es war eine feststehende Tatsache, daß ihre Ansichten niemals mit den Anschauungen ihrer Mutter übereinstimmten. Stets waren die beiden entgegengesetzter Meinung, selbst wenn es sich um kleine Dinge handelte. Und ihre Mutter sprach nicht zum erstenmal mit ihr über Jane Briglow.

»Jane war ein gutes Mädchen«, sagte Joyce anerkennend. »Allerdings ein wenig romantisch veranlagt. Sie liebte sensationelle Bücher, aber sonst war sie ein sehr anständiger, ja liebenswürdiger Charakter.«

Mrs. Wilberforce warf den Kopf zurück. »Ich freue mich, daß du so über sie denkst.«

Joyce blickte schnell auf. »Warum sagst du das, Mutter?«

»Ist dir noch nicht aufgefallen, daß diese Einbrecherin, von der man in der letzten Zeit soviel in den Zeitungen liest, auch Jane heißt?«

Joyce lachte. »Der Name kommt doch häufig vor!«

»Aber sie verübt ihre Verbrechen fast immer an Leuten, die wir persönlich kennen – zum Beispiel an Lord Claythorpe.« Mrs. Wilberforce schauderte. »Ich muß ja wirklich sagen, daß du deinen Verlust sehr ruhig erträgst. Immerhin hat sie die Halskette im Wert von fünfzigtausend Pfund gestohlen, die der Lord als Geschenk für dich bestimmt hatte.«

»Die hatte er doch nur gekauft, um mir mein Opfer zu versüßen«, entgegnete Joyce ironisch.

»Ach, rede doch nicht solchen Unsinn! Wie kannst du nur von einem Opfer sprechen, wenn du den Sohn und Erben von Lord Claythorpe heiraten sollst. Und bedenke doch, daß Lord Claythorpe der beste Freund deines verstorbenen Onkels war!«

»Auf jeden Fall ist er nicht mein bester Freund«, erwiderte Joyce aufgebracht. »Wenn man mit einem jungen Mann zusammen aufgewachsen ist und ihn gewissermaßen als Bruder betrachtet, ist das noch lange kein Grund, ihn zu heiraten. Im

Gegenteil – ich bin überzeugt, daß das direkt eine Torheit wäre. Niemand kann mir Schwachheit vorwerfen, aber ich würde tatsächlich jede Selbstachtung verlieren, wenn ich mich in dieser Weise verkuppeln ließe.«

Mrs. Wilberforce schluckte ihren Ärger hinunter und zwang sich zur Ruhe.

»Aber ein Mädchen wie du, das sonst gar keine Aussichten hat, sich einmal reich zu verheiraten, sollte sich doch nicht so störrisch und widerspenstig benehmen. Meiner Meinung nach ist es absolut kurzsichtig, eine solche Heirat auszuschlagen.«

»Es handelt sich nicht darum, daß ich eine Heirat ausschlage«, erklärte Joyce nach einer ziemlich langen Pause. »Es handelt sich hier nur darum, daß ich Francis nicht heiraten mag.«

Sie ging durch das Zimmer und nahm die Fotografie eines jungen Mannes, die in einem silbernen Rahmen steckte, an sich. Es war ein Bild von Francis Claythorpe.

»Und ich bin davon überzeugt, daß ich recht habe!«

Mrs. Wilberforce schwieg.

»Außerdem möchte ich wissen, warum gerade ich nicht jemand heiraten darf, der mir sympathisch ist. Kommt dir denn gar nicht zum Bewußtsein, Mutter, daß Lord Claythorpe entsetzlich selbstsüchtig handelt, wenn er mich zu dieser Heirat zwingen will?«

»Nein, das sehe ich nicht ein«, entgegnete Mrs. Wilberforce ärgerlich. »Aber du bist so dickköpfig und eigensinnig, daß du dir deine eigene Zukunft verdirbst, sowohl gesellschaftlich als auch finanziell. Wenn Lord Claythorpe von deinem Onkel als Testamentsvollstrecker eingesetzt worden ist, kannst du doch nicht daran zweifeln, daß dein Onkel damals nur dein Bestes wollte.«

»Gewiß, der Onkel hat mir sein großes Vermögen hinterlassen, und es wäre ja auch alles sehr gut, wenn nur nicht diese eine Bestimmung in seinem Testament stünde, daß ich niemanden heiraten darf, der Lord Claythorpe nicht genehm ist. Er ist der Verwalter meines Vermögens. Mein armer alter Onkel dachte, er könne so am besten meine Interessen wahren. Er hatte ja einen geradezu kindlichen Glauben an die Ehrlichkeit des Lords, und es ist ihm niemals im Traum eingefallen, daß der seinen eigenen blödsinnigen Sohn für mich aussuchen würde.«

»Wie kannst du sagen, daß der Sohn von Lord Claythorpe blödsinnig ist!« rief Mrs. Wilberforce aufgebracht. »Das mußt du zurücknehmen. Ich gebe zwar zu, daß er nicht zu den intelligentesten Leuten gehört, aber er hat einen guten Charakter. Außerdem erhält er eines Tages den Titel ›Lord‹.«

»Soweit ich es beurteilen kann, ist das sein einziger Vorzug. Du kannst die Sache betrachten, von welcher Seite du willst, es bleibt immer dasselbe: Wenn ich Francis Claythorpe nicht heirate, verliere ich ein großes Vermögen. Unter diesen Umständen kann es sich der Lord wohl leisten, mir eine Halskette im Wert von fünfzigtausend Pfund zu schenken!«

Mrs. Wilberforce strich ihr Kleid glatt. »Die Bestimmung im Testament war sehr klug, mein liebes Kind. Du hättest sonst womöglich diesen entsetzlichen Jamieson Steele geheiratet. Wie kann man nur an einem solchen Menschen Gefallen finden! Ein ganz armer Ingenieur – und außerdem noch ein Betrüger!«

Joyce sprang erregt auf; ihre Wangen färbten sich dunkelrot. »Mutter, das darfst du nicht sagen!« erklärte sie scharf. »Jamieson hat die Unterschrift Lord Claythorpes nicht gefälscht. Der Scheck, den Jamieson erhielt, war wirklich von Lord Claythorpe unterzeichnet. Wenn der später seine eigene Unterschrift nicht anerkannte, so tat er das aus einem ganz gemeinen Grund. Er wußte, daß ich Jamieson liebte, und deshalb wollte er ihn ruinieren. Es war grausam von ihm – entsetzlich grausam!«

Mrs. Wilberforce hob protestierend die Hände. »Wir wollen nicht wieder eine Szene machen. Aber vergiß nicht, Joyce, was all das Geld für mich bedeutet. Wie viele Jahre habe ich gespart und gehungert, um dir eine gute Erziehung zuteil werden zu lassen, damit du später einmal eine Stellung in der Gesellschaft einnehmen kannst. Vielleicht war die Versuchung für Jamieson zu groß.«

»Aber ich sage dir doch, daß er es nicht getan hat!« rief Joyce empört. »Lord Claythorpe hat die Beschuldigung gegen ihn nur erhoben, um ihn aus dem Weg zu schaffen und einen Grund zu haben, mir die Heirat mit ihm abzuschlagen.«

Mrs. Wilberforce zuckte die Schultern. »Es hat keinen Zweck, die Frage noch weiter zu erörtern. Am besten ist es, wir vergessen das alles. Jamieson ist von der Bildfläche verschwunden, und ich hoffe nur, daß er ein neues, ehrliches Leben in den Kolonien begonnen hat.«

Joyce trat ans Fenster und sah hinaus. Sie wußte nur zu gut, daß es sinnlos war, mit ihrer Mutter darüber zu reden. Deshalb wechselte sie das Thema.

»Warum hast du vorhin eigentlich über Jane Briglow gesprochen? Hast du sie vielleicht in der Stadt getroffen?«

Die Mutter schüttelte den Kopf. »Nein, das nicht, aber in der letzten Nacht habe ich lange nachgedacht, und bin zu der Überzeugung gekommen, daß Jane mit diesen Verbrechen in Verbindung stehen muß. Nach all den Beschreibungen, die ich von der ›Quadrat-Jane‹ gelesen habe, muß ich zu dem Schluß kommen, daß sie die Einbrecherin ist.«

Joyce lachte und fragte sarkastisch: »Meinst du vielleicht auch, daß Jamieson mit ihr im Bunde ist?«

Mrs. Wilberforce biß sich auf die Lippen. »Joyce, du hast eine sehr scharfe Zunge. Mir tut der arme Francis Claythorpe leid.«

Das Mädchen sah wieder in den Park hinaus, während Mrs. Wilberforce sie ängstlich betrachtete.

»Joyce, du bist ein merkwürdiges Mädchen. Morgen soll deine Hochzeit stattfinden, morgen erhältst du ein großes Vermögen und wirst unendlich reich, aber du machst so ein trauriges Gesicht, daß man annehmen könnte, es ginge mit dir zu Ende.«

In diesem Augenblick kam das Dienstmädchen.

»Lord Claythorpe und der junge Mr. Claythorpe«, meldete es.

Mrs. Wilberforce erhob sich mit einem strahlenden Lächeln.

Der junge Mann, der dem Lord ins Zimmer folgte, war groß und schlank. Aber er hatte einen etwas kleinen Kopf, und seine Gesichtszüge verrieten eine gewisse Charakterschwäche. Er sah auch nicht besonders vorteilhaft aus. Und wenn Joyce schon kein vergnügtes Gesicht machte, so freute sich Mr. Claythorpe noch weniger auf seine morgige Hochzeit.

Er reichte Mrs. Wilberforce lahm die Hand und ging dann zu Joyce hinüber.

»Es ist wirklich Pech«, begann er mit seiner hohen Stimme, »daß die Perlen gestohlen wurden. Was sagst du dazu?«

Joyce sah ihn nachdenklich an, ging aber nicht auf seine Frage ein.

»Nun, wie fühlst du dich, wenn du daran denkst, daß wir morgen heiraten werden, Francis?« fragte sie statt dessen zurück.

Er zuckte die Achseln. »Ach, ich weiß nicht recht«, erwiderte er unbestimmt, »Für mich bedeutet es keinen großen Unterschied. Natürlich muß ich vielen Leuten erklären, warum ich das getan habe, und es wird viele gebrochene Herzen und auch enttäuschte Hoffnungen geben.«

Sie hätte laut auflachen mögen, aber sie blieb äußerlich vollkommen ernst und ruhig.

»Natürlich«, erwiderte sie. »Ich glaube auch, daß viele hübsche junge Damen neidisch waren, als ich mich mit dir verlobte. Aber es können ja nicht alle eine so gute Partie machen.«

»Du hast mich vollkommen verstanden«, entgegnete Mr. Claythorpe, dann lachte er kindisch und faßte nach seiner Brieftasche.

Er hatte keine geringe Meinung vom Wert seiner Persönlichkeit und hielt sich für einen Don Juan.

»Am interessantesten ist die Tatsache, daß nicht nur junge Damen, die ich kenne, mit meiner Verheiratung unzufrieden sind, sondern auch Mädchen, die ich längst vergessen habe. – Du erlaubst doch, daß ich dir einmal einen Brief zeige?« fragte er geheimnisvoll.

Sie nickte. Er zog einen stark parfümierten Brief aus seiner Brieftasche, entfaltete das dicke Büttenpapier und las leise vor:

»Soeben habe ich die furchtbare Nachricht in der Zeitung gelesen, daß Du morgen heiraten wirst. Willst Du mich nicht noch einmal, ein einziges Mal, wiedersehen in Erinnerung an den schönen Tag, der längst vergangen ist? Ich muß Dich sehen, bevor Du heiratest, ich muß persönlich von Dir Abschied nehmen. Glaube mir, ich werde Dich ganz bestimmt nie wieder belästigen.

Damals hast Du mir gesagt, wie schön ich sei. Willst Du mich nicht noch ein letztes Mal sehen? Wenn Du dazu bereit bist, dann setze eine entsprechende Anzeige unter der Rubrik ›Persönliches‹ in die ›Times‹. Ich treffe Dich dann morgen abend um neun am Albert Gate im Regent's Park.«

»Das wäre also heute«, erklärte Claythorpe stolz.

»Wer hat denn den Brief geschrieben?« fragte Joyce.

»Das mag der Himmel wissen.« Mr. Claythorpe grinste vergnügt. »Natürlich, mein Liebling, muß ich sie sehen. Ich habe die Anzeige in die ›Times‹ einrücken lassen. Du hast doch nichts dagegen?«

Sie schüttelte den Kopf.

»Ich habe es meinem Vater nicht gesagt«, fuhr der junge Mann fort, »und ich möchte auch nicht, daß du ihm etwas darüber mitteilst. Er ist in diesen Dingen ein wenig altmodisch und nicht so großzügig wie du, Joyce. Erwähne um Himmels willen auch Maggerley gegenüber nichts. Du weißt ja, was für ein Stockfisch er ist!«

»Ach ja, ich weiß. Wir werden heute mittag ja mit ihm speisen.«

»Ich persönlich halte es nicht für richtig, daß Bräutigam und Braut mit dem Mann, der sie trauen soll, am Tag vorher speisen, aber mein Vater ist sehr darauf aus, mit dem Pastor gut zu stehen, und hat ihn auch für heute abend zu uns gebeten. Hoffentlich nimmt Maggerley mich dann nicht beiseite und gibt mir gute Lehren. Das würde ich nicht ertragen!«

Er richtete sich auf und warf sich in die Brust. Joyce biß sich auf die Lippen, um nicht lachen zu müssen.

Kurz darauf ging sie auf ihr Zimmer und kam nicht wieder zum Vorschein, bis das Auto vor der Tür hielt, das sie zum ›Ciro‹ bringen sollte.

Pastor Maggerley war bereits da; er war ein großer, stattlicher Mann, und man sagte von ihm, daß er die Pflichten seines Amtes außerordentlich ernst nehme.

Bei Tisch kam die Unterhaltung wie von ungefähr auf die ›Quadrat-Jane‹. Lord Claythorpe interessierte sich außerordentlich für dieses Thema und hörte Mrs. Wilberforce zu, die allerhand Theorien über die Person der Verbrecherin aufstellte.

»Früher oder später wird die Polizei sie doch verhaften«, sagte er. »In dem Punkt können Sie sicher sein.«

Francis schäumte über vor Lustigkeit. Joyce hatte ihn am Morgen unterbrochen, als er ihr von seinem romantischen Abenteuer erzählte, und nun bei Tisch stellte sich heraus, daß er darüber auch anderen gegenüber nicht geschwiegen hatte. Außerdem erzählte er, daß er ihren Trauring stets bei sich trage; er holte das kleine Etui heraus und zeigte den schmalen Platinreif. Aber auf Joyce machte das wenig Eindruck. Nachdem er lange über seinen guten Geschmack in der Wahl von Schmuckstücken gesprochen hatte, kam er auf andere Dinge.

Trotz allem gab es auch für Joyce während des Essens manches Interessante zu hören, denn immer wieder kehrte die Unterhaltung zur ›Quadrat-Jane‹ zurück. Wie Joyce schon am Morgen ihrer Mutter gegenüber geäußert hatte, hegte sie eine gewisse Sympathie für diese junge Dame, weil sie verschiedenen Leuten geschadet hatte, die auch Joyce nicht leiden konnte.

Am Abend machte sich der liebesdurstige Francis auf den Weg, um seine unbekannte Verehrerin zu treffen, und kam daher auch etwas zu spät zum Essen nach Hause.

Er war noch ganz aufgeregt von seinem Erlebnis und mußte sofort alles erzählen, was sich zugetragen hatte.

»Hast du sie überhaupt wiedererkannt?« fragte Lord Claythorpe vorwurfsvoll.

»Nein, ich konnte ihr Gesicht nicht sehen, denn sie trug einen dichten Schleier. Sie saß in einem Wagen und winkte mir. Ich stieg ein und hatte eine kurze Unterhaltung mit ihr, dann legte sie ihre Arme um meinen Hals, zog mich an sich und sagte: ›Ich kann es nicht mehr länger ertragen, Francis. Geh jetzt!‹«

»Das ist aber merkwürdig«, meinte Pastor Maggerley nachdenklich. »So etwas habe ich noch nicht gehört. Das arme Mädchen! Vielleicht wird sie nun den Rest ihres Lebens in Abgeschiedenheit von der Welt verbringen.«

»Es war nicht recht von dir, daß du das getan hast«, erklärte Lord Claythorpe scharf. »Eine junge Dame zu treffen, die du nicht kanntest! Francis, ich bin erstaunt über dich, besonders, da es der Vorabend deiner Hochzeit ist!«

Auf Pastor Maggerley hatte die Erzählung größeren Eindruck gemacht als auf alle anderen, und auf dem Heimweg überlegte er, ob er diesen Vorfall für eine spätere Predigt auswerten könnte.

Zu Hause wurde er von seiner Wirtschafterin empfangen.

»Schwester Agatha wartet auf Sie im Arbeitszimmer«, sagte sie mit leiser Stimme.

»Schwester Agatha? Ich kann mich nicht auf sie besinnen.«

Das war weiter nicht verwunderlich, denn es gab viele Schwestern bei den verschiedenen religiösen Gesellschaften, mit denen Pastor Maggerley zu tun hatte, und es wäre unmöglich gewesen, sich an alle Namen zu erinnern.

Er ging in sein Arbeitszimmer und wunderte sich, welche dringende Angelegenheit wohl eine Krankenschwester zu so ungewöhnlicher Abendstunde noch in sein Haus führen mochte. Das Licht brannte im Zimmer, aber Schwester Agatha war nicht dort.

Er rief die Wirtschafterin, und diese wunderte sich ebenso wie er.

»Aber ich habe sie doch hereingeführt, und ich war dauernd in der Diele! Sie konnte das Haus unmöglich verlassen, ohne daß ich es gemerkt hätte!«

»Das ändert aber nichts an der Tatsache, daß sie nicht mehr hier ist. Ich fürchte, Mrs. Jenkins, Sie haben geträumt.«

Plötzlich kam Maggerley ein Gedanke. Er überprüfte das ganze Zimmer, aber dann war er beruhigt, denn nicht das geringste war entwendet worden. Schließlich dachte er nicht mehr an Schwester Agatha und ging zu Bett.

*

Die Hochzeit von Mr. Francis Claythorpe mit Miss Joyce Wilberforce war eins der großen gesellschaftlichen Ereignisse. Die große Säulenhalle vor dem Hauptportal von St. Giles wimmelte von Mitgliedern der Gesellschaft. Die Braut sah blaß aus, als sie mit ihrer Mutter zur Kirche kam. Am Portal wurde sie von dem etwas unglücklich aussehenden Bräutigam und Lord Claythorpe empfangen, der kein Hehl aus seiner guten Stimmung machte. Der heutige Tag war für ihn ein Höhepunkt, denn er brachte die Erfüllung eines lang gehegten Planes.

Auch der Brief auf grauem Papier, den er in der Tasche trug, konnte seine gute Laune nicht stören. Beim Frühstück hatte er das Schreiben erhalten, das die übliche Unterschrift der ›Quadrat-Jane‹ zeigte. Die Mitteilung lautete:

Sie sind ein gemeiner, geldgieriger Charakter, Lord Claythorpe. Heute wollen Sie das Glück eines jungen Mädchens opfern, um ihr Vermögen an sich zu reißen, obwohl die Güter Ihrer Familie über und über verschuldet sind und Sie nahe vor dem Bankrott stehen. Sie haben das Vertrauen enttäuscht, das Ihr verstorbener Freund in Sie setzte, denn es ist Ihnen nur darum zu tun, sich schnöde zu bereichern. Aber ich warne Sie!

Francis Claythorpe trat vor, um seine Braut zu empfangen, und ganz gegen die Gewohnheit ging er mit ihr das Seitenschiff entlang bis zum Altar. Als das Brautpaar Platz genommen hatte, erschien Pastor Maggerley durch eine Seitentür aus der Sakristei.

»Wo hast du den Ring, Francis?« fragte Lord Claythorpe leise.

Sein Sohn nahm das Etui aus der Tasche, öffnete es und sah verwundert darauf.

»Der Ring ist fort«, sagte er so laut, daß alle Leute in den nächsten Kirchenbänken es hören konnten.

Lord Claythorpe fluchte nicht, aber er gebrauchte seinem Sohn gegenüber einen unzweideutigen kräftigen Ausdruck.

Mrs. Wilberforce rettete durch ihre Geistesgegenwart die peinliche Situation. Sie zog ihren eigenen Trauring ab und reichte ihn ihrem Schwiegersohn, während Joyce die Vorgänge mit einem gleichgültigen Lächeln verfolgte.

Als der junge Claythorpe den Ring an sich nahm, öffnete sich die Sakristeitür, und jemand winkte dem Geistlichen. Pastor Maggerley runzelte die Stirn über diese unerwartete Unterbrechung, ging zur Sakristei und verschwand durch die Tür. Er blieb einige Zeit fort, so daß sich die Anwesenden wunderten. Als er wieder heraustrat, bat er Lord Claythorpe zu sich.

Dieser ging in die Sakristei und sah sich dort einer unangenehmen Situation gegenüber.

Auf dem Tisch lag ein großes braunes Kuvert mit der Aufschrift: ›Heiratserlaubnisschein für Mr. Francis Claythorpe und Miss Joyce Wilberforce.‹

»Es tut mir unendlich leid«, sagte der Pastor aufgeregt und zeigte auf den Umschlag. »Es ist etwas Unerklärliches geschehen.«

»Worum handelt es sich denn?« fragte Claythorpe entrüstet.

»Diese Heiratserlaubnis –«, begann der Pastor.

»Ich habe Ihnen den Schein vorgestern ausgehändigt«, unterbrach der Lord den Geistlichen. »Es ist doch alles damit in Ordnung. Oder stimmt etwas nicht?«

Der Pastor konnte nicht sofort antworten, er war im Augenblick zu aufgeregt.

»Ich hatte das Dokument in meinem Arbeitszimmer im Schreibtisch aufbewahrt. Ich kann es gar nicht verstehen – außer mir und meiner Wirtschafterin hat niemand Zutritt, und trotzdem ist es geschehen!«

»Was gibt es denn?« fragte Mrs. Wilberforce, die auch eingetreten war. »So sagen Sie es mir doch!«

Statt jeder Antwort nahm der Pastor ein Stück Papier aus dem braunen Umschlag, faltete es auseinander und reichte es Lord Claythorpe.

»Das ist alles, was in dem Kuvert steckte.«

Der Lord murmelte wütend etwas vor sich hin, denn statt des erwarteten Dokumentes sah er einen Zettel mit vier Quadraten und einem J.

»Das ist wieder so eine Gemeinheit dieser Person«, sagte er leise. »Ich möchte nur wissen, wie es ihr gelungen ist, an das Dokument heranzukommen.«

Pastor Maggerley schüttelte den Kopf. »Ich kann es nicht begreifen.«

Aber dann erinnerte er sich plötzlich an Schwester Agatha, die so unerwartet im Pfarrhaus erschienen war, sich über eine Stunde in seinem Arbeitszimmer aufgehalten hatte und dann verschwunden war.

Es blieb nichts anderes übrig: Schwester Agatha mußte diese ›Quadrat-Jane‹ gewesen sein!

5

Peter Dawes saß in seinem Büro in Scotland Yard. Lord Claythorpe war bei ihm, und die beiden hielten eine Beratung ab.

Der Chefinspektor hatte einen kleinen Block vor sich liegen, auf dem er von Zeit zu Zeit etwas notierte. Er hatte die Stirn gerunzelt, denn die Besprechung ging nicht so vonstatten, wie er es gewünscht haben mochte.

»Die ganze Sache war ein gemeines Attentat dieser Person gegen mich, meinen Sohn und meine Nichte.«

»Ist denn Miss Joyce Wilberforce Ihre Nichte?«

Lord Claythorpe zögerte.

»Nun, sie ist nicht direkt meine Nichte«, erwiderte er schließlich, »aber sie ist die Nichte eines meiner besten Freunde, eines außerordentlich reichen Mannes. Als er starb, hinterließ er ihr sein großes Vermögen.«

Peter Dawes nickte. »Und welches Interesse haben Sie daran?«

»Ich bin ihr gesetzlicher Vormund. Sie hat zwar noch ihre Mutter, aber ich bin der alleinige Testamentsvollstrecker und verwalte das große Vermögen für sie. Das Testament enthält nun aber einige Bestimmungen, die mir gewisse Vollmachten geben. Im allgemeinen hat ein Vormund allerdings nicht –«

»Sie meinen, daß Sie auch das Recht haben, bei der Wahl des Ehegatten Ihres Mündels ein Wort mitzusprechen«, sagte der Chefinspektor ruhig.

Jetzt runzelte Lord Claythorpe die Stirn. »Sie kennen den Inhalt des Testaments? Ja, ich habe das Recht dazu, und aus diesem Grund wählte ich meinen Sohn Francis als den besten Jungen Mann, den ich kannte. Und Mrs. Wilberforce war mit meiner Wahl einverstanden.«

»Ich bin im Bilde«, erwiderte Peter Dawes höflich und sah auf seine Notizen. »Soweit ich informiert bin, hat diese geheimnisvolle Person, die wir so eifrig suchen und die nach Meinung von Mrs. Wilberforce mit deren früheren Hausgehilfin Jane Briglow identisch ist, erfolgreiche Versuche gemacht, sich Teile Ihres Vermögens anzueignen. Der Höhepunkt ihrer Kühnheit aber war es wohl, daß sie Ihrem Sohn den Trauring stahl und bei dem Pastor einbrach, um den Heiratserlaubnisschein zu entwenden.«

»Sie haben vollkommen recht.«

»Und was wird nun mit der Trauung? Es macht doch sicher keinerlei Schwierigkeiten, einen neuen Erlaubnisschein zu beschaffen.«

Lord Claythorpe berührte diese direkte Frage unangenehm, und er warf den Kopf zurück. »Die junge Dame ist durch die beschämenden Ereignisse in der Kirche völlig zusammengebrochen. Am folgenden Morgen war sie so nervös, daß ihre Mutter sie zu einer Freundin aufs Land schicken mußte. Die Eheschließung ist daher um etwa einen Monat verschoben worden.«

»Ich habe noch eine andere Frage an Sie zu richten, Mylord. Sie haben vorhin gesagt, daß Sie außer Jane Briglow noch einen jungen Mann verdächtigen, einen gewissen Jamieson Steele, der früher mit Miss Joyce Wilberforce verlobt war?«

»Der ist geflohen«, entgegnete der Lord nachdrücklich. »Ich möchte nur wissen, warum es der Polizei bisher nicht gelungen ist, ihn dingfest zu machen. Der Mann hat doch meine Unterschrift gefälscht.«

»Die Einzelheiten sind mir durchaus bekannt. Ich habe mir die Akten kommen lassen und sie genau durchstudiert. Der junge Mann ist wohl, wie Sie eben sagten, flüchtig, weil ein Verfahren gegen ihn schwebt. Aber es war eine große Torheit von ihm, daß er durchgebrannt ist. Die Polizei besitzt nicht genügend Beweismaterial gegen ihn, um ihn vor Gericht zu stellen. Ich vermute, daß Sie das auch wissen?«

Der Lord wußte es nicht und schimpfte wieder auf die Polizei, die seiner Meinung nach den Fall viel zu oberflächlich behandelte.

Kurz darauf verabschiedete er sich.

Peter Dawes ging zu dem Beamten, der den Fall Jamieson Steele bearbeitet hatte.

»Nein«, sagte der, »wir haben kein Bild von Mr. Steele, aber er war ein ruhiger junger Mann. Wenn ich mich nicht sehr irre, war er bei einer der Gesellschaften Lord Claythorpes als Ingenieur angestellt.«

Peter Dawes sah seinen Kollegen nachdenklich an. Es war Inspektor Passmore, der ein fabelhaftes Gedächtnis besaß, nicht allein für Verbrecher, sondern auch für Leute, die die Polizei bisher nicht fassen konnte und die nach außen hin ein untadeliges Leben führten.

»Welche Stellung nimmt Lord Claythorpe eigentlich unter den wohlhabenden Leuten ein, die nicht zu arbeiten brauchen?«

Inspektor Passmore strich sein Kinn. »Da irren Sie sich, der Lord ist weder reich oder wohlhabend, noch bringt er seine Tage mit Nichtstun zu. Im Gegenteil, Claythorpe ist ein verhältnismäßig armer Mann. Der größte Teil seines Einkommens besteht aus Aufsichtsratstantiemen. In der letzten Zeit hat er schwer gespielt, und bei der letzten Baisse in Petroleumaktien hat er einen großen Teil seines Vermögens verloren.«

»Ist er verheiratet?« fragte Peter.

Sein Kollege nickte. »Er hat eine ziemlich unbedeutende Frau, die noch niemand auf Gesellschaften getroffen zu haben scheint, aber sie verkehrt regelmäßig bei Mr. Grandman.«

»Wissen Sie etwas über das Vermögen von Miss Joyce Wilberforce?« fragte Dawes weiter.

»Es beträgt zweihundertfünfzigtausend Pfund und wird ausschließlich von Lord Claythorpe verwaltet. Der verstorbene Onkel, der ihr das Geld hinterließ, hatte große Hochachtung vor dem Lord. Meiner Meinung nach war es aber absolut nicht richtig von ihm, das Vermögen des jungen Mädchens diesem Mann anzuvertrauen. Er muß am Ende seines Lebens nicht mehr ganz normal gewesen sein.«

Die Blicke der beiden trafen sich.

»Ist Claythorpe ein Verbrecher?« fragte Dawes geradezu.

Der Inspektor zuckte die Schultern. »Das mag der Himmel

wissen. Merkwürdig ist jedenfalls seine Verbindung mit der ›Quadrat-Jane‹.«

Peter sah ihn erstaunt an. »Was meinen Sie damit?«

»Nun, sehen Sie denn nicht, daß sich all die Verbrechen, die sie begeht, gegen Claythorpe richten?«

»Darüber hatte ich mir meine eigene Meinung gebildet«, entgegnete Peter langsam. »Ich dachte bis jetzt, daß die ›Quadrat-Jane‹ eine Dame der Gesellschaft sei, die nur stiehlt, um den übermäßig Reichen das Geld abzunehmen und es den Armen zukommen zu lassen.«

Der Inspektor lächelte. »Das folgern Sie aus der Tatsache, daß sie den Erlös aus ihren Einbrüchen gemeinnützigen Anstalten wie Waisenhäusern und Kliniken zur Verfügung stellt. Wenn Sie es jedoch genauer betrachten, sind es nur die Erlöse aus ihren Juwelendiebstählen, die sie der Allgemeinheit wieder zugänglich macht. Aber Sie haben niemals gehört, daß sie bares Geld, das in ihre Hände fiel, für irgendeinen wohltätigen Zweck zurückgegeben hätte.«

»Ich kann mich auf solche Fälle jedenfalls nicht besinnen«, sagte Peter.

»Insbesondere nicht, wenn es sich um Claythorpes Geld handelte«, erklärte der Inspektor. »Und wenn er es nicht selbst ist, dann dreht es sich um einen seiner Freunde, der eine ebenso dunkle Vergangenheit hat wie der Lord selbst. Ich habe von dieser ›Quadrat-Jane‹ tatsächlich den Eindruck, daß sie mit ihren vielen Diebstählen einen ganz bestimmten Zweck verfolgt. Vielleicht sucht sie etwas, möglicherweise Geld. Auf jeden Fall habe ich beobachtet, daß sie bares Geld für sich zurückbehält, wenn es ihr in die Hände fällt.«

»Und wie erklären Sie sich das alles?«

»Meiner Meinung nach haben die ›Quadrat-Jane‹ und Claythorpe früher zusammen ein verbrecherisches Unternehmen durchgeführt. Dabei hat er sie betrogen, und jetzt rächt sie sich dafür.«

Lord Claythorpe hatte ein Büro in der City, aber seine meisten Geschäfte wurden in einem kleinen Raum in der St. James Street erledigt. Der einzige Angestellte dort war sein vertrauter Sekretär Donald Remington, ein etwas unwirscher und unzufriedener, aber schweigsamer Mann von etwa fünfzig Jahren, der weit mehr von den Geschäften des Lords wußte, als dieser ahnte.

Nach seiner Unterredung mit Chefinspektor Dawes fuhr Lord Claythorpe in sein Büro in der St. James Street. Das Büro lag im ersten Stock über einem Ladengeschäft.

Lord Claythorpe war sehr nachdenklich, als er die Treppe hinaufging.

Remington erhob sich schweigend, als sein Chef eintrat, und dieser setzte sich in den Sessel hinter dem zweiten Schreibtisch. Volle drei Minuten sprach keiner der beiden.

»Was wollte denn der Chefinspektor von Mylord?« fragte Remington dann.

»Er wollte verschiedenes über dieses niederträchtige Weibsbild wissen«, entgegnete der Lord kurz und gereizt.

»Ach, Sie meinen die ›Quadrat-Jane‹. Hat er sonst keine Fragen gestellt?«

Es war merkwürdig, in welch familiärem Ton Remington sprach, obwohl er Claythorpe gegenüber nach außen hin respektvoll blieb.

Der Lord nickte. »Er wollte sich auch noch über das Vermögen von Miss Wilberforce informieren.«

Wieder folgte ein Moment des Schweigens.

»Ich glaube, Sie werden froh sein, wenn die Hochzeit erst vorüber ist«, meinte Remington schließlich.

Er hatte mit so eigentümlicher Betonung gesprochen, daß Claythorpe aufschaute.

»Selbstverständlich werde ich mich freuen, wenn ich das erreicht habe«, erwiderte er scharf. »Haben Sie übrigens die Anordnungen getroffen?«

Remington nickte, dann fragte er: »Aber halten Sie diese Dispositionen auch wirklich für richtig? Nach meiner Ansicht würden die Papiere besser in der Stahlkammer der Bank bleiben, besonders angesichts der lebhaften Tätigkeit dieser ›Quadrat-Jane‹.«

»Nein, ich habe anders verfügt«, entgegnete Claythorpe heftig. »Führen Sie meine Anweisungen genau aus. Zum Teufel, was fällt Ihnen eigentlich ein, meine Entscheidungen zu kritisieren?«

Remington zog die Augenbrauen fast unmerklich hoch. »Das lag durchaus nicht in meiner Absicht, Mylord. Ich wollte Ihnen nur raten –«

»Ich brauche Ihre Ratschläge nicht. Also – haben Sie der Bank mitgeteilt, daß ich die Wertpapiere anderweitig an einem sicheren Ort aufbewahren will?«

»Jawohl. Der Direktor hat veranlaßt, daß die Stahlkassette mit Inhalt heute nachmittag hier abgeliefert wird. Sein Stellvertreter und ein Kassierer bringen sie her.«

»Gut, dann kommt sie morgen auf meinen Landsitz und wird dort aufbewahrt.«

Remington schwieg.

»Sie halten meine Anordnungen also für unklug?« fragte Lord Claythorpe und sah seinen Angestellten böse an. »Ich sehe, daß Sie sich auch vor dieser ›Quadrat-Jane‹ fürchten.«

»Nein, ich nicht«, erwiderte Remington schnell. »Wann soll denn die Trauung stattfinden?«

»In einem Monat«, entgegnete der Lord leichthin. »Sie fragen wahrscheinlich deshalb danach, weil Sie an Ihren Bonus denken?«

Remington feuchtete die trockenen Lippen an. »Ich dachte vor allem an die Summe von viertausend Pfund, die Mylord mir schulden und auf die ich die letzten beiden Jahre so geduldig gewartet habe. Ich bin müde und möchte nicht länger hier im Büro arbeiten. Schließlich will ich auch noch etwas vom Leben haben. Ich werde immer älter, und bald wird es zu spät für mich sein. Ich brauche dringend eine Luftveränderung.«

Lord Claythorpe malte mit einem Bleistift Figuren auf die Schreibunterlage.

»Wieviel schulde ich Ihnen eigentlich alles in allem, einschließlich des Bonus, den ich Ihnen für Ihre Hilfe versprach?«

»Nahezu zehntausend Pfund.«

»Das ist allerdings eine ziemlich hohe Summe. Aber Sie können sich darauf verlassen, daß Sie das Geld in dem Augenblick erhalten, in dem mein Sohn heiratet. Ich habe in der letzten Zeit große Ausgaben gehabt, Remington. Es hat viel Geld gekostet, die Perlenkette zurückzubekommen.«

»Meinen Sie das Armband?« fragte Remington schnell. »Ich wußte gar nicht, daß Sie auch die Perlenkette zurückerhalten haben.«

»Ganz gleich – ich habe eine Anzeige in die Zeitung gesetzt, um es wiederzuerhalten«, wich Claythorpe aus.

»Sie haben keine feste Belohnung genannt, das war sehr klug von Ihnen.«

»Warum?«

»Die Perlen waren nicht echt«, entgegnete Remington kühl. Das Halsband, das angeblich fünfzigtausend Pfund gekostet haben sollte, war nämlich in Wirklichkeit keine fünfzig Pfund wert.

»Ruhe! Um Himmels willen, sprechen Sie doch nicht so laut!« Claythorpe wischte sich die Stirn mit dem Taschentuch. »Sie scheinen ja verteufelt viel zu wissen.« Er sah Remington argwöhnisch an. »In manchen Augenblicken kommt mir zum Bewußtsein, daß Sie viel zuviel wissen für meine Sicherheit.«

Remington lächelte zum erstenmal, aber es war ein grimmiges, hartes Lächeln, das seine hageren Züge nur noch finsterer erscheinen ließ.

»Das ist um so mehr Grund, Mylord, mich so bald wie möglich abzufinden und loszuwerden. Ich habe keinen großen Ehrgeiz. Mein Lebensziel besteht darin, mir ein kleines Haus in Cornwall zu kaufen, wo ich angeln und reiten und mir mit ein wenig Sport die Zeit vertreiben kann.«

Der Lord erhob sich schnell und zog den Rock aus, um sich in der kleinen Toilette die Hände zu waschen.

»Es ist schon ziemlich spät geworden. Ich hatte ganz vergessen, daß ich eine Verabredung zum Essen habe. Ihr Wunsch soll in Erfüllung gehen, Remington, da können Sie unbesorgt sein«, erklärte er, als er durch die Tür trat.

»Das hoffe ich auch.«

Remington sah zu Boden. Als der Lord den Rock ausgezogen hatte, war ein Brief aus seiner Tasche gefallen. Remington bückte sich und hob ihn auf. Er sah nach Poststempel und Handschrift und erkannte, daß er von Mrs. Wilberforce war. Im gleichen Augenblick hörte er, daß der Lord den Wasserhahn aufdrehte und eine Melodie summte. Ohne zu zögern, nahm er das Schreiben heraus und las es.

Mein lieber Lord Claythorpe,
Joyce läßt sich in bezug auf die Hochzeit nicht zureden. Ich kann nichts mit ihr anfangen. Sie besteht darauf, daß die Hochzeit erst in zwölf Monaten stattfinden soll . . .

Er steckte den Brief wieder in den Umschlag und diesen in die innere Rocktasche.

Der Lord wußte also sehr wohl, daß die Hochzeit seines Sohnes erst in zwölf Monaten stattfinden konnte, und hatte ihn eben belogen. Wahrscheinlich hatte er auch guten Grund dazu.

Kurz darauf kam Claythorpe wieder und trocknete seine Hände ab. Er schien wirklich in guter Stimmung zu sein, denn er summte immer noch vergnügt vor sich hin. Remington schaute durchs Fenster.

»Um halb drei komme ich zurück«, sagte der Lord und sah oberflächlich einen Stoß Briefe durch, der auf seinem Schreibtisch lag. »Wahrscheinlich sind dann die Leute von der Bank auch hier.«

Remington nickte. »Ich muß Ihnen aber doch noch einmal sagen, Mylord, daß ich sehr beunruhigt bin. Die Wertpapiere von Miss Joyce sind doch auf der Bank viel sicherer als hier im Büro und auf Ihrem Landsitz.«

»Reden Sie nicht solchen Unsinn! Ich weiß schon, wie ich mit der ›Quadrat-Jane‹ fertig werde. Außerdem werde ich die Papiere versichern lassen. Die ›Quadrat-Jane‹ ist übrigens viel zu klug, um derartige auf den Inhaber lautende Wertpapiere zu stehlen. Damit kann sie doch nichts anfangen.«

»Aber wenn diese Papiere nun trotzdem verschwinden?« fuhr Remington hartnäckig fort. »Es ist möglich, daß die ›Quadrat-Jane‹ nichts damit anfangen kann, andererseits würde es aber für Sie und Miss Joyce einen großen Verlust bedeuten. Es wäre doch geradezu eine Katastrophe für Miss Wilberforce.«

»Machen Sie sich nur keine Sorgen. Weder die ›Quadrat-Jane‹ noch ihr Verbündeter, Mr. Jamieson Steele –«

»Wie kommen Sie auf Jamieson Steele? Was hat denn der mit der Sache zu tun?«

Lord Claythorpe lachte. »Das ist allerdings nur eine Vermutung von mir, aber ich glaube, daß die Polizei dasselbe denkt wie ich – nämlich, daß Jamieson Steele der Verbündete der ›Quadrat-Jane‹ ist, der sie bei all ihren Beutezügen und Räubereien unterstützt.«

»Das glaube ich nicht.«

Lord Claythorpe war bereits zur Tür gegangen und hatte die Hand schon auf der Klinke. Als er Remingtons letzte Äußerung hörte, drehte er sich jedoch noch einmal um.

»Dann glauben Sie wahrscheinlich auch nicht, daß er meinen Namen auf dem Scheck gefälscht hat? Und dabei geschah das hier in diesem Büro!«

»Das glaube ich allerdings nicht«, erklärte Remington fest. »Ich weiß nur zu genau, daß die ganze Geschichte aus der Luft gegriffen und erfunden ist.«

Claythorpe wurde rot. »Das sind häßliche Worte, die Sie da mir gegenüber gebrauchen. Je eher Sie fortkommen, desto besser.«

»Ich bin vollkommen Ihrer Meinung, Mylord.«

Remington lächelte, als der Chef erregt die Tür ins Schloß warf.

Als Claythorpe zurückkam, war er in besserer und freundlicherer Stimmung und begrüßte liebenswürdig die beiden Bankbeamten, die auf ihn warteten. Auf dem großen Schreibtisch stand die schwarzlackierte Kassette. Die Übergabe der versiegelten Pakete, die sie enthielt, dauerte nicht lange. Lord Claythorpe nahm eine Liste zur Hand und verglich die einzelnen Pakete; dann unterzeichnete er eine vorbereitete Quittung.

»Wollen Mylord nicht die Siegel aufbrechen, um nachzusehen, ob der Inhalt auch vollständig ist?« fragte der stellvertretende Direktor. »Wir sind zwar nicht verantwortlich für den Inhalt, aber es würde für uns doch eine gewisse Beruhigung sein. Sicher ist es auch Ihnen angenehm, Mylord, wenn der Inhalt in Gegenwart von Zeugen festgestellt wird.«

»Ach, das ist nicht nötig«, sagte Claythorpe und machte eine abwehrende Handbewegung. »Ich lege die Pakete wieder in die Kassette und stelle diese in meinen Safe.«

In Gegenwart der Bankbeamten schloß er den schweren Kasten in einen altmodischen Geldschrank. Die Beamten waren nicht gerade sehr befriedigt von dieser Sorglosigkeit.

»Der Geldschrank scheint aber nicht sehr sicher zu sein«, bemerkte der eine. »Ich wünschte nur, daß Mylord –«

»Ich wünschte nur, daß Sie sich um Ihre eigenen Geschäfte kümmerten«, erwiderte Claythorpe ironisch.

Ärgerlich verließen die beiden Beamten das Büro.

Um sechs Uhr nachmittags vollendete Claythorpe die Arbeiten, mit denen er sich bis dahin beschäftigt hatte, verschloß seinen Schreibtisch, untersuchte noch einmal den Geldschrank und nahm seinen Hut. Als er durchs Fenster sah, bemerkte er, daß sein Auto unten auf der Straße im Regen wartete.

»Wohin gehen Sie von hier aus, Remington?« fragte er. »Ich kann Sie in meinem Wagen bis zur Park Lane mitnehmen.«

»Nein, ich danke Ihnen, Mylord«, erwiderte Remington, der seinen Regenmantel anzog. »Ich fahre mit der Untergrundbahn, ich habe es nicht weit.«

Beide gingen zusammen hinaus, und Remington schloß die Tür ab.

Er schaltete noch die Alarmvorrichtung ein, die mit einer lauten Klingel außerhalb des Hauses in Verbindung stand. An der Haustür tat er das gleiche.

»Also, ich erwarte Sie morgen früh um neun. Gute Nacht, Remington.«

Der Regen wurde heftiger, je später es wurde. Ein wütender Südweststurm fegte über London hin. Die Straßen leerten sich mehr und mehr.

Ein Polizeibeamter hatte gerade gegenüber von Claythorps Büro in einem Hausflur Posten bezogen, und als er um elf Uhr abends abgelöst wurde, hatte er nichts gesehen oder gehört, was ihm verdächtig vorgekommen wäre.

Er kontrollierte, wie es seine Aufgabe war, ob die Tür zu

dem Büro des Lords verschlossen war, und fand alles in bester Ordnung. Der Mann, der ihn ablöste, war ein Beamter namens Toms, der um Viertel nach elf ebenfalls die Tür kontrollierte. Und da er noch einen besonderen Auftrag von Scotland Yard hatte, spannte er einen schwarzen Faden über die Tür, der an zwei Streichhölzern befestigt war. Diese klemmte er in die beiden Türritzen.

Als der Mann um ein Uhr die Tür wieder untersuchte und mit der Taschenlampe ableuchtete, war der Faden heruntergefallen. Das konnte nur eine Bedeutung haben: Zwischen Viertel nach elf und eins war jemand durch die Tür ins Haus gegangen. Er rief mit einem Pfeifensignal Verstärkung herbei und weckte den Hausmeister, der in dem Nebenhaus wohnte. Zu dritt traten sie ein und stiegen die Treppe hinauf.

Das Büro Lord Claythorpes war verschlossen. Der Hausmeister sagte, daß die Tür vom Flur direkt ins Büro führe. Von außen war sie unversehrt. Nirgends sah man Spuren eines Stemmeisens. Die Beamten hätten eigentlich ihre Nachforschungen aufgeben können. Bei dem Unwetter war es ja vielleicht auch möglich, daß der schwarze Faden ohne Zutun eines Menschen heruntergefallen war. Aber da sah der eine der Polizisten eine kleine Blutlache, die unter der Tür durchgesickert war!

Die Polizisten zögerten nun nicht länger, drückten die Tür auf und traten in das Büro. Die Tür ging schwer auf, denn hinter ihr lag ein Mann. Toms drehte das Licht im Büro an und kniete neben ihm nieder.

»Der ist tot«, sagte er. »Kennen Sie ihn?«

»Jawohl«, entgegnete der Hausmeister. »Das ist Mr. Remington.«

Die Polizisten untersuchten das Büro oberflächlich.

»Jim, benachrichtige schnell Scotland Yard«, sagte Toms zu seinem Kollegen. »Dem armen Kerl ist allerdings nicht mehr zu helfen; er war sofort tot – Herzschuß.«

Er sah sich um. Die Tür des Geldschrankes stand weit offen, und er war leer.

Eine halbe Stunde später erschien Peter Dawes und untersuchte kurz den Raum und auch den Toten.

»Liegt er noch genauso, wie Sie ihn auffanden?«

»Ja«, entgegnete der Polizist.

»Er hat ja ein Messer in der Hand.«

Peter neigte sich über Remington und sah auf das Messer mit der dünnen Klinge, das der Tote krampfhaft umklammert hielt.

»Sehen Sie einmal – die andere Hand«, sagte Toms. »Es sieht so aus, als ob er ein Stück Papier darin hätte.«

Tatsächlich hielt Remington in der halb zur Faust geballten Hand eine Visitenkarte, die Peter Dawes vorsichtig herauszog. ›Jamieson Steele, Ingenieur‹, stand darauf.

Peter Dawes nickte und ging zu dem Geldschrank.

»Das ist merkwürdig«, sagte er, bewegte die schwere Tür und untersuchte das Innere genau. Er hoffte, dort noch einen Anhaltspunkt zu finden, und er entdeckte auch etwas, aber nicht das, was er erwartet hatte. In der Mitte der Rückwand klebte ein kleines Papiersiegel mit dem Zeichen der ›Quadrat-Jane‹.

6

Es war unglaublich und unfaßbar, daß die ›Quadrat-Jane‹ einen Mord begangen haben sollte. Alle Theorien und Erklärungen Peter Dawes' wurden dadurch über den Haufen geworfen. Das war allerdings mit dem Charakterbild, das er sich von ihr gemalt hatte, nicht in Einklang zu bringen. Peter Dawes hatte sie für eine Dame der Gesellschaft gehalten, die aus menschenfreundlichen Gründen den Reichen das Geld abnahm. Aber dies war ein kaltblütiger Mord. Nun mußte die Polizei mit allen Mitteln versuchen, die Verbrecherin zu fassen.

Lord Claythorpe war um drei Uhr morgens aus dem Bett geholt worden und sofort in das Büro gefahren. Er war niedergeschlagen und verstört und zitterte vor Schrecken, als er erfuhr, daß der gesamte Inhalt des Geldschrankes gestohlen worden war.

»Und dabei hat man mich vorher noch gewarnt«, sagte er entsetzt. »Der arme Remington hat mich selbst gebeten, es nicht zu tun, aber trotz alledem habe ich mich nicht eines Besseren belehren lassen. Ach, es ist unverzeihlich!«

»Was hat Remington denn hier im Büro gemacht?« fragte Peter.

Der Ermordete war bereits ins Leichenschauhaus gebracht worden, und nur noch der dunkle Blutfleck auf dem Fußboden legte Zeugnis ab von der Tragödie, die sich hier abgespielt hatte.

»Ich habe nicht die geringste Ahnung. Ich bin noch so bestürzt, daß ich meine Gedanken gar nicht sammeln kann. Dieser arme Mann – es ist zu grauenhaft!«

»Darüber brauchen wir uns jetzt nicht zu unterhalten, das ist bei jedem Mord so. Aber ich möchte wissen, was Remington zwischen elf und ein Uhr nachts im Büro zu suchen hatte.«

»Ich denke mir die Sache folgendermaßen. Der arme Remington sorgte sich um die Sicherheit der Wertpapiere, die hier im Büro aufbewahrt wurden, und bat mich, für die Nacht einen Wächter zu engagieren. Leider habe ich törichterweise nicht auf seinen Rat gehört. Ich kann nur annehmen, daß er, von innerer Unruhe getrieben, mitten in der Nacht hierherkam und selbst Wache halten wollte.«

Peter nickte. Diese Theorie klang ziemlich wahrscheinlich.

»Dann nehmen Sie also an, daß er durch die Einbrecher hier überrascht wurde?«

»Ja. Es mögen mehrere Leute gewesen sein.«

Peter setzte sich an den Schreibtisch des Lords und klopfte mit dem Finger auf die Schreibunterlage.

»Es gibt viele Gründe, die für Ihre Annahme sprechen. Nach der Lage des Toten und der Waffe, die wir in seiner Hand fanden, muß man annehmen, daß er sich verteidigen wollte. Aber sehen Sie einmal, was wir hier sonst noch gefunden haben.«

Er nahm einen zerdrückten Briefumschlag aus der Tasche und legte ihn auf den Tisch. Er war mit Blutflecken beschmutzt.

»Das haben wir unter dem Toten gefunden. Sie sehen, daß das Kuvert mit einem scharfen Messer aufgeschnitten wurde – Remington hat ja eins in der Hand gehalten.«

Der Lord dachte darüber nach.

»Vielleicht überraschte er die Einbrecher dabei, wie sie den Brief öffneten, und riß ihnen das Schreiben aus der Hand«, sagte er dann.

Peter Dawes nickte wieder. »Ja, so kann man es sich vielleicht erklären. Hatte Remington eigentlich einen Schlüssel zu dem Geldschrank?«

Lord Claythorpe zögerte mit der Antwort. »Soweit ich weiß, nicht – doch, jetzt fällt es mir wieder ein. Er hatte einen Schlüssel. Ich hatte das völlig vergessen.«

»Ist dies der Schlüssel?« Peter Dawes reichte dem Lord einen langen dünnen Stahlschlüssel, den er aus der Tasche genommen hatte.

Claythorpe betrachtete ihn aufmerksam.

»Ja«, sagte er nach einer Weile, »das ist zweifellos einer der Schlüssel zu dem Safe. Wo haben Sie ihn denn gefunden?«

»Unter dem Tisch.«

»Sind noch andere Anhaltspunkte entdeckt worden?« fragte der Lord nach einer Pause.

Diesmal antwortete Peter Dawes nicht sofort.

»Ja. Wir fanden zum Beispiel in der Hand des Toten eine kleine Visitenkarte.«

»Welcher Name stand denn darauf?« fragte Claythorpe schnell.

»Jamieson Steele – ein früherer Angestellter von Ihnen, soviel ich weiß.«

»Steele? Um Himmels willen, das paßt ja vorzüglich zu dem, was ich schon immer behauptet habe! Steele ist also auch in die Sache verwickelt!«

»Aus der Tatsache, daß diese Visitenkarte in Remingtons Hand gefunden wurde, kann man diese Schlußfolgerung noch nicht ziehen«, entgegnete der Chefinspektor ruhig. »Es ist in Verbrecherkreisen, besonders unter Mördern, nicht üblich, daß sie ihre Visitenkarten in der Hand ihrer Opfer zurücklassen, das sollten Sie doch bedenken!«

Claythorpe warf ihm einen scharfen Blick zu. »Es scheint mir fehl am Platz zu sein, daß Sie ausgerechnet jetzt Ihre üble Laune an mir auslassen«, erwiderte er heiser und vorwurfsvoll. »Ich sage Ihnen, Steele ist ein schlechter Charakter. Ich habe die Überzeugung, daß er der ›Quadrat-Jane‹ bei all ihren Unternehmungen hilft. Wenn Sie ihn in Schutz nehmen wollen . . .«

»Ich nehme niemanden in Schutz«, entgegnete Peter eisig. »Ich würde nicht einmal Sie in Schutz nehmen, wenn die geringsten Verdachtsmomente gegen Sie vorlägen.«

Der Lord senkte einen Augenblick den Kopf.

»Es ist sicherlich ein schwerer Verlust für Sie«, fuhr Peter fort. Als der Lord schwieg, fragte er: »Sagen Sie mir bitte genau, was alles in dem Geldschrank war. Es ist auch für Sie viel besser, wenn Sie es mir jetzt gleich mitteilen. Lag bares Geld darin?«

Claythorpe schüttelte den Kopf. »Nein, nur Wertpapiere, die auf den Inhaber lauteten. Es kann also niemand etwas damit anfangen.«

»Gehörten die Papiere Ihnen? Und welchen Wert hatten sie?«

»Etwa eine Viertelmillion Pfund.«

Peter sah ihn erstaunt an. »Waren es Ihre Wertpapiere?«

»Nein«, entgegnete Lord Claythorpe zögernd, »sie gehörten nicht mir, sie waren mir nur anvertraut . . .«

Peter sprang erregt auf. »Es war doch nicht etwa das Vermögen von Miss Joyce Wilberforce, über das wir noch gestern vormittag sprachen?«

»Doch, es war ihr Eigentum. Es ist eine Katastrophe! Es ist einfach nicht zu entschuldigen!«

»Sie wissen aber doch sicher, welche Papiere in dem Geldschrank eingeschlossen waren. Bitte sagen Sie es mir so detailliert wie möglich.«

Peter Dawes sprach sachlich und hart. Dann setzte er sich wieder. Er hatte sich vollkommen gefaßt und war so ruhig und gleichgültig, als ob es sich um irgendeinen Ladendiebstahl handelte.

»Ich habe eine Liste«, erwiderte Claythorpe.

Es dauerte fast eine halbe Stunde, bis er dem Chefinspektor genau erklärt hatte, welche Papiere aus dem Safe entwendet worden waren.

Um vier Uhr morgens hatte Peter Dawes die Vernehmung und die Tatortuntersuchung beendet und fuhr nach Scotland Yard, um eine Mitteilung an alle Polizeistationen Englands gehen zu lassen.

Dieses Verbrechen sah eigentlich der ›Quadrat-Jane‹ nicht

ähnlich. Auch keiner ihrer Komplicen oder Helfershelfer konnte es verübt haben – wenn sie überhaupt mit anderen Leuten zusammenarbeitete. Bis jetzt waren all ihre Unternehmen fein durchdacht und klug ausgeführt; man konnte sich kaum vorstellen, daß Jane unbeabsichtigt eine Visitenkarte in Remingtons Hand zurückgelassen hätte.

Peter Dawes hatte schon viele Fälle bearbeitet und besaß große Erfahrung mit Verbrechen und Verbrechern. Viele scheußliche Taten hatte er aufgeklärt, und um in seinem Beruf mehr leisten zu können, hatte er sich auch mit Anatomie befaßt, besonders vom kriminalistischen Standpunkt aus. Er war absolut überzeugt, daß man dem Toten die Visitenkarte erst in die Hand gesteckt hatte, nachdem er erschossen worden war.

Als Peter Dawes seinem Chef berichtete, vertrat er auch diese Meinung.

»Die Karte ist wahrscheinlich absichtlich zurückgelassen worden, um uns auf eine falsche Fährte zu bringen. Sollte die ›Quadrat-Jane‹ tatsächlich die Täterin sein, dann wollte sie den Verdacht von sich auf den unglücklichen Steele lenken.«

»Glauben Sie, daß Sie Steele fassen können?«

Peter nickte. »Ja. Ich kann ihn sofort festnehmen lassen, wenn ich will. Wir haben bisher davon abgesehen, weil wir uns nicht lächerlich machen wollten. Es liegt nämlich nicht genügend Material gegen ihn vor, um eine Verurteilung durchzusetzen.«

Am nächsten Morgen hatte Dawes eine ganze Anzahl von Besuchen zu machen. Zuerst ging er zu dem Fabrikanten der Geldschränke in die Queen Victoria Street.

Er hatte Glück; der Chef der Verkaufsabteilung, der schon zwanzig Jahre bei der Firma arbeitete, war zugegen. Der Mann konnte sich sogar noch deutlich darauf besinnen, daß er Lord Claythorpe einen Safe verkauft hatte.

»Das ist ja eine große Hilfe«, meinte Peter lächelnd. »Ich fürchtete schon, daß es sehr lange dauern würde, bis ich den Verkäufer entdeckte, der den Geldschrank an Lord Claythorpe geliefert hat. Wie viele Schlüssel haben Sie damals mitgegeben?«

»Zwei – einen für den Lord und einen für Mr. Remington.«

»Waren die beiden Schlüssel irgendwie voneinander verschieden?«

»Nein, sie hatten nur verschiedene Nummern. Haben Sie vielleicht einen von ihnen bei sich?«

Peter zog den einen aus der Tasche, aber als der Verkaufsleiter die Hand ausstreckte, schüttelte er den Kopf und lächelte.

»Vielleicht können Sie mir beschreiben, wie die Schlüssel markiert wurden.«

»Auf dem Griff jedes Schlüssels ist eine kleine Zahl eingeprägt: eins beziehungsweise zwei. Ich kann mich noch darauf besinnen, daß Lord Claythorpe den Schlüssel Nummer eins nahm, während Nummer zwei für Mr. Remington bestimmt war. Lord Claythorpe hat damals ausdrücklich den Auftrag gegeben, die beiden Nummern anzubringen, damit die Schlüssel nicht verwechselt werden könnten.«

Peter Dawes sah auf die Nummer des Schlüssels und steckte diesen dann lächelnd wieder in die Tasche.

»Ich danke Ihnen für diese Aufklärung. Sie haben mir alles gesagt, was ich wissen wollte. Nur noch eine Frage: Waren ursprünglich nicht drei Schlüssel vorhanden?«

»Nein, ich bin sicher, daß meine Firma nur zwei hergestellt und geliefert hat. Es ist auch vollkommen unmöglich, diese Schlüssel nachzumachen.«

Als Peter nach Scotland Yard zurückkehrte, fand er ein Telegramm vor, das in Falmouth von dem Chef der dortigen Polizei aufgegeben worden war.

Jamieson Steele befindet sich hier. Soll ich ihn verhaften? Wir haben allerdings unumstößliche Beweise, daß er die vergangene Nacht mit seiner Frau in Falmouth zubrachte.

»Seiner Frau?« meinte Peter Dawes erstaunt. »Ich wußte gar nicht, daß Steele verheiratet ist. Das ist also ein unwiderlegliches Alibi; er kommt als Täter nicht in Betracht. Nun fragt es sich nur noch, ob wir ihn wegen Betruges verhaften lassen sollen«, wandte er sich an Inspektor Passmore, seinen Freund.

»Lassen Sie den jungen Mann in Ruhe«, sagte der alte, erfahrene Beamte. »Es hat keinen Zweck, Leute hinter Schloß und Riegel zu setzen, wenn wir nicht so viel Material gegen sie zusammentragen können, daß sie ganz gewiß verurteilt werden. Jamieson Steele hat sich nichts weiter zuschulden kommen lassen, als daß er sich aus dem Staub machte. Ich habe damals gleich nach der Anzeige mit dem Direktor der Bank gesprochen, und der hat mir erklärt, daß die Unterschrift auf dem Scheck nicht gefälscht war, sondern tatsächlich von Lord Claythorpe stammte. Und wenn eine derartige Zeugenaussage vor den Geschworenen gemacht wird, dann kann man doch unmöglich den jungen Mann verurteilen.«

Peter dachte darüber nach und entschloß sich, Steele telegrafisch um eine Zusammenkunft in London zu ersuchen.

In den Zeitungen standen große Artikel über das letzte Verbrechen der ›Quadrat-Jane‹. Das Publikum war empört, daß sie die lange Reihe ihrer Einbrüche nun auch noch mit einem Mord krönte. Es meldeten sich auch Zeugen bei der Polizei, die eine geheimnisvolle Frau beobachtet haben wollten. Eine Viertelstunde vor oder nach dem Verbrechen sollte sie die St. James Street entlanggeeilt sein. Andere Leute wollten eine verschleierte Frau gesehen haben, die in der St. James Street in ein wartendes Auto stieg. Bei jedem größeren Verbrechen tauchten derartige Zeugen auf, aber ihre Aussagen waren für die Polizei zumeist vollkommen wertlos.

Am Nachmittag besuchte der Chefinspektor Lord Claythorpe und fand ihn bei einer eifrigen Beratung mit Mr. Grandman. Zu Mr. Grandmans Gunsten muß aber gesagt werden, daß er zwar viele neue Gesellschaften gründete und äußerst optimistische Prospekte an das Publikum sandte, aber trotzdem ein ehrlicher, tüchtiger Geschäftsmann war, der sich nichts zuschulden kommen ließ. Heute nun waren Grandman zum erstenmal Zweifel an der Zuverlässigkeit und Glaubwürdigkeit Lord Claythorpes aufgestiegen, mit dem er schon viele Geschäfte abgeschlossen hatte.

Die beiden begrüßten Peter Dawes; der Lord ein wenig argwöhnisch und nervös, Grandman offensichtlich erfreut.

»Nun, haben Sie eine neue Entdeckung gemacht«, fragte Claythorpe.

»Nicht nur eine. Wir sind sogar imstande, den Ablauf der Tat bis zu einem gewissen Grad zu rekonstruieren. Es hat sich außerdem herausgestellt, daß sich Mr. Steele in der Nacht, in der das Verbrechen begangen wurde, in Falmouth aufhielt.«

Ein Schatten glitt über das düstere Gesicht des Lords. »Wie wollen Sie denn das beweisen, wenn Sie überhaupt nicht wissen, wo sich Mr. Steele aufhält?«

»Wir haben herausgefunden, wo er zur Zeit wohnt.«

»Dann haben Sie ihn doch sicher auch verhaftet. Ich meine – wegen des gefälschten Schecks?«

Peter lächelte. »Lord Claythorpe, wünschen Sie wirklich ernstlich, daß wir Jamieson Steele verhaften sollen? Bedenken Sie doch, daß unumstößliche Zeugenaussagen seine Angaben bestätigen. Sie haben ihm den Scheck persönlich überreicht und vorher auch selbst unterschrieben.«

»Das ist gelogen«, rief Lord Claythorpe stürmisch und schlug mit der Faust auf den Tisch.

»Es mag eine Lüge sein«, entgegnete Peter ruhig, »aber die Lüge wird sicher von den Geschworenen geglaubt werden, und ich kann mir auch nicht vorstellen, daß die Durchführung eines derartigen Prozesses Ihrem Ruf sehr dienlich sein würde.«

Claythorpe schwieg. Dann sah er auf und begegnete dem Blick Grandmans, der fast unmerklich nickte.

»Ich bin vollkommen Ihrer Ansicht. Ich habe niemals angenommen, daß man Mr. Steele vor Gericht stellen könnte. Meiner Meinung nach ist er ein guter, ehrlicher Charakter. Warum er die Nerven verlor und sich aus dem Staub machte, ist mir allerdings schleierhaft.«

Der Lord sprach von anderen Dingen, denn das Thema war ihm sehr unangenehm.

»Haben Sie sonst noch etwas herausbekommen?«

»Eigentlich nicht. Aber – wir haben doch in der Mordnacht diesen Schlüssel gefunden.« Peter zog ihn aus der Tasche und legte ihn vor Lord Claythorpe auf den Tisch. »Würden Sie so liebenswürdig sein und mir Ihren eigenen zeigen?«

Eine Minute lang starrte Claythorpe den Chefinspektor an. »Selbstverständlich«, sagte er dann.

Er verließ das Zimmer und kehrte bald darauf mit einem Schlüsselbund zurück. Er löste den Geldschrankschlüssel von dem Ring und gab ihn Peter.

Der Chefinspektor betrachtete ihn genau.

»Nun, haben Sie etwas entdeckt?« fragte der Lord.

»Ihre beiden Schlüssel müssen miteinander vertauscht worden sein«, entgegnete Peter. »Sie haben Remingtons Schlüssel, und der, den wir nach dem Mord unter dem Tisch im Büro fanden, gehört Ihnen.«

»Das ist vollkommen unmöglich!« erklärte Lord Claythorpe unnötig laut.

»Es passieren manche Dinge, die man für unmöglich hält«, erwiderte Peter.

»Aber man kann doch diese Tatsachen sehr einfach erklären –«, begann Claythorpe.

Peter brachte ihn jedoch durch eine Handbewegung zum Schweigen.

»Selbstverständlich kann man alle möglichen Erklärungen finden. Wenn Sie wollen, gibt es hundert, von denen keine widerlegt werden kann. Ich nehme nur einmal an, daß Sie beide die Schlüssel auf den Tisch gelegt hatten, und daß sie dann verwechselt wurden, ohne daß Sie es merkten. Ich habe niemals behauptet, daß Sie das nicht erklären könnten. Ich habe nur eine Tatsache erwähnt, die im Augenblick noch gar keine oder nur geringe Bedeutung hat.«

Grandman und Peter Dawes verließen zusammen das Haus. Der Lord ging ruhelos in seinem Arbeitszimmer auf und ab. Nach einiger Zeit setzte er sich und begann eifrig zu schreiben. Dann nahm er ein großes, festes Kuvert aus einer Schublade seines Schreibtisches. In dieses schob er ein Schriftstück, nachdem er es noch einmal eingehend betrachtet hatte. Es war ein Schuldschein über hunderttausend Dollar von der ›American Smelting Corporation‹. Aus einem besonderen Grund wollte er dieses wertvolle und wichtige Dokument augenblicklich aus dem

Hause schaffen. Er adressierte den Brief an sich selbst, zog dann eine Schublade auf und entnahm ihr ein Kästchen, in dem er ungebrauchte Briefmarken aus allen möglichen Ländern hatte. Er klebte einige australische Marken auf den Umschlag, steckte ihn dann in ein etwas größeres Kuvert und adressierte dieses an den Direktor einer australischen Bank, mit dem er schon früher in Geschäftsverbindung gestanden hatte. Er fügte einen Brief hinzu, in dem er mitteilte, daß er zur gleichen Zeit wie der Brief in Australien einzutreffen hoffte.

›Sollte ich jedoch‹, lautete der Text weiter, ›durch irgendeinen Umstand an meiner Reise nach Australien gehindert sein und eine Woche nach Ankunft des Briefes noch nicht persönlich bei Ihnen in der Bank vorgesprochen oder Ihnen ein Telegramm geschickt haben, daß Sie den Brief noch länger aufbewahren sollen, dann senden Sie ihn bitte eingeschrieben an meine Londoner Adresse zurück.‹

Als der Lord den Briefumschlag zugeklebt hatte, atmete er auf, denn er war überzeugt, etwas sehr Vernünftiges getan zu haben. Dieses wichtige Dokument würde wenigstens zwei Monate lang außer Landes bleiben. Er überlegte, ob er es als Einschreiben senden solle, schüttelte aber nachdenklich den Kopf. Das konnte ein Anhaltspunkt für die Polizei sein. Es war immerhin denkbar, daß nachgeforscht wurde, und wenn die Polizei erst Erkundigungen in dieser Hinsicht einzog, dann machte es keine Schwierigkeiten, eine solche eingeschriebene Sendung festzustellen. Bei der Gelegenheit würde natürlich auch die Adresse herauskommen, an die er den Brief aufgegeben hatte. Nein, er hielt es für besser, den Brief als gewöhnliche Postsendung abgehen zu lassen. Er nahm Hut und Mantel und trug den Brief selbst zum nächsten Postamt.

Bei seiner Rückkehr meldete der Butler, daß Miss Wilberforce auf ihn warte.

»Miss Wilberforce?« sagte der Lord erstaunt. »Ich dachte, sie hielte sich auf dem Land auf?«

»Sie kam ein paar Minuten, nachdem Sie gegangen waren, Mylord.

»Das ist ja ausgezeichnet!«

Joyce war allerdings die letzte, die er in diesem Augenblick gern sah. Er atmete aber erleichtert auf, als er daran dachte, wie unangenehm es gewesen wäre, wenn sie ihn vorher beim Briefschreiben überrascht hätte. Jedenfalls war es ein merkwürdiges Zusammentreffen, daß sie ihn gerade an diesem Abend besuchte.

Als er in sein Arbeitszimmer trat, stand sie am Schreibtisch. Er ging mit ausgestreckten Händen auf sie zu.

»Meine liebe Joyce«, sagte er, scheinbar freudig überrascht, »was führt dich denn hierher?«

»Ich habe ein Telegramm erhalten, in dem mir der Einbruch in dein Büro mitgeteilt wurde.«

Er dachte daran, daß er Miss Wilberforce nicht davon benachrichtigt hatte, obwohl der Einbruch doch sie am meisten anging.

»Wer hat dir das Telegramm gesandt?«

»Die Polizei.«

Er sah sie erstaunt an. »Aber du kannst das Telegramm doch frühestens um elf Uhr erhalten haben. Wie bist du denn hergekommen?«

Sie lächelte leicht. »Ich bin mit dem Flugzeug von Falmouth nach London gekommen.«

»Dann allerdings . . .«

»Hattest du mir etwa auch ein Telegramm geschickt wegen des Diebstahls?«

»Ich wollte warten, bis alle Einzelheiten genau festgestellt waren. Du siehst, meine liebe Joyce, ich wollte dich nicht unnötig beunruhigen. Es besteht ja auch noch die Möglichkeit, daß die ›Quadrat-Jane‹ die Papiere zurückschickt, da sie ja doch keinen Wert für sie haben, oder daß sie sie gegen eine verhältnismäßig geringe Summe zurückgibt.«

Sie nickte. »Ich verstehe. Ich kann also in der Angelegenheit nichts tun?«

Er schüttelte den Kopf. »Nein.«

Sie sah ihn zögernd an. »Kann ich hier vielleicht einen Brief schreiben?«

»Aber selbstverständlich! Setz dich doch, mein liebes Kind«, erwiderte er mit ausnehmender Freundlichkeit. »Du findest Papier und Kuverts hier in dieser Kassette.«

Nachts um elf Uhr herrschte reges Treiben auf dem Postamt 11 im Südwesten Londons. Autos waren an der Rampe, die vor den Sortierräumen lag, und starke Träger waren damit beschäftigt, die schweren Postsäcke in die verschiedenen Wagen zu laden. Zuletzt wurde ein kleineres Auto abgefertigt, das die Auslandspost zum Hauptpostamt brachte. Bald waren die Säcke im Wagen verstaut, und um Viertel vor zwölf verließ dieser den Hof des Postamts.

Das Wetter war ebenso unfreundlich wie in der vorhergehenden Nacht; der Wind blies mit unverminderter Kraft aus Südwesten und trieb den Regen durch die menschenleeren Straßen der Stadt. Der Chauffeur hatte den Kragen seines Ledermantels in die Höhe geschlagen und zitterte vor Kälte.

Sein Weg führte durch einen einsamen Teil Londons. Eine der Straßen, die er passieren mußte, war aufgerissen, und er bog deshalb in eine Seitenstraße ein. Als er in die erste Parallelstraße kam, sah er, daß dort keine der Laternen brannte, doch hielt er das für eine Folge des Sturms.

Er war gerade in der Mitte der Straße, als plötzlich ein rotes Licht vor ihm aufblitzte. Es gelang ihm gerade noch, das Auto zum Stehen zu bringen.

»Was ist denn jetzt schon wieder los?« fragte er unwirsch und lehnte sich aus dem Wagen. Er erkannte eine Gestalt, die eine Lampe hielt.

Statt einer Antwort wurden jedoch gleich darauf seine Augen von einem starken Lichtstrahl getroffen, und bevor er noch wußte, was geschah, sprang jemand neben ihn auf den Führersitz und drückte ihm die Mündung einer Pistole in die Seite.

»Wenn Sie den Mund aufmachen, ist es mit Ihnen vorbei!« flüsterte ihm ein Mann in drohendem Ton ins Ohr.

Eine Viertelstunde später geriet die Londoner Polizei in Aufregung. Alle Beamten suchten nach einem kleinen, dunklen Auto.

Peter Dawes saß im Schlafanzug auf dem Rand seines Bettes und telefonierte mit Scotland Yard.

»Was, man hat den Wagen mit der Auslandspost angehalten und ausgeraubt? Das ist ja nicht möglich! Wie ist das nur gekommen? – Sind die Kerle verhaftet worden? – In zehn Minuten bin ich dort!«

Er kleidete sich schnell an, schlüpfte in seinen Regenmantel und trat in das stürmische Wetter hinaus. Dicht bei seiner Wohnung war ein Halteplatz für Taxis, und zehn Minuten später war er tatsächlich schon in Scotland Yard.

»... der Mann sagte, es sei alles so furchtbar schnell gegangen, daß er nicht einmal Zeit gefunden habe zu schreien. Außerdem hatte ihn der andere mit der Pistole bedroht.«

»Was haben die Burschen denn genommen?«

»Nur einen Postsack, soweit wir bisher feststellen konnten; sie wußten ganz genau, was sie stehlen wollten. Dann sind sie wieder verschwunden. Der Polizeibeamte, der gerade am anderen Ende der Straße war, hörte den Chauffeur schreien und lief zu ihm hin. Er sah gerade noch, wie ein kleines, dunkles Auto um die Straßenecke verschwand.«

Peter Dawes fuhr zum Postamt und ließ sich den noch ganz verängstigten Chauffeur vorführen. Carter – so hieß der Mann – hatte eine lange, einwandfrei verlaufene Dienstzeit hinter sich und war in den letzten Jahren dauernd denselben Weg mit der Auslandspost gefahren. Auch früher schon mußte er manchmal wegen Straßenreparaturen Umwege machen.

»Haben Sie außer dem Mann, der Sie mit der Pistole bedrohte, noch jemand gesehen?«

»Jawohl. Ich sah noch eine Person. Es muß eine junge Frau in einem schwarzen Regenmantel gewesen sein.«

»Wo ist denn das Auto, das Sie gefahren haben?«

Man zeigte ihm den Wagen. Die hintere Tür war offensichtlich mit einem Stemmeisen aufgebrochen worden.

»Die Beamten haben soeben die Postsäcke herausgenommen und sortiert, um festzustellen, was fehlt.«

Peter leuchtete das Innere des Wagens ab und prüfte besonders den Boden genau, aber nirgends konnte er einen Anhaltspunkt finden. Als er jedoch die Tür mit seiner Taschenlampe ableuchtete, sah er in der Mitte das Papiersiegel, das er nur zu gut kannte.

»Also wieder die ›Quadrat-Jane‹!«

7

Folgender Brief, mit dem allgemein bekannten Siegel als Unterschrift, wurde beim Hauptpostamt in London zusammen mit einem großen Postsack abgegeben:

Ich bedaure unendlich, daß ich gezwungen war, das Postauto anzuhalten. Aber in einem bestimmten Postsack befand sich ein für mich sehr wichtiger Brief, den ich mir unter allen Umständen aneignen mußte. Ich sende beiliegend die anderen Briefe des betreffenden Postsacks zurück, die, wie Sie sehen, vollkommen unberührt sind.

Der Bote war ein kleiner Junge in der Uniform der Londoner Eilboten.

Er wurde natürlich sofort verhört, aber er konnte keine genaue Auskunft über die Person geben, die ihm den Auftrag erteilt hatte. So viel sagte er allerdings, daß es eine Dame mit einem dichten Schleier gewesen war. Sie hatte ihn in ein bekanntes Hotel kommen lassen und dort in der Halle erwartet. Darauf ging sie mit ihm auf die Straße und stieg in ein Taxi. An der Ecke der Clarges Street hielt der Wagen; ein Mann erschien mit einem Postsack, den er ins Auto legte, worauf der Chauffeur sofort weiterfuhr. Etwas später ließ die Dame wieder anhalten, drückte dem Jungen eine Pfundnote in die Hand und stieg aus. Der kleine Bote konnte nur noch sagen, daß seiner Meinung nach die Dame recht jung gewesen sei.

Diese Ereignisse schürten aufs neue die Flammen der Empörung über die ›Quadrat-Jane‹. Erst vor wenigen Tagen war ihr der Mord zur Last gelegt worden, und nun war noch das Unerhörte passiert, daß sie mitten in London einen Postwagen auf offener Straße beraubt hatte. Der Name der Verbrecherin war jetzt bereits in ganz England bekannt.

Als Lord Claythorpe von dem Raub des Postsackes erfuhr, fühlte er sich sehr unbehaglich und stellte sofort Nachforschungen bei dem Postamt an, wo er den Brief nach Australien aufgegeben hatte. Dort wurde er beruhigt. Man sagte ihm, daß der Sack, um den es sich handelte, nach Indien bestimmte Post enthalten habe. Die Sendungen nach Australien seien schon früher zum Hauptpostamt abgegangen. Glücklicherweise erfuhr er nicht, daß er irrtümlich eine falsche Information erhalten hatte.

Er hatte Joyce eingeladen, mit ihm zu frühstücken, und sie erschien gerade, als er vom Postamt zurückkam.

»Das war ja eine erstaunlich kühne Tat«, sagte er am Frühstückstisch zu Joyce und reichte ihr die Zeitung. »Ich habe vorhin den Bericht gelesen.«

»Die arme Jane Briglow!«

»Jane Briglow?«

Sie lächelte. »Meine Mutter behauptet immer steif und fest, daß es niemand anders sein könne als unser früheres Mädchen. Dabei habe ich feststellen können, daß Jane zur Zeit eine gute Stelle in Nordengland hat.«

Claythorpe sah sie erstaunt an. »Ich habe mir auch bereits eine Meinung darüber gebildet, wer diese Verbrecherin sein könnte.«

»Tu das lieber nicht«, erklärte Joyce und nahm sich von der Marmelade.

»Ich möchte nur wissen, ob sie den Postsack zurückschickte«, sagte sie nachdenklich. »Darüber steht nichts in der Zeitung.«

»Das glaube ich kaum«, erklärte Joyce. »Aber du wolltest heute morgen etwas mit mir besprechen?«

Er nickte. »Ja. Sieh mal, ich habe mir die ganze Sache jetzt genau überlegt. Vielleicht habe ich mich zu sehr von meinem Vorurteil gegen den jungen Steele beeinflussen lassen.«

Joyce antwortete nicht; sie sah ihn nur ruhig an.

»Ich weiß nicht einmal mehr mit Sicherheit, ob er den Scheck tatsächlich gefälscht hat, wie ich früher fest annahm. Damals war ich außer mir und furchtbar aufgeregt. Es ist aber möglich, daß ich den Scheck doch selbst unterschrieben und es bei der

Fülle von Arbeit übersehen habe. Du hattest doch Mr. Steele sehr gern?«

Sie nickte.

»Nun, dann will ich dir auch nicht länger im Wege stehen«, erklärte er herzlich.

»Du willst also damit sagen, daß du deine Zustimmung zu meiner Wahl gibst?«

Er nickte. »Warum sollte ich das auch nicht tun?«

»Es gibt allerdings jetzt keine Gründe mehr, warum du mir deine Einwilligung vorenthalten könntest«, sagte sie bitter. »Es kommt jetzt ja nicht mehr darauf an, ob ich nach deinen Wünschen heirate oder nicht, da ich kein Vermögen mehr besitze.«

»Das ist sehr traurig«, entgegnete der Lord ernst. »Ich fühle mich moralisch dafür verantwortlich. Es ist eine entsetzliche Katastrophe, aber ich will alles tun, um es wieder gutzumachen. Ich bin kein reicher Mann, aber ich habe mich entschlossen, dir ein Hochzeitsgeschenk von zwanzigtausend Pfund zu machen, wenn du meinen Sohn nicht heiraten willst und Mr. Steele vorziehst.«

»Das ist sehr gut von dir«, erwiderte sie höflich, »aber ein mündliches Versprechen hat wenig Wert. Würdest du so liebenswürdig sein, mir das schriftlich zu geben?«

»Aber mit dem größten Vergnügen!« Claythorpe erhob sich und ging zum Schreibtisch. »Du wirst mit der Zeit wirklich klug und verständig«, sagte er und lachte leise vor sich hin.

Er nahm einen Bogen Papier aus der Kassette und griff nach seinem Füllfederhalter.

»Welches Datum haben wir heute?«

»Den Neunzehnten, aber datiere bitte mit dem Ersten dieses Monats.«

»Warum denn?« fragte er erstaunt.

»Ich habe meine Gründe dafür«, entgegnete sie langsam. »Vor allem sollen die Leute später nicht sagen, daß du dein Verständnis für Mr. Steele erst entdeckt hättest, nachdem ich mein Vermögen verlor.«

Er sah sie forschend an, aber kein Muskel in ihrem Gesicht bewegte sich.

»Sehr vorsorglich von dir«, sagte er schließlich und zuckte die Schultern. »Es kommt mir wirklich nicht darauf an, ob ich als Datum den Ersten oder den Neunzehnten wähle.«

Er schrieb schnell, löschte den Bogen ab und reichte ihn Joyce. Sie las das Schriftstück genau durch, faltete es zusammen und steckte es in ihre Handtasche.

»War das, was du angabst, wirklich der Grund?« fragte er neugierig.

Sie schüttelte den Kopf. »Nein«, entgegnete sie kühl. »Ich habe mich nämlich schon vorige Woche mit Jamieson trauen lassen.«

»Was, du bist verheiratet?« rief er aufgeregt. »Und das ohne meine Erlaubnis?«

»Mit deiner Erlaubnis«, erwiderte Joyce und zeigte auf ihre Handtasche.

Einen Augenblick lang runzelte er die Stirn, dann lachte er laut auf.

»Das ist ja wirklich ein toller Spaß, Joyce! Ich hätte nie gedacht, daß du soviel Unternehmungsgeist hättest! Weiß denn deine Mutter Bescheid?«

»Nein, sie hat nicht die geringste Ahnung. – Aber ich möchte noch etwas anderes mit dir besprechen. Es hängt mit dem gestrigen Überfall auf das Postauto zusammen.«

In diesem Augenblick meldete der Butler Peter Dawes.

»Dieser Chefinspektor von Scotland Yard kommt schon wieder«, sagte Lord Claythorpe und runzelte die Stirn. »Wie steht es? Möchtest du ihm nicht lieber aus dem Weg gehen?«

»Im Gegenteil! Laß ihn hereinkommen. Was ich zu sagen habe, wird ihn sicher sehr interessieren.«

Der Lord nickte dem Butler zu, und gleich darauf trat Peter Dawes ein. Er verneigte sich vor der jungen Dame und schüttelte Lord Claythorpe die Hand.

»Darf ich Ihnen meine Nichte vorstellen – sie ist allerdings nicht direkt meine Nichte«, sagte Claythorpe lächelnd, »sondern die Nichte eines sehr guten Freundes. Außerdem ist sie die junge Dame, die bei dem Einbruch in mein Büro hauptsächlich geschädigt wurde. Wie Sie wissen, gehören die Wertpapiere ihr.«

»Ich glaube, ich kenne Miss Wilberfore schon vom Sehen«, entgegnete Peter lächelnd.

»Sie wollte mir eben eine interessante Mitteilung machen, als Sie kamen. Nun, Joyce, möchtest du jetzt so liebenswürdig sein . . .?«

»Ich wollte nur sagen, daß ich heute morgen dies hier erhielt.« Sie öffnete ihre Handtasche, zog ein Schriftstück heraus, entfaltete es und legte es auf den Tisch. Als der Lord es sah, wurde er bleich, denn es war der Schuldschein über hunderttausend Dollar, den er am vergangenen Abend nach Australien geschickt hatte.

»Ich entsinne mich«, fuhr Joyce fort, »daß dies ein Teil meiner Erbschaft war. Du erinnerst dich wohl, daß ich eine Liste aller Vermögenswerte erhielt, die mir gehören?«

Lord Claythorpe feuchtete die trockenen Lippen mit der Zunge an. »Ja«, sagte er heiser. »Das gehört zu deinem Vermögen.«

»Wie haben Sie denn das Schriftstück erhalten?« fragte Peter Dawes.

»Ich habe es heute morgen im Briefkasten entdeckt.«

»War kein Brief beigefügt?«

»Nein. Ich habe aber das Gefühl, daß die Zusendung dieses Scheins irgendwie mit dem Postraub zusammenhängt. Ich dachte, du hättest dieses Dokument vielleicht mit der Post an mich geschickt und einen Brief beigefügt.«

»Das ist unmöglich«, erwiderte Peter Dawes ruhig. »Wenn dieser Schuldschein wirklich zu Ihrer Erbschaft gehört, dann hätte er doch bei den Papieren sein müssen, die bei der Ermordung Remingtons aus dem Geldschrank gestohlen wurden. – Ist das nicht auch Ihre Ansicht, Lord Claythorpe?«

Der Lord nickte. »Da hast du wirklich Glück, Joyce«, sagte er heiser. »Ich habe nicht die geringste Ahnung, wie das Schriftstück in deinen Briefkasten gekommen ist. Vielleicht wußte der Dieb, der Remington ermordet hat, daß es dir gehört, und hat es dir deshalb wieder zugestellt.«

Das junge Mädchen nickte.

»Der Dieb kann doch niemand anders gewesen sein als die

›Quadrat-Jane‹«, meinte Peter Dawes und beobachtete den Lord genau.

»Ja, wer sollte es sonst gewesen sein?« entgegnete Claythorpe, der den Blick des Chefinspektors ruhig aushielt. »Sie war die Täterin, da man ja ihr Papiersiegel auf der Innenseite des Safes gefunden hat.«

»Das stimmt. Aber eine wichtige Tatsache ist dabei übersehen worden.«

»So? Und was wäre das?«

»Das Papiersiegel war vorher schon einmal benutzt worden«, erwiderte Peter langsam. »Es handelt sich um einen Zettel, der früher schon einmal aufgeklebt worden war. Ich konnte es auf der Rückseite deutlich sehen, als ich ihn ablöste.«

Joyce und der Lord sahen den Chefinspektor überrascht an.

»Das ist ja merkwürdig«, sagte Claythorpe. »Was folgern Sie daraus?«

Dawes zuckte die Schultern. »Höchstens, daß jemand vergeblich versucht, die ›Quadrat-Jane‹ für seine Verbrechen verantwortlich zu machen. Die Sache ist zu durchsichtig. Außerdem war es nicht gerade klug, daß der Betreffende das getan hat, denn der Kreis der Leute, die von der ›Quadrat-Jane‹ Papiersiegel erhalten haben, ist nicht sehr groß. – Aber gestatten Sie, daß ich Platz nehme?«

Der Lord hatte bis jetzt vergessen, dem Chefinspektor einen Stuhl anzubieten. Verlegen nickte er.

Dawes zog einen Stuhl an den Tisch und setzte sich.

»Ich habe versucht, das Verbrechen zu rekonstruieren, aber einiges kann ich mir nicht recht erklären. Zunächst einmal war mir von Anfang an klar, daß in der Nacht, als Remington ermordet wurde, keine Frau in Ihrem Büro war.«

Lord Claythorpe zog die Augenbrauen hoch. »Aber damit läßt sich doch nicht in Einklang bringen, daß der Polizist, der als erster ins Büro trat, deutlich den Geruch von Parfüm wahrnahm. Ich habe den Duft auch bemerkt, als ich kam.«

»Meinen Sie, das wäre mir entgangen?« fragte Peter. »Gerade daran erkennt man doch, daß die ›Quadrat-Jane‹ mit der ganzen Sache nichts zu tun hat. Eine kühl überlegende Frau wie sie ist sicher nicht so dumm, durch ein starkes Parfüm der Polizei einen Anhaltspunkt zu liefern. Daran kann man doch eine Frau leicht erkennen. Bisher hat sie bei all ihren Unternehmungen niemals einen solchen Parfümduft hinterlassen. Diese Tatsache allein gab mir die Gewißheit, daß das Verbrechen von einem Mann begangen wurde, der das Parfüm auf den Boden goß. Aber er hat es sehr plump gemacht und nur das Gegenteil von dem erreicht, was er wollte.«

»Sie sagten vorhin, daß Sie das Verbrechen rekonstruiert hätten. Wie hat sich denn Ihrer Meinung nach die Sache zugetragen?« fragte der Lord nach einer Pause.

»Meiner Ansicht nach ist Remington ins Büro gegangen mit der Absicht, den Inhalt des Geldschranks zu prüfen«, erklärte Peter offen. »Vermutlich hat er alles auf den Tisch gelegt, und dabei wurde er von jemandem überrascht, der auch ins Büro kam. Die beiden hatten dann eine Auseinandersetzung, in deren Verlauf Remington erschossen wurde.«

»Meinen Sie, daß der Mann, der hinzukam, ein Einbrecher war?« fragte der Lord.

Peter schüttelte den Kopf. »Nein, der zweite hat die Tür gleichfalls aufgeschlossen, und zwar auch mit dem richtigen Schlüssel. Das geht schon daraus hervor, daß sie nicht aufgebrochen war. Ich habe das Schloß genau untersucht, aber keine Spuren gefunden, die darauf hindeuten, daß ein Dietrich benützt wurde. Der Mann muß auch sehr genau mit Lage und Einrichtung des Büros vertraut gewesen sein. Nachdem er Remington erschossen hatte, drehte er das Licht aus und ließ die Rollos hoch, die Remington heruntergezogen hatte, damit der Lichtschein von der Straße aus nicht gesehen werden konnte. Es besteht gar kein Zweifel, daß die Rollos vorher heruntergezogen waren, denn der Polizist, der auf der anderen Seite der Straße stand, hat kein Licht beobachten können. Ich habe mich auch selbst davon überzeugt, daß die Rollos lichtundurchlässig sind. Der Mann, der den Mord beging, kannte sich in dem Büro sehr gut aus; im Dunkeln ließ er die Rollos an den drei Fenstern in die Höhe.«

Wieder trat eine Pause ein.

»Das ist aber eine reichlich phantastische Theorie, wenn ich so sagen darf«, bemerkte dann Lord Claythorpe. »Sie entspricht durchaus nicht dem üblichen kühlen, vorsichtigen Vorgehen der Beamten von Scotland Yard.«

»Das mag Ihr Urteil sein«, entgegnete Peter ruhig, »aber wir haben manchmal auch etwas phantastische Ansichten in Scotland Yard.«

Er sah auf den Schuldschein, der immer noch auf dem Tisch lag.

»Ich vermute, Mylord, daß Sie nach Ihren traurigen Erfahrungen dieses Dokument nun auf der Bank deponieren werden?«

»Selbstverständlich«, erwiderte der Lord kurz.

Peter wandte sich an Joyce. »Ich gratuliere Ihnen, daß Sie wenigstens einen Teil Ihres Vermögens wiedererhalten haben. Soviel ich weiß, wird es von Lord Claythorpe verwaltet, bis Sie verheiratet sind?«

Der Lord zuckte zusammen. »Verheiratet?« wiederholte er. Er fing einen Blick von Joyce auf, die ihm verschmitzt zulächelte.

»Soweit wären wir ja nun«, erklärte sie.

»Das heißt, wenn deine Verheiratung von mir genehmigt ist«, erwiderte der Lord und richtete sich auf.

»Ich glaube doch, daß du mir die Einwilligung gegeben hast«, widersprach sie und öffnete ihre Handtasche.

»Ich werde dir den Schuldschein morgen offiziell zustellen«, entgegnete der Lord förmlich.

Peter Dawes und Joyce verließen danach das Haus gemeinsam und gingen eine Weile schweigend nebeneinander her.

»Ich würde viel darum geben, wenn ich wüßte, was Sie im Augenblick denken«, sagte sie plötzlich.

»Und ich würde noch mehr darum geben, wenn ich wüßte, was Sie denken«, gab Peter lächelnd zurück.

Dann trennten sie sich.

Am Abend gab Mr. Grandman ein großes Essen im ›Ritz-Carlton‹. Joyce hatte eine Einladung dazu erhalten, aber sie dachte nicht daran, ihr Folge zu leisten, bis sie zu ihrem Hotel zurückkehrte.

Ein hübscher junger Mann erhob sich, als sie das Vestibül betrat, und kam lächelnd auf sie zu. Er nahm ihren Arm, und sie gingen langsam den Korridor entlang, der zum Fahrstuhl führte.

Das ist also Mr. Jamieson Steele, sagte sich Peter Dawes, der ihr unauffällig bis zum Hotel gefolgt war. Gedankenvoll sah er den beiden nach. Dann ging er zu Mr. Grandman, mit dem er verabredet war.

»Ich habe gehört, daß Sie den Fall ›Quadrat-Jane‹ bearbeiten, Mr. Dawes«, empfing ihn dieser, »und ich dachte, es wäre ganz gut, Sie heute abend zu dem Essen einzuladen.«

»Laden Sie mich als Beamten oder privat ein?« fragte Peter lächelnd.

»Sowohl das eine wie das andere«, erklärte Mr. Grandman offen. »Mr. Dawes, ich will mit der Wahrheit nicht hinter dem Berg halten. Sie wissen sehr wohl, daß ich aus geschäftlichen Gründen mit vielen Leuten in London verkehren muß. Von Zeit zu Zeit gebe ich daher Gesellschaften, zu denen ich alles einlade, was irgendwie Namen und Einfluß hat. Bisher habe ich diese Gesellschaften in meinem eigenen Haus gegeben, aber nach den unangenehmen Erfahrungen, die ich kürzlich machen mußte, werden Sie es verstehen, daß ich vorsichtig geworden bin«, sagte er grimmig.

Peter nickte verständnisvoll.

»Ich möchte Ihnen noch ein paar Worte über die ›Quadrat-Jane‹ sagen«, erklärte Grandman. »Wollen Sie so liebenswürdig sein und einmal nachsehen, ob die Tür geschlossen ist?«

Peter erhob sich und schaute nach, ob draußen jemand war, dann schloß er die Tür sorgfältig.

»Ich möchte nämlich nicht, daß bekannt wird, was ich Ihnen jetzt sage«, fuhr Grandman fort. »Bei dem Diebstahl in meinem Hause habe ich verschiedene Beobachtungen gemacht. Wissen Sie zum Beispiel, daß die ›Quadrat-Jane‹ nur Schmuckstücke gestohlen hat, die Lord Claythorpe anderen Leuten geschenkt hatte?

Sie ist in fast allen Räumen meiner Gäste gewesen. Merkwürdigerweise hat sie sich aber gerade die Schmuckstücke ausgesucht, die Claythorpe den Betreffenden geschenkt hatte. Zum

Beispiel stammte das Armband, das meiner Frau gestohlen wurde, von ihm, ebenso meine Manschettenknöpfe. Ist das nicht sehr seltsam?«

»Es paßt durchaus zu der Theorie, die ich mir gebildet habe. Die ›Quadrat-Jane‹ hat einen Feind, und zwar den Lord Claythorpe.«

»Ja, das ist auch meine Meinung. Heute abend gebe ich nun wieder eine große Gesellschaft, und es werden auch Damen zugegen sein. Seit dem Einbruch in meinem Haus sind sie etwas ängstlich, wenn sie von mir eingeladen werden. Trotzdem werden sie natürlich heute abend reichlich Schmuck tragen. Nun bin ich aus einem Grund nervös: Claythorpe hat darauf bestanden, daß ich Lola Lane einlade.«

»Die Tänzerin?« fragte Peter überrascht.

Grandman nickte. »Sie ist eng mit dem Lord befreundet – ich dachte, daß Sie das wüßten. Er hat doch das Stück finanziert, in dem sie auftritt. Wir können ruhig sagen, daß der alte Mann in das junge Mädchen ziemlich verschossen ist.«

Mr. Grandman zog nachdenklich an seiner Zigarre, ehe er fortfuhr.

»Ich bin durchaus nicht kleinlich, Mr. Dawes, das werden Sie wohl verstehen. Wie sich andere Leute amüsieren, geht mich nichts an. Claythorpe hat auch im Augenblick noch zu großen Einfluß in der City, als daß ich ihm einen solchen Wunsch abschlagen könnte. Ich bin nur besorgt, weil die Tänzerin wahrscheinlich die Gelegenheit benützen wird, ihren kostbaren Schmuck zu tragen.«

Er tat wieder einige Züge an seiner Zigarre, dann sah er nachdenklich auf die Asche.

»Den Schmuck hat sie hauptsächlich von Lord Claythorpe geschenkt erhalten.«

»Das ist mir neu.«

»Ja, ich weiß, daß es vielen Leuten unbekannt ist, denn man hält Claythorpe für einen absolut dezenten Mann.« Mr. Grandman lachte. »Ich wollte Ihnen aber noch etwas anderes sagen. Diese Tänzerin Lola hat ihren Freunden erzählt, daß sie in etwa sechs Monaten nach Argentinien gehen werde. Das habe ich von einem meiner Bekannten erfahren. Sie wurde nun gefragt, ob Lord Claythorpe damit einverstanden sei. Diese Künstlerinnen sprechen ja ganz offen über derartig intime Dinge. Sie bejahte die Frage.«

»Das heißt also, daß Claythorpe sie wahrscheinlich begleiten wird.«

Grandman nickte.

»Das ist mir allerdings auch neu. – Ich danke Ihnen; ich werde Ihre Einladung für heute abend gern annehmen.«

»Ausgezeichnet«, erklärte Grandman vergnügt. »Und ich möchte Ihnen auch gleich verraten, daß ich Sie neben Lola setzen werde.«

Als Peter am Abend in den großen Speisesaal trat, den Mr. Grandman gemietet hatte, suchte er nach der Tänzerin. Er hatte ihr Bild verschiedentlich in Illustrierten gesehen, und es fiel ihm nicht schwer, sie unter den anderen Damen herauszufinden. Selbst wenn er ihr Gesicht nicht gekannt hätte, wäre sie ihm aufgefallen, denn sie trug ein etwas gewagtes Abendkleid. Peter erinnerte sich auch, daß ihr Name mehrfach in Verbindung mit Gesellschaftsskandalen genannt worden war.

Besonders interessierte ihn die Smaragdkette der Künstlerin. Die großen grünen Steine funkelten prachtvoll in der Lichtfülle. Zweifellos trug Lola Lane den wertvollsten Schmuck im ganzen Saal.

Allem Anschein nach hatte Grandman Lord Claythorn erklärt, warum er den Chefinspektor von Scotland Yard eingeladen hatte, denn der Lord begrüßte Peter liebenswürdig und schien auch nichts dagegen zu haben, daß dieser die Tänzerin zu Tisch führte.

Nachdem Peter Lola Lane vorgestellt worden war, sah er zu seiner Überraschung, daß Joyce Wilberforce den Saal betrat.

»Ich hatte nicht erwartet, Sie heute abend noch zu sehen«, erklärte Peter, als er sie kurz darauf begrüßte.

»Ich hatte auch anfänglich nicht die Absicht zu kommen, aber mein Mann riet es mir. Sie wissen doch, daß ich verheiratet bin?«

»Ja, das ist mir bekannt«, entgegnete er lachend.

»Mein Mann hatte eine Verabredung und sagte, daß ich auf die Gesellschaft gehen solle, um mich abzulenken. – Was sagen Sie zu dem kostbaren Smaragdschmuck, den Lola Lane trägt?« fragte sie, und ihre Augen blitzten auf. »Soviel ich gehört habe, sind Sie eigens gekommen, um ihn zu bewachen.«

Peter lächelte.

»Der Schmuck ist einzigartig und fällt natürlich auf, aber ich kann nicht gerade sagen, daß ich die Dame, die ihn trägt, bewundere«, fügte Joyce hinzu.

Peter erwiderte nichts darauf.

Später führte er die Tänzerin zu Tisch. Er fand sie ziemlich langweilig. Ihr Interesse erwachte nur dann, wenn sich die Unterhaltung um Kleider oder um Klatsch drehte. Joyce Wilberforce saß den beiden bei Tisch direkt gegenüber.

Die Unterhaltung war in vollem Gange, als Joyce plötzlich laut aufschrie und ihre Füße hochzog.

»Da! Da!« schrie sie und zeigte auf den Fußboden. »Eine Ratte!«

Peter lehnte sich vor und sah das graubraune Tier, das an der Scheuerleiste entlanglief. Die Damen schrien alle durcheinander und zogen auch die Füße in die Höhe. Das war das letzte, was er sah, denn in der nächsten Sekunde erloschen plötzlich alle Lampen, und Lola Lane stieß einen gellenden Schrei aus.

»Meine Halskette!«

Alle riefen durcheinander, und jeder gab einen anderen Rat. Peter war der einzige, der seine Geistesgegenwart bewahrte. Rasch entzündete er ein Streichholz. Er sah Lola neben sich, die die Hände an den Hals hielt.

Die kostbare Smaragdkette war verschwunden!

Es dauerte fünf Minuten, bis das Licht wieder brannte.

»Niemand darf den Saal verlassen!« rief Peter. »Alle müssen sich durchsuchen lassen, und –«

Sein Blick fiel auf eine kleine weiße Karte, die vor ihm auf dem Tisch lag. Als das Licht ausging, war sie noch nicht dagewesen. Er brauchte sie nicht umzudrehen, er wußte schon vorher, daß ihn auf der anderen Seite nur vier Quadrate und ein J höhnisch angrinsen würden.

8

Peter Dawes mußte schnell einen Entschluß fassen. Seine Gedanken rasten. Nur durch außerordentliche Willensanstrengung war es ihm möglich, sich auf die Ereignisse zu konzentrieren, die dem Raub der Smaragdkette vorausgegangen waren.

Zuerst hatte Joyce Wilberforce zweifellos eine Ratte gesehen. Er selbst hatte das Tier ja auch beobachtet. In ihrem Schrecken hatte sie natürlich die Füße hochgezogen. Dann hatte er gesehen, wie Lola Lane dasselbe tat. Das war natürlich und typisch weiblich. Was hatte er aber sonst noch gesehen? Eine Hand – die Hand eines Kellners, die sich zwischen ihn und seine Tischdame schob. Dann erinnerte er sich an eine besondere Eigentümlichkeit, die ihm aufgefallen war. Er hatte gerade den Kopf drehen wollen, als plötzlich Joyces Schrei seine Aufmerksamkeit ablenkte.

Irgend etwas Besonderes hatte er an der Hand entdeckt. Er richtete seine Gedanken auf diese Einzelheit, und es kam ihm sofort zum Bewußtsein, daß er wahrscheinlich die Lösung des Geheimnisses finden würde, wenn es ihm gelang, sich auf dieses Detail zu besinnen. Er erinnerte sich jetzt, daß die Hand manikürt war, was bei einem Kellner auffiel. Einen Ring hatte er nicht an der Hand gesehen. Plötzlich erinnerte er sich: Der kleine Finger war zu kurz gewesen!

Er verließ den Saal. Inzwischen waren genügend Polizeibeamte gekommen, die die Durchsuchung der Gäste durchführen konnten. Er selbst nahm ein Taxi und fuhr zu dem Hotel, in dem Joyce Steele mit ihrem Mann wohnte.

»Mrs. Steele ist ausgegangen, aber Mr. Steele ist eben zurückgekehrt«, erklärte der Portier. »Soll ich Sie melden?«

»Das ist nicht nötig«, erwiderte der Inspektor und zeigte seinen Ausweis. »Ich werde ihn in seinem Zimmer aufsuchen. Welche Nummer ist es?«

Er erhielt die gewünschte Auskunft, und ein Page brachte ihn bis zur Tür des Zimmers. Er klopfte nicht erst an, sondern drückte gleich die Klinke herunter und trat ein.

Jamieson Steele saß in einem Sessel vor dem Kaminfeuer. Als Peter eintrat, wandte er ihm den Kopf zu.

»Hallo, Mr. Dawes!« sagte er ruhig.

»Sie kennen mich? Kann ich Sie kurz sprechen?«

»Selbstverständlich. Nehmen Sie doch bitte Platz. – Nun, welchem Umstand verdanke ich Ihren Besuch? Hat unser böser Onkel tatsächlich die Beschuldigung wegen des angeblich gefälschten Schecks noch nicht fallengelassen?«

Peter Dawes lächelte.

»Darum handelt es sich nicht. Ich möchte mir nur einmal Ihre Hände betrachten.«

»Meine Hände?« fragte Steele erstaunt und lächelte. »Beschäftigen Sie sich mit Handlesen und Wahrsagen?«

»Das kaum«, entgegnete Peter kurz, während Jamieson die Hände vor ihm ausstreckte.

»Was haben Sie an Ihrem kleinen Finger?« fragte er.

Jamieson betrachtete nun auch seine Finger und lachte.

»Sie meinen, der kleine Finger ist etwas zu kurz geraten? Das ist der einzige Fehler, den ich an meinem Körper habe.«

»Wo waren Sie heute abend?«

»An verschiedenen Stellen, übrigens auch bei Scotland Yard.«

»Was haben Sie dort gemacht?« fragte Peter ungläubig.

»Ich wollte Sie wegen der sonderbaren Beschuldigung sprechen, die Lord Claythorpe gegen mich vorbringt. Von Zeit zu Zeit wärmt er die alte Geschichte immer wieder auf. Außerdem wollte ich eine Erklärung abgeben, da Sie den Fall bearbeiten, der meine Frau besonders angeht. Und dann wollte ich Ihnen noch sagen, warum ich mich dem Gericht nicht stellte, als Claythorpe mich wegen Urkundenfälschung angezeigt hatte.«

»Wann sind Sie von Scotland Yard fortgegangen?«

»Vor etwa einer halben Stunde.«

Peter schaute ihn scharf an. Steele trug einen gewöhnlichen Straßenanzug und ein Sporthemd. Die Hand, die Peter beim Festessen aufgefallen war, hatte in einer steifen Manschette und einem schwarzen Frackärmel gesteckt.

»Aber warum fragen Sie das alles? Warum sehen Sie mich so durchdringend an? Was ist denn los?« fragte Steele.

»Heute abend ist im ›Ritz-Carlton‹ ein Diebstahl verübt worden. Ein Mann, der als Kellner verkleidet war, hat eine Smaragdkette gestohlen.«

»Und nun haben Sie mich in Verdacht?« erwiderte Steele ironisch. »Gut, ich gebe Ihnen die Erlaubnis, meine Zimmer zu durchsuchen.«

»Darf ich Ihren Frack einmal sehen?«

Steele führte ihn ins Schlafzimmer und öffnete einen Koffer. Der Frack lag ganz zuunterst, sorgfältig zusammengelegt und tadellos sauber.

»Wenn Sie nichts dagegen haben, werde ich jetzt Ihre Zimmer durchsuchen. Sie wissen wohl, daß ich nicht dazu berechtigt bin; ich kann es daher nur mit Ihrer Erlaubnis tun.«

»Die habe ich Ihnen ja bereits gegeben. Wenn Sie mich in Verdacht haben, ist es besser, die Sache wird sofort geklärt. Nehmen Sie auf mich weiter keine Rücksicht, ich fühle mich durch Ihre Maßnahmen nicht getroffen.«

Peter gab sich die größte Mühe bei der Durchsuchung, aber so sorgfältig er auch arbeitete, er fand nichts.

»Dort ist das Zimmer meiner Frau«, erklärte Steele nach einer Weile. »Vielleicht würden Sie das auch gern durchsuchen?«

»Ja«, entgegnete Peter sofort.

Aber auch hier blieben seine Bemühungen erfolglos.

Er öffnete jedes Fenster der drei Zimmer und tastete draußen die Simse ab, ob er nicht eine Schnur oder einen Faden finden könnte, an dem die Smaragdkette aufgehängt war. Es war ja ein alter Trick, ein gestohlenes Schmuckstück an einem Faden aufzuhängen und diesen mit einem Stück Heftpflaster an dem unteren Teil des äußeren Fenstersimses zu befestigen.

»Und nun wäre es vielleicht ganz angebracht, wenn Sie mich durchsuchten?« meinte Steele.

Peter nickte und tastete ihn ab.

»Sehen Sie jetzt, daß ich unschuldig bin?« fragte Steele, als Peter zurücktrat. »Nehmen Sie doch bitte Platz, dann erzähle ich Ihnen einmal etwas von Lord Claythorpe, was Sie sicher interessieren wird. Sie wissen selbstverständlich, daß er schon seit langer Zeit vor dem Bankrott steht. – Aber setzen Sie sich doch«, bat er noch einmal.

Peter folgte der Aufforderung.

»Wenn Sie sich bedienen wollen – hier ist auch eine Zigarre, um Ihre Nerven zu beruhigen«, fügte Steele lächelnd hinzu.

»Ich kann nicht mehr lange bleiben«, erwiderte Dawes. »So viel Zeit habe ich nicht. Aber ich würde gern Ihre Ansicht über diesen Fall hören.«

Er nahm die angebotene Zigarre und schnitt die Spitze ab, während Steele wieder das Wort ergriff.

»Claythorpe hat, wie ich Ihnen schon vorher sagte, in den letzten Jahren kein nennenswertes Vermögen mehr besessen, sondern dauernd mit dem Zusammenbruch gekämpft. Von seinen frühesten Tagen an hat er eigentlich nur von Schiebungen gelebt und dabei das Geld mit vollen Händen zum Fenster hinausgeworfen.«

Peter nickte; er hatte auch schon davon gehört.

»Er ist ein sehr gerissener und gewissenloser Charakter und benützt den Titel als Fassade. Er hat es verstanden, sich in der Gesellschaft einen Namen zu machen, und außerdem hat er verschiedene einflußreiche Freunde. Einer von diesen war der Onkel meiner Frau – ein gutmütiger, harmloser Mensch, der in Südafrika ein großes Vermögen erworben hatte. Claythorpe hat ihn ganz gehörig geschröpft und hätte ihn wahrscheinlich ruiniert, wenn der Mann nicht vorher gestorben wäre. Der Onkel meiner Frau hinterließ seinen Freunden ziemlich hohe Legate; der Rest seines überaus großen Vermögens fiel an meine Frau. Claythorpe wurde zum alleinigen Testamentsvollstrecker ernannt und erhielt außerdem ungewöhnliche Vollmachten. Zu dem Vermögen, das meine Frau erbte – oder vielmehr an ihrem Hochzeitstag erben sollte –, gehörte auch eine kleine Kohlengrube in Nordengland, die beim Tod des Erblassers von einem jungen Ingenieur geleitet wurde, dessen Namen ich aus Gründen der Bescheidenheit im Augenblick nicht erwähnen möchte.«

»Fahren Sie nur ruhig fort«, erwiderte Peter lächelnd.

»Als Claythorpe plötzlich über ein so ungeheures Vermögen verfügte, wollte er damit vor allem Geschäfte machen. Zuerst kam es ihm in den Sinn, das Kohlenbergwerk, das ich damals leitete, in eine Aktiengesellschaft umzuwandeln. Das wäre ja auch ganz gut gegangen, aber er gab den Wert der Kohlengrube sechsmal höher an, als es ihrem tatsächlichen Wert entsprach.«

Peter nickte.

»Um nun aber die Prospekte versenden und die Aktien auf den Markt bringen zu können, war es notwendig, daß genau die Kohlenmengen angegeben wurden, die in der Grube noch abbaufähig waren. Ebenso mußten über Förderbedingungen und alle technischen Einzelheiten genaue Angaben gemacht werden, und so erhielt ich von ihm den Auftrag, einen günstigen Bericht darüber auszuarbeiten. Das Publikum sollte dadurch angelockt werden, Aktien zu kaufen. Nachdem Claythorpe lange mit mir über die Sache verhandelt und ich den gemeinsamen Plan durchschaut hatte, sagte ich glatt ab und erklärte ihm auch, daß ich in den Wirtschaftszeitungen warnende Artikel bringen würde, wenn er diese Gesellschaft gründen sollte. So zwang ich ihn, seinen Plan fallenzulassen. Claythorpe hat mir das niemals verziehen. Nun hatte ich für ihn, außer meiner normalen Tätigkeit, noch verschiedene andere Arbeiten geleistet, und eines Tages rief er mich in sein Büro in der St. James Street und gab mir einen Scheck als Bezahlung für meine Tätigkeit. Ich sah sofort, daß die Summe bedeutend höher war, als ich erwartet hatte, und ich glaubte, daß der Lord mir mehr Geld zukommen lassen wollte, um mich seinen Wünschen gefügig zu machen. Außerdem sah die Unterschrift von Lord Claythorpe ein wenig merkwürdig aus. Trotzdem nahm ich den Scheck und brachte ihn ein paar Tage später zu meiner Bank. Wieder ein paar Tage später wurde ich in sein Büro gerufen, und dort warf er mir Urkundenfälschung vor.«

Steele machte eine Pause und blies einige Rauchringe zur Decke hinauf.

»Sie können sich vielleicht denken, daß ich aus allen Wolken fiel. Das richtigste und vernünftigste wäre gewesen, mich zu verteidigen. Ich hätte ruhig die Anklage gegen mich erheben und den Prozeß seinen Gang nehmen lassen sollen. Ich hätte mich ja glänzend rechtfertigen können, und die ganze Sache hätte mit einem Triumph meinerseits geendet. Richter und Geschworene hätten unbedingt meine Unschuld erkennen müssen, aber ich konnte damals nicht klar und unvoreingenommen über die Sache urteilen, und so tat ich das Richtige nicht. Remington gab mir damals den Rat zu fliehen, und leider bin ich darauf eingegangen. Die einzige Person, die wußte, wo ich mich aufhielt, war Joyce.

Ich brauche Ihnen ja weiter nichts über sie zu sagen, denn Sie wissen wahrscheinlich alles Wissenswerte genauso wie ich. Schon seit Jahren habe ich sie geliebt, und meine Zuneigung wurde von ihr erwidert. Sie drang in mich, nach London zu kommen und den Prozeß über mich ergehen zu lassen, aber damals glaubte ich, daß sie keinen rechten Überblick hätte und zu kindlich und unschuldig wäre, um die Sachlage richtig zu beurteilen.«

Peter wartete.

»Das ist die ganze Geschichte. Mehr kann ich Ihnen nicht erzählen.«

»Aber vielleicht erklären Sie mir noch, warum Sie sich heute abend, als Kellner verkleidet, im ›Ritz-Carlton‹ aufhielten?«

Steele sah ihn mit einem merkwürdigen Lächeln an. »Ich könnte das erklären, wenn ich tatsächlich dort gewesen wäre. Aber soll ich wirklich eine Erklärung erfinden und Ihnen etwas vorflunkern, nur, damit Ihnen gedient ist?«

»Ich bin fest davon überzeugt, daß Sie heute abend im ›Ritz-Carlton‹ waren. Allerdings bin ich ebenso fest überzeugt, daß man Ihre Anwesenheit bei der Gesellschaft von Mr. Grandman unmöglich beweisen kann.« Peter erhob sich. »Ich fahre jetzt zurück, aber ich glaube nicht, daß einer der Beamten die Smaragdkette gefunden hat.«

»Nehmen Sie sich doch noch eine Zigarre«, entgegnete Steele und reichte ihm die offene Kiste.

Peter schüttelte den Kopf. »Nein, danke.«

»Aber die tun Ihnen doch nichts! Nehmen Sie noch eine Handvoll und stecken Sie sie ein.«

Peter lehnte es lachend ab.

»Ich glaube, ich bin ziemlich am Ende mit der Untersuchung des Falles der ›Quadrat-Jane‹«, sagte er mit sonderbarer Betonung. »Und ich glaube nicht, daß ich besondere Lorbeeren dabei ernten werde.«

»Darin gebe ich Ihnen recht. Es ist ein ganz verzwickter Fall.«

Peter schüttelte den Kopf. »Für mich ist er gar nicht mehr so verzwickt, denn ich habe das Geheimnis gelöst. Ich weiß, wer die ›Quadrat-Jane‹ ist und warum sie Claythorpe und seine Freunde beraubt hat.«

»So, Sie kennen sie?« fragte Steele nachdenklich.

Peter nickte.

Fünf Minuten, nachdem der Chefinspektor die Tür geschlossen hatte, erhob sich Jamieson Steele und riegelte sie ab. Er machte auch die beiden Türen zu, die von den Schlafzimmern ins Wohnzimmer führten. Dann stellte er die Zigarrenkiste auf den Tisch und nahm alle Zigarren heraus. Auf dem Boden lag die prachtvolle, glitzernde Smaragdkette. Nachdenklich ließ er sie durch die Finger gleiten, betrachtete sie einige Zeit und wickelte sie dann vorsichtig in ein seidenes Tuch. Dieses steckte er ein. Er packte darauf die Zigarren vorsichtig wieder in die Kiste, nahm seinen weichen Filzhut und schlüpfte in einen langen dunkelblauen Mantel.

Er zögerte einen Augenblick, bevor er die Tür öffnete, knöpfte den Mantel wieder auf, nahm das Tuch mit der Kette heraus und steckte es in die äußere Manteltasche. Hätte er sich in diesem Augenblick umgesehen, dann hätte er einen von Peters Leuten bemerkt, der sich vorher in sein Schlafzimmer geschlichen und jede seiner Bewegungen beobachtet hatte. Der Chefinspektor war nämlich nicht allein gekommen.

Jamieson Steele ging so schnell, daß der Kriminalbeamte ihn nur noch im Fahrstuhl verschwinden sah, als er den Korridor erreichte. Der Lift fuhr gerade nach unten. Der Beamte lief, so schnell er konnte, die Treppe zur Halle hinab.

Der letzte Treppenabsatz war zu einem breiten Marmorbalkon erweitert, der einen Überblick über die Eingangshalle gewährte. Der Detektiv lehnte sich über das Geländer, sah nach unten, entdeckte Peter Dawes, der in der Nähe des Eingangs wartete, und gab ihm ein Zeichen mit der Hand. Im nächsten Augenblick erreichte der Fahrstuhl das Erdgeschoß, und Jamieson Steele trat heraus.

Er hatte gerade die Mitte der großen Halle erreicht, als Peter ihm in den Weg trat.

»Mr. Steele, ich muß Sie verhaften.«

Joyce Steele, die eben durch die große Drehtür hereingekommen war, hörte diese Worte.

»Sie wollen mich verhaften?« fragte Steele, aufs höchste erstaunt. »Aber warum denn?«

»Ich nehme Sie in Haft, weil Sie im Verdacht stehen, heute abend im ›Ritz-Carlton‹ die Smaragdkette Lola Lanes gestohlen zu haben.«

»Sie sind wohl wahnsinnig geworden!« erwiderte Steele, und seine Züge verhärteten sich.

»Was, Sie wollen ihn verhaften? Nein, das dürfen Sie nicht!« sagte Joyce außer sich. Im nächsten Augenblick umarmte sie Steele. »Das ist nicht wahr, das ist eine ganz gemeine Lüge«, rief sie schluchzend.

Steele schob sie sanft von sich. »Geh auf dein Zimmer, Joyce. Hier kannst du nicht bleiben. Mr. Dawes hat sich geirrt, er wird es sehr bald einsehen.«

Der Beamte, der Steele oben beobachtet hatte, war inzwischen auch herbeigekommen.

»Er hat die Halskette«, sagte er triumphierend, »ich habe es deutlich gesehen. Sie lag auf dem Boden der Zigarrenkiste. Jetzt steckt sie in seiner Manteltasche.«

»Strecken Sie die Hände aus«, befahl Peter.

Im nächsten Augenblick hatte er Jamieson Steele Handschellen angelegt.

»Darf ich zur Polizei mitkommen?« fragte Joyce.

»Es wäre besser, wenn Sie im Hotel blieben. Vielleicht kann Ihr Mann seine Unschuld doch noch beweisen, aber Sie können ihm nicht dabei helfen.«

Sie ließen sie in der Halle zurück und brachten den Gefangenen zur Polizeistation Cannon Row.

»Nun wollen wir einmal Ihre Taschen durchsuchen, wenn Sie nichts dagegen haben«, sagte Peter.

»Bitte – suchen Sie nur«, erwiderte Steele ruhig.

»Wo hat er den Schmuck versteckt?« wandte sich Peter an den Detektiv.

»In der rechten äußeren Manteltasche.«

Peter begann mit der Durchsuchung.

»Ich finde nichts.«

»Das ist doch ganz ausgeschlossen«, erwiderte sein Untergebener erstaunt. »Ich habe mit meinen eigenen Augen gesehen, daß er den Schmuck in die Tasche gesteckt hat. Er nahm ihn zuerst aus der Rocktasche –«

»Gut, dann wollen wir zunächst die anderen Taschen durchsuchen. Ziehen Sie den Rock aus, Steele.«

Die Handschellen wurden dem Gefangenen abgenommen, und Peter durchsuchte alles mit der größten Gründlichkeit, aber das Resultat blieb negativ. Die beiden Kriminalbeamten sahen sich betroffen an.

»Sie müssen sich wohl geirrt haben«, sagte Peter. »Es tut mir leid, daß wir Ihnen soviel Mühe und Umstände gemacht haben, Mr. Steele.«

»Sehen Sie doch einmal auf dem Boden des Autos nach«, meinte Peters Untergebener.

Peter lachte.

»Ich wüßte nicht, wie er den Schmuck hätte aus der Tasche ziehen sollen. Seine Hände waren doch gefesselt, und außerdem saß ich neben ihm und habe ihn dauernd scharf beobachtet. Aber Sie können ja nachsehen; der Wagen steht noch vor der Tür.«

Der Beamte eilte sofort hinaus. Er gab sich die größte Mühe, aber er konnte auch dort nichts entdecken.

Plötzlich lachte Peter leise vor sich hin; ihm war ein Gedanke gekommen.

»Ich gebe die Sache auf, Steele. Ich bin immer noch zu gutgläubig und traue den Menschen zu sehr.«

Ihre Blicke trafen sich, und Steele zwinkerte ihm zu.

»Es ist gut«, sagte Peter. »Lassen Sie den Mann frei.«

»Aber wir können ihn doch nicht einfach wieder gehen lassen!«

»Es bleibt dabei. Wir haben keine Beweise, und wir werden auch kein Material gegen ihn finden.«

Peter war inzwischen klargeworden, wie die Smaragdkette aus Steeles Tasche verschwunden war, und er wußte auch, daß ein Versuch, sie jetzt noch aufzufinden, erfolglos sein mußte.

»Wenn Sie nichts dagegen haben, Steele, fahre ich mit Ihnen zu Ihrem Hotel zurück. Hoffentlich sind Sie mir wegen dieses Vorfalls nicht böse.«

»Durchaus nicht. Es ist doch Ihr Beruf und Ihre Pflicht, mich zu fangen, und meine Pflicht ist es –« Er machte eine Pause.

»Ja, was wollten Sie sagen?« fragte Peter neugierig.

»Und meine Pflicht ist es, mich fangen zu lassen«, erklärte Steele lachend.

Sie sprachen erst wieder, als sie im Wagen saßen und sich auf dem Rückweg zu Steeles Hotel befanden.

»Ich fürchte nur, meine Frau ist ganz außer sich.«

»Ach, das macht mir keine Sorge«, erwiderte Peter sachlich. »Steele, Sie sind sehr klug, und unter diesen Umständen werden Sie auch einen Rat von mir annehmen. Verlassen Sie das Land so schnell wie möglich, und nehmen Sie Ihre Frau mit. Sie kennen doch das schöne alte Sprichwort: ›Der Krug geht so lange zum Brunnen, bis er bricht.‹ Mehr brauche ich hoffentlich nicht zu sagen; Sie werden mich schon verstehen.«

»Wenn ich Ihnen aber sage, daß ich Sie nicht verstanden habe?« erwiderte Steele.

»Nein, so unintelligent werden Sie doch nicht sein! Ich habe Sie vollkommen durchschaut und weiß genau Bescheid. Sie haben die Post beraubt; das ist das einzige Verbrechen, das Sie in meinen Augen begangen haben, und ich würde keine Mühe scheuen, Sie deshalb vor Gericht zu bringen.«

Steele antwortete nicht.

»Es ist nichts aus dem Postsack gestohlen worden, wovon ich wüßte«, fuhr Peter fort. »Alle Briefe wurden wieder zurückgesandt. Sie haben nur dem Chauffeur einen furchtbaren Schrekken eingejagt. Immerhin war es ein tolles Stück, und ich nehme die Sache sehr ernst. Ich würde Ihnen sofort eine lange Zuchthausstrafe verschaffen, wenn ich beweisen könnte, daß Sie die Hand im Spiel hatten. Sie haben den Chauffeur mit einer geladenen Pistole bedroht –«

»Das können Sie aber nicht beweisen!« Steele lachte ihn an. »Es ist wahrscheinlich nur ein Stück Rohr gewesen. Ein hartgesottener Verbrecher – für einen solchen halten Sie mich ja – weiß doch genau, daß es gesetzlich verboten ist, ohne Waffenschein Schußwaffen bei sich zu führen.«

»Wir sprechen ja hier unter vier Augen und ohne Zeugen«, sagte Peter. »Seien Sie also ruhig offen.«

»Davon bin ich nicht so ganz überzeugt«, bemerkte Steele schnell. »Ich dachte vorhin in meinem Wohnzimmer auch, daß ich ohne Zeugen mit Ihnen verhandelte.«

»Aber Sie können diesmal wirklich überzeugt sein, daß kein Dritter zuhört«, entgegnete Peter lächelnd, als der Wagen in die Straße einbog, in der das Hotel lag. »Und ich frage Sie im Vertrauen und unter vier Augen, ob Sie mir einen Anhaltspunkt über den Mord in der St. James Street geben können.«

»Das kann ich nicht«, sagte Steele. »Wie Sie wissen, war ich in Falmouth. Aber allem Anschein nach hat die Dame, die Sie die ›Quadrat-Jane‹ nennen, nichts damit zu tun. Ich weiß, daß sich diese liebenswürdige junge Dame zu Tode fürchten würde, wenn sie mit einem Revolver schießen sollte. Die Karte, die in der Hand des Toten gefunden wurde –«

»Woher wissen Sie das?« fragte Peter schnell.

»Ach, von solchen Dingen hört man doch«, entgegnete Steele, nicht im mindesten erschüttert. »Ist Ihnen noch nicht der Gedanke gekommen, daß es eine regnerische Nacht war und daß infolgedessen vielleicht ein Fingerabdruck des Mörders auf der Karte zu finden sein könnte?«

»Ja, daran habe ich selbstverständlich gedacht. Und wenn es Sie interessiert, kann ich Ihnen im Vertrauen verraten, daß wir auch einen Fingerabdruck auf der Visitenkarte gefunden haben. Ich habe in den letzten Tagen versucht, ihn mit –« Er brach plötzlich ab. »So, jetzt sind wir bei Ihrem Hotel angekommen. Steele, Sie wären ein guter Detektiv geworden.«

»Davon bin ich auch überzeugt«, erwiderte Jamieson leichthin. »Gute Nacht. Oder wollen Sie noch nach oben mitkommen und eine Zigarre rauchen?«

»Danke, nein«, entgegnete Peter grimmig.

Er kehrte nach Scotland Yard zurück. Merkwürdig, daß Steele die Visitenkarte erwähnt hatte!

Trotz der späten Stunde waren die Leiter der verschiedenen Abteilungen noch anwesend, denn es war eine wichtige Besprechung abgehalten worden und diese hatte ziemlich lange gedauert. Ein etwas korpulenter Beamter nickte Dawes freundlich zu, als dieser bei ihm eintrat.

»Es hat verdammt viel Mühe gemacht, aber wir haben es doch bekommen, Peter«, empfing er ihn.

Vor dem Mann lag die kleine Visitenkarte Jamieson Steeles. In der Mitte befand sich ein violetter Fingerabdruck, der für das bloße Auge unsichtbar gewesen war, bis man ihn mit Chemikalien bearbeitet hatte.

»Haben Sie auch die anderen Fingerabdrücke?« fragte Peter.

»Hier sind sie«, erwiderte der korpulente Herr und deutete auf einen Streifen Karton, der zwei schwarze Fingerabdrücke aufwies.

Peter verglich den violetten und die schwarzen Abdrücke miteinander.

»Ja, eins der Geheimnisse ist nun aufgeklärt. – Wie haben Sie das gemacht?« fragte er und zeigte auf die schwarzen Abdrücke auf dem Karton.

»Ich habe ihn aufgesucht und ihm die Hand geschüttelt«, erklärte der andere lächelnd. »Er war allerdings erstaunt und beleidigt, daß ich so freundschaftlich mit ihm umging. Dann reichte ich ihm den Karton. Als er kurz darauf seine Hand auf die weiße Schreibunterlage legte, entdeckte er, daß er schwarze Fingerspitzen hatte, konnte sich aber überhaupt nicht erklären, wie er dazu gekommen war.«

Peter lächelte auch. »Er hätte sich doch sagen können, daß Sie Ihre Hand geschwärzt hatten.«

»Daran hat er wohl kaum gedacht.«

Peter verglich wieder die beiden Abdrücke.

»Es besteht nicht mehr der leiseste Zweifel. Wir haben jetzt halb eins; die Zeit würde gerade recht sein. Ich nehme Wilkins und Browne mit und bringe die Sache zum Abschluß. Es wird allerdings nicht so einfach sein, und wir müssen uns auf allerhand gefaßt machen. Haben Sie inzwischen den Haftbefehl vorbereitet?«

Der Beamte zog eine Schublade seines Schreibtisches auf und reichte ihm ein Schriftstück. Peter prüfte es genau.

»Danke«, sagte er dann kurz.

Lord Claythorpe befand sich in seinem Arbeitszimmer und trank gerade einen steifen Whisky-Soda, als die Polizeibeamten gemeldet wurden.

»Nun, was verschafft mir das Vergnügen?« empfing er sie. »Haben Sie den Dieb gefunden, der die Smaragdkette gestohlen hat?«

»Nein, Mylord. Aber wir haben Remingtons Mörder entdeckt.«

Lord Claythorpes Gesicht färbte sich aschgrau. »Was meinen Sie damit?« fragte er heiser. »Wer ist denn der Täter?«

»Mit anderen Worten: Ich verhafte Sie wegen vorsätzlichen Mordes und mache Sie darauf aufmerksam, daß alles, was Sie sagen, vor Gericht als Beweismittel gegen Sie verwendet werden kann.«

9

Um drei Uhr morgens befand sich Lord Claythorpe in einer Zelle der Polizeistation Cannon Row und ließ Peter Dawes zu sich bitten. Als der Chefinspektor kurz darauf bei ihm erschien, konnte er beobachten, daß Claythorpe seine Fassung wiedererlangt hatte und ziemlich ruhig war.

»Ich habe Sie hergebeten, Dawes«, begann der Lord, »um ein paar Punkte aufzuklären, die mein Gewissen belasten.«

»Aber Sie wissen doch, daß alles, was Sie sagen, bei dem Prozeß gegen Sie verwendet wird?«

»Das weiß ich«, entgegnete Claythorpe ungeduldig. »Aber ich muß es Ihnen unter allen Umständen sagen.«

Er ging in der kleinen Zelle auf und ab; die Hände hatte er auf den Rücken gelegt. Schließlich setzte er sich neben den Chefinspektor auf das Bett.

»Zuerst möchte ich gestehen, daß ich Donald Remington ermordet habe. Es ist eine sehr lange Geschichte, die schließlich dazu führte, aber ich schwöre Ihnen, daß ich ursprünglich nicht die Absicht hatte, ihm etwas zuleide zu tun.«

Peter hatte einen Notizblock und einen Bleistift aus der Tasche gezogen und notierte in Kurzschrift alles, was der Lord sagte. Im allgemeinen verstummten Gefangene sofort, wenn ihre Äußerungen schriftlich festgehalten wurden, aber Claythorpe kümmerte sich nicht im mindesten darum.

»Als Joyce Wilberforces Onkel mich zum alleinigen Vollstrecker seines Testaments machte, hatte ich die feste Absicht, vollkommen ehrlich zu handeln«, fuhr er fort, »aber ich erlitt damals schwere Verluste an der Börse, und nach und nach begann ich, das Vermögen meines Mündels anzugreifen. Die Wertpapiere, die ich deponiert hatte, befanden sich in mehreren Paketen in einer Kassette. Allmählich veräußerte ich sie und ersetzte sie in den Paketen durch leere Papierbogen.

Bei dem Einbruch in mein Büro waren nur noch Papiere im Wert von hunderttausend Pfund vorhanden. Diese restlichen Wertpapiere finden Sie in einem Geheimfach des Schreibtisches in meiner Wohnung. Ich hatte Remington teilweise ins Vertrauen gezogen. Die ganze Wahrheit vermutet hatte er aber schon lange. Als ich nun die Kassette von der Bank in den Geldschrank meines Büros überführen ließ, hatte ich von vornherein die Absicht, in der Nacht in mein eigenes Büro einzubrechen und das Papiersiegel der ›Quadrat-Jane‹ zurückzulassen, um den Verdacht von mir abzulenken.

Um elf Uhr abends kehrte ich zu meinem Büro zurück, aber ich fand, daß Remington schon vor mir dorthin gegangen war. Als ich eintrat, hatte er den Geldschrank bereits mit seinem Schlüssel geöffnet, und er war gerade dabei, die Pakete aufzumachen. Es kam zu einem Wortwechsel, und er drohte mir, mich anzuzeigen. Er hatte bereits festgestellt, daß die meisten Wertpapiere verschwunden waren.

In diesem Augenblick packte mich die Verzweiflung. Ich hatte eine Schußwaffe bei mir, da ich ursprünglich die Absicht gehabt hatte, meinem Leben ein Ende zu machen, wenn man mich bei dem Einbruch ertappte. Remington forderte, daß ich ihm eine größere Summe auszahlen sollte, wozu ich im Moment nicht imstande war. Als ich ablehnte, erhob er sich und erklärte mir, daß er sofort zur Polizei gehen werde. Daraufhin erschoß ich ihn.

Sie werden das bereits geahnt haben, als Sie seinen Schlüssel in meinem Besitz fanden. Ich hatte den meinen in der Aufregung verloren und einfach den anderen an mich genommen. Wie sollte ich auch ahnen, daß jemand wußte, daß sie sich durch die Nummern voneinander unterscheiden!«

Peter Dawes sah von seinem Notizblock auf. »Und wie kam Steeles Karte in die Hand des Toten?«

»Ich hatte sie mitgenommen, um den Verdacht auf Steele zu lenken, denn ich bin fest davon überzeugt, daß er mit der ›Quadrat-Jane‹ unter einer Decke steckt.«

»Sagen Sie mir eins: Wissen Sie, wer die ›Quadrat-Jane‹ ist? Oder haben Sie eine Vermutung?«

Der Lord schüttelte den Kopf. »Ich habe immer geglaubt, daß es Joyce Wilberforce ist, aber ich habe niemals Gewißheit bekommen können. In früherer Zeit habe ich viel mit den Wilberforces verkehrt, und damals kam ich dahinter, daß Joyce mit dem jungen Steele in Briefwechsel stand. Er hatte sein Büro in der Nähe. Die Wilberforces wohnten damals am Manchester Square.«

»Ach, so ist es!« rief Peter aufgeregt. »Nach diesem quadratischen Platz hat sie ihren Namen gewählt – ›Quadrat-Jane‹!«

Lord Claythorpe runzelte die Stirn. »An diese Lösung habe ich noch gar nicht gedacht.«

Er schien sich wenig für die Sache zu interessieren, und er hatte auch weiter nichts zu Protokoll zu geben. Als Peter Dawes ihn verließ, legte er sich müde auf das Bett.

Peter sprach einige Zeit mit dem Polizeiinspektor, der die Station leitete. Plötzlich kam der Gefangenenwärter ins Büro.

»Ich weiß nicht, was mit Lord Claythorpe los ist. Ich habe eben durch das Beobachtungsfenster gesehen, daß er einen Knopf von seinem Jackett abriß.«

Peter sprang auf. »Ich würde Ihnen dringend raten, ihm ein anderes Jackett zu geben und ihn genau zu beobachten.«

Sie gingen zusammen in die Zelle. Lord Claythorpe lag auf dem Rücken, wie Peter ihn verlassen hatte. Als sich der Chefinspektor aber über den Mann beugte, stieß er einen leisen Schrei aus.

»Er ist tot.«

Peter untersuchte das Jackett genau und sah, daß einer der Knöpfe fehlte, dann suchte er auf dem Boden. Gleich darauf fand er einen Teil eines Knopfes, nahm ihn auf, hielt ihn an die Nase und reichte ihn dann dem Inspektor hinüber.

»Es ist alles klar. Wir wissen nun, wie er es gemacht hat. Claythorpe hatte sich seit langer Zeit auf ein solches Ende vorbereitet.«

»Was ist es denn?«

»Der zweite Knopf seines Jacketts ist besonders für ihn angefertigt worden. Er war hohl und enthielt Zyankali. Äußerlich glich er den anderen vollkommen. Er brauchte den Knopf nur auseinanderzunehmen und das Gift zu schlucken, um seinem Leben ein Ende zu machen.«

So starb Lord Claythorpe, der während seines ganzen Lebens ein Betrüger und niedriger Charakter gewesen war. Den Titel vererbte er einem schwächlichen Sohn.

Peters Arbeit war getan; er hatte jetzt nur noch das Geheimnis der ›Quadrat-Jane‹ aufzuklären, und auch dieses hatte er bereits für sich gelöst. Ihre Identität nachzuweisen war freilich eine der schwierigsten Aufgaben, die ihm jemals in seinem Beruf begegnet waren.

Er ging nach Scotland Yard zurück und ließ sich zwei weitere Haftbefehle ausstellen. Dann nahm er eine Anzahl von Beamten mit und begab sich zu dem Hotel, in dem Steele mit seiner Frau wohnte. Diesmal wollte er sich nicht zum besten halten lassen. Er besetzte deshalb alle Ausgänge mit Posten, so daß niemand das Hotel ungesehen verlassen konnte.

Dann ging er zu dem Wohnzimmer des Ehepaares. Er traf Joyce und ihren Mann beim Frühstück an. Trotz der frühen Morgenstunde waren beide vollständig angekleidet; auch ihre Koffer waren gepackt, und es hatte den Anschein, daß sie London mit dem ersten Frühzug verlassen wollten.

Peter schloß die Tür und trat langsam an den Tisch.

Joyce begrüßte ihn lächelnd. »Sie kommen gerade zur rechten Zeit, um mit uns zu frühstücken. Wollen Sie nicht eine Tasse Kaffee trinken?«

Peter schüttelte den Kopf.

Steele sah ihn scharf an, dann brach er plötzlich in ein lautes Lachen aus. »Joyce, ich glaube, unser Freund Dawes will uns verhaften.«

»Vielleicht haben Sie da gar nicht so unrecht«, erwiderte Peter und setzte sich. »Mr. Steele, das Spiel ist aus. Ich verhafte Sie.«

»Mich auch?« fragte Joyce und zog die Augenbrauen hoch.

Peter betrachtete sie. Sie tat ihm unendlich leid, zumal sie an diesem Morgen schöner denn je aussah.

»Ja, ich verhafte auch Sie, Mrs. Steele«, entgegnete er ruhig.

»Was soll ich getan haben?«

»Nun, es gibt Verschiedenes, was Sie sich haben zuschulden kommen lassen. Gestern abend haben Sie zum Beispiel noch Ihren Mann unten im Vestibül des Hotels umarmt, als ich ihn verhaftete. Und in Ihrem untröstlichen Kummer haben Sie ihm schnell die Smaragdkette aus der Tasche genommen.«

Sie lachte und warf den Kopf zurück. »Habe ich das nicht gut gemacht? Das müssen Sie doch selber zugeben.«

»Ja, das stimmt allerdings.«

»Haben Sie mir sonst noch etwas vorzuwerfen?«

»Nein. Höchstens noch, daß Sie die ›Quadrat-Jane‹ sind.«

»Also das haben Sie endlich auch herausgebracht?« erwiderte sie und hob die Tasse, ohne mit der Hand zu zittern. Dabei sah sie ihn übermütig an.

Peter sagte sich, daß sie eine der größten Verbrecherinnen aller Zeiten werden würde, wenn sie zur Unterwelt gehörte.

Steele nahm ein Etui aus der Tasche und bot dem Chefinspektor eine Zigarette an.

»Ja, ich gebe zu, daß das Spiel aus ist. Und da wir vernünftig sind, möchten wir jedes unnötige Aufsehen vermeiden. Hier im Hotel ist es ruhiger, hier können wir alles sagen, was wir auf dem Gewissen haben. Jedenfalls ist es hier angenehmer als in der kalten Gefängniszelle. Und ich will auch ruhig gestehen, daß der ganze Plan mit der ›Quadrat-Jane‹ auf mich zurückgeht.«

»Das ist nicht wahr«, entgegnete Joyce ruhig. »Du darfst nicht die ganze Verantwortung auf dich nehmen.«

Steele lächelte, als er Peter Dawes das Feuerzeug hinhielt. »Nun gut, wenn der Plan auch nicht von mir stammt, so habe ich doch verschiedene unserer besten Tricks ausgedacht. Sie haben vollkommen recht, Dawes, meine Frau ist tatsächlich die ›Quadrat-Jane‹. Vielleicht interessiert es Sie, warum sie ausgerechnet diesen Namen gewählt hat?«

»Nein, das weiß ich oder vermute es wenigstens. Wahrscheinlich hat es mit dem Londoner Manchester Square zu tun.«

Steele sah ihn verwundert an. »Sie sind findiger, als ich geglaubt hatte. Also, es stimmt. Joyce und ich haben Lord Claythorpe in den letzten Jahren planmäßig beraubt und bestohlen. Wenn es uns gelang, bares Geld von ihm zu bekommen, behielten wir es. Schmuckstücke haben wir Krankenhäusern geschickt –«

»Das ist mir alles bekannt«, erwiderte Peter.

Plötzlich warf er die Zigarette in den Aschenbecher und sah die beiden argwöhnisch an. Aber sie hielten seinem Blick ruhig stand.

»Also, jetzt ist es Zeit«, sagte er heiser und erhob sich. »Kommen Sie mit, ich habe schon zu lange gewartet.«

Er taumelte und hielt sich an der Tischplatte fest, dann ging er vorsichtig bis zur Tür, aber Steele war dicht hinter ihm und hielt ihn an beiden Schultern.

Peter fühlte sich merkwürdig schwach und hilflos; vor allem konnte er nicht mehr laut sprechen oder schreien.

»Die ... Zigarette ...«, flüsterte er. »Sie war ... mit einem ... Betäubungsmittel getränkt ...«

»Wieder haben Sie vollkommen recht«, erklärte Steele.

Peter sackte zusammen, und Steele bettete ihn behutsam auf den weichen Teppich.

Joyce sah ihn mitleidig und traurig an. »Es tut mir schrecklich leid, daß wir das tun mußten.«

»Es schadet ihm ja nichts«, entgegnete Steele heiter. »Wir müssen jetzt an uns selbst denken, denn das Hotel ist von allen

Seiten umstellt. Die größte Gefahr liegt darin, daß er einen seiner Beamten an der Treppe postiert hat.«

Vorsichtig öffnete er die Tür und sah hinaus; der Gang war leer. Rasch winkte er Joyce zu sich.

»Nimm die Ledertasche mit den Juwelen. Ich habe das Geld und die Smaragdkette in der Tasche.«

Er schloß die Tür, und sie schlichen den Korridor entlang, gingen aber nicht in Richtung des Fahrstuhls, sondern zu einer kleinen Hintertreppe, die nur für die Dienerschaft sowie als Feuertreppe bestimmt war. Sie stiegen auch nicht zum Erdgeschoß hinunter, sondern nach oben, bis sie auf das flache Dach kamen.

Steele ging voraus; er kannte den Weg anscheinend sehr genau und zögerte nicht einen Augenblick. Das flache Dach stieß gegen eine Mauer. Er ging ein paar Schritte daran entlang, bis er zu einer Feuerleiter kam. Sie stiegen die Sprossen empor und erreichten ein verhältnismäßig kleines, leicht abfallendes Dach. Dann gingen sie über ein Schieferdach, das nur von einem niedrigen Geländer umgeben war. Steele half Joyce, und schließlich kamen sie zu einer Luke, die Steele von außen öffnete.

»Hier hinein«, sagte er.

Als sie nach innen geklettert war, folgte er ihr und verschloß die Dachluke wieder. Dann schlichen sie durch den Mansardenraum hinaus auf den Treppenflur.

Inzwischen waren Peters Beamte unruhig und nervös geworden. Schließlich witterten sie Unheil, gingen zu dem Zimmer und klopften an die Tür. Als sie keine Antwort erhielten, traten sie ein und fanden den Chefinspektor besinnungslos am Boden liegen. Sie gaben sich die größte Mühe, ihn zu Bewußtsein zu bringen. Bald traf auch ein Arzt ein, den sie telefonisch herbeigerufen hatten, und nach einiger Anstrengung gelang es, Peter wieder zu sich zu bringen.

Er war noch sehr benommen, konnte aber trotzdem erzählen, was sich ereignet hatte.

»Das Hotel haben sie nicht verlassen«, sagte einer der Beamten. »Wir haben alle Ausgänge scharf bewacht. Aber ich möchte nur wissen, wie es ihnen gelungen ist, Sie zu betäuben.«

Peter schüttelte den Kopf. »Ich habe mich zu leicht täuschen lassen und bin wie ein Lamm zur Schlachtbank gegangen«, sagte er und lächelte grimmig. »Sie hatten alles sehr schlau eingefädelt. Die Tatsache, daß sie mir versprachen, ein volles Geständnis abzulegen, hat mich unvorsichtig gemacht. Ich habe eine präparierte Zigarette geraucht.« Er dachte einen Augenblick nach. »Soweit ich die beiden kenne, haben sie sich aber nicht allein auf die Zigarette verlassen. Wahrscheinlich wäre es mir schlecht ergangen, wenn ich sie nicht angenommen und geraucht hätte.«

Eine Stunde darauf hatte er sich so weit erholt, daß er persönlich eine Untersuchung des ganzen Hotels vornehmen konnte. Das Gebäude wurde von oben bis unten durchgekämmt, und schließlich stieg er auch auf das flache Dach hinauf. Dort fand er einen Anhaltspunkt: Ein kleines Stückchen Stoff war an der rauhen Mauer hängengeblieben, als Joyce die Feuerleiter hinaufkletterte. Nach einigem Suchen kamen die Beamten dann auch zu der Dachluke, die Peter mit Gewalt öffnen ließ, da sie von innen fest verschlossen war.

Er stellte fest, daß das Haus der Konfektionsfirma Backham & Boyd gehörte. Als sie die Treppe hinunterstiegen, mußten sie durch einen großen Fabrikationsraum gehen. Mehr als zwanzig junge Mädchen arbeiteten emsig an ihren Nähmaschinen und sahen erschrocken auf, als die Polizeibeamten im Raum erschienen. Weder die Aufsichtsdame noch die Arbeiterinnen hatten jemanden hereinkommen sehen, und da man unweigerlich diesen Raum durchqueren mußte, um zum Erdgeschoß zu gelangen, schloß Dawes, daß die beiden nicht diesen Weg für ihre Flucht benützt hatten.

»Die einzigen Leute, die hier oben waren«, sagte schließlich die Aufsichtsdame, »waren zwei Packer, die bei uns angestellt sind. Vor einer halben Stunde sind sie hier durchgekommen. Sie haben zwei schwere Ballen vom Dachgeschoß heruntertransportiert.«

»Waren es wirklich zwei Männer?« fragte Peter schnell. »Wo sind sie denn jetzt?«

Obwohl er alle Angestellten der Firma ausfragte, konnte er doch die beiden Leute nicht finden. Es stellte sich dabei heraus, daß in letzter Zeit viel Personal neu eingestellt worden war. Man konnte auch nicht genau sagen, wer in den unteren und wer in den oberen Räumen beschäftigt gewesen war. Der Portier, den man schließlich auch fragte, konnte sich darauf besinnen, daß die beiden Packer zwei große Ballen hinausgetragen hatten.

»Waren Sie schwer?« fragte Peter.

»Ja, sie müssen ein ziemliches Gewicht gehabt haben. Die beiden legten sie auf einen Handkarren und fuhren damit fort. Bis jetzt sind sie noch nicht wieder da.«

Peter erinnerte sich jetzt, daß die ›Quadrat-Jane‹ außer ihrem Mann noch andere Helfershelfer hatte. Bei einer Gelegenheit war sie ja mit zwei Männern erschienen, die sich als Polizeibeamte ausgegeben hatten. Wahrscheinlich handelte es sich auch hier um die zwei Leute, die mit allen Hunden gehetzt und schon früher von Mr. Steele und seiner Frau zur Hilfe engagiert worden waren. Später konnte Peter dies auch noch genauer feststellen. Er mußte zugeben, daß Joyce und ihr Mann den Fluchtplan außerordentlich sorgfältig vorbereitet hatten.

Peter war verblüfft und ärgerlich, als er auf die Straße hinaustrat. Dann erinnerte er sich plötzlich daran, daß Lord Claythorpe ihm gesagt hatte, es lägen noch Papiere im Wert von hunderttausend Pfund in seinem Schreibtisch. Die ›Quadrat-Jane‹ würde England nicht verlassen, bevor sie sich diese nicht angeeignet hatte. Rasch winkte er ein Taxi heran und fuhr so schnell wie möglich zu Claythorpes Haus.

Hier war bereits die Nachricht von dem Tod des Hausherrn eingetroffen, und die Dienerschaft betrachtete den Beamten mit vorwurfsvollen Blicken. Der Butler, der ihm die Haustür öffnete, blickte ihn so düster an, als ob Peter persönlich für den Tod des Lords verantwortlich wäre.

»Sie können nicht in das Arbeitszimmer gehen«, erklärte der stattliche Mann mit großer Genugtuung. »Es ist verschlossen und versiegelt.«

»Wer hat denn das angeordnet?«

»Ein Gerichtsbeamter.«

Selbst ein Chefinspektor von Scotland Yard wagte nicht,

derartige Siegel zu entfernen, wenn er nicht vorher die Genehmigung dazu eingeholt hatte. Auch Peter zögerte.

»Ist sonst noch jemand hiergewesen?« wandte er sich an den Butler.

»Nur Miss Wilberforce.«

»Was, die war hier?« schrie Peter erregt. »Wann?«

»Fast zur selben Zeit wie der Beamte, der die Tür versiegelte. Sie war gerade im Arbeitszimmer, als der Beamte kam. Er war sehr ärgerlich und befahl ihr in barschem Ton, sofort den Raum zu verlassen.« Der Butler schien eine gewisse Befriedigung darin zu finden, daß er dies erzählen konnte. »Sie schickte mich nach oben und sagte, ich solle ihren Schirm holen, den sie bei ihrem letzten Besuch vergessen habe. Als ich herunterkam, war sie fort. Der Beamte war sehr unhöflich und hat uns noch alle gewarnt. Er sagte, es sei keinem von uns gestattet, die Siegel zu entfernen oder zu verletzen. Wir würden sonst ins Zuchthaus kommen.«

Peter telefonierte mit Scotland Yard.

Aber dort war nichts davon bekannt, daß das Zimmer in dem Haus versiegelt worden war. Man gab ihm den Rat, sich an die Justizbehörde in der Chancey Lane zu wenden, wo er feststellen könne, ob eine entsprechende Anweisung ergangen sei. Peter folgte dem Rat auch, mußte aber fast den ganzen Rest des Tages dort zubringen. Er wurde von einem Büro ins andere geschickt und hatte schließlich doch keine Gewißheit. Um halb fünf Uhr nachmittags kehrte er zu dem Hause des Lords zurück, fest entschlossen, die Siegel zu entfernen und die Folgen auf sich zu nehmen. Der Butler öffnete ihm wieder die Tür, und diesmal war der Mann freundlicher und mitteilsamer.

»Ich bin sehr froh, daß Sie gekommen sind. Ich muß Ihnen viel berichten. Etwa eine halbe Stunde, nachdem Sie gegangen waren, hörte ich ein Geräusch im Arbeitszimmer, ging zur Tür und lauschte. Ich wußte nicht, was drinnen vorging, deshalb rief ich laut durch das Schlüsselloch: ›Wer ist dort?‹ und wer, glauben Sie, hat mir geantwortet?«

Peter bekam einen Schreck. »Ich weiß«, sagte er schwach. »Es war die ›Quadrat-Jane‹ – ich meine, Miss Joyce Wilberforce.«

»Ja, Sie haben recht«, erwiderte der Butler erstaunt. »Woher wußten Sie das?«

»Das habe ich vermutet«, entgegnete Peter kurz.

»Sie war nämlich versehentlich von dem Beamten eingeschlossen worden. Sie sagte mir, daß sie den Schreibtisch ihres Vormunds durchsuche, um einige Briefe und Schriftstücke zu finden, die sie ihm zur Aufbewahrung übergeben habe.

Wir wissen alle, daß der Schreibtisch von Mylord ein sehr kompliziertes Möbelstück ist. Er hat eine ganze Anzahl von Geheimfächern und Geheimschubladen, und ich entsinne mich genau, daß mir Miss Joyce früher einmal sagte, daß es womöglich Wochen und Monate dauern könne, bis man etwas finde, was der Lord darin versteckt habe!«

Peter stöhnte. Er brauchte nicht nach dem Rest der Geschichte zu fragen, er wußte bereits alles.

Aber der Butler fühlte sich als wichtige Persönlichkeit und fuhr unbeirrt fort: »Nach einer Weile hörte ich, wie von innen aufgeschlossen wurde. Miss Joyce kam vergnügt heraus, aber in dem Zimmer herrschte eine furchtbare Unordnung.«

»Sie hat also die Siegel aufgebrochen?« fragte Peter.

»Ja, die Siegel und alle verschlossenen Fächer im Schreibtisch. Und als sie herauskam, hatte sie verschiedene Dokumente in der Hand.«

»Ich weiß«, entgegnete Peter müde und machte eine abwehrende Handbewegung.

»›Miss‹, sagte ich zu ihr, ›Sie dürfen nichts aus dem Zimmer mitnehmen, bevor nicht die Justizbeamten alles geregelt haben.‹ – ›Ach, zum Teufel damit!‹ antwortete sie. Denken Sie einmal an, eine junge Dame sagt so etwas!«

Peter erwiderte darauf nichts mehr, sondern verließ eilig das Haus. Es blieb ihm jetzt nur noch übrig, alle Häfen und Flugplätze überwachen zu lassen, um die beiden am Verlassen des Landes zu hindern. Aber er hatte keine große Hoffnung, daß ihm das gelingen würde, denn sie hatten einen zu großen Vorsprung, und außerdem waren sie gewandt genug, wie bisher allen Verfolgungen der Polizei zu entgehen.

*

Zwei Monate später erhielt Peter Dawes einen Brief aus Südamerika. Das Schreiben kam von Joyce Steele. Neugierig las er:

Sie glauben nicht, wie leid es mir tut, daß wir Ihnen soviel Unannehmlichkeiten bereiten mußten. Aber Sie wissen ja selbst, daß ich die Gesetze nur übertrat, um mir mein Eigentum wiederzubeschaffen. Es stimmt wohl, daß ich mit der ›Quadrat-Jane‹ identisch bin, aber ich spiele diese Rolle nicht länger, und in Zukunft werde ich ein völlig einwandfreies Leben führen und nie wieder mit den Gesetzen in Konflikt kommen. Mr. Dawes, ich kann Ihnen die Versicherung geben, daß Sie der klügste und tüchtigste aller Kriminalbeamten sind, die uns verfolgt haben.

Ich bin nun hier in Südamerika mit meinem Mann; auch zwei unserer Freunde sind mit uns herübergekommen, die uns bei unseren Unternehmungen geholfen haben. Aber sie wohnen ein paar tausend Meilen von uns entfernt. Es sind sehr nette Menschen, nur haben sie leider einen ausgesprochenen Hang zum Verbrechen, und das kann ich keinesfalls gutheißen.

Zweifellos hat sich damals in London viel ereignet, was Sie in Erstaunen setzte. Zum Beispiel werden Sie sich gewundert haben, daß ich mich mit diesem unmöglichen Francis Claythorpe trauen lassen wollte. Ich hatte jedoch alle erforderlichen Vorsichtsmaßregeln getroffen, um die Trauung nicht zustande kommen zu lassen. Ich hoffte, daß Lord Claythorpe mir ein wertvolles Hochzeitsgeschenk machen würde, aber darin täuschte ich mich leider. Von allen Freunden und Bekannten bekam ich allerdings wertvolle Geschenke, die Jamieson und ich sehr schätzen. Übrigens war mein Mann auch der Arzt, der damals bei Grandman vorsprach. Er hat mich bei all meinen Unternehmungen unterstützt und war, wie Sie ja längst wissen, mein treuer Bundesgenosse.

Vielleicht treffen wir uns später einmal in London, Mr. Dawes, wenn uns das Leben in Südamerika zu langweilig wird. Wir hoffen, daß Sie uns dann nicht noch einmal verhaften wollen. Mit der Zeit werden Sie sicher milder über uns urteilen, und mit Ihnen vielleicht die ganze Polizei Londons.

Ich bin unendlich glücklich geworden – würden Sie so liebenswürdig sein, das meiner Mutter mitzuteilen? Ich glaube allerdings nicht, daß sie sich besonders darüber freuen wird, denn sie hat nun einmal einen etwas selbstsüchtigen Charakter.

Übrigens bin ich auf seltsame Weise dazu gekommen, die Rolle der ›Quadrat-Jane‹ zu spielen. Wir hatten nämlich früher ein Mädchen namens Jane Briglow. Die erzählte mir öfter von den Abenteuern eines Verbrechers, von denen sie in den Wochenzeitungen gelesen hatte. Es war ein Fehler der Polizei, daß man mich ›Jane‹ nannte. Das J, das ich immer in das Quadrat einzeichnete, bedeutete natürlich ›Joyce‹. Wenn Sie einmal Zeit haben zu einer Urlaubsreise, würden wir uns sehr freuen, Sie bei uns zu sehen. Wir würden Ihnen den Aufenthalt so angenehm wie möglich machen.

Peter lächelte nachdenklich und fast etwas verträumt vor sich hin, als er das las. Dann fiel sein Blick auf die Nachschrift:

PS: Sie brauchen nicht Ihre eigenen Zigaretten mitzubringen, denn wenn Sie dann bei uns zu Gast sind, haben wir keinen Grund mehr, Sie zu betäuben.

DER BETROGENE BETRÜGER

1

John Trevor war nicht eifersüchtig. Das sagte er sich mindestens ein dutzendmal, bevor er den Mut faßte, es Marjorie Banning zum erstenmal zu erklären.

»Eifersüchtig?« fuhr sie auf, aber dann faßte sie sich wieder. »Ich verstehe nicht, was du willst. Wieso bist du nicht eifersüchtig?«

John fühlte sich durchaus nicht behaglich. »›Eifersüchtig‹ ist nicht das richtige Wort«, erwiderte er zu seiner Entschuldigung. »Ich meinte eigentlich ›argwöhnisch‹ –«

Aber er sprach nicht weiter, denn nun hatte er es erst recht schlimm gemacht.

Die beiden saßen im Londoner Hyde Park unter den breiten Ästen einer großen Ulme. Wenn auch die große Menschenmenge nicht weit entfernt war, saßen sie hier doch verhältnismäßig allein. In der Nähe waren nur noch drei andere Liebespaare, ein Kindermädchen, ein Polizist und ein paar kleine Mädchen zu entdecken.

»Ja, was ich dir eigentlich sagen wollte . . .«, begann John wieder verzweifelt. »Ich traue dir natürlich, Liebling, und ich will mich auch nicht in deine Geheimnisse einmischen, aber . . .«

»Aber was . . .?« fragte sie eisig.

»Nun, ich habe jetzt schon dreimal gesehen, daß du in einem eleganten Auto die Straße entlangfuhrst.«

»Der Wagen gehört einem Kunden des Geschäfts, in dem ich arbeite«, erklärte sie gelassen.

»Hm. Aber wenn du auch bei einem Friseur tätig bist, so brauchst du deshalb doch nicht bis spät am Abend dort zu arbeiten«, entgegnete er hartnäckig. »Es tut mir sehr leid, daß ich dich damit belästige, aber sooft du mir erzählt hast, daß wir uns nicht treffen können, habe ich dich in diesem prächtigen Auto spazierenfahren sehen.«

Sie antwortete ihm nicht sofort.

Er machte es ihr furchtbar schwer, und sie war ihm deswegen

ernstlich böse. Erstens, weil er an ihr zweifelte, zweitens, weil sie ihm keine Erklärung dafür geben konnte. Am meisten aber ärgerte sie sich darüber, daß ihr Schweigen ihm anscheinend recht gab.

»Wer hat dir denn eigentlich diese merkwürdigen Ideen in den Kopf gesetzt?« fragte sie schließlich. »Etwa Lennox Mayne?«

»Lennox!« sagte er vorwurfsvoll. »Das ist doch einfach lächerlich, Marjorie. Lennox würde sich nicht im Traum einfallen lassen, etwas gegen dich zu sagen, weder zu mir noch zu einem anderen. Lennox hat dich sehr gern – denk doch daran, daß er uns miteinander bekannt gemacht hat.«

Sie biß sich nachdenklich auf die Lippen; sie wußte sehr gut, daß Lennox sie mehr als gern hatte. Er hatte ihr nachgestellt wie so mancher anderen Angestellten, die er zufällig kennengelernt hatte.

Sie war in einem der bekanntesten Friseursalons im Westen Londons tätig, konnte aber ihren Beruf nicht ausstehen, obwohl er ihr die Möglichkeit gab, Geld zu verdienen. Ihr Vater, ein kleiner Landarzt, war vor einigen Jahren gestorben und hatte sie und ihre Mutter ohne Vermögen zurückgelassen. Deshalb mußte sie schließlich dankbar sein, daß ein Freund der Familie den Modefriseur Mr. Fennett kannte, der sie als seine Sekretärin engagierte. Sie hatte dann nach und nach auch die praktische Arbeit einer Friseuse erlernt, und der Inhaber des Geschäfts, der in seinem Fach sehr tüchtig war, hatte sie vor allem auch in die Geheimnisse des Haarfärbens eingeweiht.

»Es tut mir unendlich leid, daß du dich über mich geärgert hast«, sagte sie kurz und erhob sich. »Aber wenn man ein Ladenmädchen ist, hat man eben gewisse Pflichten!«

»Um Himmels willen, sag doch nicht, daß du ein Ladenmädchen bist!« entgegnete er aufgebracht. »Selbstverständlich glaube ich dir, aber warum machst du ein so großes Geheimnis daraus?«

»Ich werde dafür bezahlt, daß ich darüber schweige«, erwiderte sie lächelnd. »Und nun wollen wir zu ›Fragiani‹ gehen, denn ich habe einen Bärenhunger.«

Während des Abendessens sprachen sie wieder über Lennox.

»Ich weiß, daß du ihn nicht leiden magst«, sagte John. »Aber er ist ein guter Kerl und mir sehr nützlich. Ich kann es mir bei meiner Lage nicht gestatten, auf solche Freunde zu verzichten. Früher haben wir im selben Fußballklub zusammen gespielt, und auch da habe ich immer von ihm gelernt. Inzwischen hat er ein großes Vermögen zusammengebracht, während ich mich noch abquäle, die nötigen tausend Pfund zusammenzubringen, damit wir beide heiraten können ...«

Sie drückte unter dem Tisch zärtlich seine Hand. »Du bist ein lieber Kerl, aber ich hoffe, daß du dein Geld niemals auf dieselbe Weise verdienen wirst wie Lennox.«

Er protestierte, aber sie schüttelte den Kopf. »Wir machen seltsame Erfahrungen und hören die merkwürdigsten Dinge, wenn wir die grauen Haare der Damen wieder frisch auffärben müssen. Und Lennox ist in ganz London bekannt als ein Mann, der nur von seinen Spekulationen lebt.«

»Aber sein Onkel –«

»Sein Onkel ist sehr reich und haßt ihn. Alle Leute wissen das.«

»Aber darin irrst du dich«, erklärte John triumphierend. »Sie haben sich zwar lange Zeit nicht verstanden, aber jetzt vertragen sie sich wieder und haben sich ausgesöhnt. Gestern abend habe ich mit Lennox gegessen, als du in deinem Luxusauto umherfuhrst – ich will dir ja gar keinen Vorwurf daraus machen, Liebling. Also, ich aß mit ihm zu Abend, und er sagte mir, daß der alte Herr jetzt sehr freundlich sei. Und was noch mehr ist«, fügte er mit leiser Stimme hinzu, »er wird mir einen guten Tip geben, durch den ich bald zu Geld kommen kann.«

»Das sollte Lennox tun?« fragte sie ungläubig und schüttelte den Kopf. »Ich kann mir wohl vorstellen, daß Lennox selbst durch Spekulationen ein Vermögen verdient und daß er jungen, unerfahrenen Mädchen eine goldene Zukunft vorgaukelt, aber daß er dir helfen will, glaube ich nie und nimmer.«

»Hat er einmal versucht, dir goldene Hoffnungen zu machen?« fragte er scherzend.

Sie antwortete nicht darauf.

Im Hause einer gemeinsamen Bekannten war ihr Lennox

eines Tages vorgestellt worden. Später war sie ihm im Hyde Park begegnet, und er hatte ihr einen bestimmten Vorschlag gemacht, der sicher von pekuniärem Vorteil für sie gewesen wäre. Aber sie hatte ihn trotzdem abgelehnt. Einige Zeit darauf fuhren sie in einem Boot auf der Themse und trafen dabei John Trevor. Und seitdem kümmerte sie sich nicht mehr um Lennox.

Nach dem Essen gingen die beiden wieder in den Hyde Park. Als sie durch den Marble Arch gingen, kam ein nicht sehr sauber gekleideter junger Mann an ihnen vorüber, der John grüßte und ihn vertraulich angrinste.

»Das ist Willie Jeans«, erklärte John lächelnd. »Sein Vater war bei uns Stallknecht, als wir noch den Landsitz Royston hatten. Ich möchte nur wissen, was der hier in London treibt.«

»Welchen Beruf hat er denn?« fragte sie neugierig.

»Das ist schwer zu erklären. Hauptsächlich spioniert er in den Rennställen.«

»Zu welchem Zweck?«

»Er beobachtet die Rennpferde bei ihrem Morgengalopp, und er versteht sehr viel von der Sache. Nachher verkauft er seine Informationen an die Sportpresse, und ich glaube, er verdient ganz anständig dabei.«

»Es gibt doch merkwürdige Existenzen«, meinte sie und lachte.

»Worüber freust du dich denn so?« fragte er erstaunt, aber sie sagte es ihm nicht.

2

Der kleine Willie Jeans lag um sieben Uhr oben auf einer Mauer. In seinem abgetragenen grünen Jackett und der schmutzigbraunen Hose war er wie ein Chamäleon unauffällig seiner Umgebung angepaßt. Jedenfalls war er von der alten, halbverfallenen Mauer und den Bäumen in der Nähe kaum zu unterscheiden, und kaum jemand hätte ihn dort bemerkt; aber glücklicherweise kamen hier keine Spaziergänger vorüber.

Er stützte die Ellenbogen auf die Mauer; er hielt einen Feldstecher in der Hand und beobachtete mit gespannter Aufmerksamkeit.

Zwanzig Minuten lang blieb er in dieser Haltung, dann hörte der korpulente Mann am Steuer des alten Autos, das in einiger Entfernung parkte, daß Jeans von der Mauer herunterkletterte.

Er sah sich um und fragte: »Nun, bist du fertig?«

»Ja«, entgegnete Willie kurz und stieg ein.

Der Dicke seufzte, ließ den Motor an und fuhr den etwas geräuschvollen Wagen zum nahen Dorf. Erst als sie an den ersten Häusern von Baldock angekommen waren, fand Willie Jeans seine Sprache wieder.

»›Yamen‹ ist lahm.«

Der dicke Mann am Steuer geriet in Aufregung und hätte beinahe das Auto auf den Bürgersteig gefahren.

»Lahm?« wiederholte er ungläubig.

Willie nickte. »In der zweiten Hälfte des Galopps begann er zu lahmen. Der gewinnt das Derby nicht.«

Der Chauffeur atmete schwer.

Die beiden waren Brüder: Willie der jüngere, Paul der ältere. Familienähnlichkeit existierte zwischen ihnen allerdings ebensowenig wie zwischen einer Ratte und einem Kaninchen.

Der Wagen hielt vor dem Postgebäude von Baldock, und Willie stieg nachdenklich aus. Eine Weile blieb er auf dem breiten Bürgersteig stehen und strich sich mit der Hand über die Stirn. Er wußte immer noch nicht, was er tun sollte, aber endlich schien er doch einen Entschluß gefaßt zu haben, denn er kam wieder zu dem Wagen zurück.

»Wir wollen zur Garage zurückfahren und tanken.«

»Warum denn?« fragte Paul. »Ich dachte, du wolltest telegrafieren?«

»Es kommt nicht darauf an, was du denkst«, erwiderte Willie ungeduldig. »Du kannst mich überhaupt gleich nach London fahren; in der nächsten halben Stunde wird die Post hier doch noch nicht aufgemacht, also ist der Unterschied nicht so groß.«

Der ältere Bruder versuchte zu protestieren, aber Willie kümmerte sich nicht darum. Als sie kurz darauf wieder auf der Landstraße waren, ließ sich Willie herbei, Paul die Sache zu erklären.

»Wenn ich von hier aus ein Telegramm schickte, würde das sehr bald im ganzen Ort bekannt sein. Du weißt doch, wie es in diesen kleinen Nestern ist, und Mr. Mayne würde mir niemals verzeihen, wenn ich so unvorsichtig wäre.«

Willie arbeitete außer für Sportblätter auch für Lennox Mayne und wurde von ihm ausgezeichnet bezahlt. Daneben hatte er noch einige andere Klienten, von denen er aber verhältnismäßig wenig erhielt.

Der Mann hatte wirklich einen sonderbaren Beruf. Sein Hauptquartier hatte er in Newmarket aufgeschlagen. Da es aber auch sehr viel Rennställe außerhalb der großen Plätze gab, wo die Rennen stattfanden, reiste Mr. Jeans in die verschiedensten Orte, wenn Lennox Geheiminformationen über den Stand des Trainings zu erhalten wünschte.

»Es war ein außerordentlicher Glücksfall«, sagte er zu seinem Bruder, als sie weiterfuhren. »Ich glaube, es gibt keinen anderen Mann in England, der sich so nahe an die Pferde Mr. Greymans heranschleichen konnte wie ich. Für gewöhnlich hat er ein halbes Dutzend Leute, die die Straße abpatrouillieren, damit niemand in die Nähe kommt.«

Stuart Greyman besaß ein großes Landgut an der Straße nach Royston und hatte die Lage seiner Ställe so vorzüglich gewählt, daß eigentlich niemand die Pferde bei ihrer Morgenarbeit beobachten konnte. Außerdem hatte er den großen Park, in dem die Pferde trainiert wurden, mit einer hohen Mauer umgeben lassen, und seine Angestellten waren äußerst zugeknöpft.

Von anderen Ställen konnte man ab und zu wertvolle Mitteilungen bekommen, wenn man mit einem der Angestellten auf gutem Fuß stand, aber Greyman bezahlte entweder seine Leute so gut, daß sie nicht aus der Schule plauderten, oder er wählte sie mit ungewöhnlicher Sorgfalt aus. Infolgedessen war er vielen etwas unheimlich. Seine Pferde gewannen unerwarteterweise, und er hütete seine Stallgeheimnisse so gut, daß niemand etwas wußte, bevor das Rennen zu Ende war. Wenn Pferde seines Stalles gewannen, waren es fast immer Überraschungssiege. Er konnte daher auch günstige Wetten für seine Pferde abschließen. Jeder Versuch, seine Tiere zu beobachten, war bisher fehlgeschlagen.

Willie Jeans' Genugtuung war deshalb nicht unberechtigt; sein Erfolg grenzte fast ans Wunderbare.

Das staubbedeckte Auto hielt auf einem schönen Platz im Westen Londons an. Willie stieg aus und klingelte an der Tür eines vornehmen Hauses. Der Butler war empört, als er das wenig vorteilhafte Äußere des Besuchers sah, und es dauerte einige Zeit, bis er Willie Jeans anmeldete.

Lennox Mayne saß beim Frühstück und war durchaus nicht empört, als er Jeans sah.

»Nehmen Sie Platz«, sagte er kurz, als der Butler das Zimmer verlassen hatte. »Nun, was gibt es?«

Willie erzählte, was er beobachtet hatte, und Lennox Mayne hörte nachdenklich zu.

»Dieser verteufelte alte Kerl«, sagte er leise, aber nicht ohne Bewunderung. »Man sollte es doch kaum für möglich halten, daß er sich so verstellen kann.«

Willie Jeans war über diese Äußerung etwas überrascht.

Lennox saß einen Augenblick tief in Gedanken versunken, dann sagte er plötzlich: »Sie sind sich natürlich darüber im klaren, Jeans, daß dies ein Geheimnis ist. Es darf nicht herauskommen, daß ›Yamen‹ nichts taugt. Sie werden erstaunt sein, wenn Sie hören, daß mich mein Onkel vor zehn Minuten aus Baldock anrief und erklärte, daß ›Yamens‹ Morgengalopp außerordentlich befriedigend verlaufen sei. Das Pferd werde bestimmt das Rennen machen.«

»Was?« fuhr Willie empört auf. »Es lahmt doch ganz entsetzlich!«

»Daran zweifle ich nicht. Aber Mr. Greyman hat wohl einen guten Grund, allen Leuten zu erzählen, ›Yamen‹ sei in bester Form. Welche Pferde haben denn sonst noch an dem Morgenritt teilgenommen?«

»Ich kenne sie nicht besonders gut, aber der Hengst, der an der Spitze lag, war prima. Gegen den kann keins der anderen Tiere aufkommen. Ich konnte den Galopp nicht mit der Stoppuhr kontrollieren, aber ich weiß, daß es eine vorzügliche Leistung war.«

»Sind Sie auch ganz sicher, daß es ›Yamen‹ war, der lahm wurde?«

»Natürlich. Ich habe ihn doch im letzten Jahr in Ascot und Newmarket gesehen. Man kann das Pferd ja schon wegen seiner weißen Fesseln mit keinem anderen verwechseln.«

Lennox dachte nach. »Und welches Pferd lag an der Spitze?«

»Es war vollkommen braun und hatte kein einziges weißes Fleckchen am ganzen Körper.«

»Hm, das muß ›Fairyland‹ sein. Das muß ich mir merken. Ich danke Ihnen jedenfalls, daß Sie mir die Nachricht gebracht haben.« Er entließ seinen Besucher mit einem Nicken. »Und denken Sie daran –«

»Ich bin stumm wie eine Auster und still wie das Grab«, erwiderte Willie, während er die beiden Banknoten einsteckte, die ihm Lennox über den Tisch zuschob.

Als Mr. Mayne allein war, dachte er nach. Er machte seinem Onkel nicht den geringsten Vorwurf. Als Spieler hatte er bisher die besten Erfolge gehabt; er spekulierte auch an der Börse und wettete auf Pferde. Aber er hatte sich getäuscht, als er seinen Onkel Stuart Greyman, den Bruder seiner Mutter, für unintelligent hielt. Er hatte Geheiminformationen, die dieser ihm unter dem Siegel der Verschwiegenheit mitgeteilt hatte, weitergegeben, und sein Onkel hatte davon erfahren. Dadurch war es zu einer Entfremdung zwischen den beiden gekommen, die fünf Jahre dauerte. Erst kürzlich, als der alte Greyman ihn zufällig getroffen und ins ›Carlton‹ zum Mittagessen eingeladen hatte, war eine Versöhnung zustande gekommen. Der Alte hatte ihm dabei ziemlich barsch erklärt, daß er ihm verziehen habe.

»Dieser verfluchte alte Kerl«, sagte Lennox bewundernd. »Beinahe hätte er mich doch hereingelegt.«

Greyman hatte ihm im Vertrauen geraten, beim Derby auf ›Yamen‹ zu setzen. Lennox Mayne traute niemandem, am wenigsten seinem Onkel, den er noch immer für seinen heimlichen Feind hielt. Deswegen hatte er auch Willie Jeans nach Baldock geschickt, um die Angaben Mr. Greymans zu kontrollieren. ›Yamen‹ war vorher erst zweimal auf der Rennbahn erschienen, und man hatte in der Sportpresse nichts über ihn erfahren. Daher war es schließlich nicht von der Hand zu weisen, was ihm der alte Greyman alles über den dreijährigen Hengst erzählt hatte.

Dieser schlaue alte Fuchs wollte ihn also hereinlegen. Glücklicherweise hatte Lennox bisher noch keine einzige Wette auf ›Yamen‹ abgeschlossen.

Eine ebenso große Enttäuschung wie ›Yamen‹ war Marjorie Banning für ihn. Lennox gestand sich sogar ein, daß sie der größte Fehlschlag gewesen war, den er jemals erlebt hatte. Und doch war es ihm zu Anfang so leicht erschienen, sie zu gewinnen.

Es war ein merkwürdiger Zufall, daß das Telefon klingelte, als er an sie dachte, und daß John Trevor ihn anrief.

Als Lennox den Namen hörte, verzog er das Gesicht, aber er ließ sich nichts von seinem Ärger anmerken.

»Hallo, John, alter Junge, komm ruhig her! Hast du denn heute nichts zu tun? – Na gut!«

Er legte den Hörer auf und ließ sich wieder am Tisch nieder. Er kniff die Augen zusammen. John Trevor hatte ihm Marjorie Banning weggenommen. Das hatte er seinem Freund niemals verziehen, und er hatte schon oft darüber nachgedacht, wie er sich an ihm rächen könne.

John hatte eine einigermaßen gute Anstellung in der City, und zwar bei der Vertretung einer Gummiplantagengesellschaft. Da zu dieser Zeit die Geschäfte aber nicht gut gingen, hatte er verhältnismäßig wenig zu tun und viel freie Zeit. Lennox empfing ihn freundlich und bot ihm sofort zu rauchen und zu trinken an.

»Nun, wie kommt es, daß du schon so früh Zeit hast? Willst du nicht zum Essen bleiben?«

John schüttelte den Kopf. »Ich bin etwas besorgt um Marjorie.«

Lennox zog die Augenbrauen hoch. »Was hat sie denn gemacht? Will sie ihr Haar rot färben lassen? Oder hat sie sich sonst etwas in den Kopf gesetzt?«

John lächelte. »Nein, so etwas ist es nicht. Ich weiß, daß du etwas für sie übrig hast, Lennox. Du bist ein Mann von Welt, und ich gebe viel auf deinen Rat. In letzter Zeit weiß ich nicht mehr recht, was ich von ihr halten soll.«

Lange Zeit schwieg er, und Lennox beobachtete ihn neugierig.

»Entweder hat sie einen geheimnisvollen neuen Freund oder eine geheimnisvolle neue Beschäftigung«, erklärte John schließlich. »Viermal schon habe ich sie in einem eleganten Wagen durch die Straßen fahren sehen.«

»War sie allein?«

John nickte.

»Vielleicht ist sie zu einer Kundin geholt worden?«

»Aber eine solche Kundin würde eine Friseuse nicht von drei Uhr nachmittags bis elf Uhr abends beschäftigen«, entgegnete John hitzig. »Um diese Zeit kam sie nämlich zurück. Ich weiß, daß es nicht recht war, ihr nachzuspionieren, aber ich habe es getan, um endlich hinter ihr Geheimnis zu kommen. In letzter Zeit hatte sie außerdem unheimlich viel Geld. Ich habe auch mit ihrer Wirtin gesprochen. Ich besuchte sie unter dem Vorwand, Marjorie abholen zu wollen, und brachte sie schließlich so weit, daß sie mir verschiedenes erzählte. Dabei erwähnte sie auch, daß sie neulich einen Scheck über hundert Pfund für Marjorie bei der Bank eingelöst hat.«

»Hm«, erwiderte Lennox nachdenklich. Er war ebenso erstaunt wie sein Freund und dachte einige Zeit nach. »Es gibt sicher irgendeine ganz einfache Erklärung für diese Tatsachen. Deshalb würde ich mir keine grauen Haare wachsen lassen. Marjorie ist nicht leichtsinnig, das traue ich ihr unter keinen Umständen zu. Wann wirst du übrigens heiraten?«

John zuckte die Schultern. »Das weiß der Himmel. Du kannst leicht über solche Dinge reden, denn du bist reich, aber ich muß mindestens noch zwölf Monate sparen, bis ich daran denken kann.«

»Hast du dir schon einen Plan gemacht, wieviel du sparen willst?« fragte Lennox lächelnd.

»Tausend Pfund. Und sechshundert habe ich erst zusammen.«

»Nun, dann will ich dir Gelegenheit geben, nicht allein tausend, sondern zehntausend zu verdienen.«

»Wie soll ich das verstehen?«

»Es handelt sich um das Rennpferd ›Yamen‹, das meinem Onkel gehört. Ich sagte dir doch neulich, daß ich gut verdiente.

Jetzt ist die große Gelegenheit für dich gekommen.« Er erhob sich, ging zum Tisch, nahm die Morgenzeitung auf und blätterte darin.

»Hier kannst du lesen, wie die Wetten stehen. ›Yamen‹ – sechs zu hundert. ›Yamen‹ gewinnt aber das Derby bestimmt, und dann kannst du dein kleines Mädchen heiraten. Ich kann heute noch Wetten für dich abschließen. – Sechshundert zu zehntausend. Morgen sind die Chancen sicher nicht mehr so günstig.«

»Aber wo denkst du hin! Ich bin doch nicht so reich, daß ich sechshundert Pfund aufs Spiel setzen könnte«, erwiderte John atemlos.

Lennox lachte. »Wenn du wüßtest, wie gering das Risiko ist, würdest du nicht soviel Aufhebens davon machen. Ich sage dir, hier kannst du das Geld direkt auf der Straße finden.«

»Nehmen wir einmal an, ich setzte sechzig Pfund auf das Pferd!«

»Sechzig Pfund!« wiederholte Lennox verächtlich. »Aber mein lieber Junge, welchen Zweck hätte denn das? Hier hast du nun einmal eine große Chance, und wenn du nicht ganz blödsinnig bist, nützt du sie. Morgen gibt es wahrscheinlich nur sechsfachen Gewinn. Wenn du jetzt zupackst, kannst du in ein paar Tagen ein Vermögen machen.«

Lennox verbreitete sich eine halbe Stunde lang über Pferde, besonders über ›Yamens‹ schnellen Morgengalopp, und John hörte fasziniert zu.

»Ich werde jetzt einen Buchmacher anrufen und eine Wette für dich abschließen«, erklärte Lennox dann.

»Nein, warte noch«, entgegnete John heiser, als sein Freund nach dem Hörer langte. »Es ist doch ein ziemliches Risiko.«

»Aber der Gewinn ist auch entsprechend.«

Hätte Lennox mehr Zeit zur Verfügung gehabt, so hätte er die Wette selbst mit seinem Freund abgeschlossen, um ihm die sechshundert Pfund persönlich abzunehmen. Aber er kannte John Trevor. Den Mann mußte man überrumpeln. Es war nicht richtig, ihm Zeit zum Nachdenken zu lassen. Inzwischen konnte außerdem herauskommen, daß ›Yamen‹ lahmte. Ein verärgerter Stallknecht konnte es ausplaudern; vielleicht hatte es auch jemand durch Zufall gesehen, oder ein Tierarzt erzählte es weiter. Auf tausend Wegen konnte ein Stallgeheimnis an die Öffentlichkeit gelangen. Lennox mußte also drängen. Sein Hauptziel konnte er ja auch so erreichen, denn wenn sein Freund die sechshundert Pfund verlor, mußte die Hochzeit aufgeschoben werden, und die Zeit konnte manches ändern.

»Gut, ich will die Wette riskieren«, sagte John schließlich und hörte wie im Traum, daß Lennox mit einem Buchmacher telefonierte.

». . . bitte notieren Sie die Adresse: ›Mr. John Trevor, Castlemaine Gardens.‹ – Ja, ich übernehme die Garantie. – Danke.«

Lennox legte den Hörer auf und betrachtete John mit einem sonderbaren Lächeln.

»Ich gratuliere dir«, sagte er dann freundlich.

John fuhr kurz darauf wieder in die City zurück, aber seine Gedanken wirbelten durcheinander. Selbst die heimlichen Autofahrten seiner Verlobten waren in diesem Augenblick nicht mehr wichtig für ihn, als er sich klar darüber wurde, daß er alle Ersparnisse riskiert hatte.

Marjorie Banning hörte am nächsten Abend im Hyde Park die Nachricht und sank auf eine Bank. Es war ein Glück, daß sie gerade davor stand, denn sonst hätte sie sich auf den Boden gesetzt.

»Was, du hast all dein Geld auf ein Pferd gesetzt?« fragte sie entsetzt. »Aber John, wie konntest du nur so leichtsinnig sein!«

»Liebling, das Geld ist so gut wie gewonnen«, erklärte er zuversichtlich. »Was Lennox sagt, stimmt. Gestern standen die Wetten für ›Yamen‹ sechzehn zu eins, und heute stehen sie acht zu eins.«

»Aber John!« war alles, was sie erwidern konnte.

Er mußte sich selbst Mut zusprechen, denn die Unterredung mit Marjorie führte ihm seine Torheit erst richtig vor Augen. Er machte sich jetzt die bittersten Vorwürfe, daß er sich von seinem Freund zu dieser Wette hatte verleiten lassen.

»Die Sache ist in bester Ordnung, Marjorie«, sagte er und gab sich den Anschein, daß er fest an den Erfolg glaubte. »Das Pferd gehört doch Lennox Maynes Onkel, und der hat Lennox mitgeteilt, daß es bestimmt gewinnen wird. Denk doch einmal – wenn wir zehntausend Pfund gewonnen haben, Marjorie ...«

Sie hörte zu, ließ sich aber nicht überzeugen. Nur zu gut wußte sie, mit wieviel Mühe dieses kleine Kapital zusammengespart worden war. Viel besser als er erkannte sie, was der Verlust des Geldes bedeuten würde, und verzweifelt saß sie neben ihm.

Auch Lennox Mayne war zur selben Zeit in trüber Stimmung. Vor seinem Haus stand der alte Wagen, in dem Willie Jeans auf ein Telegramm von Lennox hin gekommen war.

Nun stand Willie vor Lennox und ließ geduldig dessen Wut über sich ergehen.

»Sie sind dümmer, als die Polizei erlaubt! Es war wirklich der größte Unsinn, daß ich mich an Sie gewandt habe«, wetterte Lennox. »Welchen Zweck hat es denn, ein Rennpferd beim Morgengalopp zu beobachten und sich dabei erwischen zu lassen? Ich habe Ihnen doch gesagt, Sie sollten mit niemand darüber sprechen, daß Sie irgendwie mit mir in Verbindung stehen. Und trotzdem haben Sie das Maul aufgerissen und allen Leuten davon erzählt.«

»Das ist nicht wahr«, erwiderte der andere beleidigt. »Darüber spreche ich niemals. Ich würde ja überhaupt kein Geld verdienen, wenn ich –«

»Sie haben Ihren ungewaschenen Schnabel nicht halten können! Sehen Sie einmal hierher.« Lennox nahm einen Brief aus der Tasche. »Dieses Schreiben ist von meinem Onkel gekommen. Sie verdammter Dummkopf, hören Sie zu, was der geschrieben hat:

›Allem Anschein nach bist Du mit dem, was ich Dir gesagt habe, nicht zufrieden, sondern hast einen Kerl engagiert, der meine Pferde beim Training beobachten soll. Du kannst Mr. Willie Jeans getrost von mir bestellen, daß er eine ordentliche Tracht Prügel bekommt, wenn ich ihn noch einmal in der Nähe meines Landsitzes antreffe ...‹«

Den folgenden Absatz, in dem Stuart Greyman seinem Neffen die Meinung sagte, las Lennox Willie Jeans nicht vor.

»Ich habe aber doch nicht wissen können, daß ich beobachtet wurde. Es war auch bestimmt niemand in der Nähe, als ich auf die Mauer kletterte«, brummte Jeans. »Ich habe meine fünfzig Pfund sauer genug verdient.«

»Von mir bekommen Sie niemals fünfzig Pfund«, fuhr Lennox auf. »Ich habe Ihnen alles gezahlt, was Sie verdient haben, und ich gebe Ihnen nur den einen Rat, sich nie wieder bei mir sehen zu lassen.«

Als Mr. Willie Jeans wieder zu seinem Bruder ins Auto stieg, war er in keiner freundlichen Stimmung.

»Wo geht die Fahrt jetzt hin?«

Willie sagte etwas von ›Hyde Park‹. Paul kannte die Launen seines Bruders und sagte weiter kein Wort. Eigentlich hatten sie nach Epsom fahren wollen. Das alte, klapprige Fahrzeug nahm sich sonderbar aus in der Prozession der eleganten Rolls-Rcyce-Wagen, die durch den Park fuhren. Der Zufall wollte es, daß sie gerade an der Stelle eine Panne hatten, wo Marjorie Banning und John Trevor am Wege saßen.

»Was ist denn das für ein merkwürdiges Auto?« fragte Marjorie. »Ist das nicht derselbe Mann, den wir vor ein paar Tagen hier getroffen haben?«

»Ja«, erwiderte John düster. Dann kam ihm plötzlich eine Idee. »Ich möchte nur wissen, ob er über ›Yamen‹ unterrichtet ist.«

Er erhob sich und ging zu dem Mann hinüber.

Willie Jeans tippte mit dem Finger an die Hutkrempe. »Guten Abend, Mr. Trevor.«

»Nun, wo wollen Sie denn hin?« fragte John.

»Ich bin gerade im Begriff, nach Epsom zu fahren und dort das Training für das Derby zu beobachten. Es sind schon fast alle Pferde dort versammelt, die am Rennen teilnehmen. – ›Yamen‹ ist allerdings nicht darunter«, fügte er grinsend hinzu.

»Warum nicht?« John hatte ein unangenehmes Gefühl, denn er erkannte instinktiv die Abneigung des anderen gegen das Pferd, von dessen Sieg soviel für ihn abhing.

»Der wird niemals mehr bei einem Rennen starten«, fuhr Jeans wütend fort.

»Wieso? Wie meinen Sie das?« fragte John langsam.

»Der Gaul ist lahm – lahm wie eine alte Nebelkrähe. Hoffentlich haben Sie nicht auf ihn gesetzt?«

John nickte. »Doch. Kommen Sie doch bitte einmal mit. – Das ist allerdings eine sehr unangenehme Nachricht, Marjorie. Mr. Jeans sagte, daß ›Yamen‹ lahmt.«

»Ja, das stimmt auch.« Willie nickte. »Dieser Gaul von Mr. Greyman ist kein Pfund mehr wert. Sie besinnen sich doch noch auf ihn? Es sah immer so aus, als ob er im Finish nicht geschlagen werden könnte, aber auf den letzten hundert Metern fiel er ab und blieb zurück.«

»Ich verstehe nicht viel von Pferden«, erklärte John. »Aber erzählen Sie mir doch mehr von ›Yamen‹. Seit wann ist er denn lahm?«

»Seit drei Tagen. Eine Woche lang habe ich ihn beim Morgengalopp beobachtet; vor dem Finish fällt er jedesmal zurück.«

»Aber weiß Mr. Greyman denn das nicht?«

»Selbstverständlich weiß der das. Er hat Lennox Mayne zwar das Gegenteil gesagt und erklärt, ›Yamen‹ würde unter allen Umständen gewinnen, aber ich habe Mayne gesagt, wie sich die Sache wirklich verhält. Gedankt hat er mir allerdings nicht dafür, er hat nur geschimpft.«

»Wann haben Sie es ihm denn gesagt?« fragte John, der bleich geworden war.

»Vorgestern bin ich direkt zu ihm gefahren.«

Lennox Mayne mußte also von der Katastrophe gewußt haben, als er die Wette vorschlug! John war so bestürzt, daß er kaum sprechen konnte.

»Das kann doch nicht stimmen«, sagte er dann. »Lennox würde niemals –«

»Ach, da kennen Sie den nicht. Der verkauft seine eigene Tante«, erwiderte Jeans verächtlich und spuckte auf den Boden.

»Hat Lennox Mayne dich dazu überredet, das Geld auf das Pferd zu setzen?« fragte Marjorie.

John nickte.

»Und es stimmt wirklich, daß ›Yamen‹ lahm ist?«

»Darauf kann ich einen Eid schwören. Ich kenne das Pferd so gut wie meine eigene Hand«, entgegnete Jeans mit Nachdruck. »Es ist das einzige Pferd mit vier weißen Fesseln in dem Stall in Baldock –«

»Baldock!« rief Marjorie und sprang auf. »Habe ich recht gehört? Es ist ein Pferd aus dem Stall in Baldock?«

»Ja.«

»Wem gehört denn der Rennstall?« fragte sie schnell.

»Mr. Greyman.«

»Was ist denn das für ein Mann? Beschreiben Sie ihn mir doch.«

»Er ist ungefähr sechzig Jahre alt, hat graues Haar und ist furchtbar zäh. Ich sage ihnen, das ist ein verschlagener Teufel. Der steckt Lennox Mayne hundertmal in die Tasche.«

Sie schwieg lange, nachdem Willie Jeans gegangen war.

»John, würdest du mich zum Derby nach Epsom mitnehmen?« fragte sie dann unvermittelt.

»Um Himmels willen, ich habe es bisher für unmöglich gehalten, daß du dich für ein Rennen interessieren könntest! Aber es hat ja alles keinen Zweck. Es wird nur eine furchtbare Katastrophe.«

»Willst du mich nicht zum Rennen mitnehmen? Du kannst doch ein Auto für den Tag mieten, dann können wir vom Dach des Wagens aus das Rennen beobachten.«

Er nickte erstaunt. Früher hatte sie nie das geringste Interesse für Pferderennen gezeigt.

3

Es mußte etwas über die schlechte Form ›Yamens‹ in die Öffentlichkeit gedrungen sein, denn am Morgen des Rennens standen die Wetten für ihn auf eins zu fünfundzwanzig, und in den Morgenzeitungen konnte man sogar einige Bemerkungen über das Pferd lesen. Die ›Sport-Post‹ schrieb zum Beispiel:

Wie wir hören, steht es nicht gerade sehr gut um ›Yamen‹, den Mr. Greyman für das Derby in Epsom gemeldet hat. Es ist vielleicht nicht richtig, wenn man das Pferd als unbekannt bezeichnet, denn es hat schon zweimal an Rennen teilgenommen. Aber niemand hatte eine Ahnung, daß es an dem Rennen in Epsom teilnehmen sollte, bis plötzlich sein Name in den Wettlisten erschien. Wir hofften schon um Mr. Stuart Greymans willen, der ein Sportsmann ist, daß die Gerüchte über ›Yamen‹ nicht zutreffen.

Marjorie hatte noch nie ein Rennen besucht; Epsom war daher ein großes Erlebnis für sie. Diese sportliche Veranstaltung wirkte auf sie wie ein großes Volksfest. Aber die wimmelnden Massen, die sich hier versammelt hatten, flößten ihr zugleich Angst ein. Als sie oben auf dem Dach des Autos stand, versuchte sie, die Zahl der Menschen zu schätzen. In dichten Haufen drängten sie sich auf den Tribünen, auf den Sattelplätzen und an den Barrieren, und nach jedem Rennen war eine große Bewegung zu beobachten.

Das Durcheinander von Menschen und Farben, die verschiedenen Buden und die bunten Plakate nahmen Marjories Interesse zunächst mehr in Anspruch als die Rennpferde selbst.

»Es gehen allerhand Gerüchte um«, sagte John, der von einem kurzen Erkundungsgang zurückkam. »Ich habe gehört, daß ›Yamen‹ überhaupt nicht am Rennen teilnehmen soll. In den Zeitungen standen ja auch schon verschiedene Notizen, die einen darauf vorbereiteten. Ich fürchte nur, Liebling, daß ich einen großen Fehler machte, als ich auf das Pferd setzte.«

Marjorie beugte sich zu ihm herab, und zu seinem größten Erstaunen drückte sie ihm ein Papier in die Hand.

»Was hast du denn da – eine Banknote? Du willst doch nicht am Ende auch noch wetten?«

Sie nickte. »Ich möchte, daß du für mich wettest.«

»Auf welches Pferd denn?«

»Auf ›Yamen‹.«

»›Yamen‹?« wiederholte er; er traute seinen Ohren nicht. Dann sah er auf die Banknote – es war ein Hundertpfundschein. Sprach- und hilflos schaute er Marjorie an. »Aber das mußt du nicht tun – das darfst du nicht!«

»Bitte – tu, was ich dir gesagt habe«, drängte sie.

Er bahnte sich einen Weg durch die Menge. Nachdem das Rennen, das augenblicklich gelaufen wurde, vorüber war, trat er zu einem Buchmacher, dessen Name ihm bekannt war. Die Nummern der Pferde wurden gerade hochgezogen, als er zu Marjorie zurückkehrte.

»Beinahe hätte ich es im letzten Augenblick doch noch unterlassen, für dich zu wetten.«

»Ich wäre aber sehr böse auf dich gewesen, wenn du meinen Wunsch nicht erfüllt hättest!«

»Aber ich verstehe gar nicht, wieso du –«, begann er; dann brach er plötzlich ab, als die letzten Nummern hochgezogen wurden. »›Yamen‹ startet also doch!«

Niemand wußte besser als Marjorie, daß ›Yamen‹ an dem Rennen unter allen Umständen teilnehmen würde. Sie betrachtete die hellblaue Jacke des Jockeis bei der Parade der Pferde, dann sah sie auf die weißen Fesseln des rassigen Tieres. Ihre Arme schmerzten, weil sie dauernd das Glas hielt. Sie nahm es nicht von den Augen, bis die Tausende von Menschen durcheinanderschrien, daß das Feld gestartet sei.

Das Pferd mit dem blauen Jockei war das dritte, als das Feld den Hügel hinaufjagte, und das vierte bei der großen Kurve an der Eisenbahnlinie. Als die Pferde in die Gerade einbogen, holte ›Yamen‹ auf. Dann hörte Marjorie den lauten Ruf eines Buchmachers ganz in der Nähe: »›Yamen‹ macht das Rennen todsicher!«

Und ›Yamen‹ setzte sich tatsächlich an die Spitze des Feldes und gewann das Rennen in glänzender Form mit drei Längen.

»Ich weiß nicht, wie ich meine Geschichte beginnen soll«, sagte Marjorie, als sie mit John beim Abendessen saß, zu dem sie ihn eingeladen hatte. »Die Sache fing vor einem Monat an. Damals kam ein älterer Herr in unseren Laden und hatte eine längere Unterhaltung mit Mr. Fennett, unserem Chef. Nach etwa zehn Minuten wurde ich in das Privatauto gerufen, und Mr. Fennett erklärte mir, daß der Herr einen Spezialauftrag habe und jemanden brauche, der besonders gut Haare färben könne. Zuerst dachte ich, es handle sich um den Kunden selbst, und es tat mir schon leid, daß dieser gutaussehende ältere Herr sein schönes silbergraues Haar färben lassen wollte. Ich erfuhr nicht, was ich eigentlich machen sollte, bis ich in der nächsten Woche mit einem Auto nach Baldock geholt wurde. Da erst klärte er mich auf. Er fragte mich, ob ich die nötigen Mittel bei mir habe, um Haare zu bleichen und braun zu färben. Als ich bejahte, weihte er mich in das Geheimnis ein. Er sagte, er habe ein Pferd mit weißen Fesseln, das ihm durchaus nicht gefalle, und gab mir den Auftrag, die Fesseln des Tieres so braun zu färben wie das übrige Fell. Zuerst lachte ich und glaubte, er mache einen Scherz, aber das war nicht der Fall. Ich wurde tatsächlich in den Stall dieses fabelhaften Pferdes geführt. – Noch nie habe ich einen so fügsamen Kunden gehabt, der mir so wenig Schwierigkeiten machte!« fügte sie lächelnd hinzu.

»Und du hast wirklich die Beine braun gefärbt?«

Sie nickte.

»Damit war meine Aufgabe aber noch nicht erledigt. Bei einem anderen Pferd mußte ich nämlich die Haare an den Fesseln bleichen. Inzwischen habe ich erfahren, daß dieses Tier ›Junket‹ heißt. Alle paar Tage mußte ich nun nach Baldock kommen und das Färben und Bleichen wiederholen. Mr. Greyman hatte es meinem Chef zur Bedingung gemacht, daß meine Tätigkeit geheimgehalten werden sollte. Und ich habe auch mit niemandem darüber gesprochen; nicht einmal dir habe ich davon erzählt.

Als du mich damals in dem eleganten Auto sahst, war ich auf dem Weg nach Baldock, um die beiden Pferde zu behandeln«, erklärte sie lachend. »Ich verstehe nichts von Rennpferden und hatte nicht die geringste Ahnung, daß das Pferd, das ich färbte, ›Yamen‹ heißt. Das wurde mir erst in dem Augenblick klar, in dem Willie Jeans den Namen ›Baldock‹ erwähnte.

Am nächsten Morgen wurde ich von Mr. Greyman geholt, um die braune Farbe von ›Yamens‹ Beinen wieder zu entfernen. Er sagte mir, er habe seine Meinung geändert. Das Pferd solle beim Rennen doch wieder weiße Fesseln haben. Darauf faßte ich Mut und vertraute ihm an, daß du soviel Geld auf ›Yamen‹ gesetzt hättest. Er war so liebenswürdig, mir die Wahrheit zu sagen – freilich unter der Bedingung, daß ich auch weiterhin schweigen würde. Er hatte sich nämlich mit Lennox ausgesöhnt und ihn tatsächlich über ›Yamen‹ richtig unterrichtet. Als er dann aber entdeckte, daß Lennox ihm nicht glaubte und die Pferde bei ihrem Morgentraining beobachten ließ, wurde er so ärgerlich, daß er sich entschloß, den Spion seines Neffen hinters Licht zu führen. Aus diesem Grund ließ er dann die Beine des Pferdes färben, und Mr. Jeans verwechselte natürlich ›Junket‹ mit ›Yamen‹. Dann erzählte mir Mr. Greyman noch, daß er große Summen auf seinen Favoriten gesetzt habe und daß er hoffe, dadurch ein Vermögen zu verdienen.«

»Dann hast also – außer Greyman – du allein von all den vielen Leuten in Epsom gewußt, daß ›Yamen‹ gewinnen würde?«

»Hätte ich sonst hundert Pfund auf ihn gesetzt? Du wirst doch nicht glauben, daß ich so leichtsinnig gewesen wäre . . .«

DIE PRIVATSEKRETÄRIN

Als sich Barbara Long in dem Haus Nr. 704 in der Avenue Road meldete, das am Rand des Regent's Park lag, hatte sie keine andere Absicht, als der Tretmühle der Büroarbeit bei den großen Firmen zu entgehen. Sie wollte sich um die Stelle einer Sekretärin bewerben und dadurch genügend freie Zeit gewinnen, um ihren künstlerischen Neigungen folgen zu können. Mit einem bescheidenen Gehalt hoffte sie das kleine Einkommen aus der Hinterlassenschaft ihres Vaters zu erhöhen.

Es war ein repräsentatives, jedoch nicht allzu großes Gebäude mit einer schönen Fassade; auch eine kleine Garage gehörte dazu. Später erfuhr sie, daß darin nur das Motorrad des Butlers stand. Die tadellos geputzten Fenster glänzten in der Sonne, und der Vorgarten war gut gepflegt. Große Beete schwefelgelber Chrysanthemen hoben sich prachtvoll von dem grauen Mauerwerk ab. Dies alles machte auf Barbara gleich zu Anfang einen sympathischen Eindruck.

Sie hatte sich vorher in Nachschlagewerken vergewissert, wer Mr. Harbord Brownwill eigentlich war. Dabei hatte sie feststellen können, daß er noch immer den Beruf eines Rechtsanwaltes ausübte, obwohl er bereits das Alter von fünfundsiebzig Jahren erreicht hatte. Aus weiteren Angaben ging hervor, daß er keinen Klubs angehörte und daß er sich auch sonst sehr wenig in der Öffentlichkeit zeigte. In dem kurzen Artikel, den sie in einem Handbuch über Juristen fand, war natürlich nicht erwähnt, daß er ein großes Vermögen besaß; auch von einem Erben war darin nicht die Rede.

Sie drückte auf die Klingel und stand gleich darauf dem Butler gegenüber. Mr. Jennings, ein Mann in mittleren Jahren, trug eine tadellose Livree; er hatte einen etwas melancholischen Gesichtsausdruck. Im übrigen sah er sehr achtbar und würdevoll aus. Später lernte sie auch seine hagere und zänkische Frau kennen, die zu gleicher Zeit Haushälterin und Krankenpflegerin Mr. Brownwills war.

»Sie wollen sich um die Stellung bewerben?« Der Butler sah Barbara prüfend von der Seite an, dann kratzte er sich das Kinn und schaute nachdenklich an ihr vorbei auf die gutgehaltenen Buchsbaumhecken, die parallel zur Gartenmauer liefen. »Wollen Sie bitte näher treten?«

Er führte sie in das Arbeitszimmer, das mit einem gewissen Luxus ausgestattet war, und erkundigte sich dann nach ihrem Namen. Seine Züge hellten sich auf, als sie seine Fragen beantwortete.

»Ja – Barbara Long, das war der Name.« Er nickte. »Mr. Brownwill hat mich bereits instruiert. ›Engagieren Sie die junge Dame, wenn sie nett aussieht‹, sagte er. Aber warten Sie bitte, ich will ihn erst noch einmal fragen.«

Daraus schloß sie, daß Mr. Brownwill infolge seines hohen Alters zurückgezogen lebte und sich nicht zeigen wollte. Sie wartete. Nach einiger Zeit wurden die gedämpften Schritte des Butlers auf der mit dicken Läufern belegten Treppe wieder hörbar. Seine Unterhaltung mit Mr. Brownwill hatte ziemlich lange gedauert. Sicher hatte sich der Rechtsanwalt von Jennings genauen Bericht über sie erstatten lassen.

»Neun Pfund wöchentliches Gehalt«, erklärte der Butler, als er zur Tür hereintrat. »Außerdem haben Sie eine sehr angenehme Arbeitszeit: von zehn Uhr vormittags bis drei Uhr nachmittags.«

So erhielt Barbara Long die Stelle einer Sekretärin, und es begann ihre Bekanntschaft mit dem Haus, das von dem Butler Jennings verwaltet wurde.

Sie erfuhr sehr bald, daß er eine große Vorliebe für das Theater hatte und viel von der Bühne und von Schauspielern sprach.

Mr. Jennings hatte eine Dreizimmerwohnung im Obergeschoß des Hauses. Öfter lud er Barbara ein, seine Sammlung von Fotografien berühmter Künstler zu betrachten. Und es war rührend, daß seine Frau seine merkwürdige Leidenschaft für das Theater teilte. Beide besuchten häufig Schauspiel und Oper und kannten den Spielplan der Londoner Bühnen sehr genau.

»Es gibt nichts Schöneres und Höheres als die Beschäftigung mit der Kunst, besonders mit der klassischen Schauspielkunst«, meinte Mr. Jennings begeistert. »Es ist doch etwas deprimierend, wenn man mit einem kranken alten Mann im selben Haus leben muß. Da ist das Theater ein schönes Gegengewicht. Es sorgt dafür, daß man nicht vollkommen abstumpft und schließlich selber melancholisch wird.«

Der Umgang mit Mr. Brownwill schien tatsächlich nicht einfach und leicht zu sein. Barbara hatte niemals Gelegenheit, in das Krankenzimmer zu gehen, und sie war eigentlich auch froh darüber, denn Mr. Jennings hatte ihr schon gesagt, daß der Rechtsanwalt ein griesgrämiger alter Herr sei, der über alles schimpfe. Deshalb überließ sie den Verkehr mit Mr. Brownwill gern dem Butler und seiner etwas verbissenen Frau.

»Er ist beinahe achtzig Jahre alt. Da ist es schließlich kein Wunder, wenn er sauertöpfisch und verdrießlich ist. Der arme Mann liegt nun schon seit mehreren Jahren fest zu Bett; es ist ein Jammer, daß er nicht mehr ausgehen kann. Früher habe ich ihn wenigstens noch im Fahrstuhl ausgefahren, aber jetzt ist er zu gebrechlich geworden und hat sich gänzlich zurückgezogen. Mir macht nur Sorge, daß er keinen Arzt sehen will, ebensowenig einen Rechtsanwalt. Er hat auch keine Verwandten – mit Ausnahme eines Enkels. Das ist allerdings ein ganz wilder Mensch; so etwas habe ich überhaupt noch nicht erlebt. Gesehen habe ich ihn allerdings noch nicht, aber Mr. Brownwill hat öfter von ihm gesprochen und sich über den zügellosen Charakter des jungen Mannes beklagt.«

Nur ein einziges Mal sprach Barbara mit Mr. Brownwill selbst. Als sie gerade damit beschäftigt war, einen unendlich langen Pachtvertrag abzuschreiben, klingelte plötzlich das Haustelefon.

»Schicken Sie mir Mrs. Jennings«, befahl eine etwas rauhe Stimme.

»Jawohl, Mr. Brownwill«, antwortete Barbara, da sie die Identität des Mannes vermutete.

»Sind Sie Miss Long? – Hm, haben Sie Ihr Gehalt regelmäßig bekommen? Und sind Sie mit der Stellung zufrieden?«

»Ja, ich danke Ihnen.«

Damit war das Gespräch zu Ende, und im Zimmer über ihr wurde der Hörer aufgelegt. Später telefonierte sie nicht mehr mit dem Hausherrn.

Die Arbeit war nicht allzuschwer. Barbara hatte gewöhnlich

ein paar Geschäftsbriefe zu schreiben, deren Inhalt ihr von Mr. Jennings skizziert wurde. Wenn sie die Briefe aufgesetzt und geschrieben hatte, brachte sie der Butler zur Unterschrift ins Krankenzimmer. Außerdem hatte sie viele alte Akten, Verträge und so weiter abzuschreiben, und einmal in der Woche wurde sie auf die Bank geschickt, um einen Scheck einzulösen. Das waren ihre Pflichten, die sie nicht gerade schwer drückten. In den Haushalt hatte sie keinen rechten Einblick. Es war noch ein Stubenmädchen vorhanden; es schien irgendeinen heimlichen Kummer zu haben, denn es sah immer bedrückt und traurig aus. Einmal hatte das Mädchen auch rotgeweinte Augen.

Als Barbara eines Tages früher als sonst kam, traf sie auch eine Aufwartefrau an. Alle Zimmer waren stets schon in Ordnung, wenn sie erschien, und der ganze Haushalt schien sich glatt abzuwickeln, ohne daß weitere Angestellte notwendig waren.

Barbara hatte ihre Stellung nun schon sechs Monate inne, und das erste Grün zeigte sich an den Sträuchern und Bäumen im Garten, als Mr. Jennings eines Morgens in ihr Arbeitszimmer trat und ihr wie immer guten Morgen wünschte. Er gab ihr dann die Briefe, die mit der Post gekommen waren. Der Rechtsanwalt hatte mit Bleistift kurz darauf vermerkt, wie sie beantwortet werden sollten.

Damit war eigentlich die Aufgabe des Butlers erledigt, aber er blieb noch in der Tür stehen und sah Barbara sonderbar an. Sie spannte gerade einen Bogen in ihre Schreibmaschine.

»Wenn Sie können, schreiben Sie bitte die Briefe möglichst bald – heute morgen ist er wieder in sehr schlechter Stimmung.« Er seufzte schwer und schüttelte den Kopf. »Er regt sich sehr leicht auf – bei einem kranken alten Mann ist das ja nicht weiter verwunderlich. Ich staune nur, wie er schimpfen kann. Aber sonst ist er trotz seiner langen Krankheit wirklich noch ziemlich rüstig. – Haben Sie übrigens schon an Miss Alma Devinne wegen des Fotos geschrieben?«

Barbara Long lächelte. »Ja, gewiß, Mr. Jennings.«

Er nickte, und seine Augen leuchteten in Begeisterung auf. »Das ist dann Bild Nummer 192«, erklärte er stolz. »Ich glaube nicht, daß es eine bessere Sammlung von Schauspielerporträts in London gibt als die meine. Wenn ich in meiner Jugend meinen Willen hätte durchsetzen können, wäre ich selbst zur Bühne gegangen. Meine Frau übrigens auch, die schwärmt ebenso für das Theater wie ich.«

Barbara blieb ernst, obwohl es ihr schwerfiel. Sie konnte sich nicht recht vorstellen, wie Mrs. Jennings auf der Bühne gewirkt hätte.

»Gestern abend waren wir wieder im Theater und haben uns ›Irrwege der Liebe‹ angesehen. Ich sage Ihnen, Miss Long: ein wunderbares Stück! Der Höhepunkt ist, wenn die Heldin ihrem Onkel ins Gesicht sagt: ›Du bist ein Mörder!‹ Und dann die Szene, in der Richard mit Ernest aneinandergerät und ihn nach hartem Kampf die Treppe hinabwirft – einfach herrlich!«

Barbara konnte sich kaum denken, daß ein solcher Reißer irgendwelchen künstlerischen Wert besitzen sollte.

»Sie lieben es wohl, wenn es richtig schaurig ist, Mr. Jennings?«

»Selbstverständlich.« Er seufzte befriedigt. »Da hat man doch etwas zum Nachdenken – man bekommt Gedanken und Ideen . . .«

Plötzlich verdüsterte sich sein Gesicht; er zögerte einen Augenblick, dann schloß er die Tür und trat auf Barbara zu. Gleichzeitig nahm er den Schlüssel zu dem großen Safe aus der Tasche, der in der Bibliothek stand.

»Ich möchte Sie um eine Gefälligkeit bitten, Miss Long. Könnten Sie diesen Schlüssel an sich nehmen? Aber befestigen Sie ihn bitte an Ihrem Schlüsselring und behalten Sie ihn immer bei sich, damit Sie ihn zu jeder Zeit finden können, ganz gleich, ob es Tag oder Nacht ist.«

Sie starrte ihn verblüfft an.

»Ich soll wirklich den Geldschrankschlüssel an mich nehmen«? fragte sie, als ob sie nicht richtig gehört hätte.

»In dem Safe liegt ein großer Briefumschlag . . . er ist versiegelt.« Jennings war so aufgeregt und nervös, daß er kaum zusammenhängend sprechen konnte. »Wenn mir etwas zustoßen sollte . . . dann nehmen Sie den Brief bitte heraus.«

Barbara hatte das Gefühl, daß etwas hinter dieser Sache

steckte. Jennings hatte zwar theatralische Anwandlungen, aber damit allein ließ sich dieses ungewöhnliche Verhalten nicht erklären. Sie nahm den Schlüssel daher an sich und schob ihn auf den Ring, an dem auch der Hausschlüssel hing.

»Ich habe noch einen zweiten Schlüssel zum Safe«, versicherte er und zeigte ihr diesen.

Dann nickte er ihr noch einmal geheimnisvoll zu und ging befriedigt und erleichtert aus dem Zimmer.

Am selben Nachmittag lernte Barbara im Autobus einen jungen Mann kennen. Zuerst nahm sie keine Notiz von ihm, obwohl er sich neben ihr niederließ. Ihre Aufmerksamkeit war ganz durch den regen Verkehr auf der Straße in Anspruch genommen, und außerdem dachte sie an den Abend. Barbara hatte nämlich vor, ins Theater zu gehen, und zwar mit einer Freundin, die in derselben Pension wohnte wie sie. Die beiden hatten von ihrer Wirtin Karten zu einem nicht gerade erfolgreichen Theaterstück geschenkt bekommen.

Plötzlich erhob sich der junge Mann neben ihr, aber nach Barbaras Meinung hätte er sich einen anderen Platz für seinen Fuß aussuchen können als ausgerechnet die Spitze ihres Schuhs.

Sie schrie leise auf, und er wandte sich bestürzt und verwirrt zu ihr um.

»Ach, das tut mir wirklich außerordentlich leid«, entschuldigte er sich.

Er hatte ein sonnengebräuntes Gesicht wie Leute, die lange in den Tropen gelebt haben.

»Es ist nicht so schlimm«, erwiderte sie. »Sie sind mir zum Glück nur auf den Schuh und nicht auf den Fuß getreten; ich hätte eigentlich gar nicht zu schreien brauchen.«

»Verzeihen Sie, daß ich so unachtsam war, aber ich sah eben einen Mann, den ich am liebsten umbringen möchte.«

Er sagte das, ohne zu lächeln, und seine Worte klangen auch nicht theatralisch. Sie war sofort überzeugt, daß er tatsächlich die Absicht hatte, den Mann umzubringen.

Sie betrachtete ihn näher. Er mochte etwa fünfundzwanzig Jahre alt sein, hatte klassisch geschnittene Züge, einen energischen Mund und ein wohlgeformtes Kinn. Aber am meisten gefielen ihr seine lebhaften grauen Augen.

Er hatte sie schon vorher von der Seite angesehen, denn ihre Schönheit war ihm aufgefallen. Barbara hatte auch wirklich ein charaktervolles Gesicht, und er hielt sie auch für intelligent und klug. Außerdem war er gerade erst aus einer einsamen Tropengegend zurückgekommen, wo es nur wenige weiße Frauen gegeben hatte. Es war daher nicht verwunderlich, daß ihm zunächst beinahe jede Frau reizvoll und anziehend erschien.

Barbara Long lebte schon mehrere Jahre allein in der Großstadt und besaß daher ein feines Gefühl dafür, welchen Leuten sie trauen konnte. Sie wußte sofort, ob sie sich mit einem jungen Mann in eine Unterhaltung einlassen durfte oder ob sie ihn kurz abweisen mußte. Zu diesem Mann mit den grauen Augen faßte sie gleich Vertrauen.

»Wollen Sie ihn wirklich umbringen?« fragte sie.

»›Wollen‹ gewiß. Aber tun werde ich es natürlich nicht.«

»Sie waren sicher in den Tropen?«

Er sah sie erstaunt an, dann lachte er. »Ja, ich war in Afrika. Wenn ich nicht so lange von England fern gewesen wäre, würde ich auch nicht einen anderen Menschen umbringen wollen. Dieser Kerl ist ein ganz gemeiner Schleicher.« Er stöhnte, als ob ihm furchtbare Erinnerungen kämen. »Ich war tatsächlich ein Narr, daß ich so leichtgläubig war. Aber ich sehe ihn heute abend. Mir ist zumute wie einer Fliege, die von der Spinne eingeladen wird, in ihr Netz zu kommen.«

Sie lachte. »Das klingt ja fast dramatisch.«

Sie stiegen zusammen an der Ecke der Addison Road aus. Er half ihr beim Aussteigen, aber er gab sich weiter keine Mühe, die Bekanntschaft zu vertiefen. Sie wäre auch erstaunt gewesen, wenn er sich auf die üblichen Anknüpfungsversuche verlegt und zum Beispiel gefragt hätte, wo sie wohnte, ob sie gern ins Kino ginge und so weiter. Und doch hätte sie es gern gesehen, wenn er sie noch ein Stück begleitet und mit ihr gesprochen hätte.

Die Pension, in der Barbara Long wohnte, befand sich in der Earl's Court Road und unterschied sich in keiner Weise von anderen Pensionen. Barbaras großes Zimmer war mit den Möbelstücken ausgestattet, die sie aus dem Haus ihres Vaters gerettet hatte. Nach seinem Tod hatte fast alles veräußert werden müssen, um seine Schulden zu bezahlen.

Sie trank im Speisezimmer Tee und aß ein paar belegte Brote, dann ging sie auf ihr Zimmer und kleidete sich langsam fürs Theater an. Immer wieder mußte sie an den hübschen jungen Mann mit dem gebräunten Gesicht und den grauen Augen denken. Sie überlegte, wer er wohl sein mochte und wer sein Gegner war, den er am liebsten umgebracht hätte.

Dann dachte sie an Mr. Jennings. Sie hätte doch eigentlich diesen großen Theaterkenner vorher fragen sollen, was er über das Stück dachte, das sie heute abend sehen würde. Währenddessen schloß sie die Schublade auf, in der sie die wenigen Schmuckstücke ihrer verstorbenen Mutter aufbewahrte.

Als sie zum Abendessen hinunterging, erfuhr sie, daß ihre Freundin, die mit ihr ins Theater gehen wollte, sich mit Grippe hatte zu Bett legen müssen.

Barbara blieb jedoch bei ihrer Absicht. In gewisser Weise war es ihr sogar angenehm, daß sie allein sein konnte, denn sie hatte genug erlebt, um darüber nachzudenken.

Die Pensionsinhaberin saß ihr bei Tisch gegenüber.

»Hat Luise Ihnen die Mitteilung ausgerichtet, Miss Long?«

»Welche Mitteilung?« fragte Barbara erstaunt.

Die Wirtin schüttelte ärgerlich den Kopf und ließ Luise kommen.

»Er hat telefoniert, nachdem Sie auf Ihr Zimmer gegangen waren, und ich dachte, Sie wären schon fort«, sagte das Mädchen.

»Wer war es denn?«

»Mr. Pennings.«

»Ach, Sie meinen sicher ›Jennings‹«, verbesserte Barbara schnell. Es war das erstemal, daß der Butler sie angerufen hatte.

»Ja, das stimmt – ›Jennings‹ hieß der Herr. Er fragte, ob Sie kommen wollten – ich habe ihn nicht recht verstanden, weil es draußen so laut war. Aber jetzt weiß ich es wieder. ›Bestellen Sie Miss Long, daß sie kommen möchte‹, sagte er.«

»Hat er nicht gesagt, wann ich kommen soll?«

Luise überlegte; sie runzelte die Stirn.

»Vielleicht morgen«, meinte sie dann.

»Das glaube ich nicht«, erwiderte Barbara. »Ich werde ihn selbst einmal anrufen.«

Aber die Nummer war besetzt. Nach einigen Minuten versuchte sie es aufs neue, sie hatte jedoch wieder keinen Erfolg. Darauf kehrte sie ins Speisezimmer zurück und beendete ihr Abendessen. Schließlich ging sie nach oben, holte ihren Mantel, verließ das Haus und leistete sich den Luxus, ein Taxi zu nehmen.

Wahrscheinlich war noch ein Brief zu schreiben, der mit der Abendpost weggehen sollte.

Als sie zu dem Haus kam, war es dunkel in der Halle. Aber sie kannte den Weg sehr genau; sie ging durch den dunklen Korridor und trat in die Bibliothek ein.

Sie hatte erwartet, Mr. Jennings dort zu finden, aber der Raum war leer. Deshalb ging sie zur Tür zurück und lauschte auf den Gang hinaus, aber sie konnte nichts hören; es herrschte vollständige Ruhe im Haus. Vielleicht hatte er ihr einen Zettel auf den Schreibtisch gelegt? Sie suchte alles ab, aber sie entdeckte nichts. Das Telefon stand auf dem Schreibtisch – der Hörer war abgenommen. Nun wußte sie auch, warum sie vergeblich angerufen hatte.

Was sollte sie tun? Während sie noch nachdachte, hörte sie, daß die Haustür aufgeschlossen wurde, und gleich darauf vernahm sie die Stimme des Butlers.

»Treten Sie ruhig näher. Es ist niemand im Haus außer Mr. Brownwill. Hier können wir uns ruhig unterhalten, ohne daß uns jemand belauscht.«

Barbara zögerte unentschlossen. Hinter dem schweren blauen Vorhang in der einen Ecke lag eine Tür, die zu einem kleineren Raum führte. Dort nahm sie für gewöhnlich ihren Lunch ein. Sie schlüpfte hinter den Vorhang, als sie hörte, daß Mr. Jennings seinen Besucher in die Bibliothek brachte. Aber sie sah sich einer neuen Schwierigkeit gegenüber, denn die Tür war verschlossen. Wohl oder übel mußte sie sich also hinter dem Vorhang verstekken und anhören, was in dem Zimmer gesprochen wurde.

Eigentlich wollte sie kühn hervortreten, aber ein merkwürdiges Gefühl hielt sie zurück. Außerdem war sie auch in gewisser Weise neugierig. Warum hatte Mr. Jennings mit solcher Betonung gesagt, daß niemand das Gespräch belauschen würde?

»Die Sekretärin geht schon um drei Uhr nachmittags nach Hause«, erklärte der Butler. »Ich wollte Sie eigentlich erst bitten, morgen hierherzukommen, damit wir alles eingehend besprechen können. Ich habe ihr deshalb auch telefonisch mitgeteilt, daß sie morgen nicht zu kommen braucht.«

Nun erfuhr Barbara, welche Nachricht Mr. Jennings in der Pension hinterlassen hatte. Luise hatte sie falsch ausgerichtet.

»Nehmen Sie doch bitte Platz, Mr. John. Hier ist ein Stuhl; setzen Sie sich.«

Die Stimme des Butlers klang unnatürlich und schrill. Barbara hätte sie beinahe nicht wiedererkannt.

»Wie geht es meinem Großvater?« fragte der Besucher.

Barbara glaubte, seine Stimme schon einmal gehört zu haben, und überlegte verwundert, wo das gewesen sein konnte. Durch die Spalte des Vorhangs durfte sie nicht schauen, wenn sie nicht entdeckt werden wollte.

»Es geht ihm schlecht – äußerst schlecht«, erwiderte Jennings und seufzte tief. »Ich fürchte, der alte Herr wird nicht mehr lange leben.«

Es trat eine Pause ein.

»Jennings, ich möchte eine direkte Frage an Sie richten«, sagte der Fremde dann. »Sind alle Briefe, die ich an meinen Großvater geschrieben habe, ihm sofort überbracht worden?«

»Ich kann Ihnen versichern, daß ich ihm alle gegeben habe«, erklärte Jennings. »Ich habe sie stets sofort ins Krankenzimmer gebracht, Mr. John.«

»Sie lügen!«

Barbara wurde neugierig. Sie zog den Vorhang ein wenig zur Seite und sah – den jungen Mann, den sie im Bus kennengelernt hatte!

Er war in Abendkleidung, aber sie erkannte ihn trotzdem sofort wieder. Als sie ihn gerade genauer betrachten wollte, wandte er sich um, und erschrocken trat sie einen Schritt zurück.

»Keiner meiner Briefe ist meinem Großvater ausgehändigt worden«, sagte Mr. John streng. »Sie haben mich immer gehaßt, Jennings, Sie haben keine Gelegenheit vorüber gehen lassen, ohne meinen Großvater über mich zu belügen. Vor drei Monaten habe ich ihm einen Brief geschickt, in dem ich ein paar Zeilen in französischer Sprache schrieb. Darin teilte ich ihm mit, daß meiner Meinung nach meine Briefe unterschlagen würden, und bat ihn, sofort zu antworten. Hätte er das Schreiben erhalten, so hätte er mir todsicher geantwortet.«

Mr. Jennings schwieg. Barbara hörte, daß er schwer atmete.

»Sie haben eine falsche Meinung von mir, Mr. John«, sagte der Butler nach einer Pause. »Ich habe alles getan, was ich für Sie tun konnte, ebenso auch für Ihren Großvater. Es ist sehr ungerecht von Ihnen, daß Sie mich derart beleidigen –«

»Ich will den alten Herrn jetzt selber sprechen.«

Barbara konnte sich vorstellen, daß Jennings den Kopf schüttelte.

»Es tut mir sehr leid, aber das kann ich nicht zulassen. Wir haben erst heute über Sie gesprochen, und er entließ mich mit den Worten: ›Lassen Sie den jungen Mann nicht in dieses Zimmer; er will nur Geld von mir.‹«

Barbara zog den Vorhang wieder ein wenig zurück und sah, daß Mr. John vom Stuhl aufsprang.

»Das ist schon wieder eine grobe Lüge!« rief er laut.

»Es tut mir leid«, erwiderte Jennings in entschuldigendem Ton.

Die beiden waren jetzt in die andere Ecke des Zimmers getreten, so daß Barbara sie nicht sehen konnte; sie standen aber in der Nähe des Vorhangs. Ihre Stimmen klangen lauter.

»Es tut mir sehr leid. Ich hätte niemals gedacht, daß Sie mir so etwas vorwerfen würden«, fuhr der Butler in seiner monotonen Art fort. »Obendrein hier in diesem Zimmer, wo das Bild Ihres Großvaters auf Sie herabschaut.«

In dem Zimmer hängt doch gar kein Bild von Mr. Brownwill, dachte Barbara.

Allem Anschein nach mußte diese Behauptung auch den jungen Mann in Erstaunen gesetzt haben, so daß er sich umdrehte.

Dann hörte Barbara ein dumpfes Geräusch.

Mr. Jennings trat einen Schritt vor und brummte.

»So, nun wirst du Bursche genug haben!« sagte er triumphierend.

Ein paar Sekunden später wurde die Tür geschlossen, und als Barbara den Vorhang zurückschlug, wäre sie beinahe ohnmächtig umgesunken. Ein grauenvoller Anblick bot sich ihr.

Vor ihren Füßen lag John Brownwill – es konnte, nach allem, was sie gehört hatte, niemand anders sein. Nirgends vermochte sie eine Wunde zu entdecken, aber er lag besinnungslos am Boden. Gleich darauf bemerkte sie jedoch einen kurzen, dicken Gummiknüppel, der dicht neben John Brownwills Kopf lag.

Kaum hatte sie das alles entdeckt, als sie draußen schon wieder Schritte hörte, und sie war gerade hinter den Vorhang geschlüpft, als Jennings eintrat. Diesmal war er von seiner stets so schweigsamen Frau begleitet.

»Hilf mir, ihn in den Keller zu bringen«, sagte er scharf und befehlend.

Vom Gang draußen drang unterdrücktes Schluchzen herein.

»Das Mädel soll den Schnabel halten«, fuhr er seine Frau an.

»Sei ruhig!« rief Mrs. Jennings auf den Korridor hinaus.

»Um Himmels willen«, hörte Barbara eine heisere Stimme von draußen, »wir kommen bestimmt alle noch deshalb ins Zuchthaus. Ach, Mutter, warum hast du nur zugelassen, daß Vater das getan hat!«

»Komm herein und hilf, statt daß du wie ein Schloßhund heulst«, erwiderte Mr. Jennings rauh.

Das weinende Mädchen kam zögernd in die Bibliothek, bückte sich und hob die Beine des jungen Mannes auf.

Barbara lauschte und beobachtete, starr vor Schrecken.

Bald darauf wurde eine Tür im Erdgeschoß geöffnet; Jennings und die beiden Frauen gingen in den Keller hinunter. Barbara trat nun aus ihrem Versteck hervor. Sie dachte an Mr. Brownwill; der Rechtsanwalt war, zwar ein alter Mann, aber vielleicht konnte er doch helfen.

Sie lief die Treppe hinauf und drückte die Türklinke seines Zimmers nieder; die Tür ging auf.

»Mr. Brownwill«, flüsterte sie erregt.

Als keine Antwort kam, drehte sie das Licht an. Der Raum war leer und nicht einmal vollkommen möbliert. Das Bett war nicht bezogen. Barbara schaltete das Licht wieder aus; sie wußte nicht, was sie von dieser Entdeckung halten sollte. Ratlos trat sie wieder auf den Flur hinaus und ging bis zum Anfang der Treppe. In diesem Augenblick hörte sie die Stimme des Butlers, der unten mit seiner Frau sprach.

»Ich dachte, du würdest früher kommen«, sagte Mrs. Jennings. »Ich hörte, wie die Haustür geöffnet wurde. Hier im Haus gibt es so viele unheimliche Geräusche, daß ich jedesmal eine Gänsehaut bekomme ... Was willst du mit ihm machen?«

»Das weiß ich noch nicht, aber ich werde mir schon noch etwas überlegen«, erwiderte er leise. »Wir haben ja noch den morgigen Tag vor uns. Miss Long kommt nicht.«

Unten wurde die Küchentür geöffnet und wieder zugeschlagen. Barbara entschloß sich, in die Bibliothek zurückzukehren. Dort befand sich eine Tür zur Veranda, und auf diesem Weg wollte sie sich aus dem Haus schleichen. Sie zitterte am ganzen Körper, aber sie erreichte die Bibliothek, ohne das geringste Geräusch zu machen.

Plötzlich hörte sie ein schwaches Klappern in ihrer Handtasche; die Schlüssel darin mußten zusammengestoßen sein. Barbara erinnerte sich nun an das sonderbare Verlangen, das Jennings an sie gestellt hatte. Sie dachte an den versiegelten Brief, der im Safe liegen sollte, und zögerte nicht länger. Mit zitternden Händen schloß sie den Safe auf und tastete ins Innere. Gleich darauf hatte sie auch schon das gesuchte Kuvert gefunden.

Sie trat an den Kamin, schürte das Feuer, so daß die Flammen hell emporschlugen, und las dann die Aufschrift. Sie lautete sonderbar; ›An alle, die es betrifft. Beweis für Mr. Jennings Unschuld.‹

Barbara richtete sich auf, als plötzlich das Licht angedreht wurde. Jennings stand in der Tür und starrte sie an, während sein Gesicht zuckte.

»Was ... was ... machen Sie denn hier?« fragte er atemlos.

Dann sah er die offene Tür des Geldschranks und den großen

Briefumschlag in ihren Händen und taumelte zurück, als ob ihn jemand ins Gesicht geschlagen hätte.

»Geben Sie das her«, rief er außer sich und machte ein paar Schritte auf sie zu.

Barbara wußte selbst nicht, wie sie auf den Einfall kam, plötzlich den Brief in die Nähe des Feuers zu halten. Aber sie hatte erkannt, daß er Angst hatte.

»Kommen Sie keinen Schritt näher«, rief sie erregt, »sonst werfe ich ihn ins Feuer.«

Wie gebannt blieb er stehen. Sein Gesicht wurde aschfahl, und er zitterte vor Angst.

»Nein – tun Sie das nicht!« stieß er hervor.

In diesem Augenblick trat seine Frau in die Bibliothek.

»Ich will alles tun – alles, was Sie wollen!« schrie Jennings. »Aber verbrennen Sie den Brief nicht! Um Himmels willen, Miss Long, tun Sie das nicht!«

»Gehen Sie auf die Straße und holen Sie einen Polizisten«, befahl Barbara.

Sie hielt das selbst für ein geradezu tollkühnes Verlangen, und sie wollte ihren Augen und Ohren kaum trauen, als er sich tatsächlich sofort an seine Frau wandte.

»Schnell, lauf auf die Straße und hol einen Polizisten«, sagte er mit bebender Stimme. Dann drehte er sich wieder um. »Halten Sie das Papier nicht so nahe ans Feuer, nehmen Sie es weg ...«

Mrs. Jennings verschwand. Von irgendwoher aus dem Keller hörten sie, daß jemand mit der Faust gegen eine Tür trommelte.

»Geben Sie mir den Brief«, bat Jennings in flehendem Ton und streckte die Hand nach dem Kuvert aus. »Ich gebe Ihnen tausend Pfund dafür und tue Ihnen nichts zuleide. Ich schwöre Ihnen, daß ich mich ganz ruhig verhalte.«

Zusammenhanglos sprach er noch eine Weile weiter, bis schließlich ein hochgewachsener Polizist in die Bibliothek trat.

Drei Tage später speiste Mr. John Brownwill mit Barbara Long im ›Ritz-Carlton‹ zu Abend. In den drei Tagen hatte sich viel ereignet.

»Die Hauptsache ist, daß Jennings nicht als Mörder verurteilt wird«, erklärte der junge Mann. »Wenn Sie den Brief ins Feuer geworfen hätten, wäre das wahrscheinlich unvermeidlich gewesen. Mein Großvater war ein Sonderling und ein ziemlicher Menschenfeind. Sonst hätte er wahrscheinlich gewußt, daß er einen durchtriebenen, egoistischen Butler hatte, der ihn dauernd beschwindelte. Und hätte er sich an einen Arzt gewandt, so hätte der ihm wahrscheinlich gesagt, daß er sehr herzleidend war.

Mein Großvater hatte die Angewohnheit, spät abends noch lange Spaziergänge zu machen; während eines solchen Ausgangs wurde er plötzlich von Schwäche befallen und sank kurz darauf tot aufs Straßenpflaster. Man brachte ihn ins Leichenschauhaus, fand aber nichts in seinen Taschen, was zur Feststellung seiner Identität hätte dienen können. Jennings war erstaunt, als Mr. Brownwill nicht mehr zurückkehrte, und wollte ihn suchen. Dabei erfuhr er zufällig, daß ein unbekannter Mann tot auf der Straße aufgefunden worden war.

Ich glaube, er hatte zuerst die Absicht, meinen Großvater zu identifizieren, aber dadurch hätten er, seine Frau und seine Tochter eine gute Stellung und eine schöne Wohnung verloren. Außerdem wäre wahrscheinlich auch herausgekommen, daß Jennings seit einiger Zeit die Unterschrift meines Großvaters auf Schecks gefälscht hatte. So wurde Walter Brownwill, der ein Vermögen von fünfhunderttausend Pfund besaß, in einem Armengrab beigesetzt, ohne daß jemand seinen Namen kannte. Alle Einzelheiten über seinen Tod und sein Begräbnis waren in dem großen Briefumschlag. Jennings fürchtete, daß eines Tages doch die Abrechnung kommen würde und man ihn dann als Mörder vor Gericht stellen könnte.

Nachdem mein Großvater beerdigt worden war, schien zunächst alles gut zu gehen. Jennings brauchte ja nur so zu tun, als ob Brownwill noch im Hause lebte. Deshalb engagierte er auch Sie als Privatsekretärin, um seine Stellung zu sichern. Einmal in der Woche schickte er Sie zur Bank, um Geld zu holen, wodurch Sie den Bankbeamten bekannt wurden. Und das hatte wieder zur Folge, daß der Butler immer größere Summen abheben konnte, ohne daß es besonders auffiel.

Zum Unglück für ihn tauchte aber ich in Europa auf und bestand darauf, meinen Großvater zu sehen. Jennings versuchte mich abzuweisen – er war übrigens auch der Mann, den ich durchs Fenster des Autobusses auf der Straße sah. An jenem Abend speiste ich mit einigen Bekannten, und ich begegnete ihm vor dem Restaurant, in dem ich gegessen hatte. Dabei sprach er mich an. Er wollte mich treffen, wie er sagte, und hätte schon den ganzen Abend nach mir Ausschau gehalten. Dann brachte er mich hierher. Das hätte leicht mein letzter Besuch werden können. Jennings ist ein vollendeter Schauspieler. Er verstand es glänzend, sich zu verstellen, so daß ich ihm zuerst glaubte.«

Barbara dachte an die Theaterleidenschaft dieses Mannes und an seine Sammlung von Fotos berühmter Schauspieler und Künstlerinnen, aber sie sagte nichts.

»Und Ihnen verdanke ich nun mein Leben«, fuhr Mr. Brownwill ruhig fort. »Ich habe daher ein kleines Geschenk für Sie besorgt, das ich Ihnen geben möchte, wenn Sie nichts dagegen haben.«

Sie schüttelte den Kopf. Es zeigte sich, daß er wenig Erfahrung in solchen Dingen hatte, denn er steckte den Ring, den er aus einem Etui nahm, an ihre rechte Hand.

Viele Herren versuchten es, eine Bekanntschaft mit Lucia Bradfield anzuknüpfen. Sie kamen ›zufällig‹ an ihrer Wohnung in der St. James Street vorbei, sie lächelten sie an, wenn sie im Hyde Park spazierenging, und sie sahen sich um, ob sie gleichfalls über die Schulter zurückblickte. Sie boten ihr an, den Platz mit ihr zu wechseln, wenn sie ihr in der Eisenbahn gegenübersaßen, oder die Fenster auf- und zuzumachen, und sie begannen mit ihr über das Wetter zu sprechen.

Aber der Herr im dunkelblauen Anzug, den sie an einem Frühlingsnachmittag im Hyde Park traf, sagte ihr nur, daß ihr linker Strumpf schief säße. Er sprach in sachlichem, nüchternem Ton, als ob es zu seinen Gewohnheiten gehörte, Damen auf derartige Dinge aufmerksam zu machen.

Dann wandte er ihr den Rücken, bis sie den Strumpf in Ordnung gebracht hatte.

»Ich danke Ihnen vielmals«, sagte sie, als sie an ihm vorüberging.

»Oh, gern geschehen.«

Mehr Worte wurden nicht zwischen ihnen gewechselt. Er schien sich nicht besonders für sie zu interessieren, und sie wunderte sich nur, daß er trotz des kühlen Wetters keinen Mantel trug.

Am nächsten Tag sah sie ihn wieder, und diesmal hatte er einen Mantel an. Sie erkannte ihn gleich wieder, als er sie im Vorübergehen durch ein Kopfnicken grüßte. Es war wie ein stillschweigendes Einverständnis. Er nickte nur, lächelte aber nicht. Er sah recht gut aus, vermutlich war er Offizier gewesen. Ein Terrier begleitete ihn.

Eine Woche später saß sie wieder im Park. Bald darauf kam er auch des Weges und nahm neben ihr Platz. Dann wehrte er seinen Hund ab, der gestreichelt werden wollte.

»Fort, Joe! – Geh, fang Kaninchen . . .!«

Joe machte sich davon, sah sich aber noch mehrmals um, als ob er seinem Herrn Vorwürfe machen wollte.

»Ein merkwürdiger Hund«, meinte er. »Er ist nicht an

Damen gewöhnt. Meistens verkehre ich nur in Herrengesellschaft.«

»So«, erwiderte sie kühl und gleichgültig; sie war darauf gefaßt, daß er weitere Versuche machen würde, mit ihr ins Gespräch zu kommen. Aber er blieb schweigsam und sah nur nach der untergehenden Sonne. Sie wartete darauf, daß er wieder sprechen würde, und nahm sich vor, sofort aufzustehen, wenn er den Mund aufmachte. Eigentlich hatte sie nichts dagegen, wenn ein fremder Herr sie ansprach, aber es wäre ihr peinlich gewesen, wenn er geglaubt hätte, sie lasse sich ansprechen. Er sagte jedoch kein Wort.

Plötzlich stand er auf, pfiff seinem Hund und ging fort. Diesmal lächelte er ein wenig und berührte den Rand seines Hutes, aber es war ein konventionelles Lächeln, ebenso wie sein Gruß.

So begann ihre Freundschaft mit dem Herrn im dunkelblauen Anzug, die sich langsam weiterentwickelte. Allmählich kamen sie ins Gespräch, und sie erfuhr von ihm, daß er Briefmarken sammelte und im Krieg verwundet worden war. Er liebte gewisse Stellen und Plätze im Park, die auch ihr sehr gefielen. Jedes Thema, das er anschnitt, interessierte sie; aber er sprach wenig von sich selbst, was für einen Mann sehr ungewöhnlich war.

Eines Tages kam ihr zum Bewußtsein, daß er sie mit neuem Interesse betrachtete, aber trotzdem blieb die Unterhaltung einsilbig.

»Es ist doch unendlich schade«, sagte er unvermittelt.

Sie wußte nicht, was er meinte.

Mr. Thirtley ahnte nichts von diesen Begegnungen, sonst hätte er verstanden, warum sich seine Nichte Lucia in letzter Zeit so wenig für seine Unternehmungen interessierte, besonders, was Andrew Murdoch betraf.

Mr. Thirtley hatte Murdoch im ›Klub der zehn Asse‹ kennengelernt, wo dieser mit drei gerissenen jungen Leuten Karten spielte. Als Mr. Murdoch das Lokal verlassen wollte, hatte Thirtley ihn liebenswürdig beim Arm genommen.

»Aber mein lieber junger Mann«, sagte er väterlich, »wie sind Sie bloß in diese schlechte Gesellschaft geraten? Wenn Sie mit solchen Lumpen spielen, können Sie sich darauf gefaßt machen, daß die Ihnen alles abnehmen, sogar die Augenbrauen von der Stirn. Haben Sie bereits viel verloren?«

Mr. Murdoch gestand, daß er an diesem Abend dreißig Pfund verloren hatte. Sein neuer Freund war empört – wie immer, wenn ein Fremder beim Spiel an einen anderen mehr verlor als an ihn selbst.

»Ich komme nur selten hierher, aber ich studiere die Leute hier vom psychologischen Standpunkt aus; deshalb erkenne ich auch gleich die Berufs- und Falschspieler.«

Er erzählte Murdoch vieles über Spielhöllen, noch mehr über sich selbst und seine Nichte und sagte unter anderem auch, daß er Kartenspiel um Geld nicht sehr schätze.

»Ich spiele auch nicht oft Poker«, entgegnete Andrew Murdoch und lächelte dem anderen schnell und vertraulich zu. »Pikett ist mein Spiel – man hält mich für den besten Spieler in Sydney, aber in London ist es schlecht, wenn man die Leute nicht kennt, die man als Partner hat.«

Mr. Thirtley faßte den Entschluß, diesen wohlhabenden Fremden in seine Wohnung einzuladen. Vor allem sollte Mr. Murdoch Lucia kennenlernen. Ohne seine Nichte würde er bei diesem Mann wohl schwerlich Erfolg haben.

Drei Wochen später hörte Lucia ihrem Onkel zu, der ihr einen Plan auseinandersetzte. Als er fertig war, fragte sie ihn kühn: »Und wenn ich nun nicht mitmache, was geschieht dann?«

Ein Grinsen ging über Mr. Thirtleys breites, unfreundliches Gesicht. »Nun sei bloß nicht verrückt und fang an, mit mir zu streiten. Ich kenne dich ganz genau; du brauchst mir nichts vorzuspielen und erst recht keine Sentimentalität zu heucheln. Du bist kein Kind mehr; dieser Australier ist ziemlich leicht zu nehmen und für uns direkt Gold wert. Außerdem ist nicht das geringste Risiko damit verbunden. Er hat ein Guthaben von zwölftausend Pfund bei der Midland-Bank, und er ist rasend in dich verschossen.«

»Er hat nicht zwölftausend Shilling, die ihm selbst gehören – aber du hast fünfzigtausend und kannst kommen und gehen, wie du willst«, entgegnete sie eisig. »Ich arbeite noch nicht sehr lange in diesem merkwürdigen Gewerbe, aber ich weiß genug. Dartmoor ist voll von solchen Leuten, die fremdes Geld von der Bank holten und es sich nachher im Spiel abnehmen ließen. Wenn er in mich verschossen ist, so ich noch lange nicht in ihn. Und Erpressereien sind schmutzig – wenigstens meiner Auffassung nach.«

Mr. Thirtley wurde rot. »Es handelt sich hier nicht um Erpressung«, erklärte er übermäßig laut. »Ich möchte nur wissen, was mit dir los ist. Bist du nicht mehr ganz richtig im Kopf? Ist bei dir eine Schraube locker? In den beiden letzten Monaten hast du dich vollkommen verändert. – Nun gut, wir werden ja sehen!«

Er war ehrlich erstaunt über sie und starrte sie verblüfft an.

Lucia war eine fesselnde Erscheinung – eine moderne, elegante Frau mit schlanker Figur, hübschem Gesicht und großen dunklen Kinderaugen. Außerdem bewegte sie sich mit entzückender Anmut. Mr. Thirtley wußte sehr wohl, welche Anziehungskraft sie auf die Männer ausübte, wenn auch er selbst nicht unter ihrem Einfluß stand. Ohne ihre Hilfe wäre es ihm schwergefallen, seine Opfer zu berauben. Je älter er wurde, desto mehr erkannte er seine Grenzen. Er hatte nicht mehr das unschuldige, harmlose Gesicht, das das beste Aushängeschild für seinen Beruf bildete und auf das früher fast alle begüterten Leute hereingefallen waren. Im Laufe der Jahre waren seine Züge scharf geworden; es prägte sich in ihnen eine gewisse Schlauheit und Gerissenheit aus, die seine Opfer warnte. Er mußte einen Partner haben, und schließlich hatte er Lucia Bradfield aus der Schule genommen, in der er sie hatte erziehen lassen. Damals war sie erst sechzehn Jahre alt gewesen. Nachher hatte sie ein sonderbares Leben geführt.

Bo Parker, der Betrüger, hatte auch einmal ein Mädchen zu seiner Helferin herangebildet, sich aber in sie verliebt. Als sie dann soweit war, daß sie ihm hätte nützen können, lief sie ihm fort und arbeitete mit Mr. Thirtley zusammen. Bo wurde ärgerlich darüber und wollte sich an Thirtley rächen, aber sie ging zur

Polizei und verpfiff ihn, so daß er für sieben Jahre ins Zuchthaus gesteckt wurde. Zufällig wurde durch Bo auch ein gewisser Crewe Wall in die Affäre verwickelt, ein Falschspieler, der kaum seinesgleichen hatte. Auch sein offenes Geständnis änderte nichts an der Länge und Härte seiner Strafe. Mr. Thirtley dachte immer noch an das hübsche Mädchen und seufzte, denn sie war später auch ihm davongelaufen.

Mr. Thirtley hatte daraufhin seine Nichte zu seiner Assistentin herangebildet. Sie sollte die Opfer anlocken, die er auszuplündern gedachte.

»Du bist ja plötzlich ganz aufsässig geworden. Und doch habe ich dich gerade davor ausdrücklich gewarnt. Hier ist nun ein Mann –«

»Ich interessiere mich absolut nicht für ihn, wenn du darauf hinauswillst«, unterbrach sie ihn heftig. »Ich habe dir bei einer Anzahl von Coups geholfen, aber glücklicherweise hatten die nichts mit Liebe zu tun. Wenn du jetzt von mir verlangst, daß ich die Aufmerksamkeiten dieses jungen Mannes entgegennehmen und vielleicht gar meinen Kopf an seine Schulter lehnen soll, damit er mich schließlich umarmt und küßt, dann hat das nichts mehr mit unserer Abmachung zu tun.«

Lucia war wirklich ziemlich schwierig geworden. Sie war auch vorher schon nicht leicht zu behandeln gewesen, aber nun war sie so unnachgiebig und so wenig entgegenkommend, daß sie ihn unwillkürlich an seine frühere Partnerin erinnerte. Und dabei hatte er gerade jetzt einen Mann gefunden, dem er spielend leicht das Geld abnehmen konnte! Zwölftausend Pfund hatte Murdoch zur Verfügung, für die er landwirtschaftliche Maschinen in London einkaufen sollte.

»Wir wollen nicht miteinander streiten«, sagte er schließlich. »Setz deinen Hut auf, wir gehen jetzt aus.«

Auf dem Weg zum Restaurant ›Imperial‹ war Lucia nachdenklich und zerstreut. Sie beschäftigte sich in Gedanken mit dem Herrn im dunkelblauen Anzug und überlegte, was er wohl von ihr denken würde, wenn er wüßte . . .

Mr. John Thirtley war zu klug, um ihr seinen Ärger zu zeigen, aber er fühlte sich nicht sehr behaglich.

Andrew Murdoch wartete in der mit Marmorplatten ausgelegten Halle des ›Imperial‹ auf die beiden. Er war groß und schlank. Seine ernsten, melancholischen Augen leuchteten auf, als er Lucia auf sich zukommen sah. Mr. Thirtley schenkte er zunächst keine Beachtung.

»Ich möchte Ihnen etwas außerordentlich Seltsames erzählen«, begann er.

Wenn er lachte, sah er geradezu hübsch aus. Lucia hoffte, daß er um ihres inneren Friedens willen ernst und unzugänglich bleiben möchte.

»Ich freue mich, wenn Sie mir etwas Interessantes erzählen wollen, aber vor allem habe ich einen unheimlichen Hunger«, erwiderte sie.

Sie traten in den Speisesaal ein. Der Tisch, den Mr. Thirtley hatte reservieren lassen, stand in einer Fensternische, abseits von den anderen Gästen.

»So, und nun erzählen Sie mir Ihre seltsame Geschichte«, sagte sie und lächelte ihn an.

»Mir ist etwas Merkwürdiges passiert. Als ich aus dem Klub herauskam, trat ein Herr auf mich zu. Allem Anschein nach war es ein Kriminalbeamter.«

»Wie?« Mr. Thirtley blinzelte und wurde aufmerksam.

»Ich habe keine Ahnung, woher er Näheres über mich wußte, aber was er sagte, interessierte mich.«

»Was wollte er von Ihnen?«

»Er warnte mich. Er sagte, daß man einen bestimmten Mann hier in der Stadt erwarte. Wie war doch gleich sein Name? Er soll ein Erzbetrüger und Falschspieler sein . . .«

Mr. Thirtley hätte ein Dutzend Namen nennen können, die ihm auf der Zunge lagen.

»Crewe Wall – sehen Sie, so heißt er«, sagte Murdoch plötzlich. »Die Polizei hält Ausschau nach ihm. Man sagte mir, daß er Geld aus dem Rinnstein zaubern könne – wenigstens hat der Kriminalbeamte sich so ausgedrückt.«

Mr. Thirtley hatte dasselbe Urteil über Crewe Wall. Nachdenklich rieb er sich die Nase. Er selbst war ja, ohne es gewollt zu haben, für Crewes Verurteilung verantwortlich. Im geheimen freute er sich aber, daß die Polizei Murdoch nicht auch vor ihm selbst gewarnt hatte.

»Von dem Kerl habe ich noch nichts gehört.«

Nach Tisch fuhr Mr. Thirtley mit seiner Nichte im Auto zu seiner Wohnung in der St. James Street.

»Ich habe ihn zum Abendessen eingeladen, aber ich habe den Eindruck, daß er nur deiner schönen Augen wegen annahm.«

Thirtley war in bester Stimmung, obwohl er nach der Unterhaltung während des Mittagessens keinen Grund mehr dazu hatte.

»Was hat das übrigens zu bedeuten, daß er achthundert Pfund von dir gewonnen hat?« fragte sie.

Thirtley lächelte wohlwollend. »Gestern habe ich gewonnen. Wenn man das abzieht, hat er alles in allem nur dreißig Pfund gewonnen. Es stimmt allerdings, daß er mir achthundert Pfund abgenommen hat. Er ist eben der beste Spieler von Sydney. Ich habe dir doch schon erzählt, daß er im Auftrag der ›Australian Trading Company‹ nach London gekommen ist. Ich war erstaunt, als ich hörte, daß dieser junge Mann zwölftausend Pfund für seinen Konzern ausgeben darf. Er kann Schecks bis zu dieser Höhe unterzeichnen und braucht nur noch die Unterschrift des Direktors der Londoner Filiale dazu. Aber ich weiß, daß sein Vater steinreich ist; der hat ihm auch diese Stellung verschafft –«

Sie machte eine ungeduldige Handbewegung. »Warum erzählst du mir das alles immer wieder? Du hast es doch nur auf die zwölftausend Pfund abgesehen und legst ihn beim Spiel herein. Er gibt dir einen Scheck und macht die Unterschrift des Londoner Direktors mehr oder weniger geschickt nach. Du bekommst das Geld, und nachher ist alles in bester Ordnung.«

Sie sprach ohne jede Erregung und so monoton, als ob sie etwas auswendig Gelerntes hersagte. »Und wenn er nachher die Unterschrift des Direktors auf dem Scheck nicht fälschen will, dann soll ich in Tränen ausbrechen und ihm gestehen, daß wir ruiniert sind, wenn er es nicht tut. Die Sache ist doch einfach kindisch.«

Sie hob die Hand, um seine ärgerlichen Worte abzuwehren.

»Du sagst immer, daß du das am besten beurteilen kannst«,

fuhr sie unbeirrt fort. »Dreihundertfünfundsechzigmal im Jahr erklärst du mir das. Aber du kannst dich auf den Kopf stellen, ich mache nicht mehr mit. Ich heule dem Mann nicht auf Kommando etwas vor!«

Er kniff die Augenlider zusammen und schaute sie böse an. »Ich kann dich nicht ganz verstehen, Lucia«, erwiderte er langsam. »Es ist ja möglich, daß ich ein wenig schwerfällig geworden bin.«

»Ich will nicht mehr mitspielen – auf keinen Fall!«

Er wurde dunkelrot im Gesicht, und sie glaubte schon, daß er jetzt sehr ausfallend und zornig werden würde. Aber zu ihrem größten Erstaunen lachte er nur laut auf.

»Ich bin wirklich überrascht, Lucia. Bisher hast du mir doch immer geholfen –«, begann er.

»Ich bin fertig mit dir und deinen Methoden«, entgegnete sie wütend. »Hast du das immer noch nicht verstanden? Ich will nicht mehr mitspielen, ich hasse diese Art zu leben. Früher ist mir nie zum Bewußtsein gekommen, wie verabscheuungswürdig ein solches Dasein ist, aber jetzt –« Sie brach ab.

»Nun?« fragte er vielsagend.

Sie zuckte die Schultern. »– aber jetzt habe ich eingesehen, wohin die Sache führt. Ich denke, das sollte dir als Erklärung genügen.«

Er lächelte geheimnisvoll. »Mein liebes Täubchen«, erwiderte er freundlich, »du hast mich an die fünfzigtausend Pfund erinnert, die wir beide auf der Bank haben. Dein Anteil daran beträgt fünfundzwanzig Prozent. Ich wüßte nicht, warum wir nicht auch noch diese zwölftausend einkassieren sollten. Das macht dann zusammen zweiundsechzigtausend. Du brauchst ja weiter nichts zu tun, als ihn liebenswürdig zu behandeln.«

»Laß mich aus dem Spiel; den Coup kannst du allein durchführen. Ich mache jetzt einen Spaziergang. Hier ist es mir zu –«

»Eng, willst du sagen«, unterbrach er sie ironisch. »Meine liebe Lucia, es ist sicher notwendig, daß du nicht mehr so viele Bücher aus der Leihbibliothek liest. Du wirst sonst noch ganz sentimental.«

Sie mußte ins Freie, sie hielt es im Haus nicht mehr aus. Mit hastigen Schritten ging sie durch den Park; ihre Gedanken wirbelten durcheinander, ihr Inneres war in wildem Aufruhr. Sie war mit sich selbst und mit der Welt zerfallen, sie haßte alles und alle: die Leute, die durch die Frühlingssonne in den Park gelockt worden waren, die prächtigen Häuser, die die Gartenanlagen umsäumten, die Menschen, die so viel Geld hatten, sich solche Häuser zu leisten. Aber am meisten verabscheute sie sich selbst. Sie hoffte, daß sie dem Herrn im dunkelblauen Anzug nicht begegnen würde, aber trotzdem hielt sie nach ihm Ausschau, und ihr Herz schlug schneller, als sie ihn unter einem Baum sitzen sah. Wieder hatte er seinen üblichen Platz inne, und sein Hund sprang an ihm hinauf.

Er erhob sich sofort, als er sie bemerkte, und stellte einen zweiten Stuhl neben den seinen. Dann wartete er, bis sie Platz genommen hatte, bevor er sich wieder niederließ.

»Sind Sie eigentlich rückhaltlos ehrlich?« fragte sie ihn unvermittelt. »Die meisten Männer sind es nicht, wie ich weiß. Oder sind Sie auch nur so ehrlich wie alle anderen?«

Diese Frage überraschte den merkwürdig unerschütterlichen Mann in keiner Weise.

»Ich bin rückhaltlos ehrlich«, erwiderte er ruhig und fest.

Sie nickte grimmig. »Dann hassen Sie also Diebe, Betrüger und Verbrecher, die nur davon leben, daß sie anderen Leuten das Geld abnehmen?«

Er überlegte sich diese Frage lange.

»Ich liebe sie natürlich nicht«, entgegnete er schließlich. »Aber es kommt auf die Umstände an.«

»Um Himmels willen, seien Sie doch nicht so vorsichtig mit Ihren Antworten!«

Ihr Ton klang hart und herausfordernd, aber er fühlte sich dadurch nicht gekränkt.

Nichts von alledem, was sie ihm nun hemmungslos sagte, hatte sie sich vorher überlegt, aber sie mußte es sich vom Herzen herunterreden.

»Ich habe Sie niemals nach Ihrem Namen gefragt, und Sie haben auch den meinen nicht wissen wollen. Ich hätte Sie auch gehaßt, wenn Sie so konventionell gewesen wären. Aber ich weiß, Sie sind nicht verheiratet und nicht reich, und ich fühle, daß Sie mich gern haben.«

Er antwortete nicht, aber sie sah an seinen Augen, daß das zutraf, was sie gesagt hatte, und als sie hörte, daß er leise seufzte, packte sie eine wilde Freude.

»Nehmen wir einmal an, ich wäre eine Diebin«, fuhr sie fort, »eine Helfershelferin von Dieben, erfahren in allen Verbrechen, und ich hätte alles mit offenen Augen getan. Wenn ich Ihnen nun sagte, daß ich alle möglichen unrechten Dinge getan habe, nur eines nicht, und wenn ich zu Ihnen käme und Ihnen beichtete, daß ich krank und müde von alledem bin und aus dem Sumpf entfliehen möchte . . .? Wirklich, ich habe den Wunsch, ein ordentliches Leben zu führen wie alle anderen ehrlichen Leute. Wollen Sie mich zu sich nehmen, wenn ich zu Ihnen komme? Ich meine, wollen Sie mich heiraten? Ich würde Ihnen den Haushalt führen, ganz allein, ohne Dienstboten, und ich würde jede Arbeit für Sie tun . . .«

Lucia hatte mit heiserer Stimme gesprochen. Als sie innehielt, um Atem zu schöpfen, sah sie ihn mit großen, furchtsamen Augen an.

»Ja«, sagte er und nickte zweimal, »wenn Sie bereit sind, mein Leben mit mir zu teilen, das nicht so glänzend ist, wie es das Ihre bisher war. Auch ich komme übrigens mit der häßlichen Seite des Lebens in Berührung. Damit will ich nicht sagen, daß ich selbst ein Dieb bin, aber auch Sie müssen mir verschiedenes nachsehen und verzeihen können.«

Er machte den Versuch, vollkommen ruhig zu erscheinen, aber als er seine Pfeife neu füllte, zitterte seine Hand. Lucia liebte ihn dafür um so mehr.

»Wann können wir uns im einzelnen darüber aussprechen?« fragte er.

Sie war aufgestanden und atmete schwer, als ob sie eine Meile gelaufen wäre.

»Wir wollen uns hier wiedertreffen.« Sie zeigte auf den Stuhl. »Morgen mittag um eins wollen wir hierherkommen und alles besprechen.«

Er nickte. Es war ein kurzes, freundliches Abschiednehmen. Er machte nicht den Versuch, ihre Hand zu fassen und ihr seine Liebe zu beteuern, wie es andere Männer wahrscheinlich gemacht haben würden. Aber als sie ging, sah er ihr nach, bis er sie nicht mehr erkennen konnte. Und das hatte er früher nie getan.

In gehobener Stimmung kam Lucia in die Wohnung zurück. Mr. Thirtley hörte, daß sie im Bad sang, und grinste.

Also weiter nichts als Weiberlaunen, sagte er zu sich selbst.

Er kleidete sich stets festlich zum Abendessen an, selbst wenn er mit seiner Nichte allein speiste. Man konnte niemals wissen, ob nicht doch noch Besuch kommen würde, und es machte immer einen günstigen Eindruck.

Mr. Thirtley sah, daß Lucias Augen leuchteten, und er hörte ihre Freude aus dem Klang ihrer Stimme.

»In deinem ganzen Leben hast du noch nie so hübsch ausgesehen wie heute«, meinte er wohlwollend. »Glänzend, Lucia! Und du wirst doch heute abend sicher auch vernünftig sein?«

Er klopfte ihr väterlich auf die Schulter.

»Selbstverständlich bin ich vernünftig«, erwiderte sie etwas spöttisch und ahmte seine Stimme nach.

Im selben Augenblick klingelte es an der Wohnungstür, und gleich darauf führte das Mädchen Mr. Andrew Murdoch herein. Lucia erkannte sofort, daß er ihr gegenüber nicht mehr so liebenswürdig und zuvorkommend war; sie hatte aber den Eindruck, daß er seine Erregung bezwang.

Zunächst sprach er von dem Direktor seiner Gesellschaft in London, der sich zur Zeit in Paris aufhielt, wie sie wußten. Dann erzählte er ein wenig über sich, aber er wandte sich immer an John Thirtley und vernachlässigte Lucia fast vollständig.

Nach dem Abendessen stellte der Hausherr den Kartentisch auf und legte zwei neue Spiele Karten auf das grüne Tuch.

»Es ist zwar nicht sehr moralisch, aber ich habe das Gefühl, daß Sie Ihre Glückssträhne ausnützen wollen.«

Die Bereitwilligkeit, die Mr. Murdoch zeigte, bestätigte Mr. Thirtley in seiner Annahme.

Lucia lehnte am Eßtisch und schaute den jungen Mann fest an, aber er sah nicht zu ihr auf.

»Setz dich doch hin«, sagte Thirtley schließlich gereizt. »Du fällst mir heute abend dauernd auf die Nerven.«

Sie folgte seiner Aufforderung ohne ein weiteres Wort. Ihr Onkel war ein solcher Meister, daß es sich lohnte, ihm zuzuschauen. Kaum ein anderer Falschspieler konnte ein Spiel Karten derartig schnell nach einem vorherbestimmten Plan mischen wie er. Beim Mischen hielt er die Karten noch in der Hand, aber noch bevor er sie auf den Tisch legte, hatte er mit unvergleichlicher Geschicklichkeit ein anderes Spiel dafür untergeschoben. Selbst Lucia, die ihn seit Jahren beobachtete, hatte niemals erfahren, wie er das anstellte. Sie ahnte nicht, aus welchen Taschen oder sonstigen Verstecken er die anderen Karten herausholte.

Als zwei Stunden vergangen waren, runzelte Mr. Murdoch die Stirn. Sein Verlust war größer und größer geworden. Die Uhr schlug halb elf; die Luft in dem Zimmer war dick von Zigarrenqualm. Mr. Thirtley ging zum Fenster, um es zu öffnen. Als er zurückkam, hatte sich sein Gast an den Eßtisch gesetzt und den Kopf in beide Hände gestützt.

»Sie haben unheimliches Glück gehabt«, sagte er.

Thirtley lächelte triumphierend, aber Murdoch sah es nicht.

»Siebentausenddreihundert Pfund haben Sie verloren . . . Ich wünschte nur, ich hätte Sie nicht zum Spielen aufgefordert.«

Murdoch tat plötzlich etwas Merkwürdiges. Er steckte die Hand in die Westentasche und nahm einen Schein heraus. Als er ihn entfaltete, sah Thirtley verwundert, daß es eine Tausendpfundnote war.

»Können Sie mir herausgeben?« fragte der Gast. »Ich möchte Ihnen wenigstens fünfhundert Pfund anzahlen.«

Der Hausherr zögerte. »Ich kann ihn wechseln, wenn Sie wollen. Aber das hat doch alles bis morgen Zeit.«

Murdoch schüttelte ernst den Kopf. »Nein, ich will Ihnen eine Anzahlung machen.«

Thirtley nahm den Schein und prüfte ihn mit Kennerblick. Tausendpfundnoten waren sehr selten, aber diese war echt.

Er ging hinaus und schloß die Tür. Im nächsten Augenblick trat Lucia an die Seite des jungen Mannes, packte ihn an der Schulter und rüttelte ihn.

»Sie werden doch nicht diese Spielschuld bezahlen wollen –«

»Seien Sie ruhig!«

Sie starrte Murdoch verblüfft an, als ob sie ihren Ohren nicht trauen könnte. Seine traurige, melancholische Haltung war vollkommen verschwunden, und seine Augen glühten gefährlich, so daß sie unwillkürlich vor ihm zurückschrak.

»Sie bleiben, wo Sie sind. Und lassen Sie es sich ja nicht einfallen, zu schreien oder um Hilfe zu rufen. Sollten Sie es doch tun, so komme ich zurück, und dann ist es um Ihr schönes Gesicht geschehen. Verstanden?«

In der nächsten Sekunde hatte er das Zimmer verlassen.

Lucia saß wie versteinert am Tisch; Staunen und Furcht erfüllten sie. Sie hörte, wie die beiden miteinander sprachen. Nach einer Weile wurde die Tür heftig aufgestoßen, und Murdoch schob Thirtley unsanft herein. Dessen Gesicht war aschgrau.

Murdoch hielt in der einen Hand eine schwarze Kassette, in der anderen einen Browning.

»Sie wissen jetzt, wer ich bin: Crewe Wall! Lange genug habe ich darauf gewartet, mit Ihnen abzurechnen, mein Junge. Halten Sie den Mund, ich weiß alles! Als Sie Bo der Polizei verrieten, haben Sie gleichzeitig auch mich verpfiffen. Ich mußte nur erst herausbringen, ob Sie Ihr Geld auf der Bank oder hier im Haus aufbewahrten.« Er schüttelte die schwarze Kassette. »Das kommt davon, wenn man andere Leute verpfeift – Sie und die hübsche Dame dort können jetzt von vorn anfangen. Aber mit mir werden Sie keine Geschäfte mehr machen. Haben Sie das verstanden?«

Die Tür, die er zugeschlagen hatte, als er hereingekommen war, öffnete sich langsam wieder. Lucia sah es, dachte aber, die Zugluft hätte sie aufgestoßen. Plötzlich bemerkte sie jedoch einen Mann in der Tür.

»Kommen Sie ruhig mit. Oder muß es erst Spektakel geben?« fragte er. »Crewe, lassen Sie den Browning fallen! Ich verhafte Sie, Crewe, und auch Sie, Thirtley.«

Der Mann in der Tür war niemand anders als der Herr im dunkelblauen Anzug. Er sprach sehr ernst und eindringlich. Hinter ihm entdeckte Lucia mehrere Beamte in Zivil.

Der Herr im blauen Anzug steckte Crewes Browning in die Tasche und trat dann zur Seite. Zwei Beamte kamen herein und führten Thirtley und Murdoch ab.

Ihr Vorgesetzter blieb mit Lucia allein.

»Mein Name ist Larry Goldwin – den Ihren kenne ich. Aber es wäre vielleicht ganz gut, wenn Sie mir Ihr Geburtsdatum sowie die Namen Ihrer Eltern aufschrieben. Es tut mir aufrichtig leid, daß ich Sie damit belästigen muß.«

Zitternd folgte sie seiner Aufforderung.

»Standesbeamte wollen solche Dinge leider wissen«, sagte er zu seiner Entschuldigung. »Also – um ein Uhr unter dem Baum im Hyde Park.«

Sie nickte stumm.

»Ich hoffe, daß Sie sich allmählich an den Hund gewöhnen, und glaube sogar, daß Sie ihn mit der Zeit gern haben werden – Joe ist wirklich ein netter Kerl . . .«